评　　赏	马振方	马瑞芳	王光东	任孚先
	刘烈茂	李永昶	李传瑞	杨广敏
	邹宗良	张振钧	张稔穰	范易弘
	欧阳世昌	罗锡诗	周先慎	禹克坤
原文点校	于世明			

聊斋志异 名篇评赏

马振方 主编

北京大学出版社
PEKING UNIVERSITY PRESS

图书在版编目(CIP)数据

聊斋志异名篇评赏/马振方主编.—北京:北京大学出版社,2016.9
ISBN 978-7-301-27478-1

Ⅰ.①聊… Ⅱ.①马… Ⅲ.①《聊斋志异》—古典小说评论 ②《聊斋志异》—文学欣赏 Ⅳ.①I207.419

中国版本图书馆 CIP 数据核字(2016)第 212873 号

书　　　名	聊斋志异名篇评赏 LIAOZHAIZHIYI MINGPIAN PINGSHANG
著作责任者	马振方　主编
责 任 编 辑	徐　迈
标 准 书 号	ISBN 978-7-301-27478-1
出 版 发 行	北京大学出版社
地　　　址	北京市海淀区成府路 205 号　100871
网　　　址	http://www.pup.cn　新浪微博:@北京大学出版社
电 子 信 箱	pkuwsz@126.com
电　　　话	邮购部 62752015　发行部 62750672　编辑部 62756467
印 刷 者	三河市博文印刷有限公司
经 销 者	新华书店
	650 毫米×980 毫米　16 开本　29.25 印张　407 千字 2016 年 9 月第 1 版　2016 年 9 月第 1 次印刷
定　　　价	58.00 元

未经许可,不得以任何方式复制或抄袭本书之部分或全部内容。
版权所有,翻版必究
举报电话: 010-62752024　电子信箱: fd@pup.pku.edu.cn
图书如有印装质量问题,请与出版部联系,电话: 010-62756370

对于"聊斋志异"我们应当一篇一篇加以分析评论。因为每篇作品都是一个有机的艺术整体，各有自己的生命；我们必须逐篇研究探求其内在的精神和艺术特色 吴组缃 一九九〇。

著名现代作家、北京大学教授吴组缃先生题词

出版说明

《聊斋志异》是中国文言小说的经典之作,计494篇,既多篇幅较长的小说精品,又多微型佳构,还有大批笔歌墨舞的生活素描。后者在古代亦常以"小说"称之,即笔记小说之一种也。1992年漓江出版社出版《聊斋志异评赏大成》一书,曾获第二届国家图书奖提名奖。本社邀该书原主编马振方先生从中选出75篇,辑成此选粹本,以飨读者。原书包括《聊斋志异》各篇的原文、评赏、白话译文三部分,本书为节省篇幅,略去译文,并对原书所选各篇个别编印之误有所修订。又新增插图,皆选自《详注聊斋志异图咏》,乃晚清铁城广百宋斋主人延请当时名手据青柯亭刻本《聊斋志异》各篇所绘,今附于选粹本中,便于读者图文并赏。

《聊斋志异》名篇累累,类型甚夥,选之不胜,此编略见大概而已。本书"前言"亦用《聊斋志异评赏大成》之文。

本书《聊斋志异》原文的校勘,底本采用尚存半部的蒲松龄手稿影印本(文学古籍刊行社1955年刊印)和《铸雪斋抄本聊斋志异》(上海人民出版社1974年影印版),较多参考了其时新出的清雍正年间抄本《异史》(中国书店1989年影印版)。《地震》《阿宝》《梦狼》等篇正文之后又有附则,皆缩排以示区别。

著名作家、北京大学教授吴组缃先生生前曾为《聊斋志异评赏大成》题词,本书影印于前,重温教导,以纪念先生。

北京大学出版社文史哲编辑部
2016年6月

目　录

前言	1
聊斋自志	1
考城隍	1
偷桃	5
劳山道士	9
蛇人	14
娇娜	17
叶生	24
王成	29
青凤	35
画皮	43
婴宁	48
聂小倩	59
地震	67
凤阳士人	70
侠女	75
莲香	83
阿宝	92
口技	98
潍水狐	102
红玉	106
林四娘	113
连琐	118
连城	124
商三官	131
雷曹	135
翩翩	139
罗刹海市	143
公孙九娘	152
促织	158
狐谐	164
姊妹易嫁	169
续黄粱	174
狐梦	181
花姑子	187
西湖主	195
绿衣女	203
窦氏	206
大力将军	210
颜氏	214
小谢	219
细侯	227
向杲	232
死僧	237
青娥	239
胡四娘	247
宦娘	254
阿绣	261

小翠	270	瑞云	364
金和尚	279	葛巾	369
细柳	285	黄英	377
梦狼	293	书痴	385
夏雪	299	青蛙神	391
盗户	301	晚霞	398
司文郎	304	白秋练	404
崔猛	311	王者	412
于去恶	317	香玉	417
张鸿渐	324	石清虚	424
王子安	333	鸮鸟	431
农妇	337	王桂庵	433
席方平	339	公孙夏	439
贾奉雉	346	太原狱	444
胭脂	354		

前　　言

马振方

  倒数上去三个半世纪，文学史上一代巨匠蒲松龄诞生。四十年后，他所创作的"写鬼写妖"的《聊斋志异》（或简称《聊斋》）初具规模，并开始流行。从那时起，迄今三百一十个年头，这部五十万言的文言短篇小说集代代相传，风行天下，经久不衰，不仅成为我国小说名著，并被译为十几种语言文字，成为世界文学的艺术瑰宝。

  明清两代，是我国古典小说发展的鼎盛时期，产生八部世界一流的大作品，其中七部都是白话小说，即《三国演义》《水浒传》《西游记》《金瓶梅》《三言》《儒林外史》和《红楼梦》；唯有《聊斋志异》用文言写就，这不能不为它的传播造成障碍。然而，在浩如烟海的小说之林中，《聊斋》是个独特的存在，不仅是中国文言小说的扛鼎之作，也是古代短篇小说的艺术高峰，是神话幻想与现实理想的艺术奇迹。随着社会生活的发展、文化水平的提高，越来越多的人希望了解、鉴赏这部奇书，对它的研究、评论也日趋繁荣和深入。著名作家和文学史家吴组缃先生多次说过：对《聊斋志异》，只作综合的研究、评述还嫌不够，还要一篇一篇地评。我们编写这部《聊斋志异评赏大成》，就是试着做这件事，并用以纪念蒲松龄诞生三百五十周年。

一

  蒲松龄（1640—1715），字留仙，一字剑臣，号柳泉居士，山东淄川（今淄博市淄川区）蒲家庄人。他生于崇祯十三年。四年后明即灭亡，清兵入关，建立新的王朝。这位小说家的成长、活动是在清前期的七十年间。他出身于"书香继世"的家庭，自幼接受传统的儒学教育,一心读书应考,走仕进之路。但才华横溢的蒲松龄对科第举业要求的八股文不很适应,十九岁时受到当时任山东学政的诗人施愚山的赏识,"以县府道三第一"考取秀才,以后就屡试屡败,难以进身。他的父亲蒲槃弃儒经商二十年之久,创起一个殷实的家业,后来"周贫建寺",坐吃山空,又败落了。到蒲松龄二十几岁,兄弟分居,已相当贫困。为了维持家庭生计,不久他就不得不到缙绅家设帐授徒。三十一岁那年,应同乡进士孙蕙之请,南下宝应、高邮,为这位知县做了一年幕宾,回乡后继续教书和应考的生涯。他前后坐馆四十几年,而以在西铺毕家时间最长,达三十年之久。他应考大约到六十岁左右,始终未能中举,直到七十二岁闲居在家,才被援例拔为岁贡生,四年后就去世了。

　　蒲松龄一生怀才不遇,有志难酬,这对他的打击极大,对其思想与创作具有非常深刻的影响,甚至有某种决定的意义。对当时的读书人来说,唯一的道路就是博取功名,出仕做官。蒲松龄积极入世,热心进取,自然是为了个人前途,荣华富贵;同时也是想做一番事业,济世利民。一次次失败使他满怀抑郁不平,慨叹"仕途黑暗,公道不彰",甚至"气愤填膺,欲望望然哭向南山而去"(《与韩刺史樾依书》)。就是在这种情况下,大力"搜抉奇怪",寄情狐鬼,写出他的"孤愤之书"。《聊斋自志》中所谓"寄托如此,亦足悲矣!"充分表达了作家的这种创作心境。不过,《聊斋》抒写的"孤愤"绝不只是个人遭际引发的愤激之情,而有广泛、深刻的思想内涵和社会性。对蒲松龄来说,伴随科场失意而来的是穷困潦倒,是大半生寒热仰人的坐馆生涯。其三十岁到四十多岁的十几年间尤其艰难,以至到了"午时无米煮麦粥"(《日中饭》)、"大者争食小叫饥"(《寄弟》)的地步。这使他身处下层,接近民众,了解、同情民间疾苦,对官场的腐败、现实的黑暗、豪绅的横行不法、社会的恶劣世风,具有比较清醒的认识,表现出强烈的正义感和斗争性。用他自己的话说,是"感于民情,则怆恻欲泣,利与害非所计也"(《与韩刺史樾依书》)。这是他的又一种"孤愤",是愤世嫉俗、伤时忧民的愤激之情。如此看来,《聊斋》寄托的"孤愤"绝不是达官贵人、富绅巨贾所具备的,而是既富正义感又落拓不得志的穷秀才所独有的,是蒲松龄的身世、阅历和所受教育的自然产物,《聊斋志异》则是这位困顿终生的作家生活、思想的艺术结晶。

南游做幕是蒲松龄唯一的一次远行,时间虽只一年,却是他一生经历的分水岭,是他久困名场之后,对仕进之路失去信心、感到失望的结果和表现。他决心走出应考的书斋,走向社会与人生,并开始广泛搜集题材,自觉从事《聊斋》的写作。蒲松龄开始记录怪异传说的时间大概还要早些,但那多半出于兴趣和爱好;把《聊斋》作为寄情抒怀的"孤愤之书"来大力创作,匠意经营,则始于离乡南游前后。他在一首南游诗中这样写道:"漫向风尘试壮游,天涯浪迹一孤舟。新闻尽入鬼狐史,斗酒难消磊块愁。"(《十九日得家书感赋,即呈孙树百、刘孔集》)这不仅表达了当时的心境,也是他把写作鬼狐故事作为消解、宣泄胸中磊块的有力证明。

当然,《聊斋志异》并非篇篇都有寄托。"雅爱搜神""喜人谈鬼"的蒲松龄通过多种途径搜采民间怪异传说,"闻则命笔,遂以成编",长年累月,乐此不疲。虽然有时也感到与科举考试相矛盾,写出过"鬼狐事业属他辈,屈宋文章自我曹"的诗句(《同安丘李文贻游大明湖》),却始终没有认真实行,直到老年还在搜奇抉怪,为《聊斋》谱写新篇。此乃这位小说家天性使然,也是成就这部奇书的重要因素。如此产生的《聊斋志异》,不同篇章的创作情况有很大区别,大致可以分为三类。其一,忠实记录传说,只作文字加工。这一类篇数不少,但篇幅很短,因而不是主要部分。其二,有民间传说做基础,经过蒲松龄大力改造和生发,把神怪传说现实化、理想化,造成各种有分量的小说佳作。其三,根据现实题材进行创作,其中神异幻想部分也是蒲松龄的艺术造作,是现实、理想的神话化。后面两类作品,篇幅大多较长,价值、成就也多高于第一类作品,是构成这部奇书的主体,也是精华的主要所在。

二

《聊斋志异》的价值和地位,需要放在世界小说之林中加以考察,放在小说艺术的历史发展中予以评判。

中外古今的小说分为两大形态：拟实类和表意类。前者以人生世事为蓝本，内容须合现实的逻辑，以生活本身的样态反映生活，传达作家的识见、情感和理想；后者以表意为旨归，内容是超验的，非现实的，或是现实的变形、变态，以奇思异想为意念、情感、精神或特征营造幻诞的形象结构，表现作家的生活感受和真知灼见。《聊斋志异》近五百篇，虽有一部分拟实之作，大多还是写鬼写妖的表意小说。这类小说源远流长，除去上古神话不论，古埃及中王国时期的法师幻术故事即是它们的最早作品，迄今已有四千年之久；到新王国时期，幻异故事有新的发展，产生了篇幅曼长、情节曲折的《两兄弟故事》；再后则有希伯来人《旧约全书》中的神话故事。所有这些都是民间传说的自然状态。自觉创作神异幻想表意小说并取得显著成就的是古希腊人，公元二世纪作家琉善和阿普列乌斯，前者的《真实的故事》和后者的《金驴记》都是奇幻的讽喻之作，是相当成熟的中长篇表意小说。其后则有我国的六朝志怪小说和唐传奇中《离魂记》《柳毅传》《任氏传》等一批神异的人情小说。与此同时，在阿拉伯国家产生了民间故事集《一千零一夜》，其中一部分也是超验的神话传说；在日本产生了被称为物语之祖的《竹取物语》，是写神女下凡的幻想故事。从十一到十五世纪，东西方继续产生不少神怪故事和幻异小说，我国宋、元两代及明前期的文言小说和白话小说都有神鬼、灵怪、幻术等类作品。统观上列不同时期、不同地域的神话幻想表意之作，各有各的特点、造诣和艺术成就，但都未达到这类小说的艺术高峰。它们的高峰出在十六、十七两个世纪，那就是吴承恩的《西游记》和蒲松龄的《聊斋志异》。前者是长篇的高峰，后者是短篇的高峰。两者在各自的领域把神异幻想小说艺术发挥尽致，达于极顶。以后虽也出现不少同类作品，但或为东施效颦，或属强弩之末，无法与两作同日而语。陈廷机称《聊斋》是"空前绝后"之作。段䰟在为《聊斋》写的《序》中说："先乎此、后乎此之类书，无虑汗牛充栋，竟无能望其项背者。"陈、段二人自然是就中国的同类小说而言，其实，这种论断也适于说明《聊斋》和《西游记》在世界神话幻想小说中的重要地位。如果说《西游记》充分发挥了长篇小说的优势，创造了古往今来一切神魔小说无与伦比的奇幻世界,创造了鬼斧神工的神话英雄孙悟空;那么,《聊斋》就是以短篇的灵活多变,把神话幻想与各种各样的人与人生紧密而巧妙地结合起来,以幻异的形象结构刺贪刺虐、讽喻现实,美化爱情和种种人情,造成许许多多亦真亦幻富于意蕴的艺术世界,塑造一大批亦人亦仙、美丽多情的女性形象,是中外古今同类作品的压卷之作。

《聊斋》并不全是小说,但其主要作品都是地道的短篇小说。在世界小说发展史上,《聊斋》是一部出类拔萃的作家个人短篇小说集。在它之前,短篇小说大都处于讲故事阶段,所谓短篇小说,就是篇幅短的故事,即英语的 short story。西方以薄伽丘的《十日谈》为代表,东方则以冯梦龙所编《三言》为翘楚。这些作品的艺术描写比较细致,故事情节生动、曲折、引人入胜,特别是《三言》,达到了故事艺术的极致。但这种作品篇幅较长(所谓短篇是与长篇相对而言),缺乏简约的思想结构和新巧的艺术表现。马太斯教授在《短篇小说的哲学》一文中,为了把讲故事的小说与讲求构思和艺术表现的近代短篇区别开来,便将英语 short story 用连号缀成 short-story,并特别申明,这个有连号的词与 short story"相差甚远",它是一种"简约""新到""巧慧"的"新的文类"(参见〔美〕佩里著,汤澄波译《小说的研究》第 242 页,商务印书馆 1926 年版)。此种短篇常写一时一地之事,即所谓生活横断面。这为短篇小说定了新的标准。按照这种标准要求,《三言》多为故事或中篇小说,而《十日谈》被认为只有两篇是短篇小说。这种标准伸缩性很大,不能一目了然,实际应用比较困难,习惯上还是把篇幅短的小说划为短篇小说。其实,马太斯所做的区分,不妨看作短篇小说艺术发展的不同阶段,简约、新巧,讲究构思,使短篇小说达到一个新的水平。这种短篇,在《聊斋》以前偶然可见,但为数甚少,可以说是凤毛麟角。而《聊斋》五百篇中有一大批这样的作品,许多寓意之作脱离了说教故事状态,讲求立意,结构精巧,在形象与思想、幻想与现实之间建立起强有力的艺术关系和联系,达到很高的艺术造诣,不要说十七世纪以前难以找到比美之作,就是将它们放在今日短篇小说的汪洋大海中,也独具特色、熠熠闪光,堪称精品和艺术明珠。《促织》《梦狼》《席方平》《叶生》《王子安》《司文郎》《石清虚》《鸲鸟》《书痴》《罗刹海市》《夏雪》《死僧》《鸟语》《盗户》……都是寓意小说的名篇,艺术表现各有千秋。其中《王子安》《鸲鸟》《夏雪》《死僧》都是只写一时一地之事的横切佳作;《盗户》正文只一百多字,先写山东南部的社会现实:农民起义被招抚,编为"盗户",由于盗户太多,县令畏惧,"凡值与良民争,则曲意左袒之",致使讼者常冒充盗户,十分荒唐。后面笔锋一转,驰入幻域:

　　适官署多狐,宰有女为所惑,聘术士来,符捉入瓶,将炽以火。狐在瓶中大呼曰:"我盗户也!"闻者无不匿笑。

　　这一怪诞的结尾与前面现实的内容形态迥异,却相反相成,把官宰畏盗的本质一下推到泰山极顶,具有一种艺术表现的爆发力,翻空出奇,极有趣味,天外飞来,无限风光,臻于微型小说的艺术极致。它告诉我们,《聊斋》作者对短篇小说的构思技巧具有多么充分的艺术自觉,并且达到何等纯熟的艺术境地。

　　在蒲松龄之后近两个世纪,近现代短篇小说风起云涌地发展起来,盛极一时,产生了莫泊桑、契诃夫、欧·亨利、芥川龙之介等艺术大师。如果就每个作家在小说艺术发展中的地位而言,蒲松龄足与四圣并驾而五,毫不逊色。他是在短篇小说普遍处于故事化时代以《聊斋志异》的一大批作品标新领异、独树一帜,是对短篇小说艺术的近现代化做出了巨大贡献的第一人。

三

　　小说是摹写虚拟人生的散文艺术,其内容核心是人与人生。在这一艺术领域,一切传世的不朽之作都无一例外地具有重要的为人所关心、瞩目的艺术内容和思想价值。今天来看,《聊斋志异》无疑有许多封建观念和迷信思想。三纲五常、等级贵贱、双美共夫、因果报应,在不少作品中都有表现。有些篇章就是这些观念的图解,是不足取的。但那毕竟只是局部,是次要方面。整个作品的思想内容不仅是丰富的、多方面的,也是深刻的、多层次的,具有广泛的社会性。这是这部小说名著三百多年传诵不衰的根本原因。

以儒家思想为主导的蒲松龄积极入世,关心时政和民众疾苦,有做清官、行仁政的抱负和理想。这与当时现实官场的黑暗、腐败大相径庭且矛盾尖锐,从而产生一批抨击官场、"刺贪刺虐"的重要作品。上自皇帝、宰辅、封疆大吏,下至县令、书吏、衙役公差,都是《聊斋》直接或间接的指斥对象,《促织》《梦狼》《席方平》《续黄粱》《红玉》《向杲》《鸮鸟》《潍水狐》都是杰出的代表作,也是《聊斋》思想性、社会性最强的篇章。它们与另外一些作品的同类内容联系起来,共同创造一个官虎吏狼鱼肉百姓的强梁世界,矛盾之尖锐、倾向之鲜明、笔锋之犀利,在难以数计的古代短篇小说史上实属罕见,十分难得。作者不仅用虚幻的人物和形象隐喻、影射现实的官场,还指名道姓地揭示了张华东(《库官》)、王岦生(《放蝶》)、陈从善(《郭安》)、杨杰(《鸮鸟》)一批官吏的恶劣行径,矛头直指明末清初的官场现实。更值得称道的是,《聊斋》的多篇作品都把抨击贪官与抨击势豪结合起来,写出前者为后者服务、后者以前者为依傍的相互关系,从而揭示出封建官府的阶级本质。

蒲松龄走了大半生应考求官的仕进之路,惨遭失败,困顿终生。这种经历使他对科场、仕途的种种弊端和乌烟瘴气不仅具有清醒认识和深刻体验,而且满怀不平之气,"顿足欲骂"。揭露其中弊端,表现各色人物,造就《聊斋》另一批名篇佳作。从其思想重心来看,大致又可分为三类。一是嘲讽试官昏聩,"黜佳士而进凡庸"(《三生》)。《司文郎》《于去恶》《贾奉雉》都是突出的例子。后者借郎仙之口指出试官昏聩的根源和普遍性:"帝内诸官皆以此等物事(指八股文)进身,恐不能因阅君文另换一副眼睛肺肠也。"这实际上是对八股取士的一种否定,触及科举的一个根本问题。二是揭露学官敲诈勒索和王公大人卖官鬻爵。《考弊司》《饿鬼》《公孙夏》《司训》都表现了这一主题。《神女》写学官府中"上下勒索",致使好心的神女不得不摘下头上的珠花,送给秀才作"进身之资"。这类作品实际也是对腐败官场的一种批判。三是表现读书人追求功名的精神状态——科举制对士子学人心灵的腐蚀与影响,创造了叶生、王子安、冷生、郎玉柱等一些忘生忘死、梦魂颠倒、迷迷痴痴、呆呆傻傻,可笑而又可悲的人物。应该指出,蒲松龄主观上并不否定科举,而上述种种作品实际上批判了这种制度,客观上具有否定科举的效果。

《聊斋志异》的内容非常广阔,涉及人与人的关系的方方面面。《于去恶》中的"策问"题目有这样的话:"自古邪僻固多,而世风至今日,奸情丑态,愈不可名,不惟十八狱所不得尽,抑非十八狱所能容。"这实际上就是作者对当时社会恶劣世风的看法和概括,书中许多作品对形形色色的奸情丑恶作了生动的描述和表现。

积极入世的蒲松龄执着地热爱人与人生,在批判社会黑暗面的同时,也热情地歌颂、向往美和光明。清官廉吏、仁人义士、奇男烈女、良朋益友、勇武、智慧、贤达、老成以及种种美德善举、奇操异行,都是《聊斋》描写和表彰的对象。而用墨最多也最有光彩和艺术魅力的,则是对爱情的热烈讴歌。如果说《聊斋》表现了反封建的精神和倾向的话,那主要也是在这一部分作品中。对贪官污吏、混沌科场和恶劣世风的抨击、批判,一般都未超出儒家思想范畴,表达的是一个正直儒生的义愤、感慨和理想。爱情主题的小说则不然,大批佳作把青年男女发自人类天性的爱悦之情、倾心之想尽意挥写,大力渲染,造成一个个如醉如痴、如火如荼,置礼法于不顾,狂热追求婚姻自由和爱情幸福的人物形象,具有鲜明的反封建色彩。更有《连城》《鸦头》一类作品,直接展开钟情男女与封建势力尖锐、复杂的矛盾冲突,经过艰难曲折、生生死死的斗争过程,方才达到胜利结局,充分显示了封建的政权、族权、夫权对爱情的摧残与禁锢,也充分显示了青年主人公不屈不挠、可歌可泣的奋斗精神。

统观《聊斋》全书,讴歌爱情的作品占有突出的地位。这是非同寻常的。我们知道,宋代兴起的程朱理学大大强化了封建纲常和宗法观念。"存天理,去人欲"的谬论更是禁锢性爱的枷锁。至明后期,王学左派对宋明理学进行了批判。明末清初的进步思想家继续进行这种批判,为思想界吹入清新的民主气息。王夫之甚至认为"欲即天之理"(《读四书大全说》卷四),"饮食男女之欲,人之大共也"(《诗广传·陈风》)。蒲松龄在清前期的康熙年间大写大赞男女之爱,与这一思想潮流若合符契,是这种思潮在创作领域的表现和发展。这使我们想到欧洲文艺复兴时期产生的小说《十日谈》,具有人文主义思想的薄伽丘在这部著名的小说集中写了许多爱情故事,肯定人有爱的权力,有力地冲击了中世纪的禁欲主义。蒲松龄似乎没有薄伽丘那样明确、自觉的反封建思想,但他笔下的爱情故事都是"人欲"、性爱的热烈颂歌,也是对理学禁欲主义的一种否定和反叛。

四

以篇目计算,《聊斋志异》包含作品四百九十四篇。此外,一目多文涨出十篇,篇末故事类附则四十一篇(不含引录他人作品),"异史氏曰"记述生活故事九篇。全书计有各类作品五百五十四篇。

这些作品的结构形式和艺术形态多姿多彩,多种多样。其中奇幻表意之作大致可以分为两类:讽喻小说和人情小说。前者以寓意为主,兼用写意,着力表现社会的丑、世态的恶;后者以写意为主,偶有寓意,大力显示人性的善、人情的美。

讽喻小说的源头是先秦的寓言。但寓言是哲理的形象化,不是小说。我国从汉魏六朝以来,写神写鬼的志怪书汗牛充栋,大多侈陈怪异,寓意无多,较有影响的讽喻之作只有唐代的《枕中记》《南柯太守传》等几篇,为数甚少。至《聊斋》情况大变,讽喻佳作随处可见,不胜枚举,构思精巧,意象新奇,富于美感和表现力。其中又有两大类型:暗示型和显示型。前者利用阴司、梦境、异域之类的奇幻世界影射、隐喻社会现实。《梦狼》描绘的虎狼图,《席方平》展示的地狱图,《于去恶》中冥府开科,《考弊司》中鬼王割肉,无不隐喻现实的官场与科场。《罗刹海市》更为出奇,幻设一个美丑颠倒的大罗刹国,暗示"花面逢迎"的世情、"嗜痂成癖"的仕途,寓意颇深,被无名氏评家誉为全书"第一"。后者——显示型讽喻之作,写的是人世间事,杂以狐鬼之异,僧道之术,用以强化对现实的表现。《潍水狐》中的狐翁对愿意同他结交的人"无不伛偻接见",唯独不肯见县令,原因是他"前身为驴,今虽俨然民上",驴性不改,"一怒则蹴趹嗥嘶",给点草料又俯首帖耳,是只认钱财的无耻之徒,狐虽异类,也"羞与为伍"。《贾奉雉》中的郎仙施展法术,把书生戏于落卷中所集"冗、泛滥、不可告人之句"固定在其头脑里,使他应考时只会作此"戏缀之文",结果"竟中经魁";事后复阅其卷,"一读一汗",无脸见人,只好披发入山,永绝人世。诸如此类的狐怪、仙人对显示官吏的贪鄙、试官的昏聩,都是有力的杠杆人物和艺术符号,造成的形象结构新奇巧幻,极富艺术表现力。至于大家熟知的《劳山道士》,以及前面谈到的《盗户》《鸮鸟》《书痴》《司文郎》等,都是显示型讽喻小说的佼佼者。

以狐鬼精魅表现人性与人情并不始于《聊斋志异》。早在六朝小说中就有人与鬼仙相恋的故事,唐人小说中更有《柳毅传》《离魂记》《任氏传》《李章武传》等动人之作。由宋至明,此种文言与白话小说也不乏其例。然而,与《聊斋》相比,不仅数量不多,成就和造诣也相去甚远。展开《聊斋》,佳鬼佳狐纷至沓来,款款多情,生动如活,美不胜收,具有浓郁的生活气和人情味,显出充足的人性美和人情美。婴宁、青凤、莲香、小谢、香玉、葛巾、娇娜、宦娘、小翠、连琐、晚霞、翩翩、湘裙、聂小倩、伍秋月、白秋练、绿衣女、花姑子、荷花三娘子……简直就是美的化身,既是现实美的升华,又是理想美的表现。作者利用幻想的自由,把现实人的美好品性与感情,特别是少男少女的纯真爱情,充分加以美化、诗化、理想化,造成许许多多绝美的形象和意境,云霞烂漫,赏心悦目,层见叠出,应接不暇,在小说史上造成一种前无古人、后无来者的艺术奇观,使以幻美情的写意艺术达到炉火纯青的高度,从而为这种小说形态的艺术发展画了句号。

蒲松龄为什么大写特写狐鬼花妖、阴曹地府,而不直写人与人生、现实世界?对这个问题,常能见到这样的解释:清初文化统治严酷,大兴文字狱,蒲松龄既要指斥时弊,又要规避文祸,因而采取曲折、荒诞的表现形式。这种解释虽然不是全无凭据,恐怕未必符合实际情况。我们知道,《聊斋》有些指斥时弊的篇章并不避讳现实的内容,有时还直书当事人姓名,就连当时曾任山东学政的二品大员朱雯也被他在《何仙》《蚰蜒》中两次点名冷嘲热讽,并且将他喻为"闻腥辄集"的蚰蜒和"无目而多贪"的蜈蚣。这种奇幻的形象结构,不仅不能避祸,反倒更容易招祸。《聊斋》大量的作品表明,采取神话幻想的形态便于痛快淋漓地讽喻现实,自由自在地表达理想,使丑的显得更丑,把美的写得更美。《聊斋》是现实的,更是理想的,它给现实以理想的表现,无论讽喻小说还是人情小说,都有理想的结局和浓重的浪漫色彩。作者的主观精神贯注全书。这才是它大写花妖狐魅、神灵鬼怪的根本原因。大批佳作把神话传说现实化,把现实情事神话化,达到神话与现实的结合、现实与理想的结合,造成《聊斋》绚丽多彩、气象万千的艺术世界。

《聊斋》也有一部分拟实之作,主要包括两类作品:人物传奇和生活素描。鲁迅在《中国小说史略》中评述其"记神仙狐鬼精魅故事"之后写道:"又或易调改弦,别叙畸人异行,出于幻域,顿入人间……"这指的正是人物传奇。这类作品写的是现实人事,但不是一般常见的人和事,而是异乎寻常的奇人奇事。有疾恶如仇、抱打不平的崔猛,惩治贪官、神出鬼没的王者,貌丑义高、为友御侮的乔女,所嫁非人、杀子绝情的细侯,性情豪爽、慷慨报恩的吴六奇,有胆有识、为父杀仇的商三官,轻取功名、压倒须眉的颜氏,巧计六出、连毙乱兵的张氏妇,"艳如桃李""冷语冰人"的侠女,"内慧外朴"、深于城府的胡四娘,以及"不引嫌、不辞谤"、严于教子、"欲以人胜天"的细柳娘……创造这些人物作品的共同特点和最大优点,是集中笔墨写一个特出之人的非常之事,全篇很像其人的传记,而比史传更多故事性和传奇性,更重性格刻画和细节描写,因而更富艺术美感。它们与注重写人的唐宋传奇一脉相承,而又发展了传奇艺术,笔法灵通多变,描写更见精彩,人物鲜明突出,特别富于理想精神和浪漫色彩。更值得注意的是,这些传奇主人公多为女性。作者以饱蘸激情的彩笔绘出一幅幅巾帼奇人的生动肖像,造成一个光彩夺目的奇女画廊。这不仅是蒲松龄妇女观进步方面的一种表现,也是《聊斋》艺术特点的一个组成部分。众所周知,这部奇书的佳鬼佳狐几乎全是女性形象,充分表现了款款多情的阴柔之美;而这些创造了种种奇迹的现实人物又显示了女子胜过男儿的阳刚之美,就人物形象而言,《聊斋》主要是女性的世界。

所谓生活素描,就是记述生活见闻的笔记小说。这类作品早在六朝古小说中就很盛行,产生了刘义庆《世说新语》那样的代表作。它是与"志怪"小说相对的"志人"小说,文笔简短,却很传神,是白描的佳作。蒲松龄继承、发展了这一传统,使这种笔记小说呈现新的风貌,达到新的水平。首先,它不像《世说新语》那样单纯记述名公巨卿的逸行美德,而从民间汲取题材,把笔伸向社会下层,樵夫、农妇、巫婆、力士,无所不包;魔术、气功、口技、杂耍,无所不记。其次,也是更重要的,这些短作一般不是摭拾人物一言一行的"丛残小语",而是形象结构相当完整的生活写生。它们大多独立成篇;也有的缀于正文之后,作为附则,有头有尾,自成局面。这些素描式笔记小说,不以构思精巧见长,而以下笔有神取胜。蒲松龄善于捕捉富于意蕴的传闻、琐事,寥寥几笔就栩栩如生,制成一篇篇白描艺术的袖珍之作。它们星散在全书之中,与大篇结构互相间杂、参差错落,使《聊斋》总体仿佛宏大的园林建筑,于楼阁台榭之间点缀小桥、曲径、花草、石砌,后者虽非主体,也自有风光,各具妙用,为园林增色,使游人乐赏。

一部短篇小说集,如此形式多样,文备众体,并能达到各领风骚,各臻其妙,这在小说发展史上也是极其罕见的。《聊斋志异》是短篇小说名副其实的艺术宝藏。

五

文学是语言的艺术,小说语言的基本功能是描摹,用以摹写种种虚拟的人生楼阁、艺术幻象。《聊斋志异》是文言小说,用文言摹写人生,创造幻象,有其所长,更有所短,远不如白话灵活、便利,适应性强。然而,把《聊斋》译成白话,意味常常失去大半。特别是那些著名篇章、精彩文字,不论译成怎样的白话,也难以传达原著的神韵。这是因为《聊斋》的语言太好、太精美了,真所谓"文笔之佳,独有千古"(冯镇峦《读聊斋杂说》)。鉴赏《聊斋》,不能不鉴赏它高超的小说语言艺术。

蒲松龄幼读经史,"一肆力于古文,奋发砥淬,与日俱新"(张元《柳泉蒲先生墓表》)。在《聊斋》中,充分发挥了古文辞言简意赅、句短味永的长处，构成这部小说名著艺术语言的重要基础。但他并不囿于古文辞的框式。为了适应小说内容艺术描写的广泛需要，一反自己散文语言的"古折奥峭"，从口头文言和白话中汲取养料，大力改造古文辞，创造一种既精美、典雅，又生动活泼，富于描摹力和表现力的小说文言，时而曲尽世态，时而雕空镂影，造成《聊斋》丰富多彩的幻象世界。如果说以往的古文辞大家创造了散文文言的艺术典范，那么，蒲松龄则为文苑创造了小说文言的艺术典范。《聊斋》的语言以崭新的风貌卓立于文言名作之林，足与争辉，独具一格。这是蒲松龄对小说艺术和古文艺术的重要贡献，也是《聊斋》成为不朽之作不可缺少的前提条件。

小说中的人物对话是用语言摹写言语，本来最为便利。但文言小说无此便利。相反，由于文言与口语严重分离，便成为摹写对话的极大障碍，致使各种古文以及历代文言小说大都不以对话见长。许多文言对话缺乏个性，"文而失实"，甚而至于"皆如板印"，被章学诚列为"古文十弊"之一。《聊斋》不然，那些曲尽世情的场景、意象主要是由人物对话构成的。对话不仅在许多佳作中占很大比重，而且往往是作品的精彩所在。《狐梦》中姊妹戏语，《阎王》中叔嫂斗口，《翩翩》中两女闲话，《青蛙神》中夫妻怄气，《司文郎》中书生争锋，《邵女》中媒婆进言，诸如此类，不一而足，无不惟妙惟肖、声态并作。人物有鲜明个性，活灵活现；景象有浓厚情趣，如在目前。不要说文言小说千古独步、无与伦比，即在白话短篇小说中也不多见，是这部小说名著的重要精华。

《聊斋》的对话艺术如此之高，自然与它融入口语密切相关，但还远不是日常口语。在文言中融入白话是很有限的。对话完全口语化，就会与叙述语言失去和谐与统一。《聊斋》的人物语言仍以文言为基调，让不同身份的人使用深浅程度不同的口头文言或半文言。它不追求与生活语言完全一致，不追求对话的高度形似，而是在融入白话口语的同时，大力发挥文言的长处，努力写出高度传神的人物语言，在失去某些形似的同时，获得更高的神似效果，像笔墨超绝的写意画。这是《聊斋》人物语言的最大特色，也是它难以译成白话而不失色的根本原因。作者以高度熟练的技巧把文言与白话以不同的比例融合在一起,制成不同人物的语言,恰到好处,浓淡相宜,天然浑成,不见凿痕,简直达到出神入化的艺术境地。

  《聊斋》还有一定数量的议论文字,这就是部分篇末的"异史氏曰"。全书计有"异史氏曰"一百九十四则,虽不全是议论,还是以议论为主调。与一般小说的议论文字易遭读者冷遇不同,《聊斋》的读者大都喜欢"异史氏曰"。它们像长长短短的杂文,有的激昂慷慨,令人鼓舞,有的冷嘲热讽,妙语解颐;时而借题发挥,给人启迪;时而警句突出,促人猛醒。"异史氏曰"取法《史记》的"太史公曰",而与后者有明显的差异。"太史公曰"是史家之笔,用以评定人物短长,平稳、庄重、整齐、均衡;"异史氏曰"是小说家言,可以论理,可以抒情,长短不拘,轻重不计,或尖锐、热烈,或明快、潇洒,杂以幽默、艺术夸张,与史笔风格迥然不同,加上作者多才多能,功力深厚,涉笔成趣,嬉笑为文,使议论富于文学意味和艺术魅力。读《聊斋》不可不读"异史氏曰"。

1990 年 7 月于北京大学燕东园

聊 斋 自 志

　　披萝带荔，三闾氏感而为骚；牛鬼蛇神，长爪郎吟而成癖。自鸣天籁，不择好音，有由然矣。松落落秋萤之火，魑魅争光；逐逐野马之尘，罔两见笑。才非干宝，雅爱搜神；情类黄州，喜人谈鬼。闻则命笔，遂以成编。久之，四方同人，又以邮筒相寄，因而物以好聚，所积益夥。甚者：人非化外，事或奇于断发之乡；睫在眼前，怪有过于飞头之国。遄飞逸兴，狂固难辞；永托旷怀，痴且不讳。展如之人，得毋向我胡卢耶？然五父衢头，或涉滥听；而三生石上，颇悟前因。放纵之言，有未可概以人废者。

　　松悬弧时，先大人梦一病瘠瞿昙，偏袒入室，药膏如钱，圆粘乳际。寤而松生，果符墨志。且也：少羸多病，长命不犹。门庭之凄寂，则冷淡如僧；笔墨之耕耘，则萧条似钵。每搔头自念：勿亦面壁人果是吾前身耶？盖有漏根因，未结人天之果；而随风荡堕，竟成藩溷之花。茫茫六道，何可谓无其理哉！独是子夜荧荧，灯昏欲蕊；萧斋瑟瑟，案冷疑冰。集腋为裘，妄续幽冥之录；浮白载笔，仅成孤愤之书。寄托如此，亦足悲矣！嗟乎！惊霜寒雀，抱树无温；吊月秋虫，偎阑自热。知我者，其在青林黑塞间乎！

　　康熙己未春日。

考 城 隍

予姊丈之祖，宋公讳焘，邑廪生。一日，病卧，见吏人持牒，牵白颠马来，云："请赴试。"公言："文宗未临，何遽得考？"吏不言，但敦促之。公力疾乘马从去。路甚生疏。至一城郭，如王者都。移时入府廨，宫室壮丽。上坐十余官，都不知何人，惟关壮缪可识。檐下设几、墩各二，先有一秀才坐其末，公便与连肩。几上各有笔札。俄题纸飞下。视之，八字云："一人二人，有心无心。"二公文成，呈殿上。

公文中有云："有心为善，虽善不赏；无心为恶，虽恶不罚。"诸神传赞不已。召公上，谕曰："河南缺一城隍，君称其职。"公方悟，顿首泣曰："辱膺宠命，何敢多辞？但老母七旬，奉养无人，请得终其天年，惟听录用。"上一帝王像者，即命稽母寿籍。有长须吏，捧册翻阅一过，白："有阳算九年。"共踌躇间，关帝曰："不妨令张生摄篆九年，瓜代可也。"乃谓公："应即赴任；今推仁孝之心，给假九年，及期当复相召。"又勉励秀才数语。

二公稽首并下。秀才握手，送诸郊野，自言长山张某。以诗赠别，都忘其词，中有"有花有酒春常在，无烛无灯夜自明"之句。公既骑，乃别而去。及抵里，豁若梦寤。时卒已三日。母闻棺中呻吟，扶出，半日始能语。问之长山，果有张生，于是日死矣。

后九年，母果卒。营葬既毕，浣濯入室而殁。其岳家居城中西门内，忽见公镂膺朱幩，舆马甚众，登其堂，一拜而行。相共惊疑，不知其为神。奔讯乡中，则已殁矣。

公有自记小传，惜乱后无存，此其略耳。

【评赏】

打开《聊斋志异》，我们便会立即进入一个五光十色、奇幻莫名的

艺术世界:花妖狐魅,联翩而至;天宫冥府,迭相出现。它那奇谲幻诞的故事情节,诡秘神异的艺术形象,既让读者目眩神迷、惊心诧骨,又清晰地映现出现实的人情世态,蕴涵着作者的思想感情,做到了真与幻的奇妙统一。列于本书开卷之首的《考城隍》就是初步体现了《聊斋志异》总体特点的一篇作品。

这篇小说,篇幅较短,情节亦不复杂,写的是淄川秀才宋焘被鬼卒邀至阴曹地府参加考试,并被委任为城隍神的故事。城隍神,是传说中专司地方祸福的基层神祇,由古代腊月所祭八神之一的"水庸"演化而来。据史书记载,北齐时便有祭城隍之事,以后历代王朝皆将祭城隍列入祀典。城隍神如何确定、委任,传说中没有固定的说法,而在本篇中则是通过考试。本篇所写的考城隍,本是发生在冥间,但作者并不急于点出,而是循着主人公宋公的经历、感觉,从容不迫地开展故事,使小说的情节若真若幻,扑朔迷离,最后才让读者同宋公一起认清事实的真相。开头说:宋公病卧,吏人持牒邀请赴试,这极似发生在现实中的事情。但宋公说:"文宗未临,何遽得考?"二者的尖锐矛盾,又使小说疑云顿生。赴试途中,"路甚生疏",亦让人感到迷惑不解。进入府廨,宋公看到官员中竟有早已为神的关羽,至此,作者虽没点出宋公已经入冥,但情节中的疑云迷雾更加浓重了。考完之后,宋公被委任为河南城隍,这时,"公方悟",读者眼前的疑云也顿然消尽,前边貌似现实的情节立即闪射出极其虚幻的色彩。这种叙事方法,不仅契合宋公"病卧"中昏眊不知所之的实际情况,给人一种特殊的真实感,同时也使本篇并不曲折复杂的故事依然有波澜、有悬念,引人入胜。

唐代以来的封建王朝,以科举考试作为选拔官吏的主要途径。本篇所写的考城隍,便是在此种现实材料的基础上幻设而成。但比起现实中的科举考试,本篇中的考城隍有两个突出特点:一是考生(宋公)持论卓异,二是试官(诸神)衡文公允。宋公的文章体现出来的是儒家扬善惩恶、慎于用刑的传统思想,但又别出机杼,翻出新意,指出"有心为善,虽善不赏;无心为恶,虽恶不罚",这就显示出见解的独特。诸神并不因宋公持论新异便认为是离经叛道,而是"传赞不已",这又表现了试官们识鉴英明。这样的考生,这样的试官,使考试进展顺利,一个理想的城隍立即被选拔出来了。在残存的《聊斋》手稿本中,本篇列于第一卷之首,大约写于作者开始创作《聊斋》的青年时期(据张笃庆《和留仙韵》诗,蒲松龄二十五岁以前就已开始了《聊斋》的创作)。蒲松龄十九岁时,应童子试,连取淄川县、济南府、山东学道三个第一,主持山东学道考试的文坛巨擘施愚山称其文章"观书如月,运笔如风"(王敬铸《聊斋制艺》,转引自路大荒《蒲柳泉先生年谱》)。青年时期的蒲松龄,科场得意,文名籍籍,他所遇到的是求才若渴、慧眼独具的考官;呈现在他眼前的,是朱紫可求、青云有路的美妙前程。这篇小说,除了记录"考城隍"这一奇异的故事之外,还曲折地表现了作者青年时期对科举考试的天真幻想,对通过考试选拔出清正廉明的地方官的渴盼,也表现了作者此时在科举的道路上风发蹈厉、信心十足的精神风貌。

  本篇所写的考城隍的故事以及主持考试的诸位神祇,在现实中都是不存在的。借现实中根本没有的故事和形象,抒发、寄托作者的思想感情,这种方法叫做"假象见义"。"假象见义"的方法,最早见于《周易》。孔颖达《周易正义》解释《周易》中的象辞时说:"此等象辞,或有实象,或有假象。实象者,若'地上有水',比也,'地中生木',升也,皆非虚,故言实也。假象者,若'天在山中''风自火出',如此之类,实无此象,假而为义,故谓之假也。"也就是说,现实中并没有"天在山中""风自火出"这类形象,《周易》将它们虚构出来只是借以表现抽象的哲学玄理,所以称之为"假(借)象"。文学创作也可以采用假象见义的方法,《楚辞》中的许多作品就是运用这种方法的典范。《聊斋》中写了大量的花妖狐魅、天神地祇,但作者并不是宣扬宗教迷信,而是借以表达自己的思想感情、理想愿望,这部小说采用的也是假象见义的方法。采用这种方法,因为形象与思想的联系是间接的,因而常使作品含蓄蕴藉,具有隐喻性、象征性特征。这篇小说,借宋公在阴曹地府考城隍的虚幻故事,曲折地表现了作者青年时期的思想感情、理想愿望,同样具有深藏不露、含蓄蕴藉的特点。

  《聊斋》虽然采用的是假象见义的方法,它所写的故事和人物虽然大部分都是虚幻的,但作者又极力示人以真,追求作品的艺术真实感。为了达到真和幻的有机统一,作者不仅让虚幻的故事情节、艺术形象蕴含着现实的矛盾冲突、思想感情,而且还采用了一些十分巧妙的艺术方法,其中最主要的一点,便是"假实证幻",即用故事情节中具有真实可信性的部分,去证实故事整体的真实性。本篇也采用了这一艺术方法。宋公死去之后,在冥间同长山张某一起参加了选拔城隍的考试,被委任为河南城隍后,诸神又在宋公泣求下,稽查宋母的阳算,决定给假九年,这一故事的整体无疑是虚幻的,是不能令人置信的。但宋公还阳后,"问之长山,果有张生,于是日死矣","后九年,母果卒",有了此等现实情事,前边虚幻性的故事也就让人不能不信以为真了。

蒲松龄十九岁时考中了秀才,但后来多次参加考取举人的乡试都是"铩羽而归"。无情的现实使他越来越深刻地认识到科场的黑暗和科举制度的弊端,因而他以后写到科举考试(如《司文郎》《于去恶》《贾奉雉》等篇所写的),便不像本篇所写的考城隍那样公允美妙了。比起作者后来创作的涉及科举考试的作品,本篇的思想深度显然是稍逊一筹的。在艺术上,本篇情节简单,人物缺乏鲜明丰满的个性特点,在《聊斋》中亦不是上乘之作。但本篇在很多地方都体现了《聊斋》的基本特点,这表明青年时期的蒲松龄就有了很高的艺术修养,确立了自己的独特风格。现在,就让我们从本篇开始,进入《聊斋》这座瑰丽的艺术迷宫,把芳览萃、寻幽探胜,领略那些数不胜数的优秀之作中的艺术风光吧。

(张稔穰　杨广敏)

偷　　桃

童时赴郡试,值春节。旧例,先一日,各行商贾,彩楼鼓吹赴藩司,名曰"演春"。余从友人戏瞩。是日游人如堵。堂上四官,皆赤衣，东西相向坐。时方稚，亦不解其何官。但闻人语哜嘈，鼓吹聒耳。忽有一人，率披发童，荷担而上，似有所白；万声汹动，亦不闻为何语。但视堂上作笑声。即有青衣人大声命作剧。其人应命方兴，问："作何剧？"堂上相顾数语。吏下宣问所长。答言："能颠倒生物。"吏以白官。少顷复下，命取桃子。

术人声诺，解衣覆笥上，故作怨状，曰："官长殊不了了！坚冰未解，安所得桃？不取，又恐为南面者所怒。奈何！"其子曰："父已诺之，又焉辞？"术人惆怅良久，乃云："我筹之烂熟。春初雪积，人间何处可觅？惟王母园中，四时常不凋谢，或有之。必窃之天上，乃可。"子曰："嘻！天可阶而升乎？"曰："有术在。"乃启笥，出绳一团，约数十丈，理其端，望空中掷去；绳即悬立空际，若有物以挂之。未几，愈掷愈高，渺入云中；手中绳亦尽。乃呼子曰："儿来！余老惫，体重拙，不能行，得汝一往。"遂以绳授子，曰："持此可登。"子受绳，有难色，怨曰："阿翁亦大愦愦！如此一线之绳，欲我附之，以登万仞之高天。倘中道断绝，骸骨何存矣！"父又强呜拍之，曰："我已失口，悔无及。烦儿一行。儿勿苦，倘窃得来，必有百金赏，当为儿娶一美妇。"子乃持索，盘旋而上，手移足随，如蛛趁丝，渐入云霄，不可复见。久之，坠一桃，如碗大。术人喜，持献公堂。堂上传视良久，亦不知其真伪。

忽而绳落地上，术人惊曰："殆矣！上有人断吾绳，儿将焉托！"移时，一物堕。视之，其子首也。捧而泣曰，"是必偷桃，为监者所觉。吾儿休矣！"又移时，一足落；无何，肢体纷堕，无复存者。术人大悲，一一拾置笥中而阖之，曰："老夫止此儿，日从我南北游。今承严命，不意罹此奇惨！当负去瘗之。"乃升堂而跪，曰："为桃故，杀吾子矣！如怜小人而助之葬，当结草以图报耳。"坐官骇诧，各有赐金。术人受而缠诸腰，乃扣笥而呼曰："八八儿，不出谢赏，将何待？"忽一蓬头僮首抵笥盖而出，望北稽首，则其子也。以其术奇，故至今犹记之。后闻白莲教能为此术，意此其苗裔耶？

【评赏】

《聊斋志异》中既有优美动人的小说佳作，也有十分精粹的散文

偷 桃

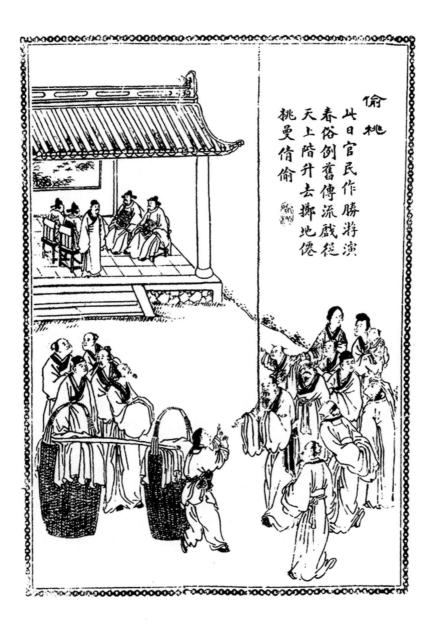

此日官民作勝游，演春俗例舊傳流。戲從天上階升去，擲地儼桃曼倩偷。

小品。这些小品,或重在描绘大自然的奇特景观,如《水灾》《地震》《山市》;或重在表现人物的某种异常性格,如《快刀》《农妇》《狂生》;或记述畸形的社会现实,如《堪舆》《真定女》。而本篇则是社会风俗小品,它叙写了杂技艺人一场精彩的幻术表演。

常言道:戏法是变出来的,关子是卖出来的。而一个杂技艺人的表演才能与艺术技巧,就表现在他"变什么""怎么变""变得怎么样"上。这位艺人的表演项目是令人难以想象的:他能够颠倒植物生长的季节时令,能将绳索抛入空际,使其"若有物以挂之",能让其子缘绳而上,在春初积雪季节从天上摘下桃子,这不能不说是奇迹。不用说,这都是变戏法,是假的,但这位艺人却在众目睽睽之下不仅做到了这一切,而且能让观众信以为真,这就显出了他高超的演出技巧。

那么,杂技艺人是怎么假戏真做、瞒天过海的呢?这既是艺人表演的难点,也是作者进行艺术表现的重点。才上场时,他荷担率童、跪地道白,与其他艺人并无区别。等他自称能表演"颠倒生物"的节目时,就让人刮目相看、急欲一观了:平常的装束举止与夸海口的语气形成对比,一开始就勾起了观众的好奇心。但艺人并不立即进行表演,而是先与儿子拌嘴逗趣,装出一副为难的样子唤起观众的同情。等儿子问他如何升天取桃的时候,这才答道:"有术在。"接着,观众果然见他抛绳入空,而且"愈掷愈高,渺入云中",至此,观众一方面对这种奇观赞叹不已,一方面又急于知道他怎么能靠一条绳子将仙桃偷来。但艺人父子还是不急于表演,而是互相推诿、故作姿态:父以绳授子,命其登天;子面有难色,十分恐惧。经父亲抚拍哄劝,儿子这才勉强持索而上。那么,孩子又怎么会渐入云霄不可复见呢?他能否偷下仙桃?会不会从上面落下来?这显然都是观众非常关心的问题。他们既盼望再次出现奇迹,又为孩子的性命提心吊胆,于是,注意力便全部集中在绳索垂挂的空中。过了很长时间,果然从空中坠下碗口大一颗桃子,它证明了艺人所言不虚。可是,正当众人对仙桃把玩不已的时候,悲剧发生了:先是绳落地上,接着孩子的头颅落地,既而一足落下,直至"肢体纷坠,无复存者",艺人也顿时悲痛欲绝、泣不成声,连连哀求众人赐助葬子之资。见此惨状,众人无不骇诧不已,心生恻隐,纷纷以金相送。等艺人将所得金钱缠诸腰际之后。他却以手叩笥,呼儿谢赏,随后果然有个蓬头孩子顶盖而出。原来,他的儿子还活着!可见,这位艺人不仅技艺高超,而且聪明机智。他十分熟悉观众的心理,在表演过程中自始至终都在调度着他们的喜怒哀乐,他的高超技艺,也在陆续展开的杂技场面中显示出来,因此,他的表演不仅收到了扣人心弦的艺术效果,而且巧妙地获得了酬资。

这篇小品,作者不仅借艺人的故弄玄虚造成情节的抑扬、波澜,并且注意气氛的烘托点染,再从自己耳闻目睹的角度进行叙述描写,以使读者觉得真实可信,获得身临其境的艺术感受。文章开始人声嘈杂、锣鼓喧天的场面,既写出了观众之多、气氛之热烈,也为艺人上场表演提供了必不可少的环境。而艺人道白时堂上的笑声,也反衬出他的寒伧可怜。众人传视仙桃不辨真伪的情节,既写出了他们的好奇,又可见幻术的高妙。最后"坐官骇诧,各有赐金"的行动,更让人看出众人的天真轻信与艺人的狡慧聪明。作者让艺人的表演与观众的反应交替出现,而又"描写委曲、叙次井然"(鲁迅语),从而收到了强烈的艺术效果。但艺人到底靠什么法术使绳索悬挂天际?他的儿子怎么缘绳上天偷下仙桃?绳索为何忽然坠地?为什么会从天空中坠下人的肢体?为什么艺人的儿子突然从笥中走出?作者都没有交代,这种藏而不露的写法,既使作品耐人寻味、遐想无穷,又使艺人变得神秘莫测、不可捉摸。作者高超的写作技巧实在让人赞叹不已。

(张稔穰　杨广敏)

劳山道士

邑有王生,行七,故家子。少慕道,闻劳山多仙人,负笈往游。登一顶,有观宇,甚幽。一道士坐蒲团上,素发垂领,而神光爽迈。叩而与语，理甚玄妙。请师之。道士曰："恐娇惰不能作苦。"答言："能之。"其门人甚众，薄暮毕集。王俱与稽首，遂留观中。凌晨，道士呼王去，授以斧，使随众采樵。王谨受教。过月余，手足重茧，不堪其苦，阴有归志。

一夕归，见二人与师共酌，日已暮，尚无灯烛。师乃剪纸如镜，粘壁间。俄顷，月明辉室，光鉴毫芒。诸门人环听奔走。一客曰："良宵胜乐，不可不同。"乃于案上取壶酒，分赉诸徒，且嘱尽醉。王自思：七八人，壶酒何能遍给？遂各觅盎盂，竞饮先釂，惟恐樽尽；而往复挹注，竟不少减。心奇之。

俄一客曰："蒙赐月明之照，乃尔寂饮。何不呼嫦娥来？"乃以箸掷月中。见一美人，自光中出。初不盈尺，至地，遂与人等。纤腰秀项，翩翩作"霓裳舞"。已而歌曰："仙仙乎，而还乎，而幽我于广寒乎！"其声清越，烈如箫管。歌毕，盘旋而起，跃登几上，惊顾之间，已复为箸。三人大笑。

又一客曰："今宵最乐，然不胜酒力矣。其饯我于月宫可乎？"三人移席，渐入月中。众视三人，坐月中饮，须眉毕见，如影之在镜中。移时，月渐暗；门人然烛来，则道士独坐而客杳矣。几上肴核尚存。壁上月，纸圆如镜而已。道士问众："饮足乎？"曰："足矣。""足宜早寝，勿误樵苏。"众诺而退。王窃欣慕，归念遂息。

又一月，苦不可忍，而道士并不传教一术。心不能待，辞曰："弟子数百里受业仙师，纵不能得长生术，或小有传习，亦可慰求教之心；今阅两三月，不过早樵而暮归。弟子在家，未谙此苦。"道士笑曰："我固谓不能作苦，今果然。明早当遣汝行。"王曰："弟子操作多日，师略授小技，此来为不负也。"道士问："何术之求？"王曰："每见师行处，墙壁所不能隔，但得此法足矣。"道士笑而允之。乃传以诀，令自咒毕，呼曰："入之！"王面墙，不敢入。又曰："试入之。"王果从容入，及墙而阻。道士曰："俯首骤入，勿逡巡！"王果去墙数步，奔而入；及墙，虚若无物；回视，果在墙外矣。大喜，入谢。道士曰："归宜洁持，否则不验。"遂助资斧，遣之归。

抵家，自诩遇仙，坚壁所不能阻。妻不信。王效其作为，去墙数

尺，奔而入，头触硬壁，蓦然而踣。妻扶视之，额上坟起，如巨卵焉。妻挪揄之。王惭忿，骂老道士之无良而已。

异史氏曰："闻此事，未有不大笑者；而不知世之为王生者，正复不少。今有伧父，喜疢毒而畏药石，遂有舐痈吮痔者，进宣威逞暴之术，以迎其旨，诒之曰：'执此术也以往，可以横行而无碍。'初试未尝不小效，遂谓天下之大，举可以如是行矣，势不至触硬壁而颠蹶不止也。"

【评赏】

　　入山学道的王生，既希望学到神奇的法术，又无法忍受修道的劳作之苦，好不容易求老道传授一着穿墙而过的本领，回家一试，头竟被硬墙撞了个大包。蒲松龄借这个充满喜剧色彩的故事，首先嘲笑了那些求仙访道而又缺乏诚心的人。在《太平广记》汇集的众多神仙传记中，常常写两三人入深山访道。他们终年劳苦、胼手胝足，有的经受不住艰苦生活的考验，半途而废；有的锲而不舍，终登仙籍。从这些材料中，我们可以看出本篇故事的基本原型。但这篇故事又不仅限于讽刺不诚心的求道者，而是概括了更高、更普遍的意义。异史氏曰："闻此事，未有不大笑者；而不知世之为王生者，正复不少。"他在现实生活中看到了形形色色的"王生"：他们也许是不想付出劳动，又希望得到丰硕收获的懒汉；也许是惰于学业，又希望侥幸中试的读书人；也许是妄图以宣威逞暴之术横行无忌的权贵……作者把这种种人的本质集中在一个求道者身上，使宗教故事变成了富有现实意义的作品，变成了一篇充满象征色彩的小说。

　　说它是小说，更主要的原因是作者非常注意对人物性格的刻画、心理的描写，并让人物的性格逻辑推动故事情节向前发展。身为故家之子的王生，因"慕道"而入山，在"素发垂领"的老道面前，表现得何等热切、自信。但从小的娇生惯养与信道的不笃，使他仅采樵月余，便"不堪其苦"了。一夕，老道士在宴客时当着诸徒面示现法术，王生才暂时归念遂息。但他忻慕老道的法术，不过是希望学到之后满足自己对酒色的私欲。正因他学道并无诚意，因而仍然无法忍受劳作之苦。一月之后，便向老道公开申明辞别之意，并求老道传习越墙之术。可以推知,他学此术的目的不过是夸耀于家人,或者干些偷鸡摸狗的勾当。因此,当他在老道的帮助下果然穿墙而过的时候,"大喜,入谢",一副小人得道的神色。当他在家中以头撞壁、"蓦然而踣"之后,又开始火冒三丈、大骂老道无良了。……王生的心理具有现实生活中懒惰者和侥幸者的典型的心理特征,而这一切又来自他从前的生活经历与浅薄庸俗的思想修养,因而我们觉得既亲切又真实。篇中的老道却是位料事如神、法术无边的仙人,他的言语行动无处不显示其"仙性"特点。他"素发垂领,而神光爽迈",一派仙风道骨。初见王生,他就料定其"恐娇惰不能作苦",不久,果然应验。日暮,他"剪纸如镜,粘壁间。俄顷,月明辉室,光鉴毫芒";他能让一壶酒"往复挹注,竟不少减";能以箸投月,让仙女下凡,并在长歌曼舞后又复化为箸;甚至能将酒席移入月中,如影在镜中。王生辞行,他报之一笑,这笑,是看到自己的预料应验之后的会心的微笑,也是对王生娇惰性格的讪笑。当王生求穿墙之术的时候,他又是一笑,这次笑,是发现王生动机不良后的冷笑,也是对王生想轻易学得仙术的嘲笑。但道士对王生仍然是宽宏仁慈,不仅教给了他穿墙之术,而且诚恳地告诫他"归宜洁持,否则不验",希望他勿生邪念,将法术用于正途。而王生刚回到家便在妻子面前自我吹嘘,结果只能是"头触硬壁,蓦然而踣"。在王生面前,道士是那么神秘莫测,在道士面前,王生是那么幼稚可笑,两者相较,仙凡判然。而按照人物自身的逻辑开展情节,也正是这篇"设幻为文"的小说让人觉得合情合理的根本原因所在。

小说的基本情节并不复杂,但作者却写得波澜迭出、曲尽其妙,这得自作者高超的布局谋篇功夫。王生入山学道,道士收他为徒,生"阴有归志",这是第一次转折;道士作法后,王生归念遂息,是第二次转折;月余,王生"苦不可忍",向道士辞别,是第三次转折;道士传习穿墙术后,王生大喜过望,又是一转;最后,王生归家试术,遭妻子揶揄,再转一次。古人云:文似看山不喜平。平则一览无余,无趣、无味。作者深谙此理,制造出山峦起伏、峰回路转的艺术境界,使人欲罢不能、一读为快。另外,作者还十分注意场面的渲染、描绘,并使之升华到诗的意境。例如,道士作法一幕:月明辉室、师徒饮酒、嫦娥纤腰秀项,作霓裳舞,歌声清越烈如箫管……真是神思妙想、恍惚迷离、真幻并作、不辨仙凡,此情此景,我们很容易想到唐代诗人李贺奇诡秾丽的诗章。

总之,这篇"设幻为文""寓言为本"的小说,不论思想上、艺术上,都给人善的启迪、美的感染,因此,受到广大读者的喜爱是必然的。

(张稔穰 杨广敏)

蛇　人

东郡某甲,以弄蛇为业。尝蓄驯蛇二,皆青色:其大者呼之大青,小曰二青。二青额有赤点,尤灵驯,盘旋无不如意。蛇人爱之,异于他蛇。

期年,大青死,思补其缺,未暇遑也。一夜,寄宿山寺。既明,启笥,二青亦渺。蛇人怅恨欲死。冥搜亟呼,迄无影兆。然每值丰林茂草,辄纵之去,俾得自适,寻复返;以此故,冀其自至。坐伺之,日既高,亦已绝望,怏怏遂行。出门数武,闻丛薪错楚中,窸窣作响。停趾愕顾,则二青来也。大喜,如获拱璧。息肩路隅,蛇亦顿止。视其后,小蛇从焉。抚之曰:"我以汝为逝矣。小侣而所荐耶?"出饵饲之,兼饲小蛇。小蛇虽不去,然瑟缩不敢食。二青含哺之,宛似主人之让客者。蛇人又饲之,乃食。食已,随二青俱入笥中。荷去教之,旋折辄中规矩,与二青无少异,因名之小青。衔技四方,获利无算。

大抵蛇人之弄蛇也,止以二尺为率;大则过重,辄便更易。缘二青驯,故未遽弃。又二三年,长三尺余,卧则笥为之满,遂决去之。一日,至淄邑东山间,饲以美饵,祝而纵之。既去,顷之复来,蜿蜒笥外。蛇人挥曰:"去之!世无百年不散之筵。从此隐身大谷,必且为神龙,笥中何可以久居也?"蛇乃去。蛇人目送之。已而复返,挥之不去,以

首触笥。小青在中,亦震震而动。蛇人悟曰:"得毋欲别小青耶?"乃发笥。小青径出,因与交首吐舌,似相告语。已而委蛇并去。方意小青不返,俄而踽踽独来,竟入笥卧。由此随在物色,迄无佳者。而小青亦渐大,不可弄。后得一头,亦颇驯,然终不如小青良。而小青粗于儿臂矣。

先是,二青在山中,樵人多见之。又数年,长数尺,围如碗;渐出逐人,因而行旅相戒,罔敢出其途。一日,蛇人经其处,蛇暴出如风。蛇人大怖而奔。蛇逐益急,回顾已将及矣。而视其首,朱点俨然,始悟为二青。下担呼曰:"二青,二青!"蛇顿止。昂首久之,纵身绕蛇人,如昔弄状。觉其意殊不恶,但躯巨重,不胜其绕;仆地呼祷,乃释之。又以首触笥。蛇人悟其意,开笥出小青。二蛇相见,交缠如饴糖状,久之始开。蛇人乃祝小青:"我久欲与汝别,今有伴矣。"谓二青曰:"原君引之来,可还引之去。更嘱一言:深山不乏食饮,勿扰行人,以犯天谴。"二青垂头,似相领受。遽起,大者前,小者后,过处林木为之中分。蛇人伫立望之,不见乃去。自此行人如常,不知其何往也。

异史氏曰:"蛇,蠢然一物耳,乃恋恋有故人之意。且其从谏也如转圜。独怪俨然而人也者,以十年把臂之交,数世蒙恩之主,辄思下井复投石焉;又不然,则药石相投,悍然不顾,且怒而仇焉者,亦羞此蛇也已。"

【评赏】

这是一篇精彩的动物小说,作者以娴熟老辣的生花妙笔,精心描绘了蛇人与蛇之间、蛇与蛇之间的深情厚谊,寄寓了作者对人与人、人与其他动物之间和谐相处的美好理想和对现实社会人生的感叹。

作品中写了二青和小青两条蛇,其中最感人的是二青。它灵驯乖巧,与蛇人"衔技四方,获利无算"。当二青长三尺余,不便居笥中漫游四方时,蛇人放其归山,但二青迟迟不去,与弄蛇人及其伙伴小青依依惜别,情态楚楚动人。数年后,当蛇人与小青在山中路遇二青时,它竟依然认识故人,并听从故人劝告,再不扰乱行人,归隐山中。由此可见二青不忘故主和同伴的执着情意。蒲松龄对蛇的这种具有人情味的行为的歌颂显然寄寓着对现实人生中世风日下的感慨。蛇本愚蠢之物,尚且知道情恋故交,而在现实生活中,有些人"以十年把臂之交,数世蒙恩之主,辄思下井复投石焉;又不然,则药石相投,悍然不顾,且怒而仇焉者"。蒲松龄通过对蛇的歌颂,对这些忘恩负义、重利薄情的行为进行了无情的鞭挞。

作品写人与蛇、蛇与蛇之间的友情,极为细腻精妙。因为蛇不能用语言表达情怀,便着力描绘其细微的动作。看它写蛇人与二青的交谊:当二青首次走失时,蛇人"怅恨欲死","冥搜亟呼",复得之后,"如获拱璧";当二青长大,蛇人将其纵归山林时,它去而复来,"蜿蜒笥外",蛇人再三相辞,才勉强离去,其情依依;蛇人再次见到二青时,二青"昂首久之,纵身绕蛇人",由于它体躯巨重,蛇人不堪其绕,竟"仆地呼祷",但其亲昵之情,可见一斑;当蛇人劝其"勿扰行人"时,二青垂头,"似相领受"。再看它写二青和小青的情感:开始,小青瑟缩不敢进食,二青则含哺小青,俨然似主人让客吃饭;二青被蛇人纵放,走而复返,以头撞笥,与小青"交首吐舌,似相告语";最后一次二青与蛇人相遇,又以头撞笥,二蛇相见,"交缠如饴糖状,久之始开",蛇人感动,让二青引小青而去。描绘二蛇的感情,形象逼真,且随着时间的推移,接触的增多,一次次加深,最后是"交缠如饴糖状"。没有对蛇的生态的细致观察,没有深厚的艺术描写功力,是很难达到这种境界的。

(任孚先　王光东)

娇　　娜

孔生雪笠,圣裔也。为人蕴藉,工诗。有执友令天台,寄函招之。生往,令适卒。落拓不得归,寓菩陀寺,佣为寺僧抄录。寺西百余步,有单先生第。先生故公子,以大讼萧条,眷口寡,移而乡居,宅遂旷焉。

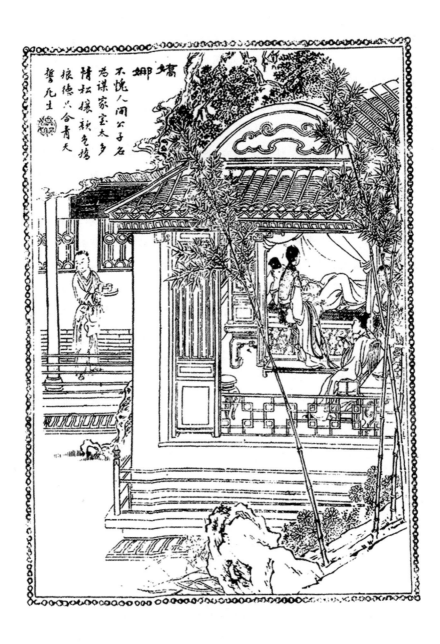

一日，大雪崩腾，寂无行旅。偶过其门，一少年出，丰采甚都。见生，趋与为礼，略致慰问，即屈降临。生爱悦之，慨然从入。屋宇都不甚广，处处悉悬锦幕，壁上多古人书画。案头书一册，签云：《琅嬛琐记》。翻阅一过，俱目所未睹。生以居单第，意为第主，即亦不审官阀。少年细诘行踪，意怜之，劝设帐授徒。生叹曰："羁旅之人，谁作曹丘者？"少年曰："倘不以驽骀见斥，愿拜门墙。"生喜，不敢当师，请为友。便问："宅何久锢？"答曰："此为单府，曩以公子乡居，是以久旷。仆皇甫氏，祖居陕。以家宅焚于野火，暂借安顿。"生始知非单。

当晚，谈笑甚欢，即留共榻。昧爽，即有僮子炽炭火于室。少年先起入内，生尚拥被坐。僮入，白："太公来。"生惊起。一叟入，鬒发皤然，向生殷谢曰："先生不弃顽儿，遂肯赐教。小子初学涂鸦，勿以友故，行辈视之也。"已，乃进锦衣一袭、貂帽、袜、履各一事。视生盥栉已，乃呼酒荐馔。几榻裙衣，不知何名，光彩射目。酒数行，叟兴辞，曳杖而去。餐讫，公子呈课业，类皆古文词，并无时艺。问之，笑云："仆不求进取也。"抵暮，更酌曰："今夕尽欢，明日便不许矣。"呼僮曰："视太公寝未；已寝，可暗唤香奴来。"僮去，先以绣囊将琵琶至。少顷，一婢入，红妆艳绝。公子命弹湘妃。婢以牙拨勾动，激扬哀烈，节拍不类凡闻。又命以巨觥行酒，三更始罢。

次日，早起共读。公子最惠，过目成咏，二三月后，命笔警绝。相约五日一饮，每饮必招香奴。一夕，酒酣气热，目注之。公子已会其意，曰："此婢乃为老父所豢养。兄旷邈无家，我凤夜代筹久矣。行当为君谋一佳耦。"生曰："如果惠好，必如香奴者。"公子笑曰："君诚'少所见而多所怪'者矣。以此为佳，君愿亦易足也。"

居半载，生欲翱翔郊郭，至门，则双扉外扃，问之。公子曰："家君恐交游纷意念，故谢客耳。"生亦安之。时盛暑溽热，移斋园亭。生胸间肿起如桃，一夜如碗，痛楚吟呻。公子朝夕省视，眠食都废。又数日，创剧，益绝食饮。太公亦至，相对太息。公子曰："儿前夜思先生清恙，娇娜妹子能疗之。遣人于外祖母处呼令归，何久不至？"俄僮入白："娜姑至，姨与松姑同来。"父子疾趋入内。少间，引妹来视生。年约十三四，娇波流慧，细柳生姿。生望见颜色，嚬呻顿忘，精神为之一爽。公子便言:"此兄良友,不啻胞也,妹子好医之。"女乃敛羞容,揄长袖,就榻诊视。把握之间,觉芳气胜兰。女笑曰:"宜有是疾,心脉动矣。然症虽危,可治;但肤块已凝,非伐皮削肉不可。"乃脱臂上金钏安患处,徐徐按下之。创突起寸许,高出钏外,而根际余肿,尽束在内,不似前如碗阔矣。乃一手启罗衿,解佩刀,刃薄于纸,把钏握刃,轻轻附根而割。紫血流溢,沾染床席,而贪近娇姿,不惟不觉其苦,且恐速竣割事,偎傍不久。未几,割断腐肉,团团然如树上削下之瘿。又呼水来,为洗割处。口吐红丸,如弹大,着肉上,按令旋转:才一周,觉热火蒸腾;再一周,习习作痒;三周已,遍体清凉,沁入骨髓。女收丸入咽,曰:"愈矣!"趋步出。生跃起走谢,沉痼若失。而悬想容辉,苦不自已。

自是废卷痴坐,无复聊赖。公子已窥之,曰:"弟为兄物色,得一佳偶。"问:"何人?"曰:"亦弟眷属。"生凝思良久,但云:"勿须。"面壁吟曰:"曾经沧海难为水,除却巫山不是云。"公子会其指,曰:"家君仰慕鸿才,常欲附为婚姻。但止一少妹,齿太稚。有姨女阿松,年十八矣,颇不粗陋。如不见信,松姊日涉园亭,伺前厢,可望见之。"生如其教,果见娇娜偕丽人来,画黛弯蛾,莲钩蹴凤,与娇娜相伯仲也。生大悦,请公子作伐。公子翼日自内出,贺曰:"谐矣。"乃除别院,为生成礼。是夕,鼓吹阗咽,尘落漫飞,以望中仙人,忽同衾幄,遂疑广寒宫殿,未必在云霄矣。合卺之后,其惬心怀。

一夕,公子谓生曰:"切磋之惠,无日可以忘之。近单公子解讼归,索宅甚急,意将弃此而西。势难复聚,因而离绪萦怀。"生愿从之而去。公子劝还乡闾,生难之。公子曰:"勿虑,可即送君行。"无何,太公引松娘至,以黄金百两赠生。公子以左右手与生夫妇相把握,嘱闭眸勿视。飘然履空,但觉耳际风鸣,久之曰:"至矣。"启目,果见故里。始知公子非人。喜叩家门。母出非望,又睹美妇,方共忻慰。及回顾,则公子逝矣。松娘事姑孝;艳色贤名,声闻遐迩。

后生举进士,授延安司李,携家之任。母以道远不行。松娘举一男,名小宦。生以迕直指,罢官,罣碍不得归。偶猎郊野,逢一美少年,跨骊驹,频频瞻顾。细视,则皇甫公子也。揽辔停骖,悲喜交至。

邀生去,至一村,树木浓昏,荫翳天日。入其家,则金沤浮钉,宛然世族。问妹子,则嫁;岳母,已亡,深相感悼。经宿别去,偕妻同返。娇娜亦至,抱生子掇提而弄曰:"姊姊乱吾种矣。"生拜谢曩德。笑曰:"姊夫贵矣。创口已合,未忘痛耶?"妹夫吴郎,亦来谒拜。信宿乃去。

一日,公子有忧色,谓生曰:"天降凶殃,能相救否?"生不知何事,但锐自任。公子趋出,招一家俱入,罗拜堂上。生大骇,亟问。公子曰:"余非人类,狐也。今有雷霆之劫。君肯以身赴难,一门可望生全;不然,请抱子而行,无相累。"生矢共生死。乃使仗剑于门,嘱曰:"雷霆轰击,勿动也!"生如所教。果见阴云昼暝,昏黑如磐。回视旧居,无复闬闳,惟见高冢岿然,巨穴无底。方错愕间,霹雳一声,摆簸山岳;急雨狂风,老树为拔。生目眩耳聋,屹不少动。忽于繁烟黑絮之中,见一鬼物,利喙长爪,自穴攫一人出,随烟直上。瞥睹衣履,念似娇娜。乃急跃离地,以剑击之,随手堕落。忽而崩雷暴裂,生仆,遂毙。少间,晴霁,娇娜已能自苏。见生死于旁,大哭曰:"孔郎为我而死,我何生矣!"松娘亦出,共异生归。娇娜使松娘捧其首;兄以金簪拨其齿;自乃撮其颐,以舌度红丸入,又接吻而呵之。红丸随气入喉,格格作响。移时,醒然而苏。见眷口满前,恍如梦寤。于是一门团圞,惊定而喜。

生以幽圹不可久居,议同旋里。满堂交赞,惟娇娜不乐。生请与吴郎俱,又虑翁媪不肯离幼子,终日议不果。忽吴家一小奴,汗流气促而至。惊致研诘,则吴郎家亦同日遭劫,一门俱没。娇娜顿足悲伤,涕不可止。共慰劝之。而同归之计遂决。生入城,勾当数日,遂连夜趣装。既归,以闲园寓公子,恒反关之;生及松娘至,始发扃。生与公子兄妹,棋酒谈宴,若一家然。小宦长成,貌韶秀,有狐意。出游都市,共知为狐儿也。

异史氏曰:"余于孔生,不羡其得艳妻,而羡其得腻友也。观其容可以忘饥,听其声可以解颐。得此良友,时一谈宴,则'色授魂与',尤胜于'颠倒衣裳'矣。"

【评赏】

　　这是一篇人狐交友、结亲的故事,读来别具趣味。

　　作者写圣人后裔孔生在一个偶然的机会,结识了狐翁皇甫氏一家。交往中,他既得佳妇,又得挚友。在蒲松龄的《聊斋志异》中,写人与狐结亲、交友者不乏其例,但该篇却另辟蹊径,独具一格,与别篇内容大异其趣。它奇就奇在所写的孔生与娇娜既非夫妻,又为殊类异性,却彼此那么倾心、爱慕,关系又是那么真挚、纯洁。作品先写孔生流落异乡,生活窘迫,遇到狐狸皇甫公子,并与他结为好友;继而写孔生疮肿加身,由此得以结识皇甫的妹妹娇娜。孔生一见倾心,并表示"曾经沧海难为水,除却巫山不是云",大有非娇娜不娶之意。然而好事难成,由于种种原因,孔生与皇甫的表姐阿松结为秦晋之好,而与娇娜只能引为红颜知己。孔生完婚,携妻返乡,仿佛应该与娇娜没有什么瓜葛了。但作者笔锋一转,又掀起新韵波澜:孔生到陕西为官,在一次郊猎时又遇到皇甫公子,两家再次密切来往。也正是这次重逢,使得孔生与娇娜的友情得到发展与升华。为此,作者安排了一次考验两人友情的机会:皇甫一家劫难临头,孔生不避艰险,慨然与之共患难,拼却性命,救下娇娜。读到这里,谁能不为孔生的正直和重友情而感动呢!

　　作者写孔生与娇娜的关系,不是平铺直叙,而是把它放在一个个特殊的环境中,从而更有撼动人心的魅力。初次见面,孔生顽疾缠身,痛苦不堪,是娇娜亲手为之医愈;大难临头,是孔生将娇娜从死亡线上救回;孔生为救娇娜而毙命,又是娇娜施术救活。"疾风知劲草,患难见真交"。孔生与娇娜的友情,可谓生死之交了。友情在患难中产生、发展,经受住了考验,实在是人间最可宝贵的真情!也许正因为作者赞赏娇娜与孔生的友谊,所以不忍心写他们永久别离。大难过后,皇甫一家商量随孔生返乡,而娇娜却因上有公婆难以相从。在此两难之际,作者设计了娇娜之夫吴郎一家均蒙难而亡,以娇娜的不幸遭遇去其后顾之忧,从而得以随孔生返乡,早晚相聚。

　　本篇虽以《娇娜》为名,但直写娇娜的笔墨并不多,作者让孔生始终处于前台,完全以他的生活经历为中心线索构造全篇的故事情节,而将他与娇娜的交往只作为这段生活经历的一个重要插曲来处理。这样就摆脱了以男女主人公的感情纠葛为主要内容和结构线索的俗套,将孔生与娇娜一见倾心的爱慕升华为纯洁、真挚、经得起考验的友情,从而使这篇小说从内容到艺术处理都给人耳目一新之感。

在人物塑造上,《娇娜》亦很有特色,作者主要表现的是孔生与娇娜之间的异性友谊,娇娜虽为本篇的中心人物,却又并非始终处于前台,这就为人物形象的描写与性格的刻画带来了一定困难,但由于作者比较善于把握住人物的关系和感受,能在故事的发展与人物的交往中自然而然又具体细致地描写、塑造人物形象,既有直接的精心描绘,又有侧面的随意点染,故而虽着笔不多,仍将娇娜这一纯洁美丽的少女形象塑造得栩栩如生、真切感人。她一出场,"娇波流慧,细柳生姿"的美貌与风采不仅使孔生"嚬呻顿忘,精神为之一爽",也在读者心中留下了极为美好的印象。接着,她为孔生治病,一个个动作干净利落、井井有条,表现了她的敏捷、能干。后来,娇娜抱着孔生的儿子取笑:"姊姊乱吾种矣。"写出了娇娜作为少女的顽皮可爱。最后,孔生毙命,她说"孔郎为我而死,我何生矣",并想尽一切办法救活孔生,则另是一副为友情不惜牺牲生命的巾帼英豪形象。如此写来,有轻有重,多面、立体地将娇娜这一艺术形象塑造得栩栩如生、血肉丰满。

除了娇娜这一主要人物外,作者还塑造了孔生的妻子松娘,虽然用笔不多,但也写出了她的美丽、善良和贤慧,连同书中聪明爽直、善察人意的皇甫公子,鬓发皓然、雅爱书画古乐的皇甫翁等人物,都各具特色,给读者留下了较深印象。

此外,《娇娜》的艺术描写亦值得一提。娇娜两次救治孔生的浪漫描写,幻想多于现实,神奇美妙,摇曳生姿。其中表现孔生心理的细节描写,如倾心娇娜的美貌,手术时"不惟不觉其苦,且恐速竣割事"的心态,看似反常,实则逼真,惟妙惟肖地写出了他内心对娇娜的倾慕与依恋,堪称作者的神来之笔。

蒲松龄身处封建社会而能够冲破封建礼教对美好人情人性的束

缚与压制,大胆歌颂、赞美孔生与娇娜这对异性男女的真挚友情,在当时也是标新立异之举,特别显得难能可贵。作者这种立足于生活而又能突破现实中落后观念的胆识与勇气是很值得称道的。

(李传瑞)

叶　生

　　淮阳叶生者,失其名字。文章词赋,冠绝当时;而所如不偶,困于名场。会关东丁乘鹤来令是邑,见其文,奇之,召与语,大悦。使即官署,受灯火;时赐钱谷恤其家。值科试,公游扬于学使,遂领冠军。公期望綦切。闱后,索文读之,击节称叹。不意时数限人,文章憎命,榜既放,依然铩羽。生嗒丧而归,愧负知己,形销骨立,痴若木偶。公闻,召之来而慰之。生零涕不已。公怜之,相期考满入都,携与俱北。生甚感佩。辞而归,杜门不出。无何,寝疾。公遗问不绝;而服药百裹,殊罔所效。

　　公适以忤上官免,将解任去。函致生,其略云:"仆东归有日;所以迟迟者,待足下耳。足下朝至,则仆夕发矣。"传之卧榻。生持书啜泣。寄语来使:"疾革难遽瘥,请先发。"使人返白,公不忍去,徐待之。

　　逾数日,门者忽通叶生至。公喜,逆而问之。生曰:"以犬马病,劳夫子久待,万虑不宁。今幸可从杖履。"公乃束装戒旦。抵里,命子师事生,夙夜与俱。公子名再昌,时年十六,尚不能文。然绝慧,凡文艺三两过,辄无遗忘。居之期岁,便能落笔成文。益之公力,遂入邑庠。生以生平所拟举子业,悉录授读。闱中七题,并无脱漏,中亚魁。

　　公一日谓生曰:"君出馀绪,遂使孺子成名。然黄钟长弃奈何!"生曰:"是殆有命。借福泽为文章吐气,使天下人知半生沦落,非战之罪也,愿亦足矣。且士得一人知己,可无憾,何必抛却白纻,乃谓之利市哉。"公以其久客,恐误岁试,劝令归省。生惨然不乐。公不忍强,

嘱公子至都，为之纳粟。公子又捷南宫，授部中主政。携生赴监，与共晨夕。

逾岁，生入北闱，竟领乡荐。会公子差南河典务，因谓生曰："此去离贵乡不远。先生奋迹云霄，锦还为快。"生亦喜，择吉就道。抵淮阳界，命仆马送生归。归见门户萧条，意甚悲恻。逡巡至庭中，妻携簸具以出，见生，掷具骇走。生凄然曰："我今贵矣。三四年不觌，何遂顿不相识？"妻遥谓曰："君死已久，何复言贵？所以久淹君柩者，以家贫子幼耳。今阿大亦已成立，行将卜窀穸。勿作怪异吓生人。"生闻之，怃然惆怅。逡巡入室，见灵柩俨然，扑地而灭。妻惊视之，衣冠履舄如脱委焉。大恸，抱衣悲哭。子自塾中归，见结驷于门，审所自来，骇奔告母。母挥涕告诉。又细询从者，始得颠末。

从者返，公子闻之，涕堕垂膺。即命驾哭诸其室；出橐营丧，葬以孝廉礼。又厚遗其子，为延师教读。言于学使，逾年游泮。

异史氏曰："魂从知己，竟忘死耶？闻者疑之，余深信焉。同心倩女，至离枕上之魂；千里良朋，犹识梦中之路。而况茧丝蝇迹，呕学士之心肝；流水高山，通我曹之性命者哉！嗟呼！遇合难期，遭逢不偶。行踪落落，对影长愁；傲骨嶙嶙，搔头自爱。叹面目之酸涩，来鬼物之揶揄。频居康了之中，则须发之条条可丑；一落孙山之外，则文章之处处皆疵。古今痛哭之人，卞和惟尔；颠倒逸群之物，伯乐伊谁？抱刺于怀，三年灭字；侧身以望，四海无家。人生世上，只须合眼放步，以听造物之低昂而已。天下之昂藏沦落如叶生其人者，亦复不少，顾安得令威复来，而生死从之也哉？噫！"

【评赏】

　　屡试不中，落魄半生的叶生，活着不得意，死后凭借门生的帮助，却得以享受举人规格的葬礼，读来不仅令人得不到丝毫欣慰，反而更觉得可悲、可怜！这篇故事以叶生的坎坷遭遇为线索，着力刻画了在科举制度下抱恨终生的知识分子形象，深刻地揭露和批判了封建时代不合理的科举制度。

　　是叶生文采不济吗？否。作者写他文章词赋，冠绝当时，才华不可谓不高。然而,由于科举制度本身的弊病,学富五车,照样名落孙山。在这里,作者让命运同叶生开了一个玩笑。叶生屡遭挫折后,适逢颇有点伯乐眼光的丁乘鹤来当县令。丁乘鹤读了叶生的文章,非常欣赏他的才华,给他提供了一些方便,以期榜上有名。科试时,叶生果然名列榜首。其后参加乡试,叶生考得也很好,使调出试卷阅读的丁公拍案叫绝,幸运之神,似乎已向叶生招手了。岂料发榜时又落了空。命运就是这样无情地嘲弄和折磨着叶生,他再也经受不起这沉重的打击,心力交瘁,枯瘦如柴,竟至一病不起,命归黄泉。这里,作者告诉读者:叶生屡试不中,已是可悲,而他迷恋功名,不能解脱,以至丧命,就更可悲了。

为了进一步揭示科举制度对读书人毒害之深,作者并不以叶生的死作为结局,而是让叶生之魂随丁乘鹤而去,把自己的平生所学,教授给丁的儿子,使其学业大进,很快登第做官。这一方面证明了叶生的确有真才实学,考不中并不是文不如人,另一方面也向人们展示了叶生其人的悲惨命运。接下来,作者写叶生因门生的帮助,获取了功名,衣锦还乡,回家见到妻子,说道:"我今贵矣。"这话出自生前贫寒、亡已多年的叶生之口,听来令人心酸、心痛!《儒林外史》中,范进中了举人,疯疯癫癫,连叫"我中了"。此二人之言,何其相似乃尔!使人疯,致人死,死而不悟,这就显示了封建科举制度的本质。

在通篇故事中,作者以画龙点睛之笔,有力地抨击了科举制度的腐败。如写叶生文采出众而不能考中,却由于丁乘鹤游扬于学使,也就是在考官面前竭力赞扬叶生,才使他科试得了第一。这显然是考官大人的印象、感情起了作用。再如叶生教丁的儿子读书,考试前,猜中了全部七个试题,因而丁公子得了第二名,多么偶然、侥幸!多么不合理!还有,丁公子高中后,不忘师恩,花钱为叶生买了资格,使他能够参加举人考试。叶生果然榜上有名。钱能通神,所以命运之神也开始为叶生开绿灯了。这一切都说明,科举制度哪里是考真才实学的场所,分明是以读书人的宝贵青春和生命为供品的祭坛。当然,也有个别慧眼识才的丁乘鹤式人物,但在那一片浑浊的世界里,个把有识之士又能起什么作用?丁乘鹤不也因触犯了上司,被罢官撤职了吗？

　　作者以丰富的艺术想象，创造了一个真假难分、生死莫辨的艺术世界，塑造了叶生这一文才过人而命运蹇乖，又不甘心服输的知识分子形象。人们为他的屡考不中鸣不平，为他抱恨亡故而哀怜，同时，也对不合理的科举制度产生了忿懑和厌恶之情。这里，我们不能不联想到作者本人的遭遇。蒲松龄在考场中很不得意，大半生以教书维持生计。他笔下的叶生，显然投上自己的影子。文中叶生所言："使天下人知半生沦落，非战之罪也，愿亦足矣。"这难道不是作者自己苦涩、苍凉的心声吗？

　　《叶生》以主人公的遭遇为情节线索，在叙事角度的选取与情节的安排方面独具匠心。小说虽以全知第三人称叙事，但又能根据情节的发展和需要巧妙、适当地变换角度，以奇特的笔法造成新奇的意境。作品开头交代叶生与丁乘鹤的来往完全都用全知角度和正面描写。叶生随丁出游时则从丁的角度写叶的到来，由此巧妙地掩盖了叶生已死的真相，使小说情节的转换显得自然、连贯；最后，作品写叶生中举还乡，非但没有让妻子高兴，反而使之"掷具骇走"，从叶生的角度描写妻子的神态与言行，亮出了谜底。这样写来，角度的变换与情节的发展相互契合，既自然流畅，又委婉有致，将主人公热衷功名以至死而不悟的精神状态和悲剧性格层层递进地揭示了出来。

　　作者在正文中描述了叶生的悲惨遭际之后，意犹未尽，又在"异史氏曰"中抒发了对科场人生的不尽感慨。它既是对叶生"遇合难期，遭逢不偶"的深切哀叹，也是对自己一生困于科场、满怀悲愤积郁的直接倾诉。正因为作者对叶生的遭遇有着切身体验，写来更是情到深处，悲愤难禁，以至生出要像神话传说中得道成仙的丁令威那样乘鹤飞去的奇想。这种奇想不无出世思想，在某种意义上显示了一生困顿却始终积极入世的蒲松龄对科场彻底幻灭的悲哀，读来令人动容。这些笔墨饱蘸激情、发自肺腑，既对正文的思想情感作了有力的衬托与补充，也十分真切地体现了《聊斋》一书假"鬼狐史"写"磊块愁"的创作精神。

（李传瑞）

王　　成

　　王成，平原故家子，性最懒。生涯日落，惟剩破屋数间，与妻卧牛衣中，交谪不堪。

　　时盛夏燠热，村外故有周氏园，墙宇尽倾，惟存一亭；村人多寄宿其中，王亦在焉。既晓，睡者尽去；红日三竿，王始起，逡巡欲归。见草际金钗一股，拾视之，镌有细字云"仪宾府造"。王祖为衡府仪宾，家中故物，多此款式，因把钗踌躇。欻一妪来寻钗。王虽故贫，然性介，遽出授之。妪喜，极赞盛德，曰："钗直几何，先夫之遗泽也。"问："夫君伊谁？"答云："故仪宾王柬之也。"王惊曰："吾祖也。何以相遇？"妪亦惊曰："汝即王柬之之孙耶？我乃狐仙。百年前，与君祖缱绻。君祖殁，老身遂隐。过此遗钗，适入子手，非天数耶！"

　　王亦曾闻祖有狐妻，信其言，便邀临顾。妪从之。王呼妻出见，负败絮，菜色黯焉。妪叹曰："嘻！王柬之孙子，乃一贫至此哉！"又顾败灶无烟，曰："家计若此，何以聊生？"妻因细述贫状，呜咽饮泣。妪以钗授妇，使姑质钱市米，三日外请复相见。王挽留之。妪曰："汝一妻不能自存活；我在，仰屋而居，复何裨益？"遂径去。王为妻言其故，妻大怖。王诵其义，使姑事之，妻诺。逾三日，果至。出数金，籴粟麦各石。夜与妇共短榻。妇初惧之；然察其意殊拳拳，遂不之疑。

　　翌日，谓王曰："孙勿惰，宜操小生业，坐食乌可长也！"王告以无资。曰："汝祖在时，金帛凭所取；我以世外人，无需是物，故未尝多取。积花粉之金四十两，至今犹存。久贮亦无所用，可将去悉以市葛，刻日赴都，可得微息。"王从之，购五十余端以归。妪命趣装，计六七日可达燕都。嘱曰："宜勤勿懒，宜急勿缓；迟之一日，悔之已晚！"

　　王敬诺，囊货就路。中途遇雨，衣履浸濡。王生平未历风霜，委顿不堪，因暂休旅舍。不意淙淙彻暮，檐雨如绳。过宿，泞益甚。见

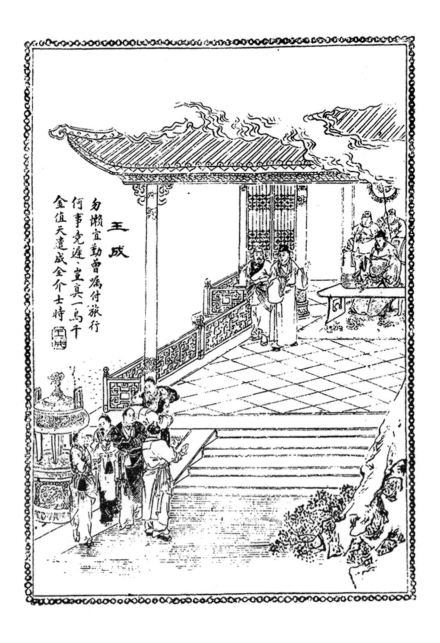

往来行人，践淖没胫，心畏苦之。待至亭午，始渐燥，而阴云复合，雨又大作。信宿乃行。将近京，传闻葛价翔贵，心窃喜。入都，解装客店，主人深惜其晚。先是，南道初通，葛至绝少。贝勒府购致甚急，价顿昂，较常可三倍。前一日方购足，后来者并皆失望。主人以故告王。王郁郁不得志。越日，葛至愈多，价益下。王以无利不肯售。迟十余日，计食耗烦多，倍益忧闷。主人劝令贱鬻，改而他图。从之。亏资十余两，悉脱去。

　　早起，将作归计，启视囊中，则金亡矣。惊告主人。主人无所为计。或劝鸣官，责主人偿。王叹曰："此我数也，于主人何尤？"主人闻而德之，赠金五两，慰之使归。自念无以见祖母，踟蹰内外，进退维谷。适见斗鹑者，一赌辄数千；每市一鹑，恒百钱不止。意忽动，计囊中资，仅足贩鹑，以商主人。主人亟怂恿之，且约假寓饮食，不取其直。王喜，遂行。购鹑盈儋，复入都。主人喜，贺其速售。至夜，大雨彻曙。天明，衢水如河，淋零犹未休也。居以待晴。连绵数日，更无休止。起视笼中，鹑渐死。王大惧，不知计之所出。越日，死愈多；仅余数头，并一笼饲之；经宿往窥，则一鹑仅存。因告主人，不觉涕堕。主人亦为扼腕。

　　王自度金尽罔归，但欲觅死，主人劝慰之。共往视鹑，审谛之曰："此似英物。诸鹑之死，未必非此之斗杀之也。君暇亦无所事，请把之；如其良也，赌亦可以谋生。"王如其教。既驯，主人令持向街头，赌酒食。鹑健甚，辄赢。主人喜，以金授王，使复与子弟决赌；三战三胜。半年许，积二十金。心益慰，视鹑如命。

　　先是，大亲王好鹑，每值上元，辄放民间把鹑者入邸相角。主人谓王曰："今大富宜可立致；所不可知者，在子之命矣。"因告以故，导与俱往。嘱曰："脱败，则丧气出耳。倘有万分一，鹑斗胜，王必欲市之，君勿应；如固强之，惟予首是瞻，待首肯而后应之。"王曰："诺。"至邸，则鹑人肩摩于墀下。顷之，王出御殿。左右宣言："有愿斗者上。"即有一人把鹑，趋而进。王命放鹑，客亦放；略一腾踔，客鹑已败。王大笑。

　　俄顷，登而败者数人。主人曰："可矣。"相将俱登。王相之，曰：

"睛有怒脉,此健羽也,不可轻敌。"命取铁喙者当之。一再腾跃,而王鹑铩羽。更选其良,再易再败。王急命取宫中玉鹑。片时把出,素羽如鹭,神骏不凡。王成意馁,跪而求罢,曰:"大王之鹑,神物也,恐伤吾禽,丧吾业矣。"王笑曰:"纵之。脱斗而死,当厚尔偿。"成乃纵之。玉鹑直奔之。而玉鹑方来,则伏如怒鸡以待之;玉鹑健啄,则起如翔鹤以击之;进退颉颃,相持约一伏时。玉鹑渐懈,而其怒益烈,其斗益急。未几,雪毛摧落,垂翅而逃。观者千人,罔不叹羡。

王乃索取而亲把之,自喙至爪,审周一过,问成曰:"鹑可货否?"答云:"小人无恒产,与相依为命,不愿售也。"王曰:"赐而重直,中人之产可致。颇愿之乎?"成俯思良久,曰:"本不乐置;顾大王既爱好之,苟使小人得衣食业,又何求?"王请直,答以千金。王笑曰:"痴男子!此何珍宝,而千金直也?"成曰:"大王不以为宝,臣以为连城之璧不过也。"王曰:"如何?"曰:"小人把向市廛,日得数金,易升斗粟,一家十余食指,无冻馁忧,是何宝如之?"王曰:"予不相亏,便与二百金。"成摇首。又增百数。成目视主人,主人色不动。乃曰:"承大王命,请减百价。"王曰:"休矣!谁肯以九百易一鹑者!"成囊鹑欲行。王呼曰:"鹑人来,鹑人来!实给六百,肯则售,否则已耳。"成又目主人,主人仍自若。成心愿盈溢,惟恐失时,曰:"以此数售,心实怏怏;但交而不成,则获戾滋大。无已,即如王命。"王喜,即秤付之。成囊金,拜赐而出。主人怼曰:"我言如何,子乃急自鬻也?再少靳之,八百金在掌中矣。"成归,掷金案上,请主人自取之,主人不受。又固让之,乃盘计饭直而受之。

王治装归,至家,历述所为,出金相庆。妪命置良田三百亩,起屋作器,居然世家。妪早起,使成督耕,妇督织;稍惰,辄诃之。夫妇相安,不敢有怨词。过三年,家益富。妪辞欲去。夫妻共挽之,至泣下。妪亦遂止。旭旦候之,已杳矣。

异史氏曰:"富皆得于勤,此独得于惰,亦创闻也。不知一贫彻骨,而至性不移,此天所以始弃之而终怜之也。懒中岂果有富贵乎哉!"

【评赏】

　　《聊斋志异》是蒲松龄耗费半生心血创作而成的一部"孤愤"之书，其中既有大量叙写妖魅鬼神、阴曹地府的寓意之作，也有许多描述现实人世真情实景的人情小说，还有的作品既有寓意的框架，也有出色的现实描写，显示了作者能不拘一格、灵活多样地驾驭题材的高超本领。《王成》便属于后面一种，是寓意与写实的合璧之作。

　　《王成》的寓意是比较浅显的。它反复强调了主人公一则性懒、二则性介的个性特征。这种特征通过王成虽贫穷却能"拾钗而不取，亡金而任数"（但明伦评语）的情节表现得十分突出。这正是主人公性格的可贵可爱之处，也是"天所以始弃之而终怜之"的原因。作品通过王成受狐仙之助，尽管经历了一些波折最终仍然获得财富的故事，表现了惩戒懒惰、奖励至诚的寓意。虽然这种寓意有一定的积极因素，但也包含了因果报应的成分，它仅仅体现了古代人们怀有的一种善良愿望，并无深刻的思想内涵，因而作为小说的主题就显得缺少新意。与此相比，这篇小说更为成功的是贯穿全篇、特别是后半部分完全逼似生活实景的现实描写，这些笔墨饱含着浓郁的生活气息和人情味，从而大大冲淡了作品的寓意，使作品能以其韵味十足、独具艺术魅力的人情描写感染、打动读者。

　　《王成》的开篇首先展现了一幅王成夫妇住破屋、卧牛衣的生活窘状，继而描写了狐仙老媪感激王成拾钗不昧的品德和对他倍加怜惜的拳拳切切之情，用笔不多而真切可感。之后，作者又描绘了王成赴京经商，不堪旅途劳苦，乃至赔本亡金的窘困处境，人物失意无奈的情态宛然若现。就全篇而言，这些情景的描写尚属简略，更为精彩的还在后面。王成亡金后，宁认命而不愿诬告客店主人，靠其"性介"获得主人的真诚帮助，引出了斗鹌鹑、卖鹌鹑的情节，也使作品的艺术描写达到了新的境界。斗鹑与卖鹑是这篇小说中描写最为精彩的场面。一写鸟，一写人，两者既有联系，又各自独立。鸟的英武无敌，人的声口神态，彼此相映相衬，趣味盎然，一一被作者的生花妙笔描写得生动如活、跃然纸上。

斗鹌主要写鸟。王成与店主先旁观，后参战，一战而胜，连连告捷，致使王者"更选其良，再易再败"，直到其最佳的玉鹑也败在王成的"英物"之下。作者在描绘这幅斗鹑图时，运笔颇具匠心。店主观战时的沉落、王成见亲王拿出玉鹑时的"意馁"，以及一战即败的客鹑和看似"神物"、最终败北的玉鹑，都为这一场面增添了波澜与色彩，也使王成的鹌鹑在对比映衬之下更显得英武无比。费墨不多，但笔笔有力，使这幅绝妙的斗鹑图活灵活现，耀人眼目。斗鹑的场景使王成的"英物"大出风头，由此又引出下面卖鹑的画面。

卖鹑集中写人，这可以说是形式不同的另一场争战。作者实写你来我往、讨价还价的亲王与王成，虚写在旁观战的店主，通过几个回合的还价，将亲王买鹑不顾价高、连连退让的急切心情和王成虽能巧于周旋却又沉不住气、唯恐失去良机的言谈举止都写得有声有色，笔酣墨饱，直令满纸生辉；就是店主的精明沉着、不动声色，虽着笔不多却同样栩栩如生、真切传神。在这一生动鲜活的场面中，人物口口逼真、声声妙肖的语言，微妙难言又纤毫毕现的心理，乃至随交易进展而不时变化的神情姿态，都被作者不遗余力地倾笔写出，真正达到了一种出神入化的艺术境界。堪称文言小说艺术上的一个奇迹。

《王成》描写现实人情除了活画出从市井里巷到亲王王府的一幅幅风俗世态图画之外，在描写狐仙老妪的形象时也是多有人情之亲切而无异类的可怖。她从助王成起家到监督王成夫妇富裕后的治家理家，始终慈爱、严厉如祖母，这样描写，也起到了冲淡作品寓意的作用。

总之，《王成》这篇小说从整体形态上分析，人情加寓意的特点比较明显，但由于作者在现实人情世态的艺术描写方面取得了极高的成就，在很大程度上冲淡了作品的寓意，又使这篇小说具有形象大于思想的特点，由此也可看出蒲松龄的小说创作总是从表现生活的实际需要出发，也许这不仅是《王成》这篇小说成功的决定因素，也是《聊斋志异》能成为不朽名作的关键所在。

（范易弘）

青　凤

太原耿氏，故大家，第宅弘阔。后凌夷，楼舍连亘，半旷废之。因生怪异，堂门辄自开掩，家人恒中夜骇哗。耿患之，移居别墅，留老翁门焉。由此荒落益甚。或闻笑语歌吹声。

耿有从子去病，狂放不羁，嘱翁有所闻见，奔告之。至夜，见楼上灯光明灭，走报生。生欲入觇其异。止之，不听。门户素所习识，竟拨蒿蓬，曲折而入。登楼，殊无少异。穿楼而过，闻人语切切。潜窥之，见巨烛双烧，其明如昼。一叟儒冠南面坐，一媪相对，俱年四十余。东向一少年，可二十许；右一女郎，裁及笄耳。酒胾满案，团坐笑语。

生突入，笑呼曰："有不速之客一人来！"群惊奔匿。独叟出，叱问："谁何入人闺闼？"生曰："此我家闺闼，君占之。旨酒自饮，不一邀主人，毋乃太吝？"叟审睇，曰："非主人也。"生曰："我狂生耿去病，主人之从子耳。"叟致敬曰："久仰山斗！"乃揖生入，便呼家人易馔。生止之。叟乃酌客。生曰："吾辈通家，座客无庸见避，还祈招饮。"叟呼："孝儿！"俄少年自外入。叟曰："此豚儿也。"揖而坐，略审门阀。叟自言："义君姓胡。"生素豪，谈议风生，孝儿亦倜傥；倾吐间，雅相爱悦。生二十一，长孝儿二岁，因弟之。叟曰："闻君祖纂涂山外传，知之乎？"答："知之。"叟曰："我涂山氏之苗裔也。唐以后，谱系犹能忆之；五代而上无传焉。幸公子一垂教也。"生略述涂山女佐禹之功，粉饰多词，妙绪泉涌。叟大喜，谓子曰："今幸得闻所未闻。公子亦非他人，可请阿母及青凤来，共听之，亦令知我祖德也。"

孝儿入帏中。少时，媪偕女郎出。审顾之，弱态生娇，秋波流慧，人间无其丽也。叟指妇云："此为老荆。"又指女郎："此青凤，鄙人之犹女也。颇惠，所闻见，辄记不忘，故唤，令听之。"生谈竟而饮，瞻顾女郎，停睇不转。女觉之，辄俯其首。生隐蹑莲钩，女急敛足，亦无愠怒。生神志飞扬，不能自主，拍案曰："得妇如此，南面王不易也！"媪见生渐醉，益狂，与女俱起，遽搴帏去。

生失望，乃辞叟出。而心萦萦，不能忘情于青凤也。至夜，复往，则兰麝犹芳，而凝待终宵，寂无声咳。归与妻谋，欲携家而居之，冀得一遇。妻不从，生乃自往，读于楼下。夜方凭几，一鬼披发入，面黑如漆，张目视生。生笑，染指研墨自涂，灼灼然相与对视。鬼惭而去。次夜，更既深，灭烛欲寝，闻楼后发扃，辟之闒然。生急起窥觇，则扉半启。俄闻履声细碎，有烛光自房中出。视之，则青凤也。骤见生，骇而却退，遽阖双扉。生长跽而致词曰："小生不避险恶，实以卿故。幸无他人，得一握手为笑，死不憾耳。"女遥语曰："惓惓深情，妾岂不知？但叔闺训严，不敢奉命。"生固哀之，云："亦不敢望肌肤之亲，但一见颜色足矣。"女似肯可，启关出，捉之臂而曳之。

生狂喜，相将入楼下，拥而加诸膝。女曰："幸有夙分；过此一夕，即相思无用矣。"问："何故？"曰："阿叔畏君狂，故化厉鬼以相吓，而君不动也。今已卜居他所，一家皆移什物赴新居，而妾留守，明日即发。"言已，欲去，云："恐叔归。"生强止之，欲与为欢。方持论间，叟掩入。女羞惧无以自容，俯首倚床，拈带不语。叟怒曰："贱婢辱吾门户！不速去，鞭挞且从其后！"女低头急去，叟亦出。尾而听之，诃诟万端。闻青凤嘤嘤啜泣，生心意如割，大声曰："罪在小生，于青凤何与？倘宥凤也，刀锯铁钺，小生愿身受之！"良久寂然，生乃归寝。自此第内绝不复声息矣。生叔闻而奇之，愿售以居，不较直。生喜，携家口而迁焉。

居逾年，甚适，而未尝须臾忘凤也。会清明上墓归，见小狐二，为犬逼逐。其一投荒窜去，一则皇急道上。望见生，依依哀啼，帖耳辑首，似乞其援。生怜之，启裳衿，提抱以归。闭门，置床上，则青凤也。大喜，慰问。女曰："适与婢子戏，遘此大厄。脱非郎君，必葬犬腹。望无以非类见憎。"生曰："日切怀思，系于魂梦。见卿如获异宝，何憎之云！"女曰："此天数也，不因颠覆，何得相从？然幸矣，婢子必以妾为已死，可与君坚永约耳。"生喜，另舍舍之。

积二年余，生方夜读，孝儿忽入。生辍读，讶诘所来。孝儿伏地，怆然曰："家君有横难，非君莫拯。将自诣恳，恐不见纳，故以某来。"问："何事？"曰："公子识莫三郎否？"曰："此吾年家子也。"孝儿曰："明日将过，倘携有猎狐，望君之留之也。"生曰："楼下之羞，耿耿在念，他事不敢预闻。必欲仆效绵薄，非青凤来不可！"孝儿零涕曰："凤妹已野死三年矣！"生拂衣曰："既尔，则恨滋深耳！"执卷高吟，殊不顾瞻。孝儿起，哭失声，掩面而去。

生如青凤所，告以故。女失色曰："果救之否？"曰："救则救之；适不之诺者，亦聊以报前横耳。"女乃喜曰："妾少孤，依叔成立。昔虽获罪，乃家范应尔。"生曰："诚然，但使人不能无介介耳。卿果死，定不相援。"女笑曰："忍哉！"

次日，莫三郎果至，镂膺虎韔，仆从甚赫。生门逆之。见获禽甚多，中一黑狐，血殷毛革；抚之，皮肉犹温。便托裘敝，乞得缀补。莫慨然解赠。生即付青凤，乃与客饮。客既去，女抱狐于怀，三日而苏，展转复化为叟。举目见凤，疑非人间。女历言其情。叟乃下拜，惭谢前愆。喜顾女曰："我固谓汝不死，今果然矣。"女谓生曰："君如念妾，还乞以楼宅相假，使妾得以申返哺之私。"生诺之。叟赧然谢别而去。入夜，果举家来。由此如家人父子，无复猜忌矣。生斋居，孝儿时共谈宴。生嫡出子渐长，遂使傅之；盖循循善教，有师范焉。

【评赏】

《聊斋志异》既是孤愤之书，又是幻异之书，作者往往驰想天外、神与物游，借助荒幻怪诞，讽刺、嘲弄黑暗腐朽的社会现实，寄托自己美好的生活理想、社会理想。在书中，作者塑造了许许多多可亲可爱、美丽动人的花妖狐魅的女性形象，这些女性既款款多情，又各具姿彩，个个栩栩如生、形神兼备。不过，她们大多数是主动涉足人间，常常是来得突然，去得神秘。本篇的独特之处就在于作者让狂放不羁的耿生进入了狐的世界，闯入他们的居室之中，亲眼看到了他们的家庭生活、人伦关系，向我们展示了既真切又虚幻的狐仙生活的生动画面。

小说开头就说：耿氏第宅旷废，因生怪异，"堂门辄自开掩"，无人居住之后，还常传出"笑语歌吹"之声。这就暗示出借居其中的非鬼即狐。一般人对鬼狐总是心怀恐惧，避之唯恐不及，而耿生性格放达、慷慨多气，偏要"入觇其异"。在他穿楼而过的时候，就听到楼内人语切切，看到室内巨烛双烧，其明如昼，一位老者头戴儒冠，南面而坐，其他人也各就其位，"酒胾满案，团坐笑语"，充满融融的人伦之乐。耿生夺门而入，于是就从人间社会进入了异类的王国。他们虽是异类，但感情习俗，一如人间：对耿生这位"入人闺闼"的不速之客，老者先是大声叱逐，既而明白来者乃居室主人侄儿时，便呼家人易馔，殷勤招饮，十分客气。与世间的家主一样，这位儒者也不忘族德，珍重谱系，因此，他让耿生讲述《涂山外传》，又让儿子将夫人与青凤从内室唤出共听。所谓《涂山外传》，实无其书，隐指记载狐族古老传说的书籍。涂山，指涂山氏，大禹之妻。《吴越春秋·越王无余外传》记载：夏禹三十未娶，行至涂山，始有娶妻意，乃有九尾白狐来见。也有古书认为涂山氏乃涂山九尾狐之女。蒲松龄在这里采用了后一种说法。这一情节就暗示出：儒者及其家人不是鬼，乃狐族之后，尽管他们的衣饰打扮、言语行动、待客礼仪无异于世人。

　　以上的内容为青凤及其与耿生的交往设置了一个典型的环境。这个环境是重礼教、重亲情的平静而温暖的家庭。但是，耿生的闯入却如一枚石子投入湖水，不仅使人物心理产生了道道波澜，也使这个家庭发生了震动。青凤虽是狐女，却也如"养在深闺人未识"的世间闺秀。她"弱态生娇，秋波流慧"，使耿生一见之下便"停睇不转"，神驰意想。而青凤在耿生的凝视之下，"辄俯其首"，不胜娇羞，尽管此时她并未言语，但这一神情已说明她已是春心荡漾了。当耿生"隐蹑莲钩"的时候，她只是急敛足，并不恼怒。此刻，她既激动、又害怕：既怕被家人发现，又为被异性接触激动不已，一个渴望爱情又不敢逾越礼教的多情淑女的矛盾心理在这一动作中表现得十分真切。后来，一家迁移新居，让青凤留守，深夜她又与耿生相遇。由于惧怕家法的威严，她"骇而却退，遽阖双扉"，但又不立即逃走，而是静立门内，默默不语，显然，她的心情是很不平静的，她也是很想一叙私情的。因此，当耿生跪地陈情之时，青凤也吐出自己的心声："惓惓深情，妾岂不知？但叔闱训严，不敢奉命。"她有感于耿生的深情，又左右为难。虽然作者没有写她从酒宴上离去后的心理，但她对耿生的朝思暮想、依依深情却是不难想见的，而她在话语中又不肯直接说出，却说耿生对自己有"惓惓深情"，又见出少女的聪慧与羞涩。而当耿生希求一见的时候，青凤终于无法自持，"启关出，捉之臂而曳之"。耿生将她"拥而加诸膝"，她又说："幸有凤分；过此一夕，即相思无用矣。"其幸福满足之情溢于言表。这一部分，作者将青凤在爱情的诱惑面前，礼教的堤防逐渐倒塌的心理过程表现得细致入微，极富层次。正当他们情意缠绵之时，青凤的叔父突然推门而进，青凤又羞惭又恐惧，"俯首倚床，拈带不语"，像受惊的小鸟等待发落。直到叔父喝令速去，她才惊魂不定地低头逃去。在威严的家法面前，她只有低头屈服，只有用哭声表示自己的委屈。但是他们心灵的爱情之火却并未就此熄灭，而是燃烧得更旺盛了。尽管青凤随叔父迁徙他乡，耿生却"未尝须臾忘凤也"，而青凤也没有忘记耿生。因此，当她的本体被耿生救回复化为人身后，不仅耿生喜出望外，青凤也欢喜异常。她既庆幸自己摆脱了犬的逼逐，更庆幸借此摆脱家人的监视，从此可与耿生坚订终身之约。可是，青凤毕竟是出身诗礼之家的闺秀，她并未因获得了爱情而忘记亲情，因此，当叔父遇难，孝儿前来恳求相救时，便从旁劝解不肯相救的耿生："妾少孤，依叔成立。昔虽获罪，乃家范应尔。"在她看来，叔父的养育之恩重于泰山，他虽对自己严加管束、训诫，按照家规却是理所当然的。这番话，是那么通情达理、贴切得体，显出其心胸的贤淑、豁达。耿生在答应救其叔父之后又对青凤说："卿果死，定不相援。"此时，青凤笑曰："忍哉！"这两个字意味无穷，正如但明伦所评论的："忍哉二字恨词也，而以笑出之，则感其如是，而又幸其不如是也。"这里，同样表现了她既为看到了耿生对自己的真挚爱情而感到幸福、愉悦，又不忘记对自己叔父的亲情。叔父得救之后，又是青凤求耿生假以楼宅，申明返哺报恩之意。从此，两家合为一家，结局十分美满。青凤心理上情与礼的矛盾是小说表现的重点，作者细致含蓄地描写了青凤对这一矛盾的妥善处理，为我们塑造了一个既向往爱情又不逾越道德规范、既温柔多情又端庄贤慧的理想少女的形象。

青凤的叔父是一个理想化的儒者兼家长的形象。他待人重礼仪，对己重家规，既不忘祖德，又对后人管束甚严。看到耿生在侄女面前狂态百出，出于客气，他并没有当面制止，又怕将来愈演愈烈，发生有辱家风的丑事，于是夜间扮成厉鬼企图将耿生吓跑。这一招失灵后，他只好携家远徙，避而远之。归家后，见侄女正与耿生私会，他虽然恼羞成怒，但也只是大声呵斥青凤，对耿生却终无一语责怪。可见在暴怒的时候他仍没有失去理智，仍不失儒者"严以责己，宽以待人"的应有气度。虽然他对青凤管束甚严，但他并不单是为了维护自己的尊严、家庭的荣誉，而是像许多家长一样，主要是担心孩子有所闪失，遭遇不幸。因此，当他被救后，看到青凤与耿生喜结良缘、木已成舟，他也并未固执己意，强行将他们拆散，对耿生的救命之恩、假倭之谊，他赧然谢别而去。这一人物有威严，有人情，执于礼法而又通达随和，不腐、不迂、不苛，深得中和之美。

但是，青凤一家毕竟是狐仙，而不是现实社会中的人。对此，作者在进行艺术表现的时候并未忘记。小说中，叔父要求耿生说《涂山外传》已暗示其狐仙身份，小狐被耿生救出后化为青凤的情节，又使狐仙的面目彻底曝光。另外，孝儿能在青凤离家三年后，找到耿生恳求他营救自己的父亲，也符合人们印象中的狐仙无所不知的特性。至于耿生将莫三郎所猎黑狐留下后，即"展转复化为叟"，又一次点明了狐仙的本质。青凤及其叔父既有人的思想感情、行为状貌，又有狐的本体和神异的本领，这就使他们既不同于现实中的人类，更不同于大自然中的狐类，而成了人与狐仙复合统一的艺术形象。小说也因此产生了真幻交织的特殊美感。作者通过青凤及其叔父的形象塑造，在幻想的领域将善美的性格、善美的人性加以高度理想化，表现了作者的人格理想和生活追求。

小说中的耿生也是性格十分鲜明的人物，他的狂放不羁、主动、热情，正与青凤形成鲜明对比。故宅中怪异迭生，他不顾众人的劝说，竟破门而入，并大呼："有不速之客一人来。"真是狂态如见。面对青凤叔父的叱问,他不惊不惧,反唇相讥,而且自报家门,以主人自居。青凤叔父呼家人易馔,他又加以制止,显得十分随和。初会孝儿,见其倜傥不群,便"雅相爱悦"。为人说《涂山外传》,他"粉饰多词,妙绪泉涌"。一见青凤,便动手动脚,全不顾众人在场,甚至拍案大呼:"得妇如此,南面王不易也!"夜里青凤叔父装扮成厉鬼欲将其吓跑,而他却报之以笑,且以墨涂面,与"鬼"对视,反而将"鬼"赶走。当青凤叔父发现他与青凤私会后,他自担责任,毫无惧色,显出大丈夫气概。但他又狂而不怪,放而不诞,他不拘礼法,却不忘人情,青凤叔父遇难,他虽口头上与孝儿为难,实际还是出力相救;以后又假以楼宅供其栖身,从此前嫌冰释,亲如家人。他具有充足的阳刚之气,佻达豪纵、逸兴湍飞,又不失谦谦君子的宽宏仁慈,在他身上闪现着理想的男性美的光彩。

美妙的爱情,完满的结局,理想化的人物,扑朔迷离的境界,别具一格的艺术视角,既体现出作者的人格理想、生活理想,也传达出了作者的艺术理想、风格追求。因此,本篇不仅在《聊斋》中大放异彩,也深得作者本人珍爱。在《狐梦》篇中,蒲松龄记述好友毕怡庵"每读《青凤传》,心辄向往,恨不一遇"。于是"摄想凝思",竟然在梦中与狐女相遇。而狐女也竟然要毕转请作者像写青凤那样为她立传。她说:"聊斋与君文字交,请烦作小传,未必千载无爱忆如君者。"为此,作者自豪地说:"有狐若此,则聊斋笔墨有光荣矣。"这里,作者欣喜地看到了作品所产生的艺术效果,并且形象地揭示了作品的艺术力量之所在。即使在今天,像青凤这样貌美心善、有情有礼的少女,也依然是十分惹人喜爱的。因而,这篇作品被历代读者所称颂、欣赏,并不是偶然的。

(张稔穰　杨广敏)

画　　皮

太原王生，早行，遇一女郎，抱袱独奔，甚艰于步。急走趁之，乃二八姝丽。心相爱乐，问："何夙夜踽踽独行？"女曰："行道之人，不能解愁忧，何劳相问。"生曰："卿何愁忧？或可效力，不辞也。"女黯然曰："父母贪赂，鬻妾朱门。嫡妒甚，朝詈而夕楚辱之，所弗堪也，将远遁耳。"问："何之？"曰："在亡之人，乌有定所。"生言："敝庐不远，即烦枉顾。"女喜，从之。生代携袱物，导与同归。女顾室无人，问："君何无家口？"答云："斋耳。"女曰："此所良佳。如怜妾而活之，须秘密，勿泄。"生诺之。乃与寝合。使匿密室，过数日而人不知也。生微告妻。妻陈，疑为大家媵妾，劝遣之。生不听。

偶适市，遇一道士，顾生而愕。问："何所遇？"答言："无之。"道士曰："君身邪气萦绕，何言无？"生又力白。道士乃去，曰："惑哉！世固有死将临而不悟者。"生以其言异，颇疑女；转思明明丽人，何至为妖，意道士借魇禳以猎食者。

无何，至斋门，门内杜，不得入。心疑所作，乃逾垝垣。则室门亦闭。蹑迹而窗窥之，见一狞鬼，面翠色，齿巉巉如锯。铺人皮于榻上，执彩笔而绘之；已而掷笔，举皮，如振衣伏，披于身，遂化为女子。睹此状，大惧，兽伏而出。急追道士，不知所往。遍迹之，遇于野，长跪乞救。道士曰："请遣除之。此物亦良苦，甫能觅代者，予亦不忍伤其生。"乃以蝇拂授生，令挂寝门。临别，约会于青帝庙。

生归，不敢入斋，乃寝内室，悬拂焉。一更许，闻门外戢戢有声。自不敢窥也，使妻窥之。但见女子来，望拂子不敢进；立而切齿，良久乃去。少时，复来，骂曰："道士吓我。终不然，宁入口而吐之耶！"取拂碎之，坏寝门而入。径登生床，裂生腹，掬生心而去。妻号。婢入烛之，生已死，腔血狼藉。陈骇涕不敢声。

明日，使弟二郎奔告道士。道士怒曰："我固怜之，鬼子乃敢尔！"即从生弟来。女子已失所在。既而仰首四望，曰："幸遁未远。"问："南院谁家？"二郎曰："小生所舍也。"道士曰："现在君所。"二郎愕然，以为未有。道士问曰："曾否有不识者一人来？"答曰："仆早赴青帝庙，良不知。当归问之。"去，少顷而返，曰："果有之。晨间一妪来，欲佣为仆家操作，室人止之，尚在也。"道士曰："即是物矣。"遂与俱往。仗木剑，立庭心，呼曰："孽魅！偿我拂子来！"妪在室，惶遽无色，出门欲遁。道士逐击之。妪仆，人皮划然而脱，化为厉鬼，卧嗥如猪。道士以木剑枭其首；身变作浓烟，匝地作堆。道士出一葫芦，拔其塞，置烟中，飀飀然如口吸气，瞬息烟尽。道士塞口入囊。共视人皮，眉目手足，无不备具。道士卷之，如卷画轴声，亦囊之，乃别欲去。陈氏拜迎于门，哭求回生之法。道士谢不能。陈益悲，伏地不起。道士沉思曰："我术浅，诚不能起死。我指一人，或能之，往求必合有效。"问："何人？"曰："市上有疯者，时卧粪土中。试叩而哀之。倘狂辱夫人，夫人勿怒也。"二郎亦习知之。乃别道士，与嫂俱往。

见乞人颠歌道上，鼻涕三尺，秽不可近。陈膝行而前。乞人笑曰："佳人爱我乎？"陈告之故。又大笑曰："人尽夫也，活之何为？"陈固哀之。乃曰："异哉！人死而乞活于我。我阎摩耶？"怒以杖击陈。陈忍痛受之。市人渐集如堵。乞人咯痰唾盈把，举向陈吻曰："食之！"陈红涨于面，有难色；既思道士之嘱，遂强啖焉。觉入喉中，硬如团絮，格格而下，停结胸间。乞人大笑曰："佳人爱我哉！"遂起，行已不顾。尾之，入于庙中。追而求之，不知所在；前后冥搜，殊无端兆，惭恨而归。既悼夫亡之惨，又悔食唾之羞，俯仰哀啼，但愿即死。方欲展血敛尸，家人伫望，无敢近者。陈抱尸收肠，且理且哭。哭极声嘶，顿欲呕。觉鬲中结物，突奔而出，不及回首，已落腔中。惊而视之，乃人心也。在腔中突突犹跃，热气腾蒸如烟然。大异之。急以两手合腔，极力抱挤。少懈，则气氤氲自缝中出。乃裂缯帛急束之。以手抚尸，渐温。覆以衾裯。中夜启视，有鼻息矣。天明，竟活。为言："恍惚若梦，但觉腹隐痛耳。"视破处，痂结如钱，寻愈。

异史氏曰："愚哉世人！明明妖也，而以为美。迷哉愚人！明明忠也，而以为妄。然爱人之色而渔之，妻亦将食人之唾而甘之矣。天道好还，但愚而迷者不悟耳。可哀也夫！"

【评赏】

  若论《聊斋志异》中最为人们熟悉的篇章，《画皮》无疑是其中之一。这不仅因为它曾被搬上银幕，致使家喻户晓，也不仅因为它在全书林林总总写佳鬼佳狐的题材之外独写恶鬼，别树一帜，同时还因为，作者借这个荒诞的故事传达出的生活哲理，是很有概括性与启发性的。

  本篇的主人公是一个青面獠牙、凶神恶煞的厉鬼，但它出场时的形象却是一个"二八姝丽"。清晨的路途中"她""抱袱独奔"，显得那么羸弱、孤单、艰难。在那个年轻女子足不出户的时代，很少有独行独往的，更少见奔跑赶路的女性。这位女子不寻常的举动，说明她一定有不寻常的事情要办，难怪王生心生好奇，要赶上去问个究竟。对王生的询问，她表面上拒绝回答，又透露出自己确有"愁忧"，至于为何"愁忧"则含而不露，显出少女的狡慧。直到王生再次询问，她才黯然神伤，说出"隐情"：父母将自己卖给人做妾，因无法忍受正妻的嫉妒，只好离家出走。言语凄婉，哀情动人，俨然一个孤苦无依的弱女子模样。等王生提出假以庐舍的时候，她喜不自胜，欣然相从。入室之后，她又问王生家口，等听说是无人居住的书房时，她才满意地说"此所良佳"，同时，她又叮嘱王生"秘密，勿泄"。小说至此，谁能怀疑她不是逃难的少女呢？在当时的现实社会中，像她这样不幸的女子并不十分罕见。因此，当道士指出王生为"邪气萦绕"的时候，他矢口否认也是合情合理的，"转思明明丽人，何至为妖"，甚至于反而认定道士以妖术骗人了。王生的心理活动，更证明了少女的可爱。但是，等王生回到家中，却发现大门被堵上，室门也关着，从窗缝中一看，"见一狞鬼，面翠色，齿巉巉如锯"。原来，自己"心相爱乐"的"二八姝丽"，竟是如此狰狞可怕的厉鬼！原来，道士所言不虚，自己果然上当受骗了！原来，她以前的一切都是装的、假的！前后对比，反差强烈，至此，我们才认识到她是何等的阴险、狡诈。王生为躲避她的残害，从书斋移居内室,她则对自己的猎物穷追不舍,一更时,便从书斋追到了内室门外。当她发现了门上的蝇拂,想进,又不敢进,她恨道士,也恨王生,"立而切齿,良久乃去",写出她怒火中烧又无处发泄的心理冲突。而"少时,复来",痛骂道士,表明她经过一番思想斗争,决不肯舍弃即将入口的猎物。"取拂碎之,坏寝门而入,径登生床,裂生腹,掬生心而去",这一连串动作,何等凶狠、残暴,真是鬼性毕现,栩栩如生。王生的一片"痴情",竟落得如此下场,怎不让人出一身冷汗!如果说,王生仅看到她厉鬼的外形的话,而我们却看到了她的吃人本质。这个人物形象表明:恶人并不是一眼看去就可以发现的,因为这些人常常披着真善美的外衣,打着别的旗号哄骗人们上钩。因此,对这些人尤其要严加提防!显然,这些哲理在生活中是有指导意义的。

作品中的王生就是一个被假象迷惑而自招灾祸的典型。本来,见到别人有难处前去慰安是件善行。但他见"二八姝丽",便"心相爱乐",以至于将其藏之密室,就显然是趁火打劫、乘人之危,暴露出鄙薄无行的性格。假如,行路者真是一位逃难的少女,岂不将一生受其玩弄?假若少女面貌丑陋,他也决不会如此殷勤备至。妻子对他晓之以理,劝他将人家放走,他为满足私欲,竟置若罔闻;道士问他:"何所遇?"他答以"无之",显然也是怕别人知道后,使少女走脱;即便道士告诉他死期将至,他仍不觉悟。他心术不正,贪恋美色,所以厉鬼才化作美女,投其所好。他自己被剖腹挖心、妻子食人之唾的悲惨下场,乃是咎由自取。像王生这样儇薄无行、恋慕美色或贪财逐利的人,在蒲松龄生活的时代是屡见不鲜的。作者借王生的形象启示人们:光明磊落,襟怀坦荡,才不致招来外鬼;而贪慕财色者,最容易上当受骗,落入别人的陷阱。当王生将"二八姝丽"藏之于密室之时,他心内一定是得意扬扬的。而等发现少女原来是厉鬼后,他"大惧,兽伏而出","急追道士","长跪乞救",这幅狼狈不堪、惊魂四散的模样对他前面的行为构成了绝妙的讽刺!夜里听到门外"戛戛有声",自己不敢去看,却让妻子去看。真是胆小如鼠,没有一点大丈夫男子汉的影子。他没有想到,既然鬼可能吃他,当然也可能吃自己的妻子。

可是,就是这么一个无德无能的人,在他被厉鬼掏去心脏之后,他的妻子还要拜迎道士于门,"哭求回生之法",以至于"伏地不起",甚至为使丈夫复生,甘心对"鼻涕三尺,秽不可近"的疯子"膝行而前",甘心忍受疯子的杖击,甘心将疯子的盈把痰唾强咽胸中,甘心当着众人的面受尽疯子的戏弄、嘲笑、侮辱……试想,一个自小奉行男女授受不亲的女子,在光天化日之下,能承受正常人都无法承受的身心伤害,这是一种怎样的牺牲?王生是因为渔人之色而被害,他的妻子则是无辜而受害,读了之后,自会引起人们深深的同情。

这篇小说,笼罩着森森鬼气,读了之后令人毛骨悚然。但骇然之余,又使人受到多层次、多方面的启示。它为历代读者所熟悉、所喜爱绝不是偶然的。

(张稔穰　杨广敏)

婴　宁

王子服,莒之罗店人。早孤。绝惠,十四入泮。母最爱之,寻常不令游郊野。聘萧氏,未嫁而夭,故求凰未就也。

会上元,有舅氏子吴生,邀同眺瞩。方至村外,舅家有仆来,招吴去。生见游女如云,乘兴独遨。有女郎携婢,捻梅花一枝,容华绝代,笑容可掬。生注目不移,竟忘顾忌。女过去数武,顾婢曰:"个儿郎目灼灼似贼!"遗花地上,笑语自去。

生拾花怅然,神魂丧失,怏怏遂返。至家,藏花枕底,垂头而睡,不语亦不食。母忧之。醮禳益剧,肌革锐减。医师诊视,投剂发表,忽忽若迷。母抚问所由,默然不答。适吴生来,嘱密诘之。吴至榻前,生见之泪下。吴就榻慰解,渐致研诘。生具吐其实,且求谋画。吴笑曰:"君意亦复痴!此愿有何难遂?当代访之。徒步于野,必非世家。如其未字,事固谐矣;不然,拚以重赂,计必允遂。但得痊瘳,成事在我。"生闻之，不觉解颐。

吴出告母，物色女子居里，而探访既穷，并无踪绪。母大忧，无所为计。然自吴去后，颜顿开，食亦略进。数日，吴复来。生问所谋。吴绐之曰："已得之矣。我以为谁何人，乃我姑氏女，即君姨妹行，今尚待聘。虽内戚有婚姻之嫌，实告之，无不谐者。"生喜溢眉宇，问："居何里？"吴诡曰："西南山中，去此可三十余里。"生又付嘱再四，吴锐身自任而去。

生由是饮食渐加，日就平复。探视枕底，花虽枯，未便雕落。凝思把玩，如见其人。怪吴不至，折柬招之。吴支托不肯赴招。生忿怒，悒悒不欢。母虑其复病，急为议姻；略与商榷，辄摇首不愿，惟日盼吴。吴迄无耗，益怨恨之。转思三十里非遥，何必仰息他人？怀梅袖中，负气自往，而家人不知也。

伶仃独步，无可问程，但望南山行去。约三十余里，乱山合沓，空翠爽肌，寂无人行，止有鸟道。遥望谷底，丛花乱树中，隐隐有小里落。下山入村，见舍宇无多，皆茅屋，而意甚修雅。北向一家，门前皆丝柳，墙内桃杏尤繁，间以修竹，野鸟格磔其中。意其园亭，不敢遽入。回顾对户，有巨石滑洁，因据坐少憩。俄闻墙内有女子，长呼"小荣"，其声娇细。方伫听间，一女郎由东而西，执杏花一朵，俯首自簪。举头见生，遂不复簪，含笑捻花而入。审视之，即上元途中所遇也。心骤喜。但念无以阶进；欲呼姨氏，顾从无还往，惧有讹误。门内无人可问。坐卧徘徊，自朝至于日昃，盈盈望断，并忘饥渴。时见女子露半面来窥，似讶其不去者。

忽一老媪扶杖出，顾生曰："何处郎君，闻自辰刻便来，以至于今。意将何为？得勿饥耶？"生急起揖之，答云："将以盼亲。"媪聋聩不闻。又大言之。乃问："贵戚何姓？"生不能答。媪笑曰："奇哉！姓名尚自不知，何亲可探？我视郎君，亦书痴耳。不如从我来，啖以粗粝，家有短榻可卧。待明朝归，询知姓氏，再来探访，不晚也。"生方腹馁思啖，又从此渐近丽人，大喜。从媪入，见门内白石砌路，夹道红花，片片堕阶上；曲折而西，又启一关，豆棚花架满庭中。肃客入舍，粉壁光明如镜；窗外海棠枝朵，探入室中；茵藉几榻，罔不洁泽。甫坐，即有人自窗外隐约相窥。媪唤:"小荣!可速作黍。"外有婢子嗷声而应。

坐次,具展宗阀。媪曰:"郎君外祖,莫姓吴否?"曰:"然。"媪惊曰:"是吾甥也!尊堂,我妹子。年来以家窭贫,又无三尺男,遂至音问梗塞。甥长成如许,尚不相识。"生曰:"此来即为姨也,匆遽遂忘姓氏。"媪曰:"老身秦姓,并无诞育;弱息仅存,亦为庶产。渠母改醮,遗我鞠养。颇亦不钝,但少教训,嬉不知愁。少顷,使来拜识。"

未几,婢子具饭,雏尾盈握。媪劝餐已,婢来敛具。媪曰:"唤宁姑来。"婢应去。良久,闻户外隐有笑声。媪又唤曰:"婴宁,汝姨兄在此。"户外嗤嗤笑不已。婢推之以入,犹掩其口,笑不可遏。媪嗔目曰:"有客在,咤咤叱叱,是何景象?"女忍笑而立,生揖之。媪曰:"此王郎,汝姨子。一家尚不相识,可笑人也。"生问:"妹子年几何矣?"媪未能解。生又言之。女复笑,不可仰视。媪谓生:"我言少教诲,此可见矣。年已十六,呆痴裁如婴儿。"生曰:"小于甥一岁。"曰:"阿甥已十七矣,得非庚午属马者耶?"生首应之。又问:"甥妇阿谁?"答曰:"无之。"曰:"如甥才貌,何十七岁犹未聘?婴宁亦无姑家,极相匹敌;惜有内亲之嫌。"生无语,目注婴宁,不遑他瞬。婢向女小语云:"目灼灼,贼腔未改!"女又大笑,顾婢曰:"视碧桃开未?"遽起,以袖掩口,细碎连步而出。至门外,笑声始纵。媪亦起,唤婢袱被,为生安置。曰:"阿甥来不易,宜留二五日,迟迟送汝归。如嫌幽闷,舍后有小园,可供消遣,有书可读。"

次日,至舍后,果有园半亩,细草铺毡,杨花糁径;有草舍三楹,花木四合其所。穿花小步,闻树头苏苏有声,仰视,则婴宁在上。见生来,狂笑欲堕。生曰:"勿尔,堕矣!"女且下且笑,不能自止。方将及地,失手而堕,笑乃止。生扶之,阴搣其腕。女笑又作,倚树不能行,良久乃罢。生俟其笑歇,乃出袖中花示之。女接之,曰:"枯矣。何留之?"曰:"此上元妹子所遗,故存之。"问:"存之何意?"曰:"以示相爱不忘也。自上元相遇,凝思成疾,自分化为异物;不图得见颜色,幸垂怜悯。"女曰:"此大细事。至戚何所靳惜?待郎行时,园中花,当唤老奴来,折一巨捆负送之。"生曰:"妹子痴耶?"女曰:"何便是痴?"生曰:"我非爱花,爱捻花之人耳。"女曰:"葭莩之情,爱何待言。"生曰:"我

婴宁

拈花微笑故依依
城情到此时矜
不情一味天真
何烦漫只宜
呼作太慈生

所谓爱,非瓜葛之爱,乃夫妻之爱。"女曰:"有以异乎?"曰:"夜共枕席耳。"女俯思良久,曰:"我不惯与生人睡。"语未已,婢潜至,生惶恐遁去。

少时,会母所。母问:"何往?"女答以园中共话。媪曰:"饭熟已久,有何长言,周遮乃尔。"女曰:"大哥欲我共寝。"言未已,生大窘,急目瞪之。女微笑而止。幸媪不闻,犹絮絮究诘。生急以他词掩之,因小语责女。女曰:"适此语不应说耶?"生曰:"此背人语。"女曰:"背他人,岂得背老母。且寝处亦常事,何讳之?"生恨其痴。无术可以悟之。

食方竟,家中人捉双卫来寻生。先是,母待生久不归,始疑;村中搜觅几遍,竟无踪兆。因往询吴。吴忆曩言,因教于西南山村行觅。凡历数村,始至于此。生出门,适相值,便入告媪,且请偕女同归。媪喜曰:"我有志,匪伊朝夕。但残躯不能远涉,得甥携妹子去,识认阿姨,大好!"呼婴宁。宁笑至。媪曰:"有何喜,笑辄不辍?若不笑,当为全人。"因怒之以目。乃曰:"大哥欲同汝去,可便装束。"又饷家人酒食,始送之出曰:"姨家田产丰裕,能养冗人。到彼且勿归,小学诗礼,亦好事翁姑。即烦阿姨,为汝择一良匹。"二人遂发。至山坳,回顾,犹依稀见媪倚门北望也。

抵家,母睹妹丽,惊问为谁。生以姨女对。母曰:"前吴郎与儿言者,诈也。我未有姊,何以得甥?"问女,女曰:"我非母出。父为秦氏,没时,儿在褓中,不能记忆。"母曰:"我一姊适秦氏,良确;然殂谢已久,那得复存?"因审诘面庞、志赘,一一符合。又疑曰:"是矣。然亡已多年,何得复存?"疑虑间,吴生至,女避入室。吴询得故,惘然久之。忽曰:"此女名婴宁耶?"生然之。吴亟称怪事。问所自知,吴曰:"秦家姑去世后,姑丈鳏居,祟于狐,病瘠死。狐生女名婴宁,绷卧床上,家人皆见之。姑丈殁,狐犹时来;后求天师符粘壁间,狐遂携女去。将勿此耶?"彼此疑参。但闻室中吃吃,皆婴宁笑声。母曰:"此女亦太憨生。"吴请面之。母入室,女犹浓笑不顾。母促令出,始极力忍笑,又面壁移时,方出。才一展拜,翻然遽入,放声大笑。满室妇女,为之粲然。

吴请往觇其异,就便执柯。寻至村所,庐舍全无,山花零落而已。吴忆姑葬处,仿佛不远;然坟垄湮没,莫可辨识,诧叹而返。母疑其为鬼。入告吴言,女略无骇意;又吊其无家,亦殊无悲意,孜孜憨笑而已。众莫之测。母令与少女同寝止。昧爽即来省问,操女红精巧绝伦。但善笑,禁之亦不可止;然笑处嫣然,狂而不损其媚,人皆乐之。邻女少妇,争承迎之。母择吉将为合卺,而终恐为鬼物。窃于日中窥之,形影殊无少异。至日,使华装行新妇礼;女笑极不能俯仰,遂罢。生以其憨痴,恐泄漏房中隐事;而女殊密秘,不肯道一语。每值母忧怒,女至,一笑即解。奴婢小过,恐遭鞭楚,辄求诣母共话;罪婢投见,恒得免。而爱花成癖,物色遍戚党;窃典金钗,购佳种,数月,阶砌藩溷,无非花者。

庭后有木香一架,故邻西家。女每攀登其上,摘供簪玩。母时遇见,辄诃之。女卒不改。一日,西人子见之,凝注倾倒。女不避而笑。西人子谓女意已属,心益荡。女指墙底笑而下,西人子谓示约处,大悦。及昏而往,女果在焉。就而淫之,则阴如锥刺,痛彻于心,大号而蹎。细视,非女,则一枯木卧墙边,所接乃水淋窍也。邻父闻声,急奔研问,呻而不言。妻来,始以实告。爇火烛窍,见中有巨蝎,如小蟹然。翁碎木捉杀之。负子至家,半夜寻卒。邻人讼生,讦发婴宁妖异。邑宰素仰生才,稔知其笃行士,谓邻翁讼诬,将杖责之。生为乞免,逐释而出。母谓女曰:"憨狂尔尔,早知过喜而伏忧也。邑令神明,幸不牵累;设鹘突官宰,必逮妇女质公堂,我儿何颜见戚里?"女正色,矢不复笑。母曰:"人罔不笑,但须有时。"而女由是竟不复笑,虽故逗,亦终不笑;然竟日未尝有戚容。

一夕,对生零涕。异之。女哽咽曰:"曩以相从日浅,言之恐致骇怪。今日察姑及郎,皆过爱无有异心,直告或无妨乎?妾本狐产。母临去,以妾托鬼母,相依十余年,始有今日。妾又无兄弟,所恃者惟君。老母岑寂山阿,无人怜而合厝之,九泉辄为悼恨。君倘不惜烦费,使地下人消此怨恫,庶养女者不忍溺弃。"生诺之,然虑坟冢迷于荒草。女但言无虑。刻日,夫妻舆榇而往。女于荒烟错楚中,指示墓处,果得媪尸,肤革犹存。女抚哭哀痛。舁归,寻秦氏墓合葬焉。

是夜,生梦媪来称谢,寤而述之。女曰:"妾夜见之,嘱勿惊郎君耳。"生恨不邀留。女曰:"彼鬼也。生人多,阳气胜,何能久居?"生问小荣,曰:"是亦狐,最黠。狐母留以视妾,每摄饵相哺,故德之常不去心。昨问母,云已嫁之。"由是岁值寒食,夫妻登秦墓,拜扫无缺。女逾年,生一子。在怀抱中,不畏生人,见人辄笑,亦大有母风云。

异史氏曰:"观其孜孜憨笑,似全无心肝者;而墙下恶作剧,其黠孰甚焉。至凄恋鬼母,反笑为哭,我婴宁殆隐于笑者矣。窃闻山中有草,名'笑矣乎'。嗅之,则笑不可止。房中植此一种,则合欢、忘忧,并无颜色矣。若解语花,正嫌其作态耳。"

【评赏】

在中国漫长的封建社会中,妇女被压在社会的最底层。生活的重担、礼教的缰索,使千千万万的女子犹如巨石之下的小草,枯黄柔弱,失去了生命的色泽。但在一个"乱山合沓,空翠爽肌"的小山村里,却生活着这样一位少女:她嗜花爱笑,天真无邪,像山花一样烂漫、山泉一样纯净,丝毫没有受到封建礼教、世俗人情的摧残、污染。这位少女就是蒲松龄在本篇中所塑造的理想形象——婴宁。

在这篇小说中,作者着力刻画的是女主角的外貌美和爱花、爱笑以及纯真得近乎痴憨的性格特点。婴宁一登场,作者就以十分传神的笔法,勾勒出她不同凡俗的形象:"容华绝代",手捻梅花,姗姗行走在上元节的郊野;当她发现王子服死死盯住自己的目光后,"顾婢曰:'个儿郎目灼灼似贼!'"遗花地上,"笑语自去"。仿佛不知道王子服"目灼灼"是为己者,亦没有想到此时遗花地上对一个封建社会的少女来说是"大不检点"。开篇起势,作者就以简洁的笔触,将婴宁爱花、爱笑,美丽、纯真的特点一并写出,也可以说是对婴宁的形象作了一个鸟瞰式的勾画。以后在较长的篇幅里,作者暂时放下了婴宁,专写王子服对婴宁的相思。正是婴宁的美丽和卓荦不群的风姿,才使得王子服"忽忽若迷",所以,此处极力渲染王子服的相思之情,一方面是为以后情节的发展蓄势,另一方面也是对婴宁的虚写,字里行间都能让读者感觉到婴宁的存在。就像高明的画家善于"经营空白"一样,作者此处的虚写手法是运用得非常巧妙的。王子服按照吴生的谎言在西南山中找到婴宁后,作者便浓墨重彩而又极有层次地对婴宁爱花、爱笑、纯真的性格特点作了多方面的刻画。首先随着王子服观察点的变化,对婴宁家中之花作了多角度的描写,以繁花异卉映衬婴宁如花的容貌、纯真的心灵,并借以侧写主人公爱花的性格。其间,作者又点出婴宁"由东而西,执杏花一朵,俯首自簪",这就将人和花作了有形的联系,完全消除了写花与写人之间的界隔。在王子服与婴宁相见的场面里,作者又对婴宁性格的另一侧面——爱笑,作了淋漓尽致的描写:婴宁人未到而笑声先闻;在相见过程中,她时而"嗤嗤笑不已",时而"笑不可遏";受到母亲斥责后"忍笑而立",但转瞬"复笑不可仰视"。这一系列关于笑的描写,声态并作,使婴宁爱笑的性格得到了最为集中的表现。在这一场面中,作者虽重点写婴宁爱笑,但并没有抛开她爱花的特点,插写了一句"(婴宁)顾婢曰:'视碧桃开未?'"这就使婴宁的形象保持了完整性、立体感,同时也将前面对花的描写与此处相见的场面勾连起来。在王子服与婴宁园中共话这一场面里,作者除继续刻画婴宁爱花、爱笑的性格外,又重点刻画了婴宁性格的另一侧面:近乎痴憨的单纯天真。王子服拿出上元节婴宁遗落的梅花示以相爱之意,婴宁却傻乎乎地说:"待郎行时,园中花,当唤老奴来,折一巨捆负送之。"王生告诉她,他"非爱花,爱捻花之人耳",婴宁竟全然不解其中的缱绻之情,说:"葭莩之情,爱何待言。"当她得知王子服所说的是"夜共枕席"的夫妻之爱时,仍然了无所悟,"俯思良久,曰:'我不惯与生人睡。'"甚至要告诉母亲"大哥欲我共寝"。几句对话,几个细节,将婴宁如痴似憨的性格特点刻画得栩栩如生。至此,婴宁爱花、爱笑和纯真的性格特点已无比鲜明,以后虽又多次写到婴宁的爱花爱笑,不过是这种性格特点的进一步加强和展示而已。

《聊斋志异》以前的短篇小说创作在处理人物和情节的关系时,多是以情节为主而不是以人物为主的。这些作品一般说来情节的纵向推进比较迅速,一定的篇幅中情节的时间跨度较长,容纳的生活事件、生活场景较多,并主要以叙述作为情节开展的手段,人物描写的空间比较狭窄。这些小说也描写人物、描写环境,但多是在情节纵向发展的缝隙中进行粗线条的白描。这种情节结构的格局,无疑地影响了人物形象的塑造。而本篇却是明显以人物刻画为主,为了在较大的描写空间里刻画人物,作者在情节的纵向开展中不时地作较大幅度的横向扩展。例如婴宁之养母鬼媪在与王子服谈话时说:"如甥才貌,何十七岁犹未聘?婴宁亦无姑家,极相匹敌。"读到此处,读者满以为她会让王子服将婴宁带回成婚,一般作者写到此处也会乘势将情节的发展引导到偕归、成婚上去。但蒲松龄在"偕归"这一情节的出现已呈必然之势时,却不急于情节的纵向推进,他让鬼媪接着说出"惜有内亲之嫌"一句话,将"偕归"之事轻轻荡开,又借她说的"舍后有小园,可供消遣"的话,引出了王生、婴宁园中共话这一极为精彩的场面,情节发展的趋势毫无痕迹地由纵向推进改变为横向扩展,为刻画婴宁的纯真性格创造了较为广阔的描写空间。这就把短篇小说传统的情节结构的格局打破了,而确立了纵向推进与横向扩展紧密结合的新的情节结构的格局。而这,正是作者将人物放在艺术构思的核心地位的结果。

婴宁是一个崭新的形象,作者亲切地称为"我婴宁",喜爱之情溢于言表。它寄寓着作者的人生理想,具有深刻的思想内蕴。在封建社会里,妇女被禁锢在纲常礼教的网罟之中,一举一动都受到封建礼教的掣肘。所谓"男女之别,国之大节也",青年男女是不能随便接触的;所谓"女子第一是安贞",大笑大叫,更是明令禁止的。但婴宁大大方方地将花枝遗落在一个男子的面前,自由自在地在园中与姨兄共话,在她心目中哪有什么男女之大防?她终日"嗤嗤笑不已",甚至于爬树攀花,更没有一点安贞的影子。她的性格的本质特点,就是处处表现出没有受到封建礼教规范毒害的少女的本性。作者塑造出这样一个形象,显然具有反封建礼教的意义。在封建社会里,封建的经济关系、社会关系扭曲了更多的人的"人性",甚至许多家庭的父子、兄弟、婆媳、妯娌之间,人们为了各自的利益,也是尔虞我诈、相互戕残。而婴宁,却像水一样纯净、玉一样莹彻、花一样时刻展露着她的心灵和笑靥。赋予人物这种理想化了的性格,表现了作者对于归真返璞的人性的向往。对于生活在封建社会恶浊空气中的读者来说，婴宁的形象无疑是空谷足音、高山雪莲、铅云隙缝中射出的一道阳光，是能够使人们的精神大为一振的。作者以浪漫主义的方法塑造他的人物，但他对生活的观察却是一个清醒的现实主义者。他将婴宁处理为狐女，又将她安排在野鸟格磔、远离尘寰的环境中，这说明作者深知婴宁归真返璞的性格只能在他的理想中存在，在现实生活中是无法成长、生存的。婴宁到了王家后，婆母嫌她"太憨生"。她任情恣性地惩治荒淫无礼的西邻之子，结果险些被逮质公堂，经过婆母一番封建礼教的训诫，婴宁"矢不复笑"，天真烂漫的理想性格消失了。这种性格的悲剧性结局虽未免使读者惋惜，却符合严酷的生活规律，表现了作者对现实认识的深刻精微。

　　本篇着重刻画的是婴宁作为一个少女的纯真性格及变化，但也同时表现她作为狐精的神异特点。为表现这种神异性，作者不仅在小说结尾处设计了婴宁幻化出枯木巨蝎惩治西邻之子的奇幻情节，而且在情节的纵向安排上也独具匠心。小说以王子服见婴宁、想婴宁、找婴宁、重会婴宁、带回婴宁与之成婚作为情节纵向开展的线索，但又迟迟不点明婴宁是个什么人。而是步步制造疑云，层层设置悬念，使婴宁在作者布置的疑云迷雾中呈现出神秘莫测的特点。王子服在上元节的郊野见了婴宁一面，爱上了这位姑娘，根据吴生的分析，找到她应是不难的。但吴生"探访既穷，并无踪绪"，这个姑娘到底是谁呢？故事一开始就设置了一个悬念，为婴宁涂上了一层神秘的色彩。吴生认真探访而不得，后来随口撒了一个大谎，王子服却按照这谎言把婴宁找到了，这是多么奇怪的事情！此处作者设置了一个更大的悬念，婴宁愈加显得神秘了。王子服将婴宁领回家里后，母亲惊问为谁，王生"以姨女对"。从前边鬼媪与王生姨甥相认的情节看，这本是千真万确的事实。但王母却断然否认："我未有姊，何以得甥？"婴宁说出父为秦氏后，王母又说："我一姊适秦氏，良确；然姐谢已久，那得复存？"情节发展到此处，真可说是迷雾团团，疑云阵阵，婴宁这个人物更让人觉得来路不明、惝恍迷离了。情节的这种纵向安排，使婴宁始终像一个谜一样费人猜详，直至吴生追述了秦家姑丈与狐精的一段爱情史，后来又由婴宁说出了自己的身世，谜底才完全揭开：原来她是一个狐生鬼养的狐女！揭开这个谜底之后，我们再回首前面的情节，就会发现作者对婴宁的神异性还在艺术构思的更深处作了虚写。王子服按照吴生的谎言在西南山中找到了那个"意甚修雅"的里落，见到了那个死去多年的"姨母"和日夜思念的婴宁，而后来吴生"往觇其异"时，却是"庐舍全无，山花零落而已"，王子服看到的一切全都无影无踪了。这说明那丛花乱树中的里落，那幽洁可爱的小院，都是婴宁专为王子服的到来幻化出来的，其鬼母也是专为王子服而出现的。婴宁何以能预知王子服的到来呢？由此我们不难推测：她预先早已作了安排，这安排就发生在吴生说谎时。吴生之姑、王生之姨早已去世，而且她也没有生儿育女，吴生撒谎时却违乎常理地说出了秦家姑，又把王子服遇到的那位少女安在秦家姑的膝下，就是因为有婴宁在暗中使然，是婴宁为使"笃行""绝惠"的王子服亲来求凰，暗中施展出狐精的神异本领，使吴生不由自主地说出了她的姓氏居里。但明伦评论这一情节时说："绐词诡语，有谓无心而幸中，是呆子语，不可读聊斋，不可与论文。"言辞未免尖刻，但他确实感觉到了这一情节中暗含的婴宁的神异性。由此我们还可进而推测：上元节她将梅花遗落在王子服面前，乍看无心而实则是有意的，是为了以此牵动王子服的相思之情。婴宁在此之前并没有见过王子服，但她却能认出这位姨兄，并知道王子服是自己理想的伴侣，此处的表现是十分神异的。作者在情节的横向扩展中刻画婴宁作为一个少女的纯真个性，又通过情节纵向开展时的巧妙安排和几处虚写，表现她作为狐精的神异性，这就使婴宁形象中蕴含着的"人性"和"狐性"纵横交织，相互掩映，使婴宁成为一个人和狐复合统一、含义隽永的有机整体。

　　婴宁这一形象的构成是比较复杂的，从整体上说，她是人和狐的复合；如果单从她作为人的方面看，又是两种个性的复合。她的鬼母几次说她"少教训""少教诲"，并嘱咐她到王家"小学诗礼，亦好事翁姑"。但她到王家后，未学诗礼，即懂得"昧爽即来省问"，"操女红精巧绝伦"；她在母亲面前直言不讳地说"大哥欲我共寝"，而与王子服成婚后,"生以其憨痴,恐漏泄漏房中隐事,而女殊密秘,不肯道一语"。她对王生述说自己的身世,请求王生将其父母合葬的那段话,更是真挚感人。婴宁这些言行及其表现出来的思想感情,更在爱花、爱笑、纯真得近乎痴憨的婴宁形象中又依稀叠印出另一个婴宁。这个婴宁绝不是憨不知礼、缺少教诲,而是聪明、勤劳、知礼,虑事缜密而又具有深沉的感情。蒲松龄在"异史氏曰"中说:"观其孜孜憨笑,似全无心肝者;而墙下恶作剧,其黠孰甚焉。至凄恋鬼母,反笑为哭,我婴宁殆隐于笑者矣。"这就再清楚不过地告诉我们:"孜孜憨笑""似全无心肝"只是她的外在特点,而在笑的帷幕后面,隐藏着另一个婴宁。她大约不愿使自己形同世俗之女,又有少女的羞涩之心,所以才以天真烂漫的面目出之,才在王子服向她倾吐肺腑之情时佯装不解,以憨言痴语应对。她知道母亲聋聩重听,所以才故意在母亲面前说"大哥欲我共寝",捉弄得王子服窘迫不堪。这个婴宁真是聪明狡黠得无与伦比。上元节有意遗花地上,借吴生之口巧妙地透露出自己的居里,正是这个狡黠的婴宁之所为。婴宁的两重性格相映成趣,使这一形象越发显得可爱了。

《婴宁》是《聊斋》中最为优秀的篇章之一,也将永远熠耀于世界优秀短篇小说之林。

(张稔穰　杨广敏)

聂　小　倩

宁采臣,浙人。性慷爽,廉隅自重。每对人言:"生平无二色。"适赴金华,至北郭,解装兰若。寺中殿塔壮丽;然蓬蒿没人,似绝行踪。东西僧舍,双扉虚掩;惟南一小舍,肩键如新。又顾殿东隅,修竹拱把;阶下有巨池,野藕已花。意甚乐其幽杳。会学使案临,城舍价昂,思便留止,遂散步以待僧归。日暮,有士人来,启南扉。宁趋为礼,且告以意。士人曰："此间无房主,仆亦侨居。能甘荒落,旦晚惠教,幸甚。"宁喜,藉藁代床,支板作几,为久客计。是夜,月明高洁,清光似水,二人促膝殿廊,各展姓字。士人自言："燕姓,字赤霞。"宁疑为赴试诸生,而听其音声,殊不类浙。诘之,自言："秦人。"语甚朴诚。既而相对词竭,遂拱别归寝。

宁以新居,久不成寐。闻舍北喁喁,如有家口。起伏北壁石窗下,微窥之。见短墙外一小院落,有妇可四十余;又一媪衣緅绯,插蓬沓,鲐背龙钟,偶语月下。妇曰："小倩何久不来?"媪曰："殆好至矣。"妇曰："将无向姥姥有怨言否?"曰："不闻,但意似蹙蹙。"妇曰："婢子不宜好相识!"言未已,有一十七八女子来,仿佛艳绝。媪笑曰："背地不言人,我两个正谈道,小妖婢悄来无迹响。幸不訾着短处。"又曰:"小娘子端好是画中人,遮莫老身是男子,也被摄魂去。"女曰:"姥姥不相誉,更阿谁道好?"妇人女子又不知何言。

宁意其邻人眷口,寝不复听。又许时,始寂无声。方将睡去,觉有人至寝所。急起审顾,则北院女子也。惊问之。女笑曰:"月夜不寐,愿修燕好。"宁正容曰:"卿防物议,我畏人言;略一失足,廉耻道丧。"女云:"夜无知者。"宁又咄之。女逡巡若复有词。宁叱:"速去!不然,当呼南舍生知。"女惧,乃退。至户外复返,以黄金一锭置褥上。宁掇掷庭墀,曰:"非义之物,污吾囊橐!"女惭,出,拾金自言曰:"此汉当是铁石。"

诘旦,有兰溪生携一仆来候试,寓于东厢,至夜暴亡。足心有小孔,如锥刺者,细细有血出。俱莫知故。经宿,仆一死,症亦如之。向晚,燕生归,宁质之,燕以为魅。宁素抗直,颇不在意。宵分,女子复至,谓宁曰:"妾阅人多矣,未有刚肠如君者。君诚圣贤,妾不敢欺,小倩,姓聂氏,十八夭殂,葬寺侧,辄被妖物威胁,历役贱务;觍颜向人,实非所乐。今寺中无可杀者,恐当以夜叉来。"宁骇求计。女曰:"与燕生同室可免。"问:"何不惑燕生?"曰:"彼奇人也,不敢近。"问:"迷人若何?"曰:"狎昵我者,隐以锥刺其足,彼即茫若迷,因摄血以供妖饮;又或以金,非金也,乃罗刹鬼骨,留之能截取人心肝:二者,凡以投时好耳。"宁感谢。问戒备之期,答以明宵。临别泣曰:"妾堕玄海,求

聶小倩

聶小倩
浣具荒明后
蘭湯不是
劍俠六何傷
良宵自話
奇緣者多
半青烽
注暮楊

岸不得。郎君义气干云,必能拔生救苦。倘肯囊妾朽骨,归葬安宅,不啻再造。"宁毅然诺之。因问葬处,曰:"但记取白杨之上,有乌巢者是也。"言已出门,纷然而灭。

明日,恐燕他出,早诣邀致。辰后具酒馔,留意察燕。既约同宿,辞以性癖耽寂。宁不听,强携卧具来。燕不得已,移榻从之,嘱曰:"仆知足下丈夫,倾风良切。要有微衷,难以遽白。幸勿翻窥箧袱,违之,两俱不利。"宁谨受教。既而各寝,燕以箱筐置窗上,就枕移时,齁如雷吼。

宁不能寐。近一更许,窗外隐隐有人影。俄而近窗来窥,目光睒闪。宁惧,方欲呼燕,忽有物裂箧而出,耀若匹练,触折窗上石棂,欻然一射,即遽敛入,宛如电灭。燕觉而起,宁伪睡以觇之。燕棒箧检征,取一物,对月嗅视,白光晶莹,长可二寸,径韭叶许。已而数重包固,仍置破箧中。自语曰:"何物老魅,直尔大胆,致坏箧子。"遂复卧。

宁大奇之,因起问之,且以所见告。燕曰:"既相知爱,何敢深隐。我,剑客也。若非石棂,妖当立毙;虽然,亦伤。"问:"所缄何物?"曰:"剑也。适嗅之,有妖气。"宁欲观之。慨出相示,荧荧然一小剑也。于是益厚重燕。明日,视窗外,有血迹。遂出寺北,见荒坟累累,果有白杨,乌巢其颠。迨营谋既就,趣装欲归。燕生设祖帐,情义殷渥,以破革囊赠宁,曰:"此剑袋也。宝藏可远魑魅。"宁欲从授其术。曰:"如君信义刚直,可以为此。然君犹富贵中人,非此道中人也。"宁乃托有妹葬此,发掘女骨,敛以衣衾,赁舟而归。

宁斋临野,因营坟葬诸斋外。祭而祝曰:"怜卿孤魂,葬近蜗居,歌哭相闻,庶不见陵于雄鬼。一瓯浆水饮,殊不清旨,幸不为嫌。"祝毕而返。后有人呼曰:"缓待同行!"回顾,则小倩也,欢喜谢曰:"君信义,十死不足以报。请从归,拜识姑嫜,媵御无悔。"审谛之,肌映流霞,足翘细笋,白昼端相,娇艳尤绝。遂与俱至斋中。嘱坐少待,先入白母。母愕然。时宁妻久病,母戒勿言,恐所骇惊。言次,女已翩然入,拜伏地下。宁曰:"此小倩也。"母惊顾不遑。女谓母曰:"儿飘然一身,远父母兄弟。蒙公子露覆,泽被发肤,愿执箕帚,以报高义。"母见其绰约可爱,始敢与言,曰:"小娘子惠顾吾儿,老身喜不可已。但生平止此儿。用承祧绪，不敢令有鬼偶。"女曰："儿实无二心。泉下人，既不见信于老母，请以兄事，依高堂，奉晨昏，如何？"母怜其诚，允之。即欲拜嫂。母辞以疾，乃止。

女即入厨下，代母尸饔。入房穿榻，似熟居者。日暮，母畏惧之，辞使归寝，不为设床褥。女窥知母意，即竟去。过斋欲入，却退，徘徊户外，似有所惧。生呼之。女曰："室有剑气畏人。向道途中不奉见者，良以此故。"宁悟为革囊，取悬他室。女乃入，就烛下坐。移时，殊不一语。久之，问："夜读否？妾少诵《楞严经》，今强半遗忘。浼求一卷，夜暇，就兄正之。"宁诺。又坐，默然，二更向尽，不言去。宁促之。愀然曰："异域孤魂，殊怯荒墓。"宁曰："斋中别无床寝，且兄妹亦宜远嫌。"女起，眉颦蹙而欲啼，足𫏐儴而懒步，从容出门，涉阶而没。宁窃怜之，欲留宿别榻，又惧母嗔。

女朝旦朝母，捧匜沃盥，下堂操作，无不曲承母志。黄昏告退，辄过斋头，就烛诵经。觉宁将寝，始惨然去。先是，宁妻病废，母劬不可堪；自得女，逸甚，心德之。日渐稔，亲爱如己出，竟忘其为鬼；不忍晚令去，留与同卧起。女初来未尝食饮，半年渐啜稀饣厶。母子皆溺爱之，讳言其鬼，人亦不之辨也。

无何，宁妻亡。母隐有纳女意，然恐于子不利。女微窥之，乘间告母曰："居年余，当知儿肝膈。为不欲祸行人，故从郎君来。区区无他意，止以公子光明磊落，为天人所钦瞩，实欲依赞三数年，借博封诰，以光泉壤。"母亦知无恶，但惧不能延宗嗣。女曰："子女惟天所授。郎君注福籍，有亢宗子三，不以鬼妻而遂夺也。"母信之，与子议。宁喜，因列筵告戚党。或请觌新妇，女慨然华妆出，一堂尽眙，反不疑其鬼，疑为仙。由是五党诸内眷，咸执贽以贺，争拜识之。女善画兰梅，辄以尺幅酬答，得者藏什袭，以为荣。

一日，俯颈窗前，怊怅若失。忽问："革囊何在？"曰："以卿畏之，故缄置他所。"曰："妾受生气已久，当不复畏，宜取挂床头。"宁诘其意，曰："三日来，心怔忡无停息，意金华妖物，恨妾远遁，恐旦晚寻及也。"宁果携革囊来。女反复审视，曰："此剑仙将盛人头者也。敝败至此，不知杀人几何许！妾今日视之，肌犹粟粟。"乃悬之。次日，又命移悬户上。夜对烛坐,约宁勿寝。欻有一物,如飞鸟堕。女惊匿夹幕间。宁视之,物如夜叉状,电目血舌,眹闪攫拿而前。至门却步;逡巡久之,渐近革囊,以爪摘取,似将抓裂。囊忽格然一响,大可合簪;恍惚有鬼物,突出半身,揪夜叉入,声遂寂然,囊亦顿缩如故。宁骇诧。女亦出,大喜曰:"无恙矣!"共视囊中,清水数斗而已。

后数年,宁果登进士。女举一男。纳妾后,又各生一男,皆仕进有声。

【评赏】

少女聂小倩十八岁夭殂为鬼后,被妖物胁迫害人性命。自从遇到刚直不苟的宁采臣,便求宁移葬安宅,以摆脱妖物的控制。为使宁采臣的母亲收纳自己为媳,她日夜劳作,不辞辛苦,终于如愿以偿。在这篇小说中,作者为我们塑造了一个被迫害女性的美好形象,表现了她由屈从到反抗的心理变化过程,同时赞美了宁采臣刚直磊落的人格。

小倩的身份虽然是鬼,但她的出场背景却是充满融融的人间气息的。那短墙外的小院落里妇人与老妪充满嗔爱的抱怨,小倩出场后嗲声嗲气的腔调,无不使人想到现实社会中那些被人艳美的少女,而老妪称小倩为"画中人"的玩笑话,更让人想象其姿容秀美异常。这一段虽然文字不多,但把人物的性情气质写得惟妙惟肖,使小倩一开始就给读者留下了十分美好的印象。正是这样一位美貌少女,当她夜入宁采臣寝所,并主动要求"修燕好"的时候,却遭到了宁采臣的叱逐;后来,小倩赠以黄金,也被宁采臣"掇掷庭墀"。宁采臣"廉隅自重",财色不动于心的浩然正气,使小倩十分钦慕,并自惭形秽。第二天夜里,她对宁采臣说:"妾阅人多矣,未有刚肠如君者。"随后她主动说明了自己的身世,并告诫宁采臣如何才能避免夜叉的残害,临别,又恳求宁采臣替自己"归葬安宅""拔生救苦"。这里既是聂小倩命运的转折点,又是她性格的转折点。在这之前,她是一个受制于妖的女鬼,干着有违自己良心的事情;现在,她开始向人靠近,并由害人变为助人了。促成这一性格转变的关键,是宁采臣的"刚肠"。这一情节,也充分显示出小倩埋藏心底的正义、刚直的深层性格。让我们从她行动与人格的分裂、矛盾中，去想象她有怎样一颗痛苦的心灵。这样，聂小倩的形象就不再是天真的少女，而是被深化一步，变得深沉复杂，富有立体感了。

宁采臣将她的骸骨运回归葬之后，小倩并未就此离他而去，而是要求与他同归家中拜识姑嫜。但是宁母却以鬼偶无法传承祧绪相辞，在小倩苦苦哀求下，宁母才准许她对宁采臣"兄事之"。此后，她即入厨下，代母操持家务，百般曲承，孤苦伶仃、谦卑自抑的神态楚楚可怜。操劳一天之后，宁母下逐客令，她到了宁生的书斋，"就烛下坐，移时，殊不一语"，为找到与宁生交谈的借口，她向宁生借阅《楞严经》，"又坐，默然，二更向尽，不言去"。从她欲言又止的沉默里，不难想见其难言隐衷；从应走不走的行动中，可看出她对宁生的依恋；从她愀然神伤的话语中，可以听出哀怨凄凉的余音。到了不得不走的时候，她紧锁双眉盈盈欲啼，踟蹰彷徨欲行懒步，又委屈又孤单，十分不情愿又找不到一句辩解的理由。人物复杂矛盾的内心情状，表现得形神兼备、淋漓尽致。这一部分既是情节的合理发展，又是对人物性格进一步开掘。它不仅使小倩的形象血肉丰满，真切可见，也揭示出小倩对人间生活的无比向往，同时，她的可怜处境也最大限度地唤起了读者的同情。

她的行动终于感动了宁母，准其做自己的儿媳。渴盼已久的愿望终于实现了，她该是何等的欣喜满足！因此，当她预感到妖物将把她从宁生身边夺去的时候，她让丈夫将剑袋悬于户上，进行防御，果然使来犯的妖物毙命于剑袋之中。这里，聂小倩对妖物不再是消极地躲避，而成了一个敢于借助燕生赠予的剑袋同妖物进行斗争的角色。至此，她完成了由受迫害到觉醒到反抗的心理历程。这使她的形象进一步升华，从而变得更加光彩照人。

小倩的形象既有现实性又富理想色彩。在现实生活中受制于人，没有身心自由的女性实在太多了。她们渴望自由，但缺乏摆脱束缚的勇气与力量。作者对她们是充满同情的，因而他借助幻想情节，让小倩跳出魔窟，正表明了作者希望她们早日得到解脱的愿望。当然,小倩的身份毕竟是鬼,因而在她作为人的行动中,总是隐隐透出鬼气。例如,她能预知"怪物"的行动,也能预知宁采臣"有亢宗子三",表现了鬼无所不知的属性;见宁生室中有剑气,便畏惧不前,必待取走剑囊才敢入室。离开宁生书斋,从容出门后便"涉阶而没",也表现出鬼的特点。这些情节与现实情节交织在一起,既使小倩作为"人"的形象与作为鬼的形象妙合无间、复合统一,也使作品迷离闪烁、耐人寻味。

宁采臣的形象虽不如聂小倩丰满,但也很有光彩。小说开始便将他的性格特征交代出来:"性慷爽,廉隅自重","生平无二色"。而最能表现他这些性格的,无异是拒色、拒财这一情节。旷野废院,夜深人静,妙龄女子前来自荐枕席,如果律己不严,必定心猿意马,想入非非,但宁生却厉言正色,凛然相拒。当少女"逡巡若复有词"的时候,他大声呵斥,令其速去。因为"城舍价昂",他只好借助在荒无人烟的寺中,像他这样的穷书生无疑是十分需要金钱的。但是,当少女将黄金一铤置褥上后,他随手扔出室外:宁肯清贫自守,也决不受人不义之财。即使在无人知晓的情况下,也决不做出非礼的举动。这说明,他是真君子、真铁石,而不是明一套暗一套的小人。而住在东厢的兰溪生与其僮仆之所以相继暴亡,不用说正是贪财、贪色所致。两两相较,更显出宁生的高风亮节。他答应将小倩的尸骨归葬,不仅并未食言,而且将其葬于自己书斋外并殷殷相祝。小倩随他归家之后,尽管他十分喜爱小倩,但因母亲不肯收纳为媳,即使小倩夜入书斋,他也缄其口、谨其行,从不轻薄。蒲松龄是一位人品高洁、襟怀磊落的作家,《淄川县志》称其"笃交游、重名节"。在宁生身上正寄托着作者自己的人格理想。从聂小倩的赞叹声中,从她对宁生依依不舍的行动中,我们不难看出他对宁生的钟爱与忻慕。

剑仙燕赤霞在小说中的作用,是作为正义的力量与妖物所代表的邪恶力量进行搏斗的象征。他是一位奇人,连鬼妖都不敢接近。在宁面前却不肯暴露自己的身份。这说明他不是那种慷慨自负、自吹自擂的轻薄之辈。宁生因怕妖物与他同宿,他将箱箧置窗上后,就枕移时,鼾声如雷,而宁生却辗转反侧,难以入睡。宁生的胆小、恐惧,反衬出他的洒脱、豪侠。妖物为短剑所伤后他的自言自语,又透出对妖物的鄙夷不屑。直到宁生一再追问,他才亮明自己的身份,而将破革囊赠给宁生的举动,也说明了他的慷慨大方。在以后的情节中,他虽然再没出现,但革囊的神力,却时时都暗示着他的存在,是对他的不写之写。尽管他是一位具有神异色彩的人物,缺乏生活真实性,但在本篇特定的矛盾冲突中,他是正义力量的代表,因而同样能赢得读者的喜爱。

在《聊斋》许多写鬼狐的小说中,这篇小说的戏剧色彩是十分浓郁的,所含蕴的艺术信息也是极为丰富的。就人物来说,这里有人、鬼、妖物、剑客;就场面来说,这里有鬼与鬼的逗趣、人与鬼的相恋、剑客与妖物的较量;就情节来说,忽而少女自荐,书生呵斥;忽而朋友把盏,同榻而眠;忽而刀光剑影,妖雾弥漫;忽而恋人相对,默默无语;忽而结婚筵宾,新妇出堂……刚柔相济,真幻迭出,而又节奏鲜明,呼应顾盼。另外,对人物描写用笔的浓淡对比,对背景的点染烘托,更增加了作品的画面感。这些,使本篇成为极富艺术魅力的小说佳作。

(张稔穰 杨广敏)

地 震

康熙七年六月十七日戌刻,地大震。余适客稷下,方与表兄李笃之对烛饮。忽闻有声如雷,自东南来,向西北去。众骇异,不解其故。俄而几案摆簸,酒杯倾覆;屋梁椽柱,错折有声。相顾失色。久之,方知地震,各疾趋出。见楼阁房舍,仆而复起;墙倾屋塌之声,与儿啼女号,喧如鼎沸。人眩晕不能立,坐地上,随地转侧。河水倾泼丈余,鸭鸣犬吠满城中。逾一时许,始稍定。视街上,则男女裸聚,竞相告语,并忘其未衣也。后闻某处井倾仄,不可汲;某家楼台南北易向;栖霞山裂;沂水陷穴,广数亩。此真非常之奇变也。

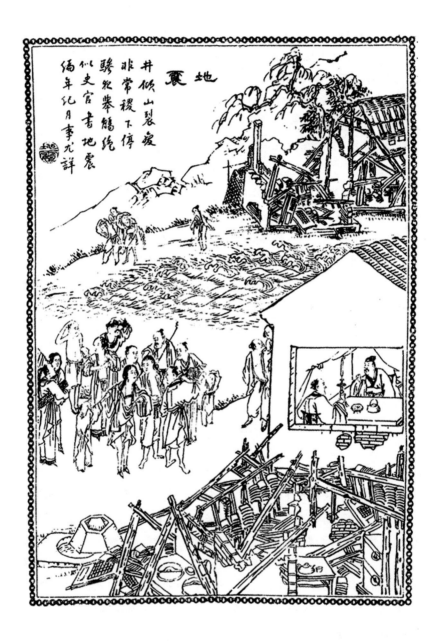

有邑人妇,夜起溲溺,回则狼衔其子。妇急与狼争。狼一缓颊,妇夺儿出,携抱中。狼蹲不去。妇大号。邻人奔集,狼乃去。妇惊定作喜,指天画地,述狼衔儿状,己夺儿状。良久,忽悟一身未着寸缕,乃奔。此与地震时男妇两忘者,同一情状也。人之惶急无谋,一何可笑!

【评赏】

这是一篇记实小品,它以传神的笔墨,层次分明地记述了华北历史上最大的一次地震。

《中国地震目录》记载:公元一六六八年七月二十五日,在山东郯城、莒县之间发生了一次大地震。这次地震波及江苏、河南、河北、山西、陕西、湖北、浙江等省。经科学家们分析推断,震级为八点五级。此时,蒲松龄二十八岁。

这样强烈的地震来去迅疾、影响极大,而且是发生在夜间,要将它在短短的篇幅中细致真切地记录下来并不是件容易事。作者以亲身经历者的身份,先从听觉上写地震初来时的声音:其声如雷。接着写地震产生的影响:几案摆簸,酒杯倾覆,屋梁椽柱错折有声。这是室内所见,是近景。然后镜头转向室外,由近及远、由点及面写城内楼阁动摇,墙倾屋塌,鸭鸣犬吠。最后,从更广阔的视野写地震所带来的损害:井口倾仄,楼台易向。山震地陷。这样既层次分明,又详略得当。更精彩的是,作者真实地记录了人类在大自然面前的真实反应:初而骇异,不解其故,既而相顾失色,纷纷逃出房屋,"儿啼女号,喧如鼎沸","眩晕不能立"。作者更摄取了"男女裸聚,竞相告语"这样一个在礼法森严的封建社会极不寻常、极为罕见的镜头,把人们在地震到来时惊惶之至的情景,地震过后惊奇、庆幸的心理淋漓尽致地展现出来。这样,借人的反常举动不仅写出了地震的迅猛、强烈,而且给读者极为生动、深刻的印象,这一切又都是从作者的眼中、耳中、感受中写出,增加了文章的真实感。视点的转移与变化,更使全篇疏密有致、层次井然,同时,尺幅之内也显示出惊心动魄的气势。因而本篇不是对自然现象作简要记述的史志文字,而是一篇极有艺术感染力的散文短章。本篇附记的邑人妇狼口夺子的故事,不仅表现了该妇在狼衔其子时奋不顾身的情态,而且也活画出狼去后她惊定作喜忘却一切的心情,与地震后男妇两忘的情景有相同之处,读来生动有趣。

(张稔穰　杨广敏)

凤阳士人

　　凤阳一士人,负笈远游。谓其妻曰:"半年当归。"十余月,竟无耗问。妻翘盼綦切。一夜,才就枕,纱月摇影,离思萦怀。方反侧间,有一丽人,珠鬟绛帔,搴帷而入,笑问:"姊姊,得无欲见郎君乎?"妻急起应之。丽人邀与共往。妻惮修阻,丽人但请勿虑。即挽女手出,并踏月色,约行一矢之远。觉丽人行迅速,女步履艰涩,呼丽人少待,将归着复履。丽人牵坐路侧,自乃捉足,脱履相假。女喜着之,幸不凿枘。复起从行,健步如飞。
　　移时,见士人跨白骡来。见妻大惊,急下骑,问:"何往?"女曰:"将以探君。"又顾问丽者伊谁。女未及答,丽人掩口笑曰:"且勿问讯。娘子奔波匪易;郎君星驰夜半,人畜想当俱殆。妾家不远,且请息驾,早旦而行,不晚也。"顾数武之外,即有村落,遂同行。入一庭院,丽人促睡婢起供客,曰:"今夜月色皎然,不必命烛,小台石榻可坐。"士人縶骞檐梧,乃即坐。丽人曰:"履大不适于体,途中颇累赘否?归有代步,乞赐还也。"女称谢付之。
　　俄顷,设酒果,丽人酌曰:"鸾凤久乖,圆在今夕;浊醪一觞,敬以为贺。"士人亦执盏酬报。主客笑言,履舄交错。士人注视丽者,屡以游词相挑。夫妻乍聚,并不寒暄一语。丽人亦美目流情,妖言隐谜。女惟默坐,伪为愚者。久之渐醺,二人语益狎。又以巨觥劝客,士人以醉辞,劝之益苦。士人笑曰:"卿为我度一曲,即当饮。"丽人不拒,

即以牙杖抚提琴而歌曰:"黄昏卸得残妆罢,窗外西风冷透纱。听蕉声,一阵一阵细雨下。何处与人闲磕牙?望穿秋水,不见还家,潸潸泪似麻。又是想他,又是恨他,手拿着红绣鞋儿占鬼卦。"歌竟,笑曰:"此市井里巷之谣,不足污君听。然因流俗所尚,姑效颦耳。"音声靡靡,风度狎亵。士人摇惑,若不自禁。

少间,丽人伪醉离席;士人亦起,从之而去。久之不至。婢子乏疲,伏睡廊下。女独坐,块然无侣,中心愤恚,颇难自堪。思欲遁归,而夜色微茫,不忆道路。辗转无以自主,因起而觇之。裁近其窗,则断云零雨之声,隐约可闻。又听之,闻良人与己素常猥亵之状,尽情倾吐。女至此,手颤心摇,殆不可遏,念不如出门窜沟壑以死。愤然方行,忽见弟三郎乘马而至,遽便下问。女具以告。三郎大怒,立与姊回,直入其家,则室门局闭,枕上之语犹喁喁也。三郎举巨石如斗,抛击窗棂,三五碎断。内大呼曰:"郎君脑破矣!奈何!"女闻之,愕然,大哭,谓弟曰:"我不谋与汝杀郎君,今且若何?"三郎撑目曰:"汝呜呜促我来;甫能消此胸中恶,又护男儿、怨弟兄,我不贯与婢子供指使!"返身欲去,女牵衣曰:"汝不携我去,将何之?"三郎挥姊仆地,脱体而去。女顿惊寤,始知其梦。

越日,士人果归,乘白骡。女异之而未言。士人是夜亦梦,所见所遭,述之悉符,互相骇怪。既而三郎闻姊夫远归,亦来省问。语次,谓士人曰:"昨宵梦君归,今果然,亦大异。"士人笑曰:"幸不为巨石所毙。"三郎愕然问故,士以梦告。三郎大异之。盖是夜,三郎亦梦遇姊泣诉,愤激投石也。三梦相符,但不知丽人何许耳。

【评赏】

《凤阳士人》是《聊斋》中一篇艺术上独具特色的作品。它通过女主人公深闺一梦的描写,表现了我国古代士人妻子普遍存在的、对远游的丈夫既思念又担忧的微妙心态,是一篇比较成功的故事型心理小说。

《凤阳士人》是根据《三梦记》《张生》《独孤遐叔》等唐人小说翻改而成。《张生》和《独孤遐叔》都写士人出游多年后归家,近家心更切,在临近家时产生的一种幻觉：妻子与男子饮酒谈笑，屡被捉弄，士人愤而投以砖瓦，幻景随即消失。到家后，却发现己之所见正是妻之所梦。《三梦记》记述的同样是此有所见、彼有所梦的故事，主人公也为男子。开头写道："人之梦，异于常者有之：或彼梦有所往而此遇之者；或此有所为而彼梦之者；或两相通梦者。"表达了一种关于梦的颇有迷信色彩的观念。上述唐人小说的目的大抵就在于表现这种观念，尽管其中也可以看到游子思家心切的情感，但与志怪的成分相比，现实的因素十分薄弱，因此，给读者的感受也是怪异多于亲切。《凤阳士人》则与这些唐人小说有了质的区别。该篇将主人公由出游归家的士人改为居家守望的妻子，作品的主要内容也由士人所见的幻景变为妻子的梦，由此将妻子思夫心切、忧虑盈怀的抽象心态外化为一幅幅形象生动、富有生活气息的艺术画面，赋予怪诞之梦以较强的现实性，改变了作品的志怪性质，显示了作者对现实生活的深刻见解和艺术上化腐朽为神奇的创造性，大大提高了作品的思想价值和艺术价值。

我国古代社会的妇女，特别是书香之家的妇女，在封建礼教的重重束缚下，大多深居闺中，很少与除丈夫之外的其他男性接触，因而像上述唐人小说中男主人公所见的情景是极为少见的。与此相反，出游的士人在外经年不归，宿娼嫖妓，另寻所爱，却是比较普遍存在的现象，这就给居家的妻子造成沉重的心理负担。因此，蒲松龄将旧作的主人公由男性改为女性，是有比较充分的现实基础的。这一改变，不仅增强了作品的现实性和真实性，同时也深化了作品的主题。

思妇形象在我国古典诗词中经常出现，在小说中表现的却比较少，特别是直接表现思妇心理的就更少。也许这是因为诗的形式长于抒情，易于表现、抒发思妇对丈夫抽象而又隐微的思念之情。而小说要靠形象的艺术画面说话，在表达这种抽象情感时就比较困难。此外，我国古代小说只有故事小说最为发达，故事小说往往将所要表现的内容都纳入相对完整的故事框架内，注重描述外观的行为世界，而较少表现内省的心灵领域；有些作品虽然也不乏出色的心理描写，但全然以此为表现对象的却极为少见。在这方面，《凤阳士人》也堪称一次成功的尝试。它全篇以女主人公的深闺一梦为中心,通过梦中寻夫这一相对完整的故事,将妻子对出游不归的丈夫既思念又担忧的微妙难言的心态形象地展现在读者面前,同时又通过心态的描写成功地塑造了一个情思切切、柔弱善良的思妇形象,令人读来感到十分亲切。

  小说表现人物心理的方法是多种多样的,既可以进行静态的心理分析,也可以结合人物的语言动作给以描述。与故事小说发达的情况相适应,我国古代小说人物心理的表现方法也多用后者。在《凤阳士人》中,作者只在开头对女主人公的心理给以简略的直接描述,之后就完全通过故事情节的叙述和人物言行及场面的描写来形象地表现。女主人公盲从丽人外出寻夫,表现了她对丈夫的"翘盼慕切",思念甚深;丈夫对久别重逢的妻子十分冷淡,却与初见的丽人眉目传情乃至同床共寝,又正是女主人公对丈夫在外狎妓蓄妾极度担忧的生动写照,而能吟唱"市井里巷之谣"却"不知何许"的丽人无疑正是当时常与士人诗酒调笑的歌妓的化身;最后,被冷落的妻子求助于弟弟三郎报复了丈夫又后悔伤害了丈夫的情节,把女主人公对丈夫既爱又恨的情感表现得真切入微。如此写来,人物抽象的情感、心理都被具象化了,而这种具象化的描写又对人物心理的表述产生了一种间离效果,使心态更像暗示而不是直白,比起诗歌的直抒胸臆更加曲折含蓄、委婉动人。

  在描写梦境时,由于作者赋予虚幻的梦境以现实的内容,特别是通过具体的情节、场面来表现人物心理,因而能将心理的描写与性格的刻画结合起来,小说中的所有情节、画面,既是为表现女主人公的心理服务的,同时也对其中身份不同的人物各自不同的性格特征起着显影作用,所以不仅柔弱的女主人公给读者留下了深刻印象,就是风流的丽人、薄情的丈夫乃至刚烈的三郎也都被刻画得十分鲜明。

  《凤阳士人》的构思也颇见作者的艺术用心。在开头并不点明是梦,而将读者直接引入一种扑朔迷离的意境,使读者一直为女主人公的命运保持着好奇心,直到人物梦醒方才恍然大悟。在梦的具体描写上,则虚实相间,现实化的情景与非逻辑的梦境相结合,既有诗酒饮宴、男女调情、姐弟对话等极为肖似生活的情景、场面，也有丽人飘然而至、丈夫不期而遇、三郎倏忽而来蓦然而去等梦幻般的情节。后者给整篇作品罩上了一层朦胧神秘的面纱。使它更符合梦的特点，增加了作品的思想意蕴和艺术魅力。更重要的是，作品将女主人公堪称离奇的经历完全纳入梦中，较之上述唐人小说中男主人公来无影去无踪的奇遇大大减少了怪诞色彩，正如但明伦在该篇篇末总评中所说的："翘盼綦切，离思萦怀，梦中遭逢，皆因结想而成幻境，事所必然，无足怪者。"这就改变了原作的志怪性质，增强了现实性和真实性，读之使人感到亲切可信，意味绵长。

《凤阳士人》在翻改唐人小说的基础上，将作品的思想价值与艺术价值都大大地提高了，但也仍然存在着某些不足。如在女主人公梦醒之后，又加了一条士人归来、三郎来访，三人发现所梦相同的尾巴。作者这样写的目的在于试图证实梦与现实的某种对应，具有一定的迷信色彩。当然这个尾巴不过寥寥数语，对整篇小说内容的现实性和思想艺术价值并无明显的损害。

（范易弘）

侠　　女

顾生，金陵人。博于材艺，而家綦贫。又以母老，不忍离膝下，惟日为人书画，受贽以自给。行年二十有五，伉俪犹虚。

对户旧有空第，一老妪及少女税居其中。以其家无男子，故未问其谁何。一日，偶自外入，见女郎自母房中出，年约十八九，秀曼都雅，世罕其匹，见生不甚避，而意凛如也。生入问母。母曰："是对户女郎，就吾乞刀尺。适言其家亦止一母。此女不似贫家产。问其何为不字，则以母老为辞。明日当往拜其母，便风以意；倘所望不奢，儿可代养其母。"明日造其室，其母一聋媪耳。视其室，并无隔宿粮。问所业,则仰女十指。徐以同食之谋试之,媪意似纳,而转商其女;女默然,意殊不乐。母乃归。诘其状而疑之曰:"女子得非嫌吾贫乎?为人不言亦不笑,艳如桃李,而冷如霜雪,奇人也!"母子猜叹而罢。

一日,生坐斋头,有少年来求画。姿容甚美,意颇儇佻。诘所自,以"邻村"对。嗣后三两日辄一至。稍稍稔熟,渐以嘲谑;生狎抱之,亦不甚拒,遂私焉。由此往来昵甚。会女郎过。少年目送之,问为谁。对以邻女。少年曰:"艳丽如此,神情一何可畏?"少间,生入内。母曰:"适女子来乞米,云不举火者经日矣。此女至孝,贫极可悯,宜少周恤之。"生从母言,负斗米款门,达母意。女受之,亦不申谢。日尝至生家,见母作衣履,便代缝纫;出入堂中,操作如妇。生益德之。每获馈饵,必分给其母,女亦略不置齿颊。母适痈生隐处,宵旦号咷。女时就榻省视,为之洗创敷药,日三四作。母意甚不自安,而女不厌其秽,母曰:"唉!安得新妇如儿,而奉老身以死也!"言讫,悲哽。女慰之曰:"郎子大孝,胜我寡母孤女什百矣。"母曰:"床头踧躞之役,岂孝子所能为者?且身已向暮,旦夕犯雾露,深以祧续为忧耳。"言间,生入。母泣曰:"亏娘子良多,汝无忘报德。"生伏拜之。女曰:"君敬我母,我勿谢也;君何谢焉?"于是益敬爱之。然其举止生硬,毫不可干。

一日,女出门,生目注之。女忽回首,嫣然而笑。生喜出意外,趋而从诸其家。挑之,亦不拒,欣然交欢。已,戒生曰:"事可一而不可再!"生不应而归。明日,又约之。女厉色不顾而去。日频来,时相遇,并不假以词色。少游戏之,则冷语冰人。忽于空处问生:"日来少年谁也?"生告之。女曰:"彼举止态状,无礼于妾频矣。以君之狎昵,故置之。请更寄语:再复尔,是不欲生也已!"生至夕,以告少年,且曰:"子必慎之,是不可犯!"少年曰:"既不可犯,君何犯之?"生白其无。曰:"如其无,则猥亵之语,何以达君听哉?"生不能答。少年曰:"亦烦寄告:假惺惺勿作态;不然,我将遍播扬。"生甚怒之,情见于色,少年乃去。

一夕,方独坐,女忽至,笑曰:"我与君情缘未断,宁非天数!"生狂喜而抱于怀。欻闻履声籍籍,两人惊起,则少年推扉入矣。生惊问:

"子胡为者?"笑曰:"我来观贞洁人耳。"顾女曰:"今日不怪人耶?"女眉竖颊红,默不一语。急翻上衣,露一革囊,应手而出,则尺许晶莹匕首也。少年见之,骇而却走。追出户外,四顾渺然。女以匕首望空抛掷,戛然有声,灿若长虹,俄一物堕地作响。生急烛之,则一白狐,身首异处矣。大骇。女曰:"此君之娈童也。我固恕之,奈渠定不欲生何!"收刃入囊。生曳令入。曰:"适妖物败意,请来宵。"出门径去。

次夕,女果至,遂共绸缪。诘其术,女曰:"此非君所知。宜须慎秘,泄恐不为君福。"又订以嫁娶,曰:"枕席焉,提汲焉,非妇伊何也?业夫妇矣,何必复言嫁娶乎?"生曰:"将勿憎吾贫耶?"曰:"君固贫,妾富耶?今宵之聚,正以怜君贫耳。"临别嘱曰:"苟且之行,不可以屡。当来,我自来;不当来,相强无益。"后相值,每欲引与私语,女辄走避。然衣绽炊薪,悉为纪理,不啻妇也。

积数月,其母死,生竭力葬之。女由是独居。生意孤寝可乱,逾垣入,隔窗频呼,迄不应。视其门,则空室扃焉。窃疑女有他约。夜复往,亦如之。遂留佩玉于窗间而去之。越日,相遇于母所。既出,而尾其后曰:"君疑妾耶?人各有心,不可以告人。今欲使君无疑,乌得可?然一事烦急为谋。"问之,曰:"妾体孕已八月矣,恐旦晚临盆。'妾身未分明',能为君生之,不能为君育之。可密告母,觅乳媪,伪为讨螟蛉者,勿言妾也。"生诺,以告母。母笑曰:"异哉此女!聘之不可,而顾私于我儿。"喜从其谋以待之。

又月余,女数日不至。母疑之,往探其门,萧萧闭寂。叩良久,女始蓬头垢面自内出。启而入之,则复扃之。入其室,则呱呱者在床上矣。母惊问:"诞几时矣?"答云:"三日。"捉绷席而视之,则男也,且丰颐而广额。喜曰:"儿已为老身育孙子,伶仃一身,将焉所托?"女曰:"区区隐衷,不敢掬示老母。俟夜无人,可即抱儿去。"母归与子言,窃共异之。夜往抱子归。

更数夕,夜将半,女忽款门入,手提革囊,笑曰:"我大事已了,请从此别。"急询其故,曰:"养母之德,刻刻不去诸怀。向云'可一而不可再'者,以相报不在床笫也。为君贫不能婚,将为君延一线之续。本期一索而得,不意信水复来,遂至破戒而再。今君德既酬,妾志亦遂，无憾矣。"问："囊中何物？"曰："仇人头耳。"检而窥之，须发交而血模糊。骇绝，复致研诘。曰："向不与君言者，以机事不密，惧有宣泄。今事已成，不妨相告：妾浙人。父官司马，陷于仇，彼籍吾家。妾负老母出，隐姓名，埋头项，已三年矣。所以不即报者，徒以有母在；母去，又一块肉累腹中，因而迟之又久。曩夜出非他，道路门户未稔。恐有讹误耳。"言已，出门。又嘱曰："所生儿，善视之。君福薄无寿，此儿可光门闾。夜深不得惊老母，我去矣！"方凄然欲询所之，女一闪如电，瞥尔间遂不复见。生叹惋木立，若丧魂魄。明以告母，相为叹异而已。后三年，生果卒。子十八举进士，犹奉祖母以终老云。

异史氏曰："人必室有侠女，而后可以畜娈童也。不然，尔爱其艾豭，彼爱尔娄猪矣！"

【评赏】

《聊斋》中有多篇小说可以寻出本事来。所谓的"本事"，指的是小说创作所依据的事实或前人的记载。《侠女》篇也是有本事可考的，这便是唐宋时人所记载的侠女故事。

唐人记载中的侠女故事，叙述较为详尽的有崔蠡的《义激》(《全唐文》卷七百一十八)，皇甫氏《原化记》中的《崔慎思》(《太平广记》卷一百九十四)和薛用弱《集异记》中的《贾人妻》(《太平广记》卷一百九十六)，宋人的记载则有《翰苑名谈》中的《文叔遇侠》(清刊《新编分门古今类事》卷五)。这些故事，虽然人物的姓名、身份不尽相同，故事发生的时间、地点也多有差异，但情节却大体趋于一致。这些侠女故事所说的都是长安(唐代京城，即今陕西省西安市)或某地的一位妇人，因为丈夫死后寡居(《义激》和《崔慎思》写的是没有结婚的女性)，于是嫁人，并与后来的丈夫生了孩子。这之后便出现了异事：妇人于夜半离家外出，归来时便带回仇者的人头。她告诉丈夫说，自己本是为了报父仇或前夫仇而隐姓埋名，现在大仇已报，两人的姻缘也该到头了。为了断绝日后的思念，妇人还杀死自己生养的孩子(关于这一情节，上述诸篇多是如此，只有《文叔遇侠》是一个例外)，从此一去不复返。

很显然，《聊斋志异·侠女》就脱胎于这些记载，是在前代侠女故事的基础上进行的再度创作。对这样一个流传甚广而又几乎是定型化了的故事，蒲松龄没有像唐宋人那样做陈陈相因的移录或换汤不换药的转贩，而是充分发挥了自己的创造想象，趁水生波，翻新出奇，使作品在思想和艺术两个方面都呈现出与前人不同的崭新面目。

本篇的主要人物是侠女。小说开始，侠女在我们眼中是一个孤独无依而又冷若冰霜的奇怪少女。她与母亲借居他人的空第中，室无隔宿粮，依靠针黹（缝纫、刺绣）为生，而在异性面前一幅严肃可畏的神态，远非一般少女的娇羞和悦。像她这样度日艰难而又待字家中的少女，找一个丈夫帮自己料理家事、赡养老母实在是求之不得的美事，但是，当顾生母亲前去求婚的时候，她不仅默然不答，而且面无喜色，难怪顾母称她"奇人也"。但她不是毫无人情的冷血动物，当顾生"负斗米款门"给以周济之后，她虽不申谢，却到顾生家中代母缝纫、操作如妇。顾母生病，她侍立床头，亲为洗创敷药，不厌其秽，做亲生骨肉才能做到的一切。这种受人滴水倾身相报的举动，不仅说明她胸中藏着感情的大海，也与她冷漠的外表形成鲜明对比，以至于顾生母子又不禁对她敬而爱之。这一人物因此变得富有立体感了。但是，侠女以后的行动就更加反常怪异、不可捉摸。一日，顾生对她注目良久，她竟一反常态，嫣然而笑。顾生挑之以情，她竟欣然交欢，似乎她对顾生已以身相许了。顾生再去约她，她又厉声不顾而去，恢复了冷语冰人的模样。此后她又主动邀顾生私会，顾生"每欲引与私语，女辄走避"。既自荐枕席，又不肯嫁娶，忽冷忽热，变化异常。更让人不可理解的是，她怀孕生子后竟不肯亲自哺育，让顾生母子抱去喂养。试想，有哪位母亲舍得将自己才生下三日的婴儿托付他人，这又怎么能不让顾生母子"窃共异之"。直到数夕夜半，她手提革囊，破门而入，一切才真相大白：她之所以负母寄居他乡，隐姓埋名，是为了报杀父之仇；她所以邀顾生私会，是为了报答顾生母子的周恤之恩，替他们生养子嗣；她所以对人冷若冰霜，既是为了守戒守贞，也是为了保守秘密，免遭不测；她之所以三年后才报仇，是因室有老母、腹有胎儿的拖累；她不是出身寒门的小家碧玉，而是赫赫司马之家的闺秀。这样，这位少女在我们眼中至少有三种形象：不苟言笑的冷面女，知恩图报的义女，艺高胆大的武女。这三种形象依次呈现而又逐渐重叠，最后完全融为一体、密合无间，从而形成一个既艳如桃李，又冷若冰霜，既有孝义之心又有孤胆刚肠的侠女形象。比较起来，前代的同类作品，比如《义激》，也写到了女主人公的"孝"和"义"，作者称他笔下那位妇人一心为父报仇而终于如愿是为父尽了孝道；她杀死自己的孩子而使"子不得为恩"，与丈夫诀别使"夫不得为累"是出于义举。而《义激》所标榜的孝，比起《侠女》的女主人公孝敬父母并推及人之母来就显得狭隘，而杀子的举动则不仅不是义举，而且极其乖离人情。蒲松龄所创作的《侠女》，不但更进一步把前人所彰扬的"孝""义"推而广之，发扬光大，而且彻底摈弃了前代作品中不近人情的杀子一节。作者经过自己独具匠心的艺术处理，把侠女为顾生生子一事作为主人公的侠风义骨来赞颂、描写，真可以说是点铁成金、化腐臭为神奇，它不仅使作品的思想升华到一个新的境界，而且使人物形象更具人情味和人性美，更加丰满突出、栩栩如生。

显然，少女报仇的情节是小说的主线，它是刺激人物行动、推动故事发展的根本动力，只有我们在明白了少女的报仇目的之后，她的怪异行动才变得合情合理。但是，作者在进行艺术表现时，却是将它作为暗线处理的。尽管小说中的匕首杀狐的情节已隐隐透出端倪，而少女本人却对此遮遮掩掩，不肯道明。但是，这一情节在小说中却是十分重要的，它不仅为少女的形象增加了奇幻色彩，也为小说增加了神秘气氛。这一非现实的情节的出现，如平畴忽现奇峰，为作品平添了跌宕与波澜，更重要的是，它为以后的少女报仇做好了铺垫与暗示，使读者在惊奇之余又不感到突然。对侠女杀仇人虽然未作直接描写，但从枭首狐怪的情节，我们却可想见其矫健的英姿与不凡的身手。这种写法既避免了对打斗场面硬铺直写的困难，也使小说含蓄蕴藉、耐人寻味，同时，让人觉得侠女更加神秘莫测。报恩是小说的另一线索，这条线索也是时明时暗、时出时没的。它是报仇的辅线，是依附报仇而产生的，比起报仇来，它是次要的，但它在小说中却占了主要篇幅。尽管报恩线索比报仇清晰得多，但也依然迷雾重重，侠女为顾生生养子嗣的目的也是在小说最后才点明的。这条线索在小说中的作用是：塑造侠女感恩图报的性格特征；虚写侠女的报仇行动。这种避实就虚的写法既收到了一箭双雕的效果，也大大减少了作品的篇幅。因而只有将两条线索结合起来，我们才能更进一步地理解侠女的可敬、可爱、可歌、可泣。试想，生在司马之家的少女，负母远走他乡，靠为人缝补过活，要付出多少艰辛！三年中隐姓埋名，不为人知，多么有心计！养母送终，代人生子，多么有仁义！夜闯仇家，手刃仇人，多么有勇气、胆魄！

《侠女》是一篇直缀型短篇小说，蒲松龄为表现侠女的性格择取了一系列事件。这与《聊斋》中的多数作品并无不同之处。值得称道的是，为了使小说的情节波澜起伏、摇曳多姿，作者精心设置了一个螺旋式发展的情节结构，并通过多重悬念的运用使小说更加引人入胜。顾生欲娶"对户女郎"，顾母向女郎"风以意"，受到的竟是"默然"的拒绝，这是一重悬念。起悬之后，作者采用了"中断"之法，转叙"邻村"少年与顾生的相交。这一段看似突然，其实"闲笔不闲"，因为由此又引出了"少年"与女郎之间的纠葛。其中妙处，正如冯镇峦所说"凭空突然说出一句，读者并不解其用意安在，及至下文，层层疏说明白，遂令题意雪亮"，"此即文家之突阵法也"（《读聊斋杂说》）。在女郎与顾生母子之间过从日益繁密的情况下，顾母竟又一次向女郎当面提出婚嫁之事。主人公该怎样回答这一问题呢？看来悬念的解决似乎已系于一线之间了，但作者却又运用悬念技巧中的"延缓"手法，用顾生到来的一笔转移了情节发展的方向。冯镇峦评曰："母言未毕，生突入，否则女答以何言？"这犯中见避的一笔举重若轻，可谓妙到毫巅。女主人公既然坚拒与顾生的婚姻，却如何又与他私会成欢？疑阵于此又布一层，悬念之中又起悬念，真可谓一波未平，一波又起。那位"少年"不顾女主人公的严词斥拒，一心要对她施以"无礼"，情节的发展在峰回路转中承接以前，更是在上面的悬念之外别起一重悬念。这一悬念直到女主人公追斩白狐幻化的少年而归于消释。此后顾生因为侠女母亲死后独居，"意孤寝可乱"，于是夜间前往相会，但侠女却不在家，因而"疑女有他约"，这又使前面的悬念更深一层。作者在叙述中屡屡使用悬念的断续之法,而故事的情节也就在这倏忽去来、不断转换的过程中得以层层推进,形成螺旋式发展的结构。构思之精巧缜密,令人叹为观止。

有人认为:"清世宗(雍正)之崩也,实为人所刺。……《聊斋志异·侠女》一则,盖影射此事也。"(蒋瑞藻《小说考证》卷七引《阙名笔记》),这样的解释,其实是把《侠女》看成作者影射政治事件的曲笔了。清世宗雍正是否被人刺死的,我们姑置不论,从时间上说,蒲松龄死于康熙五十四年(1715年),七年之后雍正方才登基即位,而雍正之死更是蒲松龄去世二十年后的事,《侠女》的作者如何可以预见这将来?可见对一种作品的解释、评论,虽然可以因人而异,虽然读者可以从作品的本文结构中抽取"新的意义",但这些解释和评论却必须以符合作品本身的事实为前提。特雷·伊格尔顿说:"一个解释要想成为这一作品而非其他作品的解释,它在某种意义上就必须受到作品自身合乎逻辑的制约。"

(邹宗良　张稔穰　杨广敏)

莲　香

桑生,名晓,字子明,沂州人。少孤,馆于红花埠。桑为人静穆自喜,日再出,就食东邻,余时坚坐而已。东邻生偶至,戏曰:"君独居不畏鬼狐耶?"笑答曰:"丈夫何畏鬼狐?雄来吾有利剑,雌者尚当开门纳之。"邻生归,与友谋,梯妓于垣而过之,弹指叩扉。生窥问其谁,妓自言为鬼。生大惧,齿震震有声。妓逡巡自去。邻生早至生斋,生述所见,且告将归。邻生鼓掌曰:"何不开门纳之?"生顿悟其假,遂安居如初。

积半年,一女子夜来叩斋。生意友人之复戏也,启门延入,则倾国之姝。惊问所来,曰:"妾莲香,西家妓女。"埠上青楼故多,信之。

息烛登床,绸缪甚至。自此三五宿辄一至。

一夕,独坐凝思,一女子翩然入。生意其莲,承逆与语。规面殊非:年仅十五六,弹袖垂髫,风流秀曼,行步之间,若还若往。大愕,疑为狐。女曰:"妾,良家女,姓李氏。慕君高雅,幸能垂盼。"生喜。握其手,冷如冰,问:"何凉也?"曰:"幼质单寒,夜蒙霜露,那得不尔!"既而罗襦衿解,俨然处子。女曰:"妾为情缘,葳蕤之质,一朝失守。不嫌鄙陋,愿常侍枕席。房中得无有人否?"生曰:"无他,止一邻娼,顾亦不常至。"女曰:"当谨避之。妾不与院中人等,君秘勿泄。彼来我往,彼往我来可耳。"鸡鸣欲去,赠绣履一钩,曰:"此妾下体所著,弄之足寄思慕。然有人慎勿弄也!"受而视之,翘翘如解结锥。心甚爱悦。越夕无人,便出审玩。女飘然忽至,遂相款昵。自此每出履,则女必应念而至。异而诘之。笑曰:"适当其时耳。"

一夜莲来,惊曰:"郎何神气萧索?"生言:"不自觉。"莲便告别,相约十日。去后,李来恒无虚夕。问:"君情人何久不至?"因以相约告。李笑曰:"君视妾何如莲香美?"曰:"可称两绝。但莲卿肌肤温和。"李变色曰:"君谓双美,对妾云尔。渠必月殿仙人,妾定不及。"因而不欢。乃屈指计,十日之期已满,嘱勿漏,将窃窥之。

次夜,莲香果至,笑语甚洽。及寝,大骇曰:"殆矣!十日不见,何益惫损?保无他遇否?"生询其故。曰:"妾以神气验之,脉析析如乱丝,鬼症也。"次夜,李来,生问:"窥莲香何似?"曰:"美矣。妾固谓世间无此佳人,果狐也。去,吾尾之,南山而穴居。"生疑其妒,漫应之。

逾夕,戏莲香曰:"余固不信,或谓卿狐者。"莲亟问:"是谁所云?"笑曰:"我自戏卿。"莲曰:"狐何异于人?"曰:"惑之者病,甚则死,是以可惧。"莲香曰:"不然。如君之年,房后三日,精气可复,纵狐何害?设旦旦而伐之,人有甚于狐者矣。天下瘵尸瘵鬼,宁皆狐蛊死耶?虽然,必有议我者。"生力白其无,莲诘益力。生不得已,泄之。莲曰:"我固怪君惫也。然何遽至此?得勿非人乎?君勿言,明宵,当如渠窥妾者。"是夜李至,裁三数语,闻窗外嗽声,急亡去。莲入曰:"君殆矣!是真鬼物!昵其美而不速绝,冥路近矣!"生意其妒,默不语。莲曰:"固知君不忘情,然不忍视君死。明日,当携药饵,为君以除阴毒。

幸病蒂犹浅,十日恙当已。请同榻以视痊可。"次夜,果出刀圭药啖生。顷刻,洞下三两行,觉脏腑清虚,精神顿爽。心虽德之,然终不信为鬼。

莲香夜夜同衾偎生;生欲与合,辄止之。数日后,肤革充盈。欲别,殷殷嘱绝李。生谬应之。及闭户挑灯,辄捉履倾想。李忽至。数日隔绝,颇有怨色。生曰:"彼连宵为我作巫医,请勿为怼,情好在我。"李稍怪。生枕上私语曰:"我爱卿甚,乃有谓卿鬼者。"李结舌良久,骂曰:"必淫狐之惑君听也!若不绝之,妾不来矣!"遂呜呜饮泣。生百词慰解,乃罢。

隔宿,莲香至,知李复来,怒曰:"君必欲死耶!"生笑曰:"卿何相妒之深?"莲益怒曰:"君种死根,妾为若除之,不妒者将复何如?"生托词以戏曰:"彼云前日之病,为狐祟耳。"莲乃叹曰:"诚如君言,君迷不悟,万一不虞,妾百口何以自解?请从此辞。百日后,当视君于卧榻中。"留之不可,怫然径去。由是于李夜夜必偕。约两月余,觉大困顿。初犹自宽解;日渐羸瘠,惟饮饘粥一瓯。欲归就奉养,尚恋恋不忍遽去。因循数日,沉绵不可复起。邻生见其病惫,日遣馆僮馈给食饮。生至是疑李,因谓李曰:"吾悔不听莲香之言,以至于此!"言讫而瞑。移时复苏,张目四顾,则李已去,自是遂绝。

生羸卧空斋,思莲香如望岁。一日,方凝想间,忽有搴帘入者,则莲香也。临榻哂曰:"田舍郎,我岂妄哉!"生哽咽良久,自言知罪,但求拯救。莲曰:"病入膏肓,实无救法。姑来永诀,以明非妒。"生大悲曰:"枕底一物,烦代碎之。"莲搜得履,持就灯前,反复展玩。李女欻入,卒见莲香,返身欲遁。莲以身蔽门,李窘急不知所出。生责数之,李不能答。莲笑曰:"妾今始得与阿姨面相质。昔谓郎君旧疾,未必非妾致,今竟何如?"李俯首谢过。莲曰:"佳丽如此,乃以爱结仇耶?"李即投地陨泣,乞垂怜救。莲遂扶起,细诘生平。曰:"妾,李通判女,早夭,瘞于墙外。已死春蚕,遗丝未尽。与郎偕好,妾之愿也;致郎于死,良非素心。"莲曰:"闻鬼物利人死,以死后可常聚,然否?"曰:"不然。两鬼相逢,并无乐处;如乐也,泉下少年郎岂少哉!"莲曰:"痴哉!夜夜为之,人且不堪,而况于鬼!"李问:"狐能死人,何术独否?"莲曰:

"是采补者流,妄非其类。故世有不害人之狐,断无不害人之鬼,以阴气盛也。"生闻其语,始知狐鬼皆真。幸习常见惯,颇不为骇。但念残息如丝,不觉失声大痛。

莲顾问:"何以处郎君者?"李赧然逊谢。莲笑曰:"恐郎强健,醋娘子要食杨梅也。"李敛衽曰:"如有医国手,使妾得无负郎君,便当埋首地下,敢复靦然于人世耶!"莲解囊出药,曰:"妾早知有今,别后采药三山,凡三阅月,物料始备,疗蛊至死,投之无不苏者。然症何由得,仍以何引,不得不转求效力。"问:"何需?"曰:"樱口中一点香唾耳。我一丸进,烦接口而唾之。"李晕生颐颊,俯首转侧而视其履。莲戏曰:"妹所得意惟履耳!"李益惭,俯仰若无所容。莲曰:"此平时熟技,今何吝焉?"遂以丸纳生吻,转促逼之。李不得已,唾之。莲曰:"再!"又唾之。凡三四唾,丸已下咽。少间,腹殷然如雷鸣。复纳一丸,自乃接唇而布以气。生觉丹田火热,精神焕发。莲曰:"愈矣!"李听鸡鸣,彷徨别去。莲以新瘥,尚须调摄,就食非计;因将户外反关,伪示生归,以绝交往,日夜守护之。李亦每夕必至,给奉殷勤,事莲犹姊。莲亦深怜爱之。

居三月,生健如初。李遂数夕不至;偶至,一望即去。相对时,亦悒悒不乐。莲常留与共寝,必不肯。生追出,提抱以归,身轻若刍灵。女不得遁,遂着衣偃卧,蜷其体不盈二尺。莲益怜之,阴使生狎抱之,而撼摇亦不得醒。生睡去;觉而索之,已杳。后十余日,更不复至。生怀思殊切,恒出履共弄。莲曰:"窈娜如此,妾见犹怜,何况男子。"生曰:"昔日弄履则至,心固疑之,然终不料其鬼。今对履思容,实所怆恻。"因而泣下。

先是,富室张姓有女字燕儿,年十五,不汗而死。终夜复苏,起顾欲奔。张扃户,不得出。女自言:"我通判女魂。感桑郎眷注,遗舄犹存彼处。我真鬼耳,锢我何益?"以其言有因,诘其至此之由。女低徊反顾,茫不自解。或有言桑生病归者,女执辨其诬。家人大疑。东邻生闻之,逾垣往窥,见方与美人对语;掩入逼之,张皇间已失所在。邻生骇诘。生笑曰:"向固与君言,雌者则纳之耳。"邻生述燕儿之言。生乃启关,将往侦探,苦无由。

张母闻生果未归,益奇之。故使佣媪索履,生遂出以授。燕儿得之喜。试着之,鞋小于足者盈寸,大骇。揽镜自照,忽恍然悟己之借躯以生也者,因陈所由。母始信之。女镜面大哭曰:"当日形貌,颇堪自信,每见莲姊,犹增惭怍。今反若此,人也不如其鬼也!"把履号咷,劝之不解。蒙衾僵卧。食之,亦不食,体肤尽肿;凡七日不食,卒不死,而肿渐消;觉饥不可忍,乃复食。数日,遍体瘙痒,皮尽脱。晨起,睡舃遗堕,索着之,则硕大无朋矣。因试前履,肥瘦吻合,乃喜。复自镜,则眉目颐颊,宛肖生平,益喜。盥栉见母,见者尽眙。

莲香闻其异,劝生媒通之;而以贫富悬邈,不敢遽进。会媪初度,因从其子婿行,往为寿。媪睹生名,故使燕儿窥帘认客。生最后至,女骤出,捉袂,欲从与俱归。母诃谯之,始惭而入。生审视宛然,不觉零涕,因拜伏不起。媪扶之,不以为侮。生出,浼女舅执柯。媪议择吉赘生。

生归告莲香,且商所处。莲怅然良久,便欲别去。生大骇泣下。莲曰:"君行花烛于人家,妾从而往,亦何形颜?"生谋先与旋里,而后迎燕,莲乃从之。生以情白张。张闻其有室,怒加诮让。燕儿力白之,乃如所请。

至日,生往亲迎。家中备具,颇甚草草;及归,则自门达堂,悉以罽毯贴地,百千笼烛,灿列如锦。莲香扶新妇入青庐,搭面既揭,欢若生平。莲陪卺饮,因细诘还魂之异。燕曰:"尔日抑郁无聊,徒以身为异物,自觉形秽。别后愤不归墓,随风漾泊。每见生人则羡之。昼凭草木,夜则信足浮沉。偶至张家,见少女卧床上,近附之,未知遂能活也。"莲闻之,默默若有所思。

逾两月,莲举一子。产后暴病,日就沉绵。捉燕臂曰:"敢以孽种相累,我儿即若儿。"燕泣下,姑慰藉之。为召巫医,辄却之。沉痾弥留,气如悬丝。生及燕儿皆哭。忽张目曰:"勿尔!子乐生,我乐死。如有缘,十年后可复得见。"言讫而卒。启衾将敛,尸化为狐。生不忍异视,厚葬之。子名狐儿,燕抚如己出。每清明,必抱儿哭诸其墓。

后生举于乡,家渐裕。而燕苦不育。狐儿颇慧,然单弱多疾。燕每欲生置媵。一日,婢忽白:"门外一妪,携女求售。"燕呼入。卒见,大惊曰："莲姊复出耶！"生视之，真似，亦骇。问："年几何？"答云："十四。""聘金几何？"曰："老身止此一块肉，但俾得所，妾亦得啖饭处，后日老骨不至委沟壑，足矣。"生优价而留之。燕握女手，入密室，撮其颔而笑曰："汝识我否？"答言："不识。"诘其姓氏，曰："妾韦姓。父徐城卖浆者，死三年矣。"燕屈指停思，莲死恰十有四载。又审视女，仪容态度，无一不神肖者。乃拍其顶而呼曰："莲姊，莲姊！十年相见之约，当不欺吾！"女忽如梦醒，豁然曰："咦！"熟视燕儿。生笑曰："此'似曾相识燕归来'也。"女泫然曰："是矣。闻母言，妾生时便能言，以为不祥，犬血饮之，遂昧宿因。今日始如梦寤。娘子其耻于为鬼之李妹耶？"共话前生，悲喜交至。

一日，寒食，燕曰："此每岁妾与郎君哭姊日也。"遂与亲登其墓，荒草离离，木已拱矣。女亦太息。燕谓生曰："妾与莲姊，两世情好，不忍相离，宜令白骨同穴。"生从其言，启李冢得骸，异归而合葬之。亲朋闻其异，吉服临穴，不期而会者数百人。

余庚戌南游至沂，阻雨，休于旅舍。有刘生子敬，其中表亲，出同社王子章所撰《桑生传》，约万余言，得卒读。此其崖略耳。

异史氏曰："嗟乎！死者而求其生，生者又求其死，天下所难得者，非人身哉？奈何具此身者，往往而置之，遂至觍然而生不如狐，泯然而死不如鬼。"

【评赏】

康熙九年(1670)的八九月间，蒲松龄离开他的家乡淄川，开始了去江南宝应为人作幕（幕宾，在衙门中帮办文牍）的远游。他途经青石关、莱芜，到了山东南部的沂州（今临沂）。因为遇雨，住在旅舍中，读到了当地文人撰写的一篇《桑生传》，这篇传于是成为《聊斋志异·莲香》的故事来源。

《莲香》叙写的是一狐一鬼与生人恋爱的故事。鬼、狐本无凭，只是一层形象的外衣，作者谈狐说鬼的根本目的还在于写人。这故事中的狐女莲香与佳鬼李女，虽然被作者披上了一层狐、鬼的外衣，但她们的身上却透露着人性的浓烈芬芳，并显示出鲜明的个性差异。

莲香是一个得道的狐女,她襟怀坦荡,通晓事理,对爱情的追求既热烈又持重,对所爱者充满关切之情,又具有封建社会妇女的"不妒之德",作者赋予她以善良的品格、一种含蓄蕴藉之美,使这一形象带有较多的理想化色彩。而李女则显得年轻幼稚,涉世不深,只顾享受爱情的欢乐而不计后果,而且容易负气,妒情可哂。较之莲香,这一形象更近于社会中人。

这两个形象都具有人的社会性。"不妒之德"是一种当时社会的女性道德,而女性的妒情则出自人的自然本性。蒲松龄生活的时代,是一个男子可以有"小星三五"("小星"是《诗经·召南》中的篇名,后人以之为妾的代称)而女子必须遵"从一"之教的时代,嫡庶间的争斗、妻妾中的勃豀是一种普遍存在的社会现象。封建统治阶级"不妒之德"的教化,目的在于把女性思想导向维护这一秩序的一极,而妻妾之间的妒忌则是这一秩序本身的反映。在《张鸿渐》篇中,狐女施舜华所说的"于妾,愿君之不忘;于人,愿君之忘之也",即是这种女性深层心理的直言告白。《莲香》故事的结局是二女化为生人,共事桑生,这既反映了蒲松龄本人的婚姻态度,也是当时社会男性婚姻观的典型表现。

《莲香》的故事不但反映了当时社会的时代意识,而且歌颂了人生的美好。李女与桑生的恋情因为人鬼之别受到阻碍,这使她颇感"抑郁无聊"。李女深惭自身为鬼,愤不归墓,随风飘荡,终于附在张氏女的身体上变成了生人,得到了人间爱情的欢乐。莲香为了与桑生长久相知,竟不惜一死,由一个有道之狐降生为普普通通的世上凡人。作者说,"死者而求其生,生者又求其死,天下所难得者,非人身哉?"这是对人间爱情的高度赞美,对人间世俗生活的充分肯定。在歌颂人生的美好、肯定人的价值之外,作者在"异史氏曰"中复又宕开一笔,借题发挥,指刺某些"具此身者"往往不顾惜自己的身份、品行,"遂至觍然而生不如狐,泯然而死不如鬼",更是出人意表、启人深思,把作品的思想意义生发到一个新的层次。

小说中二女并写的艺术堪称一绝。作者处处并写莲香和李女,而又处处对照、层层比较,在对照和比较中把两个形象刻画得风神各异、性格鲜明。莲香是"不害人之狐",所以出场时坦荡、自然;而李女是"害人之鬼",出场后一再叮咛桑生避人,"勿泄",唯恐被别人看破行藏。李女窥莲香,乃是出自妒美之情;而莲香也窥李女,却是因为对所爱者的关切。莲香听到桑生说"或谓卿狐者"之语,对自己的身份并不掩饰、否认,她向桑生明言狐的无害,显得通晓事理,老练持重;李女也听到了"或谓卿鬼者"之言,但她却"结舌良久",骂而又泣,即现出"心怀鬼胎"的讳言之情,又透出处事无方的窘急之状。莲香与桑生相处,每"三五宿辄一至",处处考虑到所爱者的健康;李女与桑生欢好则"夙夜必谐""夜夜为之",一味贪欢而不计后果,结果使桑生染上沉疴。李女的托生为人,经历了一个"愤不归墓,随风漾泊,每见生人则美之"的过程,性情表露得率真无饰;而莲香见李女还魂为人,忆及身为异类,只是"默默若有所思",直到弥留之际才向桑生和李女吐露心曲,别是一种蕴藉不露的性格。作者每由此而及彼,又由彼而及此,处处双写,又处处由同中见异,表现人物感情的变化极细腻,而表现人物性格的差异也极明显。

　　从作品的总体风格来看,虽然《莲香》的故事内容极富变化,情节多有曲折,但总的说来是体现了一种如行云流水般急徐任意、流畅自然的风格特点的。以开头为例,这样一个鬼狐与人相恋的故事,本是以东邻生与桑生的偶然相戏而入话的:"东邻生偶至,戏曰:'君独居不畏鬼狐耶?'"这偶然的相戏之语,看似信手拈来,毫不费心,其实通过桑生的"笑答"却已经陈仓暗度,使读者在不知不觉间进入到作者设就的鬼狐故事情境之中了。戏言之后作者写了这样一个玩笑:东邻生让一位妓女夜间到桑生的住所叩门,并且"自言为鬼"。这使桑生感受了一场大惊惧,但一经邻生说破,他便"顿悟其假",于是安居如初。半年之后,狐女莲香果然于夜半来叩门了,却又自言是"西家妓女"。前面出现过惊惧,至此便见惯不惊;前面既悟其假,至此便信为真,于是桑生与莲香的交好就如水到渠成,成为一种自然之势了。妓扮假鬼的铺垫,看似随笔点染,事出偶然,作者未尝有意为文,但暗中却已经伏下了鬼、狐将至的大机关,成为桑生见到真狐真鬼之后处之泰然的一条引线、一个准备。现代著名作家巴金说过:"艺术的最高境界是无技巧。"(《探索集》)不见雕琢之迹,没有强合之嫌,白云悠悠,野鹤适意,花自飘零水自流,工到极处转自然,所谓的"无技巧",大概就是这般境界了。

(邹宗良)

阿　　宝

　　粤西孙子楚,名士也。生有枝指。性迂讷,人诳之,辄信为真。或值座有歌妓,则必遥望却走。或知其然,诱之来,使妓狎逼之,则颊颜彻颈,汗珠珠下滴。因共为笑。遂貌其呆状,相邮传作丑语,而名之"孙痴"。

　　邑大贾某翁,与王侯埒富。姻戚皆贵胄。有女阿宝,绝色也。日择良匹,大家儿争委禽妆,皆不当翁意。生时失俪,有戏之者,劝其通媒。生殊不自揣,果从其教。翁素耳其名,而贫之。媒媪将出,适遇宝,问之,以告。女戏曰:"渠去其枝指,余当归之。"媪告生。生曰:"不难。"媒去,生以斧自断其指,大痛彻心,血益倾注,濒死。过数日,始能起,往见媒而示之。媪惊,奔告女。女亦奇之,戏请再去其痴。生闻而哗辨,自谓不痴;然无由见而自剖。转念阿宝未必美如天人,何遂高自位置如此?由是囊念顿冷。

　　会值清明,俗于是日,妇女出游,轻薄少年,亦结队随行,恣其月旦。有同社数人,强邀生去。或嘲之曰:"莫欲一观可人否?"生亦知其戏己;然以受女揶揄故,亦思一见其人,忻然随众物色之。遥见有女子憩树下,恶少年环如墙堵。众曰:"此必阿宝也。"趋之,果宝也。审谛之,娟丽无双。少顷,人益稠。女起,遽去。众情颠倒,品头题足,纷纷若狂。生独默然。及众他适,回视,生犹痴立故所,呼之不应。群曳之曰:"魂随阿宝去耶?"亦不答。众以其素讷,故不为怪,或推之,或挽之,以归。至家,直上床卧,终日不起,冥如醉,唤之不醒。

家人疑其失魂，招于旷野，莫能效。强拍问之，则蒙眬应云："我在阿宝家。"及细诘之，又默不语。家人惶惑莫解。

初，生见女去，意不忍舍，觉身已从之行，渐傍其衿带间，人无呵者。遂从女归，坐卧依之，夜辄与狎，甚相得；然觉腹中奇馁，思欲一返家门，而迷不知路。女每梦与人交，问其名，曰："我孙子楚也。"心异之，而不可以告人。生卧三日，气休休若将渐灭。家人大恐，托人婉告翁，欲一招魂其家。翁笑曰："平昔不相往还，何由遗魂吾家？"家人固哀之，翁始允。巫执故服、草荐以往。女诘得其故，骇极，不听他往，直导入室，任招呼而去。巫归至门，生榻上已呻。既醒，女室之香奁什具，何色何名，历言不爽。女闻之，益骇，阴感其情之深。

生既离床寝，坐立凝思，忽忽若忘。每伺察阿宝，希幸一再遘之。浴佛节，闻将降香水月寺，遂早旦往候道左，目眩睛劳。日涉午，女始至，自车中窥见生，以掺手搴帘，凝睇不转。生益动，尾从之。女忽命青衣来诘姓字。生殷勤自展，魂益摇。车去，始归。归复病，冥然绝食，梦中辄呼宝名。每自恨魂不复灵。家旧养一鹦鹉，忽毙，小儿持弄于床。生自念：倘得身为鹦鹉，振翼可达女室。心方注想，身已翩然鹦鹉，遽飞而去，直达宝所。女喜而扑之，锁其肘，饲以麻子。大呼曰："姐姐勿锁！我孙子楚也！"女大骇，解其缚，亦不去。女祝曰："深情已篆中心。今已人禽异类，姻好何可复圆？"鸟云："得近芳泽，于愿已足。"他人饲之，不食；女自饲之，则食。女坐，则集其膝；卧，则依其床。如是三日，女甚怜之，阴使人晌生，生则僵卧，气绝已三日，但心头未冰耳。女又祝曰："君能复为人，当誓死相从。"鸟云："诳我！"女乃自矢。鸟侧目若有所思。少间，女束双弯，解履床下，鹦鹉骤下，衔履飞去。女急呼之，飞已远矣。女使妪往探，则生已寤。家人见鹦鹉衔绣履来，堕地死，方共异之。生既苏，即索履。众莫知故。适妪至，入视生，问履所在。生曰："是阿宝信誓物。借口相复：小生不忘金诺也。"妪反命。

女益奇之，故使婢泄其情于母。母审之确，乃曰："此子才名亦不恶，但有相如之贫。择数年得婿若此，恐将为显者笑。"女以履故，矢不他。翁媪从之。驰报生。生喜，疾顿瘳。翁议赘诸家。女曰："婿不可久处岳家。况郎又贫,久益为人贱。儿既诺之,处蓬茅而甘藜藿,不怨也。"生乃亲迎成礼,相逢如隔世欢。

自是家得奁妆,小阜,颇增物产。而生痴于书,不知理家人生业;女善居积,亦不以他事累生。居三年,家益富。生忽病消渴,卒。女哭之痛,泪眼不晴,至绝眠食。劝之不纳,乘夜自经。婢觉之,急救而醒,终亦不食。三日,集亲党,将以殓生。闻棺中呻以息,启之,已复活。自言:"见冥王,以生平朴诚,命作部曹。忽有人白:'孙部曹之妻将至。'王稽鬼录,言:'此未应便死。'又白:'不食三日矣。'王顾谓:'感汝妻节义,姑赐再生。'因使驭卒控马送余还。"由此体渐平。

值岁大比,入闱之前,诸少年玩弄之,共拟隐僻之题七,引生僻处与语,言:"此某家关节,敬秘相授。"生信之,昼夜揣摩,制成七艺。众隐笑之。时典试者虑熟题有蹈袭弊,力反常经。题纸下,七艺皆符。生以是抡魁。明年,举进士,授词林。上闻异,召问之。生具启奏。上大嘉悦。后召见阿宝,赏赉有加焉。

异史氏曰:"性痴则其志凝,故书痴者文必工,艺痴者技必良;世之落拓而无成者,皆自谓不痴者也。且如粉花荡产,卢雉倾家,顾痴人事哉!以是知慧黠而过,乃是真痴,彼孙子何痴乎!"

集痴类十:窖镪食贫。对客辄夸儿慧。爱儿不忍教读。讳病恐人知。出资赚人嫖。窃赴饮会赚人赌。倩人作文欺父兄。父子帐目太清。家庭用机械。喜弟子善赌。

【评赏】

《阿宝》是《聊斋》中写情的名篇。就故事的内容而论,作品或者应该取名为《孙子楚》或《孙痴》的,因为故事的主人公是被人目为"孙痴"的粤西名士孙子楚,而阿宝只是被孙子楚的一片真情所感动而与他结为婚姻的恋人。作品紧紧围绕着人物的性格特征来展开情节,写出了主人公孙子楚由"性痴"而发为"情痴",终于以"痴"动人,获得了美满爱情的整个过程,在写人与写情两个方面都取得了戛戛独造的艺术成就。

作品一开始就交代了孙子楚"生有枝指"的形貌特征和"迂讷"的

性格特点。"枝指"和"迂讷"一样是在写其性情。《庄子·骈拇》中有这样一句话:"骈拇枝指,出乎性哉!"作者这一不着痕迹的用事,既为孙子楚"以斧自断其指"的痴行埋下了伏线,又暗寓主人公的天性与众不同。"性迂讷"的直指性说明,意思比前又近了一层,要在揭出主人公的诚朴之性。何守奇在本篇总评中说的"孙子之痴,直是诚朴"一句话,是可以移来作为此句的注解的。在小说中,孙子楚的"性痴"是作者刻画人物时时都注意着墨的基本性格特征。作品开始时交代孙子楚遇歌妓同座"则必遥望却走","则頳颜彻颈",这是在着重点出孙子楚对待男女情事的严肃态度,是后来孙子楚"情痴"表现的张本;而后半段所写的"生痴于书,不知理家人生业"的情况及篇末补叙的孙子楚相信了"诸少年"的戏弄,在乡试中以僻题"抢魁"之事,则意在说明婚后的孙子楚仍然是一个性痴之人。前后照应,处处不漏,主人公的诚朴之性表现得十分鲜明。

由性痴而发为情痴,从而显现出主人公在男女情爱问题上的一片至性真情,这是作者集中笔墨描绘的小说中心内容。主人公孙子楚对富家女阿宝的孜孜追求,在小说中经历了一个由浅入深、由情爱到情痴的转变过程。当孙子楚的求婚受到阿宝的无心戏谑,要他"去其枝指"的时候,孙子楚竟然"以斧自断其指",痛得几乎死去。这般果敢的行动虽然出自至诚,但此时他对阿宝的爱恋并没有达到倾怀结想的地步。正因为如此,当阿宝"戏请再去其痴"的时候,他想到阿宝的"高自位置",便把念头冷了下来。这念头的重又高炽是由于孙子楚在清明节亲眼见到了"娟丽无双"的阿宝。封建时代的青年男女极难见上一面。这一面便使他堕入了"情痴"的境地:先是魂随阿宝归去,"坐卧依之";然后是魂化鹦鹉,直飞入阿宝的卧室与其相依为伴;直到衔走阿宝的绣鞋作了爱情的信物,与阿宝成了相爱的眷属。"性痴则其志凝。"只有孙子楚这样的真情至性之人,才会钟情到魂随所爱,身与物化的境地,也只有蒲松龄这样的写情妙手,才能创造出这般情真与诗美合而为一的浪漫主义理想境界。明代山歌《劈破玉·分离》唱道:"要分离,除非天做了地;要分离,除非东做了西;要分离,除非是官做了吏。你要分时分不得我,我要离时离不得你;纵死在黄泉也做不得分离鬼。"《阿宝》篇写孙子楚的至情不像民间山歌那样直露无忌,但却在保留了这种人间情爱铭心刻骨的相思之情外,又益以缠绵之致、隽永之趣,使人感慨至深、久味不尽。

在蒲松龄之前,有不少作家写过"离魂型"的爱情故事。如《幽明录》中的《庞阿》,写石氏女心悦庞阿,于是她的"魂神"化为自身来到庞阿家,后被庞阿的妻子捆送回家,形神相会,合而为一。唐传奇《离魂记》中的张倩娘魂魄跟随情人私奔,在外"凡五年,生两子",后来回到家中,仍与病在闺中的本身形象"合为一体"。到了明代,大戏剧家汤显祖在《牡丹亭》中塑造出一位"为情而生,为情而死,又死而复生"的情女杜丽娘,爱情的力量不仅使得杜丽娘魂与身离,而且使得这一分离超越了生死的大限。汤显祖通过这一形象为男女情爱注入了超越生死的力量,清代戏剧家洪昇称其为"搜抉灵根,掀翻情窟"。从《阿宝》所写的故事内容来看,孙子楚魂随阿宝、魂化鹦鹉的情节无疑是对上述"离魂型"故事的继承与发展。清人冯镇峦就曾把《阿宝》中的孙子楚与《牡丹亭》中的杜丽娘相提并论:"此于杜丽娘之于柳梦梅,一女悦男,一男悦女,……俱千古一对情痴。"值得指出的是,孙子楚的情痴绝不是对杜丽娘情痴的剽袭,这故事中的离魂也不是前代作品类似情节的翻版。在这篇小说中,情节的发展与人物性格的展示是紧紧地融合在一起的。推本寻源,孙子楚的情痴是其痴人之性的集中表现。当这样一个痴人把他的痴性专注于情之一事的时候,魂随女去、魂化鹦鹉的异行也就显得合情合理,符合于人物性格的逻辑发展了。作者在故事中还写到这样一个情节:当阿宝要孙子楚"去其痴"的时候,"生闻而哗辨,自谓不痴"。自谓不痴,何以见得?这在孙子楚魂化鹦鹉的时候表现出来了。阿宝说:"君能复为人,当誓死相从。"但鹦鹉不相信,说是"诳我",它并且能想到要衔去阿宝的绣鞋作为凭信之物。这一情节在孙子楚的诚朴之中平添出几分狡黠的可爱,使人物性格有了进一步的发展。作品关于情痴的描写,既在人物性格的发展中展示了情,又通过情节的发展把人物性格刻写到了极致,写人写情都达到了完美的境界。

阿宝对孙子楚的态度,是由揶揄到"异"到"骇",到"深情已篆中心",到"矢不他",经历了一个"以痴报痴"(但明伦语)的过程。而阿宝的父母先是"贫之","恐将为显者笑",到最后也还是同意了女儿的选择。在清初那样一个门第森严,婚姻大事以不听"父母之命、媒妁之言"为耻的社会环境中,这无疑是一种被作者充分理想化了的爱情。三百多年前的作者敢于打破传统的道德观念和世俗观念,对孙子楚这样一个情痴形象,对这种建立在相互了解基础上的自主爱情给予充分的肯定和热情的歌颂,这既是作者进步的民主主义思想的突出表现,也是作品长期以来盛传不衰的一个重要原因。

(邹宗良)

口　　技

村中来一女子,年二十有四五。携一药囊,售其医。有问病者,女不能自为方,俟暮夜问诸神。晚洁斗室,闭置其中。众绕门窗,倾耳寂听,但窃窃语,莫敢咳。内外动息俱冥。

至半更许,忽闻帘声。女在内曰:"九姑来耶?"一女子答云:"来矣。"又曰:"腊梅从九姑来耶?"似一婢答云:"来矣。"三人絮语间杂,刺刺不休。俄闻帘钩复动,女曰:"六姑至矣。"乱言曰:"春梅亦抱小郎子来耶?"一女曰:"拗哥子!呜呜不睡,定要从娘子来。身如百钧重,负累煞人!"旋闻女子殷勤声,九姑问讯声,六姑寒暄声,二婢慰劳声,小儿喜笑声,猫子声,一齐嘈杂。即闻女子笑曰:"小郎君亦大好耍,远迢迢抱猫儿来。"既而声渐疏。帘又响,满室俱哗,曰:"四姑来何迟也?"有一小女子细声答曰:"路有千里且溢,与阿姑走尔许时始至。阿姑行且缓。"遂各各道温凉声,并移坐声,唤添坐声,参差并作,喧繁满室,食顷始定。即闻女子问病。九姑以为宜得参,六姑以为宜得芪,四姑以为宜得术。参酌移时,即闻九姑唤笔砚。无何,折纸戢戢然,拔笔掷帽丁丁然,磨墨隆隆然;既而投笔触几,震震作响,便闻

口技

紗窗月上夜迢迢
嘈雜珠喉勝管簫
是幻是真且莫辨
但聞嬌語亦魂銷

撮药包裹苏苏然。

顷之,女子推帘,呼病者授药并方。反身入室,即闻三姑作别,三婢作别,小儿哑哑,猫儿唔唔,又一时并起。九姑之声清以越,六姑之声缓以苍,四姑之声娇以婉,以及三婢之声,各有态响,听之了了可辨。群讶以为真神。而试其方,亦不甚效。此即所谓口技,特借之以售其术耳。然亦奇矣!

昔王心逸尝言:在都偶过市廛,闻弦歌声,观者如堵。近窥之,则见一少年曼声度曲。并无乐器,惟以一指捺颊际,且捺且讴;听之铿铿,与弦索无异。亦口技之苗裔也。

【评赏】

《口技》是一篇声情并茂的记事散文。作者通过对一个女子借口技表演来卖药的经过情况的出色描绘,精妙入神地反映出清初口技艺人令人叹为观止的技艺水平。

作品先写一个女子来村中卖药,但却不能开处方,处方要在晚上请神来"问诸神"。这样一个开头,既交代了口技表演的缘起,又给卖药这样一件寻常事披上了一层神秘的纱幕,很能引人入胜。然后是对表演场景的描绘:"晚洁斗室,闭置其中。众绕门窗,倾耳寂听,但窃窃语,莫敢咳。内外动息俱冥。"寥寥数语,不仅交代了时间、处所、环境、表演者和听众,而且活画出一种万籁俱寂的氛围和众人翘首企盼的情境,简约精炼,以少胜多,以"追魂摄影"的白描之笔把场景写得"俨然纸上活跳出来"(张竹坡评《金瓶梅》语)。

整个口技表演的过程,作品分作三层写,叙次分明,不忙不乱。第一层写的是人物出场,这是口技表演的重头戏。作品又分作三层写:先是九姑和腊梅来,次是六姑、春梅和小郎子来,最后是四姑与婢女来到,按一定的顺序把出场人物的情况交代得细致具体。第二层写出场人物按病情参酌处方的经过,除了绘声绘色的动作描摹之外,还写了"女子推帘,呼病者授药并方"的实况,真与假结合得天衣无缝,从而更见出口技表演的逼真效果。第三层是送别场面,同样传神地写出了人物的不同音色。作品在最后告诉读者,这样开出的处方

"亦不甚效",并指明这只是一场为卖药而进行的口技表演。此乃篇末点题,是整篇作品的画龙点睛之笔。

《口技》一文状写的是口技艺术,作品最突出的成就是以绘声见工。按照艺人的表演,出场人物最多时达到八个人,口技艺人同时模仿多人的声音,于是出现了诸声并作的场面。这多种多样的声音如何写状?作者用了一连串的排比句:"殷勤声""问讯声""寒暄声""慰劳声""喜笑声""道温凉声""唤添坐声","清以越""缓以苍""娇以婉"……写出了人物声音的多种多样,人物声口的各不相同。既而,又以"一齐嘈杂""喧繁满室""一时并起"的总叙把场面烘托得热闹非凡、情趣盎然。这里写的是人声,作者通过先分后总、有分有合的描述显示出借声传形的深湛功力,而九姑"唤笔砚"开处方一节写的是物声:折纸是"戢戢然",拔笔掷帽是"丁丁然",磨墨为"隆隆然",撮药包裹"苏苏然",投笔触几则是"震震作响"。作者选用了一系列逼真传神、精当入微的形容词,把一个开方包药的过程真切具体地呈现在读者面前。

在艺人的表演中,九姑、六姑和四姑分属三个不同的年龄层次。作者一层层运笔分写,使人物形象各具特色。先出现的九姑按排行年龄最小,也没有子女拖累,作者在记叙时只写九姑、婢女与卖药女子"絮语间杂,刺刺不休",突出了青年女性烂漫多言的性格特点,写得要言不烦。六姑出现时因为有婢女抱着小郎子随行,作品中随即出现了这样的解颐妙语:"拗哥子!呜呜不睡,定要从娘子来,身如百钧重,负累煞人!"通过婢女的声口传写出家庭生活的气氛。化口语入文言这本是《聊斋》语言运用的一个重要特点,所以这里的谐语不应看作是对艺人原话的转录,它出自作者对语言的创造加工。在此之外,作者还写到一位女子的笑语:"小郎君亦大好耍,远迢迢抱猫儿来。"更为这一过程增添了生活的情趣。至于四姑的到来,作者记叙得很是简略,只是让一个小女子"细声"回答了人们的问话:"路有千里且溢,与阿姑走尔许时始至。阿姑行且缓。""行且缓",这是老年人走路的情状,写出了四姑的老态;而答话的又是四姑的小婢,这是可以由说话见出人来的。

这篇作品有一附则,就是篇末的"昔王心逸尝言"。《聊斋诗集》曾提到一位王心逸(《与王心逸兄弟共酌,即席戏赠》),指的是蒲松龄的同邑友人王居正。王居正字心逸,他的长兄王敷政是清初的内阁侍读学士,所以他具备"在都偶过市廛"的条件。清人吕湛恩注《聊斋》,认为《口技》附则中的王心逸"名德昌,字历长,长山诸生。顺治丙戌进士、太常卿桢之侄孙",应该说是注错了。由于三会本的《聊斋》对这段"吕注"的标点有误,目前所见的多种《聊斋》选注本把这位王德昌说成是"顺治丙戌进士",更是一误再误。这是一个需要附带说明的问题。

口技这一类的古代技艺,向来是受到封建统治阶级歧视的,这也影响到社会上一般人的态度和认识,所以一直流传不广。从这样的意义上说,作品详细记载了清代初年一次口技表演的内容和经过,这也是值得今人庆幸和珍视的。

(邹宗良)

潍水狐

潍邑李氏有别第。忽一翁来税居,岁出直金五十,诺之。既去无耗,李嘱家人别租。翌日,翁至,曰:"租宅已有关说,何欲僦他人?"李白所疑。翁曰:"我将久居是;所以迟迟者,以涓吉在十日之后耳。"因先纳一岁之直,曰:"终岁空之,勿问也。"李送出,问期,翁告之。过期数日,亦竟渺然。及往觇之,则双扉内闭,炊烟起而人声杂矣。讶之,投刺往谒。翁趋出,逆而入,笑语可亲。既归,遣人馈遗其家;翁犒赐丰隆。又数日,李设筵邀翁,款洽甚欢。问其居里,以秦中对。李讶其远。翁曰:"贵乡福地也。秦中不可居,大难将作。"时方承平,置未深问。越日,翁折柬报居停之礼,供帐饮食,备极侈丽。李益惊,疑为贵官。翁以交好,因自言为狐。李骇绝,逢人辄道。

邑搢绅闻其异，日结驷于门，愿纳交翁，翁无不伛偻接见。渐而郡官亦时还往。独邑令求通，辄辞以故。令又托主人先容，翁辞。李诘其故，翁离席近客而私语曰："君自不知，彼前身为驴，今虽俨然民上，乃饮糠而亦醉者也。仆固异类，羞与为伍。"李乃托词告令，谓狐畏其神明，故不敢见。令信之而止。此康熙十一年事。未几，秦罹兵燹。狐能前知，信矣。

异史氏曰："驴之为物，庞然也。一怒则蹄跌嗥嘶，眼大于盏，气粗于牛；不惟声难闻，状亦难见。倘执束刍而诱之，则帖耳辑首，喜受羁勒矣。以此居民上，宜其饮糠而亦醉也。愿临民者，以驴为戒，而求齿于狐，则德日进矣。"

【评赏】

《潍水狐》，一篇意笔俱佳的讽刺小说。

狐翁乃作者笔下一老狐，但其又何尝不具现实中人的特点？避秦中将作的兵燹之祸徙来山东潍上，"能前知"，这是人所不具的特异之处，显现出异类通灵的特征；但观其与居停主人李氏之间的款洽相处，与郡官搢绅的日相往还，又明明是在叙写人间的生活情状，写这位"狐翁"无异生人的世事交往了。

人而狐，狐而人，在故事的奇异中显现出充分的现实性，这正是故事的构思和写法上的高明之处。很显然，作者的命意即在于刺世，而抨击的对象便是现实中人。

狐翁之待人甚有礼，他所结交的又是社会名流和郡中的长官，这位潍上仙翁也可谓是位"齿德并茂"的客居者了。然而他又何以不礼待那位在康熙十一年（1672年）任此处父母官、巍然人上的潍县邑令？他自己的解释是："彼前身为驴，今虽俨然民上，乃饮糠而亦醉者也。""前身为驴"自是谑语，是作者对贪暴官宰做出的形象推衍。"驴之为物，庞然也。一怒则蹄跌嗥嘶，眼大于盏，气粗于牛；不惟声难闻，状亦难见。倘执束刍而诱之，则帖耳辑首，喜受羁勒矣。"这段"异史氏曰"道出了潍县邑令平日的治民为官之状，是"前身为驴"的谑语之所本；而"饮糠亦醉"则对这位邑令的人格品行作了直接的比喻性揭露。据唐崔令钦的《教坊记》记载:"苏五奴妻张四娘善歌舞。……有邀迓者,五奴辄随之前。人欲得其速醉,多劝酒。五奴曰:'但多与我钱,吃糙子亦醉,不烦酒也。'"可见这位俨然民上的邑令不仅有贪钱的劣迹,或者还有鬻妻的丑行,状同五奴之流。但明伦评曰:"大令而不齿于狐,为其饮糙亦醉也。"其行如驴而无德如斯,难怪聊斋先生要揭出此人作为指刺的对象了。这位潍县邑令的立身行事不惟不齿于人,抑且不齿于狐,蒲松龄讽刺笔法之犀利,的确可谓"刺贪刺虐,入骨三分"了。

讽刺是需要艺术的。鲁迅在《中国小说的历史的变迁》中就曾称赞清人吴敬梓所作的讽刺小说《儒林外史》"变化多而趣味浓"。《儒林外史》是直写社会人生的小说,而《聊斋志异·潍水狐》则在现实之上披加了一件"狐故事"的外衣,所以虽同为讽世之作,《潍水狐》所表现出的夭矫变化和韵致意趣却又有所不同。狐赁人别第而居,对自己的异类身份自然应该是深藏不露的,但这位狐翁却"以(与主人)交好,因自言为狐"。狐翁的自言身份已是悖情,作者说这是"以交好";而居停主人闻之"骇绝,逢人辄道"则又出"交好"的常情之外。经过如此的发展变化,狐翁一家应该是命运"大坏"或"居不久"的了,但结果却出人意表:"邑搢绅闻其异,日结驷于门,愿纳交翁","渐而郡官亦时往还"。狐翁独不与邑令结交,且向主人李氏言明邑令的卑劣,那位潍县邑令该有些自知之明了吧?然而不,李氏"托词告令,谓狐畏其神明,故不敢见",邑令则"信之而止"。作者在这不合常情的结果中伏埋的深意,后来经但明伦一语点明:"给之以神明而自信,此令终身为驴矣。""终身为驴",这话固然刻薄了些,但却是把那种无德无行又不思改悔的牧民之宰的心地行止写尽画透了的。这一层意思,作者本没有明白说出,但却相当凝重,相当深刻,足以令人作尽日思、他时想的。

狐居人第并且能择人而交,这自然是聊斋先生的想象之笔。这所谓的潍上狐翁,其实是真正的人的化身。借助于假语村言,为的是暴彰现实中的真人劣事。《潍水狐》,这既是以讽刺为目的的艺术作品,也是艺术化了的真正讽刺。

(邹宗良)

红　　玉

广平冯翁有一子,字相如。父子俱诸生。翁年近六旬,性方鲠,而家屡空。数年间,媪与子妇又相继逝,井臼自操之。

一夜,相如坐月下,忽见东邻女自墙上来窥。视之,美。近之,微笑。招以手,不来亦不去。固请之,乃梯而过,遂共寝处。问其姓名,曰:"妾邻女红玉也。"生大爱悦,与订永好。女诺之。夜夜往来,约半年许。

翁夜起,闻子舍笑语,窥之,见女。怒,唤生出。骂曰:"畜产所为何事! 如此落寞,尚不刻苦,乃学浮荡耶? 人知之,丧汝德;人不知,促汝寿!"生跪自投,泣言知悔。翁叱女曰:"女子不守闺戒,既自玷,而又以玷人。倘事一发,当不仅贻寒舍羞!"骂已,愤然归寝。女流涕曰:"亲庭罪责,良足愧辱! 我二人缘分尽矣!"生曰:"父在不得自专。卿如有情,尚当含垢为好。"女言辞决绝,生乃洒涕。女止之曰:"妾与君无媒妁之言,父母之命,逾墙钻隙,何能白首? 此处有一佳耦,可聘也。"告以贫。女曰:"来宵相俟,妾为君谋之。"次夜,女果至,出白金四十两赠生。曰:"去此六十里,有吴村卫氏,年十八矣,高其价,故未售也。君重赂之,必合谐允。"言已,别去。

生乘间语父,欲往相之。而隐馈金不敢告。翁自度无赀,以是故,止之。生又婉言:"试可乃已。"翁颔之。生遂假仆马,诣卫氏。卫故田舍翁。生呼出,引与间语。卫知生望族,又见仪采轩豁,心许之,而虑其靳于赀,生听其词意吞吐,会其旨,倾囊陈几上。卫乃喜,浼邻生居间,书红笺而盟焉。生入拜媪。居室逼侧,女依母自幛。微睨之,虽荆布之饰,而神情光艳,心窃喜。卫借舍款婿,便言:"公子无须亲迎。待少作衣妆,即合舁送去。"生与期而归。诡告翁,言卫爱清门,不责赀。翁亦喜。

至日,卫果送女至。女勤俭,有顺德,琴瑟甚笃。逾二年,举一男,名福儿。会清明抱子登墓,遇邑绅宋氏。宋官御史,坐行贿免,居林下,大煽威虐。是日亦上墓归,见女艳之。问村人,知为生配。料冯贫士,诱以重赂,冀可摇,使家人风示之。生骤闻,怒形于色;既思势不敌,敛怒为笑。归告翁,翁大怒,奔出,对其家人,指天画地,诟骂万端。家人鼠窜而去。宋氏亦怒,竟遣数人入生家,殴翁及子,汹若沸鼎。女闻之,弃儿于床,披发号救。群篡舁之,哄然便去。父子伤残,吟呻在地,儿呱呱啼室中。邻人共怜之,扶之榻上。经日,生杖而能起。翁忿不食,呕血寻毙。生大哭,抱子兴词,上至督抚,讼几遍,卒不得直。后闻妇不屈死,益悲。冤塞胸吭,无路可伸。每思要路刺杀宋,而虑其扈从繁,儿又罔托。日夜哀思,双睫为不交。

忽一丈夫吊诸其室,虬髯阔颔,曾与无素。挽坐,欲问邦族。客遽曰:"君有杀父之仇,夺妻之恨,而忘报乎?"生疑为宋人之侦,姑伪应之。客怒眦欲裂,遽出曰:"仆以君人也,今乃知不足齿之伦!"生察其异,跪而挽之,曰:"诚恐宋人饵我。今实布腹心:仆之卧薪尝胆者,固有日矣。但怜此襁中物,恐坠宗祧。君义士,能为我杵臼否?"客曰:"此妇人女子之事,非所能。君所欲托诸人者,请自任之;所欲自任者,愿得而代庖焉。"生闻,崩角在地。客不顾而出。生追问姓字,曰:"不济,不任受怨;济,亦不任受德。"遂去。

生惧祸及,抱子亡去。至夜,宋家一门俱寝,有人越重垣入,杀御史父子三人,及一媳一婢。宋家具状告官。官大骇。宋执谓相如,于是遣役捕生,生遁不知所之,于是情益真。宋仆同官役诸处冥搜。夜至南山,闻儿啼,迹得之,系缧而行。儿啼愈嗔,群夺儿抛弃之。生冤愤欲绝。见邑令,问:"何杀人?"生曰:"冤哉!某以夜死,我以昼出,且抱呱呱者,何能逾垣杀人?"令曰:"不杀人,何逃乎?"生词穷,不能置辨。乃收诸狱。生泣曰:"我死无足惜,孤儿何罪?"令曰:"汝杀人子多矣;杀汝子,何怨?"生既褫革,屡受梏惨,卒无词。

令是夜方卧,闻有物击床,震震有声,大惧而号。举家惊起,集而烛之,一短刀,铦利如霜,剁床入木者寸余,牢不可拔。令睹之,魂魄丧失。荷戈遍索,竟无踪迹。心窃馁。又以宋人死,无可畏惧,乃详诸宪,代生解免,竟释生。

生归,瓮无升斗,孤影对四壁。幸邻人怜馈食饮,苟且自度。念大仇已报,则辗然喜;思惨酷之祸,几于灭门,则泪潸潸堕;及思半生贫彻骨,宗支不续,则于无人处,大哭失声,不复能自禁。如此半年,捕禁益懈。乃哀邑令,求判还卫氏之骨。及葬而归,悲怛欲死,辗转空床,竟无生路。

忽有款门者,凝神寂听,闻一人在门外,哝哝与小儿语。生急起窥觇,似一女子。扉初启,便问:"大冤昭雪,可幸无恙!"其声稔熟,而仓卒不能追忆。烛之,则红玉也。挽一小儿,嬉笑跨下。生不暇问,抱女鸣哭。女亦惨然。既而推儿曰:"汝忘尔父耶?"儿牵女衣,目灼灼视生。细审之,福儿也。大惊,泣问:"儿那得来?"女曰:"实告君,昔言邻女者,妄也。妾实狐。适宵行,见儿啼谷口,抱养于秦。闻大难既息,故携来与君团聚耳。"生挥涕拜谢。儿在女怀,如依其母,竟不复能识父矣。

天未明,女即遽起。问之,答曰:"奴欲去。"生裸跪床头,涕不能仰。女笑曰:"妾诳君耳。今家道新创,非夙兴夜寐不可。"乃剪莽拥彗,类男子操作。生忧贫乏,不自给。女曰:"但请下帷读,勿问盈歉,或当不浮饿死。"遂出金治织具;租田数十亩,雇佣耕作。荷镵诛茅,牵萝补屋,日以为常。里党闻妇贤,益乐贷助之。

约半年,人烟腾茂,类素封家。生曰:"灰烬之余,卿白手再造矣。然一事未就安妥,如何?"诘之,答曰:"试期已迫,巾服尚未复也。"女笑曰:"妾前以四金寄广文,已复名在案。若待君言,误之已久。"生益神之。是科遂领乡荐。时年三十六,腴田连阡,夏屋渠渠矣。女袅娜如随风欲飘去,而操作过农家妇;虽严冬自苦,而手腻如脂。自言三十八岁,人视之,常若二十许人。

异史氏曰:"其子贤,其父德,故其报之也侠。非特人侠,狐亦侠也。遇亦奇矣!然官宰悠悠,竖人毛发,刀震震入木,何惜不略移床上半尺许哉?使苏子美读之,必浮白曰:'惜乎击之不中!'"

【评赏】

　　《红玉》这篇小说，故事结构安排得有些非同一般。红玉，这位作者于篇名特地标榜的狐女，并不是一个自始至终活跃在小说情节之中的形象。她只在小说中两度出现，分别在故事的开头和结尾处。统算一下，红玉的行事只占了小说八分之三的篇幅。这篇小说的大部分篇幅，是被作家移来写了冯相如一家的遭遇。贫穷的书生冯相如因为娶了艳妻而招来横祸，家破人亡，自己也遭了大难，是这位穷书生的命运贯穿整个故事，构成了这篇小说的基本内容。

　　这使本篇具有极强的现实性。一个"邑绅"（本县的官宦）——因为受贿枉法而被免职居家的宋御史——见到冯相如美艳的妻子而生出非分之心，在"诱以重赂"达不到目的的情况下，竟派出恶奴到冯家大打出手，一手制造了冯相如父死妻亡的人间惨剧。而冯相如到官府上下告遍，结果却是"冤塞胸吭，无路可伸"。这种官绅勾结、沆瀣一气的情事，有着深刻的现实基础，打上了明显的时代烙印。蒲松龄的一位友人张贞，曾这样来描述当时山东一地的民事诉讼："言讼狱于今日，变态可谓极矣。即覆盆向隅，多若屠羊在肆，嗫不能发一声。其得自达于上台者，十才一二。"（《上高念东先生论地方利弊书》）就是这能够达于上官的"一二"民讼，也多因为官吏的贪黩枉法而受到徇情的处理。康熙二十六年（1687），浙江人钱珏来山东就任巡抚，就曾向手下的官员发了这样一道《严饬守真檄》："今闻山左藩臬以下、州县以上，以及佐贰杂职、幕卫教职等官，洁己自好者固多，而贪黩败检者亦复不少。……为此示，仰各司道、府厅、州县等官知悉：此后自宜痛改前非，洁己爱民……倘或怙终不悛，毫无顾忌，阳奉阴违，贪庸溺职者，定当特简题参，尽法惩治。"这檄文，实际是供画了一幅上至藩、臬、州、县官吏，下至佐贰、教职、卫所、幕僚等山左百官的群丑图。反回来看《红玉》这篇小说，可以说通过这个故事，作家以他的犀利之笔深深地触及了当时社会的政权与绅权，反映了封建时代法律制度的窳败。蒲松龄是用文学的手法更加形象真切地画出了一幅官绅勾结欺压下层人民的浮世绘。

现实的苦难太重太深了,人们在展示或者感受这些苦难的时候,往往就想得到些精神的慰藉,需要些希望的亮色。这就像马克思论到宗教的本质时说宗教是被压迫生灵的叹息,是人民的鸦片一样。小说中那位虬髯侠士的出现,就是在这故事那黑暗如漆的天幕上涂出的一抹亮色。尽管这位"人侠"出现在小说中有如神龙天矫,给人以突兀之感,但安排这样一个人物来诛劣绅、警恶官,对作者和读者说来却是人同此心、心同此理的。

蒲松龄为什么不让红玉出来诛杀恶人,救助冯相如脱离牢狱之苦?她不是既曾帮助冯相如觅得了佳偶,又救起了冯相如被人抛弃的儿子福儿,从而显现出了一种"偶见鹘突,知复非人"的特异的灵性吗?由她出面来诛恶救人,不是比插入一个半路上杀出的程咬金(虬髯侠士)更显得自然吗?或者更进一步说,让她在宋家恶奴打人抢人的时候出来弄些手段,不是就可以制止冯相如父死妻亡的悲剧演出了吗?读这篇小说,相信有不少读者是心存了上述疑问的。

据我们看来,红玉虽然具有某些狐的灵性,但这一形象的实质却是人,是清初社会中活生生的人。分析一下这个人物的形象构成,其中人的因素是基本的,占主导地位的,而狐性只是一种偶尔的显现。作品写到红玉狐性的地方计有三处:一是在和冯相如分别的时候,告诉并帮助他去谋娶合法的妻子卫氏;二是与冯相如重会时所讲述的抱养福儿的经过,并向冯相如作了"妾实狐"的自白;三是作者在故事结尾处的一段补充交代:"女袅娜如随风欲飘去,而操作过农家妇;虽严冬自苦,而手腻如脂。自言三十八岁,人视之,常若二十许人。"这段交代,作者的本意自是要说明红玉非人的丽质,但在这位容貌秀美的农家妇身上展示出来的美艳,归根到底也还是一种人间社会中的女性美、一种人间的美。至于前面的两处描写,那自然属于"偶见鹘突"之笔了,但人物的行动所表现的也还是红玉善良、富同情心、乐于助人的品质,一种人所具有的品质。可以说,如果抽去了形象的"先知"这一异质,这一形象就会成为完全的社会中人。作为一个人化了的狐女,作者赋予了红玉一个封建社会下层劳动妇女的形象特质。在小说的开头部分,红玉与冯相如私相欢好受到冯翁的叱骂,她流着泪说:"妾与君无媒妁之言,父母之命,逾墙钻隙,何能白首?"这不是狐的思想,而是人的观念,是已经成为中国封建社会普遍的人类婚姻观。到得后来,她带着福儿回到冯家,"荷镵诛茅,牵萝补屋","剪荠拥彗,类男子操作",那简直就是一个勤俭持家的主妇,一个下层社会的普通劳动妇女了。

看来作者创造红玉这一形象是有一个基本的出发点的,那就是要把她塑成一个具有善良、勤劳的人类美德的中国社会下层女性。因为有这样一个标准,人物的立身行事,就要以是否符合这一形象的特点为去取标准了。蒲松龄之所以没有让红玉以非人的身份去制止冯家那场悲剧的上演,没有让她替代虬髯侠士去诛恶救人,恐怕就是出于这种人物形象、性格方面的考虑。在小说中,当冯相如请求那位虬髯侠士代他抚育幼儿,而由他自己出面去报仇时,虬髯客所说的一句话很是耐人寻味。他说:"此妇人女子之事,非所能。君所欲托诸人者,请自任之;所欲自任者,愿得而代庖焉。"但明伦于此评道:"杵臼之事,而以为妇人女子,非轻杵臼也,以代庖之事观之,则抱呱呱者直妇人女子事耳。亦作者有意为下文(红玉)抱养事作一伏笔,又恐犯实,急以请自任之一语掩过,遂全无痕迹。"这段评语,可以说是独会作者创作之深心的。

好的文学作品,往往在故事中寓有多重含义。金圣叹读《水浒传》的"林教头刺配沧州道"一回,就在故事所展示的林冲的性格和命运之外发现了别的含义:"于银子三致意焉。"(《第五才子书施耐庵水浒传》第八回回评)《红玉》也是这样,在主要表现冯相如一家的遭遇和命运之外,它还具有这样一重别趣,那就是对红玉这一形象所表现的人类美德的高度赞美。红玉这位可爱的狐女,自己与冯相如相爱,却不能成为合法夫妻,于是就帮助他谋娶佳偶,使贫不能娶的冯相如得到了温暖的家庭之爱。后来,在冯家大难才过,"竟无生路"的时候,红玉又出现了:她不仅暗中代冯相如养大了儿子,而且夙兴夜寐、不辞辛劳地帮助冯家重振家业,使冯相如父子过上正常的生活。一位狐女,因为爱着一个人间的男子,于是无私地、无条件地、无微不至地关怀他、帮助他,在自己不能与之相爱的情况下玉成他的婚姻,在所爱者一家惨遭横祸的时候代他抚育幼子,并帮助他重新建立起温暖的家庭,这无疑是一种极端善良、极端高尚的人类情操。作者是借了一重狐女的外衣,把这样一种美的情操抒发到了极致,把这样一个人的形象充分地理想化了。这篇小说,不仅仅是在向我们讲述冯相如一家命运的故事,也有着通过红玉的形象来传写人类情操的美丽芬芳的别一层含义。这也是作家以《红玉》为小说篇名的命意所在。

(邹宗良)

林 四 娘

青州道陈公宝钥,闽人。夜独坐,有女子搴帏入。视之,不识;而艳绝,长袖宫装。笑云:"清夜兀坐,得勿寂耶?"公惊问:"何人?"曰:"妾家不远,近在西邻。"公意其鬼,而心好之。捉袂挽坐,谈词风雅,大悦。拥之,不甚抗拒。顾曰:"他无人耶?"公急阖户,曰:"无。"促其缓裳,意殊羞怯。公代为之殷勤,女曰:"妾年二十,犹处子也,狂将不堪。"狎亵既竟,流丹浃席。既而枕边私语,自言"林四娘"。公详诘之。曰:"一世坚贞,业为君轻薄殆尽矣。有心爱妾,但图永好可耳,絮絮何为?"无何,鸡鸣,遂起而去。

由此夜夜必至。每与阖户雅饮。谈及音律,辄能剖悉宫商。公遂意其工于度曲。曰:"儿时之所习也。"公请一领雅奏。女曰:"久矣不托于音,节奏强半遗忘,恐为知者笑耳。"再强之,乃俯首击节,唱伊凉之调,其声哀婉。歌已,泣下。公亦为酸恻,抱而慰之曰:"卿勿为亡国之音,使人悒悒。"女曰:"声以宣意,哀者不能使乐,亦犹乐者不能使哀。"两人燕昵,过于琴瑟。

既久,家人窃听之,闻其歌者,无不流涕。夫人窥见其容,疑人世无此妖丽,非鬼必狐;惧为厌蛊,劝公绝之。公不能听,但固诘之。女怃然曰:"妾,衡府宫人也。遭难而死,十七年矣。以君高义,托为燕

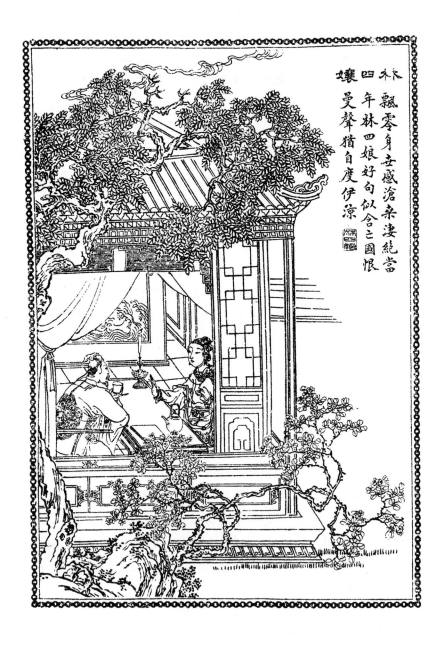

婉,然实不敢祸君。倘见疑畏,即从此辞。"公曰:"我不为嫌;但燕好若此,不可不知其实耳。"乃问宫中事。女缅述,津津可听。谈及式微之际,则哽咽不能成语。女不甚睡,每夜辄起诵准提、金刚诸经咒。公问:"九原能自忏耶?"曰:"一也。妾思终身沦落,欲度来生耳。"又每与公评骘诗词,瑕辄疵之;至好句,则曼声娇吟。意绪风流,使人忘倦。公问:"工诗乎?"曰:"生时亦偶为之。"公索其赠。笑曰:"儿女之语,乌足为高人道。"

居三年。一夕,忽惨然告别。公惊问之。答云:"冥王以妾生前无罪,死犹不忘经咒,俾生王家。别在今宵,永无见期。"言已,怆然。公亦泪下。乃置酒相与痛饮。女慷慨而歌,为哀曼之音,一字百转;每至悲处,辄便哽咽。数停数起,而后终曲,饮不能畅。乃起,逡巡欲别。公固挽之,又坐少时。鸡声忽唱,乃曰:"必不可以久留矣。然君每怪妾不肯献丑;今将长别,当率成一章。"索笔构成,曰:"心悲意乱,不能推敲,乖音错节,慎勿出以示人。"掩袖而去。公送诸门外,湮然没。公怅悼良久。视其诗,字态端好,珍而藏之。诗曰:"静锁深宫十七年,谁将故国问青天?闲看殿宇封乔木,泣望君王化杜鹃。海国波涛斜夕照,汉家箫鼓静烽烟。红颜力弱难为厉,惠质心悲只问禅。日诵菩提千百句,闲看贝叶两三篇。高唱梨园歌代哭,请君独听亦潸然。"诗中重复脱节,疑有错误。

【评赏】

明衡王宫人林四娘的故事,在清代可谓流传甚广。见诸文字的,即有林云铭的《林四娘记》、王士禛的《池北偶谈·林四娘》、陈维崧《妇人集》的记载、杜乡渔隐的《野叟闲谈·林四娘》及《红楼梦》第七十八回的《姽婳词》、卢见曾编《国朝山左诗钞》卷六十的林四娘诗等等。一位名不见经传的明藩宫人的轶闻琐事,何以会引起如此广泛的兴趣与注意?这里既反映出一种民族的集体无意识情绪,又体现着鲜明的时代特点。

林四娘故事的本身,反映着一段曲折隐晦的明清史事。清人俞樾在《俞楼杂纂》卷四十《壶东漫录》中,曾引录王士禛《池北偶谈》所载的林四娘事并作如下考证:"考之《明史》,宪宗之子祐楎封衡王,就藩青州。其玄孙常㵂万历二十四年(1596)袭封,不载所终。林四娘所云国破北去者,即斯人矣。"而据研究者考证,朱常㵂死于天启七年(1627),其世子继位;崇祯元年(1628),衡王世子又卒,乃由其弟继位。朱常㵂这个儿子,原世子之弟,即见于《明清史料》丙编第五本《登莱巡抚陈锦残题本》的衡王朱由棷,这才是那个与林四娘有关系的末代衡王。这位末代衡王,在明末清初是有过抗清史迹的。明崇祯十五年(1642),清兵分道入塞,屠济南,破兖州,并一度兵临青州城下。衡王与地方官吏协力抵抗,使青州得以保全(《明清史料》乙编第六本《兵部题行〈兵科抄出山东巡按陈昌言题〉稿》)。顺治元年(1644),李自成的御旗鼓赵应元带人袭入青州,杀死了清廷派出的招抚山东、河南等处的户、工二部右侍郎王鳌永,也曾经"要立衡王登基"(《明清史料》丙编第五本《山东巡抚方大猷题本》)。可见在清初动乱之际,末代衡王朱由棷已成为当地义军反清复明的一面旗帜。正是在这样的情况下,清廷在镇压了赵应元的起义军之后,于顺治二年(1645)押送衡王北上去京。据登莱巡抚杨声远称,当时尚有衡王的庶母刘氏并"原旧老幼宫人一百三十八口"留在青州(《明清史料》丙编第三本《登莱巡抚杨声远启本》)。这些宫人与留青州的郡王、宗室于次年(顺治三年,1646)六月被令送京,有不少人因而逃匿或自杀(青州道副使韩昭宣因办理此事不善,致使"缢者缢,逃者逃"而革职拿问,事见《清世祖实录》卷二十七与《明清史料》丙编第六本《刑科抄出山东青州道韩昭宣革职提问》),林四娘大概就是此时自杀死节的衡府宫人。如此一段与"故明"和抗清有关的史事,"鼎革"之后的人们自然是要讳莫如深的了。耐人寻味的是,处在清朝军事集团统治之下的汉族知识分子,对与此有关的轶闻逸事却偏偏要说要写,书风流韵事,也寄兴亡之思。林四娘故事的系列作品无疑是一段清初士人心态史的真实记录。

林云铭的《林四娘记》据云是由故事的男主人公陈宝钥"为余述其事,属余记之"的文字,但唯独这故事中的林四娘与衡王宫人了不相关。这位林四娘乃是江宁库官的女儿,福建莆田人,为了表明与表兄之间"实无私情"而投缳的。使人不能释疑的是,这位女鬼为何不在江宁或莆田出现,却偏偏现身于曾是明藩故地的青州?又为何其"所著诗,多感慨凄楚之音,人不忍读"?身为清朝命官的汉人陈宝钥既要彰林四娘其人其事,却又颇存顾忌地掩去其明藩宫人的真实身份,这里表露的是一种何等复杂化了的民族心态?

衡王宫人林四娘实有其人。王士禛《池北偶谈·林四娘》说她"有诗一卷,长山李五弦司寇有写本",并载录了程周量所记的一首林四娘诗。王士禛的记载披露了不少林四娘作为衡王宫人的重要史料(比如说林四娘生长于金陵,被衡王以千金聘入后宫。——金陵和前所云江宁同为今南京市。这一记载不仅指明了林四娘的衡王宫人身份,也可说明陈宝钥所述的林四娘与此实为一人,是由江宁聘来青州的),对后来故事的流传影响深远。然而,写成《池北偶谈》时已是詹事府少詹事兼翰林院侍讲学士的王士禛,把林四娘的死节说成是"不幸早死,殡于宫中",其所记录的林四娘诗也已尽去故国之思。由于谨于时忌,这位天子近臣所记的故事于清朝的大讳已是不关痛痒的了。

于是,通过人鬼艳遇的故事来曲笔纪实的便只有《聊斋》中的这篇《林四娘》了。蒲松龄把这故事写得凄而且艳。艳乃故事张本,凄则作者之命意。你看,这位一出现就着"长袖宫装"的艳绝的女鬼,开口唱曲便是"伊凉之调,其声哀婉",不仅使遇艳的陈宝钥为之酸恻,即窃听的家人闻其歌者也无不流涕。个中意绪便是林四娘的宣言,"声以宣意,哀者不能使乐,亦犹乐者不能使哀"。作者数次写到林四娘的歌曲,每每都使人"悒悒""流涕""哽咽"。乐境不能使之忘哀,乐事不能使之去哀,这是何等凄切绝伦的哀者情怀!国破人亡,人生的惨痛无过于此,作者以他的一管凝重之笔,把林四娘的国亡身绝之痛写得是直入心髓了。

《聊斋》所传的林四娘诗也与《池北偶谈》《国朝山左诗钞》所记大有不同。试看《聊斋》所传的诗句:"静锁深宫十七年,谁将故国问青天?闲看殿宇封乔木,泣望君王化杜鹃。海国波涛斜夕照,汉家箫鼓静烽烟。……高唱梨园歌代哭,请君独听亦潸然。"苍天悠悠,故国何在？殿宇尽覆高树，君主化为子规，人已去，物亦非。诗中并特地标出"汉家"二字，道尽亡国之痛、黍离之悲。而《池北偶谈》所录的林四娘诗，不仅"故国"以下思想最为鲜明的四句已被全然删去，余下的诗句也多经改篡，故国之思已然不见。《聊斋》所传林四娘诗自不会随意增添内容，《池北偶谈》所录经删改后前后诗意又不相连贯，两相对照，更见《聊斋》之实录存真。

"问宫中事，女缅述，津津可听。谈及式微之际，则哽咽不能成语。"对于明朝式微，衡王遭难的史事，蒲松龄在书中自是不便直言，但小说点明林四娘"遭难而死，十七年矣"，则是曲笔写史。康熙二年（1663）是书中的男主人公青州道员陈宝钥离任去职的年份，上推十七年为顺治三年，正是清廷下令押解衡王宫眷进京，而其中多有缢逃的时间。因此，以"遭难而死"暗寓林四娘为明朝死节，乃是不写之写。王士禛、陈宝钥辈以在朝为官，考虑到官爵之升迁，在载记、叙及林四娘故事时既想借此发思古之幽情，写兴亡之感触，又犹抱琵琶半遮面，把来且作闲语谈，自不免掩饰真情，粉饰太平。而一领青衿的蒲松龄虽也同在清初文网的笼罩之下，但却没有此一重顾忌。蒲松龄为人峭直，又敢于直面人生，所以能较为痛快直接地通过曲笔纪实来表彰为明死节的烈女，寄托在知识分子中普遍存在的民族感情。这使得《聊斋志异·林四娘》不仅成为林四娘系列作品中最近历史本来面目的优秀篇章，也使其成为真实地反映当时知识分子民族心态的历史纪录。

（邹宗良）

连　琐

杨于畏，移居泗水之滨。斋临旷野，墙外多古墓，夜闻白杨萧萧，声如涛涌。夜阑秉烛，方复凄断。忽墙外有人吟曰："玄夜凄风却倒吹,流萤惹草复沾帏。"反复吟诵,其声哀楚。听之,细婉似女子。疑之。明日,视墙外,并无人迹。惟有紫带一条,遗荆棘中;拾归,置诸窗上。向夜二更许,又吟如昨。杨移杌登望,吟顿辍。悟其为鬼,然心向慕之。

次夜,伏伺墙头。一更向尽,有女子姗姗自草中出,手扶小树,低首哀吟。杨微嗽,女忽入荒草而没。杨由是伺诸墙下,听其吟毕,乃隔壁而续之曰:"幽情苦绪何人见?翠袖单寒月上时。"久之,寂然。

杨乃入室。方坐,忽见丽者自外来,敛衽曰:"君子固风雅士,妾乃多所畏避。"杨喜,拉坐。瘦怯凝寒,若不胜衣。问:"何居里,久寄此间?"答曰:"妾陇西人,随父流寓。十七暴疾殂谢,今二十余年矣。九泉荒野,孤寂如鹜。所吟,乃妾自作,以寄幽恨者。思久不属;蒙君代续,欢生泉壤。"杨欲与欢。蹙然曰:"夜台朽骨,不比生人,如有幽欢,促人寿数。妾不忍祸君子也。"

杨乃止。戏以手探胸,则鸡头之肉,依然处子。又欲视其裙下双钩。女俯首笑曰:"狂生太罗唣矣!"杨把玩之,则见月色锦袜,约彩线一缕。更视其一,则紫带系之。问:"何不俱带?"曰:"昨宵畏君而避,不知遗落何所。"杨曰:"为卿易之。"遂即窗上取以授女。女惊问何来,因以实告。乃去线束带。既翻案上书,忽见《连昌宫词》,慨然曰:"妾生时最爱读此。今视之,殆如梦寐!"与谈诗文,慧黠可爱。剪烛西窗,如得良友。

自此,每夜但闻微吟,少顷即至。辄嘱曰:"君秘勿宣。妾少胆怯,恐有恶客见侵。"杨诺之。两人欢同鱼水,虽不至乱,而闺阁之中,诚有甚于画眉者。女每于灯下为杨写书,字态端媚。又自选宫词百首,录诵之。使杨治棋枰,购琵琶。每夜教杨手谈,不则挑弄弦索。作《蕉窗零雨》之曲,酸人胸臆;杨不忍卒听,则为《晓苑莺声》之调,顿觉心怀畅适。挑灯作剧,乐辄忘晓。视窗上有曙色,则张皇遁去。

一日,薛生造访,值杨昼寝。视其室,琵琶、棋局具在,知非所善。又翻书得宫词,见字迹端好,益疑之。杨醒,薛问:"戏具何来?"答:"欲学之。"又问诗卷,托以假诸友人。薛反复检玩,见最后一叶细字一行云:"某月日连琐书。"笑曰:"此是女郎小字,何相欺之甚?"杨大

窘,不能置词。薛诘之益苦,杨不以告。薛卷挟,杨益窘,遂告之。薛求一见。杨因述所嘱。薛仰慕殷切;杨不得已,诺之。

夜分,女至,为致意焉。女怒曰:"所言伊何?乃已喋喋向人!"杨以实情自白。女曰:"与君缘尽矣!"杨百词慰解,终不欢,起而别去,曰:"妾暂避之。"明日,薛来,杨代致其不可。薛疑支托,暮与窗友二人来,淹留不去,故挠之;恒终夜哗,大为杨生白眼,而无如何。众见数夜杳然,寖有去志,喧嚣渐息。忽闻吟声,共听之,凄婉欲绝。薛方倾耳神注,内一武生王某,掇巨石投之,大呼曰:"作态不见客,甚得好句?呜呜恻恻,使人闷损!"吟顿止。众甚怨之。杨恚愤见于词色。次日,始共引去。杨独宿空斋,冀女复来,而殊无影迹。

逾二日,女忽至,泣曰:"君致恶宾,几吓煞妾!"杨谢过不遑。女遽出,曰:"妾固谓缘分尽也,从此别矣。"挽之已渺。

由是月余,更不复至。杨思之,形销骨立,莫可追挽。一夕,方独酌,忽女子搴帏入。杨喜极,曰:"卿见宥耶?"女涕垂膺,默不一言。亟问之,欲言复忍,曰:"负气去,又急而求人,难免愧恶。"杨再三研诘,乃曰:"不知何处来一龌龊隶,逼充媵妾。顾念清白裔,岂屈身舆台之鬼?然一线弱质,乌能抗拒?君如齿妾在琴瑟之数,必不听自为生活。"杨大怒,愤将致死;但虑人鬼殊途,不能为力。女曰:"来夜早眠,妾邀君梦中耳。"于是复共倾谈,坐以达曙。女临去,嘱勿昼眠,留待夜约。

杨诺之。因于午后薄饮,乘醺登榻,蒙衣偃卧。忽见女来,授以佩刀,引手去。至一院宇,方阖门语,闻有人搭石挏门。女惊曰:"仇人至矣!"杨启户骤出,见一人赤帽青衣,猬毛绕喙。怒咄之。隶横目相仇,言词凶谩。杨大怒,奔之。隶捉石以投,骤如急雨,中杨腕,不能握刃。方危急所,遥见一人,腰矢野射。审视之,王生也。大号乞救。王生张弓急至,射之中股;再射之,殪。杨喜感谢。王问故,具告之。王自喜前罪可赎,遂与共入女室。女战惕羞缩,遥立不作一语。案上有小刀,长仅尺余,而装以金玉;出诸匣,光芒鉴影。王叹赞不释手。与杨略话,见女惭惧可怜,乃出,分手去。杨亦自归,越墙而仆,于是惊寤,听村鸡已乱鸣矣。觉腕中痛甚;晓而视之,则皮肉赤肿。

亭午，王生来，便言夜梦之奇。杨曰："未梦射否？"王怪其先知。杨出手示之，且告以故。王忆梦中颜色，恨不真见；自幸有功于女，复请先容。夜间，女来称谢。杨归功王生，遂达诚恳。女曰："将伯之助，义不敢忘。然彼赳赳，妾实畏之。"既而曰："彼爱妾佩刀。刀实妾父出使粤中，百金购之。妾爱而有之，缠以金丝，瓣以明珠。大人怜妾夭亡，用以殉葬。今愿割爱相赠，见刀如见妾也。"次日，杨致此意。王大悦。至夜，女果携刀来，曰："嘱伊珍重，此非中华物也。"由是往来如初。

　　积数月，忽于灯下，笑而向杨，似有所语，面红而止者三。生抱问之。答曰："久蒙眷爱，妾受生人气，日食烟火，白骨顿有生意。但须生人精血，可以复活。"杨笑曰："卿自不肯，岂我故惜之？"女曰："交接后，君必有念余日大病，然药之可愈。"遂与为欢。既而着衣起，又曰："尚须生血一点，能拚痛以相爱乎？"杨取利刃刺臂出血；女卧榻上，便滴脐中。乃起曰："妾不来矣。君记取百日之期，视妾坟前，有青鸟鸣于树头，即速发冢。"杨谨受教。出门又嘱曰："慎记勿忘，迟速皆不可！"乃去。越十余日，杨果病，腹胀欲死。医师投药，下恶物如泥，浃辰而愈。

　　计至百日，使家人荷锸以待。日既夕，果见青鸟双鸣。杨喜曰："可矣。"乃斩荆发圹。见棺木已朽，而女貌如生。摩之微温。蒙衣舁归，置暖处，气咻咻然，细于属丝。渐进汤醴，半夜而苏。每谓杨曰："二十余年，如一梦耳。"

【评赏】

　　六朝人鬼相恋、死而复生的故事原是封建桎梏下面被扭曲的情欲与鬼神迷信结合的产儿。而借人鬼相恋故事寄托志趣相投、互相帮助基础上的婚恋理想之作，只有在蒲松龄这样的进步文学家笔下才大量涌现。《聊斋志异》中的《鲁公女》《连城》《连琐》等都是突出的例证。

　　连琐与杨于畏的相恋，以对诗而始，颇有些"才子佳人"的意味。但是在这里，二人的相爱不是由于色相，而是心灵的沟通。虽然人鬼殊途、幽冥阻隔，但仅仅由于两句对诗，却引起二人内心的颤抖。自此谈诗论文、嬉戏笑谑,欢同鱼水。作者并不落"一见钟情"的俗套,在描写热烈情恋的同时,真实反映了爱情发展中的矛盾:因杨生不听劝诫,招来"恶宾",连琐负气而去。这不仅显露出人物的鲜明个性,更表现出自尊与人格。当然,连琐毕竟只是"负气",她对杨于畏并不能忘怀。所以,当她遭"龌龊隶"逼迫时,又来求杨于畏,请他梦中相助。大难过去之后,连琐终于了解了杨生的为人和对自己的一片真诚,遂主动求偶,发冢还魂,结为夫妻。这一连串的描写哪里有什么鬼气,分明是投以理想之光的人间男女美丽的爱情故事。较之才子佳人,一见钟情之作,更见功力。

  本篇的突出成就是连琐这一人物形象的塑造。作者在塑造连琐形象时,突出运用了氛围渲染和环境衬托。一开篇,即写空旷荒凉的野地墓场,声如涛涌的萧萧白杨,造成一种"悲风满纸、阴幽逼人"的氛围。而在这凄清的环境衬托下,连琐的独自悲吟显得哀楚凄绝。紧接着她那一番自白式的介绍,更是将一个夭殂少女的幽情苦绪——托出。这样,人、情、境和谐统一地交融在一起,造成了一种互为衬托、相得益彰的艺术境界。情节尚未展开,一个满怀幽怨、孤寂如鹜而无所依凭的少女形象已呼之欲出了。

  当然,连琐形象的成功还在于逼真的人情化笔墨。如描写她只与"风雅"的杨生接触,而畏见"恶宾",直如人间羞怯的弱女子。"瘦怯凝寒,若不胜衣",使人想起曹雪芹笔下的林黛玉。房中与杨生戏谑调笑,则是典型的人间闺房语:"狂生太罗唣矣!"声口毕肖,活画出活泼、娇嗔的情态。这种富于表现力的生活细节,没有广博的生活知识和体验是写不出的。

  作者描写人物的高度神似还体现在次要人物刻画上。如写风雅士杨生与"龌龊隶"相斗:"杨大怒,奔之。隶捉石以投,骤如急雨,中杨腕,不能握刃。"毕现书生文弱无力之窘态。而写薛生与王生,亦声口各异,薛目光锐利,且有韧劲儿,为见连琐,软磨硬泡,费尽口舌而不厌。王生则恰恰相反,疏狂豪爽、暴躁不耐。如三人在杨生处等见连琐的描写:"忽闻吟声,共听之,凄婉欲绝。薛方倾耳神注,内一武生王某,掇巨石投之,大呼曰:'作态不见客,甚得好句?呜呜恻恻,使人闷损！'"这一特出的举动，将一个心直口快、脾性暴烈的"赳赳武夫"活现于纸上。

值得注意的是，篇中的"次要人物"并非虚设，而是与全篇艺术构思紧密相连。薛生的出现，是为了引出王生，而他的机巧柔韧，又反衬了王生的粗犷暴烈。王生出场，不仅搅了杨生的好梦，而且使连琐大受惊吓；但正是这位令人讨厌的"恶宾"，在后面的关键时刻，却引弓相助，射死凶狠的"龌龊隶"，使连琐摆脱了纠缠。前有伏笔，后有照应，可谓一丝不乱。

《连琐》的情节安排极富特色，全篇跌宕起伏，悬念迭出，诡谲多变，扑朔迷离。起始连琐与杨生乐而忘晓，薛生忽然造访，连琐嗔怒而去，此为一折；薛生邀同窗友二人，夜夜喧嚣，希图一见，而连琐终不至，此又一折；众人见连琐不至，渐有去意，而"忽闻吟声"，此第三折；薛生方侧耳倾听，王生却怒投巨石，冲散"好梦"，此第四折；杨生独宿空斋，希望连琐复至，而"殊无影迹"，此第五折；二日后女忽至，杨慌忙谢罪，此第六折；杨正望和好，连琐谓"缘分尽也，从此别矣"，"挽之已渺"，此第七折；由此月余不还，杨生形销骨立，以酒消愁，此第八折；连琐忽搴帏入，杨转忧为喜，此第九折；及闻连琐受"龌龊隶"纠缠，喜变为怒，此第十折。冯镇峦评论说："通篇断续即离，楚楚有致。"实为只眼独具之论。

本篇结尾也不落俗套。它不像一般作品那样，缀以子贵妻荣、名利富贵的结局；而是以连琐复生后对杨于畏说的一句话作结——"二十余年，如一梦耳"。显得干净利落，余味无穷。

（张振钧）

连　　城

乔生，晋宁人。少负才名。年二十余，犹偃蹇。为人有肝胆。与顾生善；顾卒，时恤其妻子。邑宰以文相契重；宰终于任，家口淹滞不能归，生破产扶柩，往返二千余里。以故士林益重之，而家由此益替。

史孝廉有女，字连城，工刺绣，知书。父娇宝之。出所刺《倦绣图》，征少年题咏，意在择婿。生献诗云："慵鬟高髻绿婆娑，早向兰窗绣碧荷；刺到鸳鸯魂欲断，暗停针线蹙双蛾。"又赞挑绣之工云："绣线挑来似写生，幅中花鸟自天成；当年织锦非长技，幸把回文感圣明。"女得诗喜，对父称赏。父贫之。女逢人辄称道；又遣媪矫父命，赠金以助灯火。生叹曰："连城我知己也！"倾怀结想，如饥思啖。

无何，女许字于盐贾之子王化成，生始绝望；然梦魂中犹佩戴之。未几，女病瘵，沉痼不起。有西域头陀，自谓能疗；但须男子膺肉一钱，捣合药屑。史使人诣王家告婿。婿笑曰："痴老翁，欲我剜心头肉也！"使返。史乃言于人曰："有能割肉者妻之。"生闻而往，自出白刃，刲膺授僧。血濡袍裤。僧敷药始止。合药三丸。三日服尽，疾若失。史将践其言，先告王。王怒，欲讼官。史乃设筵招生，以千金列几上，曰："重负大德，请以相报。"因具白背盟之由。生怫然曰："仆所以不爱膺肉者，聊以报知己耳。岂货肉哉！"拂袖而归。

女闻之，意良不忍，托媪慰谕之。且云："以彼才华，当不久落。天下何患无佳人？我梦不祥，三年必死，不必与人争此泉下物也。"生告媪曰："'士为知己者死'，不以色也。诚恐连城未必真知我；但得真知我，不谐何害？"媪代女郎矢诚自剖。生曰："果尔，相逢时，当为我一笑，死无憾！"媪既去，逾数日，生偶出，遇女自叔氏归，睨之。女秋波转顾，启齿嫣然。生大喜曰："连城真知我者！"会王氏来议吉期，女前症又作，数月寻死。生往临吊，一痛而绝。史舁送其家。

生自知已死，亦无所戚。出村去，犹冀一见连城。遥望南北一道，行人连续如蚁，因亦混身杂迹其中。俄顷，入一廨署，值顾生，惊问："君何得来？"即把手将送令归。生太息，言："心事殊未了。"顾曰："仆在此典牍，颇得委任。倘可效力，不惜也。"生问连城。顾即导生旋转多所，见连城与一白衣女郎，泪睫惨黛，藉坐廊隅。见生至，骤起似喜，略问所来。生曰："卿死，仆何敢生！"连城泣曰："如此负义人，尚不吐弃之，身殉何为？然已不能许君今生，愿矢来世耳。"生告顾曰："有事君自去，仆乐死不愿生矣。但烦稽连城托生何里，行与俱去耳。"顾诺而去。白衣女郎问生何人，连城为缅述之。女郎闻之，若不胜悲。连城告生曰："此妾同姓，小字宾娘，长沙史太守女。一路同来，遂相怜爱。"生视之，意态怜人。方欲研问，而顾已反，向生贺曰："我为君平章已确，即教小娘子从君返魂，好否？"

两人各喜。方将拜别，宾娘大哭曰："姊去，我安归？乞垂怜救，妾为姊捧帨耳。"连城凄然，无所为计，转谋生。生又哀顾。顾难之，峻辞以为不可。生固强之。乃曰："试妄为之。"去食顷而返，摇手曰："何如！诚万分不能为力矣！"宾娘闻之，宛转娇啼，惟依连城肘下，恐其即去。惨怛无术，相对默默；而睹其愁颜戚容，使人肺腑酸柔。顾生愤然曰："请携宾娘去。脱有愆尤，小生拚身受之！"宾娘乃喜，从生出。生忧其道远无侣。宾娘曰："妾从君去，不愿归也。"生曰："卿大痴矣。不归，何以得活也？他日至湖南，勿复走避，为幸多矣。"适有两媪摄牒赴长沙，生属之，宾娘泣别而去。

途中，连城行蹇缓，里余辄一息；凡十余息，始见里门。连城曰："重生后，惧有反复。请索妾骸骨来，妾以君家生，当无悔也。"生然之。偕归生家。女惕惕若不能步，生伫待之。女曰："妾至此，四肢摇摇，似无所主。志恐不遂，尚宜审谋；不然，生后何能自由？"相将入侧厢中。默定少时，连城笑曰："君憎妾耶？"生惊问其故。赧然曰："恐事不谐，重负君矣。请先以鬼报也。"生喜，极尽欢恋。因徘徊不敢遽生，寄厢中者三日。连城曰："谚有之：'丑妇终须见姑嫜。'戚戚于此，终非久计。"乃促生入。才至灵寝，豁然顿苏。家人惊异，进以汤水。生乃使人要史来，请得连城之尸，自言能活之。史喜，从其言。方舁入室，视之已醒。告父曰："儿已委身乔郎矣，更无归理。如有变动，但仍一死！"史归，遣婢往役给奉。

王闻，具词申理。官受赂，判归王。生愤懑欲死，亦无之奈何。连城至王家，忿不饮食，惟乞速死。室无人，则带悬梁上。越日，益愈，殆将奄逝。王惧，送归史。史复舁归生。王知之，亦无如何，遂安焉。连城起，每念宾娘，欲遣信往侦之，以道远而艰于往。一日，家人进曰："门有车马。"夫妇出视，则宾娘已至庭中矣。相见悲喜。太守

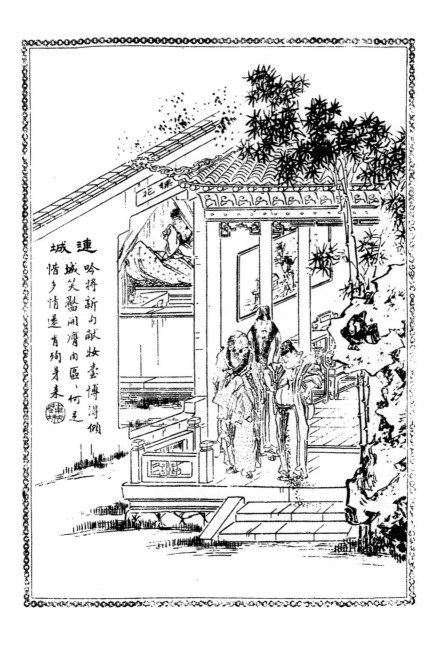

亲诣送女,生延入。太守曰:"小女子赖君复生,誓不他适,今从其志。"生叩谢如礼。孝廉亦至,叙宗好焉。生名年,字大年。

异史氏曰:"一笑之知,许之以身,世人或议其痴;彼田横五百人,岂尽愚哉!此知希之贵,贤豪所以感结而不能自已也。顾茫茫海内,遂使锦绣才人,仅倾心于蛾眉之一笑也,悲夫!"

【评赏】

在《聊斋》五彩缤纷的爱情故事中,《连城》无疑是最为动人的篇章之一。它既不写花前月下、一见倾心;也不写郎才女貌,夫贵妻荣;而是着力刻画穷书生乔某与贵小姐连城的"知己之爱",唱出了一曲颇具民主色彩的爱情颂歌。

开篇伊始,作者就挥动如椽大笔,以乔生体恤好友顾生之寡妻,及破产扶柩、千里送邑宰两件事,简洁有力地勾画出一个义重如山的人物形象,为下面的描写作了坚实的铺垫。紧接着,女主人公"亮相":这位"知书""工刺绣"、娇生惯养的孝廉之女,在婚姻问题上不满于"父母之命、媒妁之言"的传统习俗,而是凭着父亲的"娇爱",别出花样,"出所刺《倦绣图》,征少年题咏,意在择婿"。显然,这又是一个超尘拔俗、与众不同的女子!

一对非同寻常的男女,必定要演出不同凡响的活剧。果然,连城见乔生题诗既婉曲点破闺中情思,又风流蕴藉、儒雅多情,如遇知己,喜不自胜,"逢人辄称道"。并伪称父命,遣人赠乔生金;乔生初遇知己,也倾怀结想,如饥如渴。

但是这种仅凭个人意愿为基础的纯洁爱情,不仅有悖于封建婚姻礼教,而且违反了封建家长"门当户对"的私欲,它自然为封建势力所不容。旋即,他们遭到了凶狠而致命的一击。尽管在父亲面前一再吐露真情,连城仍被许配给有钱有势的盐商之子王化成。她抑郁填胸、发为痨疾,沉疴不起;乔生虽梦牵魂绕、日夜感佩,却也只能陷入绝望,无可如何。这在当时应该说是最为常见的典型结局。女子许聘,就定了终身,任你有天大本事也无可挽回。不知有多少青年男女间的纯真爱情就这样被扼杀了!

然而理想主义的作家,往往并不满足于如实地"再现"生活。就在这山重水复、无路可走之时,作者却突发奇想,以近乎荒诞的描写,推出新的情节波澜:一个西域和尚自言能治连城的病,但需用男子胸肉一钱,捣合药屑服用。对于常人来说,这自然是一个难题;但对乔生来说,却得到一个意想不到的表现真情的机会。围绕治病一节,作者着力揭示了几个人物的内心:史孝廉先找王化成,是顺理成章的事。岂料王化成舍不得"心头肉",还骂史孝廉是"痴老翁"。他对连城毫无感情,已经暴露无遗。史孝廉出于无奈,当众宣布谁献胸肉,就将女儿嫁谁。乔生闻知这个消息,立刻赶到史家,自持白刃,割下胸肉授予僧人,鲜血淋漓,濡湿袍裤。通过这一惊人之举,他对连城的一片真诚得到进一步展现。

随着传奇式情节的结束,故事马上就又回到现实。虽然乔生在关键时刻因不惜血肉而占尽风情,但王化成仅凭着一纸婚约即已稳操胜券。当史孝廉欲践前言,将连城嫁与乔生,王化成立刻出来阻挠,以讼官相要挟。史孝廉无奈,只得出千金酬谢乔生。乔生悲愤交集,直陈心曲:"仆所以不爱膺肉者,聊以报知己耳,岂货肉哉!"说完拂袖而去。至此,一篇主旨已全盘托出,乔生的形象也臻于完成,他对连城的痴情与真诚已达到了无以复加的地步。

然而作者并未就此打住,一切都归于平静之后,更大的骚动却正在酝酿。连城闻乔生负气而去,使人托言相劝,说自己三年必死,不必与人争此泉下物。实际上她已心怀死志,托言只不过是绝乔生之念。谁知乔生已心心相通,慷慨说道:"'士为知己者死',不以色也。……但得真知我,不谐何害?"并以一笑相约,虽死而无憾。

一切铺垫就绪,作者笔锋一转,驰入幻域:先写连城在王家前来商议迎娶吉日时,"前症又作,数月寻死",乔生前往临吊,也"一痛而绝";又以浓墨重彩,描绘二人死后鬼魂如何以真情感动"典牍"顾生,得以还魂。将故事进一步推向高潮。连城于冥路初见乔生,悲喜交集,惊问何来,乔生说:"卿死,仆何敢生!"出语掷地有声。及顾生令他速速还魂,他又道:"仆乐死不愿生矣。"这种甘与知己同生共死的一片赤诚,真是惊天地而泣鬼神。

由此我们很容易想起明代拟话本中的《羊角哀舍命全交》《范巨卿鸡黍死生交》等作品。乔生与连城的生死之恋,简直可与那些义士们重然诺、轻生死的行为媲美争奇。无怪乎作者在篇末这样议论:"一笑之知,许之以身,世人或议其痴;彼田横五百人,岂尽愚哉! 此知希之贵,贤豪所以感结而不能自已也。"他把乔生比作为田横自刎的五百壮士,钦敬之情溢于言表。这种寄托了作者满腔热情的知己之爱,显然超出了门当户对、郎才女貌的婚姻观念,闪耀着民主主义的熠熠光彩。

在歌颂真挚爱情的同时,作者对封建势力的罪恶进行了无情揭露和控诉。史孝廉和王化成可说是封建恶势力的代表和象征。史孝廉虽然表面"娇爱"连城,但只因她选中的乔生家贫,就违背女儿的心愿将她许嫁别人,暴露出自私而又残酷的内心。王化成关键时刻置连城死活于不顾,而一有机会就明抢暗夺,则简直是一副无赖嘴脸。连城因许婚而"沉痼不起",又因议娶旧病复发而死,无疑是对封建恶势力的血泪控诉。而连城与乔生复生前的一段描写尤为令人触目惊心:当时二人已获准双双复生,但连城仍"惧有反复",故"先以鬼报",与乔生结合,二人"徘徊不敢遽生,寄厢中者三日"。可见人间封建势力是何等强大和狰狞,它给青年男女的心理压力是何等沉重!

《连城》不仅有很强的思想性,艺术结构与描写也堪称上乘。全篇结构严整,前后照应,例如前写乔生体恤顾生寡妻,后写顾生促成乔生还魂,如草蛇灰线,一丝不乱;描写人物(乔生与连城),先以数笔点染,复以浓墨重彩、着意刻画,则深得太史公史传笔法之妙。然而本篇最显著的特色却是"幻实结合"的情节描写。作品起头题诗择婿,中间纠纷讼官,末尾以死抗婚,都是现实的描写。倘若去掉非现实的成分,仍不失为一篇动人的爱情故事。但是,由于中间插入了西僧治病与冥间复生的幻想描写,不仅使情节翻空出奇、陡增波澜,而且集中表现了人物性格,大大深化了作品的主题。而人间与幻域的交叉描写,则如平川走马,忽遇怪峰突兀;恶浪行舟,忽见平波如镜。令人心潮跌宕,起伏难平。

《连城》当然也不是尽善尽美。相形之下,后半的描写没有前半来得紧凑而无一闲笔,而是稍嫌拖沓。尤其是宾娘的出现,不仅反映了作者一夫双艳的庸俗情调,而且与全篇主线游离较远,影响了艺术结构的完美。当然这只是微瑕,不掩白璧之光辉。

(张振钧)

商 三 官

故诸葛城,有商士禹者,士人也。以醉谑忤邑豪。豪嗾家奴乱捶之。舁归而死。禹二子,长曰臣,次曰礼。一女曰三官,年十六,出阁有期,以父故不果。两兄出讼,经岁不得结。婿家遣人参母,请从权毕姻事。母将许之。女进曰:"焉有父尸未寒而行吉礼?彼独无父母乎?"婿家闻之,惭而止。

无何,两兄讼不得直,负屈归。举家悲愤。兄弟谋留父尸,张再讼之本。三官曰:"人被杀而不理,时事可知矣。天将为汝兄弟专生一阎罗包老耶?骨骸暴露,于心何忍矣。"二兄服其言,乃葬父。葬已,三官夜遁,不知所往。母惭怍,惟恐婿家知,不敢告族党,但嘱二子冥冥侦察之。几半年,杳不可寻。

会豪诞辰,招优为戏。优人孙淳,携二弟子往执役。其一王成,姿容平等,而音词清彻,群赞赏焉。其一李玉,貌韶秀如好女。呼令歌,辞以不稔;强之,所度曲半杂儿女俚谣,合座为之鼓掌。孙大惭,白主人:"此子从学未久,只解行觞耳。幸勿罪责。"即命行酒。

玉往来给奉,善觑主人意向。豪悦之。酒阑人散,留与同寝。玉代豪拂榻解履,殷勤周至。醉语狎之,但有展笑。豪惑益甚,尽遣诸仆去,独留玉。玉伺诸仆去,阖扉下楗焉。诸仆就别室饮。移时,闻厅事中格格有声。一仆往觇之,见室内冥黑,寂不闻声。行将旋踵,忽有响声甚厉,如悬重物而断其索。亟问之,并无应者。呼众排阖入,则主人身首两断;玉自经死,绳绝堕地上,梁间颈际,残绠俨然。

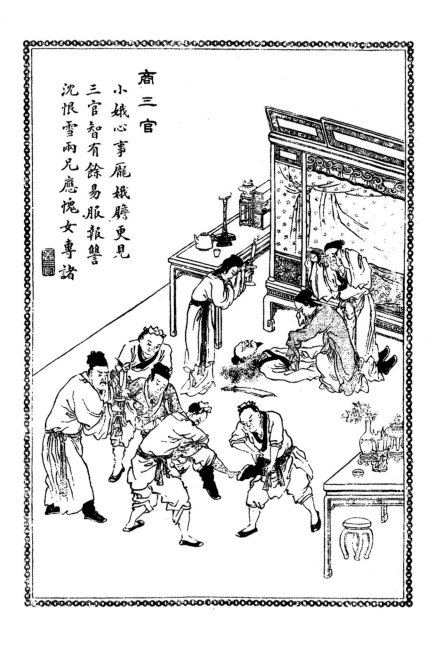

众大骇,传告内闼,群集莫解。

众移玉尸于庭,觉其袜履虚若无足;解之,则素舄如钩,盖女子也。益骇。呼孙淳诘之。淳骇极,不知所对。但云:"玉月前投作弟子,愿从寿主人,实不知从来。"以其服凶,疑是商家刺客。暂以二人逻守之。女貌如生;抚之,肢体温软。二人窃谋淫之。一人抱尸转侧,方将缓其结束,忽脑如物击,口血暴注,顷刻已死。其一大惊,告众。众敬若神明焉。且以告郡。郡官问臣及礼,并言:"不知。但妹亡去,已半载矣。"俾往验视,果三官。官奇之,判二兄领葬,敕豪家勿仇。

异史氏曰:"家有女豫让而不知,则兄之为丈夫者可知矣。然三官之为人,即萧萧易水,亦将羞而不流;况碌碌与世浮沉者耶!愿天下闺中人,买丝绣之,其功德当不减于奉壮缪也。"

【评赏】

在封建社会中,豺狼当道,虎兕横行。这是《聊斋志异》中常见的描写。本篇中的士人商士禹,因酒醉戏谑,触怒邑中富豪,竟被后者指使家奴乱捶而死,可见乡绅恶霸是何等蛮横和凶残。更为触目惊心的是,商士禹之二子为父亲的人命案讼于官府,不仅受尽折腾,"经岁不得结";最后还是"讼不得直",有冤而无处申。故事虽叙述简略,却极深刻地揭示了豺狼横行的根源,把封建社会"衙门口朝南开,有理无钱莫进来"的丑恶、腐朽本质揭露无遗。

然而本篇的主旨还不在此。作者以有冤无处申、有恨无处雪的黑暗现实为背景,塑造了一个机智勇敢、为父报仇的少女形象,寄托了自己的正义理想。

作者开篇首先叙述商三官父亲被乡绅打死,两位兄长四处告状的家庭环境。接着笔锋稍转,点出她所处的"个人环境"——年十六,出阁待嫁。家庭环境与个人环境形成了尖锐的冲突。因其父冤案久不得结,引起矛盾发展:夫家遣人相劝,欲从权完姻。母亲怕引起亲家不悦,也意欲答应。谁知三官却毫不妥协,说:"焉有父尸未寒而行吉礼?"此举表明她不同于寻常的懦弱女子,而是既明达事理,又极有主见。她对封建官府的认识更是深刻锐利,这表现在与两位兄长不同的为父申冤的态度方法上:二兄为报父仇,长年累月地诉讼于官府,先被推脱敷衍,后来干脆打输官司,负屈而归。但二人仍不死心,留父尸不葬,为再次诉讼张本。商三官的态度却与二位兄长截然相反,她掷地有声地说:"人被杀而不理,时事可知矣。天将为汝兄弟专生一阎罗包老耶?"对二兄的做法很不以为然。她认准了,天靠不住,地靠不住,官府更靠不住,要报父仇,只能靠自己。更可贵的是,三官不仅形于言,而且见于行。父葬之后,夜遁而去,最后寻机而行,终于杀死仇人,为父申冤雪恨。

  按照传统的观念,女子的本分是纺织做饭,侍奉父母和丈夫。至若抗敌杀仇,动刀动枪,则是男子的职责。传说中的木兰代父从军,效命沙场,是由于"阿爷无大儿,木兰无长兄"。三国时的庞娥以剑刺杀杀父的李寿,则是基于兄弟三人皆同时病死的特殊情形。本篇中的商三官既有长兄,又有二哥,均不能为父申冤,而只有身为女流的她为父雪恨,这将传统的观念完全颠倒了过来。在两位兄长的对比衬托下,商三官这一"压倒须眉"的奇女形象更显得炫人眼目,光彩照人。又因其胆大心细,杀仇成功,商三官被作者置于刺秦王的荆轲之上,在篇末发出"即萧萧易水,亦将羞而不流"的慨叹。

  本篇写三官谋杀仇人,颇见匠心。前面只说她"夜遁,不知所往";"几半年,杳不可寻",对其为父报仇的准备行动采取了虚写的手法,一笔带过。下面写豪富诞辰,三官扮作伶优,伺机行刺,则不惜笔墨,正面展开描写:她善解人意,殷勤把盏,讨得豪富欢心;当夜深人静,豪富心怀不良,她仍镇静自若,拂榻解履,强颜展笑。种种虚饰,写来一一如现。及至行刺一节,则又用虚笔,只以"移时,闻厅事中格格有声……呼众排阖入,则主人身首两断"数句,便将惊心动魄的杀仇场面生动地展现在读者面前。这样的安排不仅避免了情节枝蔓,而且给人留下了自由想象的艺术空间。

  至于篇末两个看守欲奸淫三官女尸,忽然"脑如物击,口血暴注,顷刻已死",就有点神乎其神了。

(张振钧)

雷　曹

　　乐云鹤、夏平子,二人少同里,长同斋,相交莫逆。夏少慧,十岁知名。乐虚心事之,夏亦相规不倦,乐文思日进,由是名并著。而潦倒场屋,战辄北。无何,夏遘疫卒,家贫不能葬,乐锐身自任之。遗襁褓子及未亡人,乐以时恤诸其家;每得升斗,必析而二之,夏妻子赖以活。于是士大夫益贤乐。乐恒产无多,又代夏生忧,内顾家计日蹙,乃叹曰:"文如平子,尚碌碌以殁,而况于我!人生富贵须及时,戚戚终岁,恐先狗马填沟壑,负此生矣,不如早自图也。"于是去读而贾。操业半年,家赀小泰。

　　一日,客金陵,休于旅舍。见一人顾然而长,筋骨隆起,彷徨座侧,色黯淡,有戚容。乐问:"欲得食耶?"其人亦不语。乐推食食之;则以手掬啖,顷刻已尽。乐又益以兼人之馔,食复尽。遂命主人割豚肩,堆以蒸饼;又尽数人之餐,始果腹而谢曰:"三年以来,未尝如此饫饱。"乐曰:"君固壮士,何飘泊若此?"曰:"罪婴天谴,不可说也。"问其里居,曰:"陆无屋,水无舟,朝村而暮郭耳。"乐整装欲行,其人相从,恋恋不去。乐辞之。告曰:"君有大难,吾不忍忘一饭之德。"乐异之,遂与偕行。途中曳与同餐。辞曰:"我终岁仅数餐耳。"益奇之。

　　次日,渡江,风涛暴作,估舟尽覆,乐与其人悉没江中。俄风定,其人负乐踏波出,登客舟,又破浪去。少时,挽一船至,扶乐入,嘱乐卧守,复跃入江,以两臂夹货出,掷舟中;又入之:数入数出,列货满舟。乐谢曰:"君生我亦良足矣,敢望珠还哉!"检视货财,并无亡失。益喜,惊为神人。放舟欲行;其人告退,乐苦留之,遂与共济。乐笑云:"此一厄也,止失一金簪耳。"其人欲复寻之。乐方劝止,已投水中而没。惊愕良久。忽见含笑而出,以簪授乐曰:"幸不辱命。"江上人罔不骇异。

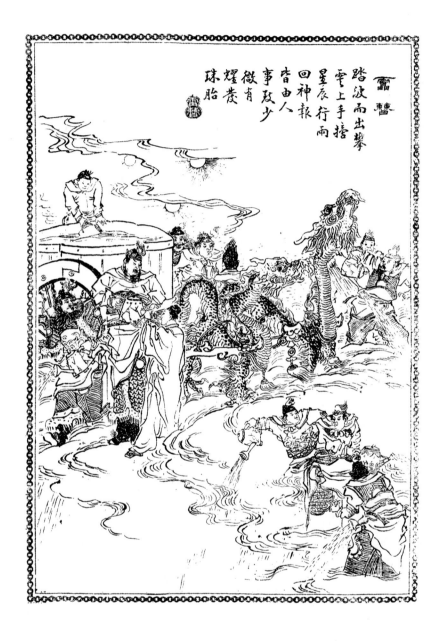

乐与归,寝处共之。每十数日始一食,食则啖嚼无算。一日,又言别,乐固挽之。适昼晦欲雨,闻雷声。乐曰:"云间不知何状?雷又是何物?安得至天上视之,此疑乃可解。"其人笑曰:"君欲作云中游耶?"少时,乐倦甚,伏榻假寐。既醒,觉身摇摇然,不似榻上;开目,则在云气中,周身如絮。惊而起,晕如舟上。踏之,软无地。仰视星斗,在眉目间。遂疑是梦。细视星嵌天上,如老莲实之在蓬也,大者如瓮,次如瓿,小如盎盂。以手撼之,大者坚不可动;小星动摇,似可摘而下者。遂摘其一,藏袖中。拨云下视,则银海苍茫,见城郭如豆。愕然自念:设一脱足,此身何可复问。俄见二龙矫矫,驾缦车来。尾一掉,如鸣牛鞭。车上有器,围皆数丈,贮水满之。有数十人,以器掬水,遍洒云间。忽见乐,共怪之。乐审所与壮士在焉,语众曰:"是吾友也。"因取一器授乐,令洒。时苦旱,乐接器排云,约望故乡,尽情倾注。未几,谓乐曰:"我本雷曹。前误行雨,罚谪三载;今天限已满,请从此别。"乃以驾车之绳万尺掷前,使握端缒下。乐危之。其人笑言:"不妨。"乐如其言,飗飗然瞬息及地。视之,则堕立村外;绳渐收入云中,不可见矣。时久旱,十里外,雨仅盈指,独乐里沟浍皆满。

归探袖中,摘星仍在。出置案上,黯黝如石;入夜,则光明焕发,映照四壁。益宝之,什袭而藏。每有佳客,出以照饮。正视之,则条条射目。一夜,妻坐对握发,忽见星光渐小如萤,流动横飞。妻方怪咤,已入口中,咯之不出,竟已下咽。愕奔告乐,乐亦奇之。既寝,梦夏平子来,曰:"我少微星也。君之惠好,在中不忘。又蒙自天上携归,可云有缘。今为君嗣,以报大德。"乐三十无子,得梦甚喜。自是,妻果娠;及临蓐,光耀满室,如星在几上时,因名"星儿"。机警非常。十六岁,及进士第。

异史氏曰:"乐子文章名一世,忽觉苍苍之位置我者不在是,遂弃毛锥如脱屣,此与燕颔投笔者,何以少异?至雷曹感一饭之德,少微酬良友之知,岂神人之私报恩施哉,乃造物之公报贤豪耳。"

【评赏】

本篇叙述乐云鹤重义好施,终得酬报的故事。从因果关系而言,故事分为两个：一是供陌生路人饱餐一顿，使自己免于大难而不死；二是体恤故友的幼子寡妻，结果喜得贵子，后进士及第。"雷曹感一饭之德，少微酬良友之知"，乃是一篇大要。

积德获报，是古代社会一种普遍的观念。而"一饭千金"则出自淮阴侯韩信的故事。据《史记·淮阴侯列传》记载，韩信贫贱时曾钓于城下，饥饿难当，恰遇一位漂母给了他一顿饭吃。后来韩信封为楚王，以千金赠漂母。这个故事自汉代以后，一直传为美谈。陶渊明即有"感子漂母惠，愧我非韩才"的诗句。《喻世明言》中的《穷马周遭际卖䭔媪》，描写的也是因一饭之恩，终得千金之报的故事。本篇中乐云鹤所遇，并非韩信那样的将才，而是一个落难雷曹，因而得到的酬报也远非千金所能比拟。这是本篇的特出之处。

但是，本篇的价值并不仅仅是歌颂义气和宣扬善恶报应，其蕴含要丰富得多。

首先，乐云鹤形象的塑造就值得称道。这位"潦倒场屋"的贫儒，虽然"恒产无多"，见好友夏平子病逝，却能不忘旧好，锐身自任，"每得升斗，必析而二之"，使夏家妻儿聊以存活。后审势而行，弃文从商，也表现出一腔豪爽之气。"文如平子，尚碌碌以殁，而况于我！人生富贵须及时，戚戚终岁，恐先狗马填沟壑，负此生矣，不如早自图也。"真是掷地有声。后来于金陵旅舍见一陌生客，面有戚容，即慷慨解囊，任其一饱，更是表现出重义疏财的大丈夫情怀。

其次，篇中描写雷曹和云中景象，亦奇伟瑰怪，令人称奇。如写雷曹化作人形，"顿然而长，筋骨隆起"，与常人不同；一年只用数顿餐，更是新奇怪诞。又如描写人行云气中，"周身如絮"，"仰视星斗，在眉目间"，"细视星嵌天上，如老莲实之在蓬也，大者如瓮，次如瓴，小如盎盂"，摘下小星来，"光明焕发，映照四壁"。皆颖异而富于想象力。

另外，篇首写夏平子与乐云鹤声名并著，但却潦倒场屋，每试辄北，其中似有所寓。

（张振钧）

翩　翩

罗子浮，邠人。父母俱早世。八九岁，依叔大业。业为国子左厢，富有金缯而无子，爱子浮若己出。十四岁，为匪人诱去作狭邪游。会有金陵娼，侨寓郡中，生悦而惑之。娼返金陵，生窃从遁去。居娼家半年，床头金尽，大为姊妹行齿冷。然犹未遽绝之。无何，广疮溃臭，沾染床席，遂逐而出。丐于市，市人见辄遥避。自恐死异域，乞食西行；日三四十里，渐至邠界。又念败絮脓秽，无颜入里门，尚赵趄近邑间。

日既暮，欲趋山寺宿。遇一女子，容貌若仙。近问："何适？"生以实告。女曰："我出家人，居有山洞，可以下榻，颇不畏虎狼。"生喜，从去。入深山中，见一洞府。入则门横溪水，石梁驾之。又数武，有石室二，光明彻照，无须灯烛。命生解悬鹑，浴于溪流。曰："濯之，疮当愈。"又开幛拂褥促寝，曰："请即眠，当为郎作裤。"乃取大叶类芭蕉，剪缀作衣。生卧视之。制无几时，折叠床头，曰："晓取着之。"乃与对榻寝。生浴后，觉疮痒无苦。既醒，摸之，则痂厚结矣。诘旦，将兴，心疑蕉叶不可着。取而审视，则绿锦滑绝。少间，具餐。女取山叶呼作饼，食之，果饼；又剪作鸡、鱼，烹之，皆如真者。室隅一罂，贮佳酝，辄复取饮；少减，则以溪水灌益之。数日，疮痂尽脱，就女求宿。女曰："轻薄儿！甫能安身，便生妄想！"生云："聊以报德。"遂同卧处，大相欢爱。

一日，有少妇笑入，曰："翩翩小鬼头快活死！薛姑子好梦，几时做得？"女迎笑曰："花城娘子，贵趾久弗涉，今日西南风紧，吹送来也！小哥子抱得未？"曰："又一小婢子。"女笑曰："花娘子瓦窑哉！那弗将来？"曰："方鸣之，睡却矣。"于是坐以款饮。又顾生曰："小郎君焚好香也。"生视之，年廿有三四，绰有余妍。心好之。剥果误落案下,俯假拾果,阴捻翘凤。花城他顾而笑,若不知者。生方恍然神夺,顿觉袍裤无温;自顾所服,悉成秋叶。几骇绝。危坐移时,渐变如故。窃幸二女之弗见也。少顷,酬酢间,又以指搔纤掌;城坦然笑谑,殊不觉知。突突怔忡间,衣已化叶,移时始复变。由是惭颜息虑,不敢妄想。城笑曰:"而家小郎子,大不端好!若弗是醋葫芦娘子,恐跳迹入云霄去。"女亦哂曰:"薄倖儿,便直得寒冻杀!"相与鼓掌。花城离席曰:"小婢醒,恐啼肠断矣。"女亦起曰:"贪引他家男儿,不忆得小江城啼绝矣。"花城既去,惧贻诮责;女卒晤对如平时。

居无何,秋老风寒,霜零木脱,女乃收落叶,蓄旨御冬。顾生肃缩,乃持襆掇拾洞口白云,为絮复衣,着之,温暖如襦,且轻松常如新绵。逾年,生一子,极惠美。日在洞中弄儿为乐。然每念故里,乞与同归。女曰:"妾不能从;不然,君自去。"因循二三年,儿渐长,遂与花城订为姻好。

生每以叔老为念。女曰:"阿叔腊故大高,幸复强健,无劳悬耿。待保儿婚后,去住由君。"女在洞中,辄取叶写书教儿读,儿过目即了。女曰:"此儿福相,放教入尘寰,无忧至台阁。"未几,儿年十四。花城亲诣送女。女华妆至,容光照人。夫妻大悦,举家宴集。翩翩扣钗而歌曰:"我有佳儿,不羡贵官。我有佳妇,不羡绮纨。今夕聚首,皆当喜欢。为君行酒,劝君加餐。"既而花城去。与儿夫妇对室居。新妇孝,依依膝下,宛如所生。生又言归。女曰:"子有俗骨,终非仙品。儿亦富贵中人,可携去,我不误儿生平。"新妇思别其母,花城已至。儿女恋恋,涕各满眶。两母慰之曰:"暂去,可复来。"翩翩乃剪叶为驴,令三人跨之以归。

大业已老归林下,意侄已死,忽携佳孙美妇归,喜如获宝。入门,各视所衣,悉蕉叶;破之,絮蒸蒸腾去。乃并易之。后生思翩翩,偕儿往探之,则黄叶满径,洞口路迷,零涕而返。

异史氏曰:"翩翩、花城,殆仙者耶?餐叶衣云,何其怪也!然恔 㦂诽谑,狎寝生雏,亦复何殊于人世?山中十五载,虽无'人民城郭'之异;而云迷洞口,无迹可寻,睹其景况,真刘、阮返棹时矣。"

【评赏】

　　蒲松龄善写人与鬼狐的恋爱,也写了许多人仙相恋的美丽动人的爱情故事。如《西湖主》《仙人岛》《云萝公主》《织女》《嫦娥》《粉蝶》等,都是其中的优秀篇章。《翩翩》是一篇人仙相恋的神仙洞窟故事,它与荡子狭邪故事合写,意味颇深长。

　　唐人传奇中有一篇著名的《李娃传》,描写荥阳郑生赴京应试,路遇名娼李娃,深为爱慕,沉溺而忘乎所以。后千金荡尽,被娼家设局逐出,流落为凶肆(殡仪馆)挽郎。其父得知,鞭之数百。虽未丧命,但鞭伤溃烂,疥疮满身,只得沿街乞讨。一日雪中行乞,号呼凄切,恰被李娃听见,顿生怜悯,遂冲破阻碍,赎身与郑生同居,促使其刻志苦读,终于金榜题名。本篇中的罗子浮,为金陵娼所诱,"床头金尽,大为姊妹行齿冷",又"广疮溃臭,沾染床席",被"逐而出。丐于市",与荥阳郑生的遭遇几乎相同;而贫病之中,遇美人相助,终得善果,亦与郑生相仿佛。然而郑生所遇为人,罗生所遇为仙。仙凡殊途,因而全篇主旨也就迥然而异了。前者是入世,金榜题名,高官厚禄;后者是出世,逍遥林下,人伦之乐。归宿正相对立。由此看来,蒲松龄似乎是以《翩翩》与《李娃传》唱反调。

　　神仙洞窟故事产生于六朝时期,与方士、道徒鼓吹神仙、仙境有关。较早的有《刘晨阮肇》《黄原》《袁相根硕》等。其内容多为宣扬仙人之乐与仙境之美,蕴含着一种出世超尘的意味和情调。本篇也大致相同。洞府之中,不仅石梁横架,光明彻照,美人若仙;而且有溪水长流、濯之则疮愈的神泉。以山叶作珍羞,以溪水制佳酿,以蕉叶缝衣裳,以白云絮绵襦,更是颖异奇绝。就连女子惩治轻薄丈夫的手段也与众不同:当罗生一有邪念,"自顾所服,悉成秋叶",下体如裸。于是"惭颜息虑",不敢妄想。表现了作者丰富的想象力。

　　《翩翩》的魅力不仅在于仙境描写的美妙奇异,更在于篇中的人情之美。虽然洞中皆仙女,但却充溢着人间的真情。如翩翩貌美手巧,却并不嫌弃满身疮溃的罗生。为其开幛拂褥,缝裤作衣,并倾心相爱。表现出金子般的人情美。罗生、翩翩与花城娘子间的调笑,也颇具人情味,简直与人间闺中戏谑无异。尤其是翩翩与花城娘子间的笑谑,机锋之中饱含着友善。翩翩扣钗而歌:"我有佳儿,不羡贵官。我有佳妇,不羡绮纨。"则洋溢着人间的天伦之乐。

篇中的人物对话富有个性。翩翩之多情开朗,花城之热情口快,皆声口毕现。"一日,有少妇笑入,曰:'翩翩小鬼头快活死!薛姑子好梦,几时做得?'"真是"飘然而来,语亦突兀",将花城心直口快的个性和盘托出。以下两女相戏相嘲的一大段对话,大量融入白话口语,曲尽少妇的声口、情态,真是句句毕肖,字字入妙,是《聊斋》最精彩的笔墨之一,显示了作者从观察生活到驾驭语言多方面的艺术才能。

本篇叙述语言也简洁明晰,极富概括性。如开头一段写罗子浮迷娼致败,仅百余字,即写出《李娃传》中郑生遇弃之境况。而"床头金尽,大为姊妹行齿冷",更是言约意丰。前一句暗含了李白"床头黄金尽,壮士无颜色"之意,后一句中"齿冷"二字,恰切传神,用词入妙。

(张振钧)

罗 刹 海 市

马骥,字龙媒,贾人子。美丰姿。少倜傥,喜歌舞。辄从梨园子弟,以锦帕缠头,美如好女,因复有"俊人"之号。十四岁,入郡庠,即知名。父衰老,罢贾而居。谓生曰:"数卷书,饥不可煮,寒不可衣。吾儿可仍继父贾。"马由是稍稍权子母。

从人浮海,为飓风引去,数昼夜,至一都会。其人皆奇丑;见马至,以为妖,群哗而走。马初见其状,大惧;迨知国人之骇己也,遂反以此欺国人。遇饮食者,则奔而往;人惊遁,则啜其余。久之,入山村。其间形貌亦有似人者,然褴褛如丐。马息树下,村人不敢前,但遥望之。久之,觉马非噬人者,始稍稍近就之。马笑与语。其言虽异,亦半可解。马遂自陈所自。

村人喜,遍告邻里,客非能搏噬者。然奇丑者望望即去,终不敢前;其来者,口鼻位置,尚皆与中国同。共罗浆酒奉马。马问其相骇之故,答曰:"尝闻祖父言:西去二万六千里,有中国,其人民形象率诡异。但耳食之,今始信。"问其何贫。曰:"我国所重,不在文章,而在形貌。其美之极者,为上卿;次任民社;下焉者,亦邀贵人宠,故得鼎烹以养妻子。若我辈初生时,父母皆以为不祥,往往置弃之;其不忍遽弃者,皆为宗嗣耳。"问:"此名何国?"曰:"大罗刹国。都城在北去三十里。"

马请导往一观。于是鸡鸣而兴,引与俱去。天明,始达都。都以黑石为墙,色如墨,楼阁近百尺。然少瓦,覆以红石;拾其残块磨甲上,无异丹砂。时值朝退,朝中有冠盖出,村人指曰:"此相国也。"视之,双耳皆背生,鼻三孔,睫毛覆目如帘。又数骑出,曰:"此大夫也。"以次各指其官职,率獐鬘怪异;然位渐卑,丑亦渐杀。无何,马归,街衢人望见之,噪奔跌踬,如逢怪物。村人百口解说,市人始敢遥立。

既归,国中无大小,咸知村有异人,于是搢绅大夫,争欲一广见闻,遂令村人要马。然每至一家,阍人辄阖户,丈夫女子窃窃自门隙中窥语;终一日,无敢延见者。村人曰:"此间一执戟郎,曾为先王出使异国,所阅人多,或不以子为惧。"造郎门。郎果喜,揖为上宾。视其貌,如八九十岁人。目睛突出,须卷如猬。曰:"仆少奉王命,出使最多;独未尝至中华。今一百二十余岁,又得睹上国人物,此不可不上闻于天子。然臣卧林下,十余年不践朝阶,早旦为君一行。"乃具饮馔,修主客礼。酒数行,出女乐十余人,更番歌舞。貌类夜叉,皆以白锦缠头,拖朱衣及地。扮唱不知何词,腔拍恢诡。主人顾而乐之,问:"中国亦有此乐乎?"曰:"有。"主人请拟其声,遂击桌为度一曲。主人喜曰:"异哉!声如凤鸣龙啸,从未曾闻。"翼日,趋朝,荐诸国王。王忻然下诏。有二三大夫,言其怪状,恐惊圣体。王乃止。郎出告马,深为扼腕。

居久之,与主人饮而醉,把剑起舞,以煤涂面作张飞。主人以为美,曰:"请君以张飞见宰相,宰相必乐用之,厚禄不难致。"马曰:"嘻!

游戏犹可,何能易面目图荣显?"主人固强之,马乃诺。主人设筵,邀当路者饮,令马绘面以待。未几,客至,呼马出见客。客讶曰:"异哉!何前媸而今妍也!"遂与共饮,甚欢。马婆娑歌"弋阳曲",一座无不倾倒。明日,交章荐马。王喜,召以旌节。既见,问中国治安之道,马委曲上陈,大蒙嘉叹,赐宴离宫。酒酣,王曰:"闻卿善雅乐,可使寡人得而闻之乎?"马即起舞,亦效白锦缠头,作靡靡之音。王大悦,即日拜下大夫。时与私宴,恩宠殊异。

久而官僚百执事,颇觉其面目之假;所至,辄见人耳语,不甚与款洽。马至是孤立,憪然不自安。遂上疏乞休致,不许;又告休沐,乃给三月假。于是乘传载金宝,复归山村。村人膝行以迎。马以金赀分给旧所与交好者,欢声雷动。村人曰:"吾侪小人受大夫赐,明日赴海市,当求珍玩,用报大夫。"问:"海市何地?"曰:"海中市,四海鲛人,集货珠宝;四方十二国,均来贸易。中多神人游戏。云霞障天,波涛间作。贵人自重,不敢犯险阻,皆以金帛付我辈,代购异珍。今其期不远矣。"问所自知,曰:"每见海上朱鸟来往,七日,即市。"马问行期,欲同游瞩。村人劝使自贵。马曰:"我顾沧海客,何畏风涛?"

未几,果有踵门寄赀者,遂与装赀入船。船容数十人,平底高栏。十人摇橹,激水如箭。凡三日,遥见水云幌漾之中,楼阁层叠;贸迁之舟,纷集如蚁。少时,抵城下。视墙上砖,皆长与人等。敌楼高接云汉。维舟而入,见市上所陈,奇珍异宝,光明射眼,多人世所无。一少年乘骏马来,市人尽奔避,云是"东洋三世子"。世子过,目生曰:"此非异域人?"即有前马者来诘乡籍。生揖道左,具展邦族。世子喜曰:"既蒙辱临,缘分不浅!"于是授生骑,请与连辔。乃出西城。

方至岛岸,所骑嘶跃入水。生大骇失声。则见海水中分,屹如壁立。俄睹宫殿,玳瑁为梁,鲂鳞作瓦;四壁晶明,鉴影炫目。下马揖入。仰视龙君在上,世子启奏:"臣游市廛,得中华贤士,引见大王。"生前拜舞。龙君乃言:"先生文学士,必能衙官屈、宋。欲烦椽笔赋'海市',幸无吝珠玉。"生稽首受命。授以水精之砚,龙鬣之毫,纸光似雪,墨气如兰。生立成千余言,献殿上。龙君击节曰:"先生雄才,有光水国多矣!"遂集诸龙族,宴集采霞宫。

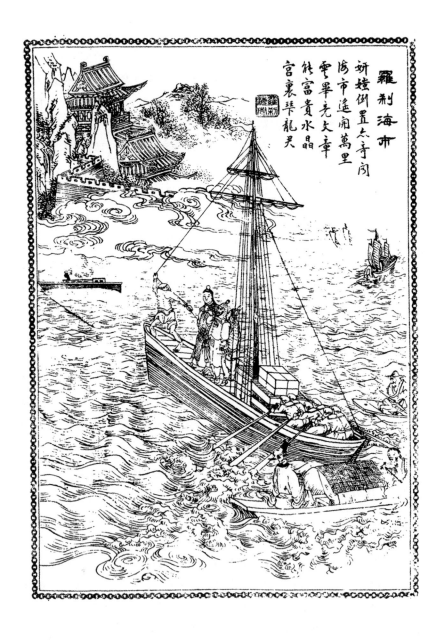

酒炙数行，龙君执爵而向客曰："寡人所怜女，未有良匹，愿累先生。先生倘有意乎？"生离席愧荷，唯唯而已。龙君顾左右语。无何，宫人数辈，扶女郎出。珮环声动，鼓吹暴作。拜竟，睨之，实仙人也。女拜已而去。少时，酒罢，双鬟挑画灯，导生入副宫。女浓妆坐伺。珊瑚之床，饰以八宝；帐外流苏，缀明珠如斗大；衾褥皆香软。

天方曙，则雏女妖鬟，奔入满侧。生起，趋出朝谢。拜为驸马都尉。以其赋驰传诸海。诸海龙君，皆专员来贺；争折简招驸马饮。生衣绣裳，驾青虬，呵殿而出。武士数十骑，背雕弧，荷白棓，晃耀填拥。马上弹筝，车中奏玉。三日间，遍历诸海。由是"龙媒"之名，噪于四海。

宫中有玉树一株，围可合抱；本莹澈，如白琉璃，中有心，淡黄色，稍细于臂；叶类碧玉，厚一钱许，细碎有浓阴。常与女啸咏其下。花开满树，状类蘑葡。每一瓣落，铿然作响。拾视之，如赤瑙雕镂，光明可爱。时有异鸟来鸣，毛金碧色，尾长于身，声等哀玉，恻人肺腑。生闻之，辄念乡土。因谓女曰："亡出三年，恩慈间阻，每一念及，涕膺汗背。卿能从我归乎？"女曰："仙尘路隔，不能相依。妾亦不忍以鱼水之爱，夺膝下之欢。容徐谋之。"生闻之，涕不自禁。女亦叹曰："此势之不能两全者也！"

明日，生自外归。龙君曰："闻都尉有故土之思，诘旦趣装，可乎？"生谢曰："逆旅孤臣，过蒙优宠，衔报之诚，结于肺肝。容暂归省，当图复聚耳。"入暮，女置酒话别。生订后会。女曰："情缘尽矣。"生大悲，女曰："归养双亲，见君之孝。人生聚散，百年犹旦暮耳，何用作儿女哀泣？此后妾为君贞，君为妾义，两地同心，即伉俪也，何必旦夕相守，乃谓之偕老乎？若渝此盟，婚姻不吉。倘虑中馈乏人，纳婢可耳。更有一事相嘱：自奉衣裳，似有佳朕，烦君命名。"生曰："其女耶，可名龙宫；男耶，可名福海。"女乞一物为信。生在罗刹国所得赤玉莲花一对，出以授女。女曰："三年后四月八日，君当泛舟南岛，还君体胤。"女以鱼革为囊，实以珠宝，授生曰："珍藏之，数世吃著不尽也。"天微明，王设祖帐，馈遗甚丰。生拜别出宫。女乘白羊车，送诸海涘。生上岸下马。女致声珍重，回车便去，少顷便远。海水复合，不可复见。

生乃归。自浮海去，咸谓其已死；及至家，家人无不诧异。幸翁媪无恙,独妻已他适。乃悟龙女"守义"之言,盖已先知也。父欲为生再婚;生不可,纳婢焉。谨志三年之期,泛舟岛中。见两儿坐浮水面,拍流嬉笑,不动亦不沉。近引之,儿哑然捉生臂,跃入怀中。其一大啼,似嗔生之不援已者。亦引上之。细审之,一男一女,貌皆婉秀。额上花冠缀玉,则赤莲在焉。背有锦囊,拆视,得书云:

  翁姑计各无恙。忽忽三年,红尘永隔;盈盈一水,青鸟难通。结想为梦,引领成劳,茫茫蓝蔚,有恨如何也!顾念奔月姮娥,且虚桂府;投梭织女,犹怅银河。我何人斯,而能永好?兴思及此,辄复破涕为笑。别后两月,竟得李生。今已啁啾怀抱,颇解言笑;觅枣抓梨,不母可活。敬以还君。所贻赤玉莲花,饰冠作信。膝头抱儿时,犹妾在左右也。闻君克践旧盟,意愿斯慰。妾此生不二,之死靡他。奁中珍物,不蓄兰膏;镜里新妆,久辞粉黛。君似征人,妾作荡妇,即置而不御,亦何得谓非琴瑟哉?独计翁姑亦既抱孙,曾未一觌新妇,揆之情理,亦属缺然。岁后阿姑窀穸,当往临穴,一尽妇职。过此以往,则"龙宫"无恙,不少把握之期;"福海"长生,或有往还之路。伏惟珍重,不尽欲言。

生反复省书揽涕。两儿抱颈曰:"归休乎!"生益恸,抚之曰:"儿知家在何许?"儿啼,呕哑言归。生视海水茫茫,极天无际;雾鬟人渺,烟波路穷。抱儿返棹,怅然遂归。

生知母寿不永,周身物悉为预具,墓中植松槚百余。逾岁,媪果亡。灵舆至殡宫,有女子缞绖临穴。众方惊顾,忽而风激雷轰,继以急雨,转瞬间已失所在。松柏新植多枯,至是皆活。

福海稍长,辄思其母,忽自投入海,数日始还。龙宫以女子不得往,时掩户泣。一日,昼暝,龙女忽入,止之曰:"儿自成家,哭泣何为?"乃赐八尺珊瑚一树,龙脑香一帖,明珠百颗,八宝嵌金合一双,为作嫁资。生闻之,突入,执手啜泣。俄顷,疾雷破屋,女已无矣。

异史氏曰:"花面逢迎,世情如鬼。嗜痂之癖,举世一辙。'小惭小好,大惭大好'。若公然带须眉以游都市,其不骇而走者,盖几希矣。彼陵阳痴子,将抱连城玉向何处哭也?呜呼!显荣富贵,当于蜃楼海市中求之耳!"

【评赏】

这是一篇形象奇绝、风格特异的寓意小说,以罗刹国的颠倒妍媸隐喻现实,以龙宫的器重文士表达理想。

罗刹原是古印度一种土著民族,男人黑肤、朱发、绿眼,被后进入印度的雅利安人看作凶恶可畏的人,佛经则以"罗刹"作为恶鬼的通称。我国古代史书上也有关于罗刹国人相貌"极陋"的记载。《聊斋》此篇创造的大罗刹国,显然受了这种记载的启发和影响。不过,作品所写的并非史书记述的罗刹国,而是蒲松龄笔下的艺术世界。这个国度的风俗十分奇特:所重"不在文章,而在形貌",论形貌又以丑为美,妍媸颠倒,致使朝中显贵个个"狰狞怪异",奇丑无比,官位愈高,其丑愈甚,"位渐卑,丑亦渐杀",只有山野的贫贱百姓才"有似人者",其口鼻位置"皆与中国同"。这真是讽世的绝妙之想,对官场、仕途的抨击不遗余力,又极富情趣,让人看了忍俊不禁。

作品的主人公马骥原是现实人物。开头大书其三个突出之点:十分美貌,号称"俊人";文才出众,年少"知名";风流倜傥,能歌善舞。作者把这样一个现实主人公用飓风送到不重文才、美丑颠倒的大罗刹国,立刻产生一系列矛盾和怪现象:"国人"皆以"俊人"为妖,惊逃骇怪,市人尤甚,户户关门;马骥好容易被见多识广的出使旧臣荐给国王,立刻遭到大臣们的反对,"言其怪状,恐惊圣体";而他一旦将脸涂作张飞,既黑且丑,反被朝臣"交章举荐",受到国王的特别恩宠。真是怪事联翩,愈出愈奇,花样翻新,引人入胜。影射爱丑斥美的现实独出心裁,嘲讽粉墨登场的官僚令人绝倒。展读至此,人们会深深感到赋予主人公美貌的妙用,无"俊人"之美,便不能造成如此痛快淋漓的讽刺效果和耐人寻味的艺术美感。

面对离奇古怪的大罗刹国,读者也许会想到英国十八世纪作家斯威夫特的小说名著《格列佛游记》,想到其中的利立浦特——小人国,两者都以形体变异之人、风俗奇特之国讽喻、抨击特定的社会现实,艺术形态与审美效应十分相似。只是前者比后者早出半个世纪,后者比前者规模更宏大。当然,两者的形态也有区别,那就是《罗刹海市》创造了比较严格的象征意象,美丑颠倒的艺术幻象含义深广,不可限量。追腥逐臭、"嗜痂成癖"之人之事,中外古今形形色色,何处不有?何时能无?《青梅》中的王进士"弃德行而求膏梁",有女不嫁贤士,"乃留以赠纨袴";本篇的罗刹国王对马骥的文才不问不用,而独赏其"靡靡之音",并将俗曲当作雅乐。诸如此类斥美喜丑的现象在漫长的人类历史上和广阔的社会生活中不胜枚举,比比皆是,本篇的大罗刹国也就具有"以有限表无限"的艺术功用,成为"颠倒美丑"观念的象征。

当然,从作者的创作意图来看,作品前半的思想重心还在隐喻当时的仕途科场。清代科举上承明制,以八股文取士,蒲松龄一班"俊人"往往怀才不遇,锦绣文章难得试官赏识,而那种代圣人立言的毫无生气的"时文""制艺"却倍受青睐,被奉为典范。美丑如此颠倒,使作者满怀悲愤,无限感慨,忽发奇想,造出与之对应的绝妙意象。篇末"异史氏曰"把这种创作意图说得十分清楚明白。所谓"小惭小好,大惭大好",就是文章好丑颠倒。唐代大文学家韩愈与友人论文,说过这样的话:"时时应事作俗下文字,下笔令人惭。及示人,则人以为好矣。小惭者亦蒙谓之小好,大惭者即必以为大好矣。"这与罗刹国小丑小美、大丑大美的情景何其相似!面对此种社会现实,怀抱连城玉的才俊之士哭诉无门,只有望洋兴叹而已。由此也可窥见作品赋予主人公文才出众的艺术用心。

本是奇幻表意之作,而仔细考察,在主人公马骥身上却迭印着作者和他父亲的影子。蒲松龄自幼"敏而好学",十九岁以"县、府、道三第一"考取秀才,名震一时,此后却屡试不第,落拓终生;其父蒲槃也是"少慧肯研读",却连秀才也未考取,只好"弃而学贾"——弃儒经商。父子两人的身世、遭际与马骥的本来身世及其在罗刹国的遭遇有着显而易见的联系。当然,马骥不是蒲松龄或蒲槃,而是许许多多怀才不遇之士的代表,又是讽喻当时仕途、科场的强有力的艺术符号。

作品后半创造一个理想世界。主人公经过海市,到达龙宫。这里宫殿宏丽,龙君贤明,环境美,人情更美。才士马骥倍受礼遇,招为驸马,大展文才,名扬四海,享尽荣华富贵而归。这个世界与大罗刹国处处形成鲜明对比。特别是主人公马骥的遭际,前后悬殊,天差地别。后者既是理想的表现,又是现实的反照,使丑恶的现实显得更加丑恶,从而完成作品的主题。然而也可清楚地看出,作者把龙宫当作"福海",追求的不过是功名富贵的前程而已。与前半相比,后半显出更多的思想局限,实际上是作者在艺术想象的梦幻中过了一次显荣富贵的"瘾"。可喜的是,梦中的作者还很清醒,深知其理想只是幻想,就像那缥缈的海市一样,永远无法变成现实,所以特地造一海市作为过渡,作为前程虚幻的一种象征,并且发出由衷的慨叹:"呜呼!显荣富贵,当于蜃楼海市中求之耳!"这实际上也是对现实的一种否定和批判。

《聊斋》的许多寓意小说都有切实可观的人情描写,精彩之笔俯拾即是,在不同程度上兼具人情小说特色。本篇后半就是这样。特别是马骥与龙女离别后的儿女之情、天伦之爱,写得委曲宛转,楚楚动人,很有艺术感染力。单从寓意结构来看,至马骥离开龙宫,就已完成两个世界的对比,也表达了作者的生活理想,以后之事无关宏旨,似乎可以不写或略写。作者偏不受此拘束,而是放开笔墨,恣情尽意地续写由这对人仙夫妇衍生而出的种种情事:马生接引儿女,读妻长书;龙女为婆母送终,向女儿赠宝,事出人世之外,却在情理之中,有很浓郁的生活气和人情味。有关两个小儿的描写尤其精彩:"坐浮水面,拍流嬉笑";哑然捉臂,"跃入怀中";"其一大啼,似嗔生之不援己者";"两儿抱颈","呕哑言归";"福海稍长,辄思其母,忽自投入海,数日始还。龙宫以女子不得往,时掩户泣"……真是句句传神、笔笔入妙,天真小儿的至情天性溢于言表,活现纸上,不仅悦人耳目,而且沁人心脾,感人肺腑,使人几乎忘却那是极度虚幻的故事,同时也就不能不叹服聊斋先生的神奇笔力。

作品对龙宫景象的描写也很出色,既有金碧辉煌的富贵气和庄严感,又有超尘出世的灵奇感与虚幻美。对那棵谁也不曾见过的玉树,从根到梢,从叶到花,大写特写,细写实写,形状、颜色、质地、声音,一一形容,一丝不苟,读之如在目前,真切如画。

(马振方)

公 孙 九 娘

于七一案,连坐被诛者,栖霞、莱阳两县最多。一日俘数百人,尽戮于演武场中。碧血满地,白骨撑天。上官慈悲,捐给棺木,济城工肆,材木一空。以故伏刑东鬼,多葬南郊。甲寅间,有莱阳生至稷下,有亲友二三人亦在诛数,因市楮帛,酹奠榛墟。就税舍于下院之僧。明日,入城营干,日暮未归。忽一少年,造室来访。见生不在,脱帽登床,着履仰卧。仆人问其谁何,合眸不对。

既而生归,则暮色朦胧,不甚可辨。自诣床下问之。瞠目曰:"我候汝主人,絮絮逼问,我岂暴客耶!"生笑曰:"主人在此。"少年急起着冠,揖而坐,极道寒暄。听其音,似曾相识。急呼灯至,则同邑朱生,亦死于七之难者。大骇却走。朱曳之云:"仆与君文字交,何寡于情?我虽鬼,故人之念,耿耿不去心。今有所渎,愿无以异物遂猜薄之。"生乃坐,请所命。曰:"令女甥寡居无耦,仆欲得主中馈。屡通媒妁,辄以无尊长之命为辞。幸无惜齿牙余惠。"先是,生有甥女,早失恃,遗生鞠养,十五始归其家。俘至济南,闻父被刑,惊恸而绝。生曰:"渠自有父,何我之求?"朱曰:"其父为犹子启榇去,今不在此。"问:"女甥向依阿谁?"曰:"与邻媪同居。"生虑生人不能作鬼媒。朱曰:"如蒙金诺,还屈玉趾。"遂起握生手。生固辞,问:"何之?"曰:"第行!"勉从与去。

北行里许,有大村落,约数十百家。至一第宅,朱叩扉,即有媪出。豁开二扉,问朱何为。曰:"烦达娘子,阿舅至。"媪旋反,须臾复出,邀生入。顾朱曰:"两椽茅舍子大隘,劳公子门外少坐候。"生从之入。见半亩荒庭,列小室二。甥女迎门啜泣,生亦泣。室中灯火荧然。女貌秀洁如生时。凝眸含涕,遍问妗姑。生曰:"具各无恙,但荆人物故矣。"女又呜咽曰:"儿少受舅妗抚育,尚无寸报,不图先葬沟

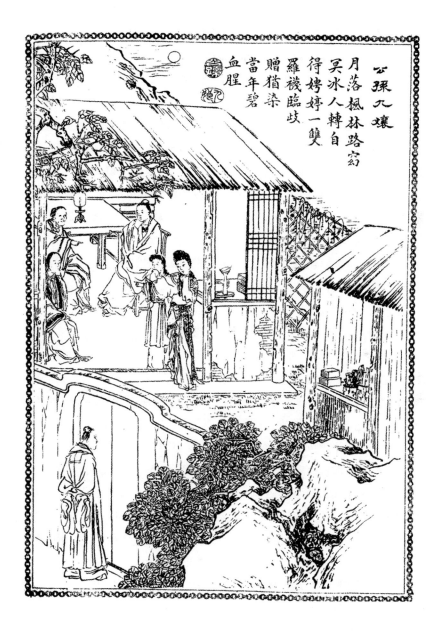

公孙九娘

月落枫林路窅冥
冰人转自得娉婷一双
罗袜临歧
赠犹染当年碧
血腥

溇,殊为恨恨。旧年,伯伯家大哥迁父去,置儿不一念;数百里外,伶仃如秋燕。舅不以沉魂可弃,又蒙赐金帛,儿已得之矣。"生乃以朱言告,女俯首无语。媪曰:"公子曩托杨姥三五返。老身谓是大好;小娘子不肯自草草,得舅为政,方此意慊得。"

言次,一十七八女郎,从一青衣,遽掩入;瞥见生,转身欲遁。女牵其裾曰:"勿须尔!是阿舅,非他人。"生揖之。女郎亦敛衽。甥曰:"九娘,栖霞公孙氏。阿爹故家子,今亦'穷波斯',落落不称意。且晚与儿还往。"生睨之,笑弯秋月,羞晕朝霞,实天人也。曰:"可知是大家,蜗庐人那如此娟好。"甥笑曰:"且是女学士,诗词俱大高。昨儿稍得指教。"九娘微哂曰:"小婢无端败坏人,教阿舅齿冷也。"甥又笑曰:"舅断弦未续,若个小娘子,颇能快意否?"九娘笑奔出,曰:"婢子颠疯作也!"遂去。

言虽近戏,而生殊爱好之。甥似微察,乃曰:"九娘才貌无双,舅倘不以粪壤致猜,儿当请诸其母。"生大悦。然虑人鬼难匹。女曰:"无伤,彼与舅有夙分。"生乃出。女送之,曰:"五日后,月明人静,当遣人往相迓。"生至户外,不见朱。翘首西望,月衔半规,昏黄中犹认旧径。见南向一第,朱坐门石上,起逆曰:"相待已久,寒舍即劳垂顾。"遂携手入,殷殷展谢。出金爵一、晋珠百枚,曰:"他无长物,聊代禽仪。"既而曰:"家有浊醪,但幽室之物,不足款嘉宾,奈何!"生扔谢而退。朱送至中途,始别。

生归,僧仆集问。隐之,曰:"言鬼者妄也。适赴友人饮耳。"后五日,果见朱来,整履摇箑,意甚欣适。才至户庭,望尘即拜。少间,笑曰:"君嘉礼既成,庆在今夕,便烦枉步。"生曰:"以无回音,尚未致聘,何遽成礼?"朱曰:"仆已代致之矣。"生深感荷,从与俱去。直达卧所,则甥女华妆迎笑。生问:"何时于归?"朱云:"三日矣。"生乃出所赠珠,为甥助妆。女三辞乃受,谓生曰:"儿以舅意白公孙老夫人,夫人作大欢喜。但言老耄无他骨肉,不欲九娘远嫁,期今夜舅往赘诸其家。伊家无男子,便可同郎往也。"

朱乃导去。村将尽,一第门开,二人登其堂。俄白:"老夫人至。"有二青衣,扶妪升阶。生欲展拜,夫人云:"老朽龙钟,不能为礼,当即脱边幅。"乃指画青衣,进酒高会。朱乃唤家人,另出肴俎,列置生前;亦别设一壶,为客行觞。筵中进馔,无异人世。然主人自举,殊不劝进。既而席罢,朱归。青衣导生去。入室,则九娘华烛凝待。邂逅含情,极尽欢昵。

初,九娘母子,原解赴都。至郡,母不堪困苦死,九娘亦自到。枕上追述往事,哽咽不成眠。乃口占两绝云:"昔日罗裳化作尘,空将业果恨前身。十年露冷枫林月,此夜初逢画阁春。""白杨风雨绕孤坟,谁想阳台更作云?忽启镂金箱里看,血腥犹染旧罗裙。"天将明,即促曰:"君宜且去,勿惊厮仆。"自此昼来宵往,嬖惑殊甚。

一夕,问九娘:"此村何名?"曰:"莱霞里。里中多两处新鬼,因以为名。"生闻之欷歔。女悲曰:"千里柔魂,蓬游无底;母子零孤,言之怆恻。幸念一夕恩义,收儿骨归葬墓侧,使百年得所依栖,死且不朽。"生诺之。女曰:"人鬼路殊,君亦不宜久滞。"乃以罗袜赠生,挥泪促别。生凄然而出,忉怛若丧,心怅怅不忍归。因过拍朱氏之门。朱白足出逆;甥亦起,云鬟鬅松,惊来省问。生惆怅移时,始述九娘语。女曰:"姊氏不言,儿亦夙夜图之。此非人世,久居诚非所宜。"于是相对汍澜,生亦含涕而别。叩寓归寝,展转申旦。欲觅九娘之墓,则忘问志表。及夜复往,则千坟累累,竟迷村路,叹恨而返。展视罗袜,着风寸断,腐如灰烬,遂治装东旋。

半载不能自释,复如稷门,冀有所遇。及抵南郊,日势已晚,息驾庭树,趋诣丛葬所。但见坟兆万接,迷目榛荒;鬼火狐鸣,骇人心目。惊悼归舍。失意邀游,返辔遂东。行里许,遥见女郎,独行丘墓间,神情意致,怪似九娘。挥鞭就视,果九娘。下骑与语,女竟走,若不相识。再逼近之,色作怒,举袖自障。顿呼"九娘",则烟然灭矣。

异史氏曰:"香草沉罗,血满胸臆;东山佩玦,泪渍泥沙:古有孝子忠臣,至死不谅于君父者。公孙九娘岂以负骸骨之托,而怨怼不释于中耶?脾鬲间物,不能掬以相示,冤乎哉!"

【评赏】

这是一个凄婉动人的幽婚故事。然而,与其说是爱的颂歌,不如说是死的悲歌。它是对清王朝惨绝人寰地屠杀无辜的血泪控诉。

　　故事发生在"甲寅"年,也就是康熙十三年(1674),却从十三年前的"于七一案"写起。时当清顺治十八年(1661),山东栖霞于七据锯齿山起义,波及八县,清廷震动,派都统济世哈带兵进剿,残酷镇压,成千上万的无辜百姓惨遭杀戮。作品开头大写栖霞、莱阳两县百姓"连坐被诛"的骇人情景:"碧血满地,白骨撑天","济南城里"材木一空"。这是当局滥杀无辜的真实写照,也是幽婚故事的社会背景和现实基础。貌似客观记述,实则寓有褒贬,作者的悲苦心灵、哀痛情怀深入字里行间,隐约可见。"上官慈悲,捐给棺木"一语更是明褒暗贬,揭出刽子手的可憎假面。

　　全篇虽以公孙九娘为题目、为主人公,内容却写两对幽婚,除莱阳生外,两女一男,都是惨死于于七之难的孤魂冤鬼。这显然是作者的蓄意安排。朱生与莱阳生甥女虽已死而为鬼,却严守人间礼法,必得莱阳生为女主婚而后结合。如此彬彬有礼的书生和秀洁、温婉的少女,有何罪恶,竟遭杀戮?对其成婚过程的描述实际上就是对惨酷现实的暴露和批判,并不只是主人公故事的陪衬和铺垫。特别是莱阳生甥女对身世遭际的回想,"呜咽"之语如泣如诉,哀婉欲绝,动人肺肝。

　　女主人公终于出场,作品气氛为之一变。她的美貌,她的风致,尤其是她与女友半真半戏的开心谈笑,惟妙惟肖,情味深浓。对话文字不多,却把两个青春少女的天真、活泼、心理、情态写得笔酣墨饱,神气十足,充分显出青春的美,少女的美,人性与人情之美,几乎使读者忘却她们是已死的鬼物,回到我们熟悉的人间。但我们终究不能忘记,作者的笔也不容我们忘记她们的悲惨遭际,对主人公的极度爱怜终于化为深切的同情和对现实的憎恶与痛恨。

　　与《聊斋》大多数人情小说都有美化人与人生的欢乐喜剧气氛不同,本篇洋溢着浓郁的悲剧气氛。主人公惨死的人生悲剧决定了全篇的主旋律。作品中人物的某些欢乐情绪,议婚、成婚的喜庆场面,都是悲剧的反照和衬托,使气氛大起大落,从而突出发自人物内心深处不可抑止的巨大悲苦、哀怨之情。这种反照与衬托的艺术贯穿全篇,多处可见,而于女主人公的新婚之夜达到极点。前有两人见面相悦,甥女慧心戏语,朱生代致聘礼,老夫人"置酒高会",而后转入洞房花烛。这该是九娘极度喜幸、欢娱的时刻,作品也用了"华烛凝待""极尽欢昵"数语略作点染。随即笔锋陡转,大写九娘于枕上追述惨死往事,"哽咽不成眠",尽扫新婚喜乐之气;继而又以这位女学士情不自禁而作的两首充满血泪的诗造成十足的悲剧气氛,从而产生一种其冤苦不仅死而不忘,而且喜也难消的艺术效果,以反照、衬托之法把人物的悲苦一下推到泰山极顶,无以复加。这使我们想到《聊斋》的另一佳作《林四娘》。那个死于明朝亡国之难的衡王府宫女的鬼魂,为情人助兴而唱的竟是悲哀的"亡国之音""伊凉之调",为情场赠答而作的也是缅怀故国、以歌代哭的诗篇,原因就是她自己说的:"哀者不能使乐,亦犹乐者不能使哀。"这与《公孙九娘》的上述情景极其相似,两者用的是同一种表现方法,互相对观,有助于领会作者的深刻命意和良苦用心。

　　《公孙九娘》的结尾在《聊斋》全书中也是很特别的,可以说是蹊径独辟,自创一格。首先,九娘以"人鬼路殊"为由,"挥泪促别",以其清醒的认识促成本篇的幽婚悲剧。这与连琐、伍秋月、聂小倩、梅女、小谢以及《莲香》中的李氏等一大批追求爱情幸福而终得团圆结局的鬼女大异其趣,显系作者精心制作,以爱情悲剧增加全篇的悲剧气氛,使九娘的悲苦得到充足、完满的表现,创造九娘的悲剧性格。第二,更特别也更有深意的是如下情境:九娘求莱阳生收其骸骨,而又未告其墓标志,致使这一可怜的愿望也未能实现;不仅如此,她还为此错怪了有情有义的莱阳生,直到终篇,其怨不解。这种结局,不仅为全篇的悲剧气氛再添一笔,也使九娘的悲剧性格更进一步。这种悲上加悲的艺术结构,加上"坟兆万接""鬼火狐鸣"的环境描写,把女主人公的悲剧推到高潮,给人一种沉重的凄凉、压迫之感,回肠荡气,意味隽永。以幻想小说的自由性而论,让九娘实现归葬骸骨的愿望并不费力,显然是作者不肯那样处理。反之,他要利用幻想的自由努力表现对现实人生的感受和理解,从而大大加强了这篇作品的现实性和社会性,深化了思想主题,也提高了审美价值。

《公孙九娘》既有明显的政治色彩和寓意性,又是一篇出色的人情小说。其中人物虽多为鬼魂,却又都是活生生的人,都是鲁迅在其《中国小说史略》中说的"皆具人情,和易可亲"的现实人的形象。故事开始写朱生来访,见主人莱阳生不在,就"脱帽登床,着履仰卧",仆人询问,"合眸不对",后竟瞪眼发起火来;及至听说"主人在此",又"急起着冠",作揖寒暄。这哪里是什么鬼,分明是个疏放旷达的少年书生。寥寥几笔,神气活现,声态并作,跃然纸上。至于两个少女的言谈、情态、心性、风致,更是生活中同类人物的真实写照,具有十足的生活气和人情味,不只是悲剧内容的艺术反衬,也是现实人生的美的闪光。从这方面看,青春少女惨死的悲哀也反衬她们生的欢乐、生的美好、生命的价值和光辉。由此可见,作品的意蕴是多方面的,具有某种复调音乐的艺术效果。结尾也是这样,在完成悲剧性格创造的同时,也让人感到人与人之间每有心迹难明的遗憾。"异史氏曰"由莱阳生被九娘误解,联想到楚国的屈原被君王放逐,晋国的申生遭父侯猜忌,叹恨受屈之人无法把心捧给人看。这也是作品形象的一种意蕴,不只使作者无限感慨,也让读者与评家常起共鸣。

(马振方)

促　　织

　　宣德间,宫中尚促织之戏,岁征民间。此物故非西产;有华阴令欲媚上官,以一头进,试使斗而才,因责常供。令以责之里正。市中游侠儿,得佳者笼养之,昂其直,居为奇货。里胥猾黠,假此科敛丁口,每责一头,辄倾数家之产。

　　邑有成名者,操童子业,久不售。为人迂讷,遂为猾胥报充里正役,百计营谋不能脱。不终岁,薄产累尽。会征促织,成不敢敛户口,而又无所赔偿,忧闷欲死。妻曰:"死何裨益?不如自行搜觅,冀有万一之得。"成然之。早出暮归,提竹筒铜丝笼,于败堵丛草处,探石发穴,靡计不施,迄无济;即捕得三两头,又劣弱不中于款。宰严限追比;旬余,杖至百,两股间脓血流离,并虫亦不能行捉矣。转侧床头,惟思自尽。

时村中来一驼背巫,能以神卜。成妻具赀诣问。见红女白婆,填塞门户。入其舍,则密室垂帘,帘外设香几。问者爇香于鼎,再拜。巫从旁望空代祝,唇吻翕辟,不知何词。各各竦立以听。少间,帘内掷一纸出,即道人意中事,无毫发爽。成妻纳钱案上,焚拜如前人。食顷,帘动,片纸抛落。拾视之,非字而画:中绘殿阁,类兰若;后小山下,怪石乱卧,针针丛棘,青麻头伏焉;旁一蟆,若将跳舞。展玩不可晓。然睹促织,隐中胸怀。折藏之,归以示成。

成反复自念,得无教我猎虫所耶?细瞻景状,与村东大佛阁真逼似。乃强起扶杖,执图诣寺后。有古陵蔚起;循陵而走,见蹲石鳞鳞,俨然类画。遂于蒿莱中,侧听徐行,似寻针芥;而心目耳力俱穷,绝无踪响。冥搜未已,一癞头蟆猝然跃去。成益愕,急逐趁之。蟆入草间。蹑迹披求,见有虫伏棘根;遽扑之,入石穴中。掭以尖草,不出;以筒水灌之,始出。状极俊健,逐而得之。审视,巨身修尾,青项金翅。大喜,笼归,举家庆贺,虽连城拱璧不啻也。土于盆而养之,蟹白栗黄,备极护爱,留待限期,以塞官责。

成有子九岁,窥父不在,窃发盆,虫跃掷径出,迅不可捉,及扑入手,已股落腹裂,斯须就毙。儿惧,啼告母。母闻之,面色灰死,大骂曰:"业根!死期至矣!而翁归,自与汝复算耳!"儿涕而出。未几成归,闻妻言,如被冰雪。怒索儿,儿渺然不知所往。既得其尸于井,因而化怒为悲,抢呼欲绝。夫妻向隅,茅舍无烟,相对默然,不复聊赖。日将暮,取儿藁葬。近抚之,气息惙然。喜置榻上,半夜复苏。夫妻心稍慰。但蟋蟀笼虚,顾之则气断声吞,亦不敢复究儿。自昏达曙,目不交睫。

东曦既驾,僵卧长愁。忽闻门外虫鸣,惊起觇视,虫宛然尚在。喜而捕之。一鸣辄跃去,行且速。覆之以掌,虚若无物;手裁举,则又超忽而跃。急趁之。折过墙隅,迷其所往。徘徊四顾,见虫伏壁上。

审谛之,短小,黑赤色,顿非前物。成以其小,劣之,惟彷徨瞻顾,寻所逐者。壁上小虫,忽跃落衿袖间,视之,形若土狗,梅花翅,方首长胫,意似良。喜而收之。将献公堂,惴惴恐不当意,思试之斗以觇之。

村中少年好事者,驯养一虫,自名"蟹壳青",日与子弟角,无不胜。欲居之以为利,而高其直,亦无售者。径造庐访成。视成所蓄,掩口胡卢而笑。因出己虫,纳比笼中。成视之,庞然修伟,自增惭怍,不敢与较。少年固强之。顾念蓄劣物终无所用,不如拚搏一笑。因合纳斗盆。小虫伏不动,蠢若木鸡。少年又大笑。试以猪鬣毛,撩拨虫须,仍不动。少年又笑。屡撩之,虫暴怒,直奔,遂相腾击,振奋作声。俄见小虫跃起,张尾伸须,直龁敌领。少年大骇,解令休止。虫翘然矜鸣,似报主知。成大喜。方共瞻玩,一鸡瞥来,径进以啄。成骇立愕呼。幸啄不中,虫跃去尺有咫;鸡健进,逐逼之,虫已在爪下矣。成仓猝莫知所救,顿足失色。旋见鸡伸颈摆扑;临视,则虫集冠上,力叮不释。成益惊喜,掇置笼中。

翼日进宰。宰见其小,怒诃成。成述其异,宰不信。试与他虫斗,虫尽靡;又试之鸡,果如成言。乃赏成。献诸抚军。抚军大悦,以金笼进上,细疏其能。既入宫中,举天下所贡蝴蝶、螳螂、油利挞、青丝额……一切异状,遍试之,无出其右者。每闻琴瑟之声,则应节而舞。益奇之。

上大嘉悦,诏赐抚臣名马衣缎。抚军不忘所自;无何,宰以"卓异"闻。宰悦,免成役。又嘱学使,俾入邑庠。后岁余,成子精神复旧。自言身化促织,轻捷善斗,今始苏耳。抚军亦厚赉成。不数岁,田百顷,楼阁万椽,牛羊蹄躈各千计。一出门,裘马过世家焉。

异史氏曰:"天子偶用一物,未必不过此已忘;而奉行者即为定例。加之官贪吏虐,民日贴妇卖儿,更无休止。故天子一跬步,皆关民命,不可忽也。独是成氏子以蠹贫,以促织富,裘马扬扬。当其为里正、受扑责时,岂意其至此哉!天将以酬长厚者,遂使抚臣、令尹,并受促织恩荫。闻之:一人飞升,仙及鸡犬。信夫!"

【评赏】

在《聊斋志异》近五百篇作品中,《促织》是最受评家重视和青睐的名篇佳作。近半个世纪以来,对它进行评赏的文章已有数十篇,数量之多不仅在《聊斋》各篇中遥遥领先,在全部古代短篇小说中也是首屈一指的。一篇不足两千字的小说享誉如此,不同寻常,究其原因,主要在它本身。它有深刻的思想、精湛的艺术、动人的力量、很高的价值,是古代短篇小说当之无愧的艺术精品。

促织是蟋蟀的别称,俗名蛐蛐。早在唐天宝年间(742—756)斗促织就已成风,以后历代不衰。明宣宗朱瞻基好斗促织,有籍可考;造成百姓家破人亡,有史可查。据王世贞《国朝丛记》所载,宣德九年七月,敕令苏州知府况钟"协同"内官安儿吉祥"采取促织",一次就要一千个。沈德符《万历野获编》也说"我朝宣宗,最娴此戏",直到沈氏生活的明末民间还流传着"促织瞿瞿叫,宣宗皇帝要"一类俗语。吕毖《明朝小史》还记有一则《骏马易虫》:由于宣宗"酷好促织",遣人"取之江南",致使此物"价腾贵",一头"至十数金";枫桥一粮长"以郡督遣,觅得一最良者,用所乘骏马易之";其妻窥视,小虫跃出,被鸡啄食,妻惧而自缢;夫伤其妻,"且畏法",也自杀而死。这就是《促织》的时代背景和现实基础。作品开头叙述的皇帝、县令、猾吏、游侠儿围绕促织的种种行径正是上述现实的概括和写照,文字简要,一针见血,为主人公成名即将演出的悲喜剧造设一个纵深宽广的历史舞台。

作品以悲剧为主调,大半篇幅写老成、朴讷的成名及其一家为一只小小的促织所受的磨难和痛苦。这种描写是充分现实主义的,也是非常感人的。前后分为三个层次:捉虫不得,惨遭追比,一层;求神得示,捕得佳虫,二层;虫死儿亡,夫妻绝望,三层。第一层就把受害的成名写到绝境:几经拷打之后,连虫也不能捉了,"转侧床头,惟思自尽"。第二层,以女巫出现为发端,转写成妻求神问卜,外趋缓而内益急,致使"不能行捉"的成名又"强起扶杖",忍痛捉虫,对其所受折磨的表现更进一步;而后以捉得佳虫陡转一笔,以"举家庆贺""备极护爱"作一收束,实际是以喜乐之象反写世事荒谬之甚,百姓受害之深,并为即将到来的悲剧高潮预做准备,留下地步。第三层,以成子"发盆"、弄死佳虫为主要关目,笔锋再转,气氛骤变,其母"面色死灰",其父"如被冰雪",小儿投井自杀,夫妻"抢呼欲绝",全家完全陷入绝境。从前一绝境到后一绝境,有张有弛,螺旋式上升,展示一出切实、逼真、充满血泪的人生悲剧,直到推出悲剧的高潮,具有现实主义悲剧艺术特有的真实感、亲切感和动人心弦的感染力。

然而,成家小儿并未死去,他的精魂化作一只"轻捷善斗""应节而舞"的神奇的促织,被官吏层层进到宫中;皇帝大悦,厚赏进献之官,成名也因此进学、发迹,悲剧从而变成喜剧。从一方面看,这种结局似乎削弱了悲剧气氛和效果;但从另一方面看,它又利用神异幻想的艺术情节和形象结构把悲剧推向新的境界和新的高度,并以喜剧的结局对荒谬的现实进行有力的揭露和批判。首先,成子化为促织,正是其灵魂极度悲苦的艺术表现,给人一种死也不能解脱之感。这比投井更可悲,是现实悲剧的延伸和升华,既动人心魄,又发人深思。它使我们想到卡夫卡的名作《变形记》,一个过度紧张、疲于奔命的小职员在一个早上忽然变成大甲虫。这使他由家庭的支柱一变而为家庭的累赘,被人厌恶和嫌弃,在孤独、压抑中悲惨地死去。这种现代主义的变形艺术与古典小说中小儿化虫的神话情节属于不同的艺术形态,自然不能同日而语,但又有其明显的相似相通之处:两者都以人化异物的奇幻意象成功地表现了现实对人的摧残和压迫,突出地显示了被摧残、压迫的主人公的悲苦灵魂。就此而言,颇有异曲同工之妙。第二,从批判现实的主题来看,喜剧与悲剧相反相成,是同一现实本质的两种相反的表现:皇帝好斗促织,百官争献邀宠,既可使人倾家荡产,以至丧命,也可使人平步青云,无端发迹。成名忽而痛不欲生,堕入灾难的深渊;忽而"裘马扬扬",进入富贵天堂,而这一切都为了一只毫无用处和价值的小虫。这就充分显出皇帝的昏庸、腐朽,官场的黑暗、混沌,世事的荒唐可笑,社会的乌烟瘴气。总之,悲剧和喜剧把现实本质的两个方面同时显示出来,大大增加了作品的内涵和形象的艺术概括力。

全篇只有成妻说的两句话,此外通篇都是叙述,但绝无单调乏味之感,而将一幅幅生动的画面清晰地展现在读者眼前,极简捷,又极精致,多用白描,又栩栩如生,真如冯远村在《读聊斋杂说》中说的:"文笔之佳,独有千古。"村人求神问卜的场景,神巫暗示虫所的图景,成名扶杖捉虫的光景,成家虫死儿亡的惨景,都以少许笔墨写得神气十足,让人如闻其声,如见其态,如临其境,如入其中,不能不受到艺术的感染。作品不仅以促织为题,也多次写到促织本身。看来作者蒲松龄不只是一般地熟悉这种小动物,大概还读过《促织经》《促织志》一类书籍,了解它们的种种异状和习性,三言两语,状貌即出,品类不同,神态各异。后写小虫与"巨敌"相斗,尤为精彩,"暴怒""直奔""腾击""振奋作声""张尾伸须,直龁敌领""翘然矜鸣,似报主知"等语,气韵生动,色彩鲜明,连成一气极有气势,以至很难译成旗鼓相当的白话口语。把"张尾伸须"稀释成"张开尾巴,伸出须毛",神采也就失去大半。精妙的语言就是这样,像托尔斯泰说的,"既不能加一个字,也不能减一个字,还不能改动一个字"。古人所谓"悬诸国门不可增减一字"。

本篇矛头直指封建社会的最高统治者——皇帝,不仅针砭好斗促织的明宣宗朱瞻基,还在"异史氏曰"中推及一般皇帝,向他们提出"天子一跬步,皆关民命,不可忽也"的忠告。这在当时也是难能可贵的。

(马振方)

狐　　谐

万福,字子祥,博兴人也。幼业儒。家少有而运殊蹇,行年二十有奇,尚能不掇一芹。乡中浇俗,多报富户役,长厚者至碎破其家。万适报充役,惧而逃,如济南,税居逆旅。夜有奔女,颜色颇丽。万悦而私之,请其姓氏。女自言:"实狐,但不为君祟耳。"万喜而不疑。女嘱勿与客共,遂日至,与共卧处。凡日用所需,无不仰给于狐。

居无何,二三相识,辄来造访,恒信宿不去。万厌之,而不忍拒;不得已,以实告客。客愿一睹仙容。万白于狐。狐谓客曰:"见我何为哉? 我亦犹人耳。"闻其声,呦呦在目前,四顾,即又不见。客有孙得言者,善俳谑,固请见,且谓:"得听娇音,魂魄飞越;何吝容华,徒使人闻声相思?"狐笑曰:"贤哉孙子! 欲为高曾母作行乐图耶?"诸客俱笑。

狐曰:"我为狐,请与客言狐典,颇愿闻之否?"众唯唯。狐曰:"昔某村旅舍,故多狐,辄出祟行客。客知之,相戒不宿其舍,半年,门户萧索。主人大忧,甚讳言狐。忽有一远方客,自言异国人,望门休止。主人大悦。甫邀入门,即有途人阴告曰:'是家有狐。'客惧,白主人,欲他徙。主人力白其妄,客乃止。入室方卧,见群鼠出于床下。客大骇,骤奔,急呼:'有狐!'主人惊问。客怨曰:'狐巢于此,何诳我言无?'主人又问:'所见何状?'客曰:'我今所见,细细幺幺,不是狐儿,必当是狐孙子!'"言罢,座客为之粲然。孙曰:"既不赐见,我辈留宿,宜勿去,阻其阳台。"狐笑曰:"寄宿无妨;倘小有迕犯,幸勿滞怀。"客恐其恶作剧,乃共散去。然数日必一来,索狐笑骂。狐谐甚,每一语,即颠倒宾客,滑稽者不能屈也。群戏呼为"狐娘子"。

一日,置酒高会,万居主人位,孙与二客分左右座,上设一榻屈狐。狐辞不善酒。咸请坐谈,许之。酒数行,众掷骰为瓜蔓之令。客值瓜色,会当饮,戏以觥移上座曰:"狐娘子大清醒,暂借一觞。"狐笑曰:"我故不饮。愿陈一典,以佐诸公饮。"孙掩耳不乐闻。客皆言曰:"骂人者当罚。"狐笑曰:"我骂狐何如?"众曰:"可。"于是倾耳共听。狐曰:"昔一大臣,出使红毛国,着狐腋冠,见国王。王见而异之,问:'何皮毛,温厚乃尔?'大臣以狐对。王言:'此物生平未曾得闻。狐字字画何等?'使臣书空而奏曰:'右边是一大瓜,左边是一小犬。'"主客又复哄堂。

二客,陈氏兄弟,一名所见,一名所闻。见孙大窘,乃曰:"雄狐何在,而纵雌流毒若此?"狐曰:"适一典,谈犹未终,遂为群吠所乱,请终之。国王见使臣乘一骡,甚异之。使臣告曰:'此马之所生。'又大异

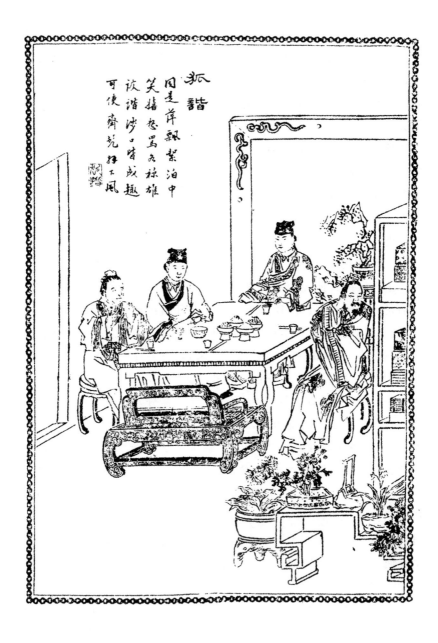

之。使臣曰：'中国马生骡，骡生驹驹。'王细问其状。使臣曰：'马生骡，乃"臣所见"；骡生驹驹，是"臣所闻"。'"举坐又大笑。众知不敌，乃相约：后有开谑端者，罚作东道主。顷之，酒酣，孙戏谓万曰："一联请君属之。"万曰："何如？"孙曰："妓者出门访情人，来时'万福'，去时'万福'。"合座属思不能对。狐笑曰："我有之矣。"众共听之。曰："龙王下诏求直谏，鳖也'得言'，龟也'得言'。"四座无不绝倒。孙大恚曰："适与尔盟，何复犯戒？"狐笑曰："罪诚在我；但非此，不成确对耳。明且设席，以赎吾过。"相笑而罢。狐之诙谐，不可殚述。

居数月，与万偕归。及博兴界，告万曰："我此处有葭莩亲，往来久梗，不可不一讯。日且暮，与君同寄宿，待旦而行可也。"万询其处，指言："不远。"万疑前此故无村落，姑从之。二里许，果见一庄，生平所未历。狐往叩关，一苍头出应门。入则重门叠阁，宛然世家。俄见主人，有翁与媪，揖万而坐。列筵丰盛，待万以姻娅，遂宿焉。狐早谓曰："我遽偕君归，恐骇闻听。君宜先往，我将继至。"万从其言，先至，预白于家人。未几，狐至，与万言笑，人尽闻之，而不见其人。

逾年，万复事于济，狐又与俱。忽有数人来，狐从与语，备极寒暄。乃语万曰："我本陕中人，与君有夙因，遂从尔许时。今我兄弟至矣，将从以归，不能周事。"留之不可，竟去。

【评赏】

开玩笑要适度，过度就会伤害人。蒲松龄在为友人吴木欣《戒谑论》所写的题词中明白地指出这一点，对那种"嘈杂狂吠"的戏谑表示极大的反感。《狐谐》就是一篇以谑制谑的戏作，同时也是作者苦心经营的一篇事文俱工的艺术精品。

作品的主要内容是狐娘子同诸客的谐谑之谈。她说的两个巧骂人的"狐典"，精巧、离奇、委曲、生动，既是戏语，又是故事，读之令人赏心悦目。作者为编织这些戏语、故事，花了不少心思。这从稿本的修改情况可以看出。在现存的《聊斋》四卷手稿本中，《狐谐》是涂改较多的一篇。改前的稿本没有陈氏兄弟两个人物，狐女巧骂二陈的一段原为另一"狐典"，也是取笑孙得言的，不很精彩，后被全部涂去，改成现在的样子。作者显然是在精益求精,不到谐谈极致不肯罢休。评家但明伦在巧骂二陈一段后面批有"伶牙利齿,想入非非"等语。其实,"想入非非"的不是狐女,而是作者蒲松龄。据张元《柳泉蒲先生墓表》上说,蒲松龄是一位说话"讷讷不出于口"的"恂恂然长者",决然说不上"伶牙利齿",但其文章精思巧构、妙手天成,大有张元所说的"雄谈博辩"之风,从而造成狐娘子的伶牙利齿。

然而,本篇这位狐娘子并不只是传达谐语、故事的工具,还是一个有血有肉、呼之欲出的小说人物。她虽然只以声音会客,形象却很鲜明突出。轻薄善谑的孙某欲观其貌,她的回答是:"贤哉孙子!欲为高曾母作行乐图耶?"真是出语便谐,开口就响,一个心灵口利的小娘子从篇页上直立起来。以后那些妙趣横生的谐谑之谈更把她的诙谐性格、敏捷才思表现得异常充分、酣畅淋漓,把她的形象深深印在读者心中。其实,生活中常能见到类似的青年女性,狐娘子的形象正是她们性格的强化和升华,所以如此生动、活脱,有生命力。

开头和结尾两部分不过是为写出狐女的来龙去脉,在全篇只起辅助作用,而惯于借助狐鬼表现人生、爱情的《聊斋》作者对此也不肯草草了事,定要写得委曲婉转,合情尽理,使这两部分不仅与主体部分和谐、浑成,还为作品增加了韵味,丰富了内涵。前写万福家少积蓄,科名无成,又被报充"富户役"(即《促织》中成名被迫充任的里正之类),只好逃到济南躲避。这样认真地写其身世遭际,一方面具有较强的真实感和亲切感,为狐女来奔创造一个切实的环境,自然递入戏谑情事;另一方面又反映了当时的现实世相,且使狐女之奔有同情不幸者的意蕴。结尾更为深婉曲折,于两人同归博兴途中又夹写狐女投宿亲家,近乎节外生枝,实则增加了人情味和生活气;再后又写归家情状,使万福先回,"白于家人",仿佛真有个狐娘子同来;到此还不肯轻易收笔,直写到隔年再至济南,兄弟来接,并特地点出家在陕中,方才罢休——定要将虚幻之事笔笔落实,使其自然而起,自然而止,天造地设,不见凿痕。

据王培荀《乡园忆旧录》卷六记载,济南朱子青有一狐友,"闻声不见其形",并且参加"文酒之会",与会者要见他,他就随人之意变化,或老,或少,或为美女;有人又要见其真形,"狐曰:'天下之大,孰肯以真形示人者,而欲我独示真形乎?'大笑而去。"朱子青的这个狐友与《狐谐》中的狐娘子颇有几分相似之处,两者对观,更多情趣。值得注意的是,朱子青就是当时的济南名士朱缃,与蒲松龄有文字交,极赏《聊斋志异》一书,不仅借抄、题辞,还曾为它提供素材。不知王培荀记述的这则传说产生于何时,如果在朱缃生前,"搜抉奇怪"的蒲松龄不会不知道,《狐谐》的创造有可能受到它的影响。

(马振方)

姊妹易嫁

掖县相国毛公,家素微。其父常为人牧牛。时邑世族张姓者,有新阡在东山之阳。或经其侧,闻墓中叱咤声曰:"若等速避去,勿久溷贵人宅!"张闻,亦未深信。既又频得梦,警曰:"汝家墓地,本是毛公佳城,何得久假此?"由是家数不利。客劝徙葬吉,张听之,徙焉。一日,相国父牧,出张家故墓,猝遇雨,匿身废圹中。已而雨益倾盆,潦水奔穴,崩洞灌注,遂溺以死。相国时尚孩童。母自诣张,愿丐咫尺地,掩儿父。张征知其姓氏,大异之。行视溺死所,俨然当置棺处,又益骇。乃使就故圹窆焉。且令携若儿来。

葬已,母偕儿诣张谢。张一见,辄喜,即留其家,教之读,以齿子弟行。又请以长女妻儿。母骇不敢应。张妻云:"既已有言,奈何中改!"卒许之。然此女甚薄毛家,怨惭之意,形于言色。有人或道及,辄掩其耳;每向人曰:"我死不从牧牛儿!"

及亲迎,新郎入宴,彩舆在门,而女掩袂向隅而哭。催之妆,不妆;劝之亦不解。俄而新郎告行,鼓乐大作,女犹眼零雨而首飞蓬也。父止婿,自入劝女,女涕若罔闻。怒而逼之,益哭失声。父无奈之。又有家人传白:"新郎欲行。"父急出,言:"衣妆未竟,乞郎少停待。"即

又奔入视女。往来者，无停履。迁延少时，事愈急，女终无回意。

父无计，周张欲自死。其次女在侧，颇非其姊，苦逼劝之。姊怒曰："小妮子，亦学人喋聒！尔何不从他去？"妹曰："阿爷原不曾以妹子属毛郎；若以妹子属毛郎，更何须姊姊劝驾也？"父以其言慷爽，因与伊母窃议，以次易长。母即向女曰："忤逆婢不遵父母命，今欲以儿代若姊，儿肯之否？"女慨然曰："父母教儿往也，即乞丐不敢辞；且何以见毛家郎便终身饿莩死乎？"父母闻其言，大喜，即以姊妆妆女，仓猝登车而去。

入门，夫妇雅敦逑好。然女素病赤鬝，稍稍介公意。久之，浸知易嫁之说，由是益以知己德女。居无何，公补博士弟子，应秋闱试。道经王舍人店，店主人先一夕梦神曰："旦夕当有毛解元来，后且脱汝于厄。"以故晨起，专伺察东来客。及得公，甚喜。供具殊丰善，不索直。特以梦兆厚自托。公亦颇自负；私以细君发鬅鬙，虑为显者笑，富贵后，念当易之。已而晓榜既揭，竟落孙山，咨嗟蹇步，懊惋丧志。心怩旧主人，不敢复由王舍，以他道归。后三年，再赴试，店主人延候如初。公曰："尔言初不验，殊惭祗奉。"主人曰："秀才以阴欲易妻，故被冥司黜落，岂妖梦不足以践？"公愕而问故。盖别后复梦而云。公闻之，惕然悔惧，木立若偶。主人谓："秀才宜自爱，终当作解首。"未几，果举贤书第一人。夫人发亦寻长，云鬟委绿，转更增媚。

姊适里中富室儿，意气颇自高。夫荡惰，家渐陵夷，空舍无烟火。闻妹为孝廉妇，弥增惭怍。姊妹辄避路而行。又无何，良人卒，家落。顷之，公又擢进士。女闻，刻骨自恨，遂忿然废身为尼。及公以宰相归，强遣女行者诣府谒问，冀有所贻。比至，夫人馈以绮縠罗绢若干匹，以金纳其中，而行者不知也。携归见师。师失所望，恚曰："与我金钱，尚可作薪米费；此等仪物我何须尔！"遂令将回。公及夫人疑之。及启视而金具在，方悟见却之意。发金笑曰："汝师百余金尚不能任，焉有福泽从我老尚书也。"遂以五十金付尼去，曰："将去作尔师用度。多恐福薄人难承荷耳。"行者归，具以告。师默然自叹，念平生所为，辄自颠倒，美恶避就，繄岂由人耶？后店主人以人命逮系囹圄，公为力解释罪。

异史氏曰:"张家故墓,毛氏佳城,斯已奇矣。余闻时人有'大姨夫作小姨夫,前解元为后解元'之戏,此岂慧黠者所能较计耶?呜呼!彼苍者天,久不可问,何至毛公,其应如响?"

【评赏】

这篇没有花妖狐魅,主要摹写现实情事,加上一些幻异情节、迷信成分,表现作者的劝惩意图。

在那贫富悬殊、贵贱分明的等级观念弥漫社会的封建时代,嫌贫爱富、趋贵避贱是世俗人的普遍心态。婚嫁自然受其影响,确切地说,在各种人际关系中受等级观念影响最大、最深、最严重的莫过于婚嫁。"门当户对"几乎就是当时一般人结亲择偶的公理和法则。本篇张家乃是"世族",他家的姑娘怎肯下嫁"牧牛儿"呢?所以作者特写张某受到灵迹异梦的启示,预知毛家儿将大富大贵,才把长女许给他。作品的矛盾由此而生,而且越来越尖锐,长女抵死不嫁,使矛盾达到白热化,从而暴露社会的一个根本问题:贫富贵贱的等级差别在人与人之间筑起高墙,世俗之辈很难逾越。惟其如此,愿代其姊下嫁毛郎的小妹就显得超尘脱俗,一枝独秀,不仅可喜可爱,而且可钦可敬。在今天看来,也许觉得她没有什么特别出奇之处,而且还有唯父母之命是从的封建思想。但只要把她放在她所生活的历史时代和社会现实的具体环境里,就会觉得上述评赞并非溢美。她确实是个在婚姻方面冲破了门第等级观念的女性。

不过,与其说冲破这种封建观念的是张家小女,不如说是作者蒲松龄。有关史料告诉我们,本篇男主人公毛相国是历史上的真实人物,名叫毛纪,字维之,成化二十三年(1487)进士及第,正德十二年(1517)以礼部尚书入阁为相。姊妹易嫁的事也是毛纪的真实遭际,但具体情况与小说内容大有分别。毛纪并非出身"素微",其家自元以来就是"东莱名阀",他的父亲毛封也不曾"为人放牛",而是堂堂举人,曾任杭州府学教授。这就不存在毛纪未婚妻因嫌贫爱富而不嫁的问题。据载,毛纪之妻姓官,其嫌毛纪"有文无貌",临嫁而悔,"妹承父母意",代姊而嫁。这就是说,作为此篇本事的姊妹易嫁是重才还是重貌的问题,作者依照自己的生活体验和思想倾向对题材作了重大的改造和艺术处理,在抨击以贫富贵贱论婚的等级观念的同时创造了一个敢向这种观念挑战的理想人物。其实,蒲松龄的封建等级观念也是很重的,《聊斋》多篇都有所表现。但他毕竟是个困顿终生的穷秀才,对门第等级既十分重视,又不无反感,特别是对歧视落拓书生的世态深恶痛绝。这是矛盾的,又是统一的。《姊妹易嫁》也表现了这种矛盾和统一。嫁给牧牛儿的女主人公最后必得成为高居人上的显贵命妇,扬眉吐气,实际上还是门第等级观念的表现。这是时代的局限,也是作者观念的局限。

无论现实,还是作品,姊妹易嫁都是封建婚姻的产物。选择配偶是人生大事,本当充分尊重个人意志,但在封建礼法统治下,当事的青年男女却没有选择自己配偶的权利,只能听从家长的安排。张家长女虽然择偶的标准俗不可取,但敢于表达自己的意志,而且不顾礼法,抗命到底,使包办婚姻的父母手足无措,狼狈不堪,不得已办出调包易嫁的怪事。从这方面看,这位少女也自有出奇可爱之处,甚至可以说干了一件大快人心的事,在婚姻决定权问题上冲击了封建道德观念。相比之下,贫富听天命、嫁人听父命的小妹又不那么可爱了。还应指出,像张家长女那样敢抗父命的倔强女子都是有个性、有志气的,不会轻易向命运屈服,更不会向自己当初誓死不嫁的人摇尾乞怜。事实也正是这样,那个不肯嫁给毛纪的官氏。在毛大贵之后不免"自恨",出家做了女道士,妹子送她礼物,"都不肯受",清苦修行,高寿而终。连毛纪也很敬重他,晚归林下二十余年,常常与她"过从谈道"。这是人物性格合乎逻辑的发展。蒲松龄一面尊重事实,写了她的"刻骨自恨,遂忿然废身为尼";一面又囿于传统观念和劝惩意图,把他的人物写成希望妹子"与我金钱"的可怜虫角色,不仅违背现实逻辑,有损性格的统一性,让人看了很别扭,也抹杀了这个形象光辉的一面,把人物简单化、漫画化了。

这篇作品的思想内容比较复杂,在现实题材里掺入的一些墓中作怪、神灵托梦之类怪诞之笔,同《聊斋》多数篇章神异幻想的艺术精神背道而驰,成为宣扬迷信思想、天命观念的工具。前面不写毛纪的人品、才学,而着意渲染墓地风水,相国的官位早已注定,连他父亲未来的墓地也有神灵保护,不准他人埋骨。这虽为允婚情节张本,归根到底还是唯心的天命观和迷信思想在作怪。后面写店主人两次"神梦",虽有劝人"贵不易妻"的用心,也还是天命加报应的思想的产物,寓意也嫌浅露,不足为训。至于结尾讥诮大姊"福薄",就不只一般地宣扬天命,同时也对这个人物的嫌贫爱富、不嫁毛郎作了先验论的错误解释,从而限制了作品思想的高度和深度。

全篇多用粗线条勾勒,但粗中有细,对毛郎迎亲的重场戏大力展开,决不苟简。先后两写新郎要行,而女无转意,把矛盾一步步推向高潮,直到女父急得"周张欲自死",才肯转笔。其间写女时而"向隅而哭","涕若罔闻",时而"益哭失声","眼零雨而首飞蓬";写父时而劝女,时而止婿,忽而"怒而逼之",忽而"无奈",方才"急出",随即"奔入",杂以"彩舆在门","新郎告行,鼓乐大作","家人传白",种种情状错杂而出,种种声响交并而入,充分显出当时场面的热闹、混乱和气氛的紧张,令人有应接不暇之感。随后特写姊妹斗口,话虽不多,声口逼肖,生动传出两个少女的思想、性情和处境的巨大差异,使人如闻其声,如见其人,如临其境,如入画图。

(马振方)

续 黄 粱

福建曾孝廉,高捷南宫时,与二三新贵,遨游郊郭。偶闻毗卢禅院寓一星者,因并骑往诣问卜。入揖而坐。星者见其意气,稍佞谀之。曾摇篦微笑,便问:"有蟒玉分否?"星者正容许二十年太平宰相。曾大悦,气益高。值小雨,乃与游侣避雨僧舍。舍中一老僧,深目高鼻,坐蒲团上,偃蹇不为礼。众一举手,登榻自话,群以宰相相贺。曾心气殊高,指同游曰:"某为宰相时,推张年丈作南抚,家中表为参、游,我家老苍头亦得小千把,于愿足矣。"一坐大笑。

俄闻门外雨益倾注,曾倦伏榻间。忽见有二中使,赍天子手诏,召曾太师决国计。曾得意,疾趋入朝。天子前席,温语良久。命三品以下,听其黜陟。赐蟒玉名马。曾被服稽拜以出。入家。则非旧所居第,绘栋雕榱,穷极壮丽。自亦不解,何以遽至于此。然捻髯微呼,则应诺雷动。俄而公卿赠海物,伛偻足恭者,叠出其门。六卿来,倒屣而迎;侍郎辈,揖与语;下此者,颔之而已。晋抚馈女乐十人,皆是好女子。其尤者为袅袅,为仙仙,二人尤蒙宠顾。科头休沐,日事声歌。

一日,念微时尝得邑绅王子良周济,"我今置身青云,渠尚蹉跎仕路,何不一引手?"早旦一疏,荐为谏议,即奉俞旨,立行擢用。又念郭太仆曾睚眦我,即传吕给谏及侍御陈昌等,授以意旨;越日,弹章交至,奉旨削职以去。恩怨了了,颇快心意。偶出郊衢,醉人适触卤簿,即遣人缚付京尹,立毙杖下。接第连阡者,皆畏势献沃产。自此,富可埒国。无何而袅袅、仙仙,以次殂谢,朝夕遐想。忽忆曩年见东家女绝美,每思购充媵御,辄以绵薄违宿愿,今日幸可适志。乃使干仆数辈,强纳赀于其家。俄顷,藤舆舁至,则较昔之望见时,尤艳绝也。自顾生平,于愿斯足。

又逾年,朝士窃窃,似有腹非之者。然各为立仗马;曾亦高情盛气,不以置怀。有龙图学士包上疏,其略曰:

"窃以曾某,原一饮赌无赖,市井小人。一言之合,荣膺圣眷,父紫儿朱,恩宠为极。不思捐躯摩顶,以报万一;反恣胸臆,擅作威福。可死之罪,擢发难数!朝廷名器,居为奇货,量缺肥瘠,为价重轻。因而公卿将士,尽奔走于门下,估计夤缘,俨如负贩,仰息望尘,不可算数。或有杰士贤臣,不肯阿附,轻则置之闲散,重则褫以编氓。甚且一臂不袒,辄连鹿马之奸;片语方干,远窜豺狼之地。朝士为之寒心,朝廷因而孤立。又且平民膏腴,任肆蚕食;良家女子,强委禽妆。沴气冤氛,暗无天日!奴仆一到,则守、令承颜;书函一投,则司、院枉法。或有厮养之儿,瓜葛之亲,出则乘传,风行雷动。地方之供给稍迟,马上之鞭挞立至。荼毒人民,奴隶官府,扈从所临,野无青草。而某方炎炎赫赫,怙宠无悔。召对方承于阙下,媵菲辄进于君前;委蛇才退于自公,声歌已起于后苑。声色狗马,昼夜荒淫;国计民生,罔存念虑。世上宁有此宰相乎!内外骇讹,人情汹汹。若不急加斧锧之诛,势必酿成操、莽之祸。臣夙夜祗惧,不敢宁处,冒死列款,仰达宸听。伏祈断奸佞之头,籍贪冒之产,上回天怒,下快舆情。如果臣言虚谬,刀锯鼎镬,即加臣身。"云云。

疏上,曾闻之,气魄悚骇,如饮冰水。幸而皇上优容,留中不发。又继而科、道、九卿,交章劾奏;即昔之拜门墙、称假父者,亦反颜相向。奉旨籍家,充云南军。子任平阳太守,已差员前往提问。

曾方闻旨惊怛,旋有武士数十人,带剑操戈,直抵内寝,褫其衣冠,与妻并系。俄见数夫运赀于庭,金银钱钞以数百万,珠翠瑙玉数百斛,幄幕帘榻之属,又数千事,以至儿襁女舄,遗坠庭阶。曾一一视之,酸心刺目。又俄而一人掠美妾出,披发娇啼,玉容无主。悲火烧心,含愤不敢言。俄楼阁仓库,并已封志。立叱曾出。监者牵罗曳而出。夫妻吞声就道,求一下驷劣车,少作代步,亦不得。十里外,妻足弱,欲倾跌,曾时以一手相攀引。又十余里,已亦困惫。欻见高山,直插霄汉,自忧不能登越,时挽妻相对泣。而监者狞目来窥,不容稍停驻。又顾斜日已坠,无可投止,不得已,参差蹩躠而行。比至山腰,妻力已尽,泣坐路隅。曾亦憩止,任监者叱骂。

忽闻百声齐噪,有群盗各操利刃,跳梁而前。监者大骇,逸去。曾长跪,言:"孤身远谪,橐中无长物。"哀求宥免。群盗裂眦宣言:"我辈皆被害冤民,只乞得佞贼头,他无索取。"曾叱怒曰:"我虽待罪,乃朝廷命官,贼子何敢尔!"贼亦怒,以巨斧挥曾项。觉头堕地作声,魂方骇疑,即有二鬼来,反接其手,驱之行。行逾数刻,入一都会。顷之,睹宫殿;殿上一丑形王者,凭几决罪福。曾前,匍伏请命。

王者阅卷,才数行,即震怒曰:"此欺君误国之罪,宜置油鼎!"万鬼群和,声如雷霆。即有巨鬼捽至墀下。见鼎高七尺已来,四围炽炭,鼎足尽赤。曾觳觫哀啼,窜迹无路。鬼以左手抓发,右手握踝,抛置鼎中。觉块然一身,随油波而上下;皮肉焦灼,痛彻于心;沸油入口,煎烹肺腑。念欲速死,而万计不能得死。约食时,鬼方以巨叉取

续 黄 梁

续黄粱
初捷南宫意
气扬沅闻磬
语更韧翔僧
寮不是邯郸
道也作黄粱
梦一场

曾出，复伏堂下。王又检册籍，怒曰："倚势凌人，合受刀山狱！"鬼复捽去。见一山，不甚广阔；而峻削壁立，利刃纵横，乱如密笋。先有数人膏肠刺腹于其上，呼号之声，惨绝心目。鬼促曾上，曾大哭退缩。鬼以毒锥刺脑，曾负痛乞怜。鬼怒，捉曾起，望空力掷。觉身在云霄之上，晕然一落，刃交于胸，痛苦不可言状。又移时，身躯重赘，刀孔渐阔；忽焉脱落，四支蠖屈。鬼又逐以见王。王命会计生平卖爵鬻名，枉法霸产，所得金钱几何。即有鬓须人持筹握算，曰："三百二十一万。"王曰："彼既积来，还令饮去！"少间，取金钱堆阶上，如丘陵。渐入铁釜，熔以烈火。鬼使数辈，更以杓灌其口，流颐则皮肤臭裂，入喉则脏腑腾沸。生时患此物之少，是时患此物之多也。半日方尽。王者令押去甘州为女。

行数步，见架上铁梁，围可数尺，绾一火轮，其大不知几百由旬，焰生五采，光耿云霄。鬼挞使登轮。方合眼跃登，则轮随足转，似觉倾坠，遍体生凉。开眸自顾，身已婴儿，而又女也。视其父母，则悬鹑败絮。土室之中，瓢杖犹存。心知为乞人子。日随乞儿托钵，腹辘辘然常不得一饱。着败衣，风常刺骨。十四岁，鬻与顾秀才备媵妾，衣食粗足自给。而冢室悍甚，日以鞭棰从事，辄用赤铁烙胸乳。幸而良人颇怜爱，稍自宽慰。东邻恶少年，忽逾垣来逼与私。乃自念前身恶孽，已被鬼责，今那得复尔。于是大声疾呼。良人与嫡妇尽起，恶少年始窜去。居无何，秀才宿诸其室，枕上喋喋，方自诉冤苦。忽震厉一声，室门大辟，有两贼持刀入，竟决秀才首，囊括衣物。团伏被底，不敢复作声。既而贼去，乃喊奔嫡室。嫡大惊，相与泣验。遂疑妾以奸夫杀良人，因以状白刺史。刺史严鞫，竟以酷刑定罪案，依律凌迟处死。縶赴刑所，胸中冤气扼塞，距踊声屈，觉九幽十八狱，无此黑黯也。

正悲号间，闻游者呼曰："兄梦魇耶？"豁然而寤，见老僧犹跏趺座上。同侣竞相谓曰："日暮腹枵，何久酣睡？"曾乃惨淡而起。僧微笑曰："宰相之占验否？"曾益惊异，拜而请教。僧曰："修德行仁，火坑中有青莲也。山僧何知焉。"曾胜气而来，不觉丧气而返。台阁之想，由此淡焉。入山不知所终。

异史氏曰:"福善祸淫,天之常道。闻作宰相而忻然于中者,必非喜其鞠躬尽瘁可知矣。是时方寸中,宫室妻妾,无所不有。然而梦固为妄,想亦非真。彼以虚作,神以幻报。黄粱将熟,此梦在所必有,当以附之邯郸之后。"

【评赏】

唐人传奇中有一篇沈既济的《枕中记》,写一个姓卢的书生借助道士神异的瓷枕在梦中享尽向所仰慕的功名富贵。入梦之前,店主正在蒸黄粱米饭;梦醒之后,黄粱米饭还没有蒸熟。这就是有名的黄粱梦故事。《聊斋》本篇的情节轮廓和结构框架与《枕中记》大体仿佛,所以题作《续黄粱》。

在我国文言小说史上,出现过一系列黄粱梦式的作品。这些作品繁简不一,高下不齐,思想内容却大同小异,都以形形色色美梦的破灭否定人生的意义和实在性,宣扬消极出世的宗教观念。《续黄粱》既然属于这一系列,自然也有这方面的内容和思想因素。主人公曾某醒来之后也灰心功名,弃绝尘世,"入山不知所终",就是证明。不过,这并不是这篇作品的主要成分和中心思想。《续黄粱》的成就和价值就在于突破了《枕中记》等作品的上述思想内容和形象结构模式,把黄粱美梦变成噩梦,把宗教的哲学观念的形象载体变成抨击现实官场、惩治贪官污吏的艺术图画。《枕中记》和另一篇唐人小说《樱桃青衣》,其主人公虽然也都向往功名利禄,但在梦中做官以后并无劣迹,而且还都有利国利民的显赫政绩,或"大破戎虏",凿河筑城,或"赏鉴公平",敢于直谏,非但"朝廷称之",百姓也"刻石纪德";即使遭贬受罚,也属冤案。总之都是清官、贤相、功臣之类,不单享尽荣华富贵,而且倍受人们崇敬,以便证明"人生之适"不过如此,一切荣禄皆属虚空,在宣扬佛道思想的同时,还自觉不自觉地美化了现实官场。《续黄粱》与此截然不同,主人公曾某既无德能,也无功绩,是平步青云的"饮赌无赖",睚眦必报的"市井小人",入梦之前听人说他有做太平宰相的命,心高气傲,踌躇满志,马上想到提拔亲信;梦中做了太师之后,立刻大施淫威,大报恩怨,夺田霸女,"荼毒人民",结党营私,

"奴隶官府"——这是噩梦的第一幕,也是现实官场黑暗面的真实写照。包龙图弹劾曾某的本章历数其罪,实际就是作者蒲松龄对此等权臣显宦的总结、鉴定和评判,切中时弊,大快人心。值得注意的是,《聊斋》各篇抨击、揭露的大多是中小官吏,尤以知县为最多,《梦狼》《潞令》《鸮鸟》《红玉》《放蝶》《冤狱》,不胜枚举,而本篇矛头直指一人之下、万人之上的太师、宰相,有其特出的思想意义。

曾某的噩梦并未就此结束,随后又演出以后几幕:罢官、抄家、充军、被冤民所杀,死后又在阴间受各种酷刑。梦中为官作宰,已是奇幻之想;梦中死而为鬼,更是奇上加奇,幻中生幻,作者得以恣情纵笔,极尽发挥。在蒲松龄笔下,民间和佛教有关阴司、地狱的传说有许多妙用。《席方平》中的阴司用酷刑锻炼孝子、硬汉,制造冤狱,成为讽喻、影射现实官场的艺术符号;本篇又用阴司的酷刑惩罚祸国殃民的朝廷大吏,发泄愤懑不平之气。笔墨虽显得过于严酷,以至令人惨不忍睹,但作者的感情和用心还是可以理解的。其中要曾饮下他生前聚敛的金钱所化的铜汁,使这个"生时患此物之少"的贪官,"是时患此物之多",构思奇巧,发人深省。至于以后又让曾某转生为乞人之女、秀才之妾,受尽欺凌、磨难,蒙受不白之冤,虽然也是惩罚曾某的继续,却将被压迫者的受苦受难写成前生孽果,罪有应得,不仅陷入因果轮回的泥潭,而且对人压迫人的社会现实作了错误、唯心的解释,是不足取的。

本篇虽是寓意之作,有些描写也很可观。开头一段写高中以后的曾某问卜前程,喜听奉承,以封官许愿为嬉戏,活画小人得志丑态,揭示出此等人物此时此刻的真实心理,这也是他进入梦幻的心理条件和现实基础。再看梦中做太师的曾某:"捻髭微呼,则应诺雷动。""六卿来,倒屣而迎;侍郎辈,揖与语;下此者,颔之而已。"寥寥数语,就把一个位极人臣的封建官僚那种炙手可热的派头和神气活灵活现地呈现给读者,是凝练、精粹的白描之笔。

(马振方)

狐　　梦

　　余友毕怡庵,倜傥不群,豪纵自喜。貌丰肥,多髭。士林知名。尝以故至叔刺史公之别业,休憩楼上。传言楼中故多狐。毕每读《青凤传》,心辄向往,恨不一遇。因于楼上,摄想凝思。既而归斋,日已寖暮。

　　时暑月燠热,当户而寝。睡中有人摇之。醒而却视,则一妇人,年逾不惑,而风雅犹存。毕惊起,问其谁何。笑曰:"我狐也。蒙君注念,心窃感纳。"毕闻而喜,投以嘲谑。妇笑曰:"妾齿加长矣,纵人不见恶,先自惭沮。有小女及笄,可侍巾栉。明宵,无寓人于室,当即来。"言已而去。至夜,焚香坐伺。妇果携女至。态度娴婉,旷世无匹。妇谓女曰:"毕郎与有夙缘,即须留止。明旦早归,勿贪睡也。"毕与握手入帏,款曲备至。事已,笑曰:"肥郎痴重,使人不堪。"未明即去。

　　既夕自来,曰:"姊妹辈将为我贺新郎,明日即屈同去。"问:"何所?"曰:"大姊作筵主,去此不远也。"毕果候之。良久不至,身渐倦惰。才伏案头,女忽入曰:"劳君久伺矣。"乃握手而行。奄至一处,有大院落。直上中堂,则见灯烛荧荧,灿若星点。俄而主人至,年近二旬,淡妆绝美。敛衽称贺已,将践席,婢入白:"二娘子至。"见一女子入,年可十八九,笑向女曰:"妹子已破瓜矣。新郎颇如意否?"女以扇击背,白眼视之。二娘曰:"记儿时与妹相扑为戏,妹畏人数胁骨,遥呵手指,即笑不可耐。便怒我,谓我当嫁僬侥国小王子。我谓婢子他日嫁多髭郎,刺破小吻,今果然矣。"大娘笑曰:"无怪三娘子怒诅也!新郎在侧,直尔憨跳!"顷之,合尊促坐,宴笑甚欢。

　　忽一少女,抱一猫至,年可十一二,雏发未燥,而艳媚入骨。大娘曰:"四妹妹亦要见姊丈耶?此无坐处。"因提抱膝头,取肴果饵之。

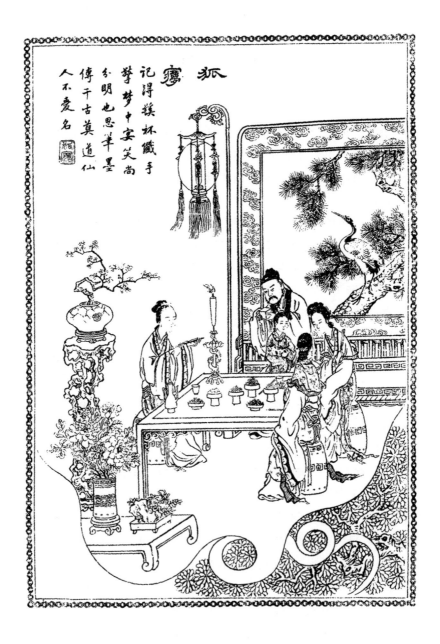

移时,转置二娘怀中,曰:"压我胫股酸痛!"二姊曰:"婢子许大,身如百钧重,我脆弱不堪。既欲见姊丈,姊丈故壮伟,肥膝耐坐。"乃捉置毕怀。入怀香耎,轻若无人。毕抱与同杯饮。大娘曰:"小婢勿过饮,醉失仪容,恐姊夫所笑。"少女孜孜展笑,以手弄猫,猫戛然鸣。大娘曰:"尚不抛却,抱走蚤虱矣!"二娘曰:"请以狸奴为令,执筹交传,鸣处则饮。"众如其教。至毕辄鸣。毕故豪饮,连举数觥。乃知小女子故捉令鸣也,因大喧笑。二姊曰:"小妹子归休!压杀郎君,恐三姊怨人。"小女郎乃抱猫去。

　　大姊见毕善饮,乃摘髻子贮酒以劝。视髻仅容升许;然饮之,觉有数斗之多。比干视之,则荷盖也。二娘亦欲相酬。毕辞不胜酒。二娘出一口脂合子,大于弹丸,酌曰:"既不胜酒,聊以示意。"毕视之,一吸可尽;接吸百口,更无干时。女在傍以小莲杯易合子去,曰:"勿为奸人所弄。"置合案上,则一巨钵。二娘曰:"何预汝事!三日郎君,便如许亲爱耶!"毕持杯向口立尽。把之腻软;审之,非杯,乃罗袜一钩,衬饰工绝。二娘夺骂曰:"猾婢!何时盗人履子去,怪道足冰冷也!"遂起,入室易舄。

　　女约毕离席告别。女送出村,使毕自归。瞥然醒寤,竟是梦景;而鼻口醺醺,酒气犹浓,异之。至暮,女来,曰:"昨宵未醉死耶?"毕言:"方疑是梦。"女曰:"姊妹怖君狂噪,故托之梦,实非梦也。"

　　女每与毕弈,毕辄负。女笑曰:"君日嗜此,我谓必大高着。今视之,只平平耳。"毕求指海。女曰:"弈之为术,在人自悟,我何能益君?朝夕渐染,或当有异。"居数月,毕觉稍进。女试之,笑曰:"尚未,尚未。"毕出,与所尝共弈者游,则人觉其异,咸奇之。毕为人坦直,胸无宿物,微泄之。女已知,责曰:"无怪乎同道者不交狂生也。屡嘱慎密,何尚尔尔!"怫然欲去。毕谢过不遑,女乃稍解;然由此来寖疏矣。

　　积年余,一夕来,兀坐相向。与之弈。不弈;与之寝,不寝。怅然良久,曰:"君视我孰如青凤?"曰:"殆过之。"曰:"我自惭弗如。然聊斋与君文字交,请烦作小传,未必千载下无爱忆如君者。"毕曰:"夙有此志;曩遵旧嘱,故秘之。"女曰:"向为是嘱,今已将别,复何讳?"问:"何往?"曰:"妾与四妹妹为西王母征作花鸟使,不复得来。曩有姊行,与君家叔兄,临别已产二女,今尚未醮;妾与君幸无所累。"毕求赠言。曰:"盛气平,过自寡。"遂起,捉手曰:"君送我行。"至里许,洒涕分手,曰:"彼此有志,未必无会期也。"乃去。

康熙二十一年腊月十九日,毕子与余抵足绰然堂,细述其异,余曰:"有狐若此,则聊斋之笔墨有光荣矣。"遂志之。

【评赏】

《狐梦》写毕怡庵忻慕、向往《聊斋志异》中的狐仙青凤,"恨不一遇",果然在梦中遇狐,极尽缱绻、怡游。小说中梦中有梦,奇幻诡异,作者偏偏在篇首凿凿有据地说"余友毕怡庵""尝以故至叔刺史公之别业",梦中遇狐,篇末又确切地说,"康熙二十一年腊月十九日,毕子与余抵足绰然堂,细述其异"。作者以半真半假的笔墨,造成一种真幻相生的艺术境界。

查《淄川毕氏世谱》,并没有号曰"怡庵"者,作者说他乃刺史公之侄,当为毕氏族人。"刺史公"指蒲松龄的东家毕际有,曾任扬州府通州知州。蒲松龄自康熙十八年应邀到毕际有家任西席,设馆绰然堂,教毕际有的八个孙子。毕家为名门望族,有万卷藏书楼,私人花园石隐园,"别业"乃毕际有之别墅。毕家自刺史公和夫人到其儿子毕盛钜,均爱杂史稗录,《聊斋志异》中有两篇——《五羖大夫》和《鸲鹆》,篇末均署"毕载积先生志"(或"记"),"载积"为毕际有之字。毕际有夫人王氏乃王士禛的从姑母,也是一位小说爱好者,"喜夜坐瀹茗谈往迹,或遣诸孙于灯下读野史"(《毕母王太君墓志铭》)。毕家子弟也以谈狐说鬼为乐。《狐梦》中的狐女说:"曩有姊行,与君家叔兄。临别已产二女。"就是拿毕家的子弟调侃。学术界有人曾推断在书中被扯进来加以取笑的"叔兄",就是聊斋先生的少东家毕盛钜。这些真真假假的人物、地点、时间,常常是蒲留仙诱人深信其故事的障眼法。书中让毕怡庵因慕狐仙而梦狐仙,又受狐仙之托,要求聊斋作传,以便"未必千载下无爱忆如君者",煞有介事,妙趣横生。

"狐幻矣,狐梦更幻,狐梦幻矣,以为非梦,更幻。"(何垠评语)《狐梦》融狐仙和梦幻于一炉,是一个别出心裁的创新。小说极尽幽默风趣之能事，喜剧气氛洋溢全篇，虽然是梦、是幻，却有十分浓郁的生活气息。

小说开头说毕怡庵"倜傥不群，豪纵自喜，貌丰肥，多髭"，似乎是平平常常的叙述语言，实际上把叙述语言与作者评价有机地黏合，既述其事，又发其义。这种语式源自于《史记》。蒲松龄更以其惊人的才华，在开章明义的人物介绍中，埋藏下了故事发展的引线和人物个性的依据。正因为"倜傥"，毕怡庵才会在梦中先对"风雅犹存"的狐妇"投以嘲谑"。又对"旷世无匹"的狐女"款曲备至"。正因他"豪纵"，才会"连举数觥"，醺醺大醉，才会口没遮拦将自己的艳遇语人。又因为毕怡庵的体貌丰肥而又多髭，小说中才敷衍出"肥郎痴重，使人不堪"；"我谓婢子他日嫁多髭郎，刺破小吻，今果然矣"等语。因而，毕怡庵虽不是《狐梦》中最生动的形象，他的个性乃至体貌却在作品中起重要作用。

"点缀小女子闺房戏谑，都成隽语，且逼真。"（冯镇峦评语）应该算《狐梦》最为成功之处。梦中之梦，与狐女聚饮，是小说最成功之处，几位狐女年相近而貌相若，同中存异，曲尽变化，个个逼真活跳。大姊是筵主，温文尔雅，初露面，不着一语，"敛衽称贺已"，当二姐取笑时，是她提醒："新郎在侧，直尔憨跳。"四妹的猫儿戛然鸣时，仍是大姊提醒"尚不抛却，抱走蚤虱矣！"时时处处显示出当家理事，顾全体面的身份。二姊则开口解颐，豪爽调皮，一见三娘就以"破瓜""刺破小吻"等语戏谑，唐突地说毕怡庵"肥膝耐坐"，近于尖刻地嘲笑三娘"三日郎君，便如许亲爱耶？"二姊的话语总是调笑型，带点挑刺意味。二姊与大姊两人，一个处处为他人斡旋，一个时时揶揄他人，一个出语温和，一个开口泼辣，刚柔相形，格外鲜明。四妹在筵中未发一言，却用她抱来的猫儿画龙点睛地展示了她聪慧顽皮的个性：猫至毕怡庵辄鸣，害毕怡庵"连举数觥"，就因为四妹作怪："乃知小女子故捉令鸣也。"狐女三娘的个性更是活灵活现。作者在她露面时加以"态度娴婉"的考语。她对毕怡庵真算得上和顺温柔。邀毕赴宴时谦恭地说"劳君久伺"。对二姊的谐谑，她只能以沉默对待，以"白眼视之"，毕怡庵豪饮时，她忙提醒"勿为奸人所弄"。二娘挖苦她"三日郎君,便如许亲爱耶",正是对三娘的贤淑秉性的确切评价。《狐梦》中四位狐女,或娴雅,或豪放,或温顺,或狡黠,她们的娇憨话语,惟妙惟肖,人物语言和个性也十分协调——如二娘外貌为"淡妆绝美",同她的洒脱十分合拍,四娘的"雏发未燥,而艳媚入骨",同她的孩子气恶作剧完全一致。四位狐女实际上是现实社会中少女的写照。

评论家常对《红楼梦》中的茶具(如妙玉的绿玉斗)津津乐道,其实,《聊斋志异·狐梦》中的酒具不仅较红楼毫不逊色,更有幻异奇妙的特殊韵味。大姊"摘髻子贮酒以劝。视髻仅容升许;然饮之,觉有数斗之多"。等毕怡庵喝光时,那髻原来是大荷盖。毕怡庵已喝得半醉,二姊"出一口脂合子,大于弹丸",还声称是因毕已不胜酒,"聊以示意",毕以为可以"一吸可尽",结果"接吸百口,更无干时",原来那"小于弹丸"者乃一巨钵。毕怡庵的情人三娘用一个"小莲杯"换去合子,莲杯外表大大超过合子,却"向口立尽",且"把之腻软",原来是三娘窃得二姊的"罗袜一钩"! 三样酒器,分别用妇人用具髻、口脂合、罗袜变成,而且大变小,小变大,最小的口脂合变成了连吸百口不尽的巨钵,罗袜变的大莲杯却一口即尽。髻变荷盖,袜变莲杯,"荷盖莲杯,相映新雅"(但明伦评语)。狐女与毕怡庵聚饮场面,听其喁喁絮语,尽是口吻逼真的家庭细事,观其酒器巧变,又奇幻迭生,真中有幻,幻中存真,新奇雅致。

《狐梦》写梦,两次入梦大不相同。第一次,毕怡庵在楼上摄想凝思青凤,睡着了。"睡中有人摇之,醒而却视,则一妇人……"似乎是醒了,实际为狐仙入梦。第二次乃梦中梦。狐女称"姊妹辈将为我贺新郎",毕怡庵久候而狐女不至,"身渐倦惰,才伏案头,女忽入曰:……","才伏案头"是醒是睡? 迷离恍惚,让人疑猜。直到毕怡庵醒来,"瞥然醒寤,竟是梦景"。毕怡庵怀疑是梦,狐女却说"姊妹怖君狂噪,故托之梦,实非梦也"。是梦非梦,非梦是梦,作家一管之笔令人眼花缭乱。

《狐梦》语言表达的复杂多样、错落有致,给人以深刻印象。其叙述语言典雅凝练,人物对话生动形象,摇曳多姿。读者似乎可以听到狐女们妙语如珠的莺声燕语,感受到她们的气息。聊斋有意无意地将人物的生动口语嵌入凝重的叙述语言中,如大姊对四妹"提抱膝头,取肴果饵之",叙述语言何等典丽,接着是大姊的口语:"压我胫股酸痛!"十分通俗。一雅一俗,相映成趣。再如二姊的罗袜被化为酒杯,她"夺骂":"狯婢!何时盗人履子去,怪道足冰冷也!"几乎是把口头语言不加修饰地引了进来,"狯婢"的称呼,"怪道"的遣词干脆是大白话,而这段口语的前边是"罗袜一钩,衬饰工绝",描写语言工工整整。其后则是"遽起,入室易舄",叙述语言精练概括。《狐梦》的作者终生居于乡间,熟悉中下层人民包括妇女的语言习惯,又身居有万卷藏书的刺史之家,于学无所不窥,才使他的语言兼具丰富性、多样性、优美性,做到既确切精练,又平易近人,既俏丽明媚,又鲜明有力。震今铄古,有重要的美学价值和特殊的艺术风格。作家在篇末说:"有狐若此,则聊斋之笔墨有光荣矣。"应当说,是聊斋先生的天才,使得《狐梦》中的优美女性千古如生。

(马瑞芳)

花 姑 子

　　安幼舆,陕之拔贡生。为人挥霍好义,喜放生。见猎者获禽,辄不惜重直,买释之。

　　会舅家丧葬,往助执绋。暮归,路经华岳,迷窜山谷中。心大恐。一矢之外,忽见灯火,趋投之。数武中,欻见一叟,伛偻曳杖,斜径疾行。安停足,方欲致问,叟先诘谁何。安以迷途告;且言灯火处必是山村,将以投止。叟曰:"此非安乐乡。幸老夫来,可从去,茅庐可以下榻。"安大悦,从行里许,睹小村。叟扣荆扉,一妪出,启关曰:"郎子来耶?"叟曰:"诺。"既入,则舍宇湫隘。叟挑灯促坐,便命随事具食。又谓妪曰:"此非他,是吾恩主。婆子不能行步,可唤花姑子来酾酒。"俄女郎以馔具入,立叟侧,秋波斜盼。安视之,芳容韶齿,殆类天仙。

叟顾令煨酒。房西隅有煤炉,女即入房拨火。安问:"此公何人?"答云:"老夫章姓。七十年止有此女。田家少婢仆,以君非他人,遂敢出妻见子,幸勿哂也。"安问:"婿家何里?"答言:"尚未。"安赞其惠丽,称不容口。

叟方谦挹,忽闻女郎惊号。叟奔入,则酒沸火腾。叟乃救止,诃曰:"老大婢,懦猛不知耶!"回首,见炉傍有蒻心插紫姑未竟,又诃曰:"发蓬蓬许,裁如婴儿!"持向安曰:"贪此生涯,致酒腾沸。蒙君子奖誉,岂不羞死!"安审谛之,眉目袍服,制甚精工。赞曰:"虽近儿戏,亦见慧心。"斟酌移时,女频来行酒,嫣然含笑,殊不羞涩。安注目情动。忽闻妪呼,叟便去。安觑无人,谓女曰:"睹仙容,使我魂失。欲通媒妁,恐其不遂,如何?"女抱壶向火,默若不闻;屡问不对。生渐入室。女起,厉色曰:"狂郎入闼,将何为!"生长跽哀之。女夺门欲去。安暴起要遮,狎接朦胧。女颤声疾呼,叟匆遽入问。安释手而出,殊切愧惧。女从容向父曰:"酒复涌沸,非郎君来,壶子融化矣。"安闻女言,心始安妥,益德之。魂魄颠倒,丧所怀来。于是伪醉离席,女亦遂去。叟设裀褥,阖扉乃出。安不寐,未曙,呼别。

至家,即浼交好者造庐求聘,终日而返,竟莫得其居里。安遂命仆马,寻途自往。至则绝壁巉岩,竟无村落;访诸近里,则此姓绝少。失望而归,并忘食寝。由此得昏瞀之疾:强啖汤粥,则哇喀欲吐;溃乱中,辄呼花姑子。家人不解,但终夜环伺之,气势阽危。

一夜,守者困怠并寐,生矇瞳中,觉有人揣而矇之。略开眸,则花姑子立床下,不觉神气清醒。熟视女郎,渐渐涕堕。女倾头笑曰:"痴儿何至此耶?"乃登榻,坐安股上,以两手为按太阳穴。安觉脑麝奇香,穿鼻沁骨。按数刻,忽觉汗满天庭,渐达肢体。小语曰:"室中多人,我不便住。三日当复相望。"又于绣袪中出数蒸饼置床头,悄然遂去。安至中夜,汗已思食,扪饼啖之。不知所苞何料,甘美非常,遂尽三枚。又以衣覆余饼,憪憖酣睡,辰分始醒,如释重负。三日,饼尽,精神倍爽。乃遣散家人。又虑女来不得其门而入,潜出斋庭,悉脱扃键。未几,女果至,笑曰:"痴郎子! 不谢巫耶?"安喜极,抱与绸缪,恩爱甚至。已而,曰:"妾冒险蒙垢,所以故,来报重恩耳。实不能永谐

琴瑟,幸早别图。"安默默良久,乃问曰:"素昧生平,何处与卿家有旧?实所不忆。"女不言,但云:"君自思之。"

生固求永好。女曰:"屡屡夜奔,固不可;常谐伉俪,亦不能。"安闻言,邑邑而悲。女曰:"必欲相谐,明宵请临妾家。"安乃收悲以忻,问曰:"道路辽远,卿纤纤之步,何遽能来?"曰:"妾固未归。东头聋媪我姨行,为君故,淹留至今,家中恐所疑怪。"安与同衾,但觉气息肌肤,无处不香。问曰:"熏何芗泽,致侵肌骨?"女曰:"妾生来便尔,非由熏饰。"安益奇之。

女早起言别。安虑迷途,女约相候于路。安抵暮驰去,女果伺待,偕至旧所。叟媪欢逆。酒肴无佳品,杂具藜藿。既而请客安寝。女子殊不瞻顾,颇涉疑念。更既深,女始至,曰:"父母絮絮不寝,致劳久待。"浃洽终夜,谓安曰:"此宵之会,乃百年之别。"安惊问之。答曰:"父以小村孤寂,故将远徙。与君好合,尽此夜耳。"安不忍释,俯仰悲怆。依恋之间,夜色渐曙。叟忽闯然入,骂曰:"婢子玷我清门,使人愧怍欲死!"女失色,草草奔去。叟亦出,且行且骂。安惊屏逡怯,无以自容,潜奔而归。

数日徘徊,心景殆不可过。因思夜往,逾墙以观其便。叟固言有恩,即令事泄,当无大谴。遂乘夜窜往,踂躞山中,迷闷不知所往。大惧。方觅归途,见谷中隐有舍宇;喜诣之,则闬闳高壮,似是世家,重门尚未扃也。安向门者讯章氏之居。有青衣人出,问:"昏夜何人询章氏?"安曰:"是吾亲好,偶迷居向。"青衣曰:"男子无问章也。此是渠姊家,花姑即今在此,容传白之。"入未几,即出邀安。才登廊舍,花姑趋出迎,谓青衣曰:"安郎奔波中夜,想已困殆,可伺床寝。"少间,携手入帏。安问:"姊家何别无人?"女曰:"姊他出,留妾代守。幸与郎遇,岂非夙缘?"然偎傍之际,觉甚膻腥,心疑有异。女抱安颈,遽以舌舐鼻孔,彻脑如刺。安骇绝,急欲逃脱,而身若巨绠之缚。少时,闷然不觉矣。

安不归,家中逐者穷人迹。或言暮遇于山径者。家人入山,则见裸死危崖下。惊怪莫察其由,舁归。众方聚哭,一女郎来吊,自门外嗷啕而入。抚尸捺鼻,涕洟其中,呼曰:"天乎,天乎!何愚冥至此!"

痛哭声嘶,移时乃已。告家人曰:"停以七日,勿殓也。"众不知何人,方将启问;女傲不为礼,含涕径出,留之不顾。尾其后,转眸已渺。群疑为神,谨遵所教。夜又来,哭如昨。

至七夜,安忽苏,反侧以呻。家人尽骇。女子入,相向呜咽。安举手,挥众令去。女出青草一束,燂汤升许,即床头进之,顷刻能言。叹曰:"再杀之惟卿,再生之亦惟卿矣!"因述所遇。女曰:"此蛇精冒妾也。前迷道时,所见灯光,即是物也。"安曰:"卿何能起死人而肉白骨也?勿乃仙乎?"曰:"久欲言之,恐致惊怪。君五年前,曾于华山道上买猎獐而放之否?"曰:"然,其有之。"曰:"是即妾父也。前言大德,盖以此故。君前日已生西村王主政家。妾与父讼诸阎摩王,阎摩王弗善也。父愿坏道代郎死,哀之七日,始得当。今之邂逅,幸耳。然君虽生,必且痿痹不仁;得蛇血合酒饮之,病乃可除。"生衔恨切齿,而虑其无术可以擒之。女曰:"不难。但多残生命,累我百年不得飞升。其穴在老崖中,可于晡时聚茅焚之,外以强弩戒备,妖物可得。"言已,别曰:"妾不能终事,实所哀惨。然为君故,业行已损其七,幸悯宥也。月来觉腹中微动,恐是孽根。男与女,岁后当相寄耳。"流涕而去。

安经宿,觉腰下尽死,爬抓无所痛痒。乃以女言告家人。家人往,如其言,炽火穴中。有巨白蛇冲焰而出。数弩齐发,射杀之。火熄入洞,蛇大小数百头,皆焦臭。家人归,以蛇血进。安服三日,两股渐能转侧,半年始起。后独行谷中,遇老媪以绷席抱婴儿授之,曰:"吾女致意郎君。"方欲问讯,瞥不复见。启襁视之,男也。抱归,竟不复娶。

异史氏曰:"人之所以异于禽兽者几希,此非定论也。蒙恩衔结,至于没齿,则人有惭于禽兽者矣。至于花姑,始而寄慧于憨,终而寄情于恝,乃知憨者慧之极,恝者情之至也。仙乎,仙乎!"

【评赏】

《花姑子》是《聊斋志异》中最具神采的篇章之一。立意优美深邃,人物活灵活现,故事迷离朦胧,布局周详严密。"异史氏曰"更起了画龙点睛的作用。

章叟受安生放生之德,"蒙恩衔结(引用衔环结草以报恩的历史典故),至于没齿"。他救迷途的安生免受蛇精之祸,出妻现女地热情招待。安生与其女私会,为人正派而古板的章叟以"玷我清门"斥责女儿,"且行且詈"。然而当安生为蛇精所魅命在旦夕时,他又坚决地要求上帝允许他"坏道代死"。章叟耿直自重,以德报恩,甚至不惜牺牲自己的生命援救恩人,憨厚、纯朴,重情义。花姑子为安生的热切思恋感动,在安生"病势阽危"(《离骚》"阽余身而危死",阽危为欲坠之意)时,"冒险蒙垢"亲去慰问。安生因误认蛇精为花姑,被害死,花姑子又历尽艰难,"业行已损其七",救活安生。章叟与花姑是一对义贯长虹的父女,他们以不同的、甚至是对立的形式展示着美好的心灵。

"异类有情,尚堪晤对"。章氏父女是香獐,又是义重如山的仁人,是生动丰满的典型形象。蒲松龄在创造这两个人物时,从"异类"的特有美学气质入手,进行"刻画尽致,无妙不臻"的创造。

章叟是在安生"迷窜山谷中"时出现的。"欻见一叟,伛偻曳杖,斜径疾行",驼背拄杖,必然年迈无力,却又能"斜径疾行",表面看不合情理,实际是作者暗示其"异类"身份:只有神灵才能预知凶吉,只有獐才可能如此敏捷,章叟不仅貌与行矛盾,而且前言不搭后语。他突然出现在安生面前并"先诘谁何",似乎两人巧遇,待他带安生回家时,应门之老妪却问:"郎子来耶?"又分明是专诚等待,说明章家全家都在为安生将受蛇魅焦急,但章叟尽心救人却不欲人知。安生再次去章叟家,"叟媪欢逆,酒肴无佳品,杂具藜藿",章叟家待客的简单(而非简慢)也令人生疑。章叟其人,貌(伛偻曳杖)与行(斜径疾行)矛盾,前言(先诘谁何)与后语(郎子来耶)矛盾,诚心待客、叟媪欢迎与舍宇湫隘、杂具藜藿矛盾,声色俱厉地斥责"玷我清门"与愿为安生坏道代死,更是互相矛盾。可以说,没有这种种矛盾,便没有独具风格的章叟,读者正是通过琢磨这种种矛盾,才一步一步明白作家的深细用心,知其写人用力之巧。

"至于花姑,始而寄慧于憨,终而寄情于怼,乃知憨者慧之极,怼者情之至也。"花姑子在小说中一出场便光彩照人,颇有戏剧名角"挑帘红"意味,究其原因,就是因为蒲松龄写了两个酒沸细节。第一次系因花姑子贪玩导致酒沸,这是真沸,是"寄慧于憨"的细节,这细节非常琐细,但"点缀琐事,写小女子性情,都是传神之笔"(冯镇峦评语)。这个细节把花姑子的稚气未退、秀外慧中写得活脱脱的,而这儿戏又得到两个目睹者的不同评价:一个说,这么大的姑娘,还玩孩子游戏! 这是章叟的说法,是舐犊慈父恨铁不成钢的说法。另一个说,虽然孩子气,却看得出她绝顶聪明。这是安生的说法,是情人眼里出西施的说法。两个貌似对立的说法,分别从稚气和聪慧角度对花姑子天真的举止进行了诠释,也就是作家篇末说的"寄慧于憨"。第二次酒沸,实际是假沸。作家用一连串动作,步步深入地描绘花姑子感情的细微变化。因为对突如其来的求爱不知所措,花姑最初的表现是抱壶向火,默若无闻。追问她:可以向你家求婚否?她"屡问不对",这一方面是自珍自重,另一方面是明知异类之隔,"常偕伉俪,亦不能"。情急的安生追入房中,缺乏生活经验的少女以为正言厉色就可以阻止非礼,孰料招来更大胆的越轨行为:"狎接腰脽",她在慌忙中本能地"颤声疾呼",本意是要求老父来救她。待章叟出现的刹那间,她却用诡词保护起安生来:"酒复涌沸……"花姑表面上对安生淡然置之,漠然不在意,关键时刻却曲意相护,这是爱的觉醒,也是"寄情于恝"(恝,淡漠,不在意)。第二次酒沸,是假沸真情,实为追魂摄魄之笔。两次酒沸,一真一假,展示了花姑子慧而多情的性格,这性格同她年方及笄的年龄吻合——"芳容韶齿",又同她的外貌描写相融合:"秋波斜盼""嫣然含笑,殊不羞涩"。

  安生初会花姑子,两次酒沸,写花姑子入骨三分。继之而来写两次疗病。第一次,花姑子寻安生,因治安生之病而致二人欢会,两人由相思病苦而情爱无限。第二次,安生寻花姑子,乐极生悲误入蛇穴,花姑子为救安生道行大损,两人不得不劳燕分飞。两次治病描写,巧夺天工地将花姑子为情献身的品格和妙手回春的法术结合起来,沁入骨髓,至善至美的人性美与新颖奇异、至强至烈的异物感天衣无缝地交汇,层层推进,将本来外貌已"殆类天仙"的花姑子,在人格力量上,推向圣洁、高尚、优美的"仙乎,仙乎"境界。

花姑子第一次为安生治病,是因为安生害相思病。花姑子刚在安生面前出现,安"神气清醒",解铃还须系铃人,治相思病最好的药方是心上人。花姑子"两手为按太阳穴,安觉脑麝奇香,穿鼻沁骨",既是医术高明者施术,又是麝香生效。那甘美异常又"不知所苞何料"的蒸饼,还有花姑子"气息肌肤,无处不香"的体形,都是用"暗点法"指其香獐身份。花姑子"实不能永谐琴瑟",却又冒险蒙垢;"来报重恩",又是多么动人的真心至情!在为安生治病过程中,花姑之言行,如"倾头笑曰"的娇憨神态,"痴儿何至此耶""痴郎子,不谢巫耶"的解颐妙语,"东头聋媪我姨行"的绐词,均从不同角度深化了人物。

第二次治病的花姑子,因为心上人垂危,性格一下子由柔美温顺变为大胆泼辣。她闻安生凶信,"嗷咻而入。抚尸捧鼻,涕洟其中",这是毫不掩饰的感情流露也是迫不及待的救治动作,此刻,昔日常常"默若不闻""不言"的花姑子荡然无存,竟至"痛哭声嘶",她再也不向任何人回避她对安生的情爱。她对安生家人"傲不为礼,含涕径出"的不合礼节行为,更出于急于救人的迫切心理。"天乎,天乎!何愚冥至此"的语言也与以往的倩语笑言截然不同,显示其悲痛欲绝之情。离别时"妾不能终事,实所哀惨……"的表白,集柔情与别意于一体,使其形象愈加丰满。聊斋写花姑子,刻画工细,寓意微妙,"异类"身份偶露句中,至真至诚、至善至美贯穿始终,篇末更以富于哲理的议论辅佐,使形象姿韵并茂,真成仙品。

《花姑子》善用悬念,叙事绵密,"钩清段落,明如指掌"。篇首写安生喜放生,章叟将安引出迷谷时,向妪介绍:"此非他,是吾恩主。"奇崛惝恍,令人疑猜。花姑子为安生治病,也称"来报重恩",值得以身相报的恩是甚?引人入胜。花姑子再次为安生疗病,才道出"君五年前,曾于华山道上买猎獐而放之否?……即妾父也"。解开了"恩主"悬念。前暗后明,首尾呼应。在悬念解开之前,花姑子屡屡对两人不能永谐琴瑟表示疑虑,又屡屡夜奔安生、更深时背父母偷会安生,既写花姑子钟情之深,又给人以人妖有别的暗示。就连文中章叟待客的"杂具藜藿"和居家"舍宇湫隘",也是在对其异物身份略加点染,给人以獐之洞穴的感觉。"报恩"之语和异物暗示穿插变化于故事中,如云龙雾豹,令人目不暇接。

　　蛇精的出现在《花姑子》中有两重含义。一方面,是寓言意义。"闬闳高壮,似是世家"的蛇家毒辣凶残,更显得"舍宇湫隘"的獐家善良美好。蛇精对于描写章叟、花姑子起烘云托月之用。另一方面,在布局上穿针引线,收跌宕疏奇之功。小说开头写安生路经华岳时迷路,"一矢之外,忽见灯火,趋投之"。灯光是什么?后文由花姑子说明为蛇目:"前迷道时,所见灯光,即是物(蟒蛇)也。"如果再回头推敲前文,就发现,章叟是在安生生命危殆至千钧一发之际挺身拦蛇!"数武中,欻见一叟",古以六尺为步,半步为武。安生距蛇"一矢",章叟出现于"数武"之外,其位置离蟒蛇之近,真岌岌可危。章叟说"此非安乐乡,幸老夫来……"更是一笔双写,既含有蛇精害人的暗示,又表露章叟舍身救人的崇高。故事终结以蛇血为安生治病,"成也萧何败也何",且构成花姑子"百年不得飞升"的自我牺牲情节,腾挪跌宕,笔酣墨饱。

(马瑞芳)

西　湖　主

　　陈生弼教,字明允,燕人也。家贫,从副将军贾绾作记室,泊舟洞庭。适猪婆龙浮水面,贾射之中背。有鱼衔龙尾不去,并获之。锁置桅间,奄存气息;而龙吻张翕,似求援拯。生恻然心动,请于贾而释之。携有金创药,戏敷患处,纵之水中,浮沉逾刻而没。

　　后年余,生北归,复经洞庭,大风覆舟。幸扳一竹簏,漂泊终夜,维木而止。援岸方升,有浮尸继至,则其僮仆。力引出之,已就毙矣。惨怛无聊,坐对憩息。但见小山耸翠,细柳摇青,行人绝少,无可问途。自迟明以至辰后,怅怅靡之。忽僮仆肢体微动,喜而扪之。无何,呕水数斗,醒然顿苏。相与曝衣石上,近午始燥可着。而枵肠辘辘，饥不可堪。于是越山疾行，冀有村落。才至半山，闻鸣镝声。方疑听所，有二女郎乘骏马来，骋如撒菽。各以红绡抹额，鬓插雉尾；着小袖紫衣，腰束绿锦；一挟弹，一臂青鞲。度过岭头，则数十骑猎于榛莽，并皆姝丽，装束若一。生不敢前。有男子步驰，似是驭卒，因就问之。答曰："此西湖主猎首山也。"生述所来，且告之馁。驭卒解裹粮授之，嘱云："宜即远避，犯驾当死！"生惧，疾趋下山。

茂林中隐有殿阁，谓是兰若。近临之，粉垣围沓，溪水横流；朱门半启，石桥通焉。攀扉一望，则台榭环云，拟于上苑，又疑是贵家园亭。逡巡而入，横藤碍路，香花扑人。过数折曲栏，又是别一院宇，垂杨数十株，高拂朱檐。山鸟一鸣，则花片齐飞；深苑微风，则榆钱自落。怡目快心，殆非人世。穿过小亭，有秋千一架，上与云齐；而罥索沉沉，杳无人迹。因疑地近闺阁，恇怯未敢深入。

俄闻马腾于门，似有女子笑语。生与僮潜伏丛花中。未几，笑声渐近，闻一女子曰："今日猎兴不佳，获禽绝少。"又一女曰："非是公主射得雁落，几空劳仆马也。"无何，红妆数辈，拥一女郎至亭上坐。秃袖戎装，年可十四五。鬟多敛雾，腰细惊风，玉蕊琼英，未足方喻。诸女子献茗熏香，灿如堆锦。移时，女起，历阶而下。一女曰："公主鞍马劳顿，尚能秋千否？"公主笑诺。遂有驾肩者，捉臂者，褰裙者，持履者，挽扶而上。公主舒皓腕，蹑利屣，轻如飞燕，蹴入云霄。已而扶下。群曰："公主真仙人也！"嘻笑而去。

生睨良久，神志飞扬。迨人声既寂，出诣秋千下，徘徊凝想。见篱下有红巾，知为群美所遗，喜纳袖中。登其亭，见案上设有文具，遂题巾曰："雅戏何人拟半仙？分明琼女散金莲。广寒队里应相妒，莫信凌波上九天。"题已，吟诵而出。复寻故径，则重门扃锢矣。踟蹰罔计，反而楼阁亭台，涉历几尽。一女掩入，惊问："何得来此？"生揖之曰："失路之人，幸能垂救。"女问："拾得红巾否？"生曰："有之。然已玷染，如何？"因出之。女大惊曰："汝死无所矣！此公主所常御，涂鸦若此，何能为地？"生失色，哀求脱免。女曰："窃窥宫仪，罪已不赦。念汝儒冠蕴藉，欲以私意相全；今孽乃自作，将何为计！"遂皇皇持巾去。

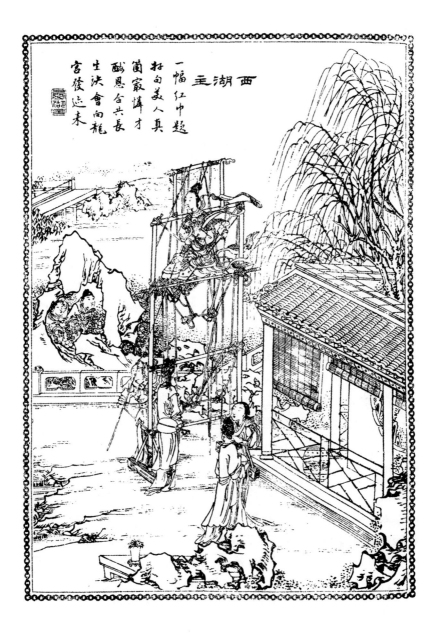

生心悸肌栗，恨无翅翎，惟延颈俟死。迁久，女复来，潜贺曰："子有生望矣！公主看巾三四遍，觍然无怒容，或当放君去。宜姑耐守，勿得攀树钻垣，发觉不宥矣。"日已投暮，凶祥不能自必；而饿焰中烧，忧煎欲死。无何，女子挑灯至。一婢提壶榼，出酒食饷生。生急问消息，女云："适我乘间言：'园中秀才，可恕则放之；不然，饿且死。'公主沉思云：'深夜教渠何之？'遂命馈君食。此非恶耗也。"生徊徨终夜，危不自安。辰刻向尽，女子又饷之。生哀求缓颊，女曰："公主不言杀，亦不言放。我辈下人，何敢屑屑渎告？"既而斜日西转，眺望方殷，女子垒息急奔而入，曰："殆矣！多言者泄其事于王妃；妃展巾抵地，大骂狂伧，祸不远矣！"生大惊，面如灰土，长跽请教。

忽闻人语纷絮，女摇手避去。数人持索，汹汹入户。内一婢熟视曰："将谓何人，陈郎耶？"遂止持索者，曰："且勿且勿，待白王妃来。"返身急去。少间来，曰："王妃请陈郎入。"生战惕从之。经数十门户，至一宫殿，碧箔银钩。即有美姬揭帘，唱："陈郎至。"上一丽者，袍服炫冶。生伏地稽首，曰："万里孤臣，幸恕生命。"妃急起，自曳之，曰："我非君子，无以有今日。婢辈无知，致迕佳客，罪何可赎！"即设华筵，酌以镂杯。生茫然不解其故。妃曰："再造之恩，恨无所报。息女蒙题巾之爱，当是天缘，今夕即遣奉侍。"生意出非望，神惝恍而无着。

日方暮，一婢前白："公主已严妆讫。"遂引生就帐。忽而笙管敖曹，阶上悉践花罽；门堂藩溷，处处皆笼烛。数十妖姬，扶公主交拜。麝兰之气，充溢殿庭。既而相将入帏，两相倾爱。生曰："羁旅之臣，生平不省拜侍。点污芳巾，得免斧锧，幸矣；反赐姻好，实非所望。"公主曰："妾母，湖君妃子，乃扬江王女。旧岁归宁，偶游湖上，为流矢所中。蒙君脱免，又赐刀圭之药，一门戴佩，常不去心。郎勿以非类见疑。妾从龙君得长生诀，愿与郎共之。"生乃悟为神人，因问："婢子何以相识？"曰："尔日洞庭舟上，曾有小鱼衔尾，即此婢也。"又问："既不见诛，何迟迟不赐纵脱？"笑曰："实怜君才，但不自主。颠倒终夜，他人不及知也。"生叹曰："卿我鲍叔也。馈食者谁？"曰："阿念，亦妾腹心。"生曰："何以报德？"笑曰："侍君有日，徐图塞责未晚耳。"问："大王何在？"曰："从关圣征蚩尤未归。"

居数日，生虑家中无耗，悬念綦切，乃先以平安书遣仆归。家中闻洞庭舟覆，妻子缞绖已年余矣。仆归，始知不死；而音问梗塞，终恐漂泊难返。又半载，生忽至，裘马甚都，囊中宝玉充盈。由此富有巨万，声色豪奢，世家所不能及。七八年间，生子五人。日日宴集宾客，宫室饮馔之奉，穷极丰盛。或问所遇，言之无少讳。

有童稚之交梁子俊者，宦游南服十余年。归过洞庭，见一画舫，雕槛朱窗，笙歌幽细，缓荡烟波。时有美人推窗凭眺。梁目注舫中，见一少年丈夫，科头叠股其上；傍有二八姝丽，挼莎交摩。念必楚襄贵官，而驺从殊少。凝眸审谛，则陈明允也。不觉凭栏酹叫。生闻呼罢棹，出临鷁首，邀梁过舟。见残肴满案，酒雾犹浓。生立命撤去。顷之，美婢三五，进酒烹茗，山海珍错，目所未睹。梁惊曰："十年不见，何富贵一至于此！"笑曰："君小觑穷措大不能发迹耶？"问："适共饮何人？"曰："山荆耳。"梁又异之。问："携家何往？"答："将西渡。"梁欲再诘，生遽命歌以侑酒。一言甫毕，旱雷聒耳，肉竹嘈杂，不复可闻言笑。梁见佳丽满前，乘醉大言曰："明允公，能令我真个销魂否？"生笑云："足下醉矣！然有一美妾之赀，可赠故人。"遂命侍儿进明珠一颗，曰："绿珠不难购，明我非吝惜。"乃趣别曰："小事忙迫，不及与故人久聚。"送梁归舟，开缆径去。

梁归，探诸其家，则生方与客饮，益疑。因问："昨在洞庭，何归之速？"答曰："无之。"梁乃追述所见，一座尽骇。生笑曰："君误矣，仆岂有分身术耶？"众异之，而究莫解其故。后八十一岁而终。迨殡，讶其棺轻；开之，则空棺耳。

异史氏曰："竹簏不沉，红巾题句，此其中具有鬼神；而要皆恻隐之一念所通也。迨宫室妻妾，一身而两享其奉，即又不可解矣。昔有愿娇妻美妾、贵子贤孙，而兼长生不死者，仅得其半耳。岂仙人中亦有汾阳、季伦耶？"

【评赏】

陈弼教因为放生之德，得以"一身而两享其奉"，即一人而分身两地，既享受神仙逸乐，长生不老，又享受人世天伦之乐、贵子贤孙。成为所谓仙中汾阳、季伦（唐代郭子仪和晋代石崇,大富大贵的代表人物）。蒲松龄通过陈生遭遇,寄托封建时代读书人"富贵神仙"的追求和幻想,这种思想并不多么高尚圣洁。《西湖主》以艺术精湛引人注目,小说意境优美,情节多变,构思精巧,景物和人物（尤其心理分析）俱佳。

  人贵直而文贵曲。金圣叹曾一再称赞《水浒传》"千曲百折""处处不作直笔",他认为文章之妙无过曲折,"百曲千曲万曲、百折千折万折"之文可带来极大艺术享受。《西湖主》就是以"曲"取胜之作。全文巧妙地使用悬念、伏笔,环环相扣,节节相连,腾挪变化,奥秘无穷。故事开头写陈弼教救拯猪婆龙的游戏式小事,却一一为后文埋下伏笔。"龙吻张翁,似求援拯",暗示猪婆龙有人的感情,"鱼衔龙尾",貌似一个偶然生物现象,在情节上却成遽然转折关键;"戏敷患处"更是玩笑般举止,后文却又举足轻重。聊斋先生在写这些无关紧要的细事时,貌似淡然出之,实则用心良苦,草蛇灰线,伏线千里。此后,陈生乘船遇难,沉水未死,偶然看到西湖主围猎,因在公主丢失的红巾上"涂鸦",犯了"窃窥宫仪"的大罪,被王妃"大骂狂伦"要治罪时,突然又被召为驸马。陈生懵了,读者也如堕五里雾中。小说中出现了一段交代前因后果的文字说明:当年向陈生求救的猪婆龙,就是"湘君妃子"（西湖主）;衔龙尾的小鱼儿,则是这次"汹汹入户"持索之婢女;西湖主之所以召陈生为婿,正是为了报他援救之恩,包括"赐刀圭之药（即戏敷患处）"。故事结局与开端严丝合缝,无隙可乘。开头描绘了清灵洁澄、水彩淡岚般的湖畔美景,描绘了如明媚春光般的公主,"令人赏心悦目,如山阴道上行,几至应接不暇"（但明伦篇后评）,实际上作家在巧布疑阵,时而如逆水推舟,将主人公推向风狂浪陡、危如叠卵的困境,时而如蜻蜓点水,若即若离,主人公的心情也时而惊心动魄,时而焦急不安,时而心存侥幸。文笔夭矫,神秘莫测。真乃"处处为惊心动魄之文,却笔笔作流风回云之势",一波未平,一波又起,险极快绝又前因后果昭彰分明。出人意外的事纷至沓来,主人公从失望到希望,从恐惧到喜悦,从巨大灾难到莫大幸福,故事如万花筒般光怪陆离。每得到一点希望,都被更大的失望替代。而突如其来的鸿福,又一下子代替了有燃眉之急的灾难,起伏跌宕,瞬息万变,酣畅淋漓。

《西湖主》心理描写有白描也有较为详尽的心理分析。陈生迷途时遇见"玉蕊琼英"的公主,顿生爱慕,"睨良久,神志飞扬",用陈生感受美色的神态,写他的一见钟情。"徘徊凝想"四个字,写其痴恋之态如画,他拾得公主的红巾,"喜纳袖中",一个"喜"字,变单纯动作为带感情色彩、心理活动的行为。他题红巾之事,被公主侍女斥为"涂鸦",并以"窃窥宫仪,罪已不赦""孽乃自作(题巾)"的双重大罪相质,此时,陈生"心悸肌栗,恨无翅翎,惟延颈俟死",写陈生心惊肉跳,不寒而栗(此处之"肌栗",为皮肤不寒而栗,起鸡皮疙瘩之意),把既极度恐惧又无路可逃的绝望心情,写得惊心动魄、丝丝入扣。"山重水复疑无路,柳暗花明又一村"。侍女又传来公主览红巾而并无怒容的消息,陈生心情也从万分焦急、恐惧,变为"凶祥不能自必",而腹内饥馁,"忧煎欲死"。极度忧虑,用一"煎"字,状内心煎熬、忧思如焚,十分形象。侍女再次传来公主"命馈君食",并推断公主非但不治罪,还以食饷生,"此非恶耗",陈生此时便"徊徨终夜,危不自安",这八个字写陈生心理贴切精当:他仍然担惊受怕,但程度已较前又有减轻。继而写王妃大骂狂伧的消息传来时,陈生"面如灰土,长跽请教",是很简练的描写,用面无人色的大惊大惧表情和情急长跪于地的动作,写出了陈生的极度狼狈。"战惕从之"四字也要言不繁地画出了陈生战战兢兢、忐忑不安的心理。待到陈生祸弭福至,一下子从阶下囚升为驸马时,"生意出非望,神惝恍而无着"。用心神恍惚、出乎意料来描写陈生此时的心情,确恰如其分。陈生从题红巾到召驸马,经历了迅雷不及掩耳的变化,其心理状态时而骇急无智,时而彷徨无主,时而焦虑万端,时而茫然莫解。作家交替使用画龙点睛的白描和简洁恰当的心理分析,捕捉住陈生流云回风般的心理状态。我们还注意到,在对陈生进行直接心理刻画的同时,小说很巧妙地采用所谓"青龙白虎并行"的方法间接地刻画公主的心理。侍女阿念"皇皇持巾去"后,复来,向陈生"潜贺","有生望",而且介绍公主览巾后的神情是"看巾三四遍,靦然无怒容",侍女的语言是对公主心理的巧写,无怒容则已经是对涂鸦者容忍,靦然而笑更说明非但不怒,甚且喜,看三四遍,则是甚爱看,一看不足,再三看之。短短两句话,写尽了公主的内心。侍女再次转述公主馈陈生食的话:"深夜教渠何之?"更明白无误地表达了其内心爱怜之情。后文又让公主自己说出览巾而怜才,"颠倒终夜"。公主的心理描写也独具匠心。

情节变化与人物心理描写相辅相成,是《西湖主》独特魅力所在。聊斋点评家冯镇峦在侍女传语"子有生望矣"后评:"一起一落,如蝴蝶穿花、蜻蜓点水,妙甚。"但明伦评:"极险峻处,忽作平静地步,妙在仍从险峻处望有平静处,不肯便说走到平静处也。"又曰:"文境绝妙。"《西湖主》绝妙的文境,便是将情节的跌宕与人物心理的变幻有机地融合,情节"风波险处,故作潆洄,云岫奔时,少为停顿",人物心理也有紧张有松弛。真是笔走龙蛇,八面玲珑。

《西湖主》写景得其形,得其势,更得其韵,得其性,彩绘淋漓,逸气横溢。状洞庭湖畔山景,"小山耸翠,细柳摇青",写得清润娟美、落笔妍秀。茂林中的贵家园林,"粉垣围沓,溪水横流;朱门半启,石桥通焉",用四个整齐的四字句,像电影的"摇"镜头,一一特写园景,综合地构成一幅风致幽绝的江南园林图画。写陈生未进园内,先"攀扉"望见"台榭环云,拟于上苑",抓住了皇室园林的超人气派。但《西湖主》不是《天宫》式讽世嫉邪之作,而是一曲爱和美的赞歌,作家虽写贵族园林,却决不着眼于奢华,而是倾力于美的享受,将人的盎然生机扩展到纯洁、宁静而又丰富的自然中。"横藤碍路,香花扑人"以拟人化笔法,将人与自然两情相洽,写得亲和从容,神气恬然。"山鸟一鸣,则花片齐飞;深苑微风,则榆钱自落",更是气韵双高,神来之笔,把自然有情化、诗意化了。但明伦评之曰:"好句似仙。"山水之美源自于人的艺术性生活情调。正如黄山谷所言:"高明博大,始见山见水。"(《画继》卷五王仲仁条下)

陈生的善良、诚笃而又有些善戏谑,在小说中颇具神采。他的放生以及将金创药"戏敷患处",爱慕公主又因题红巾诗吓得不知所措,给朋友以"美妾之资"的明珠又故弄玄虚地不承认此事,两两矛盾而入情入理,使其性格于单纯中见深厚。公主的形象更具神采,作家最为着力的是她的贵主丰姿和怜才痴情。"秃袖戎装""鬟多敛雾,腰细惊风"用形似之法,直写其面貌之美,"玉蕊琼英,未足方喻"用神似之法,以夸张的比喻——连最美的花和最美的玉也比不了她——来写意。公主的气派由诸女子献茗、熏香及为公主驾肩、捉臂、裹裙、持履以"挽扶"上秋千,寥寥数语,写足其极贵极尊之态。公主荡秋千的描写更别开生面,在中国古代小说中几乎可以算写得最凝练优美的。这一描写,包括秋千美人画的直写和陈生题巾诗的侧写,"舒皓腕,蹑利屣,轻如飞燕,跐入云霄",妙笔如画。红巾诗"雅戏何人拟半仙"虽有亵玩之恶趣,却文辞婉转,构想奇妙。对刻画公主之美有传神阿堵之用。

(马瑞芳)

绿 衣 女

于生名璟,字小宋,益都人。读书醴泉寺。夜方披诵,忽一女子在窗外赞曰:"于相公勤读哉!"因念:深山何处得女子?方疑思间,女已推扉笑入,曰:"勤读哉!"于惊起,视之,绿衣长裙,婉妙无比。于知非人,固诘里居。女曰:"君视妾当非能咋噬者,何劳穷问?"于心好之,遂与寝处。罗襦既解,腰细殆不盈掬。更筹方尽,翩然遂去。由此无夕不至。

一夕共酌,谈吐间妙解音律。于曰:"卿声娇细,倘度一曲,必能消魂。"女笑曰:"不敢度曲,恐消君魂耳。"于固请之。曰:"妾非吝惜,恐他人所闻。君必欲之,请便献丑;但只微声示意可耳。"遂以莲钩轻点足床,歌云:"树上乌臼鸟,赚奴中夜散。不怨绣鞋湿,只恐郎无伴。"声细如蝇,裁可辨认。而静听之,宛转滑烈,动耳摇心。歌已,启门窥曰:"防窗外有人。"绕屋周视,乃入。生曰:"卿何疑惧之深?"笑曰:"谚云:'偷生鬼子常畏人。'妾之谓矣。"既而就寝,惕然不喜,曰:

"生平之分,殆止此乎?"于急问之,女曰:"妾心动,妾禄尽矣。"于慰之曰:"心动眼瞤,盖是常也,何遽此云?"女稍怿,复相绸缪。更漏既歇,披衣下榻。方将启关,徘徊复返,曰:"不知何故,惬惭心怯。乞送我出门。"于果起,送诸门外。女曰:"君伫望我;我逾垣去,君方归。"于曰:"诺。"视女转过房廊,寂不复见。

方欲归寝,闻女号救甚急。于奔往,四顾无迹,声在檐间。举首细视,则一蛛大如弹,抟捉一物,哀鸣声嘶。于破网挑下,去其缚缠,则一绿蜂,奄然将毙矣。捉归室中,置案头。停苏移时,始能行步。徐登砚池,自以身投墨汁,出伏几上,走作"谢"字。频展双翼,已乃穿窗而去。自此遂绝。

【评赏】

《绿衣女》短短七百字,如诗,如画,如仙乐缭绕,意胜词平,妙绝古今。

人物之美,无与伦比。绿衣长裙,妙解音律又善诗的少女,优美、恬静、高雅、娇柔。人未露面而先闻声,一句"勤读哉",亲热而不轻佻,令人耳目一新。婉妙无比的形貌使于生"知非人",一再追问她的里居,回答是"君视妾当非能咋嗜者,何劳穷问?"婉转拒绝回答,却讲得语词温雅。莲钩轻点足床的令人销魂美姿,与"乌白鸟"的清词丽句,将人物的书卷气和脂粉气巧为融合,诗精、乐美、人韵。绿衣女郎温柔多情,巧而能庄,趣而能雅,此处写得无懈可击又不落纤巧。

少女绿蜂,会合无间。是作家将绿蜂人格化了?还是将少女优美化?总之,绿衣女是聊斋先生最成功的"物而人"。文中写少女绿蜂身份,露而不破,扑朔迷离。写少女"绿衣长裙",实指绿色的翅膀,写"腰细殆不盈掬",实指蜂腰。写声细如蝇,实指嘤嘤蜂鸣,写妙解音律,实指蜂之善鸣,写"偷生鬼子常畏人",非畏人,畏蜘蛛也。表面是写美丽而娇弱的少女,却时时暗寓绿蜂身份。婉妙的身材,写蜂形;娇细的声音,写蜂音。写声写色,写形写神,皆丝丝入扣、曲曲如画,少女最后变成绿蜂便顺理成章。

"偶见鹘突,知复非人"(鲁迅《中国小说史略》),于生送走绿衣少女。"闻女号救甚急",刹那间。绿衣少女变成被蛛网困之绿蜂,少女号救也变成了绿蜂"哀鸣声嘶"。于生挑网救蜂,蜂投身墨池,走作"谢"字。纯粹的物显出人的心态,此意外妙境,以不尽之意为清丽挥洒的奇文作结,宛转万态,令人回味不已。

(马瑞芳)

窦　氏

南三复,晋阳世家也。有别墅,去所居十里余,每驰骑日一诣之。适遇雨,途中有小村,见一农人家,门内宽敞,因投止焉。近村人固皆威重南。少顷,主人出邀,跼蹐甚恭。入其舍,斗如。客既坐,主人始操彗,殷勤氾扫。既而泼蜜为茶。命之坐,始敢坐。问其姓名,自言:"廷章,姓窦。"未几,进酒烹雏,给奉周至。有笄女行炙,时止户外,稍稍露其半体,年十五六,端妙无比。南心动。

雨歇既归,系念綦切。越日,具粟帛往酬,借此阶进。是后常一过窦,时携肴酒,相与留连。女渐稔,不甚避忌,辄奔走其前。睨之,则低鬟微笑。南益惑焉,无三日不往者。一日,值窦不在,坐良久,女出应客。南捉臂狎之。女惭急,峻拒曰:"奴虽贫,要嫁,何贵倨凌人也!"时南失偶,便揖之曰:"倘获怜眷,定不他娶。"女要誓;南指矢天日,以坚永约,女乃允之。

自此为始,瞰窦他出,即过缱绻。女促之曰:"桑中之约,不可长也。日在帡幪之下,倘肯赐以姻好,父母必以为荣,当无不谐。宜速为计!"南诺之。转念农家岂堪匹偶,姑假其词以因循之。会媒来为议姻于大家,初尚踌躇;既闻貌美财丰,志遂决。女以体孕,催并益急,南遂绝迹不往。

无何,女临蓐,产一男。父怒搒女。女以情告,且言:"南要我矣。"窦乃释女,使人问南;南立却不承。窦乃弃儿,益扑女。女暗哀

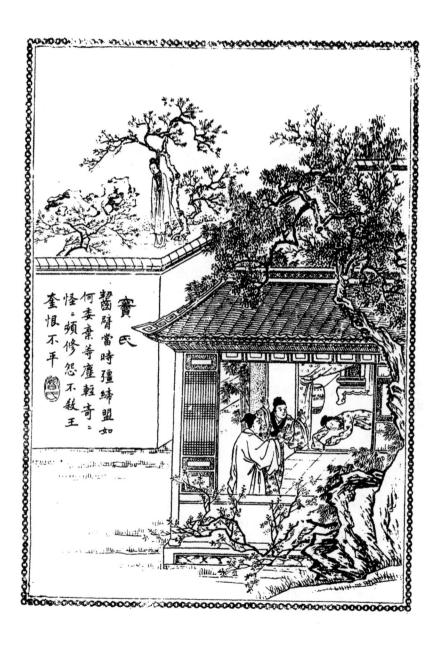

邻妇,告南以苦。南亦置之。女夜亡,视弃儿犹活,遂抱以奔南。款关而告阍者曰:"但得主人一言,我可不死。彼即不念我,宁不念儿耶?"阍人具以达南,南戒勿内。女倚户悲啼,五更始不复闻。质明视之,女抱儿坐僵矣。

窦忿,讼之上官,悉以南不义,欲罪南。南惧,以千金行赂得免。

大家梦女披发抱子而告曰:"必勿许负心郎;若许,我必杀之!"大家贪南富,卒许之。既亲迎,奁妆丰盛,新人亦娟好。然善悲,终日未尝睹欢容;枕席之间,时复有涕洟。问之,亦不言。过数日,妇翁来,入门便泪,南未遑问故,相将入室。见女而骇曰:"适于后园,见吾女缢死桃树上;今房中谁也?"女闻言,色暴变,仆然而死。视之,则窦女。急至后园,新妇果自经死。骇极,往报窦。窦发女冢,棺启尸亡。前忿未蠲,倍益惨怒,复讼于官。官以其情幻,拟罪未决。南又厚饵窦,哀令休结;官亦受其赇嘱,乃罢。而南家自此稍替。又以异迹传播,数年无敢字者。

南不得已,远于百里外聘曹进士女。未及成礼,会民间讹传,朝廷将选良家女充掖庭,以故有女者,悉送归夫家。一日,有妪导一舆至,自称曹家送女者。扶女入室,谓南曰:"选嫔之事已急,仓卒不能如礼,且送小娘子来。"问:"何无客?"曰:"薄有奁妆,相从在后耳。"妪草草径去。南视女亦风致,遂与谐笑。女俯颈引带,神情酷类窦女。心中作恶,第未敢言。女登榻,引被幪首而眠。亦谓是新人常态,弗为意。日敛昏,曹人不至,始疑。捋被问女,而女已奄然冰绝。惊怪莫知其故,驰伻告曹,曹竟无送女之事。相传为异。

时有姚孝廉女新葬,隔宿为盗所发,破材失尸。闻其异,诣南所征之,果其女。启衾一视,四体裸然。姚怒,质状于官。官以南屡无行,恶之,坐发冢见尸,论死。

异史氏曰:"始乱之而终成之,非德也;况誓于初而绝于后乎?挞于室,听之;哭于门,仍听之:抑何其忍!而所以报之者,亦比李十郎惨矣!"

【评赏】

　　窦女是封建时代千千万万被凌辱的女性之一。她天真幼稚,为恶霸南三复"指矢天日"的花言巧语骗而失身,她只有一个最低微的要求,就是"南要我矣",大约去做妾也甘心。可是蛇蝎心肠的南三复已玩腻了窦女,希望同富室结婚以人财两得。窦女要玩弄女性的恶棍兑现其诺言时,南三复的无耻嘴脸残酷地暴露无遗:"立却不承","亦置之"。窦氏最后想用儿子打动南三复:"彼即不念我,宁不念儿耶?"仍被置之不理,"戒勿内","窦女只好凄惨地抱儿冻僵在南家门口。窦女的故事已经结束,贫穷的窦家向官府状告南三复,南以千金行贿得免。看来窦女要冤沉海底了。可是,鬼魂出现了,报仇雪恨,大快人心。见神见鬼,却并非迷信,而是理想的闪光。窦女只有变成鬼,才能清醒地看透南三复,冷静地面对负心人,才能变柔弱为刚毅,变幼稚为深沉,变茕茕无助为法力无边。窦女必须变成鬼,才能对付像夜台一样暗无天日的世道。席勒说过,艺术"要用美的理想去代替不足的真实",《窦氏》就是如此。

　　在这个冤魂复仇的故事中,作家对黑暗社会的批判利如锋刃。南三复对窦女的薄幸行为,一开始就带着明显的阶级压迫色彩,"贵倨凌人,欺贫家女"(但明伦篇后评)。甚至在窦氏还没露面时,作家已将弱肉强食的气氛渲染得十分浓重。南三复因为遇雨偶然闯入一位平民百姓家,他乃不速之客,主人窦廷章却"踧踖甚恭(局促恐惧、恭恭敬敬)",连忙请南入座后,"始操彗,殷勤氾扫",这是恭待贵客的表示。"泼蜜为茶",是贫家在条件允许情况下,首先做出的最好招待。明明在自己家,窦翁却要待南"命之坐,始敢坐"。而且在他诚惶诚恐地与南周旋时,已命家人备好酒菜,连小雏鸡也杀掉煮好,"给奉周至"地请南三复用餐。南三复初进窦家一段,不到二百字,却把一个恶霸地主在老实农民家作威作福,农民畏如虎狼写得淋漓尽致。这是对"近村人固皆咸重南"的精彩图解。窦女此时还在"行炙",还"稍稍露其半体",她的悲剧命运却已铁定无疑了。窦女哀求南娶她时说"日在缾罋之下",字面意义为在南的覆盖、庇护之下,实际却是说在其欺压、统治之下。只有在双方平等的情况下,才有真正的男人、女人。《窦氏》写贫女同富豪的"爱情"性质,确中肯綮。

窦女冤死后,两次以女尸陈于南三复家而经官,却一次败诉,一次将南送上断头台,何以同样"陈尸"而结果天差地别?又是因为投诉者的社会地位决定。第一次,窦女祟南三复新娶的大家女自缢,自己桃代李僵入南家。窦翁用"棺启尸亡"讼于官,明明是尸体光天化日之下摆在南三复家,官府却"以其情幻,拟罪未决",进而"受其赇嘱",帮助南蒙混过关。在此之前,南三复早已被窦翁用"不义"罪告官,也早已靠孔方兄解脱,在这场以金钱和地位论输赢的较量中,窦翁和窦氏鬼魂皆败下阵来。第二次,窦女冒充曹进士女入南家,再作冯妇,陈尸如前,却将南三复告得"坐发冢见尸,论死"。同样陈尸,效力何以迥异?原来二次之女尸为"姚孝廉女"!富豪对举人,针尖对麦芒,南三复之获罪,并非因为他发冢见尸,而是因为他竟然像猥亵贫女一样让贵家女"四体裸然"!文章至此,给封建吏治涂上了一笔可笑的油彩,窦女的形象也在蹉跌中成熟、饱满,最后完成。

(马瑞芳)

大 力 将 军

查伊璜,浙人。清明饮野寺中,见殿前有古钟,大于两石瓮;而上下土痕手迹,滑然如新。疑之,俯窥其下,有竹筐受八升许,不知所贮何物。使数人抠耳,力掀举之,无少动。益骇。乃坐饮以伺其人。居无何,有乞儿入,携所得糗糒,堆累钟下。乃以一手起钟,一手掬饵置筐内;往返数四,始尽。已,复合之,乃去。移时复来,探取食之。食已复探,轻若启椟。一座尽骇。查问:"若男儿胡行乞?"答以:"啖啜多,无佣者。"查以其健,劝投行伍。乞人愀然虑无阶。查遂携归饵之;计其食,略倍五六人。为易衣履,又以五十金赠之行。

后十余年,查犹子令于闽,有吴将军六一者,忽来通谒。款谈间,问:"伊璜是君何人?"答言:"为诸父行。与将军何处有素?"曰:"是我师也。十年之别,颇复忆念。烦致先生一赐临也。"漫应之。自念:叔名贤,何得武弟子?

会伊璜至,因告之。伊璜茫不记忆。因其问讯之殷,即命仆马,投刺于门。将军趋出,逆诸大门之外。视之,殊昧生平。窃疑将军误,而将军伛偻益恭。肃客入,深启三四关,忽见女子往来,知为私廨,屏足立。将军又揖之。少间登堂,则卷帘者、移座者,并皆少姬。既坐,方拟展问,将军颐少动,一姬捧朝服至,将军遽起更衣。查不知其何为。众姬捉袖整衿讫,先命数人捺查座上不使动,而后朝拜,如觐君父。查大愕,莫解所以。拜已,以便服侍坐。笑曰:"先生不忆举钟之乞人耶?"查乃悟。既而华筵高列,家乐作于下。酒阑,群姬列侍。将军入室,请衽何趾,乃去。查醉起迟,将军已于寝门外三问矣。

查不自安,辞欲返。将军投辖下钥,锢闭之。见将军日无他作,惟点数姬婢、养厮卒,及骡马服用器具,督造记籍,戒无亏漏。查以将军家政,故未深叩。一日,执籍谓查曰:"不才得有今日,悉出高厚之赐。一婢一物,所不敢私,敢以半奉先生。"查愕然不受。将军不听。出藏镪数万,亦两置之。按籍点照,古玩床几,堂内外罗列几满。查固止之,将军不顾。稽婢仆姓名已,即令男为治装,女为敛器,且嘱敬事先生。百声悚应。又亲视姬婢登舆,厮卒捉马骡,阗咽并发,乃返别查。

后查以修史一案,株连被收,卒得免,皆将军力也。

异史氏曰:"厚施而不问其名,真侠烈古丈夫哉!而将军之报,其慷慨豪爽,尤千古所仅见。如此胸襟,自不应老于沟渎。以是知两贤之相遇,非偶然也。"

【评赏】

《大力将军》写孝廉查伊璜与将军吴六一的厚施、慨报故事。吴六一乃历史人物吴六奇,广东潮州人。《潮州府志》卷二十九有传。吴六奇式微时曾乞食于市,孝廉查伊璜拯之于贫困,助资斧使从军。

吴六奇后来官至上将，印挂总兵，慷慨地向查伊璜报恩并拯查于《明史》冤狱中。查、吴二人奇遇并报恩之事，除《潮州府志》外，见于三部书，即王渔洋《香祖笔记》、钮琇《觚剩》之《雪遘》则，昭梿《啸亭杂录》。其中《雪遘》尤详尽。三会本《聊斋志异》将其附于《大力将军》后，其情节梗概如下：

1. 浙江海宁孝廉查伊璜两次帮助"铁丐"，第一次邀饮酒，赠絮袍。第二次重遇，絮袍已换了酒，查询知其名，酒饭相待，以"海内奇杰"称之，赠金助其还乡。

2. 吴六奇归潮州后，用查伊璜赠银买书，后从军，因奇计平粤，数年内官至水陆提督。

3. 吴将军数次以重金赠查伊璜，邀查到官衙盛情款待，并拯查于《明史》冤狱中。

《觚剩》的作者乃文坛高手，《雪遘》一文使人"胜读淮阴传"（远村评语）。吴六奇的形象塑造相当成功。"敝衣楛腹而无饥寒之色"，"不读书识字，不致为丐也！""吴躬自出迎，八驺前驰，千兵后拥，导从仪卫，上拟侯王，既迎孝廉至，则蒲伏泥首。"……作为小说化的传记文字，《雪遘》已令人叹为观止。

"设文之体有常，变文之体无方"，文章"无一定之律，而有一定之妙"。《大力将军》以构思奇崛取胜，以文笔简约、悬念丛生带来独有的艺术魅力。

查伊璜对吴六一的帮助，《大力将军》仅写了一次：查饮酒野寺中，偶然看到一个乞儿将讨得的食物"轻若启椟"地放置一古钟下，而那古钟数人"力掀举之，无少动"。查遂将那力大无比的乞儿"携归饵之"，赠金让他从军。查对乞儿厚施，却没有询问身世的话语，没有乞人自白，只有其大力举钟之渲染。乞儿从此消失，无任何交代。文笔一转，写十几年后，查伊璜之侄在闽任职，有将军吴六一自称乃查孝廉"弟子"，侄子诧异"叔名贤，何得武弟子？"告知偶然来闽的叔父，查伊璜也茫不记忆，因将军问讯之殷"投刺于门"时，出迎的将军又"殊昧生平"。查以为将军错认，将军却"伛偻益恭"，大礼参拜，如觐君父。查伊璜如堕五里雾中，读者也莫名其妙。突然，云开日出，真相大白,将军"笑曰:'先生不忆举钟之乞人耶?'查乃悟"。蒲松龄显然是故意设置悬念,以增强小说的传奇色彩和喜剧效果。其实,查伊璜既然曾带乞儿回家,且商议让其从军,岂能不问姓名?作者正是为了"惊奇"的艺术效果有意让查伊璜不问乞儿的姓名,达到"异史氏曰"说的"厚施而不问其名,真侠烈古丈夫哉"的效果。小说开头极力描绘乞儿举钟情景,十年后两人对面不相识,以"举钟之乞人"引起回忆,笔墨经济而情节奇幻,这样写,较《雪遘》要简约、超脱,更具短篇小说的特点。乞儿变将军,《觚剩》有详尽交代,聊斋一字不提,古人绘画讲究"无画处皆画",聊斋之文亦在无笔墨处用心,不着一字而尽得风流。

将军如何进行"慷慨豪爽,尤千古所仅见"的报答?这是《大力将军》最引人入胜的文字。蒲松龄没像《觚剩》那样,写将军屡次馈金之重,而写其报恩之诚、之豪,在报恩的细节上大加渲染,将军留查伊璜于府,先"请袂何趾",后于次日清晨"寝门外三问",极显恭敬;查欲返家,将军"投辖下钥,锢闭之",极显诚心;亲自清点财物,将姬婢厮卒、古玩金银"敢以半奉先生",极显其豪爽;亲自嘱咐姬婢厮卒"敬事先生",又亲视姬婢登舆,"阗咽并发",极显其重感情。这个本来可以数语带过的"报以万金"场面,被留仙敷衍出如此花团锦簇的文字,然读后回思,不如此铺排,则无以写将军之慷慨,无以显英雄本色。

(马瑞芳)

颜　氏

顺天某生,家贫。值岁饥,从父之洛。性钝,年十七,裁不能成幅。而丰仪秀美,能雅谑,善尺牍。见者不知其中之无有也。无何,父母继殁,孑然一身,授童蒙于洛汭。

时村中颜氏有孤女,名士裔也。少惠。父在时,尝教之读,一过辄记不忘。十数岁,学父吟咏。父曰:"吾家有女学士,惜不弁耳。"钟爱之,期择贵婿。父卒,母执此志,三年不遂,而母又卒。或劝适佳士,女然之而未就也。适邻妇逾垣来,就与攀谈。以字纸裹绣线,女启视,则某手翰,寄邻生者。反复之而好焉。邻妇窥其意,私语曰:"此翩翩一美少年,孤与卿等,年相若也。倘能垂意,妾嘱渠侬胹合之。"女脉脉不语。妇归,以意授夫。邻生故与生善,告之,大悦。有母遗金鸦镮,托委致焉。刻日成礼,鱼水甚欢。

及睹生文,笑曰:"文与卿似是两人,如此,何日可成?"朝夕劝生研读,严如师友。敛昏,先挑烛据案自哦,为丈夫率,听漏三下,乃已。如是年余,生制艺颇通;而再试再黜,身名蹇落,饔飧不给,抚情寂漠,嗷嗷悲泣。女诃之曰:"君非丈夫,负此弁耳!使我易髻而冠,青紫直芥视之!"

生方懊丧,闻妻言,睒睗而怒曰:"闺中人,身不到场屋,便以功名富贵似汝厨下汲水炊白粥;若冠加于顶,恐亦犹人耳!"女笑曰:"君勿怒。俟试期,妾请易装相代。倘落拓如君,当不敢复藐天下士矣。"生亦笑曰:"卿自不知蘖苦,真宜使请尝试之。但恐绽露,为乡邻笑耳。"女曰:"妾非戏语。君尝言燕有故庐,请男装从君归,伪为弟。君以襁褓出,谁得其辨非?"生从之。女入房,巾服而出,曰:"视妾可作男儿否?"生视之,俨然一顾影少年也。生喜,遍辞里社。交好者薄有馈遗,买一羸蹇,御妻而归。

生叔兄尚在,见两弟如冠玉,甚喜,晨夕恤顾之。又见宵旰攻苦,倍益爱敬。雇一剪发雏奴,为供给使。暮后,辄遣去之。乡中吊庆,兄自出周旋,弟惟下帷读。居半年,罕有睹其面者。客或请见,兄辄代辞。读其文,瞠然骇异。或排闼入而迫之,一揖便亡去。客睹丰采,又共倾慕。由此名大噪,世家争愿赘焉。叔兄商之,惟展然笑。再强之,则言:"矢志青云,不及第,不婚也。"

会学使案临,两人并出。兄又落。弟以冠军应试,中顺天第四;明年成进士;授桐城令,有吏治;寻迁河南道掌印御史,富埒王侯。因托疾乞骸骨,赐归田里。宾客填门,讫谢不纳。又自诸生以及显贵,并不言娶,人无不怪之者。归后,渐置婢。或疑其私;嫂察之,殊无

苟且。

　　无何，明鼎革，天下大乱。乃告嫂曰："实相告：我小郎妇也。以男子阘茸，不能自立，负气自为之。深恐播扬，致天子召问，贻笑海内耳。"嫂不信。脱靴而示之足，始愕；视靴中，则败絮满焉。于是使生承其衔，仍闭门而雌伏矣。而生平不孕，遂出赀购妾。谓生曰："凡人置身通显，则买姬媵以自奉；我宦迹十年，犹一身耳。君何福泽，坐享佳丽？"生曰："面首三十人，请卿自置耳。"相传为笑。是时生父母，屡受覃恩矣。搢绅拜往，尊生以侍御礼。生羞袭闺衔，惟以诸生自安，终身未尝舆盖云。

　　异史氏曰："翁姑受封于新妇，可谓奇矣。然侍御而夫人也者，何时无之？但夫人而侍御者少耳。天下冠儒冠、称丈夫者，皆愧死矣！"

【评赏】

　　颜氏把封建重压下妇女被压抑的才能充分发挥出来：有文才，可以在"制艺"（八股文）上超过男人；有治国的才干，可以在吏治上不逊于男子；为公婆挣得了皇封，代丈夫取得了御史头衔。这个形象与花木兰代父从军，与黄崇嘏求凰得凤（徐渭《四声猿》），与洪昇《四婵娟》中的人物，一脉相承。

　　颜氏终于以自己的聪明才智为女性扬眉吐气。她后来把功名让给了丈夫，自己闭门雌伏，因生平不孕。遂出钱给丈夫买妾，颜氏对丈夫自嘲道："凡人置身通显，则买姬媵以自奉；我宦迹十年，犹一身耳。君何福泽，坐享佳丽？"她的丈夫开玩笑地回答："面首三十人，请卿自置耳。"山阴公主是有置男宠特权的，武则天也一样。但这种特权却不是一般女子甚至缙绅家女性可以享受的。而且，山阴公主置面首，也使她作为淫妇，千百年来钉在历史的耻辱柱上。颜氏绝不可能置面首，其丈夫却肯定纳妾置婢以接续香火。颜氏在时势变革的缝隙中，逞一时之雄才，可是，在家庭中，在爱情生活上，"青紫直芥视之"的颜氏，鄙视"侍御而夫人"的颜氏，却不得不彻底地败下阵来。用自己赚的钱让丈夫"坐享佳丽"，这是多么可悲的讽刺！

　　本文的男主角，聊斋先生连姓名都懒得给他取，索性叫"某生"，此人乃绣花枕头一包草。作家用"妍皮裹媸骨"的写法,把阒茸书生竟娶到才女颜氏的过程,写得耐人寻味。某生"丰仪秀美,能雅谑,善尺牍",偏偏他写给朋友的手翰,给朋友妻包裹绣线,为颜氏所爱悦。十七岁才能成幅,信却写得好,又恰好信入佳人目,世界何等地小!此时,他的外貌又起作用了,"此翩翩一美少年"。待生米煮成熟饭,颜氏发现"文与卿似是两人"时,已晚矣。某生的"阒茸"不仅在于他文章写不好,还因为他无毅力,怕蹉跌,文中写他"抚情寂漠,噭噭悲泣",的确"负此弁耳",幸而还不肯袭妻之爵,算有些志气。某生之软弱无能,与"异史氏曰"中讽刺的"侍御而夫人也者,何时无之"又相依相存:某生就是这些达官贵人的生长土壤。

女扮男装必然要遇到许多难题。聊斋在行文中时时巧为点缀,似不经意,回思时才悟其巧。如:一、某生何以可能以妻为弟?乃因为"燕有故庐",某生襁褓时离燕,今携"翩翩一美少年"归乡,其叔兄自然确信少年乃在外出生之弟。二、颜氏与某生在人前为共同"宵旰攻苦"之兄弟,人后乃燕尔新婚的少年夫妇,他人怎么看不出破绽?作家写"雇一剪发雏奴,为供给使。暮后,辄遣去之"。夫妇二人使唤的是十分年幼的仆人,"雏"到还仅仅做童子打扮,当然没有什么辨别力,更何况仅仅白天服务。三、颜氏已贵为御史,声名显赫,非一般官吏,即便"乞骸骨"归乡隐居,也会有地方士绅常往来,怎么可能再"闭门而雌伏"?如何躲过欺君罔上之罪?妙就妙在"明鼎革,天下大乱"。四、颜氏与某生相偕归家后,"世家争愿赘",答复为"矢志青云,不及第,不婚也",十分符合二人日夜苦读之氛围。五、"生平不孕"一笔,为点评家啧啧称道。冯镇峦的评语曰:"补此句好,万一御史时生子奈何?"六、就连女子与男性走路之不同,也细心地补叙之:"脱靴而示之足","则败絮满焉"。真真情致周密,合于情理。

(马瑞芳)

小　　谢

　　渭南姜部郎第,多鬼魅,常惑人。因徙去。留苍头门之而死。数易皆死。遂废之。

　　里有陶生望三者,夙佻傥,好狎妓,酒阑辄去之。友人故使妓奔就之,亦笑内不拒;而实终夜无所沾染。常宿部郎家,有婢夜奔,生坚拒不乱,部郎以是契重之。家綦贫,又有"鼓盆之戚",茅屋数椽,溽暑不堪其热,因请部郎,假废第。部郎以其凶故,却之。生因作《续无鬼论》献部郎,且曰:"鬼何能为!"部郎以其请之坚,诺之。

　　生往除厅事。薄暮,置书其中;返取他物,则书已亡。怪之。仰卧榻上,静息以伺其变。食顷,闻步履声,睨之,见二女自房中出,所亡书送还案上。一约二十,一可十七八,并皆姝丽。逡巡立榻下,相视而笑。生寂不动。长者翘一足踹生腹,少者掩口匿笑。生觉心摇摇若不自持,即急肃然端念,卒不顾。女近以左手捋髭,右手轻批颐颊,作小响。少者益笑。生骤起,叱曰:"鬼物敢尔!"二女骇奔而散。生恐夜为所苦,欲移归,又耻其言不掩,乃挑灯读。暗中鬼影憧憧,略不顾瞻。夜将半,烛而寝。始交睫,觉人以细物穿鼻,奇痒,大嚏;但闻暗处隐隐作笑声。生不语,假寐以俟之。俄见少女以纸条捻细股,鹤行鹭伏而至;生暴起诃之,飘窜而去。既寝,又穿其耳。终夜不堪其扰。

　　鸡既鸣,乃寂无声,生始酣眠,终日无所睹闻。日既下,恍惚出现。生遂夜炊,将以达旦。长者渐曲肱几上,观生读;既而掩生卷。生怒捉之,即已飘散;少间,又抚之。生以手按卷读。少者潜于脑后,交两手掩生目,瞥然去,远立以哂。生指骂曰:"小鬼头!捉得便都杀却!"女子即又不惧。因戏之曰:"房中纵送,我都不解,缠我无益。"二女微笑,转身向灶,析薪溲米,为生执爨。生顾而奖曰:"两卿此为,不胜憨跳耶?"俄顷,粥熟,争以匕、箸、陶碗置几上。生曰:"感卿服役,何以报德?"女笑云:"饭中溲合砒、鸩矣。"生曰:"与卿夙无嫌怨,何至以此相加。"啜已,复盛,争为奔走。

生乐之,习以为常。日渐稔,接坐倾语,审其姓名。长者云:"妾秋容,乔氏;彼阮家小谢也。"又研问所由来。小谢笑曰:"痴郎!尚不敢一呈身,谁要汝问门第,作嫁娶耶?"生正容曰:"相对丽质,宁独无情;但阴冥之气,中人必死。不乐与居者,行可耳;乐与居者,安可耳。如不见爱,何必玷两佳人?如果见爱,何必死一狂生?"二女相顾动容,自此不甚虐弄之;然时而探手于怀,捋裤于地,亦置不为怪。

一日,录书未卒业而出,返则小谢伏案头,操管代录。见生,掷笔睨笑。近视之,虽劣不成书,而行列疏整。生赞曰:"卿雅人也!苟乐此,仆教卿为之。"乃拥诸怀,把腕而教之画。秋容自外入,色乍变,意似妒。小谢笑曰:"童时尝从父学书,久不作,遂如梦寐。"秋容不语。生喻其意,伪为不觉者,遂抱而授以笔,曰:"我视卿能此否?"作数字而起,曰:"秋娘大好笔力!"秋容乃喜。生于是折两纸为范,俾共临摹;生另一灯读。窃喜其各有所事,不相侵扰。仿毕,祗立几前,听生月旦。秋容素不解读,涂鸦不可辨认,花判已,自顾不如小谢,有惭色。生奖慰之,颜始霁。

二女由此师事生,坐为抓背,卧为按股,不惟不敢侮,争媚之。逾月,小谢书居然端好,生偶赞之。秋容大惭,粉黛淫淫,泪痕如线。生百端慰解之,乃已。因教之读,颖悟非常,指示一过,无再问者。与生竞读,常至终夜。小谢又引其弟三郎来,拜生门下。年十五六,姿容秀美。以金如意一钩为贽;生令与秋容执一经。满堂咿唔;生于此设鬼帐焉。部郎闻之喜,以时给其薪水。

积数月,秋容与三郎皆能诗,时相酬唱。小谢阴嘱勿教秋容,生诺之;秋容阴嘱勿教小谢,生亦诺之。一日,生将赴试,二女涕泪持别。三郎曰:"此行可以托疾免;不然,恐履不吉。"生以告疾为辱,遂行。先是,生好以诗词讥切时事,获罪于邑贵介,日思中伤之。阴赂学使,诬以行检,淹禁狱中。资斧绝,乞食于囚人,自分已无生理。忽一人飘忽而入,则秋容也,以馔具馈生。相向悲咽,曰:"三郎虑君不

小 谢

吉,今果不谬。三郎与妾同来,赴院申理矣。"数语而出,人不之睹。

越日,部院出,三郎遮道声屈,收之。秋容入狱报生,返身往侦之,三日不返。生愁饿无聊,度一日如年岁。忽小谢至,怆惋欲绝,言:"秋容归,经由城隍祠,被西廊黑判强摄去,逼充御媵。秋容不屈,今亦幽囚。妾驰百里,奔波颇殆;至北郭,被老棘刺吾足心,痛彻骨髓,恐不能再至矣。"因示之足,血殷凌波焉。出金三两,跛踦而没。部院勘三郎,素非瓜葛,无端代控,将杖之,扑地遂灭。异之。览其状,情词悲恻。提生面鞫,问:"三郎何人?"生伪为不知。部院悟其冤,释之。

既归,竟夕无一人。更阑,小谢始至,惨然曰:"三郎在部院,被廨神押赴冥司;冥王以三郎义,令托生富贵家。秋容久锢,妾以状投城隍,又被按阁,不得入,且复奈何?"生忿曰:"黑老魅何敢如此!明日仆其像,践踏为泥;数城隍而责之:案下吏暴横如此,渠在醉梦中耶!"悲愤相对,不觉四漏将残。秋容飘然忽至。两人惊喜,急问。秋容泣下曰:"今为郎万苦矣!判日以刀杖相逼,今夕忽放妾归,曰:'我无他,原以爱故;既不愿,固亦不曾污玷。烦告陶秋曹,勿见谴责。'"生闻少欢,欲与同寝,曰:"今日愿为卿死。"二女戚然曰:"向受开导,颇知义理,何忍以爱君者杀君乎?"执不可。然俯颈倾头,情均伉俪。二女以遭难故,妒念全消。

会一道士途遇生,顾谓:"身有鬼气。"生以其言异,具告之。道士曰:"此鬼大好,不拟负他。"因书二符付生,曰:"归授两鬼,任其福命:如闻门外有哭女者,吞符急出,先到者可活。"生拜受,归嘱二女。

后月余,果闻有哭女者。二女争奔而去。小谢忙急,忘吞其符。见有丧舆过,秋容直出,入棺而没;小谢不得入,痛哭而返。生出视,则富室郝氏殡其女。共见一女子入棺而去,方共惊疑;俄闻棺中有声,息肩发验,女已顿苏。因暂寄生斋外,罗守之。忽开目问陶生。郝氏研诘之,答云:"我非汝女也。"遂以情告。郝未深信,欲异归;女不从,径入生斋,偃卧不起。郝乃识婿而去。

生就视之,面庞虽异,而光艳不减秋容,喜惬过望,殷叙平生。忽闻呜呜鬼泣,则小谢哭于暗陬。心甚怜之,即移灯往,宽譬哀情,而衿袖淋浪,痛不可解。近晓始去。天明,郝以婢媪赍送香奁,居然翁婿矣。暮入帷房,则小谢又哭。如此六七夜。夫妇俱为惨动,不能成合卺之礼。

生忧思无策。秋容曰:"道士,仙人也。再往求,倘得怜救。"生然之。迹道士所在,叩伏自陈。道士力言"无术"。生哀不已。道士笑曰:"痴生好缠人。合与有缘,请竭吾术。"乃从生来,索静室,掩扉坐,戒勿相问。凡十余日,不饮不食。潜窥之,瞑若睡。一日晨兴,有少女搴帘入,明眸皓齿,光艳照人。微笑曰:"跋履终日,惫极矣!被汝纠缠不了,奔驰百里外,始得一好庐舍,道人载与俱来矣。待见其人,便相交付耳。"敛昏,小谢至,女遽起迎抱之,翕然合为一体,仆地而僵。道士自室中出,拱手径去。拜而送之。及返,则女已苏。扶置床上,气体渐舒,但把足呻言趾股酸痛,数日始能起。

后生应试得通籍。有蔡子经者,与同谱,以事过生,留数日。小谢自邻舍归,蔡望见之,疾趋相蹑;小谢侧身敛避,心窃怒其轻薄。蔡告生曰:"一事深骇物听,可相告否?"诘之,答曰:"三年前,少妹夭殒,经两夜而失其尸,至今疑念。适见夫人,何相似之深也?"生笑曰:"山荆陋劣,何足以方君妹?然既系同谱,义即至切,何妨一献妻孥。"乃入内,使小谢衣殉装出。蔡大惊曰:"真吾妹也!"因而泣下。生乃具述其本末。蔡喜曰:"妹子未死,吾将速归,用慰严慈。"遂去。过数日,举家皆至。后往来如郝焉。

异史氏曰:"绝世佳人,求一而难之,何遽得两哉!事千古而一见,惟不私奔女者能遘之也。道士其仙耶?何术之神也!苟有其术,丑鬼可交耳。"

【评赏】

《小谢》写陶生与二女鬼相识、相敬、相爱,几经磨难,终成眷属。该文虽有"二美共一夫"的思想桎梏和借尸还魂的荒诞迷信观念,却具有讥弹时世的斗争锋芒和引人注目的艺术成就。

一、细节描写一枝独秀。

亚里士多德在《诗学》中说:"把谎话扯得圆主要是荷马教给其他

诗人的。"聊斋搜神谈鬼,"事或奇于断发之乡","怪有过于飞头之国",说谎登峰造极,又说得极圆甚妙。其艺术魔杖便是无处不在、精细如微的细节描写。

陶生夜遇二女鬼,"并皆姝丽"却顽皮憨跳,无以复加。她们,一个"翘一足踹生腹"、捋髭、批颊,大胆妄为,一个"掩口匿笑",俏皮胆小。一个"渐曲肱几上,观生读;既而掩生卷",公然捣乱,一个"潜于脑后,交两手掩生目",背后调皮。她们"以纸条捻细股,鹤行鹭伏而至",像那些极为轻巧的鸟儿行步,以纸条去给人"细物穿鼻",如顽童恶作剧,逼真活跳。一个书生与两女鬼相遇,自然是虚幻的,但两个鬼女似可触摸,她们的一系列细微动作:偷书、送书、踹腹、批颐颊、细物穿人鼻、掩目阻读、争以碗盛粥,全是现实社会中没受过封建家教的活泼少女的举止,这些举止充满了孩子稚气,又充满了少女天真,而"鹤行鹭伏""飘窜而去""瞥然去""恍惚出现",所具灵动跳跃的动态美,又含鬼影憧憧之意。跟现实生活一样逼真,又有特有的异类气息。

传说,北齐画家高孝珩作"苍鹰"图于壁,竟吓得鸠鹊不敢飞近。聊斋比画鹰驱雀的画家高明,画家画生活中实有的鹰,聊斋写生活中没有的鬼,而这鬼,真实得似乎要从纸上走下来。

真实而平凡的细节如缃缃贯珠,构成小说特有的生活气息。纪晓岚在《阅微草堂笔记》对聊斋描写之细,颇有微词,认为不应当"燕昵之词,蝶狎之态。细微曲折,摹绘如生"。岂不知,这正是聊斋独有的成就。所谓"体贴人情,委曲必尽,描写物态,仿佛如生"(王世贞《曲藻》)。

二、豪士倩女,刚柔相济;东泰西华,两峰并秀。

《小谢》将一位刚肠书生与两位柔美少女合传,有笙箫夹鼓,琴瑟间钟之妙。两少女同中有异,异中有同,如春兰秋菊,各有佳妙,似东泰西华,两峰并秀。

陶生个性,以"刚"为主要色调,他不怕鬼,做《续无鬼论》,称"鬼何能为!"他对待夤夜出现的鬼魂,毫无惧怕,叱曰:"鬼物敢尔!"因为他深知,正心息虑才可以保证不受鬼惑,他甚至扬言"小鬼头!捉得便都杀却!"真真铁骨铮铮。以无所畏惧的姿态出现的陶生,并非匹夫之勇,而是富有智慧和心机的成熟男性,他索性向两女鬼挑明"房中纵送,我都不解,缠我无益",既阻断了女鬼祟人的主要途径,也显示了他的浩然之气。两个女鬼无奇不有的憨跳,是她们天真无邪个性的展露,她们是在捉弄人,却采用只有亲人之间才会出现的亲昵举动,踹腹、捋髭、捅鼻孔,一概为小孩子把戏。所以用挑衅态度出现的女鬼,并非有意祟人,而是不谙世事,无忧无虑,矫矫脱俗,率真任性,有点像六贼戏弥勒佛。在中国古代文学中,除了汤显祖《牡丹亭》中春香闹学的故事外,还很少出现如此天真可爱、稚气十足的女性形象。如此绝无脂粉气、绝无道学色彩的女性的出现,与婴宁、小翠一样,如空谷幽兰。秋容、小谢百般戏弄陶生,陶生"诃之",她们便连忙"飘窜",她们哪儿是祟人的厉鬼? 分明是柔弱的娇女。陶生与二女,刚柔相济,各显风姿。

陶生的浩然之气感动了两位少女,她们由耍弄陶生开始变而为陶生服务。二女执炊和陶生研问由来两个情节,写二女对陶生的戏耍一变而为敬重。在情节变换中,三人的性格都在转换。陶生说二女"两卿此为,不胜憨跳耶?"像长者领奖幼者,亲热而又随便。二女说"溲合砒、鸩"虽是玩笑,但足以吓退凡夫俗子,陶生却用诚恳的话语,决然服粥的行动,表示自己对鬼的完全信任。这种坦荡胸怀使二女"争为奔走"。三人的关系又前进一步。而关键性转折点,为陶生"正容"所说的话,话语不长,却包含数层深意:其一,说明自己并非对丽质不动情,但人鬼有别;其二,劝说二女要尊重人也尊重自己,不论行还是居,以尊重人的意愿为准;其三,男女之间应以"爱"至上,倘若无爱而欢合,是玷染二佳人,倘若真爱,又何必用阴冥之气害死狂生?陶生的话进一步画出他的蕴藉、沉着、老练,在坚忍、刚毅之上,又增添了一层诗意的温文。在"接坐倾语"以后,陶生与二女鬼就不再仅仅是相安无事,而是友情渐笃,陶生开始以世事洞明者的身份教鬼徒。

如果说,在遇鬼、教鬼的情节中,陶生一直把握着三人关系的主动权,而且在同二女关系中迸发出性格光芒,那么可以说,陶生受陷后,二女开始与恶势力抗争,而且在斗争中,变幼稚为成熟,由嬉不知愁为尝尽愁滋味,秋容为城隍黑判摄去,逼充御媵,不屈被囚,小谢为救陶生,百里奔波,棘刺足心,痛彻骨髓。二女和陶生在同阳世阴间鱼肉良民恶官的斗争中,心心相印,陶生终于不能自已,"欲与同寝","今日愿为卿死"。陶生宁死也要珍惜对二女之爱,二女却"何忍以爱君者杀君乎",理智型的陶生变得感情冲动,乃出于爱;拒绝同寝的道德律令却由两个本来不谙世情的女鬼讲出,也是为了爱,刚者变柔,柔者变刚,文笔灵变,人物更为丰满。

秋容、小谢同为调皮女郎,秋容大胆,小谢安静。戏弄陶生的恶作剧均由秋容施行,小谢"掩口"笑观。秋容个性强,见陶生揽小谢教书法,"色变"似妒,小谢却茫然不知,二人复活时,秋容吞符得还魂,小谢忙中忘吞符,只好哀哀而泣。双美齐秀,小谢更显柔弱,秋容则显妩媚。两个小鬼头,如并蒂之花。

《小谢》一文的人物语言时而活泼,时而庄重,小谢讥笑陶生"痴郎!尚不敢一呈身,谁要汝问门第,作嫁娶耶?"纯是少女娇聒口气。陶生赞秋容书法"秋娘大好笔力!"全是和稀泥以调和二女妒意的调侃口气,这些人物语言,初看似不经意说出,细想则非如此无法推进情节,非如此无以加深人物个性。小说写三人对话,最为有趣。小谢、秋容没有受过什么教育,不懂得拐弯抹角,也不会旁敲侧击,开口就直来直去,简单明快,陶生却如博学者论文,滔滔不绝,严密周详,层层剖析,甚至有点叠床架屋。陶生不会像鬼女那样巧言倩语,鬼女不会如陶生那样论道谈禅,什么样的身份、教养,说什么样话,一丝一毫马虎不得。

一书生二女鬼,在闹剧般的嬉闹气氛中登场,在喜剧大团圆情况下收场。聊斋先生采用二龙戏珠的结构方法,陶生如珠,二女绕之盘旋,有分有合。回环往复,盘旋生辉。二女因对陶生的感情相互勾连,始而因"争媚"陶生而相妒,孩子气的互相"阴嘱勿教"对方,继而因为共同全力救陶生,"妒念全消",却又不能同时还魂,秋容得附郝女体,与陶生"殷叙平生",小谢"哭于暗陬",终于感动得道士助其还魂。故事的层层波折,不过是为了更精彩地画人精魄,冯镇峦《读聊斋杂说》云:"读《聊斋》不作文章看,但作故事看,便是呆汉。"

三、虚幻形式包含的现实内容。

人鬼相恋已属天方夜谭,一人二鬼更为荒诞。在陶生与小谢、秋容抒情诗般的"鬼帐"之后,陶生因"以诗词讥切时事",获罪权贵,贿通学使,不仅不给功名,还"淹禁狱中",秋容为救陶生奔波,又为城隍之黑判捉去,逼充媵妾。一阴一阳,均是魍魉当道,一实一虚,全是血泪斑斑,根本就是封建时代人民苦难的真实写照。陶生痛骂"黑老魅"的话,也如匕首、如投枪,表现了作者对黑暗官场憎恶之极的激愤。

(马瑞芳)

细　　侯

昌化满生,设帐于余杭。偶涉廛市,经临街阁下,忽有荔壳坠肩头。仰视,一雏姬凭阁上,妖姿要妙,不觉注目发狂。姬俯哂而入。询之,知为娼楼贾氏女细侯也。其声价颇高,自顾不能适愿。归斋冥想,终宵不枕。明日,往投以刺,相见,言笑甚欢,心志益迷。托故假贷同人,敛金如干,携以赴女,款洽臻至。即枕上口占一绝赠之云:"膏腻铜盘夜未央,床头小语麝兰香。新鬟明日重妆凤,无复行云梦楚王。"细侯蹙然曰:"妾虽污贱,每愿得同心而事之。君既无妇,视妾可当家否?"

生大悦,即叮咛,坚相约。细侯亦喜曰:"吟咏之事,妾自谓无难,每于无人处,欲效作一首,恐未能便佳,为观听所讥。倘得相从,幸教妾也。"因问生家田产几何,答曰:"薄田半顷,破屋数椽而已。"细侯曰:"妾归君后,当长相守,勿复设帐为也。四十亩聊足自给,十亩可以种桑,织五匹绢,纳太平之税有余矣。闭户相对,君读妾织,暇则诗酒可遣,千户侯何足贵!"生曰:"卿身价略可几多?"曰:"依媪贪志,何

納妾

緣溪一見便心傾　誤墮奸謀憖背盟
貌豔如花腸似鐵　不笛情霧是鍾情

能盈也？多不过二百金足矣。可恨妾齿稚，不知重赀财，得辄归母，所私蓄者区区无多。君能办百金，过此即非所虑。"生曰："小生之落寞，卿所知也，百金何能自致。有同盟友，令于湖南，屡相见招，仆以道远，故惮于行。今为卿故，当往谋之。计三四月，可以归复，幸耐相候。"细侯诺之。

生即弃馆南游，至则令已免官，以罣误居民舍，宦囊空虚，不能为礼。生落魄难返，就邑中授徒焉。三年，莫能归。偶笞弟子，弟子自溺死。东翁痛子而讼其师，因被逮囹圄。幸有他门人，怜师无过，时致馈遗，以是得无苦。

细侯自别生，杜门不交一客。母诘知故，不可夺，亦姑听之。有富贾某，慕细侯名，托媒于媪，务在必得，不靳直。细侯不可。贾以负贩诣湖南，敬侦生耗。时狱已将解，贾以金赂当事吏，使久锢之。归告媪云："生已瘐死。"细侯疑其信不确。媪曰："无论满生已死，纵或不死，与其从穷措大，以椎布终也，何如衣锦而厌粱肉乎？"细侯曰："满生虽贫，其骨清也；守龌龊商，诚非所愿。且道路之言，何足凭信！"

贾又转嘱他商，假作满生绝命书寄细侯，以绝其望。细侯得书，惟朝夕哀哭。媪曰："我自幼于汝，抚育良勤。汝成人二三年，所得报者，日亦无多。既不愿隶籍，即又不嫁，何以谋生活？"细侯不得已，遂嫁贾。贾衣服簪珥，供给丰侈。年余，生一子。

无何，生得门人力，昭雪而出，始知贾之锢己也。然念素无郤，反复不得其由。门人义助资斧以归。既闻细侯已嫁，心甚激楚，因以所苦，托市媪卖浆者达细侯。细侯大悲，方悟前此多端，悉贾之诡谋。乘贾他出，杀抱中儿，携所有亡归满；凡贾家服饰，一无所取。贾归，怒质于官。官原其情，置不问。

呜呼！寿亭侯之归汉，亦复何殊？顾杀子而行，亦天下之忍人也！

【评赏】

细侯在小说中露面时，是个"妖姿要妙"的妓女。她用荔壳去掷满生，也带有相当的轻浮气息。满生把同细侯的"款洽臻至"老实不客气地看做是寻常嫖妓行为，"新鬶明日重妆凤，无复行云梦楚王"的诗句，是满生对细侯妓女生涯的调侃，这诗句却引起细侯"瘥然"，道出了真心话："妾虽污贱，每愿得同心而事之。君既无妇，视妾可当家否？"细侯的一番话，一下子变更了满生对她的轻薄态度，也令读者耳目为之一新。

细侯生活在珠围翠绕、饫甘餍肥、前门迎新后门送旧的糜烂生活中，竟有学吟诗的雅兴，能看中满生这样寄人篱下的"穷措大"，把清贫自给的生活看成是自己的理想，认为有薄田半顷、破屋数椽，就可以二人长相守，"闭户相对，君读妾织，暇则诗酒可遣，千户侯何足贵"！在以功名富贵取人的封建社会，一个烟花女子能有如此高洁的情怀，实在可贵。

尤为可贵的是细侯后来的表现。满生为了凑足为细侯赎身的费用南游时，"细侯自别生，杜门不交一客"，显示了她对满生的坚贞。富贾向她求婚，鸨母以"衣锦而厌粱肉"相诱时，她坦坦荡荡地说："满生虽贫，其骨清也；守腥龌商，诚非所愿。"用掷地有声的语言表露了一个微贱女子的高尚道德追求。当她陷入富贾的诡谋，误以为满生已死，嫁与富贾时，又是因为她过于善良，为鸨母"我自幼于汝，抚育良勤"的乞求不得已而嫁之。一旦得知心上人的下落，了解一切诡谋均为富贾所为，细侯就毅然决然"杀抱中儿"归满生。

亲手杀掉自己的亲生儿子，细侯的表现似乎过于残忍。天下宁有如此忍情的母亲？其实，细侯式的忍情倒是种世界性现象。古希腊戏剧家欧里庇得斯根据希腊神话改编的《美狄亚》中，伊阿宋要娶克瑞翁的女儿克瑞乌萨为妻时，他原来的妻子美狄亚用魔衣将新娘活活烧死，为了使伊阿宋的痛苦得不到慰藉，美狄亚当着伊阿宋的面，杀死了自己的两个儿子。在封建的中国，因为子嗣的重要性，细侯杀抱中儿，就又有着令富贾断子绝孙的刻骨仇隙在内，哪怕儿子是自己亲生！蒲松龄正是用这个特殊的、杀死亲生儿子的不近人情的情节，塑造了细侯这个有特殊意义的女性形象。但明伦的评语这样说：

商本非其夫也,彼非夫而诡谋以锢吾夫,彼固吾仇也,抱中儿即仇家子也,杀之而归满,应恕其忍而哀其情。

此说有一定道理,但尚不足。杀抱中儿是一种义无反顾的决绝精神。谚曰:"虎毒不食儿。"一个娇弱女子却有如此刚烈之举,需要有多么大的勇气?要经过多么痛苦的内心挣扎?作家情不自禁地将烟花女子细侯抬到与被封建时代尊为圣哲的关公比肩:"寿亭侯之归汉,亦复何殊?"

在《聊斋志异》中,描写妓女形象的佳作《细侯》与《鸦头》《瑞云》鼎足而三。细侯、鸦头、瑞云都是几经磨难才与情人终成眷属,所不同的是,《鸦头》《瑞云》有相当成分的怪异,《细侯》却是完完全全、实实在在的现实生活。细侯的淡泊素怀,坚贞不渝,为了爱情的忠诚,为了惩罚离散恋人的富贾竟忍情杀子,就更加感人,更加富于现实意义,富于斗争性。席勒曾说过,艺术是人的道德追求,在细侯这样一个微贱妓女身上,聊斋先生寄托了富贵不能淫,贫贱不能移的高尚追求。

岁寒而知青松后凋,细侯的形象是在一个一个尖锐的矛盾中一步步受到考验的。她的淡泊情怀和刚强果决性格,集中表现在她的两段对话中。她与满生定情时深情地问:"视妾可当家否?"开口就言"当家",一洗粉黛丝竹之气息,显示出她渴望过单纯的夫唱妇随生活的热切心情。她自白:"吟咏之事,妾自谓无难。……倘得相从,幸教妾也。"又完全变成了一副娇憨语气,很符合"雏姬"之"雏"的年龄特点,使人物形象明丽活泼。当她知道满生家仅有薄田半顷,破屋数椽,马上设想:"妾归君后,当长相守,勿复设帐为也。"甚至细心地分派起多少亩地种庄稼,多少亩地种桑养蚕来。几段顾盼生姿的话语,使人物焕发出温馨而又圣洁的气息。细侯与媪的对话,针锋相对,用"其骨清"反驳媪的"穷措大",用"龌龊商"反驳"衣锦而厌粱肉",一方面正义凛然地表露了她甘愿守贫,甘愿以椎布终的心愿,一方面也显示了细侯的伶牙俐齿。

人物形象的成功塑造是《细侯》的主要艺术成就。《细侯》的故事情节并没有太多的曲折腾挪,但作者善于笔底起波澜,其故事布局密而不漏。小说开头便说满生"设帐于余杭",既交代了满生与细侯相遇的地点,又顺手以满生的职业点出了他的家庭经济状况,以满生之贫,对声价颇高的细侯却一见钟情。借贷以求一聚,便引出了一对恋人关于破屋数椽和种桑种黍的对话。也因满生之贫,导致他不得不离开细侯去湖南远游。南游中又因为偶答弟子而入狱,富贾乘机落井下石,"使久锢之"。满生的"设帐"在开头便有伏笔,他这个贫穷塾师的身份,始终左右着他自己的命运,导致他南游,导致他答弟子入狱,"设帐"两个似乎不经意的字眼,操纵着男女主人公的命运,考验着女主人公的情操,还成为情节发展的契机。就连最后满生出狱,也是"生得门人力,昭雪而出",仍然是塾师身份起作用。满生的"穷措大"身份,成了情节内在连贯的关键,人物的悲欢离合,故事的层层生澜,均与之息息相关。

在才子佳人小说中,常有拨乱其间的小人造成爱情主人公的分离。《红楼梦》的作者曹雪芹就对这种模式进行过辛辣讽刺。《细侯》中的富贾是造成细侯悲剧的罪魁,但他的出现不仅是起一个拨乱其间的小丑作用。富贾的形象代表着与官府沟通的恶势力,富贾的行为,作家以简笔勾略,但语如投枪,将此人的"龌龊"画之入骨。他为了骗娶细侯,"负贩诣湖南,敬侦生耗",一个"敬"字,极状其虚伪奸诈。他一方面行贿官府"久锢"满生,一方面假称满生"瘐死"骗细侯,更进一步伪造满生绝命书,种种蝇营狗苟,无所不用其极。富贾的出现,是"龌龊"对"骨清"的烘托,也使情节上有起伏、有转折,引人入胜。

(马瑞芳)

向 杲

向杲,字初旦,太原人。与庶兄晟,友于最敦。晟狎一妓,名波斯,有割臂之盟;以其母取直奢,所约不遂。适其母欲从良,愿先遣波

向杲

布袍著體變於菟利
鏃驚魂返故吾南面
宰官噬誕妄可曾知
有使君無

斯。有庄公子者，素善波斯，请赎为妾。波斯谓母曰："既愿同离水火，是欲出地狱而登天堂也。若妾媵之，相去几何矣！肯从奴志，向生其可。"母诺之，以意达晟。时晟丧偶未婚，喜，竭赀聘波斯以归。庄闻，怒夺所好，途中偶逢，大加诟骂；晟不服。遂嗾从人折棰笞之，垂毙，乃去。

呆闻奔视，则兄已死，不胜哀愤。具造赴郡。庄广行贿赂，使其理不得伸。呆隐忿中结，莫可控诉，惟思要路刺杀庄。日怀利刃，伏于山径之莽。久之，机渐泄。庄知其谋，出则戒备甚严；闻汾州有焦桐者，勇而善射，以多金聘为卫。

呆无计可施，然犹日伺之。一日，方伏，雨暴作，上下沾濡，寒战颇苦。既而烈风四塞，冰雹继至，身忽然痛痒不能复觉。岭上旧有山神祠，强起奔赴。既入庙，则所识道士在内焉。先是，道士尝行乞村中，呆辄饭之，道士以故识呆。见呆衣服濡湿，乃以布袍授之，曰："姑易此。"呆易衣，忍冻蹲若犬，自视，则毛革顿生，身化为虎。道士已失所在。心中惊恨。转念：得仇人而食其肉，计亦良得。下山伏旧处，见己尸卧丛莽中，始悟前身已死；犹恐葬于乌鸢，时时逻守之。

越日，庄始经此，虎暴出，于马上扑庄落，龅其首，咽之。焦桐返马而射，中虎腹，蹶然遂毙。呆在错楚中，恍若梦醒；又经宵，始能行步，厌厌以归。家人以其连夕不返，方共骇疑，见之，喜相慰问。呆但卧，謇涩不能语。少间，闻庄信，争即床头庆告之。呆乃自言："虎即我也。"遂述其异。由此传播。

庄子痛父之死甚惨，闻而恶之，因讼呆。官以其事诞而无据，置不理焉。

异史氏曰："壮士志酬，必不生返，此千古所悼恨也。借人之杀以为生，仙人之术亦神哉！然天下事足发指者多矣。使怨者常为人，恨不令暂作虎！"

【评赏】

《向杲》取材于古籍，作者却以对"官虎吏狼"的清醒认识，对完美艺术形式的不懈追求，推陈出新，后来居上。

六朝小说《述异记·封邵》《齐谐记·薛道询》《神仙传·栾巴》都是人化虎故事，《向杲》与它们固然有一定关系，但更直接的师承却是唐代李复言《续玄怪录·张逢》。小说写张逢在"策杖寻胜"的过程中，偶尔投身一段细草上，变成"文彩烂然"的猛虎，因不乐于食犬彘驹犊之辈，遂将福州录事郑纠"恣食之"，然后又寻至原来投身的碧草上恢复了人形。此后张以自己的奇遇语众人，为郑纠之子郑遐听到，"怒目而起，持刀将杀逢"，终因人化虎而食人"非故杀"，不了了之。

苏轼题吴道子画曰："出新意于法度之中"，"神妙独创"。人化虎是小说法度。《向杲》则是作者按照自己对社会的认识，运用天才艺术构思，进行了"神妙独创"。概言之：

其一，"化虎"情节迸发出夺目的思想光芒。

《续玄怪录》张逢化虎故事是奇特而虚幻的，又是完全偶然性的：张逢若不遇见那片草地便化不了虎；张逢与郑纠并没有必须要食之而后快的仇恨。《向杲》则完全不一样了，向杲化虎也是偶然性的，是一位道士"以布袍授之"，易袍之后，"身化为虎"。但细思前因后果，向杲的化虎却是必然和必需的：向杲之兄向晟为恶霸庄公子所杀，官府受贿，使告状的向杲"理不得伸"。庄公子又因为得知向杲"日怀利刃"伏击他以报兄仇的计划，请了"勇而善射"的焦桐做侍卫。向杲要报杀兄之仇，不管是官了还是私了，皆无法报。他只有化成老虎才能去"龁其首"。又因为人化虎之事"诞而无据"，虽然向杲明白地自承"虎即我也"，庄公子家却无奈他何。化虎食仇人比起利刃杀仇要高明得多、有益得多。"壮士志酬，必不生返，此千古所悼恨也"，化虎食仇人却既报了仇，又不授人以柄，保护了善良的无辜。《向杲》中这个人化虎的情节是偶然性的，却又是人民惩治凶顽的必然，是把斗争锋芒指向残民以逞的魑魅魍魉。

其二，玄妙之至的虎复人形。

《续玄怪录》张逢由虎恢复人形，仍然是因为那片碧绿的草地。向杲化虎后吃掉了仇人，如何恢复人形？留仙巧为穿插，让恶霸庄公子请来的保镖焦桐箭射猛虎，"焦桐返马而射，中虎腹"，向杲所化之虎被射杀，向杲便"恍若梦醒"地返回了人间。如此天孙机杼般的安排,又巧妙,又合理,大快人意。但明伦评曰:"死而生借仇人之矢,千古奇情","人而虎,道士为之;虎而人,道士未必能为之也,焦不射,则虎不死,虎不死,则呆不生,吾不奇道士化呆为虎而咽庄,独奇庄之聘焦射虎而活呆"。与张逢的虎复人形相比,《向杲》的确高明得多,也意味深长得多。

其三,奇妙的人虎交替心理。

向杲化虎,荒诞之至,却又似乎确有其事。向杲的心情和行为真切、细腻,像活生生的真实。道士向向杲赠袍,乃因其衣服濡湿,向杲接袍(虎皮)于身时,已经历了人而虎之变,"忍冻蹲若犬",已不是人的动作,继之。"自视,则毛革顿生,身化为虎"。向杲化虎后首先出现的是"惊恨"心情,然后"转念:得仇人而食其肉,计亦良得"。一步一步写来,多么讲求逻辑性!作者写此时"虎而人"的向杲,用了更为深细的心理刻画,给人以不可磨灭的印象:"见己尸卧丛莽中,始悟前身已死;犹恐葬于乌鸢,时时逻守之。"笔触多么细致、周详!虎咽仇人后,为箭射杀,向杲恢复了人形,作者写他"在错楚中,恍若梦醒;又经宵,始能行步,厌厌以归"。向杲做虎时,可以按人的思维,去认真地看守自己的人体。恢复了人形,反而因虎骤为人而恍惚,而不能行步,而精神萎靡。一系列动作描绘出一种迷惘、错愕情态,一种不适应心理。如此奇妙的心理,不知聊斋如何琢磨得来!

不仅人化虎、虎化人的心理描写妙术如神,《向杲》还将主人公在人世受尽欺凌,报仇无望,不能不化虎的情势写得跃然纸上:"一日,方伏,雨暴作,上下沾濡,寒战颇苦。既而烈风四塞,冰雹继至,身忽然痛痒不能复觉。"处于如此悲惨的境地,向杲不化虎能行吗?这很像军事家的"置之死地而后生",背水一战。聊斋先生让他笔下的人物走投无路,化虎便顺理成章。

《向杲》虽取材于古籍,但因作者的忧国忧民之心,遂能旧瓶装新酒,让传统题材负载了社会政治性问题。人化虎的传统模式获得了刺贪刺虐的新生命。《向杲》因聊斋先生理想主义和艺术才能相撞击而迸发出璀璨的光芒。

(马瑞芳)

死　僧

　　某道士，云游日暮，投止野寺。见僧房扃闭，遂藉蒲团，趺坐廊下。夜既静，闻启阖声。旋见一僧来，浑身血污，目中若不见道士，道士亦若不见之。僧直入殿，登佛座，抱佛头而笑，久之乃去。及明，视室，门扃如故。怪之，入村道所见。众如寺，发扃验之，则僧杀死在地，室中席箧掀腾，知为盗劫。疑鬼笑有因；共验佛首，见脑后有微痕，刓之，内藏三十余金。遂用以葬之。

　　异史氏曰："谚有之：'财连于命。'不虚哉！夫人俭啬封殖，以予所不知谁何之人，亦已痴矣；况僧并不知谁何之人而无之哉！生不肯享，死犹顾而笑之，财奴之可叹如此。佛云：'一文将不去，惟有业随身。'其僧之谓夫！"

【评赏】

　　这是一篇意味隽永的讽刺小品，为"俭啬封殖"、把钱看得比命还重要的守财奴画像，入木三分。俗云"财连于命"，寺僧实有过之。他被强盗杀死，灵魂却带着"浑身血污"急急忙忙去查看他精心藏匿在佛头里的三十余金是否还在，见钱未被盗走，便"抱佛头而笑，久之乃去"。对他来说，丢了一条命算不得什么，只要钱还在就是最大的幸福。钱对一般人来说，低能赖以维持生计，高则可为提供享受的条件；寺僧则大异常人，生时不肯享受，死后不能享受，却犹"顾而笑之"，钱已经不再是求生享乐的手段，而变成了一种单纯使占有欲望得到满足的幸福源泉。作者通过简单的情节，将守财奴的变态心理揭示得十分深刻。"目中若不见道士"七个字，勾摄出守财奴的脏腑和魂魄。他遭盗被杀，不言痛，不呼救，一心只想赶快去查验藏金是否丢失，因而其他一切目无所见、耳无所闻，绝妙地勾画出守财奴在财产可能丢失时

那种近于痴木的精神状态。这是夸张之笔,也是最真实之笔。

巧妙的艺术构思,留给读者广阔的想象天地。不写他的生前,而写他的死后,让读者由死后去想象出他的生前。身处山村野寺,三十余金当不是短时期可以积攒起来的,单从精心藏于佛首一事,便可想见出他平日是何等的辛劳、俭朴、悭吝,又可想见出这位佛门弟子的心中除了钱从来就没有佛的地位。因而,那深刻地印入读者心中的"抱佛头而笑"的形象,就不仅仅显得可笑,同时也显得可怜而又可鄙。

(周先慎)

青　娥

霍桓,字匡九,晋人也。父官县尉,早卒。遗生最幼,聪惠绝人。十一岁,以神童入泮。而母过于爱惜,禁不令出庭户,年十三,尚不能辨叔伯甥舅焉。同里有武评事者,好道,入山不返。有女青娥,年十四,美异常伦。幼时窃读父书,慕何仙姑之为人。父既隐,立志不嫁。母无奈之。一日,生于门外瞥见之。童子虽无知,只觉爱之极,而不能言;直告母,使委禽焉。母知其不可,故难之。生郁郁不自得。母恐拂儿意,遂托往来者致意武,果不谐。

生行思坐筹,无以为计。会有一道士在门,手握小镵,长裁尺许。生借阅一过,问:"将何用?"答云:"此劚药之具;物虽微,坚石可入。"生未深信。道士即以斫墙上石,应手落如腐。生大异之,把玩不释于手。道士笑曰:"公子爱之,即以奉赠。"生大喜,酬之以钱,不受而去。持归,历试砖石,略无隔阂。顿念穴墙则美人可见,而不知其非法也。

更定,逾垣而出,直至武第;凡穴两重垣,始达中庭。见小厢中,尚有灯火,伏窥之,则青娥卸晚妆矣。少顷,烛灭,寂无声。穿堵入,女已熟眠。轻解双履,悄然登榻;又恐女郎惊觉,必遭呵逐,遂潜伏绣衾之侧，略闻香息，心愿窃慰。而半夜经营，疲殆颇甚，少一合眸，不觉睡去。

女醒，闻鼻气休休；开目，见穴隙亮入。大骇，急起，暗中拔关轻出，敲窗唤家人妇，共爇火操杖以往。见一总角书生，酣眠绣榻；细审，识为霍生。推之始觉，遽起，目灼灼如流星，似亦不大畏惧，但觍然不作一语。众指为贼，恐呵之。始出涕曰："我非贼，实以爱娘子故，愿以近芳泽耳。"众又疑穴数重垣，非童子所能者。生出镜以言其异。共试之，骇绝，讶为神授。将共告诸夫人。女俯首沉思，意似不以为可。众窥知女意，因曰："此子声名门第，殊不辱玷。不如纵之使去，俾复求媒焉。诘旦，假盗以告夫人，如何也？"女不答。众乃促生行。生索镜。共笑曰："騃儿童！犹不忘凶器耶？"生觑枕边，有凤钗一股，阴纳袖中。已为婢子所窥，急白之。女不言亦不怒。一媪拍颈曰："莫道他騃，若小意念乖绝也。"乃曳之，仍自窦中出。

既归，不敢实告母，但嘱母复媒致之。母不忍显拒，惟遍托媒氏，急为别觅良姻。青娥知之，中情皇急，阴使腹心者风示媪。媪悦，托媒往。会小婢漏泄前事，武夫人辱之，不胜恚愤。媒至，益触其怒，以杖画地，骂生并及其母。媒惧窜归，具述其状。生母亦怒曰："不肖儿所为，我都梦梦。何遽以无礼相加！当交股时，何不将荡儿淫女一并杀却？"由是见其亲属，辄便披诉。女闻，愧欲死。武夫人大悔，而不能禁之使勿言也。女阴使人婉致生母，且矢之以不他，其词悲切。母感之，乃不复言；而论亲之谋，亦遂辍矣。

会秦中欧公宰是邑，见生文，深器之，时召入内署，极意优宠。一日，问生："婚乎？"答言："未。"细诘之，对曰："夙与故武评事女小有盟约；后以微嫌，遂致中寝。"问："犹愿之否？"生觍然不言。公笑曰："我当为子成之。"即委县尉教谕，纳币于武。夫人喜，婚乃定。

逾岁，娶归。女入门，乃以镜掷地曰："此寇盗物，可将去！"生笑曰："勿忘媒妁。"珍佩之，恒不去身。女为人温良寡默，一日三朝其母；余惟闭门寂坐，不甚留心家务。母或以吊庆他往，则事事经纪，罔不井井。年余，生一子孟仙。一切委之乳保，似亦不甚顾惜。

又四五年，忽谓生曰："欢爱之缘，于兹八载。今离长会短，可将

青娥

穴垣曾探蕭房去
鑿石重聯洞府
挺道士贈
鏡如有
意度他
孝子作
仙人

奈何！"生惊问之，即已默默，盛妆拜母，返身入室。追而诘之，则仰眠榻上而气绝矣。母子痛悼，购良材而葬之。母已衰迈，每每抱子思母，如摧肺肝，由是遘病，遂惫不起。逆害饮食，但思鱼羹，而近地则无，百里外始可购致，时厮骑皆被差遣。生性纯孝，急不可待，怀赀独往，昼夜无停趾。返至山中，日已沉冥，两足趼踦，步不能咫。后一叟至，问曰："足得毋泡乎？"生唯唯。叟便曳坐路隅，敲石取火，以纸裹药末，熏生两足讫。试使行，不惟痛止，兼益矫健。感极申谢。叟问："何事汲汲？"答以母病，因历道所由。叟问："何不另娶？"答云："未得佳者。"叟遥指山村曰："此处有一佳人，倘能从我去，仆当为君作伐。"生辞以母病待鱼，姑不遑暇。叟乃拱手，约以异日入村，但问老王，乃别而去。生归，烹鱼献母。母略进，数日寻瘳。

乃命仆马往寻叟。至旧处，迷村所在。周章逾时，夕暾渐坠；山谷甚杂，又不可以极望。乃与仆分上山头，以瞻里落；而山径崎岖，苦不可复骑，跛履而上，昧色笼烟矣。踟蹰四望，更无村落。方将下山，而归路已迷。心中燥火如烧。荒窜间，冥堕绝壁。幸数尺下有一线荒台，坠卧其上，阔仅容身，下视黑不见底。惧极，不敢少动。又幸崖边皆生小树，约体如栏。移时，见足傍有小洞口；心窃喜，以背着石，蠕行而入。意稍稳，冀天明可以呼救。

少顷，深处有光如星点。渐近之，约三四里许，忽睹廊舍，并无钲烛，而光明若昼。一丽人自房中出，视之，则青娥也。见生，惊曰："郎何能来？"生不暇陈，抱袪鸣恻。女劝止之。问母及儿，生悉述苦况，女亦惨然。生曰："卿死年余，此得无冥间耶？"女曰："非也，此乃仙府。曩时非死，所瘗，一竹杖耳。郎今来，仙缘有分也。"因导令朝父，则一修髯丈夫，坐堂上；生趋拜。女白："霍郎来。"翁惊起，握手略道平素。曰："婿来大好，分当留此。"生辞以母望，不能久留。翁曰："我亦知之。但迟三数日，即亦何伤。"乃饵以肴酒，即令婢设榻于西堂，施锦裯焉。

生既退，约女同榻寝。女却之曰："此何处，可容狎亵？"生捉臂不舍。窗外婢子笑声嗤然，女益惭。方争拒间，翁入，叱曰："俗骨污吾洞府！宜即去！"生素负气，愧不能忍，作色曰："儿女之情，人所不免，长者何当伺我？无难即去，但令女须便将随。"翁无辞，招女随之，启后户送之；赚生离门，父子阖扉去。回首峭壁巉岩，无少隙缝，只影茕茕，罔所归适。视天上斜月高揭，星斗已稀。

怅怅良久，悲已而恨，面壁叫号，迄无应者。愤极，腰中出镵，凿石攻进，且攻且骂。瞬息洞入三四尺许。隐隐闻人语曰："孽障哉！"生奋力凿益急。忽洞底豁开二扉，推娥出曰："可去，可去！"壁即复合。女怨曰："既爱我为妇，岂有待丈人如此者？是何处老道士，授汝凶器，将人缠混欲死！"生得女，意愿已慰，不复置辨；但忧路险难归。女折两枝，各跨其一，即化为马，行且驶，俄顷至家。时失生已七日矣。

初，生之与仆相失也，觅之不得，归而告母。母遣人穷搜山谷，并无踪绪。正忧惶无所，闻子自归，欢喜承迎。举首见妇，几骇绝。生略述之，母益忻慰。女以形迹诡异，虑骇物听，求即播迁。母从之。异郡有别业，刻期徙往，人莫之知。

偕居十八年，生一女，适同邑李氏。后母寿终。女谓生曰："吾家茅田中，有雉抱八卵，其地可葬。汝父子扶榇归窆。儿已成立，宜即留守庐墓，无庸复来。"生从其言，葬后自返。月余，孟仙往省之，而父母俱杳。问之老奴，则云："赴葬未还。"心知其异，浩叹而已。

孟仙文名甚噪，而困于场屋，四旬不售。后以拔贡入北闱，遇同号生，年可十七八，神采俊逸，爱之。视其卷，注顺天廪生霍仲仙。瞠目大骇，因自道姓名。仲仙亦异之，便问乡贯，孟悉告之。仲仙喜曰："弟赴都时，父嘱文场中如逢山右霍姓者，吾族也，宜与款接，今果然矣。顾何以名字相同如此？"孟仙因诘高、曾并严、慈姓讳，已而惊曰："是我父母也！"仲仙疑年齿之不类。孟仙曰："我父母皆仙人，何可以貌信其年岁乎？"因述往迹，仲仙始信。

场后不暇休息，命驾同归。才到门，家人迎告，是夜失太翁及夫人所在。两人大惊。仲仙入而询诸妇，妇言："昨夕尚共杯酒，母谓：'汝夫妇少不更事。明日大哥来，吾无虑矣。'早旦入室，则阒无人矣。"兄弟闻之，顿足悲哀。仲仙犹欲追觅；孟仙以为无益，乃止。是科仲领乡荐。以晋中祖墓所在，从兄而归。犹冀父母尚在人间，随在探访，而终无踪迹矣。

异史氏曰："钻穴眠榻，其意则痴；凿壁骂翁，其行则狂；仙人之撮合之者，惟欲以长生报其孝耳。然既混迹人间，狎生子女，则居而终焉，亦何不可？乃三十年而屡弃其子，抑独何哉？异已！"

【评赏】

这篇小说写的是人仙之间的爱情婚姻故事，颇涉虚幻，但究其里，揭示的仍然是现实的人间关系。

霍桓是个书生，"聪惠绝人"；青娥是位仙女，"美异常伦"。他们是一对带有仙气并最终离尘世而仙去的"才子佳人"。全篇故事，曲曲折折写来，演述的就是他们之间神奇莫测的良缘、仙缘。霍生既是情痴又是孝子，他的痴和孝，以及作者对这痴和孝的赞颂，都在这良缘和仙缘的缔结与离合中得以表现。

霍生十一岁入泮，是一个神童；但由于母亲的"过于爱惜，禁不令出庭户"，以致"年十三，尚不能辨叔伯甥舅"，故又是一个骏儿。小说处处写其痴，又处处写其惠，也可以说其极痴处正是其绝惠处。十三岁童子，懵然无知，但偶于门外瞥见青娥，便生爱心，而且是"只觉爱之极，而不能言"。这便初步表现出他的痴。心有所爱便无隐讳地直告母亲，并请求托媒作伐，不遂，便"郁郁不自得"。真是一个多情种子。及至道士送给他一个小镵，以砖石试验，果然坚石可入，应手落如腐。这时他的第一个念头便是用它穴墙可见美人，并不知这样做既非礼亦非法。他果然穿墉入室，见女已熟眠，便"轻解双履，悄然登榻"，又怕把所爱的人惊醒，便偷偷地躺在旁边，"略闻香息，心愿窃慰"。由于过分疲劳，竟在美人身边"鼻气休休"地酣然入睡。在痴骚骏不解事中，写出了他的一片真纯。怜香惜玉，忠厚至诚，其情其态，与明人拟话本中的卖油郎有异曲同工之妙。被人发觉后，不惊不惧，似乎这样做理所当然，天经地义，只是"目灼灼如流星"，"靦然不作一语"。直到众人指其为贼而恐呵之时，才感到害怕而脱口说出了心里话："我非贼，实以爱娘子故，愿以近芳泽耳。"真是痴人痴语，锦心绣口，句句从心肝五脏流出，可爱至极。非骏儿道不出，非神童亦道不出。当众人怀疑他如何能穴数重垣而入时,他毫无心计,无所隐瞒,立即出示神镜,并言其异,完全没有虑及这一来小小的神物就可能被扣留。但正因他的至诚老实,一片痴情,才以这把小镜换来了一股凤钗,最终赢得了那位心慕仙姑、立志不嫁的青娥的爱情。

对霍生"性纯孝"的一面,着笔不多,但也表现得相当突出。正面描写的是他为母购鱼事。其母因青娥去世(仙逝)而哀伤致病,思食鱼羹而近处不可得,他便亲自行山路至百里之外去购买,致使"两足跛踦,步不能咫"。为母亲吃鱼而甘辛劳如此,已见其孝。但更有力量的表现是接下来的两次侧笔映衬。可以想见青娥死后他是十分想念的,从操劳家务来看也很需要另娶,可当途遇老叟要指点他去某山村寻觅佳人并为他作伐(实际上是引导他去跟成了仙的青娥相会)时,他却毫不犹豫地"辞以母病待鱼,姑不遑暇"。在他的心目中,事母高出于追求爱情。这对一个情痴来说,实在难能可贵。后来历尽艰险,竟到了仙府之中,见到了死别年余的青娥,两人互诉别后情景,情辞凄婉,形容惨然。按常情,既是"仙缘有分",他该欣然留下。但当其岳翁说"婿来大好,分当留此"时,他又决然地"辞以母望,不能久留"。可见不论身处何境,他心中都时时刻刻不忘母亲。前后虽只两句话,但因有与对青娥的爱作比较,而这种爱之真和深已在前面作了充分的描写,因而这孝就由于有所映衬而显得很有力量。霍生的孝不是封建伦理提倡的愚孝,而是对生身母亲的一种真诚敬爱,因而具有感人的力量。

青娥虽为仙女,也是多情人。她的情是为霍生之真情所动而生。但她的表现不像霍生那样热烈直露,如痴似呆,而是深沉含蓄,聪慧灵妙。在众家人仆妇捉住并斥问霍生的过程中,她目见耳闻,对霍生之情已心有所感,但却不露声色。当众人要将此事告诉夫人时,她不能不表态了,却也仅仅是:"俯首沉思,意似不以为可。"既明确而又十分含蓄,有节制地表露了内心的真实感情。众人窥知其意,便劝她"不如纵之使去,俾复求媒焉",并建议"假盗以告夫人",将真情隐瞒过去。虽说是句句正中下怀,欣喜之情却没有一丝表露,小说仅以"女不答"三字带过。而当霍生将她枕边的一股凤钗偷偷地藏于袖中,被一个婢子看见马上告诉她时,竟是"不言亦不怒",以极含蓄又极富情韵的方式表示了她情意深长的默许。所有这些,在神情意态间所表现出来的,主要并不是大家闺秀的羞怯,而是一个多情女子的灵慧。文中写一媪拍颈赞曰:"莫道他骁,若小意念乖绝也!"这是赞霍生,同时也关合青娥。但明伦评曰:"文笔玲珑,巧不可言。"确是如此。在霍生离别后,谋婚之事出现了挫折,小说先后两次写青娥"阴使腹心者风示媪","阴使人婉致生母",都表现了她在爱情追求上的大胆、执着、聪慧。

此篇所写之事涉及人间仙境两界,故变幻无常,诡异莫测,情节的发展极尽奇峭曲折之能事。作者驰骋想象,挥洒笔墨,处处有出人意想之笔。读时故事将如何发展,如何结局,难以预测;读后掩卷回想,却又有文理可寻。

前有一道士,后有一老叟,来去无踪,扑朔迷离,他们是人界与仙界的联系人,也是霍生、青娥奇缘的撮合者,尤其是那把神奇的小镵,更起到了关联和贯串前后情节的作用。霍生谋婚不谐,"行思坐筹,无以为计"。情节将如何发展,读者无从猜测。这时突然来了个道士送来小镵,情节立时展现出新的局面,两人经过一番曲折,终于由相会而相爱而结合,建立了美满的家庭。但正当他们生养一子过着幸福的生活时,青娥却突然在说出一番难以理解的话之后无疾而终,情节的发展好像又到了绝境。老叟的飘然而至,指示佳人,情节又进入了一种新的境界。寻找佳人的过程写来也是曲曲折折,变化莫测。老叟邀霍生从他入村去,愿为他作伐,生以母病待鱼相辞,一折;数日后,母病愈,如约命仆马往寻叟,至旧处而迷村所在,二折;弃马跋履上山头,四望并无村落,欲下山时,归途又迷,三折;失脚坠绝壁,幸落荒台而得免一死,台虽狭小,又有小树环生,"约体如栏",四折;突见足旁有小洞口,背石"蠕行而入",见深处有星光如点,终于进入佳境。一路曲折写来,层出不穷,令人目眩神迷,惊心骇目,直于绝险处绝奇处才写出仙府,写出青娥。生离死别,突然相见,大悲大喜,读者以为他们既然"仙缘有分",会重新幸福地生活在一起了。可是意想不到的又生出波澜。先是生辞以母望而不愿久留;次是生与女欲遣儿女之情而遭斥；三是霍生被青娥父女所骗而逐出门外；最后又是神奇的小镜起了作用，用它"凿石攻进，且攻且骂"，迫使老翁推娥而出，两人这才实现了二次团聚。但故事到此并没有结束，以后又写他们在数十年中生育子女，然后双双仙去。文情之诡异曲折，即在《聊斋志异》中也是很突出的。

有些奇幻鹘突之处，在前文都能找到伏笔。例如开头写武评事"好道，入山不返"，即为后文写霍生入仙府见"修髯丈夫"之岳翁伏笔；写青娥幼时"慕何仙姑之为人"，便伏后文其种种异常表现及盛妆拜母而仙去的描写；前文写霍生初婚时指小镜对女笑曰"勿忘媒妁"，并"珍佩之，恒不去身"，便伏后文霍生在山上"腰中出镜，凿石攻进"的描写。凡此都能见出作者结撰作品时精心构思的匠心。

小说写仙人幻境，点染气氛，迷离炫目，出奇生色。写迷不可见的仙人所居之村是"夕暾渐坠；山谷甚杂，又不可以极望"，"跂履而上，昧色笼烟矣"。写青娥所居之仙府是"忽睹廊舍，并无钉烛，而光明若昼"。寥寥数语，时间、景色、环境、气氛，都弥漫着一种仙风仙气。

（周先慎）

胡　四　娘

程孝思，剑南人。少惠能文。父母俱早丧，家赤贫，无衣食业，求佣为胡银台司笔札。胡公试使文，大悦之，曰："此不长贫，可妻也。"银台有三子四女，皆裀中论亲于大家；止有少女四娘，孽出，母早亡，笄年未字，遂赘程。或非笑之，以为慅髦之乱命，而公弗之顾也。除馆馆生，供备丰隆。群公子鄙不与同食，仆婢咸揶揄焉。生默默不较短长，研读甚苦。众从旁厌讥之，程读弗辍；群又以鸣钲锽聒其侧，程携卷去，读于闺中。

初，四娘之未字也，有神巫知人贵贱，遍观之，都无谀词；惟四娘

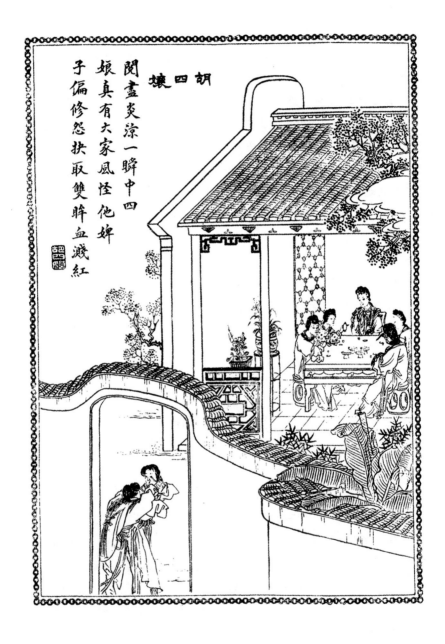

胡四娘

阅尽炎凉一瞬中
四娘真有大家风
怪他婢子偏修怨
抉取双眸血溅红

至，乃曰："此真贵人也！"乃赘程，诸姊妹皆呼之"贵人"以嘲笑之；而四娘端重寡言，若罔闻之。渐至婢媪，亦率相呼。四娘有婢名桂儿，意颇不平，大言曰："何知吾家郎君，便不作贵官耶？"二姊闻而嗤之曰："程郎如作贵官，当抉我眸子去！"桂儿怒而言曰："到尔时，恐不舍得眸子也！"二姊婢春香曰："二娘食言，我以两睛代之。"桂儿益恚，击掌为誓曰："管教两丁盲也！"二姊忿其语侵，立批之。桂儿号咷。夫人闻知，即亦无所可否，但微哂焉。桂儿噪诉四娘；四娘方绩，不怒亦不言，绩自若。

　　会公初度，诸婿皆至，寿仪充庭。大妇嘲四娘曰："汝家祝仪何物？"二妇曰："两肩荷一口！"四娘坦然，殊无惭怍。人见其事事类痴，愈益狎之。独有公爱妾李氏，三姊所自出也，恒礼重四娘，往往相顾恤。每谓三娘曰："四娘内慧外朴，聪明浑而不露，诸婢子皆在其包罗中而不自知。况程郎昼夜攻苦，夫岂久为人下者？汝勿效尤，宜善之，他日好相见也。"故三娘每归宁，辄加意相欢。

　　是年，程以公力，得入邑庠。明年，学使科试士，而公适薨，程缞哀如子，未得与试。既离苫块，四娘赠以金，使趋入遗才籍。嘱曰："曩久居，所不被呵逐者，徒以有老父在；今万分不可矣！倘能吐气，庶回时尚有家耳。"临别，李氏、三娘赂遗优厚。程入闱，砥志研思，以求必售。无何，放榜，竟被黜。愿乖气结，难于旋里，幸囊资小泰，携卷入都。时妻党多任京秩，恐见诮讪，乃易旧名，诡托里居，求潜身于大人之门。东海李兰台见而器之，收诸幕中，资以膏火，为之纳贡，使应顺天举；连战皆捷，授庶吉士。自乃实言其故。李公假千金，先使纪纲赴剑南，为之治第。时胡大郎以父亡空匮，货其沃墅，因购焉。既成，然后贷舆马，往迎四娘。

　　先是，程擢第后，有邮报者，举宅皆恶闻之；又审其名字不符，叱去之。适三郎完婚，戚眷登堂为馈，姊妹诸姑咸在，独四娘不见招于兄嫂。忽一人驰入，呈程寄四娘函信；兄弟发视，相顾失色。筵中诸眷客，始请见四娘。姊妹惴惴，惟恐四娘衔恨不至。无何，翩然竟来。申贺者，捉坐者，寒暄者，喧杂满屋。耳有听，听四娘；目有视，视四娘；口有道，道四娘也：而四娘凝重如故。众见其靡所短长，稍就安帖,于是争把盏酹四娘。

方宴笑间,门外啼号甚急,群致怪问。俄见春香奔入,面血沾染。共诘之,哭不能对。二娘呵之,始泣曰:"桂儿逼索眼睛,非解脱,几抉去矣!"二娘大惭,汗粉交下。四娘漠然;合坐寂无一语,各始告别。四娘盛妆,独拜李夫人及三姊,出门登车而去。众始知买墅者,即程也。四娘初至墅,什物多阙。夫人及诸郎各以婢仆、器具相赠遗,四娘一无所受;惟李夫人赠一婢,受之。居无何,程假归展墓,车马扈从如云。诣岳家,礼公柩,次参李夫人。诸郎衣冠既竟,已升舆矣。

胡公殁,群公子日竞赀财,柩之弗顾。数年,灵寝漏败,渐将以华屋作山丘矣。程睹之悲,竟不谋于诸郎,刻期营葬,事事尽礼。殡日,冠盖相属,里中咸嘉叹焉。

程十余年历秩清显,凡遇乡党厄急,罔不极力。二郎适以人命被逮,直指巡方者,为程同谱,风规甚烈。大郎浼妇翁王观察函致之,殊无裁答,益惧。欲往求妹,而自觉无颜,乃持李夫人手书往。至都,不敢遽进,觇程入朝,而后诣之。冀四娘念手足之义,而忘睚眦之嫌。阍人既通,即有旧媪出,导入厅事,具酒馔,亦颇草草。食毕,四娘出,颜温霁,问:"大哥人事大忙,万里何暇枉顾?"大郎五体投地,泣述所来。四娘扶而笑曰:"大哥好男子,此何大事,直复尔尔?妹子一女流,几曾见呜呜向人?"大郎乃出李夫人书。四娘曰:"诸兄家娘子,都是天人,各求父兄,即可了矣,何至奔波到此?"大郎无词,但顾哀之。四娘作色曰:"我以为跋涉来省妹子,乃以大讼求贵人耶!"拂袖径入。

大郎惭愤而出。归家详述,大小无不诟詈;李夫人亦谓其忍。逾数日,二郎释放宁家,众大喜,方笑四娘之徒取怨谤也。俄而四娘遣价候李夫人。唤入,仆陈金币,言:"夫人为二舅事,遣发甚急,未遑字复。聊寄微仪,以代函信。"众始知二郎之归,乃程力也。后三娘家渐贫,程施报逾于常格。又以李夫人无子,迎养若母焉。

【评赏】

这是一篇绝妙的讽刺作品。小说以科举考试、功名富贵为中心,通过程生前后地位的变化,写尽人情冷暖、世态炎凉。揭露讽刺之尖锐深刻,人物描写之惟妙惟肖,语言风格之精练隽美,都可与《儒林外史》中的《范进中举》并读。

这篇小说跟《聊斋志异》中的多数篇章不同,全篇除神巫可预测人贵贱稍涉迷信外,通篇都是写实,以泼辣精细的笔墨栩栩如生地描绘出现实生活中种种社会世相。因此小说虽以《胡四娘》为题,艺术描写也突出这一人物,但却并不专注于一人,而是着重于广泛地揭示人与人之间的关系,从中表现美与丑、高尚与恶俗的对立。

小说以对比手法展开情节,描写人物。开头介绍程孝思"少惠能文。父母俱早丧,家赤贫,无衣食业"。围绕着程生的"惠"和"贫",各种人物便登台表演,各以自己的言行表现出不同的思想、眼光、胸怀、气性、品格。胡银台在程生衣食无着最为穷困的时候,发现他是个人才,立即给以厚遇,表现了他过人的眼光。"试使文,大悦之",说明他不以富贵取人,看重的是一个人的才学。不仅喜欢,而且立即决定招赘为婿,将少女四娘嫁给他,置别人"惛耄""乱命"之讥于不顾,"除馆馆生,供备丰隆"。又表明他在儿女婚姻问题上能打破"门当户对"的封建观念,以才学人品为依据,而且有主见,富于决断精神。在封建时代的官僚中,胡银台可以说是一个具有远见卓识令人敬重的长者形象。

生活在一个势利之风极盛的恶浊社会中,胡银台招赘穷女婿不易,而程生要做一个富家中的穷女婿尤难。小说通过他的一系列遭遇,着重刻画了这个人物坚定、沉着、刻苦、顽强的思想品格。他一入门就遭到种种无礼的鄙视和嘲笑。群公子不屑与他同食,连奴仆也投以揶揄。对一个缺乏坚强意志和毅力的人,不用说读书,就是生活下去也是极感困难的,但他"默默不较短长,研读甚苦"。在他读书时,众人从旁讥笑羞辱,他不以为意,仍然"读弗辍";继而遭到更放肆的干扰,"群又以鸣钲锽鞳其侧",他仍不予理睬,"携卷去,读于闺中"。从这非同寻常的忍耐中,表现出他坚毅的性格和刻苦攻读的顽强意志。撇开他过人的才华不说,单是这种精神已预示着他的成功。但道路并不平坦。经过一番周折,好容易得到了入试的机会,带着四娘"倘能吐气,庶回时尚有家耳"的殷切嘱托,下定"背水一战"的决心,"砥志研思,以求必售",但放榜时意外地"被黜"。在这一打击面前,他并没有灰心丧气,家不能回,便携卷入都,隐姓埋名,"潜身于大人之门",以求再战。经过努力,终于得到一个姓李的御史的器重和帮助,纳贡应举,连战皆捷,获得了功名富贵。曲折坎坷的道路更加突出了他坚毅的意志和顽强不屈的精神,而这种意志和精神,是在一种冷漠和势利的环境中被逼迫而产生的,因而带有一种反抗的色彩,显得难能可贵。

写得最为鲜明突出,也最为生动感人的是主人公胡四娘。她贫贱时不卑,富贵时不傲,凝重大方,聪明浑厚,其思想、眼光、气度,在封建时代的妇女中都是出类拔萃的。兄弟姊妹都与富贵之家联姻,独她嫁给一个孤贫无靠的书生,而她却乐于接受,并无怨言。这已见出同她父亲一样,眼力不凡。更严重的考验是来自兄嫂和诸姊妹的揶揄、嘲笑。因神巫对她有"真贵人"的预测,众人便呼为"贵人"以嘲笑之,甚至婢媪也一样放肆,她却"端重寡言,若罔闻之"。她的婢女桂儿因说了几句维护、同情她的话,遭到二姊的批打,桂儿向她号诉时,"四娘方绩,不怒亦不言,绩自若"。其度量涵养超过常人。胡公生日时,她和程生因贫穷未备寿仪,遭到大妇、二妇的交口讥讽,在"两肩荷一口"这种尖刻到带侮辱性质的语言面前,她的表现仍是"坦然,殊无惭怍"。李夫人赞美她是"内慧外朴,聪明浑而不露",确是如此。父死之后,她赠金促程生应试,并以有被呵逐的危险来激励丈夫,也表现出她过人的眼光。更难得的是她在富贵之后的种种表现。当众姊妹怀着惴惴不安的心情邀请她参加三郎的婚礼而唯恐她"衔恨不至"时,她却出人意外地"翩然竟来",表现得那样大度洒脱。众人一得知她真的成了贵夫人,便都争先恐后巴结奉承,或申贺,或捉坐,或寒暄,而四娘却是"凝重如故"。甚至当从前被辱而今天扬眉吐气的桂儿"逼索眼睛",使春香"面血沾染",而令二姊惭愧得"汗粉交下"时,她亦能"漠然"置之,不露声色。贫时遭人奚落而无惭怍之色,不怒亦不言;富时得人趋奉而无骄矜之容,不喜亦不言。这种超出常人的沉稳端庄,表现了她气度恢宏、眼光高远,而这本身就是对庸俗势利之辈的极大蔑视。她不浮浅、不外露,但爱憎感情却十分鲜明。

她对贫困时同情和关心她的李夫人和三姊,十分敬重、热情,生活上多所照顾,甚至对李夫人以母视之,迎养终老。而对浅薄庸俗的势利小人,在遇到急难而向她求助时,她虽然也不忘手足之义,不计前嫌,极力为之解脱,但也不放过机会,微露锋芒,报以同样尖刻辛辣的揶揄嘲笑,令鄙俗者原形毕露、无地自容。在恶浊的世风中,胡四娘标格独异,是一个高洁优美的形象。

而与胡银台、程生和胡四娘形成鲜明对比的,是一群势利小人。作者以入木三分之笔,栩栩如生地刻画出他们令人作呕的俗情丑态。作者基本上是泛写,不像写以上三个正面人物那样集中笔墨。但泛写中既有"面"上的点染,也有对"点"的刻画。"群公子"如何,"仆婢"如何,"群兄"如何,"诸姊妹"如何,"诸婿"如何,直至三郎婚筵中"诸眷客"如何,未点名姓,也不见面目,但简单几笔勾画,便烘染出弥漫于家庭生活中的那种污浊恶俗的气氛。就中又拈出几个人物作较具体的描绘:二姊与婢女春香抉眸代眚的誓言,表现了她们的势利与浅薄;大妇与二妇关于祝仪的一唱一和,表现了她们的刻薄与无情;而大郎因空匮"货其沃墅",恰被程生购买,以及为二郎命案而入都求情,遭四娘揶揄,又揭露了在贫富贵贱易位的变迁中翻了跟斗的小人的狼狈处境和羞愧心理。点与面的结合,便具体生动地写出了炎凉世态、浇薄人情。

在全篇的总体人物配置上,胡四娘、程生、胡银台和诸兄弟姊妹仆婢等形成比照,显示出美与丑的对立。而在对程生与四娘的态度上,众俗人又同李夫人和三姊母女形成比照;在程生考中得官前后,众俗人自身态度的变化又形成了比照;胡四娘、程生对李夫人母女的热情报答和对诸兄弟姊妹仆婢的冷漠轻蔑也形成比照。这样,通过不同角度、不同层面的对比映衬,就将人与人关系中的真伪冷暖淋漓尽致地揭示了出来。而对比最鲜明也最具讽刺意味的是二姊和春香主婢前后的态度,在嗤笑程生贫贱时是那样狂妄和放肆,在程生得官、桂儿逼索眼睛时又是那样恐惧和羞惭,其粗俗愚昧、势利浅薄的性格心理,都栩栩如生地呈现在读者面前。

作品强烈的讽刺效果通过多种手法取得。一是让人物自身的言语行动显现其可笑可鄙,如二姊、春香、大妇、二妇,就是由一句话袒露了自己的灵魂。二是通过夸张的笔墨,将人物的种种势利丑态加以集中、放大,如写四娘翩然而来时,众人争先巴结趋奉的喧杂情景:"耳有听,听四娘;目有视,视四娘;口有道,道四娘。"因为四娘此时已成为"荣华富贵"的化身,故在这些势利小人的耳、目、口中便只有四娘了。这是极夸张之笔,也是极真实之笔。虽只是寥寥数句,却是描画尽致、讥刺入骨。三是通过胡四娘、程生对那些人的冷落或揶揄来表现。如写程生得官后,声势烜赫,"车马扈从如云"回到岳家,但除了礼祭胡公灵柩和拜见李夫人外,对那些此时争相趋奉的人一个不见。"诸郎衣冠既竟,已升舆矣",满腔热情,兴致勃勃,却讨了最大的没趣。稍加点染,便觉妙趣无穷。大郎赴京求情,四娘几番揶揄,然后作色曰:"我以为跋涉来省妹子,乃以大讼求贵人耶!"一针见血,揭出大郎心中没有"妹子"只有"贵人"。此语由四娘口中道出,映照前文"贵人"之讥,造成了一种泼辣隽永的反讽意味。

  不过此篇全部讽刺的基点在于程生、四娘终于成了贵人。要是程生徒有才华,命乖运蹇,功名不遂,终生贫贱,情况又将如何呢?诸兄弟姊妹仆婢等势利小人不用说,就是作者表彰的胡公和李夫人的态度也大可值得怀疑。因为胡公曾说:"此不长贫,可妻也。"李夫人曾说:"况程郎昼夜攻苦,夫岂久为人下者?汝勿效尤,宜善之,他日好相见也。"也都是富贵眼力。这两个形象以及作品的整个艺术构思,隐微地透露出,无情地嘲讽势利之风的作者蒲松龄本人,在思想深处也还有未能免俗之处。

(周先慎)

宦　娘

  温如春,秦之世家也。少癖嗜琴,虽逆旅未尝暂舍。客晋,经由古寺,系马门外,暂憩止。入则有布衲道人,趺坐廊间,筇杖倚壁,花布囊琴。温触所好,因问:"亦善此也?"道人云:"顾不能工,愿就善者学之耳。"遂脱囊授温,视之,纹理佳妙,略一勾拨,清越异常。喜为抚一短曲。道人微笑,似未许可。温乃竭尽所长。道人哂曰:"亦佳,亦佳!但未足为贫道师也。"温以其言夸,转请之。道人接置膝上,裁拨动,觉和风自来;又顷之,百鸟群集,庭树为满。温惊极,拜请受业。道人三复之。温侧耳倾心,稍稍会其节奏。道人试使弹,点正疏节,曰:"此尘间已无对矣。"温由是精心刻画,遂称绝技。

后归程,离家数十里,日已暮,暴雨莫可投止。路旁有小村,趋之。不遑审择,见一门,匆匆遽入。登其堂,阒无人。俄一女郎出,年十七八,貌类神仙。举首见客,惊而走入。温时未偶,系情殊深。俄一老妪出问客。温道姓名,兼求寄宿。妪言:"宿当不妨,但少床榻;不嫌屈体,便可藉藁。"少旋,以烛来,展草铺地,意良殷。问其姓氏,答云:"赵姓。"又问:"女郎何人?"曰:"此宦娘,老身之犹子也。"温曰:"不揣寒陋,欲求援系,如何?"妪颦蹙曰:"此即不敢应命。"温诘其故,但云难言,怅然遂罢。妪既去,温视藉草腐湿,不堪卧处,因危坐鼓琴,以消永夜。雨既歇,冒夜遂归。

邑有林下部郎葛公,喜文士。温偶诣之,受命弹琴。帘内隐约有眷客窥听,忽风动帘开,见一及笄人,丽绝一世。盖公有一女,小字良工,善词赋,有艳名。温心动,归与母言,媒通之;而葛以温势式微,不许。然女自闻琴以后,心窃倾慕,每冀再聆雅奏;而温以姻事不谐,志乖意沮,绝迹于葛氏之门矣。

一日,女于园中,拾得旧笺一折,上书《惜余春》词云:"因恨成痴,转思作想,日日为情颠倒。海棠带醉,杨柳伤春,同是一般怀抱。甚得新愁旧愁,划尽还生,便如青草。自别离,只在奈何天里,度将昏晓。今日个蹙损春山,望穿秋水,道弃已抉弃了!芳衾妒梦,玉漏惊魂,要睡何能睡好?漫说长宵似年,侬视一年,比更犹少;过三更已是三年,更有何人不老!"女吟咏数四,心悦好之。怀归,出锦笺,庄书一通,置案间;逾时索之,不可得,窃意为风飘去。适葛经闺门过,拾之;谓良工作,恶其词荡,火之而未忍言,欲急醮之。

临邑刘方伯之公子,适来问名,心善之,而犹欲一睹其人。公子盛服而至,仪容秀美。葛大悦,款延优渥。既而告别,坐下遗女舄一钩。心顿恶其儇薄,因呼媒而告以故。公子亟辨其诬;葛弗听,卒绝之。

先是,葛有绿菊种,吝不传,良工以植闺中。温庭菊忽有一二株化为绿,同人闻之,辄造庐观赏;温亦宝之。凌晨趋视,于畦畔得笺写《惜余春》词,反复披读,不知其所自至。以"春"为己名,益惑之,即案头细加丹黄,评语褒嫚。适葛闻温菊变绿,讶之,躬诣其斋,见词便取展读。温以其评亵,夺而挼莎之。葛仅读一两句,盖即闺门所拾者也。大疑,并绿菊之种,亦猜良工所赠。归告夫人,使逼诘良工。良工涕欲死,而事无验见,莫有取实。

夫人恐其迹益彰,计不如以女归温。葛然之,遥致温。温喜极。是日,招客为绿菊之宴,焚香弹琴,良夜方罢。既归寝,斋童闻琴自作声,初以为僚仆之戏也;既知其非人,始白温。温自诣之,果不妄。其声梗涩,似将效己而未能者。爇火暴入,杳无所见。温携琴去,则终夜寂然。因意为狐,固知其愿拜门墙也者,遂每夕为奏一曲,而设弦任操若师,夜夜潜伏听之。至六七夜,居然成曲,雅足听闻。

温既亲迎,各述曩词,始知缔好之由,而终不知所由来。良工闻琴鸣之异,往听之,曰:"此非狐也,调凄楚,有鬼声。"温未深信。良工因言其家有古镜,可鉴魑魅。朔日,遣人取至,伺琴声既作,握镜遽入;火之,果有女子在,仓皇室隅,莫能复隐。细审之,赵氏之宦娘也。大骇,穷诘之。泫然曰:"代作蹇修,不为无德,何相逼之甚也?"温请去镜,约勿避;诺之。乃囊镜。女遥坐曰:"妾,太守之女,死百年矣。少喜琴筝;筝已颇能谙之,独此技未能嫡传,重泉犹以为憾。惠顾时,得聆雅奏,倾心向往;又恨以异物不能奉裳衣,阴为君胹合佳偶,以报眷顾之情。刘公子之女舄,《惜余春》之俚词,皆妾为之也。酬师者不可谓不劳矣。"夫妻咸拜谢之。宦娘曰:"君之业,妾思过半矣;但未尽其神理。请为妾再鼓之。"温如其请,又曲陈其法。宦娘大悦曰:"妾已尽得之矣!"乃起辞欲去。

良工故善筝,闻其所长,愿一披聆。宦娘不辞,其调其谱,并非尘世所能。良工击节,转请受业。女命笔为绘谱十八章,又起告别。夫妻挽之良苦。宦娘凄然曰:"君琴瑟之好,自相知音;薄命人乌有此福。如有缘,再世可相聚耳。"因以一卷授温曰:"此妾小像。如不忘媒妁,当悬之卧室,快意时,焚香一炷,对鼓一曲,则儿身受之矣。"出门遂没。

【评赏】

蒲松龄挥着一支五彩幻笔,驰骋艺术想象,有时将阳世与冥界作映照,有时又将人间与鬼域相沟通,让人鬼共登一台,共演一戏,以此涂抹出现实人生,表现他的理想。在他的笔下,有时是鬼不如人,有时则是鬼胜于人。这篇小说就是将人间与鬼域沟通,使人鬼融和相处、互助互爱,表现出一种理想的人与人之间的关系。

宦娘是一个女鬼,但她跟人们想象中的鬼完全不同,不但不令人感到可怕,反而使人感到可亲、可爱、可敬。她不仅有美的姿容,"貌类神仙";而且有美的品格,风雅翩翩,温情脉脉,心地善良,助人为乐。她生前喜爱琴筝,死后仍乐此不疲。她因琴而及人,对温如春的琴技和人品都"倾心向往",为报其授业之恩,热情为温生和良工撮合,使他们得以美满结合。她自己对温生亦有爱慕之心,但她不生嫉妒,更不从中破坏,却充当媒妁,事成之后,又真心诚意地为他们"琴瑟之好,自相知音"感到高兴。自己对爱的追求,期之再世,怀着一种创造了美好事物之后的满足和自己期望得到幸福而终未能得到的艳美与遗憾交织的复杂心情,离温生夫妇而去。宦娘是一个优美动人的艺术形象,其深情美意,人间少有。温如春夫妇不会忘记她,当遵嘱将她的小像悬诸卧室,时时鼓曲焚香,以示敬意,读者也不会忘记。

小说的艺术构思极其精巧。全篇以琴作为组织情节的线索,中间数番以优雅的琴声作点染,在创造艺术意境,烘托艺术气氛上都收到了很好的效果。开篇介绍温如春其人,"少癖嗜琴",点出"琴"字,提出一篇线索。"虽逆旅未尝暂舍",引出后文离奇曲折情节。客晋途中,遇布衲道人而琴艺大进,尘间罕见,是因为他嗜琴。回程中日暮遇雨,投宿小村而遇宦娘,危坐鼓琴,情动女鬼,以致后来因其相助而得美妻,也是因为他嗜琴。随后偶诣葛公,受命弹琴,琴动内室,引来眷客窥听,又"忽风动帘开",得见"丽绝一世"的良工,而良工亦"心窃倾慕,每冀再聆雅奏",也是因琴而播下了爱情的种子。最后人鬼相见,互授琴艺,融和亲切,结为知音,也是因为温如春的嗜琴弹琴。而宦娘是"少喜琴筝",良工则"故善筝",人鬼三位都爱好音乐,精于琴瑟。因琴而结成良缘,因琴而得成师生,结下深厚的情谊。三个人物之间这种纯真美好的关系,由于有琴作贯穿,以琴声作烘染,便表现出一种风雅不俗的崇高的格调。中间穿插写琴声之美妙,如道人抚琴,"裁拨动,觉和风自来;又顷之,百鸟群集,庭树为满"。温生的琴艺得自道人,而宦娘在九重之下竟得"嫡传",终于"尽其神理"。女鬼对艺术的追求超过对爱情的追求,而且生死异域,仍坚持不懈。因此写琴声实际也是写宦娘,作者将这个美好的形象置于一种充满诗意的艺术氛围之中,便越见其美好。

情节峭折多变,"忽放忽收,忽开忽合"(冯镇峦评语),变幻莫测,极尽文情婉曲之妙;而伏笔照应,穿插串合,又极其精细严密。前面写温如春借宿求婚,"妪颦蹙曰:'此即不敢应命。'温诘其故,但云难言,怅然遂罢"。为何"难言"?作者故意不作说明,伏下一笔,留下悬念,让读者去猜测,却又无从猜测。直到最后宦娘隐形学琴,琴声之异引起良工的猜疑,用家藏古镜照出其原为一女子,这才点明她原是个已死百年的女鬼。"穷诘之"三字与"但云难言"遥相呼应,使读者有忽然解悟、疑窦顿开之快。温如春的爱情婚姻,是几经曲折而后成,其过程写来也是幻象丛生、扑朔迷离,令读者无法猜透。先遇到"年十七八,貌类神仙"的宦娘,温生"系情殊深",但请婚而不允,又不知是何原因,失掉了一次机会。这是第一次曲折。其后遇到年方"及笄","丽绝一世"的良工,温生心动而媒通之,却遭到心眼势利,以富贵取人的葛公的拒绝。"温以姻事不谐,志乖意沮,绝迹于葛氏之门",又失掉了一次机会。这是第二次曲折。但宦娘究为何人?她与良工有何关系?读者心中不解,便要急切地读下去。

下文从"女(指良工)自闻琴以后,心窃倾慕,每冀再聆雅奏",又生出一系列离奇曲折的情节。良工于园中拾得《惜余春》词,因其所诉相思情怀,缠绵悱恻,引起共鸣,于是"吟咏数四,心悦好之",并"庄书一通,置案间"。然忽又不翼而飞,恰为其父所得,因此而想使她早日出嫁。但此词为谁所写?从何而来,又因何而失?读者很想知道,却无从猜测。这是一奇。接着写刘姓公子来葛家求婚,葛公因其"仪容秀美"、家又富贵而"大悦",却又突然因其"坐下遗女舄一钩"而告吹。读者因此为温生与良工婚姻尚未完全绝望而稍感欣喜,但刘公子明明被诬,"女舄"从何而来,却不得而知。这是二奇。葛家绿菊,秘不外传,只是良工植于闺中;温生庭菊却突然有一二株化为绿色。这是三奇。温生凌晨赏菊,又忽"于畦畔得笺写《惜余春》词",词已被葛公焚毁,此又从何而来,跟庭菊变绿又有何关系?这是四奇。但令读者意想不到的,是事情反而因此绝处逢生。由于温生在词上"细加丹黄""评语亵嫚",又恰被"躬诣其斋"的葛公发现,疑为"良工所赠",为了女儿的声誉,掩其迹而不使彰,便主动提出将良工嫁给温生。波澜起伏,变幻莫测,此时出人意料地写出了温生与良工的结合,令温生大喜,亦令读者大喜。但以上种种奇情怪事,读者仍然存疑心中,不可解释。这时,又写他们大喜之际,"闻琴自作声","爇火暴入,杳无所见",竟有一位隐其形而不可见的"异物"(不知其为神、为鬼、为妖)"愿拜门墙"跟温生学琴。这是四奇之后,奇上加奇。一路写来,闪闪烁烁,怪怪奇奇,变幻莫测,绝处再生,有情人终成眷属,但当事的温生和良工连同读者在内,都"不知所由来"。直到最后,才让主人公现身,向读者点明提醒"代作蹇修(媒妁)"的原来是前面那位"举首见客,惊而走入",娇媚羞怯,才一露面便隐去不见的宦娘。回思前面种种奇异情景,顿生恍然大悟之感。但读者此时明白的,不仅仅是刘公子之女舄从何而来,《惜余春》之俚词为谁所作,而且更认识到了宦娘的敏慧、才情、气质、人品,一个有情有义、儒雅高洁的女性形象便既朦胧又清晰地出现在我们的面前。

作者写宦娘,主要用虚笔、侧笔,很少正面描写。除开头一闪现,知其"貌类神仙"以外,直到篇末温生良工结合之后,方才重现,与温生夫妇学琴授筝,亲切相处。中间一大段主要写温生与良工的爱情及其所经历的曲折,并未直接写到宦娘,但读完后掩卷细思,便觉得作者无处不在写宦娘。没有宦娘的巧施奇术、成人之美,便没有温生与良工爱情的死而复生、曲折发展和最后的结合。因此,写温生良工的爱情就是写宦娘,就是歌颂宦娘热爱琴艺和热心助人的美好品德。这比正面写、直接写更能引人入胜,因其婉曲含蓄,也更富有情韵。

小说的结尾,写宦娘为良工绘筝谱十八章之后,授小像而别,含情脉脉地期待着同温生的再世之缘。情思不绝,余韵悠然。冯镇峦评云:"结得缥缈不尽,曲终人不见,江上数峰青。"确是如此。

(周先慎)

阿　绣

海州刘子固,十五岁时,至盖省其舅。见杂货肆中一女子,姣丽无双,心爱好之。潜至其肆,托言买扇。女子便呼父。父出,刘意沮,故折阅之而退。遥睹其父他往,又诣之。女将觅父,刘止之曰:"无须,但言其价,我不靳直耳。"女如言,固昂之。刘不忍争,脱贯竟去。明日复往,又如之。行数武,女追呼曰:"返来!适伪言耳,价奢过当。"因以半价返之。刘益感其诚,蹈隙辄往,由是日熟。女问:"郎居何所?"以实对。转诘之,自言:"姚氏。"临行,所市物,女以纸代裹完好,已而以舌舐粘之。刘怀归不敢复动,恐乱其舌痕也。积半月,为仆所窥,阴与舅力要之归。意惓惓不自得。以所市香帕脂粉等类,密置一箧,无人时,辄阖户自捡一过,触类凝想。

次年,复至盖,装甫解,即趋女所;至则肆宇阒焉,失望而返。犹意偶出未返,蚤又诣之,阒如故。问诸邻,始知姚原广宁人,以贸易无重息,故暂归去;又不审何时可复来。神志乖丧。居数日,怏怏而归。母为议婚,屡梗之,母怪且怒。仆私以曩事告母,母益防闲之,盖之途由是绝。刘忽忽遂减眠食。母忧思无计,念不如从其志。于是刻日办装,使如盖,转寄语舅媒合之。舅即承命诣姚。逾时而返,谓刘曰:

"事不谐矣！阿绣已字广宁人。"刘低头丧气，心灰绝望。既归，捧篦啜泣，而徘徊顾念，冀天下有似之者。

适媒来，艳称复州黄氏女。刘恐不确，命驾至复。入西门，见北向一家，两扉半开，内一女郎，怪似阿绣；再属目之，且行且盼而入，真是无讹。刘大动，因僦其东邻居，细诘知为李氏。反复疑念：天下宁有此酷肖者耶？居数日，莫可夤缘；惟目眈眈伺候其门，以冀女或复出。

一日，日方西，女果出。忽见刘，即返身走，以手指其后；又复掌及额，乃入。刘喜极，但不能解。凝思移时，信步诣舍后，见荒园寥廓，西有短垣，略可及肩。豁然顿悟，遂蹲伏露草中。久之，有人自墙上露其首，小语曰："来乎？"刘诺而起，细视，真阿绣也。因大恸，涕堕如绠。女隔堵探身，以巾拭其泪，深慰之。刘曰："百计不遂，自谓今生已矣，何期复有今夕？顾卿何以至此？"曰："李氏，妾表叔也。"刘请逾垣。女曰："君先归，遣从人他宿，妾当自至。"刘如言，坐伺之。少间，女悄然入，妆饰不甚炫丽，袍裤犹昔。刘挽坐，备道艰苦，因问："卿已字，何未醮也？"女曰："言妾受聘者，妄也。家君以道里赊远，不愿附公子婚，此或托舅氏诡词，以绝君望耳。"既就枕席，宛转万态，款接之欢，不可言喻。四更遽起，过墙而去。刘自是不复措意黄氏矣。旅居忘返，经月不归。

一夜，仆起饲马，见室中灯犹明；窥之，见阿绣，大骇，顾不敢诘主人。旦起，访市肆，始返而诘刘曰："夜与还往者，何人也？"刘初讳之。仆曰："此第岑寂，狐鬼之薮，公子宜自爱。彼姚家女郎，何为而至此？"刘始觍然曰："西邻是其表叔，有何疑沮？"仆言："我已访之审：东邻止一孤媪，西家一子尚幼，别无密戚。所遇当是鬼魅；不然，焉有数年之衣，尚未易者？且其面色过白，两颊少瘦，笑处无微涡，不如阿绣美。"刘反复思，乃大惧曰："然且奈何？"仆谋伺其来，操兵入共击之。

至暮，女至，谓刘曰："知君见疑，然妾亦无他，不过了夙分耳。"言未已，仆排闼入。女呵之曰："可弃兵！速具酒来，当与若主别。"仆便自投，若或夺焉。刘益恐，强设酒馔。女谈笑如常，举手向刘曰："悉君心事，方将图效绵薄，何竟伏戎？妾虽非阿绣，颇自谓不亚，君视之

犹昔否耶?"刘毛发俱竖,嗫不语。女听漏三下,把盏一呷,起立曰:"我且去,待花烛后,再与新妇较优劣也。"转身遂杳。

刘信狐言,竟如盖。怨舅之诳己也,不舍其家;寓近姚氏,托媒自通,啖以重赂。姚妻乃言:"小郎为觅婿广宁,若翁以是故去,就否未可知。须旋日方可计校。"刘闻之,彷徨无以自主,惟坚守以伺其归。

逾十余日,忽闻兵警,犹疑讹传;久之,信益急,乃趣装行。中途遇乱,主仆相失,为侦者所掠。以刘文弱,疏其防,盗马亡去。至海州界,见一女子,蓬髻垢耳,出履蹉跌,不可堪。刘驰过之,女遽呼曰:"马上人非刘郎乎?"刘停鞭审顾,则阿绣也。心仍讶其为狐,曰:"汝真阿绣耶?"女问:"何为出此言?"刘述所遇。女曰:"妾真阿绣也。父携妾自广宁归,遇兵被俘,授马屡堕。忽一女子,握腕趣道,荒窜军中,亦无诘者。女子健步若飞隼,苦不能从,百步而屡屡裉焉。久之,闻号嘶渐远,乃释手曰:'别矣!前皆坦途,可缓行,爱汝者将至,宜与同归。'"刘知其狐,感之。因述其留盖之故。女言其叔为择婿于方氏,未委禽而乱适作。刘始知舅言非妄。携女马上,叠骑归。

入门,则老母无恙,大喜。系马入,具道所以。母亦喜,为女盥濯,竟妆,容光焕发。母抚掌曰:"无怪痴儿魂梦不置也!"遂设裀褥,使从己宿。又遣人赴盖,寓书于姚。不数日,姚夫妇俱至,卜吉成礼乃去。

刘出藏箧,封识俨然。有粉一函,启之,化为赤土。刘异之。女掩口曰:"数年之盗,今始发觉矣。尔日见郎任妾包裹,更不及审真伪,故以此相戏耳。"方嬉笑间,一人搴帘入,曰:"快意如此,当谢塞修否?"刘视之,又一阿绣也,急呼母。母及家人悉集,无有能辨识者。刘回眸亦迷;注目移时,始揖而谢之。女子索镜自照,赧然趋出,寻之已杳。夫妇感其义,为位于室而祀之。

一夕,刘醉归,室暗无人,方自挑灯,而阿绣至。刘挽问:"何之?"笑曰:"醉臭熏人,使人不耐!如此盘诘,谁作桑中逃耶?"刘笑捧其颊。女曰:"郎视妾与狐姊孰胜?"刘曰:"卿过之。然皮相者不辨也。"已而合扉相狎。俄有叩门者,女起笑曰:"君亦皮相者也。"刘不解,趋启门,则阿绣入,大愕。始悟适与语者,狐也。暗中又闻笑声。夫妻望空而祷,祈求现像。狐曰:"我不愿见阿绣。"问:"何不另化一貌?"曰:"我不能。"问:"何故不能?"曰:"阿绣,吾妹也,前世不幸夭殂。生时,与余从母至天宫,见西王母,心窃爱慕,归则刻意效之。妹子较我慧,一月神似;我学三月而后成,然终不及妹。今已隔世,自谓过之,不意犹昔耳。我感汝两人诚意,故时复一至,今去矣。"遂不复言。

自此三五日辄一来,一切疑难悉决之。值阿绣归宁,来常数日住,家人皆惧避之。每有亡失,则华妆端坐,插玳瑁簪长数寸,朝家人而庄语之:"所窃物,夜当送至某所;不然,头痛大作,悔无及!"天明,果于某所获之。三年后,绝不复来。偶失金帛,阿绣效其妆,吓家人,亦屡效焉。

【评赏】

女鬼宦娘走了,可另一个更美的形象向我们走来。她是狐仙阿绣。她不是人,却比人更美、更崇高、更可敬。

这篇小说不独情节曲折、幻想新奇、描写生动,而且更重要的是创造出美的艺术境界、美的人物、美的思想。对美的追求,是蒲松龄艺术创造的总体目标,对这篇小说来说,既是它的命意所在,也是小说艺术构思的中心。全篇的人物设计,结构组织,情节安排,无不与此有关。

小说写的是人狐间发生的故事。人是现实的人,狐仙则是幻设的;但虽为精魅,却具有现实生活中普通人的思想感情和品格,带有虚幻色彩的艺术形象所传达出的仍然是非常吸引人的强烈的现实性和真实感。

小说从一个非常现实的爱情故事开始写起。刘子固是一个"情痴",他钟情于杂货肆中的一个美貌女子阿绣,为了能有机会去接近意中人,竟不计昂值去购买他并不需要的东西。不负刘子固的一片深情,阿绣给予他的,是一种足以令人魄动神摇的回报。始而呼父以拒,继而故昂其值,然后是半价呼返,末了是舌舐纸包,弄得刘子固买货回家后连动都不敢动,生怕乱了美人的"舌痕"。她甚至将一包包红土冒充脂粉卖给刘子固。她那么多情,却又慧黠,甚至显得有点淘气。如但明伦所评,她"若有意,若无意",以一种含而不露、近于戏谑、叫人捉摸不定却因此而更引逗得人心志惑乱的形式,鲜明地、确定无疑地表达了一个天真少女真挚而热烈的感情。小说一开头就以极其简洁的笔墨,将一对小儿女的纯真爱情写得极富于诗意。

这段故事本于六朝志怪小说《幽明录》中的《卖胡粉女子》,但经作者熔铸提炼之后,不仅情节更生动,人物形象更鲜明、更富于生活气息,而且成为小说艺术结构的有机组成部分,表现出不同于原故事的全新的思想内容。作者仅仅用几个从生活里提炼出来的富有特征的细节,寥寥几笔,略加点染,就把青年男女爱情萌生期的声容情态、心理特征,惟妙惟肖、细致入微地表现了出来。那样地富于戏剧性,富于生活的情趣;而且人物具有立体感,是充分个性化的。

但刘子固的美好追求,并未如读者所期望的那样如愿以偿,情节的发展竟生出层层波折。隐秘被人发现,被迫离开盖州,仅仅是灵犀相通而未及欢会,一对彼此倾心的情人就被活活地拆散了。刘子固只能独自一人悄悄地开簏凝想、睹物思人。他追求,失败,再追求,再失败,直到从前去求婚的舅舅那里得知阿绣已经许婚别人,终于陷于绝望。然而美好的追求令人同情,读者深深地关注着刘子固,关注着他跟阿绣爱情的命运,急切地想知道故事将怎样发展。

然而,接下去故事却没有仅仅在刘子固和阿绣两个人爱情关系的范围内发展。蒲松龄对生活有独到的观察和思索,他在爱情题材中力避雷同,努力作更深的开掘。原来,在作者的艺术构思中,这个现实的优美的爱情故事还仅仅是这篇小说的一个序曲。虽然这个故事本身具有独立的思想意义,但在本篇中它不过提供了一种具有映衬作用的背景。小说的主体故事还没有开始,真正的主人公还未出场。作者显然经过精心的艺术构思,他特意写出这个开头,目的是为了完成一个优美的形象创造。他把这个爱情写得很美,是为了映衬促成这爱情最终得以实现的人更美;他赞扬刘子固对爱情的追求,是为了烘托出一种比对爱情追求更执着、更坚毅、目标也更高远的追求。

山重水复之际,忽见柳暗花明。第三者的突然闯入——小说真正主人公的出场,使整篇小说的格局顿然改观,在读者面前开拓出一片思想和艺术的全新境界。

小说写刘子固在绝望的情况下"捧篚啜泣,而徘徊顾念,冀天下有似之者"。刘子固这种心理十分自然,作者写来也似不经意,实际却出于作者的苦心营构。小说在揭示一个热恋者缠绵刻骨的相思和绝望心情的同时,在不知不觉中便十分轻巧圆熟地实现了情节的大转折。刘子固的这一心理活动,引出下文一系列层层叠叠的情节波澜,看似奇崛,出人意外,读来又觉得合情合理。刘子固殷切期望的"似之者",一个形貌跟阿绣酷肖、卓特不凡而带有某种神秘色彩的女子果然出现了。她不是阿绣,却像阿绣,像到使人真假难辨。由于她冒充阿绣而进行种种活动,小说便展开了一系列充满奇幻色彩的绚丽多姿的艺术情节。

写刘子固到复州别求艳偶时意外地跟假阿绣相遇,饶有情味。因她"怪似阿绣",刘子固"属目"审视,她却"且行且盼而入"。"且行且盼"四字,可谓妙笔传神。似相识,又似含情。她是谁? 果真是阿绣? 就刘子固的感情心理说,自然愿其为真;但适如刘子固所"凝念":"天下宁有此酷肖者耶?"故又不能不疑其为假。真假难辨,奇巧莫测,小说就在这种扑朔迷离的气氛中发展情节。

刘子固惊喜、追寻、期待,终于相遇、欢好。"细视,真阿绣也。"皆大欢喜,前边令人遗憾的矛盾至此似乎已接近于解决。然而实际上并没有。作者用笔闪闪烁烁、掩掩藏藏,故意留下种种蛛丝马迹,使人疑信参半,悬念丛生。她不唯容貌酷肖,而且言语动作所表现出来的机敏慧黠,跟那个杂货肆中的活泼女子简直是一般无二;更重要的,她面对"涕堕如縆"的刘子固,"隔堵探身,以巾拭其泪,深慰之",感情是那样真挚深沉,这些都不由人不相信她是真阿绣。但细想又有诸多疑点:他们相遇的地点是在复州,跟前述同男女双方有关的海、盖、广宁三地了不相涉。阿绣因何而到此? 女子出来的时间是"日方西",幽会的地点是"荒园寥廓"的"舍后",时、地、气氛都使人联想到精魅的出没。另外她"妆饰不甚炫丽,袍裤犹昔",这明是写其真,暗则露其假。下文写仆人正是由此看出了破绽。作者用笔,真真假假，幻幻实实，神奇莫测，引人入胜。

随着情节的发展，作者布置的悬念一一解开，一个超尘拔俗、具有优美情操的妇女形象，便光华四射地显现在我们的面前。由于上文作了种种暗示，主人公狐女身份的暴露，出人意外，又在人意中。作者巧妙地利用刘子固的惊骇作反衬，写他"大惧""益恐""毛发俱竖"，而从中映衬出来的却是狐女的敦厚善良、和易可亲。狐仙本来有非凡的神术，但她无意于对想加害于她的刘子固和仆人施行报复；真相败露，却"谈笑如常"，没有一丝一毫惶悚卑琐之态。临变不惊，从容镇静，落落大方，单从这样的仪态举止，就已显示了狐女不同凡俗的品格。

但作者着力表现的，还在人物内在的精神风貌。狐女是爱刘子固的，但她深知并有感于刘子固和阿绣二人的真诚相爱，便诚心诚意地舍弃所爱而成全他们。作者从人物的内心矛盾，表现了她有比爱情更高的追求，其目标足以压倒情欲，并使因此而产生的懊丧、痛苦、忌刻乃至仇恨等种种世俗感情得到净化。她在一对真心相爱的情人面前，设酒言别，从容退避，表现出她大度、善良的思想品格。

小说写了她跟阿绣之间比较妍媸的三次较量，其着眼处都在表现狐女这种超越爱情的人生追求。每较量一次，人物的内心世界就向我们展露一次，而每一次又都是朝着一种美的境界升华。第一次，她以假乱真，先于阿绣获得了刘子固的爱，被识破后主动退出，但申言还要"与新妇较优劣"，表现了她追求既定目标的执着、坚毅和自信。第二次，她不仅主动放弃了对刘子固的爱，还从乱兵中救出阿绣，将她送到刘子固身边，促成他们的美满结合。但在夫妻快意嬉笑之际，她又突然化为阿绣，形貌酷肖，然终在刘子固"注目移时"之后被认出。刘子固对她深怀谢意的一拜，宣告了她第二次较量的失败。她索镜自照，自认不如，愧赧而去。但因她的成全而获得幸福的刘子固夫妇，却由于她道德上的完美无瑕，已完全消除了对"异类"的恐惧，而将她视为至高无上的神："夫妇感其义，为位于室而祀之。"第三次，在刘子固醉眼蒙眬之际，趁灯光昏暗再次以假乱真，终于瞒过了刘子固的眼睛。但她又自己点破，心悦诚服地承认自己确实不如阿绣美。作者通过三次较量,所表现的是她不如阿绣美的愧心,而不是爱情追求中的忌心,因此她的襟怀才显得那么坦荡,内心世界才显得那么美。她要跟美丽的阿绣比美,这种对美的追求那么执着、坚韧,超越生死,隔世不忘。这追求表面上看是失败了,而实际上却因她精神境界的崇高而得到了补偿,在这个意义上竟可以说她是一个真正的胜利者。

小说人物描写的一个突出特点,是幻实相生、以貌写神。从形貌着笔,通过艺术想象,着意于表现人物内在的精神。为了突出狐女对美的追求,作者特意为她设置了一个不可企及的对立面阿绣,极力写她的聪慧和美丽。写阿绣,目的在于映射狐女。为了赶上阿绣很高的聪慧和美貌,狐女锐意追求,历两世而不懈。但她功夫虽深,却有未到——是人力所难于到,不能到。但小说写狐女在形貌上不够完美(其实已经够美了,只是跟阿绣相比尚有不足),适足以表现出她在内在精神上臻于至善至美。

狐女已经得到了刘子固的爱,但她有感于两人的至诚,主动地牺牲自己,成全别人。而她所成全的,不是别人,恰恰是她所追求的美的竞争者。她不仅帮助他们结合,建立起美满的家庭,而且成为他们亲密的朋友,为他们理家决疑。她是幸福的创造者,又是幸福的维护者。她在形貌美的追求的失利中,不期然地完成了比形貌美要高得多的美的追求。她对自己在优劣较量中的失败,除了愧赧而外,没有懊丧,没有嫉恨,也没有悲哀,看不出一丝一毫在失败者的身上常见的那种心志灰冷的消极情绪。这个形象所焕发出来的,是一种内在的美——执着追求的意志美、舍己为人的道德美。她的"失败"在读者心中唤起的,不是哀怜,不是同情,甚至连遗憾也不是,而是一种崇高的美感,一种对于人生意义的带有哲理意味的思索。小说在艺术表现上不浅不露,具有一种含蓄蕴藉的美的特质。艺术形象和整篇的艺术意境,婉曲幽深,接近于一种空灵的诗的境界。狐女隐遁不见了,但她临去时从空中发出的近于圣洁的爽朗的笑声,直到掩卷之后很久,仍回响在我们的耳际。

(周先慎)

小　翠

　　王太常,越人。总角时,昼卧榻上。忽阴晦,巨霆暴作,一物大于猫,来伏身下,展转不离。移时晴霁,物即径出。视之,非猫,始怖,隔房呼兄。兄闻,喜曰:"弟必大贵,此狐来避雷霆劫也。"后果少年登进士,以县令入为侍御。

　　生一子,名元丰,绝痴,十六岁不能知牝牡,因而乡党无与为婚。王忧之。适有妇人率少女登门,自请为妇。视其女,嫣然展笑,真仙品也。喜问姓名。自言:"虞氏。女小翠,年二八矣。"与议聘金。曰:"是从我糠麩不得饱,一旦置身广厦,役婢仆,厌膏粱,彼意适,我愿慰矣,岂卖菜也而索直乎!"夫人大悦,优厚之。妇即命女拜王及夫人,嘱曰:"此尔翁姑,奉侍宜谨。我大忙,且去,三数日当复来。"王命仆马送之。妇言:"里巷不远,无烦多事。"遂出门去。小翠殊不悲恋,便即奁中翻取花样。夫人亦爱乐之。

　　数日,妇不至。以居里问女,女亦憨然不能言其道路。遂治别院,使夫妇成礼。诸戚闻拾得贫家儿作新妇,共笑姗之;见女皆惊,群议始息。女又甚慧,能窥翁姑喜怒。王公夫妇,宠惜过于常情,然惕惕焉,惟恐其憎子痴;而女殊欢笑,不为嫌。第善谑,刺布作圆,蹴蹋为笑。着小皮靴,蹴去数十步,绐公子奔拾之,公子及婢恒流汗相属。一日,王偶过,圆锵然来,直中面目。女与婢俱敛迹去。公子犹踊跃奔逐之。王怒,投之以石,始伏而啼。王以告夫人;夫人往责女,女俯首微笑,以手划床。既退,憨跳如故,以脂粉涂公子,作花面如鬼。夫人见之,怒甚,呼女诟骂。女倚几弄带,不惧,亦不言。夫人无奈之,因杖其子。元丰大号,女始色变,屈膝乞宥。夫人怒顿解,释杖去。女笑拉公子入室,代扑衣上尘,拭眼泪,摩挲杖痕,饵以枣栗。公子乃收涕以忻。女阖庭户,复装公子作霸王,作沙漠人;己乃艳服,束细腰,婆娑作帐下舞;或髻插雉尾,拨琵琶,丁丁缕缕然,喧笑一室,日以为常。王公以子痴,不忍过责妇;即微闻焉,亦若置之。

同巷有王给谏者,相隔十余户,然素不相能。时值三年大计吏,忌公握河南道篆,思中伤之。公知其谋,忧虑无所为计。一夕,早寝。女冠带,饰冢宰状,剪素丝作浓髭,又以青衣饰两婢为虞候,窃跨厩马而出,戏云:"将谒王先生。"驰至给谏之门,即又鞭挝从人,大言曰:"我谒侍御王,宁谒给谏王耶!"回辔而归。比至家门,门者误以为真,奔白王公。公急起承迎,方知为子妇之戏。怒甚,谓夫人曰:"人方踬我之瑕,反以闺阁之丑,登门而告之。余祸不远矣!"夫人怒,奔女室,诟让之。女惟憨笑,并不一置词。挞之,不忍;出之,则无家;夫妻懊怨,终夜不寝。

时冢宰某公赫甚,其仪采服从,与女伪装无少殊别,王给谏亦误为真。屡侦公门,中夜而客未出,疑冢宰与公有阴谋。次日早朝,见而问曰:"夜,相公至君家耶?"公疑其相讥,惭颜唯唯,不甚响答。给谏愈疑,谋遂寝,由此益交欢公。公探知其情,窃喜,而阴嘱夫人,劝女改行;女笑应之。

逾岁,首相免,适有以私函致公者,误投给谏。给谏大喜,先托善公者往假万金,公拒之。给谏自诣公所。公觅巾袍,并不可得;给谏伺候久,怒公慢,愤将行。忽见公子衮衣旒冕,有女子自门内推之以出。大骇;已而笑抚之,脱其服冕而去。公急出,则客去远。闻其故,惊颜如土,大哭曰:"此祸水也!指日赤吾族矣!"与夫人操杖往。女已知之,阖扉任其诟厉。公怒,斧其门。女在内含笑而告之曰:"翁无烦怒。有新妇在,刀锯斧钺,妇自受之,必不令贻害双亲。翁若此,是欲杀妇以灭口耶?"公乃止。

给谏归,果抗疏揭王不轨,衮冕作据。上惊验之,其旒冕乃粱黍心所制,袍则败布黄袱也。上怒其诬。又召元丰至,见其憨状可掬,笑曰:"此可以作天子耶?"乃下之法司。给谏又讼公家有妖人,法司严诘臧获,并言无他,惟颠妇痴儿,日事戏笑;邻里亦无异词。案乃定,以给谏充云南军。王由是奇女。又以母久不至,意其非人。使夫人探诘之,女但笑不言。再复穷问,则掩口曰:"儿玉皇女,母不

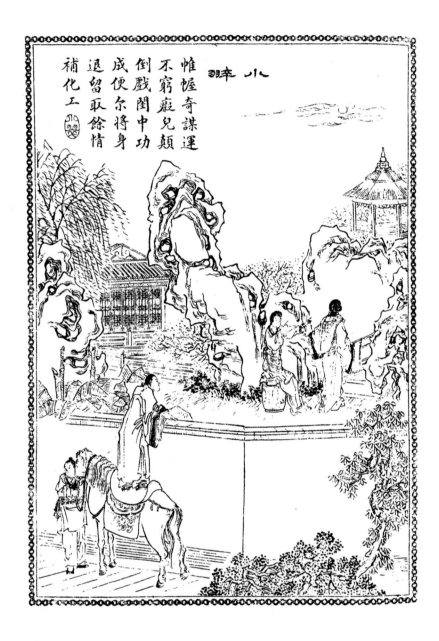

知耶？"

无何，公擢京卿。五十余，每患无孙。女居三年，夜夜与公子异寝，似未尝有所私。夫人异榻去，嘱公子与妇同寝。过数日，公子告母曰："借榻去，悍不还！小翠夜夜以足股加腹上，喘气不得；又掼掐人股里。"婢妪无不粲然。夫人呵拍令去。

一日，女浴于室，公子见之，欲与偕；女笑止之，谕使姑待。既出，乃更泻热汤于瓮，解其袍裤，与婢扶入之。公子觉蒸闷，大呼欲出。女不听，以衾蒙之。少时，无声，启视，已绝。女坦笑不惊，曳置床上，拭体干洁，加复被焉。夫人闻之，哭而入，骂曰："狂婢何杀吾儿！"女靦然曰："如此痴儿，不如勿有。"夫人益恚，以首触女；婢辈争曳劝之。方纷噪间，一婢告曰："公子呻矣！"辍涕抚之，则气息休休，而大汗浸淫，沾浃裀褥。食顷，汗已，忽开目四顾，遍视家人，似不相识，曰："我今回忆往昔，都如梦寐，何也？"夫人以其言语不痴，大异之。携参其父，屡试之，果不痴。大喜，如获异宝。至晚，还榻故处，更设衾枕以觇之。公子入室，尽遣婢去。早窥之，则榻虚设。自此痴颠皆不复作，而琴瑟静好，如形影焉。

年余，公为给谏之党奏劾免官，小有罣误。旧有广西中丞所赠玉瓶，价累千金，将出以贿当路。女爱而把玩之，失手堕碎，惭而自投。公夫妇方以免官不快，闻之，怒，交口呵骂。女忿而出，谓公子曰："我在汝家，所保全者不止一瓶，何遂不少存面目？实与君言：我非人也。以母遭雷霆之劫，深受而翁庇翼；又以我两人有五年夙分，故以我来报曩恩、了夙愿耳。身受唾骂，擢发不足以数，所以不即行者，五年之爱未盈。今何可以暂止乎！"盛气而出，追之已杳。公爽然自失，而悔无及矣。公子入室，睹其剩粉遗钩，恸哭欲死；寝食不甘，日就羸瘁。公大忧，急为胶续以解之，而公子不乐。惟求良工画翠小像，日夜浇祷其下，几二年。

偶以故自他里归，明月已皎，村外有公家亭园，骑马墙外过，闻笑语声，停辔，使厮卒捉鞚；登鞍一望，则二女郎游戏其中。云月昏蒙，不甚可辨，但闻一翠衣者曰："婢子当逐出门！"一红衣者曰："汝在吾家园亭，反逐阿谁？"翠衣人曰："婢子不羞！不能作妇，被人驱遣，犹冒认物产也？"红衣者曰："索胜老大婢无主顾者！"听其音，酷类小翠，疾呼之。翠衣人去曰："姑不与若争，汝汉子来矣。"既而红衣人来，果小翠。喜极。女令登垣，承接而下之，曰："二年不见，骨瘦一把矣！"公子握手泣下，具道相思。女言："妾亦知之，但无颜复见家人。今与大姊游戏，又相邂逅，足知前因不可逃也。"请与同归，不可；请止园中，许之。公子遣仆奔白夫人。夫人惊起，驾肩舆而往，启钥入亭。女即趋下迎拜；夫人捉臂流涕，力白前过，几不自容，曰："若不少记榛梗，请偕归，慰我迟暮。"女峻辞不可。夫人虑野亭荒寂，谋以多人服役。女曰："我诸人悉不愿见，惟前两婢朝夕相从，不能无眷注耳；外惟一老仆应门，馀都无所复须。"夫人悉如其言。托公子养疴园中，日供食用而已。

女每劝公子别婚，公子不从。后年余，女眉目音声，渐与曩异，出像质之，迥若两人。大怪之。女曰："视妾今日，何如畴昔美？"公子曰："今日美则美，然较昔似则不如。"女曰："意妾老矣！"公子曰："二十余岁，何得速老。"女笑而焚图，救之已烬。一日，谓公子曰："昔在家时，阿翁谓妾抵死不作茧。今亲老君孤，妾实不能产，恐误君宗嗣。请娶妇于家，旦晚侍奉翁姑，君往来于两间，亦无所不便。"公子然之，纳币于钟太史之家。吉期将近，女为新人制衣履，赍送母所。及新人入门，则言貌举止，与小翠无毫发之异。大奇之。往至园亭，则女亦不知所在。问婢，婢出红巾曰："娘子暂归宁，留此贻公子。"展巾，则结玉玦一枚，心知其不返，遂携婢俱归。虽顷刻不忘小翠，幸而对新人如觌旧好焉。始悟钟氏之姻，女预知之，故先化其貌，以慰他日之思云。

异史氏曰："一狐也，以无心之德，而犹思所报；而身受再造之福者，顾失声于破甑，何其鄙哉！月缺重圆，从容而去，始知仙人之情，亦更深于流俗也！"

【评赏】

  这是《聊斋志异》中最优美的篇章之一，小翠的形象也是全书中最优美的形象之一。小翠结玉玦而去，不唯书中人元丰公子"顷刻不忘",即如读者也希望她能永远留在人间。

　　小说肯定和赞颂的是受恩知报的思想。这样的道德主题在《聊斋志异》中不止一次出现。单就小说的命意说,虽然具有积极意义,却也平淡无奇。小说的精彩之处不单在肯定狐女的报恩,更在于描写她如何报恩,从她不同寻常的报恩过程,刻画了她非凡的品格,塑造了一个具有鲜明个性特征的出色的女性形象。

　　小翠一出场,小说就从王公一家的眼中给她下一断语:"真仙品也。"整篇小说对小翠形象的描绘,就突出这"仙品"二字。小翠乃狐仙之女,因其母得王公幼时的庇翼而免受雷霆之劫,特意来到王家报恩的。她非人间女子,而是一个狐仙。她自称为"玉皇女"。但小说所强调的并不只是她仙女的身份,也不在她容貌之秀丽(这方面的描写极为简淡),而在于她异乎寻常的品格和个性。

　　小说通过生动的场面与细节,突出地刻画她性"善谑"。她的"善谑"表现在两个方面:一方面是日常生活中喜欢玩耍嬉戏。她是一个天真活泼的女子,自由无拘,十分开朗。她既不受礼教的拘束,也不知忧愁为何物,整日与痴呆的丈夫游戏作乐,天真烂漫,无所顾忌。剌布作圆,与公子、婢女蹴蹋为戏,她"着小皮靴",一蹴"数十步",骗逗得那痴公子抢拾奔跑、满头大汗。公爹路过,"直中面目"。受呵责后一笑置之,不以为意。不仅"憨跳如故",且更"以脂粉涂公子,作花面如鬼"。得罪于公婆,虽累遭诟骂而仍不改。另一方面,她对社会生活中的严酷斗争,家庭所遭受的巨大威胁,洞察幽微,却视同儿戏,不畏惧,不紧张,沉稳安闲,以戏谑的方式处之,举重若轻,化险为夷。嬉笑谐谑之中,于人不知不觉之时,即已"运筹帷幄,决胜千里"(但明伦赞语)。从性格刻画来看,前后两方面是统一的;而从艺术表现的角度看,前一方面是后一方面的铺垫和映衬,后一方面是前一方面的发展和升华。后一方面是作者着力表现的重点,是狐仙报恩的实际行动的一个主要方面。

　　在"善谑"的性格中,又包含着另一层性格特征,这就是她的聪慧。不是一般的聪慧,是绝顶的聪慧,大智若愚。写小翠的聪慧,处处以憨态出之。王元丰是"绝痴",小翠是绝慧,痴、慧异质,却同时以

"憨"的形态表现出来,这是小翠的奇异不凡处,也是作者艺术表现的高妙不俗处。一对痴憨小儿女,相玩相戏,相傍相依,相映成趣,相得益彰。

公子的憨是真憨,世事不解,懵懂无知,憨得实在,憨得可笑。小翠蹴圆,他流汗奔逐,乐此不疲;圆中父面目,"女与婢俱敛迹去",而他"犹踊跃奔逐之";小翠或将他涂花面如鬼,或将他装扮作霸王、作沙漠人,甚至以"衮衣旒冕"饰作皇帝,他都任其调遣摆布,喧笑为乐;受母杖责而"大号",得女抚慰则迅即"收涕以忻";其母强其与妇同寝,他竟大不悦,当着婢姬之面告母:"借榻去,悍不还!小翠夜夜以足股加腹上,喘气不得;又惯掐人股里。"如此等等,读来憨情如见,憨态可掬,无不令人粲然。

小翠的憨却是另一种憨。外憨内慧,或者说是似憨而实慧。在憨情憨态中,处处透出机灵和诡秘。她憨得轻灵,憨得可爱。刚到王家时,在生人面前就"嫣然展笑",这笑就显得那么憨直天真,同时又那么慧黠机敏。与母离别后,她"殊不悲恋,便即奁中翻取花样";问以居里,"亦憨然不能言其道路"。看似无知小女儿,但又因其大异于常人而使人感到是灵慧深藏、诡秘不测。作者又点出一句:"女又甚慧,能窥翁姑喜怒。"不仅以此敷演出后文制胜王给谏的有关情节;更由于明确写到她"甚慧",便使读者在读到她的憨处时不简单地信其为真憨,而是别有会心,去领略思索有关描写隐而未显的深一层的含义。例如,王公夫妇对这个儿媳"宠惜过于常情",但又惴惴不安担心她会讨厌那个痴呆儿子,而小翠的表现却是"殊欢笑,不为嫌"。嫁一个呆丈夫而高兴无比,这"憨"就使人感到此女并非真傻,而是别有心思怀抱。以后小说多次写到她的笑容憨态:因蹴圆而受夫人呵责时,她"俯首微笑,以手刓床";涂公子花面如鬼又受到夫人的诟骂,她"倚几弄带,不惧,亦不言";她"饰冢宰状""谒侍御王"而骗得王公"急起承迎",因此戏行可能祸及全家而招来夫人再一次"诟让"时,她"惟憨笑,并不一置词";事情的结果反而化险为夷,使那位蓄意中伤的王给谏,不但放弃构陷的阴谋,反而主动讨好交欢王公,此时王公"窃喜",夫人满心高兴地劝她"改行"(虽意外获益,此种玩笑毕竟非常危险),

而小翠却不表示改,亦不表示不改,只是漫不经意地以"笑应之";后饰公子作皇帝,冒犯圣颜,授敌以柄,王公"惊颜如土",与夫人一同操杖问罪时,"女已知之,阖扉任其诟厉"。这样一路写下来,处处表现她的憨,也处处揭示她的慧,在含蓄沉稳、诡秘难测中透露出她是一个全局在胸、别具心计,眼光识见过人的非凡女子。直到王公怒而"斧其门",她在门内"含笑而告之",以一种大丈夫的气度、声口,讲出了如下一段堂堂正正、大智大勇的话:"翁无烦怒!有新妇在,刀锯斧钺,妇自受之,必不令贻害双亲。翁若此,是欲杀妇以灭口耶?"至此,一个外憨内慧、具有神仙品格的优美的女性形象,便光彩四射地出现在我们的面前。不待点破她的所作所为是出于报恩,单是她的这些表现本身,就足以令人赞叹而生敬慕之心了。若将她跟《聊斋志异》中另一个聪明机敏、活泼可爱的狐仙婴宁相比,她的活动涉及家庭以外的官场和政治领域,对付连身居侍御的王公都十分畏惧、"忧虑无所为计"的王给谏,轻巧裕如,嬉戏之间即出奇制胜,因而她的眼界更开阔,气度更恢宏,形象也更具有思想的力度。

小翠到王家,不仅为了"报橐恩",还为了"了凤愿"。小说对小翠的描写,不止于她的智慧、胸怀和眼光,还包括她的多情。她的情,既有情义之情,也有男女之情。当痴公子因她的戏谑而被杖大号时,她"色变,屈膝乞宥",且百般抚慰:"笑拉公子入室,代扑衣上尘,拭眼泪,摩挲杖痕,饵以枣栗。"妻之事夫,如慈母之对小儿,长姊之待幼弟,爱护备至,体贴入微。公子痴,"十六岁不能知牝牡",故"居三年,夜夜与公子异寝";而施用狐仙奇术,入瓮汤浴,使其脱胎换骨,去痴复智,则"琴瑟静好,如形影焉",共享夫妻的欢乐。因碎瓶受斥,含忿离去,相别二年之后又于园亭邂逅,见公子因思念自己而"骨瘦一把",又不忍离去,不计被逐前嫌,从其恳请,同公子留居园中。因自己不能生育,为了延续王氏宗嗣,又屡劝公子别婚,公子不从,又焚图像而变眉目,热情帮助他纳钟氏之女为妻;为了慰公子别后怀思,又化笑貌于新人,使丈夫"对新人如觌旧好",不致再像从前那样"寝食不甘""骨瘦一把",然后才从容放心地离去。人虽然走了,情爱却永远留在王公子心间。故蒲松龄特于"异史氏曰"中赞美一句:"始知仙人之情,亦更深于流俗也!"这样真挚深沉的感情,不是简单地用"报恩"二字所能完全概括的。

  小翠的形象写得鲜明突出,跟情节的丰富和曲折分不开。小说虽一开头就揭出狐避雷劫之事,这是整篇小说情节发展的背景和出发点,可是后面的情节与此到底有何关系,读者却不能一下子看出来,直到小翠碎瓶被责时才恍然大悟。小翠一出现就带有某种神秘色彩,暗示了她狐仙的身份;而随着情节的多层次的发展,她的狐仙面目逐渐清晰,她的性格特征也一步步被凸现了出来。一个"乡党无与为婚"的痴公子,却"有妇人率少女登门,自请为妇"。这违背常情常理的事,就使人感到来者不是傻到了极点,就是绝非凡俗之辈。小翠之母口称"三数日当复来",又称"里巷不远",可是别后不再回来,而问小翠居里又"不能言其道路",这又不能不使人疑窦丛生。随后由日常嬉戏写其憨态慧质,"喧笑一室,日以为常",初步刻画出一个自由开朗、天真活泼的女子形象。"同巷有王给谏者"以下,宕开一笔,情节出现大的转折,小翠的活动因此而由家中扩大到家外,涉及官宦政治,小说的内容更加丰富了,人物的性格循着前面的线索发展,却在更高的层次上显出她的不凡之处来。她是谁?作者没有揭破,读者从她的所作所为和一次又一次的憨笑,猜测、思索,却仍然找不到答案。战胜王给谏后,一再怨恨呵责她的王公夫妇,此时大喜大奇,在反复穷问下,始知小翠"非人",乃"玉皇女"。至此,就揭示小翠的身份和刻画她聪慧开朗的性格来说,情节的发展已经告一段落,似乎作者就要收束全文。然而接下去,"五十余,每患无孙"七个字,提出另一问题,情节的发展又开拓出新的境界,换一个角度写小翠的奇特不凡之处,着重表现她多情的性格特色。由此引出汤浴去痴、碎瓶受责、离而复聚、焚图变目、化貌新人、贻玦而别等一系列情节,曲折生动,引人入胜,既解开了小翠来历之谜,又表现了她"寄爱于悫,深情无尽"(但明伦评语)的另一面。

  在情节发展过程中,小说处处以王公夫妇的感情变化作点染,写他们的"忧""大悦""怒""怒甚""忧虑无所为计""懊怨""窃喜""惊颜如土""大喜,如获至宝""爽然自失,而悔无及"等等。人物感情的喜怒哀乐,同情节发展的起伏变化相映照,既加强了腾挪跌宕的笔致,又烘托了主人公机敏活泼的性格。

小说还顺笔对官场人物作了揭露和讽刺。王给谏深文周纳,构陷人罪,敲诈勒索,表现了他的阴险、卑劣、无耻;王侍御对官场中的阴谋倾轧终日忧愁,束手无策,而对善良聪明的子妇却多所挑剔,受其惠而不感其德,稍有小过即唾骂交加,表现了他的庸儒、无能、自私。就具体描写来看,王公夫妇对小翠的态度也不无通情达理之处:因其子痴而对小翠特加宠惜;有时对小夫妻的喧笑戏闹也不加深责;小翠愤然出走后又痛悔不及,再遇小翠时"夫人捉臂流涕,力白前过,几不自容"。如此等等,都表现出他们的品德并不很坏,还不是王给谏一流人物。但因他们受人惠而不知感德,跟小翠母女感"无心之德,而犹思所报"形成鲜明的对照,故作者在深情赞美狐女的同时,对他们的寡情薄义特加针砭,斥云:"何其鄙哉!"从这种鲜明强烈的爱憎对比中,不难看出作者蒲松龄的道德追求。

(周先慎)

金 和 尚

金和尚,诸城人。父无赖,以数百钱鬻子五莲山寺。少顽钝,不能肄清业,牧猪赴市,若佣保。后本师死,稍有遗金,卷怀离寺,作负贩去。饮羊、登垄,计最工。数年暴富,买田宅于水坡里。弟子繁有徒,食指日千计。绕里膏田千百亩。里中起第数十处,皆僧,无人;即有,亦贫无业,携妻子,僦屋佃田者也。每一门内,四缭连屋,皆此辈列而居。僧舍其中:前有厅事,梁楹节棁,绘金碧,射人眼;堂上几屏,晶光可鉴;又其后为内寝,朱帘绣幕,兰麝香充溢喷人;螺钿雕檀为床,床上锦茵褥,褶叠厚尺有咫;壁上美人、山水诸名迹,悬粘几无隙处。一声长呼,门外数十人,轰应如雷。细缨革靴者,皆乌集鹄立;受

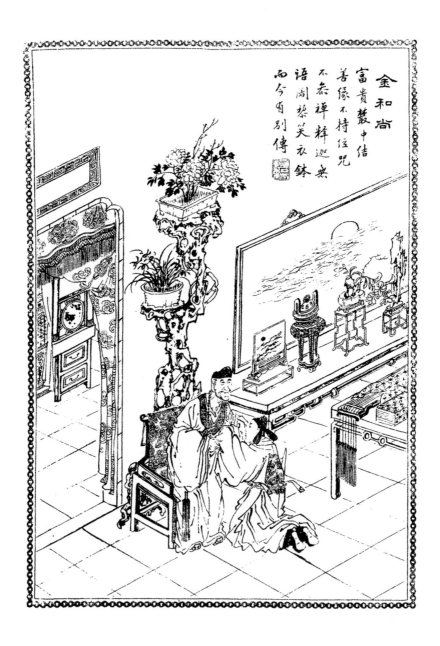

命皆掩口语,侧耳以听。客仓卒至,十余筵可咄嗟办,肥醴蒸薰,纷纷狼藉如雾霈。但不敢公然蓄歌妓;而狡童十数辈,皆慧黠能媚人,皂纱缠头,唱艳曲,听睹亦颇不恶。

金若一出,前后数十骑,腰弓矢相摩戛。奴辈呼之皆以"爷";即邑之人若民,或"祖"之、"伯""叔"之,不以"师",不以"上人",不以禅号也。其徒出,稍稍杀于金,而风鬃云辔,亦略于贵公子等。金又广结纳,即千里外呼吸亦可通,以此挟方面短长,偶气触之,辄惕自惧。而其为人,鄙不文,顶趾无雅骨。生平不奉一经,持一咒,迹不履寺院,室中亦未尝蓄铙鼓;此等物,门人辈弗及见,并弗及闻。

凡僦屋者,妇女浮丽如京都,脂泽金粉,皆取给于僧;僧亦不之靳,以故里中不田而农者以百数。时而恶佃决僧首瘗床下,亦不甚穷诘,但逐去之,其积习然也。

金又买异姓儿,私子之。延儒师,教帖括业。儿聪慧能文,因令入邑庠;旋援例作太学生;未几,赴北闱,领乡荐。由是金之名以"太公"噪。向之"爷"之者"太"之,膝席者皆垂手执儿孙礼。

无何,太公僧薨。孝廉衰绖卧苫块,北面称孤;诸门人释杖满床榻;而灵帏后嘤嘤细泣,惟孝廉夫人一而已。士大夫妇咸华妆来,搴帏吊唁,冠盖舆马塞道路。殡日,棚阁云连,旛幢翳日。殉葬刍灵,饰以金帛;舆盖仪仗数十事;马千匹,美人百袂,皆如生。方弼、方相,以纸壳制巨人,皂帕金铠;空中而横以木架,纳活人内负之行。设机转动,须眉飞舞;目光铄闪,如将叱咤。观者惊怪,或小儿女遥望之,辄啼走。冥宅壮丽如宫阙,楼阁房廊连垣数十亩,千门万户,入者迷不可出。祭品象物,多难指名。会葬者盖相摩,上自方面,皆伛偻入,起拜如朝仪;下至贡监簿史,则手据地以叩,不敢劳公子,劳诸师叔也。

当是时,倾国瞻仰,男女喘汗属于道;携妇襁儿,呼兄觅妹者声鼎沸。杂以鼓乐喧阗,百戏鞺鞳,人语都不可闻。观者自肩以下皆隐不见,惟万顶攒动而已。有孕妇痛急欲产,诸女伴张裙为幄,罗守之;但闻儿啼,不暇问雌雄,断幅绷怀中,或扶之,或曳之,蹩躠以去。奇观哉!葬后,以金所遗赀产,瓜分而二之:子一,门人一。孝廉得半,而居第之南、之北、之西东,尽缁党。然皆兄弟叙。痛痒犹相关云。

异史氏曰："此一派也,两宗未有,六祖无传,可谓独辟法门者矣。抑闻之:五蕴皆空,六尘不染,是谓'和尚';口中说法,座上参禅,是谓'和样';鞋香楚地,笠重吴天,是谓'和撞';鼓钲锽耾,笙管敖曹,是谓'和唱';狗苟钻缘,蝇营淫赌,是谓'和幛'。金也者,'尚'耶?'样'耶?'撞'耶?'唱'耶?抑地狱之'幛'耶?"

【评赏】

  这是一篇杰出的讽刺作品。篇幅不长,仅千字左右,但对光怪陆离的社会世相的刻画,对腐朽丑恶的社会风气的揭露,用笔峻刻,写得酣畅淋漓,无论就描写内容之丰富和反映的深度来看,都不能不令人惊叹。它所含蕴的社会内容和思想意义,都比字面上已经写出的要多得多,倘若得其意趣,依其间架,由一位有生活经验的小说高手来加以敷演发挥,完全可以铺展为一部中篇乃至长篇小说。然而蒲松龄奉献给读者的,仅仅是一篇浓缩度极高的精妙的小品。

  金和尚乃是畸形社会孕育出的一个怪胎。他是一个无赖"业种"(何守奇评语),父亲没有钱花,把他卖到庙里去当和尚,顽钝之质何能奉佛念经,他于是偷了本师死后的遗金去做买卖。对他经商的品性,作者以"饮羊、登垄,计最工"七字论定。靠了奸诈蒙骗手段,数年之间便成了巨富。作者对他的暴富过程略去不写,只作简括的交代,而着意写他暴富以后的种种情景。

  虽作小文章,作者的视野却很开阔,用笔挥洒而不拘谨。题目为《金和尚》,所写不单是一个金和尚,而是以金和尚为中心,映照众生世相,泛写世态人情,勾绘出恶浊社会的风俗画。一个无赖和尚而能在短短数年间变成一个暴发户,这已经是大奇之事;但更奇的是他暴富之后的奢侈、豪华、威势,以及各色人物对他的趋奉、巴结、畏惧。这后一方面正是作品描写的重点。

  作品对金和尚的富贵显赫作数层写。第一层,从大处落笔,写他已成为当地的一个封建大地主。田宅之多,为一方首富:"绕里膏田千百亩。里中起第数十处。"在这些宅第居住的有两种人:一种是依他为生、为他服务的"弟子",其数竟有千人之多,可以想见都是些跟他一样的泼皮无赖之徒；另一种是因家贫为他种地的世俗百姓。第二层，由粗而入细，写他居处陈设的豪华艳丽。居住的格局就颇有讲究：每一宅第入门，"四缭连屋"都是佃农所居，中间才是金和尚和众弟子的"僧舍"。而"僧舍"之华贵俨如宫殿：厅堂之上，梁楹几屏，金碧辉煌，晶光耀目；内寝之中，朱帘绣幕，雕床锦褥，兰麝溢香。具有讽刺意味的是，虽然其人"鄙不文，顶趾无雅骨"，却要故作风雅，"壁上美人、山水诸名迹，悬粘几无隙处"。而这种装出的"雅"，正好透露出那令人作呕的粗俗。第三层，又深入一步描写其日常生活。这一层又作数层写。一是写其役使之盛。"一声长呼，门外数十人，轰应如雷"，见其扈养之声威；"受命皆掩口语，侧耳以听"，见其言行之诡秘。没有直接叙及金和尚，而其人无赖暴发户面目已隐然可见。二是写其宴饮之盛。十余筵席，咄嗟可办，"肥醴蒸薰，纷纷狼藉"，见其食用之铺张奢侈。三是写其声色之盛。"不敢公然蓄歌妓"，却有狡童唱艳曲，见其生活之荒淫腐朽。四是写其随从之盛。金一出行，则"前后数十骑，腰弓矢相摩戛"，见其威势之烜赫。经此由粗而细、步步深入的四层描写，金和尚其人之富贵显赫、气势凌人的身份地位，及其粗鄙、腐朽、荒淫的精神品格，都已生动地勾画了出来。在此基础上，作者又以两种人对他的态度来作一收束，"奴辈呼之皆以'爷'"；而"邑之人若民"，也称之以"祖"或"伯、叔"，而不以"师""上人"或禅号呼之。如此敬畏，足见在人们心中他不是一个和尚，而是一个恶霸。接着又以其徒出行，华贵声威"亦略于贵公子等"加以点染，进一步烘托出他的富贵和威势。以上叙写，只取概括，不作细描，但形象却很鲜明。无一句直接写及金和尚，而又句句都能见出金和尚，可见作者艺术表现的高明。

接下去写金和尚的罪恶行径。同样不是采用直接具体描写的方法，而于概括的叙述和有关人物的态度中，让读者自己去想象。他结纳官府，"千里外呼吸亦可通"，连地方官偶然触犯了他，也感到惊忧畏惧，由此可以想见他威势之重，平日无恶不作。经咒铙鼓这类佛门常见常用之物，"门人辈弗及见，并弗及闻"，由此可以想见他跟以行善为宗旨的佛家风马牛不相及，而是一个披着和尚外衣专干坏事的恶徒。租居其宅第的有不少"浮丽如京都"的妇女，她们的金粉之费，"皆取给于僧"，这种"不田而农者"竟"以百数"，僧徒之淫纵肆无忌惮，由此可以想见金和尚平日不知奸污了多少妇女。佃户"决僧首"而埋于床下的，"亦不甚穷诘"，一逐了事，因为此种情况已司空见惯，习以为常，由此可以想见僧徒的强暴凶狠，致使被迫害者到了忍无可忍的程度，多次激起他们的反抗。这些十分简括的叙写，都有着极大的容量，含蕴着丰富的生活内容，每一点都可以启发人想象，耐人深思。

以上，分作数层，已从方方面面为读者勾绘出金和尚的形象。如果作者仅仅着眼于这一个人物，到此完全可以收笔。但作者的目光却由他散射到有关的诸色人物。不仅写他本人，还叙及他的儿子；不仅写他生前，还写到他的死后。这后半部分，实乃锦上添花之笔。

金为和尚，本无子，但他有钱，可以买一个"异姓儿"做儿子。金粗鄙不文，胸无点墨，本与功名无缘，但他有钱，可以延师教"子"，顺顺当当让他"入邑庠"，"作太学生"，直到考中举人。"子"获功名，荣及其"父"，身价顿增，由原来"祖""伯、叔"之称，而更改为"太公"，趋奉者纷纷，毕恭毕敬"垂手执儿孙礼"。

写金和尚死后事，手法与前稍异，作具体详尽的描绘，笔势铺张。缘经称孤的孝廉儿，"释杖满床榻"的众僧徒，"嘤嘤细泣"的孝廉夫人，"华妆"吊唁的士大夫妇，"伛偻"入拜的地方长官，"据地以叩"的贡监簿史，一一登场表演，丑态活现纸上。其间又极力渲染葬仪之气派风光，极尽铺张豪华之能事："棚阁云连，幡幢翳日"；殉葬之物都以金帛为饰；纸马千匹，美人数十，皆妆扎如生；尤为奇特的是为送葬开道的"方弼、方相"，精心制作，不特形态逼真，且"纳活人内负之行，设机转动，须眉飞舞"，酷似神灵现形；更有"冥宅壮丽如宫阙，楼阁房廊连垣数十亩，千门万户，入者迷不可出"。如此等等，不一而足。死后的铺张豪华，又进一步回映其生前的骄奢淫逸。对殡葬时"倾国瞻仰"的盛况，既有前面所指各类代表人物的特写镜头，又有面上气氛的烘托和点染：男女相属，喘汗于道，呼兄觅妹，人声鼎沸；"鼓乐喧阗，百戏鞺鞳"，震耳欲聋；摩肩接踵，"万顷攒动"。还有具体生动的细部描写:见恍若其神的"方弼、方相"而惊惧啼走的小儿女;看热闹的孕妇"痛急欲产",竟"张裙为幄",在女伴"罗守"之下,于人群中惶急生产,连是男是女都来不及分辨,赶忙扯下一块衣裙布包裹起来,扶曳而去。这样有点有面,有粗有细,既渲染了金和尚炙手可热的威势气焰,又刻画了社会上各色人物趋炎附势的卑劣面目。犹如一幅动态的漫画,围绕着金和尚,千奇百怪地展现在我们的面前。

这篇作品采用的是散文笔法,没有故事情节,也不重在刻画人物的性格,而是通过某种生活场景的描绘,以及有关事件的叙写,讽刺抨击社会上的丑恶人物和污浊的世风。对作为全篇中心的金和尚这个人物,未描其形,却绘其骨,并得其神。这种多取概括的手法,由于抓住并突出了这类人物的本质,同样取得了淋漓酣畅、入木三分的艺术效果,表现了一种冷峭隽永的讽刺特色。

如果说正文是一篇笔致冷峻的笔记,则篇末的"异氏史曰"堪称一篇短小精悍、犀利泼辣的杂文。作者扣住主人公的和尚身份、恶霸行径,以"独辟法门"四字论断其一生,含蓄深刻,意味无穷。然后又提出与佛门相关的五类人,妙称之为"和尚""和样""和撞""和唱""和幛",善善恶恶,囊括无遗。取名已属别致,更妙的是在列出五种名目之后,金究属何类,作者只提问而不作答,含而不露,引而不发,比之明确作答,判作某类,更加隽永有味,机趣横生,发人深思。

(周先慎)

细　　柳

细柳娘,中都之士人女也。或以其腰嫖袅可爱,戏呼之"细柳"云。柳少慧,解文字,喜读相人书。而生平简默,未尝言人臧否;但有问名者,必求一亲窥其人。阅人甚多,俱未可,而年十九矣。父母怒之曰:"天下迄无良匹,汝将以丫角老耶?"女曰:"我实欲以人胜天;顾久而不就,亦吾命也。今而后,请惟父母之命是听。"

时有高生者,世家名士,闻细柳之名,委禽焉。既醮,夫妇甚得。生前室遗孤,小字长福,时五岁,女抚养周至。女或归宁,福辄号啼从之,呵遣所不能止。年余,女产一子,名之长怙。生问名字之义,答言:"无他,但望其长依膝下耳。"女于女红疏略,常不留意;而于亩之东南,税之多寡,按籍而问,惟恐不详。久之,谓生曰:"家中事请置勿顾,待妾自为之,不知可当家否?"生如言,半载而家无废事,生亦贤之。

一日,生赴邻村饮酒,适有追逋赋者,打门而谇;遣奴慰之,弗去。乃趣童召生归。隶既去,生笑曰:"细柳,今始知慧女不若痴男耶?"女闻之,俯首而哭。生惊挽而劝之,女终不乐。生不忍以家政累之,仍欲自任,女又不肯。晨兴夜寐,经纪弥勤。每先一年,即储来岁之赋,以故终岁未尝见催租者一至其门;又以此法计衣食,由此用度益纾。于是生乃大喜,尝戏之曰:"细柳何细哉:眉细、腰细、凌波细,且喜心思更细。"女对曰:"高郎诚高矣:品高、志高、文字高,但愿寿数尤高。"

村中有货美材者,女不惜重直致之;价不能足,又多方乞贷于戚里。生以其不急之物,固止之,卒弗听。蓄之年余,富室有丧者,以倍贽赎诸其门。生因利而谋诸女,女不可。问其故,不语;再问之,荧荧欲涕。心异之,然不忍重拂焉,乃罢。又逾岁,生年二十有五,女禁不令远游;归稍晚,僮仆招请者,相属于道。于是同人咸戏谤之。一日,生如友人饮,觉体不快而归,至中途堕马,遂卒。时方溽暑,幸衣衾皆所夙备。里中始共服细娘智。

福年十岁,始学为文。父既殁,娇惰不肯读,辄亡去从牧儿遨。谯诃不改,继以夏楚,而顽冥如故。母无奈之,因呼而谕之曰:"既不愿读,亦复何能相强?但贫家无冗人,便更若衣,使与僮仆共操作。不然,鞭挞勿悔!"于是衣以败絮,使牧豕;归则自掇陶器,与诸仆啖饭粥。数日,苦之,泣跪庭下,愿仍读。母返身向壁,置不闻。不得已,执鞭啜泣而出。残秋向尽,桁无衣,足无履,冷雨沾濡,缩头如丐。里人见而怜之,纳继室者,皆引细娘为戒,啧有烦言。女亦稍稍闻之,而漠不为意。

福不堪其苦,弃豕逃去;女亦任之,殊不追问。积数月,乞食无所,憔悴自归;不敢遽入,哀求邻媪往白母。女曰:"若能受百杖,可来见;不然,早复去。"福闻之,骤入,痛哭愿受杖。母问:"今知改悔乎?"曰:"悔矣。"曰:"既知悔,无须挞楚,可安分牧豕,再犯不宥!"福大哭曰:"愿受百杖,请复读。"女不听。邻妪怂恿之,始纳焉。濯发授衣,令与弟祜同师。勤身锐虑,大异往昔,三年游泮。中丞杨公,见其文而器之,月给常廪,以助灯火。

祜最钝,读数年不能记姓名。母令弃卷而农。祜游闲惮于作苦。母怒曰:"四民各有本业,既不能读,又不能耕,宁不沟瘠死耶?"立杖之。由是率奴辈耕作,一朝晏起,则诟骂从之;而衣服饮食,母辄以美者归兄。祜虽不敢言,而心窃不能平。农工既毕,母出赀使学负贩。祜淫赌,入手丧败,诡托盗贼运数,以欺其母。母觉之,杖责濒死。福长跪哀乞,愿以身代,怒始解。自是一出门,母辄探察之。祜行稍敛,而非其心之所得已也。

一日,请母,将从诸贾入洛;实借远游,以快所欲,而中心惕惕,惟恐不遂所请。母闻之,殊无疑虑,即出碎金三十两,为之具装;末又以铤金一枚付之,曰:"此乃祖宦囊之遗,不可用去,聊以压装,备急可耳。且汝初学跋涉,亦不敢望重息,只此三十金得无亏负足矣。"临行又嘱之。

祜诺而出,欣欣意自得。至洛,谢绝客侣,宿名娼李姬之家。凡十余夕,散金渐尽。自以巨金在橐,初不意空匮在虑;及取而斫之,则伪金耳。大骇,失色。李媪见其状,冷语侵客。祜心不自安,然囊空无所向往,犹冀姬念夙好,不即绝之。俄有二人握索入,骤絷项领。惊惧不知所为。哀问其故,则姬已窃伪金去首公庭矣。至官,不能置辞,桎掠几死。收狱中,又无资斧,大为狱吏所虐,乞食于囚,苟延余息。

初,祜之行也,母谓福曰:"记取廿日后,当遣汝之洛。我事烦,恐忽忘之。"福请所谓,黯然欲悲,不敢复请而退。过二十日而问之。叹曰:"汝弟今日之浮荡,犹汝昔日之废学也。我不冒恶名,汝何以有今日?人皆谓我忍,但泪浮枕箦,而人不知耳!"因泣下。福侍立敬听,不敢研诘。泣已,乃曰:"汝弟荡心不死,故授之伪金以挫折之,今度已在缧绁中矣。中丞待汝厚,汝往求焉,可以脱其死难,而生其愧悔也。"福立刻而发。比入洛,则弟被逮三日矣。即狱中而望之,怙奄然面目如鬼,见兄涕不可仰。福亦哭。时福为中丞所宠异,故遐迩皆知其名。邑宰知为怙兄,急释之。

怙至家,犹恐母怒,膝行而前。母顾曰:"汝愿遂耶?"怙零涕不敢复作声,福亦同跪,母始叱之起。由是痛自悔,家中诸务,经理维勤;即偶惰,母亦不呵问之。凡数月,并不与言商贾,意欲自请而不敢,以意告兄。母闻而喜,并力质贷而付之,半载而息倍焉。是年,福秋捷,又三年登第;弟货殖累巨万矣。邑有客洛者,窥见太夫人,年四旬,犹若三十许人,而衣妆朴素,类常家云。

异史氏曰:"《黑心符》出,芦花变生,古与今如一丘之貉,良可哀也!或有避其谤者,又每矫枉过正,至坐视儿女之放纵而不一置问,其视虐遇者几何哉?独是日挞所生,而人不以为暴;施之异腹儿,则指摘从之矣。夫细柳固非独忍于前子也;然使所出贤,亦何能出此心以自白于天下?而乃不引嫌,不辞谤,卒使二子一贵一富,表表于世。此无论闺闼,当亦丈夫之铮铮者矣!"

【评赏】

本篇不涉怪异,纯为写实之作。细柳是一个奇女子,她的胸襟、器识、智慧,不仅在妇女中为出类拔萃,而且还大大超出于一般的须眉男子之上。作者在"异史氏曰"中赞颂说:"此无论闺闼,当亦丈夫之铮铮者矣!"以其所作所为而论,此赞语毫不夸张。在男尊女卑的封建时代,蒲松龄能创造出如此杰出的妇女形象,并给予如此热情的颂扬,他的妇女观实在是非常进步的。

小说虽写细柳"喜读相人书",后文的一些情节也扣住这一点写她能知天命(如预知丈夫短寿),不免带有宿命论色彩。但从全篇来看,就细柳这个形象的整体而论,其特点却在于不肯听天安命,而是充分发挥人的主观努力来改变生活命运。小说一开始就写她在婚姻问题上,多所选择,具有独立的眼光,对父母说:"我实欲以人胜天。"

"以人胜天"四字正是一篇纲领。看她理家教子,殚精竭虑,克服难以想象的重重困难,表现出一种惊人的回天之力。她不是封建社会中人们一般赞扬的那种温柔驯顺的贤妻良母型的妇女,而是一个进取的、富于创造精神、具有大丈夫气概的女中豪杰。她亦贤良,但不表现在严守妇德上,而是表现在大智、大勇、大识见、大气魄上。

小说突出地描写了细柳的智慧、器识和品德,三方面融合在一起,不可分割。但在艺术表现上前后各有侧重,略有不同。前半部分写她侍夫理家,着重表现她的智慧,从智慧中又同时可以看出她的器识和品德;后半部分写她教子成材,着重表现她的品德,从品德中又同时可以看出她的智慧和器识。

在封建时代,一般的家庭都是丈夫当家,妇女只是侍候翁姑、丈夫,料理衣食、祭祀,即所谓"奉蒸尝"。但细柳不安于这种地位。男人能干的她也要干,而且能干得很好。生子之后,由她命名,丈夫反而问她取名之义,这在旧时代是极为罕见的。对"女红""常不留意",而对一般由男子操持过问的"亩之东南,税之多寡"一类事情却十分关心,"按籍而问,惟恐不详"。她总揽了家政大事,不是为了向丈夫争权利,而是为了让丈夫省心省力,也为了表现并肯定自己有同男人一样的才力心智,因而得到了丈夫的理解和支持。当家半载,"家无废事",一切治理得井井有条,故"生亦贤之"。偶因催赋的隶卒打门而遣不去,便将在邻村饮酒的丈夫叫了回来,丈夫在打发隶卒走后开玩笑说:"今始知慧女不若痴男耶?"虽出诸戏言,并且语气亦十分亲切,但因触动了她要跟男子争智力平等的自尊心,因而十分难过,"俯首而哭",虽经丈夫"惊挽而劝",亦"终不乐"。丈夫怕她受累,仍想自理家政,她又不肯。她的持家之法,一曰勤,一曰俭。勤是勤劳,"晨兴夜寐,经纪弥勤";俭是省俭,量入为出,细心安排。以此,终岁不见有登门催租者,家常用度也日觉宽裕。理家有道,阖家康宁,丈夫"大喜",小夫妻日子过得十分欢畅和美。篇中以二人戏对略作点染,烘托出家中祥和幸福的气氛。丈夫戏出上联:"细柳何细哉:眉细、腰细、凌波细,且喜心思更细。"女迅即对曰:"高郎诚高矣:品高、志高、文字高,但愿寿数尤高。"活泼生动,严谨工整,风趣幽默,妙不可言。

这一妙对既表现了夫妻二人深挚的情爱,又表现了细柳超人的才智。

写细柳之智,另一个重要情节是写她为丈夫准备棺材。这在开篇"喜读相人书"五字即已伏脉。因她知丈夫将不永年,故于各方面早作准备、安排。代夫理家即已微露此意,但主要还是表现她不弱于男子的过人才智。而备棺一事,除了表现细柳善作安排这一点外,主要强调的是她知命术,能预测人生死祸福。这样写,带有浓重的宿命论色彩,将细柳的智慧降低到一个算命婆子的水平,反而有损人物的美好形象。

真正使人物大放光彩的,是后半部分写她训子。细柳在婚姻上千挑百选,结果甘作继室,并选定一个短命丈夫,早成寡妇。这样的选择令人殊不可解。这大约又跟她读相人书有关,也属命中注定。但从艺术表现来看,则继室、寡妇的身份地位,便将人物推到一种十分艰难困窘的境地,以此更能表现出她的大智大勇、大贤大德。

丈夫一死,一个寡妇要独立支撑门户,其艰难不难想见。但理家不在话下,前已有事实证明。最难的是在教子。而教子之难,又不在稚子不明事理、不服管教,而难在后母难当。后母的难当,又难在历来声誉不好,似乎古今后母的心都是黑的,对遗子亲儿,稍有不公,便众论汹汹,啧有烦言。细柳遇到的最尖锐的考验就是这个问题,除了两个儿子都冥顽难教以外,她还要承受住历史上长期形成的对后母偏见的舆论压力。但她真是教子有方,才智超群,敢想敢管,敢做敢当,终于历尽艰辛,教子成材,不仅自己赢得很高的评价,也为天下后母树立了光辉的榜样,洗刷了不好的名声。

作者从细柳对两个儿子的态度作对比描写。先写她对福儿的态度。前面写她初婚时已作交代,福为"前室遗孤",但细柳对他"抚养周至",福儿因此亦十分依恋细柳,"或归宁,福辄号啼从之,呵遣所不能止"。这已为后文写她对福儿的管教预提一笔。福儿的问题是父亲死后"娇惰不肯读"。她先是采用一般做父母的常法:加以"谯诃",不改,"继以夏楚",再不改,即无可奈何。她于是采用了一种异于常规常理的做法,顺其不喜读书而喜"从牧儿遨"的习性,使他与"僮仆共操作","于是,衣以败絮,使牧豕;归则自掇陶器,与诸仆啖饭粥"。

此法甚灵,儿数日即不堪其苦,"泣跪庭下,愿仍读"。如果此时细柳即免其劳苦,准其就读,则还不能充分显出她的高明,福儿也不会真的就此转变。接下去写她的态度真是大出人所料:"母返身向壁,置不闻。"这种冷漠不理的态度已属忍情,还有更忍者,"残秋向尽"之际,福儿竟"无衣""无履","冷雨沾濡,缩头如丐"。如此便引来邻里的责难,"纳继室者,皆引细柳为戒",简直成了一个黑心后娘的典型。此时"女亦稍稍闻之,而漠不为意"。她隐忍受辱,坚定不移,表现出杰出的胸襟识见。接下去更有不凡之举:"福不堪其苦,弃豕逃去,女亦任之,殊不追问"。放任之实为管束之,直到他数月之后,"乞食无所,憔悴自归",甘受百杖而愧悔,细柳才让他回家;但亦只准其"安分牧豕",而不准其"复读";在福儿大哭恳请,邻姬劝说的情况下,才最后"濯发授衣,令与弟怙同师"。"置之死地而后生"(但明伦评语),以此狠心妙法,终于使福儿彻底悔悟,从此"勤身锐虑,大异往昔"。

亲生儿长怙是另一种习性,采用的仍是"置之死地而后生",但具体做法又有不同。他愚钝不能读书,务农而又"惮于作苦"。细柳在诟骂挞楚之外,"衣服饮食","辄以美者归兄"。使学负贩,又"淫赌"成性,"入手丧败"。于是细柳佯装不知,利用他入洛远游的机会,授以伪金,致使获罪入狱,"为狱吏所虐,乞食于囚,苟延余息"。较之福儿的流浪行乞,更为惨苦。置之死难之境而"生其愧悔"之心,终于改掉了他的"浮荡"之习,"家中诸务,经理维勤"。而在他痛自悔愧之后。即偶有懈惰,亦不再加呵责。该严时严,该宽时宽,各得其宜,最有法度。最后在细柳的严教之下,福儿登第,获取功名,怙儿经商,"殖累巨万","二子一贵一富,表表于世"。

作者不仅以其教子之严之巧,写其智慧品德,而且从大痛大忍中写出她感人肺腑的一片慈母之心。她的难处在于,既然要"置之死地而后生",就必须心狠手狠,必须将她的爱深藏心底,以有情作无情。而她的难处正是她的不凡处:没有远见,或虽有远见而感情脆弱、缺少坚毅性格的人,都是做不到的。当福儿"泣跪庭下"哀请复读时,细柳"返身向壁,置不闻"。在极冷漠的态度中包含着极热烈的爱心,只是时机未到,这爱心不能公开表现出来。稍一心软,就可能前功尽弃。故但明伦于此加评云:"返身向壁时,泪湿衣襟矣。"亲生儿入狱,细柳自是十分哀痛,但却出于她的精心安排。她遣福儿赴洛救怙时,才忍不住讲出她以坚韧不拔的精神长期深藏不露的一片爱心和难言的悲苦:"汝弟今日之浮荡,犹汝昔日之废学也。我不冒恶名,汝何以有今日?人皆谓我忍,但泪浮枕簟,而人不知耳!"这几句话,不仅见出她"齐家治国大经济,整躬接物大学问"(冯镇峦评语),而且见出人间最深挚最伟大的母爱。身为后母而能对前子亲子一视同仁,"不引嫌","不辞谤",甘冒恶名,隐忍受辱,历尽千辛万苦而终于教子成才。其心何苦!其爱何深!其德何高!读此数语,当令天下不肖子泫然泣下,幡然知悔。

(周先慎)

梦　狼

白翁,直隶人。长子甲,筮仕南服,三年无耗。适有瓜葛丁姓造谒,翁款之。丁素走无常。谈次,翁辄问以冥事,丁对语涉幻;翁不深信,但微哂之。

别后数日,翁方卧,见丁又来,邀与同游。从之去,入一城阙。移时,丁指一门曰:"此间君家甥也。"时翁有姊子为晋令,讶曰:"乌在此?"丁曰:"倘不信,入便知之。"翁入,果见甥,蝉冠豸绣坐堂上,戟幢行列,无人可通。

丁曳之出,曰:"公子衙署,去此不远,亦愿见之否?"翁诺。少间,至一第,丁曰:"入之。"窥其门,见一巨狼当道,大惧,不敢进。丁又曰:"入之。"又入一门,见堂上、堂下。坐者、卧者,皆狼也。又视墀中,白骨如山,益惧。丁乃以身翼翁而进。公子甲,方自内出,见父及丁良喜。少坐,唤侍者治肴蔌。忽一巨狼,衔死人入。翁战惕而起,曰:"此胡为者?"甲曰:"聊充庖厨。"翁急止之。心怔忡不宁,辞欲出,而群狼阻道。

进退方无所主，忽见诸狼纷然嗥避，或窜床下，或伏几底。错愕不解其故。俄有两金甲猛士努目入，出黑索索甲。甲扑地化为虎，牙齿巉巉。一人出利剑，欲枭其首。一人曰："且勿，且勿，此明年四月间事，不如姑敲齿去。"乃出巨锤锤齿，齿零落堕地。虎大吼，声震山岳。翁大惧，忽醒，乃知其梦。心异之，遣人招丁，丁辞不至。

翁志其梦，使次子诣甲，函戒哀切。既至，见兄门齿尽脱；骇而问之，则醉中坠马所折。考其时，则父梦之日也。益骇。出父书。甲读之变色，为间曰："此幻梦之适符耳，何足怪。"时方赂当路者，得首荐，故不以妖梦为意。弟居数日，见其蠹役满堂，纳贿关说者，中夜不绝，流涕谏止之。甲曰："弟日居衡茅，故不知仕途之关窍耳。黜陟之权，在上台不在百姓。上台喜，便是好官；爱百姓，何术能令上台喜也？"弟知不可劝止，遂归，告父。翁闻之大哭。无可如何，惟捐家济贫，日祷于神，但求逆子之报，不累妻孥。

次年，报甲以荐举作吏部，贺者盈门；翁惟欷歔，伏枕托疾不出。未几，闻子归途遇寇，主仆殒命。翁乃起，谓人曰："鬼神之怒，止及其身，祐我家者不可谓不厚也。"因焚香而报谢之。慰藉翁者，咸以为道路讹传，惟翁则深信不疑，刻日为之营兆。而甲固未死。

先是，四月间，甲解任，甫离境，即遭寇，甲倾装以献之。诸寇曰："我等来，为一邑之民泄冤愤耳，宁专为此哉！"遂决其首。又问家人："有司大成者，谁是？"——司故甲之腹心，助纣为虐者。——家人共指之。贼亦杀之。更有蠹役四人，甲聚敛臣也，将携入都。——并搜决讫，始分赀入囊，驾驰而去。甲魂伏道旁，见一宰官过，问："杀者何人？"前驱者曰："某县白知县也。"宰官曰："此白某之子，不宜使老后见此凶惨，宜续其头。"即有一人掇头置腔上，曰："邪人不宜使正，以肩承颔可也。"遂去。移时复苏。妻子往收其尸，见有余息，载之以行；从容灌之，亦受饮。但寄旅邸，贫不能归。半年许，翁始得确耗，遣次子致之而归。甲虽复生，而目能自顾其背，不复齿人数矣。翁姊子有政声，是年行取为御史，悉符所梦。

异史氏曰："窃叹天下之官虎而吏狼者，比比也。即官不为虎，而

梦 狼

吏且将为狼,况有猛于虎者耶! 夫人患不能自顾其后耳;苏而使之自顾,鬼神之教微矣哉!"

邹平李进士匡九,居官颇廉明。常有富民为人罗织,门役吓之曰:"官索汝二百金,宜速办;不然,败矣!"富民惧,诺备半数。役摇手不可。富民苦哀之,役曰:"我无不极力,但恐不允耳。待听鞫时,汝目睹我为若白之,其允与否,亦可明我意之无他也。"少间,公按是事。役知李戒烟,近问:"饮烟否?"李摇其首。役即趋下曰:"适言其数,官摇首不许,汝见之耶?"富民信之,惧,许如数。役知李嗜茶,近问:"饮茶否?"李颔之。役托烹茶,趋下曰:"谐矣! 适首肯,汝见之耶?"既而审结,富民果获免,役即收其苞苴,且索谢金。呜呼! 官自以为廉,而骂其贪者载道焉,此又纵狼而不自知者矣。世之如此类者更多,可为居官者备一鉴也。

又邑宰杨公,性刚鲠,撄其怒者必死。尤恶隶皂,小过不宥。每凛坐堂上,胥吏之属,无敢咳者。此属间有所白,必反而用之。适有邑人犯重罪,惧死。一吏索重赂,为之缓颊。邑人不信,且曰:"若能之,我何靳报焉。"乃与要盟。少顷,公鞫是事。邑人不肯服。吏在侧呵语曰:"不速实供,大人械梏死矣!"公怒曰:"何知我必械梏之耶? 想其赂未到耳。"遂责吏,释邑人。邑人乃以百金报吏。要知狼诈多端,少失觉察,即为所用,正不止肆其爪牙以食人于乡而已也。此辈败我阴骘,甚至丧我身家。不知居官者作何心腑,偏要以赤子饲麻胡也!

【评赏】

小说作品,有的以隽永、深婉取胜,有的以强烈、鲜明动人。《梦狼》属于后者。作者利用鬼神迷信之说,先使贪官之父梦入其子冥中衙署,展示一个满堂皆狼、"白骨如山"的可怕场景,让人读了触目惊心。其中又特写狼衔死人"聊充庖厨"的细节,使这一场景色彩更鲜明、效果更强烈,隐喻现实官场的思想意图昭然若揭。小说主人公白知县化作"牙齿巉巉"的猛虎,作品却不题"梦虎",而题"梦狼",可见作者何等重视上述场景。它不仅切合题目,也是内容的核心,作品的主题,虽然用笔不多,却给人留下深刻的印象,以隐喻之法明白地显示出封建官府"蠹役满堂"、鱼肉百姓的反动本质。

古人很早就以猛虎比喻贪官与苛政。《礼记·檀弓》有这样一则寓言:孔子出游,经过泰山,见一妇人在坟前痛哭。问其原因,妇人说:她的舅父、丈夫都"死于虎",如今儿子又被虎吃了。孔子问她为什么不离开这个地方,她说这里"无苛政"。孔子因而大发感慨,道出"苛政猛于虎"的名言。南朝祖冲之的《述异记》载有一则民间传说:汉宣城太守封邵忽化为虎,吃本郡之民,当时因而流传这样的话:"无作封使君,生不治民死食民。"这大约是最早用幻异的形式把贪官写成猛虎的作品,既含蓄,又凝练,构思新巧,寓意深刻。但描写还很简单、粗糙。《梦狼》是这类故事的艺术发展。它创造的官衙虎狼图更细致、更完整,内容具体,形象逼真,具有更强的隐喻性和感染力。

本篇还用一定篇幅描述贪官白甲的现实情事:行贿于上,纳贿于下,宣扬他讨好上司、不爱百姓的做官诀窍。这种诀窍反映了许许多多封建官吏的真实心理,也是官虎吏狼的现实体现。随即又写他升官入都,在路上被"诸寇"截杀之事。这与《续黄粱》中曾孝廉在梦里的同类遭际如出一辙。但那篇是幻,本篇是真。这种处理和描写表现出作者对贪官污吏的深切痛恨,同时也显出蒲松龄在官官相护,无可奈何的情况下,不得不把清除贪官、为民"泄冤愤"的希望寄托在造反为"寇"的百姓身上。这虽然并不表明这位古典作家拥护、赞成起义的"寇""盗",但至少表现了后者的某种正义性,赞赏了他们为民除害的主张和行动。这对一位封建社会的儒生来说还是难能可贵的。

作品的内容被置于因果报应、神道迷信的框架中,恶有恶报,善有善报,天理昭彰,鬼神可托。这不仅是作者观念的局限,也有损作品的思想深度与艺术价值。但也有其艺术功用。前面以冥间异梦构成虎狼世界自不必说,便是后面借助白翁积德使白甲复生,造成主人公"以肩承颔","能自顾其背"的可笑形象,也具有微妙的讽喻性,即让贪官"自顾其背"的可耻下场。这种所谓"鬼神之教",实际上是作者之教,不过假借鬼神的形式罢了。

《聊斋》的"异史氏曰"近二百则,情况多种多样。以议论为主,但许多不是纯议论,既有激昂慷慨的抒情,也有令人会心而笑的讽刺与幽默。本篇"异史氏曰"虽然不长,却包含上述多种成分,前两句满怀愤慨,痛斥官场,一针见血地指出"天下之官虎而吏狼者,比比也",指出当时社会官贪吏虐的普遍性。既是议论,又是抒情;既是慨叹,又是疾呼,有振聋发聩的作用和力量。后两句就白甲歪头,"能自顾其背"含笑而论,点出寓意,富于幽默感。

蒲松龄对害民的衙役、小吏深恶痛绝。《伍秋月》的"异史氏曰"甚至说:"余欲上言定律:凡杀公役者罪减平人三等。盖此辈无有不可杀者也!"这话似乎有些偏激,其实是从经验、感受中产生的憎恶之情的强烈表现,与广大群众所说的"车船店脚衙,无罪也该杀"的俗语恰好相合。本篇正文将吏役比狼,形象已很突出;在"诸寇"截杀白甲一场,又特写杀其腹心司大成和四个蠹役,严惩助纣为虐之徒。此后,不仅在"异史氏曰"中写下"即官不为虎,而吏且将为狼"的话,还特地写了两篇附则加以证实。这就使抨击吏役的内容在全篇中占有相当突出的位置,构成作品思想结构一个重要组成部分。

两篇附则都是短小精悍的佳作,虽只写了一吏一役,却把一般吏役"狼诈多端"的本性充分显示出来,而且写得笔歌墨舞,神采飞动,仿佛有千百吏役在作者笔下,有很强的典型性和生动性。不仅如此,两者还同时写出两个"纵狼而不自知"的"廉明""刚鲠"之官。其实,"廉明"的李匡九是廉而不明,刚鲠的杨公是刚愎自用。由于各有自己的弱点,遂被猾吏蠹役玩弄、利用,是两个虽不可恶却很可笑的人物形象,也是其时"父母官"的一种类型和一面镜子。正如署名者岛的胡泉在篇末总评中说的:"《梦狼》一则写官虎吏狼,固足以警觉贪墨;此二附录,居官者尤不可不知也,字字金丹,能勿宝诸!"还有,正文是寓意之作,而且采取神话幻想的形式;附则是写实之笔,而且近乎生活素描,读来更觉真实、亲切,从这方面说,也是正文的重要补充。

(马振方)

夏　雪

丁亥年七月初六日，苏州大雪。百姓皇骇，共祷诸大王之庙。大王忽附人而言曰："如今称老爷者，皆增一大字；其以我神为小，消不得一大字耶？"众悚然，齐呼"大老爷"，雪立止。由此观之，神亦喜谄，宜乎治下部者之得车多矣。

异史氏曰："世风之变也，下者益谄，上者益骄。即康熙四十余年中，称谓之不古，甚可笑也。举人称爷，二十年始；进士称老爷，三十年始；司、院称大老爷，二十五年始。昔者大令谒中丞，亦不过老大人而止；今则此称久废矣。即有君子，亦素谄媚行乎谄媚，莫敢有异词也。若缙绅之妻呼太太，裁数年耳。昔惟缙绅之母，始有此称；以妻而得此称者，惟淫史中有乔林耳，他未之见也。唐时，上欲加张说大学士。说辞曰：'学士从无大名，臣不敢称。'今之大，谁大之？初由于小人之谄，而因得贵倨者之悦，居之不疑，而纷纷者遂遍天下矣。窃意数年以后，称爷者必进而老，称老者必进而大，但不知大上造何尊称？匪夷所思已！"

丁亥年六月初三日，河南归德府大雪尺余，禾皆冻死，惜乎其未知媚大王之术也。悲夫！

【评赏】

《聊斋志异》中有一批特别讲求构思艺术的微型小说，《夏雪》就是其中之一。盛夏降雪，偶有其事，天气反常，不足为怪。当时百姓信神靠天，聚众祈祷在所难免。作者忽动灵思，天开异想，将它与全不相干的官绅称谓联系起来，假借大王神之口抨击其时"下者益谄，上者益骄"的恶劣世风，并创造一个"神亦喜谄"的可笑形象，使讽刺更加风趣、有力。而故事正文只有六十六字（不含标点），意象新奇，

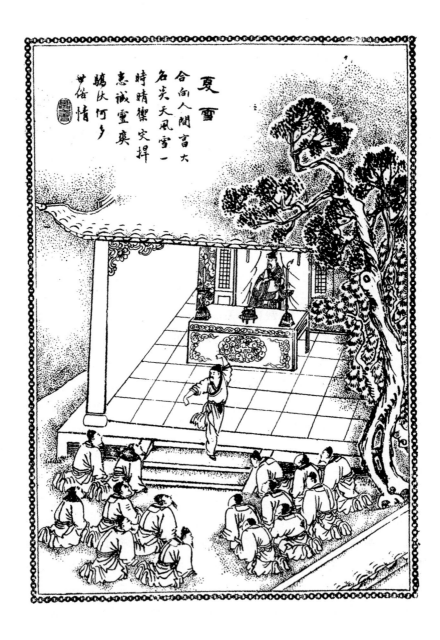

韵味隽永,思想结构与形象结构妙合无间,是微型小说的艺术精品。

本篇"异史氏曰"约当正文篇幅的三倍,可作一篇短小精悍的杂文来读。这里的丁亥年即康熙四十六年(1707),蒲松龄已经六十六岁,可谓饱经人世沧桑,由于大半生出入科场,坐馆教书,有机会接触官僚、士绅,对几十年来官绅称谓之变化了如指掌,又十分厌恶,因而一一开列出来,向读者展览,并同古人作比照,慨叹世风日下,"称谓之不古"。结尾以幽默的笔调推测将来,极尽发挥、嘲讽之能事。再后又随笔列出同年六月河南归德府大雪坏稼之事,惜其"未知媚大王之术"。如此不拘一格,笔歌墨舞,嬉笑怒骂皆成文章。与正文内容互补,相得益彰;形式不同,相辅相成。

(马振方)

盗　户

顺治间,滕、峄之区,十人而七盗,官不敢捕。后受抚,邑宰别之为"盗户"。凡值与良民争,则曲意左袒之,盖恐其复叛也。后讼者辄冒称盗户,而怨家则力攻其伪;每两造具陈,曲直且置不辨,而先以盗之真伪,反复相苦,烦有司稽籍焉。适官署多狐,宰有女为所惑,聘术士来,符捉入瓶,将炽以火。狐在瓶内大呼曰:"我盗户也!"闻者无不匿笑。

异史氏曰:"今有明火劫人者,官不以为盗而以为奸;逾墙行淫者,每不自认奸而自认盗;世局又一变矣。设今日官署有狐,亦必大呼曰'吾盗'无疑也。"

章丘漕粮徭役,以及征收火耗,小民常数倍于绅衿,故有田者争求托焉。虽于国课无伤,而实于官囊有损。邑令钟,牒请厘弊,得可。初使自首;既而奸民以此要士,数十年鬻去之产,皆诬托诡挂,以讼售主。令悉左袒之,故良懦多丧其产。有李生,亦

为某甲所讼,同赴质审。甲呼之"秀才";李厉声争辩,不居秀才之名。喧不已。令诘左右,共指为真秀才。令问:"何故不承?"李曰:"秀才且置高阁,待争地后,再作之不晚也。"噫!以盗之名,则争冒之;秀才之名,则争辞之:变异矣哉!有人投匿名状云:"告状人原壤,为抗法吞产事:身以年老不能当差,有负郭田五十亩,于隐公元年,暂挂恶衿颜渊名下。今功令森严,理合自首。讵恶久假不归,霸为己有。身往理说,被伊师率恶党七十二人,毒杖交加,伤残胫股;又将身锁置陋巷,日给箪食瓢饮,囚饿几死。互乡地证,叩乞革顶严究,俾血产归主,上告。"此可以继柳跖之告夷齐矣。

【评赏】

在封建时代,盗有两种。一是有政治要求的起义农民,被统治者诬称为盗;一是打家劫舍,抢劫或偷盗他人财物者,这是一般意义上的盗。本篇所写的盗当属前者。时当顺治初年,山东南部滕、峄地区爆发一起农民起义,声势很大,以至"十人而七盗",官不敢捕,只能采取招抚的办法,列为合法的"盗户"。本篇所写的这种事实本身就是对统治者虚弱无力的暴露和讽刺。随后又进一层,写盗户"与良民争",官则"曲意左袒之",原因是"恐其复叛"。再后更进一层,讼者冒充盗户,怨家力攻其伪,是非曲直且不论,先辨别盗户之真伪。别林斯基说:"喜剧的要素是生活现象和生活实质、生活目的之间的矛盾。"(《诗的分类和分型》)从实质来说,官与盗应该对立;从现象来说,官却偏袒盗户。现象与实质之间发生反差强烈的悖谬。小说用冷峻的笔调,集中、紧凑地罗列出这些不协调的景象,产生出极大的讽刺效果。

以上是用写实的方法。为了增强效果,作者笔锋一转,语涉荒诞,设想出一个迷惑官宰女儿的狐妖,被捉到瓶中也大呼"我盗户也"。这是神奇的夸张,更尖锐地揭示了现实的荒唐,出人意表又曲藏深意,既是生动的幽默,又是愤怒的讽刺。

"异史氏曰"的几句话,愤世嫉俗溢于言表,剖析世情鞭辟入里。

但是就全篇来说，未尝不可有可无。倒是附载二事，入木三分地讽喻了现实。

秀才的本意是才能突出之人。在明清时代，用以称呼府、州、县学的生员。这是读书人自以为荣的称呼。在某甲与李生诉讼田产事件中，秀才之称本无关大局，但是作者掉转笔锋，专在秀才之称上做文章。盗户是辱称，偏有人力争；秀才是荣称，却有人力辞。这一争一辞，前后映照，尖锐泼辣地揭示了现实的荒唐。托田避役以及诬托诡挂本是严肃重大的事件，但是作者妙用细笔点染，仅用李生申明"秀才且置高阁"，就将其中"无价值的撕破给人看"（鲁迅），超越事件的本身，揭示了现实的荒谬悖理。

再下又附一匿名状，设想原壤讼告颜渊以至孔子，将庄严的古人古事变形夸大，敷演情节，造成以今拟古又反差错位的效果，令人忍俊不禁。褚人获的《坚瓠集》曾记载明代告海瑞匿名状，曲说大盗柳跖告伯夷兄弟霸占田产，本篇可能由此联想，生发出来。虽然都是讽喻恶人先告状，但是告海瑞状为史家实录，显示的是一场尖锐的政治斗争。本篇则为艺术夸张，极尽嬉笑怒骂之能事，与《盗户》中各节相映衬，喜剧意味更加浓郁。

（禹克坤）

司 文 郎

平阳王平子，赴试北闱，赁居报国寺。寺中有余杭生先在，王以比屋居，投刺焉。生不之答。朝夕遇之，多无状。王怒其狂悖，交往遂绝。

一日，有少年游寺中，白服裙帽，望之傀然。近与接谈，言语谐妙，心爱敬之。展问邦族，云："登州宋姓。"因命苍头设座，相对噱谈。余杭生适过，共起逊坐。生居然上座，更不执挹。卒然问宋："尔亦入闱者耶?"答曰:"非也。驽骀之才,无志腾骧久矣。"又问:"何省?"宋告之。生曰:"竟不进取,足知高明。山左、右并无一字通者。"宋曰:"北人固少通者,而不通者未必是小生;南人固多通者,然通者亦未必是足下。"言已,鼓掌。王和之,因而哄堂。生惭忿,轩眉攘腕而大言曰:"敢当前命题,一校文艺乎?"宋他顾而哂曰:"有何不敢!"便趋寓所,出经授王。王随手一翻,指曰:"'阙党童子将命。'"生起,求笔札。宋曳之曰:"口占可也。我破已成:'于宾客往来之地,而见一无所知之人焉。'"王捧腹大笑。生怒曰:"全不能文,徒事嫚骂,何以为人!"王力为排难,请另命佳题。又翻曰:"'殷有三仁焉。'"宋立应曰:"三子者不同道,其趋一也。夫一者何也?曰:仁也。君子亦仁而已矣,何必同?"生遂不作,起曰:"其为人也小有才。"遂去。

　　王以此益重宋。邀入寓室,款言移晷,尽出所作质宋。宋流览绝疾,逾刻已尽百首,曰:"君亦沉深于此道者?然命笔时,无求必得之念,而尚有冀幸得之心,即此已落下乘。"遂取阅过者一一诠说。王大悦,师事之;使庖人以蔗糖作水角。宋啖而甘之,曰:"生平未解此味,烦异日更一作也。"从此相得甚欢。宋三五日辄一至,王必为之设水角焉。余杭生时一遇之,虽不甚倾谈,而傲睨之气顿减。

　　一日,以窗艺示宋。宋见诸友圈赞已浓,目一过,推置案头,不作一语。生疑其未阅,复请之。答已览竟。生又疑其不解。宋曰:"有何难解?但不佳耳!"生曰:"一览丹黄,何知不佳?"宋便诵其文,如夙读者,且诵且訾。生跼蹐汗流,不言而去。移时,宋去;生入,坚请王作。王拒之。生强搜得,见文多圈点,笑曰:"此大似水角子!"王故朴讷,觍然而已。次日,宋至,王具以告。宋怒曰:"我谓'南人不复反矣',伧楚何敢乃尔!必当有以报之!"王力陈轻薄之戒以劝之,宋深感佩。

　　既而场后,以文示宋,宋颇相许。偶与涉历殿阁,见一瞽僧坐廊下,设药卖医。宋讶曰:"此奇人也!最能知文,不可不一请教。"因命归寓取文。遇余杭生,遂与俱来。王呼师而参之。僧疑其问医者,便诘症候。王具白请教之意。僧笑曰:"是谁多口?无目何以论文?"王请以耳代目。僧曰:"三作两千余言,谁耐久听!不如焚之,我视以鼻可也。"王从之。每焚一作,僧嗅而颔之曰:"君初法大家,虽未逼真,

亦近似矣。我适受之以脾。"问："可中否'？"曰："亦中得。"余杭生未深信，先以古大家文烧试之。僧再嗅曰："妙哉！此文我心受之矣，非归、胡何解办此！"生大骇，始焚己作。僧曰："适领一艺，未窥全豹，何忽另易一人来也？"生托言："朋友之作，止彼一首；此乃小生作也。"僧嗅其余灰，咳逆数声，曰："勿再投矣！格格而不能下，强受之以膈；再焚，则作恶矣。"生惭而退。

数日榜放，生竟领荐；王下第。宋与王走告僧。僧叹曰："仆虽盲于目，而不盲于鼻；帘中人并鼻盲矣。"俄余杭生至，意气发舒，曰："盲和尚，汝亦啖人水角耶？今竟何如？"僧曰："我所论者文耳，不谋与君论命。君试寻诸试官之文，各取一首焚之，我便知孰为尔师。"生与王并搜之，止得八九人。生曰："如有舛错，以何为罚？"僧愤曰："剜我盲瞳去！"生焚之，每一首，都言非是；至第六篇，忽向壁大呕，下气如雷。众皆粲然。僧拭目向生曰："此真汝师也！初不知而骤嗅之，刺于鼻，棘于腹，膀胱所不能容，直自下部出矣！"生大怒，去，曰："明日自见，勿悔，勿悔！"越二三日，竟不至，视之，已移去矣。乃知即某门生也。

宋慰王曰："凡吾辈读书人，不当尤人，但当克己：不尤人则德益弘，能克己则学益进。当前蹉落，固是数之不偶；平心而论，文亦未便登峰，其由此砥砺，天下自有不盲之人。"王肃然起敬。又闻次年再行乡试，遂不归，止而受教。宋曰："都中薪桂米珠，勿忧资斧。舍后有窖镪，可以发用。"即示之处。王谢曰："昔窦、范贫而能廉，今某幸能自给，敢自污乎？"

王一日醉眠，仆及庖人窃发之。王忽觉，闻舍后有声；窃出，则金堆地上。情见事露，并相慑伏。方诃责间，见有金爵，类多镌款，审视，皆大父字讳。盖王祖曾为南部郎，入都寓此，暴病而卒，金其所遗也。王乃喜，秤得金八百余两。明日告宋，且示之爵，欲与瓜分，固辞乃已。以百金往赠瞽僧，僧已去。

积数月，敦习益苦。及试，宋曰："此战不捷，始真是命矣！"

俄以犯规被黜。王尚无言；宋大哭，不能止。王反慰解之。宋曰："仆为造物所忌，困顿至于终身，今又累及良友。其命也夫！其命也夫！"王曰："万事固有数在。如先生乃无志进取，非命也。"宋拭泪曰："久欲有言,恐相惊怪。某非生人,乃飘泊之游魂也。少负才名,不得志于场屋。佯狂至都,冀得知我者,传诸著作。甲申之年,竟罹于难,岁岁飘蓬。幸相知爱,故极力为'他山'之攻,生平未酬之愿,实欲借良朋一快之耳。今文字之厄若此,谁复能漠然哉!"王亦感泣,问:"何淹滞?"曰:"去年上帝有命,委宣圣及阎罗王核查劫鬼,上者备诸曹任用,余者即俾转轮。贱名已录,所未投到者,欲一见飞黄之快耳。今请别矣!"王问:"所考何职?"曰:"梓潼府中缺一司文郎,暂令聋僮署篆,文运所以颠倒。万一幸得此秩,当使圣教昌明。"

明日,忻忻而至,曰:"愿遂矣!宣圣命作《性道论》,视之色喜,谓可司文。阎罗稽簿,欲以'口孽'见弃。宣圣争之,乃得就。某伏谢已,又呼近案下,嘱云:'今以怜才,拔充清要;宜洗心供职,勿蹈前愆。'此可知冥中重德行更甚于文学也。君必修行未至,但积善勿懈可耳。"王曰:"果尔,余杭其德行何在?"曰:"不知。要冥司赏罚,皆无少爽。即前日瞽僧,亦一鬼也,是前朝名家。以生前抛弃字纸过多,罚作瞽。彼自欲医人疾苦,以赎前愆,故托游廛肆耳。"王命置酒。宋曰:"无须。终岁之扰,尽此一刻,再为我设水角足矣。"王悲怆不食,坐令自啖。顷刻,已过三盛,捧腹曰:"此餐可饱三日,吾以志君德耳。向所食,都在舍后,已成菌矣。藏作药饵,可益儿慧。"王问后会,曰:"既有官责,当引嫌也。"又问:"梓潼祠中,一相酹祝,可能达否?"曰:"此都无益。九天甚远,但洁身力行,自有地司牒报,则某必与知之。"言已,作别而没。王视舍后,果生紫菌,采而藏之。旁有新土坟起,则水角宛然在焉。

王归,弥自刻厉。一夜,梦宋舆盖而至,曰:"君向以小忿,误杀一婢,削去禄籍;今笃行已折除矣。然命薄不足任仕进也。"是年,捷于乡;明年,春闱又捷。遂不复仕。生二子,其一绝钝,啖以菌,遂大慧。后以故诣金陵,遇余杭生于旅次,极道契阔,深自降抑,然鬓毛斑矣。

异史氏曰:"余杭生公然自诩,意其为文,未必尽无可观,而骄诈之意态颜色,遂使人顷刻不可复忍。天人之厌弃已久,故鬼神皆玩弄之。脱能增修厥德,则帘内之'刺鼻棘心'者,遇之正易,何所遭之仅也。"

【评赏】

　　批判科举制度流弊是《聊斋》中常见的主题。本篇集中鞭挞试官不学无术、良莠不分，以致狂悖如余杭生者中举，勤学如王平子者落第，有力地揭露了封建科场的腐败。

　　这样一个极其现实的题材，作家却通过人鬼交际的幻化方法，巧于联想，精于夸张，作了生动幽默的表现。据小说中介绍，瞽僧是鬼，是前朝名家，因生前有罪，被罚作瞽。人的五官中，只有眼、耳才能鉴赏文章。作家为了表现有眼无珠的试官荒唐，别出心裁地让瞽僧以鼻嗅出文章的优劣，在求问的二人中突出他与狂悖浮躁的余杭生的冲突，铺排渲染，曲折生动，令人发出辛酸的微笑。

　　小说多以对话谋篇。对话以文言为基调，又汲取白话口语贴近生活的长处，短小、明快而富有色泽、韵味。如余杭生与宋生在寺中茶室较艺，反唇相讥，"生惭忿，轩眉攘腕而大言曰：'敢当前命题，一校文艺乎？'宋他顾而哂曰：'有何不敢！'"对话配以情态点示，极其简省地活画出人物的神态。又如余杭生与瞽僧对话："生曰：'如有舛错，以何为罚？'僧愤曰：'剜我盲瞳去！'"一方是轻蔑的挑战，"如有"的言外之意就是"定有"；一方是愤怒的反击，不禁脱口而吐誓言。浓郁的生活气息中藏有文言的神韵，"以何"、"盲瞳"，如译成同义的白话，至少是节奏拖沓，不能充分表现当时的气氛。又如紧接上文焚至第六篇，僧下气如雷，"僧拭目向生曰：'此真汝师也！初不知而骤嗅之，刺于鼻，棘于腹，膀胱所不能容，直自下部出矣！'生大怒，去，曰：'明日自见，勿悔！勿悔！'"僧语全用文言句式，虽间用口语词汇，但是语气流转，一句三折，在强烈的感叹中，表现了对余杭生的嘲弄与呵斥。余杭生答话短而促，几近口语，活画出此人恼羞成怒、虚张声势的无赖嘴脸。小说中还有些对话显得较长，较为庄重，文言色彩较浓，这或是与人物的性格一致，或是为了预伏情节线索，或是为了间接阐明作家的人生态度，都发挥了一定的效用。

　　本篇描写了三个书生，一个瞽僧，二人二鬼，主要通过对话兼以动作，刻画性格。王平子的忠厚，余杭生的狂悖，宋生的明达，瞽僧的嫉俗都跃然纸上。其中又以余杭生为突出,在校艺逞能,焚稿衡文两大场面中,借助气韵十足的言谈,鲜明、准确地表现了此人之狂悖,同时也使情节的发展波澜起伏、冲突迭起。如果没有余杭生,全篇将大为失色。

王平子初师宋生时,"使庖人以蔗糖作水角。宋啖而甘之",以后宋"三五日辄一至,王必为之设水角焉"。这一随心而设的细节,经过匠心锤炼,如神来之笔,在篇中反复运用,发挥了借物喻情的作用。在篇中初现时,象征了王、宋之间的情谊。篇末又出现时,水角化为紫菌,则显示宋对王的厚报,同时首尾呼应,使得结构完整。中间借助余杭生对话两次提到水角。一次是余杭生强搜王平子文章,见文中多宋生圈点,陡生联想,出语不逊:"此大似水角子。"既表现了余杭生的轻狂刻薄,又以此激起宋怒,推动情节发展。一次是瞽僧评文后,数日放榜,余杭生竟然中举,王平子反而落榜,前者于是意气舒发,找到瞽僧大叫:"盲和尚,汝亦啖人水角耶?今竟何如?"显出一派猖狂,同时一箭双雕,旁敲侧击地点了在场的宋、王二人,同时推动情节往下进展:焚文以别师。细节虽说是细枝末节,但是经过选择提炼,却能发挥出巨大的艺术力量。

蒲松龄虽然猛烈抨击科举制度的弊端,但是由于时代局限,他却未能揭示出科举制度的社会本质,从根本上否定这一禁锢思想、压抑人才的制度。在本篇中,他把科举制的弊端仅仅归结于考官有眼无珠,寄希望于公正的司文郎,这种认识是皮相的。他把王平子以至宋生、瞽者的科场失利,均归结为前世或今生的过错、孽障,这是明显宣传因果报应。尽管借助瞽者、宋生的言谈,发挥一番重德行更甚于文学,读书人不当尤人但当克己这类闪光的议论,但是终归不能取消全篇的错误倾向。在艺术上,这种说教也是苍白无力的。

(禹克坤)

崔 猛

崔猛,字勿猛,建昌世家子。性刚毅,幼在塾中,诸童稍有所犯,辄奋拳殴击,师屡戒不悛;名、字,皆先生所赐也。至十六七,强武绝伦,又能持长竿跃登夏屋。喜雪不平,以是乡人共服之,求诉禀白者盈阶满室。崔抑强扶弱,不避怨嫌;稍逆之,石杖交加,支体为残。每盛怒,无敢劝者。惟事母孝,母至则解。母谴责备至,崔唯唯听命,出门辄忘。

比邻有悍妇,日虐其姑。姑饿濒死,子窃啖之;妇知,诟厉万端,声闻四院。崔怒,逾垣而过,鼻耳唇舌尽割之,立毙。母闻大骇,呼邻子,极意温恤,配以少婢,事乃寝。母愤泣不食。崔惧,跪请受杖,且告以悔。母泣不顾。崔妻周,亦与并跪。母乃杖子,而又针刺其臂,作十字纹,朱涂之,俾勿灭。崔并受之。母乃食。

母喜饭僧道,往往餍饱之。适一道士在门,崔过之。道士目之曰:"郎君多凶横之气,恐难保其令终。积善之家,不宜有此。"崔新受母戒,闻之,起敬曰:"某亦自知;但一见不平,苦不自禁。力改之,或可免否?"道士笑曰:"姑勿问可免不可免,请先自问能改不能改。但当痛自抑;如有万分之一,我告君以解死之术。"崔生平不信厌禳,笑而不言。道士曰:"我固知君不信。但我所言,不类巫觋,行之亦盛德;即或不效,亦无妨碍。"崔请教,乃曰:"适门外一后生,宜厚结之,即犯死罪,彼亦能活之也。"呼崔出,指示其人。盖赵氏儿,名僧哥。赵,南昌人,以岁祲饥,侨寓建昌。崔由是深相结,请赵馆于其家,供给优厚。僧哥年十二,登堂拜母,约为弟昆。逾岁东作,赵携家去,音问遂绝。

崔母自邻妇死,戒子益切,有赴诉者,辄摈斥之。一日,崔母弟卒,从母往吊。途遇数人,絷一男子,呵骂促步,加以捶扑。观者塞途，舆不得进。崔问之，识崔者竞相拥告。

先是，有巨绅子某甲者，豪横一乡，窥李申妻有色，欲夺之，道无由。因命家人诱与博赌，贷以赀而重其息，要使署妻于券，赀尽复给。终夜，负债数千；积半年，计子母三十余千。申不能偿，强以多人篡取其妻。申哭诸其门。某怒，拉系树上，榜笞刺刷，逼立"无悔状"。

崔闻之，气涌如山，鞭马前向，意将用武。母搴帘而呼曰："嘻！又欲尔耶！"崔乃止。既吊而归，不语亦不食，兀坐直视，若有所嗔。妻诘之，不答。至夜，和衣卧榻上，辗转达旦。次夜复然，忽启户出，辄又还卧。如此三四，妻不敢诘，惟愒息以听之。既而迟久乃反，掩扉熟寝矣。

是夜，有人杀某甲于床上，刳腹流肠；申妻亦裸尸床下。官疑申，捕治之。横被残梏，踝骨皆见，卒无词。积年余，不堪刑，诬服，论辟。会崔母死。既殡，告妻曰："杀甲者，实我也。徒以有老母故，不敢泄。今大事已了，奈何以一身之罪殃他人？我将赴有司死耳！"妻惊挽之，绝裾而去，自首于庭。官愕然，械送狱，释申。申不可，坚以自承。官不能决，两收之。戚属皆诮让申。申曰："公子所为，是我欲为而不能者也。彼代我为之，而忍坐视其死乎？今日即谓公子未出也可。"执不异词，固与崔争。

久之，衙门皆知其故，强出之，以崔抵罪，濒就决矣。会恤刑官赵部郎，案临阅囚，至崔名，屏人而唤之。崔入，仰视堂上，僧哥也。悲喜实诉。赵徘徊良久，仍令下狱，嘱狱卒善视之。寻以自首减等，充云南军。申为服役而去。未期年，援赦而归：皆赵力也。

既归，申终从不去，代为纪理生业。予之赀，不受。缘橦技击之术，颇以关怀。崔厚遇之，买妇授田焉。崔由此力改前行，每抚臂上刺痕，泫然流涕。以故乡邻有事，申辄矫命排解，不相禀白。有王监生者，家豪富，四方无赖不仁之辈，出入其门。邑中殷实者，多被劫掠；或迕之，辄遣盗杀诸途。子亦淫暴。王有寡婶，父子俱烝之。妻仇氏，屡沮王，王缢杀之。仇兄弟质诸官，王赇嘱，以告者坐诬。兄弟冤愤莫伸，诣崔求诉。申绝之使去。

过数日，客至，适无仆，使申瀹茗。申默然出，告人曰："我与崔猛

朋友耳，从徙万里，不可谓不至矣；曾无廪给，而役同厮养，所不甘也！"遂忿而去。或以告崔。崔讶其改节，而亦未之奇也。申忽讼于官，谓崔三年不给佣值。崔大异之，亲与对状，申忿相争。官不直之，责逐而去。又数日，申忽夜入王家，将其父子娣妇并杀之，粘纸于壁，自书姓名；及追捕之，则亡命无迹。王家疑崔主使，官不信。崔始悟前此之讼，盖恐杀人之累己也。关行附近州邑，追捕甚急。会闯贼犯顺，其事遂寝。及明鼎革，申携家归，仍与崔善如初。

时土寇啸聚，王有从子得仁，集叔所招无赖，据山为盗，焚掠村疃。一夜，倾巢而至，以报仇为名。崔适他出，申破扉始觉，越墙伏暗中。贼搜崔、李不得，掳崔妻，括财物而去。申归，止有一仆，忿极，乃断绳数十段，以短者付仆，长者自怀之。嘱仆越贼巢，登半山，以火爇绳，散挂荆棘，即反勿顾。仆应而去。申窥贼皆腰束红带，帽系红绢，遂效其装。有老牝马初生驹，贼弃诸门外。申乃缚驹跨马，衔枚而出，直至贼穴。

贼据一大村，申絷马村外，逾垣入。见贼众纷纭，操戈未释。申窃问诸贼，知崔妻在王某所。俄闻传令，俾各休息，轰然嘁应。忽一人报东山有火，众贼共望之；初犹一二点，既而多类星宿。申坌息急呼东山有警。王大惊，束装率众而出。申乘间漏出其右，返身入内。见两贼守帐，绐之曰："王将军遗佩刀。"两贼竞觅。申自后斫之，一贼踣；其一回顾，申又斩之。竟负崔妻越垣而出。解马授辔，曰："娘子不知途，纵马可也。"马恋驹奔驶，申从之。出一隘口，申灼火于绳，遍悬之，乃归。

次日，崔还，以为大辱，形神跳躁，欲单骑往平贼。申谏止之。集村人共谋，众惴怯莫敢应。解谕再四，得敢往二十余人，又苦无兵。适于得仁族姓家获奸细二，崔欲杀之，申不可；命二十人各持白梃，具列于前，乃割其耳而纵之。众怨曰："此等兵旅，方惧贼知，而反示之。脱其倾队而来，阖村不保矣！"申曰："吾正欲其来也。"执匿盗者诛之。遣人四出，各假弓矢火铳，又诣邑借巨炮二。日暮，率壮士至隘口，置炮当其冲；使二人匿火而伏，嘱见贼乃发。又至谷东口，伐树置崖上。已而与崔各率十余人，分岸伏之。

一更向尽，遥闻马嘶，贼果大至，襁属不绝。俟尽入谷，乃推堕树木，断其归路。俄而炮发，喧腾号叫之声，震动山谷。贼骤退，自相践踏；至东口，不得出，集无隙地。两岸铳矢夹攻，势如风雨，断头折足者，枕藉沟中。遗二十余人，长跪乞命。乃遣人縶送以归。乘胜直抵其巢。守巢者闻风奔窜，搜其辎重而还。崔大喜，问其设火之谋。曰："设火于东，恐其西追也；短，欲其速尽，恐侦知其无人也；既而设于谷口，口甚隘，一夫可以断之，彼即追来，见火必惧：皆一时犯险之下策也。"取贼鞫之，果追入谷，见火惊退。二十余贼，尽劓刖而放之。由此威声大震，远近避乱者从之如市，得土团三百余人。各处强寇无敢犯，一方赖之以安。

异史氏曰："快牛必能破车，崔之谓哉！志意慷慨，盖鲜俪矣。然欲天下无不平之事，宁非意过其通者与？李申，一介细民，遂能济美。缘橦飞入，蒟禽兽于深闺；断路夹攻，荡幺魔于隘谷。使得假五丈之旗，为国效命，乌在不南面而王哉！"

【评赏】

本篇虽如题目所示，描述崔猛其人其事，但是后篇集中转入描述李申，其形象比崔猛还见光彩。冯镇峦评此篇为"崔李合传"，但并非如史传以类相合，而是彼此交关联系，成为结构完整的小说。

崔、李二人均有古代侠客义士的风范。崔猛的特点是勇猛、侠义、刚直、孝顺。但"侠以武犯禁"，这就使得侠义与孝行必不可免地发生冲突。小说细腻地描绘出这种冲突在母与子之间的剧烈反映。经过杖子、刺字，这种冲突暂时缓解，却未根本消除。所以遇到反面力量更为巨大的某甲霸占李申妻的事件时，在崔猛心里，不由得激起更大的怒火与痛苦。怒火是对邪恶的抗争，痛苦是对孝行的恪守，侠与孝又一次发生尖锐的冲突。这一精心提炼的情节，不仅成为全篇发展的关键，也借此细致而曲折地刻画出人物的内心冲突。紧接发展到自首公堂，争相抵罪的壮烈情节，使得崔猛之猛以及其中包含的仁义道德发出强烈的理想光彩。

如果说崔猛的性格是生就天成，自幼及壮具有一贯性；那么，李申则是在发展中表现了其性格的复杂与丰满。李申原是无赖、懦弱之徒,到崔猛自首公堂后,他立即转变为也具有勇猛、侠义的心肠。在小说具体的环境里,这种转变并非毫无缘由。李申身受夺妻之辱,笞刺之苦,极想报仇,又无力报仇,突然出现义士代为解恨,又亲见崔猛自首公堂,争担罪责。在经历如此触目惊心的事变后,他就不能不受到崔猛的启迪、感化,性格也就随之发生质的飞跃和转变。小说通过怒杀王氏父子及其婶妇事件,形象鲜明地刻画出李申的侠义,也可以看作是崔猛品德的折光映射。小说的绝妙之处还在于,此后则极力刻画李申在侠义中体现的智慧谋略,使得后半篇中两人形象既有联系又有区分,也就是说各自显出其个性、风采。

在后半篇中小说全力描写李申,崔猛时而显露,只是作为李申的陪衬或烘托。李申性格光彩是通过几次冲突激烈的场面逐步显示的。与崔猛在公堂争死抵罪是何等悲壮慷慨,表现了知恩必报的仁义精神;怒杀王监生父子又使崔猛解脱,集中表现了他除暴安民,见义勇为的侠义精神,同时叠印出对于生死之交的忠厚、善良以及斗争的富于心计。这一情节与崔猛怒杀巨绅极其相似又对比鲜明。崔猛因慈母家训,只能暗杀;李申是孤身一人,无牵无挂,所以是明杀。崔猛与李申尚未结识,所以可不考虑李申的含冤;李申既受崔猛之恩,所以他要周密安顿,智脱崔猛。围剿土寇是全篇的高潮,李申的性格更为高大丰满,其精神风貌更为鲜明突出。作家有意识安排盗首是王监生的从子,使情节转折断中有续。只身入匪巢解救崔猛妻,像聚焦镜头,集中描写在生死冲突中,李申的机智、勇敢又从容不迫。在全歼山匪中,从布阵、战斗直至战后评说全面描写,通过盗我双方进退攻守的广角镜头,或全局或细部地刻画出李申运筹帷幄的智慧,驰骋沙场的勇敢。从杀一豪强到擒百土匪,"各处强寇无敢犯,一方赖之以安",渲染出李申的作为比崔猛更有价值,更见崇高。所以"异史氏"说:"李申,一介细民,遂能济美。缘橦飞入,翦禽兽于深闺;断路夹攻,荡幺魔于隘谷。使得假五丈之旗,为国效命,乌在不南面而王哉!"这段咏赞运用骈俪句式,兼以散行,音节顿挫,一气贯注,充分表达了作家对于李申更加钟情的赞美。而在对崔猛的稍见贬抑的赞颂中,又表达了作家对于"天下不平之事"的愤慨不已。蒲松龄以相当理想化的笔墨刻画李申的火攻壮举,也是在大胆地呼唤反抗现实的英雄人物。

小说描写的时间跨度大,情节线索多,但是却能枝叶交错、一气呵成,其中之一是得力于巧设伏笔,恰当照应。从全篇来说,写崔猛言行也是预置李申的伏线。从细节来说,前有崔猛刺字,后有抚字流涕,使情节重心合理地转化到李申。前有崔猛结交僧哥,后有僧哥解难,使得主人公在生命危亡之际得到戏剧性逆转。在李申激战王得仁群盗事中,"断绳数十段""老牝马初生驹""二人匿火而伏""诣邑借巨炮二",这些细节伏线,在以后都有交代照应,使得情节曲折多变又合理、自然。

本篇少用对话,多用叙述。在叙述中,有简有繁,有急有缓,有粗有细,有明有暗,均运用自如,顺理成章。例如,写崔猛谋杀巨绅一段即颇细腻,通过一串细节,表现人物的苦恼与犹疑,同时也是暗笔潜伏,预示情节的继续展开。又如写李申率众围歼山匪,大笔如椽,明写李申的精心布局,暗藏山匪的中计受创,在多为四字句的音节顿挫中,一连串快节奏的动态描写,将不过几十人的争战写得如火如荼,壮观激烈。凡此,都增强了小说的艺术魅力。

(禹克坤)

于 去 恶

北平陶圣俞,名下士。顺治间,赴乡试,寓居郊郭。偶出户,见一人负笈倨儴,似卜居未就者。略诘之,遂释负于道,相与倾语,言论有名士风。陶大说之,请与同居。客喜,携囊入,遂同栖止。客自言:"顺天人,姓于,字去恶。"以陶差长,兄之。

于性不喜游瞩,常独坐一室,而案头无书卷。陶不与谈,则默卧

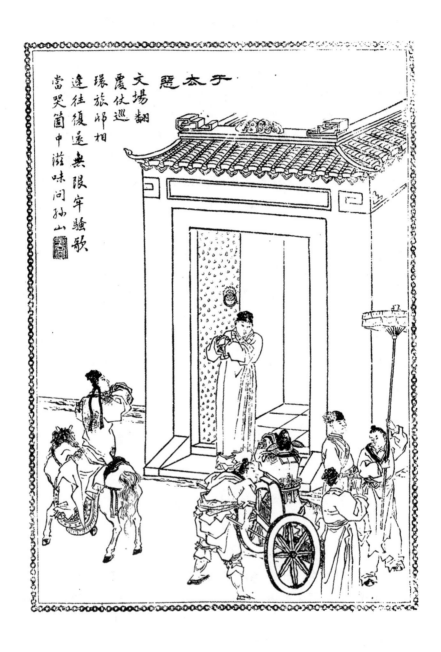

而已。陶疑之,搜其囊箧,则笔研之外,更无长物。怪而问之,笑曰:"吾辈读书,岂临渴始掘井耶?"

一日,就陶借书去,闭户抄甚疾,终日五十余纸,亦不见其折叠成卷。窃窥之,则每一稿脱,则烧灰吞之。愈益怪焉。诘其故,曰:"我以此代读耳。"便诵所抄书,顷刻数篇,一字无讹。陶悦,欲传其术;于以为不可。陶疑其吝,词涉诮让。于曰:"兄诚不谅我之深矣。欲不言,则此心无以自剖;骤言之,又恐惊为异怪。奈何?"陶固谓:"不妨。"于曰:"我非人,实鬼耳。今冥中以科目授官,七月十四日奉诏考帝官,十五日士子入闱,月尽榜放矣。"陶问:"考帝官为何?"曰:"此上帝慎重之意,无论鸟吏鳖官,皆考之。能文者以内帘用,不通者不得与焉。盖阴之有诸神,犹阳之有守令也。得志诸公,目不睹坟、典,不过少年持敲门砖,猎取功名,门既开,则弃去;再司簿书十数年,即文学士,胸中尚有字耶!阳世所以陋劣幸进,而英雄失志者,惟少此一考耳。"陶深然之,由是益加敬畏。

一日,自外来,有忧色,叹曰:"仆生而贫贱,自谓死后可免;不谓迍邅先生,相从地下。"陶请其故,曰:"文昌奉命都罗国封王,帝官之考遂罢。数十年游神耗鬼,杂入衡文,吾辈宁有望耶?"陶问:"此辈皆谁何人?"曰:"即言之,君亦不识。略举一二人,大概可知:乐正师旷、司库和峤是也。仆自念命不可凭,文不可恃,不如休耳。"言已怏怏,遂将治任。陶挽而慰之,乃止。

至中元之夕,谓陶曰:"我将入闱。烦于昧爽时,持香炷于东野,三呼去恶,我便至。"乃出门去。陶沽酒烹鲜以待之。东方既白,敬如所嘱。无何,于偕一少年来。问其姓字,于曰:"此方子晋,是我良友,适于场中相邂逅。闻兄盛名,深欲拜识。"同至寓,秉烛为礼。少年亭亭似玉,意度谦婉。陶甚爱之,便问:"子晋佳作,当大快意。"于曰:"言之可笑!闱中七则,作过半矣;细审主司姓名,裹具径出。奇人也!"

陶扇炉进酒,因问:"闱中何题?去恶魁解否?"于曰:"书艺、经论各一,夫人而能之。策问:'自古邪僻固多,而世风至今日,奸情丑态,愈不可名,不惟十八狱所不得尽,抑非十八狱所能容。是果何术而可？或谓宜量加一二狱,然殊失上帝好生之心。其宜增与、否与,或别有道以清其源,尔多士其悉言勿隐。'弟策虽不佳,颇为痛快。表:'拟天魔殄灭,赐群臣龙马天衣有差。'次则'瑶台应制诗''西池桃花赋'。此三种,自谓场中无两矣!"言已鼓掌。方笑曰:"此时快心,放兄独步矣;数辰后,不痛哭始为男子也。"

天明,方欲辞去。陶留与同寓,方不可,但期暮至。三日,竟不复来。陶使于往寻之。于曰:"无须。子晋拳拳,非无意者。"日既西,方果来。出一卷授陶,曰:"三日失约,敬录旧艺百余作,求一品题。"陶捧读大喜,一句一赞,略尽一二首,遂藏诸笥。谈至更深,方遂留,与于共榻寝。自此为常。方无夕不至,陶亦无方不欢也。

一夕,仓皇而入,向陶曰:"地榜已揭,于五兄落第矣!"于方卧,闻言惊起,泫然流涕。二人极意慰藉,涕始止。然相对默默,殊不可堪。方曰:"适闻大巡环张桓侯将至,恐失志者之造言也;不然,文场尚有翻覆。"于闻之,色喜。陶询其故,曰:"桓侯翼德,三十年一巡阴曹,三十五年一巡阳世,两间之不平,待此老而一消也。"乃起,拉方俱去。

两夜始返,方喜谓陶曰:"君不贺五兄耶?桓侯前夕至,裂碎地榜,榜上名字,止存三之一。遍阅遗卷,得五兄甚喜,荐作交南巡海使,且晚舆马可到。"陶大喜,置酒称贺。酒数行,于问陶曰:"君家有闲舍否?"问:"将何为?"曰:"子晋孤无乡土,又不忍恝然于兄。弟意欲假馆相依。"陶喜曰:"如此,为幸多矣。即无多屋宇,同榻何碍。但有严君,须先关白。"于曰:"审知尊大人慈厚可依。兄场闱有日,子晋如不能待,先归何如?"陶留伴逆旅,以待同归。

次日,方暮,有车马至门,接于莅任。于起,握手曰:"从此别矣。一言欲告,又恐阻锐进之志。"问:"何言?"曰:"君命淹蹇,生非其时。此科之分十之一;后科桓侯临世,公道初彰,十之三;三科始可望也。"陶闻,欲中止。于曰:"不然,此皆天数。即明知不可,而注定之艰苦,亦要历尽耳。"又顾方曰:"勿淹滞,今朝年、月、日、时皆良,即以舆盖送君归。仆驰马自去。"方忻然拜别。

陶中心迷乱,不知所嘱,但挥涕送之。见舆马分途,顷刻都散。始悔子晋北旋,未致一字,而已无及矣。三场毕,不甚满志,奔波而归。入门问子晋,家中并无知者。因为父述之,父喜曰:"若然,则客至久矣。"

先是陶翁昼卧,梦舆盖止于其门,一美少年自车中出,登堂展拜。讶问所来,答云:"大哥许假一舍,以入闱不得偕来。我先至矣。"言已,请入拜母。翁方谦却,适家媪入曰:"夫人产公子矣。"恍然而醒,大奇之。是日陶言,适与梦符,乃知儿即子晋后身也。父子各喜,名之小晋。

儿初生,善夜啼,母苦之。陶曰:"倘是子晋,我见之,啼当止。"俗忌客忤,故不令陶见。母患啼不可耐,乃呼陶入。陶鸣之曰:"子晋勿尔!我来矣!"儿啼正急,闻声辍止,停睇不瞬,如审顾状。陶摩顶而去。自是竟不复啼。数月后,陶不敢见之:一见,则折腰索抱,走去,则啼不可止。陶亦狎爱之。四岁离母,辄就兄眠;兄他出,则假寐以俟其归。兄于枕上教"毛诗",诵声呢喃,夜尽四十余行。以子晋遗文授之,欣然乐读,过口成诵;试之他文,不能也。八九岁,眉目朗彻,宛然一子晋矣。

陶两入闱,皆不第。丁酉,文场事发,帘官多遭诛遣,贡举之途一肃,乃张巡环力也。陶下科中副车,寻贡。遂灰志前途,隐居教弟。尝语人曰:"吾有此乐,翰苑不易也。"

异史氏曰:"余每至张夫子庙堂,瞻其须眉,凛凛有生气。又其生平喑哑如霹雳声,矛马所至,无不大快,出人意表。世以将军好武,遂置与绛、灌伍;宁知文昌事繁,须侯固多哉!呜呼!三十五年,来何暮也!"

【评赏】

这篇小说描写阴阳两界三个书生的交往,主要通过鬼书生于去恶和方子晋在阴间入闱投考的经历,影射、嘲弄了现实的科举制度,并表现了作者对科举制度的矛盾心理。

在蒲松龄生活的时代,设立科举是统治者招揽人才的手段,参加科举是中下层读书人进身的途径。尽管由科举入仕者不乏通人,但是,考试方式的呆板、考官的昏愦、取士名额的限制,却造成对人才的压抑与摧残。这篇小说首先通过鬼书生于去恶之口,道出了"阳间"科举的主要弊窦:"得志诸公,目不睹坟、典,不过少年持敲门砖,猎取功名,门既开,则弃去;再司簿书十数年,即文学士,胸中尚有字耶!"考非所用,用非所考,参加科举,只为敲门而已。在正常情况下,只有德才兼备的人,才有资格选拔人才;现在,无学无才、胸中无字的得志诸公却成了考官,这只能使那些有真才实学的考生"望望然哭向南山而去"(《与韩刺史樾依书,寄定州》)。像许多有才华的读书人一样,蒲松龄一生曾多次参加乡试,冀得一第,但每次都是铩羽而归。亲身的实践使他深刻地体会到了科场的暗无天日,于去恶的话,便凝结着作者的血泪。

与阳世相比,阴间似乎好一些,因为帘官是经考试选拔出来的:"无论乌吏鳖官,皆考之。能文者以内帘用,不通者不得与焉。"但是,这种考试并非经常性的,"文昌奉命都罗国",此时的阴间便与阳间无异了。于去恶、方子晋参加考试时的衡文官是两眼昏瞆的师旷和贪财势利的和峤,一个不认字,一个只认钱,文章的好坏在他们眼里都是一样的,考生能否考中纯属偶然机缘,或靠贿赂考官。为了平消"两间之不平",作者幻想张桓侯出巡阴阳,"三十年一巡阴曹,三十五年一巡阳世"。但人生能有几个三十五年呢?张桓侯的出巡无异杯水车薪,不能从根本上解决问题,难怪作者慨叹"来何暮也"。作者对阴间科举考试的描写,既影射现实的科场,又表明作者对科举制度并没有完全绝望、彻底否定,他幻想着这一制度能够有所改革,但对这幻想又是信心不足、自我嘲弄的。出于对阳世的失望,作者寄希望于阴间,结果阴间与阳世无异;出于自我安慰,作者寄希望于张桓侯,结果张桓侯也是不可依赖的。所有的路口都被切断,作者的心犹如一头笼中困兽,尽管左右奔突,总被道道铁栏碰得头破血流。从上述情节中,我们不难想象作者的孤独、愤怒、痛苦和失望。

这篇小说的引人之处,不仅在于真中有幻、幻中有真的故事情节中饱和着作者的血泪,还在于它为我们塑造了各具特色的人物形象。小说中的三个人物都是投考的书生,对考场的黑暗都有明确的认识,对朋友都极为忠诚。但他们有各自不同的经历、性格。于去恶在人世闱场失意,死后还要参加冥间考试。他对阳世的科场看得透,但对阴间的帘官又抱着希望。考试以前他独处一室,积极准备;考试之后,他兴高采烈,得意扬扬;被告知"落第"后,他"闻言惊起,泫然流涕",听说"文场尚有翻覆",他又喜不自胜。这说明,他对功名是看得很重的。同是鬼书生的方子晋,就与他不同。方是一位少年,尽管在朋友面前"意度谦婉",但在考场上却表现得极为忿烈果敢:答卷才写过一半,发现主考是盲瞎势利之辈,便毅然决然地"裹具径出",宁可不考,也不愿受愚弄。当于去恶考完自我陶醉的时候,他清醒地提出忠告:"此时快心,放尻独步矣;数辰后,不痛哭始为男子也。"他对于去恶将落第的预言后来果然应验了。他比于看得透,行动也更果断,性格也更刚烈,说话也更快捷,对功名也看得比较淡薄。小说没有写陶生在考场上的表现,他的性格在与两位鬼书生的交往中间接显露出来。他也很重视考试,当发现于去恶焚稿吞灰的举动后,他很兴奋,再三央求于"传其术",为此,两人之间还发生了摩擦。他极力鼓励于去恶参加考试,固然出于对朋友的关心,也流露出他对功名的向往。得到方子晋"旧艺百余作",他"捧读大喜",并"藏诸笥",以备后用。在于去恶告诉他考中无望时,他虽有犹豫,仍抱着一线侥幸心理投考。直到最后虽"灰志前途",教弟读书,不得不听从命运的安排,但话语中依然流露出无可奈何的痛惜心理。

小说表现的三个书生之间的友情也是极为动人的。共同的目的、共同的命运、共同的感受是他们友情的基础。于去恶考试前后,陶生始终关怀备至、极力慰安;朋友命运的起伏,直接牵动他的心弦;对方子晋在考场上的作为,他"扇炉进酒"以示敬服;对朋友在文章中表露的才华,他充满赞叹并十分珍惜;方子晋"孤无乡土",他慨然以"同榻"相邀。于去恶临别前的叮咛也见出他对朋友的一片诚心。出于对这种患难之交的报答,方子晋投身为陶生的弟弟;陶生为这种深情厚谊所感动,不惜放弃自己的前途,助弟成名。这种催人泪下的手足之情是友情的升华,比友情更浓烈。友情世界是纯洁、温馨、高尚的,它与丑恶的现实形成强烈对比。友情既是古代知识分子实现自我价值的一条曲径,又是他们精神的避风港。蒲松龄一生都在呼唤朋友、寻求知己,他在《偶感》诗中就吟道:"此生所恨无知己,纵不成名未足哀。"这篇小说对友情的描写,正反映了作者在功名无望之后寻求知己的心理。

作品写了三个人物,但表现角度各不相同:陶生是现实中的人,他的出场是用传统叙述方式;于去恶的出场则由陶生引出,并通过陶生的眼睛,将他的"鬼性"逐步写出。陶生的观察过程,既是于去恶"鬼性"流露的过程,也是读者了解他的过程;方子晋的出场又由于去恶带出,他的"奇人"特点也由于去恶转述。这种写法既切合人物各自的特性,又避免了笔法的单调、重复,同时使故事情节奇峰迭出,造成真幻交织的艺术效果。

(张稔穰　杨广敏)

张　鸿　渐

张鸿渐,永平人。年十八,为郡名士。时卢龙令赵某贪暴,人民共苦之。有范生被杖毙,同学忿其冤,将鸣部院,求张为刀笔之词,约其共事。张许之。妻方氏,美而贤,闻其谋,谏曰:"大凡秀才作事,可以共胜,而不可以共败:胜则人人贪天功,一败则纷然瓦解,不能成聚。今势力世界,曲直难以理定;君又孤,脱有翻覆,急难者谁也!"张服其言,悔之,乃婉谢诸生,但为创词而去。质审一过,无所可否。赵以巨金纳大僚,诸生坐结党被收,又追捉刀人。

张惧,亡去。至凤翔界,资斧断绝。日既暮,踟躇旷野,无所归宿。欻睹小村,趋之。老妪方出阖扉,见生,问所欲为。张以实告,妪曰:"饮食床榻,此都细事;但家无男子,不便留客。"张曰:"仆亦不敢过望,但容寄宿门内,得避虎狼足矣。"妪乃令入,闭门,授以草荐,嘱曰:"我怜客无归,私容止宿,未明宜早去,恐吾家小娘子闻知,将便怪罪。"妪去,张倚壁假寐。

忽有笼灯晃耀,见妪导一女郎出。张急避暗处,微窥之,二十许丽人也。及门,见草荐,诘妪。妪实告之,女怒曰:"一门细弱,何得容纳匪人!"即问:"其人焉往?"张惧,出伏阶下。女审诘邦族,色稍霁,曰:"幸是风雅士,不妨相留。然老奴竟不关白,此等草草,岂所以待君子。"命妪引客入舍。

俄顷,罗酒浆,品物精洁;既而设锦裯于榻。张甚德之,因私询其姓氏。妪曰:"吾家施氏,太翁夫人俱谢世,止遗三女。适所见,长姑舜华也。"妪去。张视几上有《南华经》注,因取就枕上,伏榻翻阅。忽舜华推扉入。张释卷,搜觅冠履。女即榻捺坐曰:"无须,无须!"因近榻坐,腼然曰:"妾以君风流才士,欲以门户相托,遂犯瓜李之嫌。得不相遐弃否?"张皇然不知所对,但云:"不相诳,小生家中,固有妻耳。"女笑曰:"此亦见君诚笃,顾亦不妨。既不嫌憎,明日当烦媒妁。"言已,欲去。张探身挽之,女亦遂留。未曙即起,以金赠张,曰:"君持作临眺之资;向暮,宜晚来,恐傍人所窥。"张如其言,早出晏归,半年以为常。

一日,归颇早,至其处,村舍全无,不胜惊怪。方徘徊间,闻妪云:"来何早也!"一转盼间,则院落如故,身固已在室中矣,益异之。舜华自内出,笑曰:"君疑妾耶?实对君言:妾,狐仙也,与君固有夙缘。如必见怪,请即别。"张恋其美,亦安之。

夜谓女曰:"卿既仙人,当千里一息耳。小生离家三年,念妻孥不去心,能携我一归乎?"女似不悦,曰:"琴瑟之情,妾自分于君为笃;君守此念彼,是相对绸缪者,皆妄也!"张谢曰:"卿何出此言。谚云:'一日夫妻,百日恩义。'后日归念卿时,亦犹今日之念彼也。设得新忘故,卿何取焉?"女乃笑曰:"妾有褊心:于妾,愿君之不忘;于人,愿君之忘之也。然欲暂归,此复何难:君家咫尺耳。"遂把袂出门,见道路昏暗,张逡巡不前。女曳之走,无几时,曰:"至矣。君归,妾且去。"

张停足细认,果见家门。逾垝垣入,见室中灯火犹荧。近以两指弹扉。内问为谁,张具道所来。内秉烛启关,真方氏也。两相惊喜,握手入帏。见儿卧床上,慨然曰:"我去时儿才及膝,今身长如许矣!"夫妇依倚,恍如梦寐。张历述所遭。问及讼狱,始知诸生有瘐死者,有远徙者,益服妻之远见。方纵体入怀,曰:"君有佳偶,想不复念孤衾中有零涕人矣!"张曰:"不念,胡以来也?我与彼虽云情好,终非同类;独其恩义难忘耳。"方曰:"君以我何人也?"张审视,竟非方氏,乃舜华也。以手探儿,一竹夫人耳。大惭无语。女曰:"君心可知矣!分当自此绝矣,犹幸未忘恩义,差足自赎。"

过二三日,忽曰:"妾思痴情恋人,终无意味。君日怨我不相送,今适欲至都,便道可以同去。"乃向床头取竹夫人共跨之,令闭两眸,觉离地不远,风声飕飕。移时,寻落。女曰:"从此别矣。"方将订嘱,女去已渺。

怅立少时,闻村犬鸣吠,苍茫中见树木屋庐,皆故里景物,循途而归。逾垣叩户,宛若前状。方氏惊起,不信夫归;诘证确实,始挑灯鸣咽而出。既相见,涕不可仰。张犹疑舜华之幻弄也;又见床卧一儿,如昨夕,因笑曰:"竹夫人又携入耶?"方氏不解,变色曰:"妾望君如岁,枕上啼痕固在也。甫能相见,全无悲恋之情,何以为心矣!"张察其情真,始执臂欷歔,具言其详。问讼案所结,并如舜华言。方相感慨,闻门外有履声,问之不应。

盖里中有恶少甲,久窥方艳,是夜自别村归,遥见一人逾垣去,谓必赴淫约者,尾之入。甲故不甚识张,但伏听之。及方氏呕问,乃曰:"室中何人也?"方讳言:"无之。"甲言:"窃听已久,敬将以执奸也。"方不得已,以实告。甲曰:"张鸿渐大案未消,即使归家,亦当缚送官府。"方苦哀之,甲词益狎逼。张忿火中烧,把刀直出,剁甲中颅。甲踣,犹号;又连剁之,遂死。方曰:"事已至此,罪益加重。君速逃,妾请任其辜。"张曰:"丈夫死则死耳,焉肯辱妻累子以求活耶!卿无顾虑,但令此子勿断书香,目即瞑矣。"

天明,赴县自首。赵以钦案中人,姑薄惩之。寻由郡解都,械禁颇苦。途中遇女子跨马过,一老妪捉鞚,盖舜华也。张呼妪欲语,泪随声堕。女返辔,手启障纱,讶曰:"表兄也,何至此?"张略述之。女曰:"依兄平昔,便当掉头不顾;然予不忍也。寒舍不远,即邀公役同临,亦可少助资斧。"从去二三里,见一山村,楼阁高整。女下马入,令妪启舍延客。既而酒炙丰美,似所夙备。又使妪出曰:"家中适无男子，张官人即向公役多劝数觞，前途倚赖多矣。遣人措办数十金为官人作费，兼酬两客，尚未至也。"二役窃喜，纵饮，不复言行。

日渐暮，二役径醉矣。女出，以手指械，械立脱；曳张共跨一马，驶如龙。少时，促下，曰："君止此。妾与妹有青海之约，又为君逗留一晌，久劳盼注矣。"张问："后会何时？"女不答，再问之，推堕马下而去。既晓，问其地，太原也。遂至郡，赁屋授徒焉。托名宫子迁。

居十年，访知捕亡浸怠，乃复逡巡东向。既近里门，不敢遽入，俟夜深而后入。及门，则墙垣高固，不复可越，只得以鞭挝门。久之，妻始出问。张低语之。喜极，纳入，作呵叱声，曰："都中少用度，即当早归，何得遣汝半夜来？"入室，各道情事，始知二役逃亡未返。言次，帘外一少妇频来，张问伊谁，曰："儿妇耳。"问："儿安在？"曰："赴郡大比未归。"张涕下曰："流离数年，儿已成立，不谓能继书香，卿心血殆尽矣！"话未已，子妇已温酒炊饭，罗列满几。张喜慰过望。居数日，隐匿房榻，惟恐人知。

一夜，方卧，忽闻人语腾沸，捶门甚厉。大惧，并起。闻人言曰："有后门否？"益惧，急以门扇代梯，送张夜度垣而出；然后诣门问故，乃报新贵也。方大喜，深悔张遁，不可追挽。

张是夜越莽穿榛，急不择途；及明，困殆已极。初念本欲向西，问之途人，则去京都通衢不远矣。遂入乡村，意将质衣而食。见一高门，有报条粘壁上；近视，知为许姓，新孝廉也。顷之，一翁自内出，张迎揖而告以情。翁见仪容都雅，知非赚食者，延入相款。因诘所往，张托言："设帐都门，归途遇寇。"翁留诲其少子。张略问官阀，乃京堂林下者；孝廉，其犹子也。

月余，孝廉偕一同榜归，云是永平张姓，十八九少年也。张以乡谱俱同，暗中疑是其子；然邑中此姓良多，姑默之。至晚解装，出"齿录"，急借披读，真子也。不觉泪下。共惊问之，乃指名曰："张鸿渐，即我是也。"备言其由。张孝廉抱父大哭。许叔侄慰劝，始收悲以喜。许即以金帛函字，致告宪台，父子乃同归。

方自闻报，日以张在亡为悲；忽白孝廉归，感伤益痛。少时，父子并入，骇如天降，询知其故，始共悲喜。甲父见其子贵，祸心不敢复萌。张益厚遇之,又历述当年情状,甲父感愧,遂相交好。

【评赏】

　　《张鸿渐》是《聊斋志异》中比较重要的一篇,《聊斋俚曲》中的《富贵神仙》和《磨难曲》都是演绎这篇小说的故事,可见作者对它的重视。这篇小说通过张鸿渐历尽磨难的坎坷遭遇,串联起冷酷无情、没有皂白的现实世界与狐仙生活的幻想世界,形象鲜明地表现了作者对黑暗现实的批判和他的生活理想。

　　小说一开头,就叙述了导致张鸿渐逃亡十余年的秀才们告发卢龙县令的案件。揭发贪官酷吏,这本是无可非议的。初审时"无所可否",就含蓄地表明了诸生的行为并没有触犯法网。但赵某以巨金行贿上司,诸生竟以"结党"的罪名被捕。作者通过对这一事件的简略叙述,深刻揭露了封建吏治的腐败与封建官吏的贪酷。在《磨难曲》里,作者对这一事件写得就更有讽刺意味了,审理这一案件的北直军门臧品竟把诸生告县令看作"白刺猬(即银元宝)来拱大门",是"送了个财神来",并公开与县令讨价还价:若求被告、原告两家无事,六千银子即可;若要倒了原告,就"还得添添"。县令添到了一万两银子,军直便"嘴脸回头变,登时黑白翻过来"。小说与俚曲两相参照,可以更清晰地看到封建法制与封建官吏的本质。像这类贪赃枉法的事情在封建社会是屡见不鲜的,作者将张鸿渐的逃难、遇狐,置于这种社会背景之下,就使这篇小说不仅仅是述奇记异,而是具有了非凡的现实主义深度。

　　蒲松龄同小说中的张鸿渐一样,曾经代人起草过鸣冤的书信,对张鸿渐一类正直知识分子他是深切同情的,对暗无天日、公道不彰的社会现实是痛心疾首的,他期望出现一个吏治清明、路无冤魂的理想世界。他在《代王侍读与布政司何书》中说过,"冰山无久住之期,秦镜有高悬之日",就表现了这种理想。但只要封建专制还在,"冰山"就不会解体,"秦镜"亦难以高悬,客观现实逼使他总是将自己的理想寄托于幻想世界中。本篇亦如此。作者在写张鸿渐在现实中历经磨难的同时,又写了他在幻想世界的奇遇:正当他踟蹰旷野无所归宿时,遇到了狐仙施舜华,又在施的帮助下得回家中;当他被"由郡解都,械禁颇苦"时,施舜华又奇异地出现了,使他脱于缧绁,并将他送到太原。天地至大,而在现实社会中竟没有张鸿渐的立锥之地;只是在狐仙的世界里,他才得到了温暖与幸福。作者有意识地使现实世界与幻想世界交替出现,相互映照,以张鸿渐一人而将两个世界串联在一起,这就更加鲜明地表现了现实世界的暗无天日。但是,善良的狐女只能在有限的范围内给人以幸福,却不能从根本上改变张鸿渐的命运,对于解决本篇提出的主要矛盾来说,这个幻想故事是软弱无力的。作者感到了这一点,所以他又让张鸿渐的儿子大比告捷,成为新贵,于是张鸿渐才得以结束了十余年的苦难历程。作者看不到解决封建官府与人民矛盾的根本途径,便将希望寄托在被压迫者的金榜题名上。小说的这一结局,表现了作者由时代和阶级造成的局限。

  这篇小说的主要人物是张鸿渐,其性格特点十分鲜明。作者善于在矛盾冲突的发展中刻画人物,特别善于抓住关键时刻人物的言行,运用白描的手法,以寥寥数语对人物进行传神写意的勾画。例如诸生将为范生鸣冤时,约张鸿渐共事。他与范生素不相识,告发县令又有一定的冒险性,但作者只以"许之"二字点明张鸿渐的态度,有力地表现了他从容不迫、不假思索的神态,说明了他是一个有正义感的人。方氏向他陈述了联名鸣冤的弊害,此处写他的态度也只有数句:"张服其言,悔之,乃婉谢诸生,但为创词而去。"说明张鸿渐虽有正义感但又不是血气方刚、义无反顾的刚烈之士。施舜华收留他并主动以门户相托,面对"二十许丽人",又是寄人篱下,如果心术不正或稍有势利之念,将会缄口不提有妻室之事。而张鸿渐却说:"不相诳,小生家中,固有妻耳。"这也是在最易暴露张鸿渐灵魂的关键时刻,以简约的笔墨,展示了他诚笃的性格特点。张鸿渐在舜华帮助下回到家中,夫妻正在"执臂欷歔",就出现了某甲的胁逼要挟。在此情况下,张鸿渐"忿火中烧,把刀直出",杀人后又慷慨陈词:"丈夫死则死耳,焉肯辱妻累子以求活耶!"天明即赴县自首。这里,张鸿渐性格中软弱的一面不见了,而具有正义感的一面发展了,他的性格发生了变化。但这变化是形势步步紧逼的结果,是在矛盾冲突发展的必然情势下完成的,又有他性格中正直、诚笃的一面作基础,因而显得相当自然。

这篇小说中的另外两个重要人物方氏和舜华,都是张鸿渐的伴侣,又都美丽、聪明、善良,是有不少共同之处的。作者刻画这两个人物时,能够根据她们不同的身份和遭遇,从同中写出不同来,使二者如锦屏对峙而又各具特点。诸同学约张鸿渐共为范生鸣冤时,方氏以世情谏之,从她的话可以看出,她不像诸生那样具有侠肝义胆,而是在不平的世事面前采取了明哲保身的态度;但在这段话中,有对秀才的洞彻肺腑的了解,有对世道入木三分的观察,有对丈夫知冷知热的关怀。她对丈夫既晓之以理,又动之以情,但理胜于情,情藏于理,这表明她又是一个世情练达、性格深沉、感情内向、眼光锐敏的人。施舜华收留张鸿渐后主动以门户相托时,张告诉她家中固有妻室,她没有因此赶走张鸿渐,而是肯定了张的直言不讳,说:"此亦见君诚笃",说明舜华同方氏一样,也是通晓人情世故的,是"明理"的。但当张鸿渐要求回家探望妻孥并晓之以理时,她却说:"妾有褊心:于妾,愿君之不忘;于人,愿君之忘之也。"并幻化出方氏母子,以恶作剧试验张鸿渐对自己的感情,这表现了舜华虽也"明理",但她的突出特点则是"多情",在披露自己的真情时又带有女性的微微妒意和顽皮狡黠的特点。作者对这两个有许多共同点的人物写得泾渭判然,表明了他对人物性格把握得十分准确。

对舜华这个人物,作者除写出了她不同于方氏的个性特点外,也没有忽略她作为狐仙的神异性特点。她能使她的村舍昼隐夜现,能够幻化出方氏母子,能够"以手指械,械立脱",这些地方的表现都是十分神异的。更难得的是,作者表现她作为狐仙的特点时,不是将她的神异性与她作为"二十许丽人"的个性生硬地拼凑在一起,而是在情节的发展过程中十分自然、不露痕迹地予以带出,并且将狐仙的神异性与作为人的个性有机地糅合为一个整体。她与张鸿渐成婚后,以"恐傍人所窥"为理由,嘱张早出晚归。有一日,张"归颇早",于是神奇的景象出现了:"至其处,村舍全无,不胜惊怪。方徘徊间,闻妪云:'来何早也!'一转盼间,则院落如故,身固已在室中矣。"原来她居住的村舍院落都是幻化出来的,为了不招惹世人的骇怪,这些幻景又是昼隐夜现的,她嘱咐张鸿渐早出晚归,正是为了掩盖这一秘密。但张鸿渐偶然来早了,秘密便被发现了,狐仙的神异性也就在情节的发展中自然而然地被表现出来了。张鸿渐提出与家人团聚的请求后,她答应了他的请求,但又说:"君守此念彼,是相对绸缪者,皆妄也。"她对张鸿渐是否钟情于自己十分怀疑,幻化出方氏母子试验张鸿渐,正是这种思想感情的合乎逻辑的发展,神异性的灵光中隐藏着作为人的个性的内核,狐仙的神异性与她作为少女的个性特征、思想感情有机地融合在一起。

《聊斋志异》的许多篇章,虽篇幅短小,而情节的发展却是曲折有致、波澜迭生,咫尺之幅而尽龙腾蛟舞之势。这篇小说也具备这一特点。张鸿渐在同学为范生鸣冤时只是代为创词,自以为此事的成败均与自己无关,但诸生被收后"又追捉刀人",这里,封建专制官虎吏狼的本质打开了本篇情节发展的闸门,这是一转。张鸿渐逃至凤翔界后,费用断绝,无处投宿,但在旷野中"欻睹小村",得识舜华,倏忽从凄惶无依的困境步入了情思缱绻的温柔之乡,故事的发展陡然掉转了方向,又进入了一个新的境界。张鸿渐被施舜华送回家中,正与结发妻子倾吐肺腑之情,但"审视,竟非方氏,乃舜华也",此处作者依据舜华的性格逻辑和狐仙的幻想逻辑构思情节,出人意外地荡起了新的涟漪。舜华真的把张鸿渐送到家里后,读者满以为他会从此隐匿家中,但某甲的无理胁逼致使张鸿渐愤而杀人,险恶的世情与张鸿渐正直的性格激出了情节发展中的又一个浪峰。施舜华不忘旧情,又能未卜先知,预迎张鸿渐于押解道中并帮他逃往太原,情节发展又出现了一次大的转折。十年后张鸿渐再次回家时,儿子已成新贵,捕亡也已渐息,按照事理会风止浪息,但作者巧妙地进行构思,他先不写儿子大比告捷而先写张鸿渐黉夜回家,当报子捶门甚厉时,张鸿渐草木皆兵,急忙逃窜,情节发展又掀起了最后一层波澜。这篇小说虽不满四千字,而情节却是起伏跌宕,千回百折。更可贵的是,这些曲折波澜又都是从人物性格和生活逻辑中自然生出的,毫不给人故弄玄虚之感。

这篇小说的情节整体中有些局部是类似的,但作者却能从类似的事件里,写出变化、差异来。即以舜华两次送张鸿渐回家的情节来说,他两次都看到了熟悉的故里景物,看到了阔别三四年的妻、子,夫妻相见都是惊喜交集,二者有许多相似处。但其中的方氏,一真一假;舜华虽然能惟妙惟肖地幻化出方氏的外形,但她没有方氏同张鸿渐一起历经迫害、折磨的痛苦,没有离别后又思念、又担心、度日如年的煎熬之情,没有相见时疑信参半、恍如梦境的复杂感觉,也没有妇人独居深防歹徒凌辱的高度警惕之心,这就决定了两次相见的场面必定是同中有异的。张鸿渐与假方氏的相见,舜华只是按照一般的人之常情模仿了方氏可能有的举动与感情,就像一次没有真正进入角色的表演;张鸿渐与真方氏的相见,方氏特有的经历、感情、性格,决定了她对丈夫的归来是始而惊,既而疑,为防止上歹人的当又细心盘查,待证实了确是丈夫归来后各种感情涌上心头,这才呜咽而出。作者对人物性格把握得十分准确,人物的犯中见避决定了情节的犯中见避,情节的犯中见避又显示出两个人物性格、感情的差异。

(张稔穰　杨广敏)

王　子　安

王子安,东昌名士,困于场屋。入闱后,期望甚切。近放榜时,痛饮大醉,归卧内室。忽有人白:"报马来。"王踉跄起曰:"赏钱十千!"家人因其醉,诳而安之曰:"但请睡,已赏矣。"王乃眠。俄又有人者曰:"汝中进士矣!"王自言:"尚未赴都,何得及第?"其人曰:"汝忘之耶?三场毕矣。"王大喜,起而呼曰:"赏钱十千!"家人又诳之如前。又移时,一人急入曰:"汝殿试翰林,长班在此。"果见二人拜床下,衣冠修洁。王呼赐酒食,家人又绐之,暗笑其醉而已。

久之,王自念不可不出耀乡里,大呼长班;凡数十呼,无应者。家人笑曰:"暂卧候,寻他去。"又久之,长班果复来。王捶床顿足,大骂:"钝奴焉往!"长班怒曰:"措大无赖!向与尔戏耳,而真骂耶?"王怒,骤起扑之,落其帽。王亦倾跌。

妻入,扶之曰:"何醉至此!"王曰:"长班可恶,我故惩之,何醉也?"妻笑曰:"家中止有一媪,昼为汝炊,夜为汝温足耳。何处长班,伺汝穷骨?"子女皆笑。王醉亦稍解,忽如梦醒,始知前此之妄。然犹记长班帽落;寻至门后,得一缨帽如盏大,共疑之。自笑曰:"昔人为鬼揶揄,吾今为狐奚落矣。"

异史氏曰:"秀才入闱,有七似焉:初入时,白足提篮,似丐。唱名时,官呵隶骂,似囚。其归号舍也,孔孔伸头,房房露脚,似秋末之冷蜂。其出场也,神情惝恍,天地异色,似出笼之病鸟。迨望报也,草木皆惊,梦想亦幻。时作一得志想,则顷刻而楼阁俱成;作一失志想,则瞬息而骸骨已朽。此际行坐难安,则似被絷之猱。忽然而飞骑传人,报条无我,此时神色猝变,嗒然若死,则似饵毒之蝇,弄之亦不觉也。初失志,心灰意败,大骂司衡无目,笔墨无灵,势必举案头物而尽炬之;炬之不已,而碎踏之;踏之不已,而投之浊流。从此披发入山,面向石壁,再有以'且夫''尝谓'之文进我者,定当操戈逐之。无何,日渐远,气渐平,技又渐痒;遂似破卵之鸠,只得衔木营巢,从新另抱矣。如此情况,当局者痛哭欲死;而自旁观者视之,其可笑孰甚焉。王子安方寸之中,顷刻万绪,想鬼狐窃笑已久,故乘其醉而玩弄之。床头人醒,宁不哑然失笑哉?顾得志之况味,不过须臾;词林诸公,不过经两三须臾耳。子安一朝而尽尝之,则狐之恩与荐师等。"

【评赏】

讽刺、嘲弄科举制度是《聊斋》的主题之一。蒲松龄或借考生之口痛骂考官的昏庸无能,如《司文郎》;或写科举考试给读书人带来的悲剧命运,如《叶生》;或为不得志的考生鸣冤叫屈、借助虚拟情节给考官以惩罚,如《三生》。在本篇中,作者的笔触不是直接指向腐朽的科举制度自身,而是探入考生的内心世界,以幻化的情节写出人物心理的真实。其立意的深湛、构思的巧妙,使这篇小说在同类作品中卓

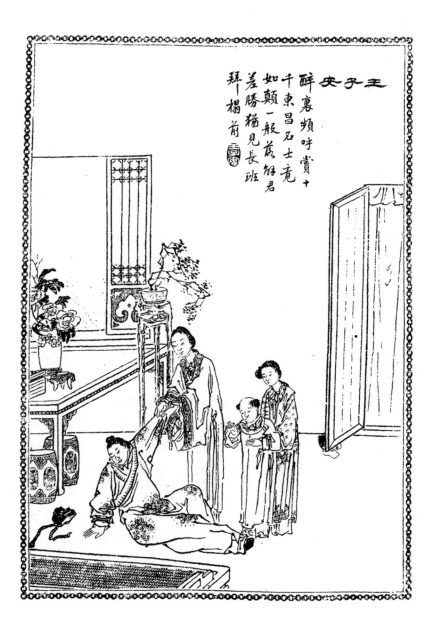

然特出、别具风采。

"困于场屋"的王子安，在临放榜时，竟痛饮大醉了，是他不关心考试结果吗？不，他不仅关心，而且非常关心。正是极度关心才使他心理极度紧张，以至于不得不用酒先将自己麻醉，免得名落孙山的噩耗传来无法自持。但酒醉其身却未醉其心，恍惚间一听到报马来到，他便"踉跄起曰：'赏钱十千。'"这里的动作和语言，既写出了他的醉态，也写出了他渴望高中、急不可耐的心理。接着，又被告知：中进士，殿试翰林。王子安不仅"大喜"、"起而呼"，又进而想到要"出耀乡里"。当大呼长班竟无人回应时，"捶床顿足"，大骂"钝奴"；等长班回来，他便一扑而上将其帽打落在地，自己也随之闪倒，经老妻提醒，才"忽如梦醒，始知前此之妄"。在狐的戏弄下，王子安洋相出尽、丑态毕现，其垂涎朱紫、渴盼富贵的真实心理暴露无遗。作者借王子安醉中的表现，既讽刺了读书人陷于名缰利锁不能自拔的可笑情状，又从一个新的角度批判了科举制度，控诉了科举制度对知识分子心灵的扭曲、摧残。本篇是既具有喜剧色彩，又具有悲剧意味的。

在作者生活的社会中，弱肉强食、等级森严，科举考试几乎是中下层读书人步入上层社会的唯一途径。因此，无数知识分子趋之若鹜、梦寐以求，更有人被弄得神魂颠倒，非人非鬼。本篇王子安醉后的表演，无疑是极富现实的典型意义的。但是，这些心理平时埋在意识的底层，在现实生活中不易流露出来。作者借助狐的恶作剧，不仅使本篇具有了"志异"的题材特色，也将这种心理合情合理地表现出来了，而且使之夸张、强化。情节的极虚幻处正是人物心理性格的最真实处，这种构思是十分巧妙的。罗曼·罗兰在其书信集《玛尔维达》中说："梦幻比现实更现实。"他认为，一个人真正的生活，是他的内心活动，而不是看得到、听得见的表面言行。当同时代的许多小说家还在满足于讲述离奇的故事的时候，蒲松龄已写出如此精彩的"心理小说"，虽不能说是奇迹，也着实令人赞叹。

作者在本篇的"异史氏曰"中评论说："秀才入闱，有七似焉。"用一连串的比喻，将秀才在考试过程中和考试之后的可笑、可怜、可悲的情状、心理，写得惟妙惟肖、生动传神，凝聚着作者的切身体验和对生活的精微观察，历来为人们称道不已。阅读本篇，对这段精彩的"异史氏曰"，是不能不加以注意的。

（张稔穰　杨广敏）

农　妇

邑西磁窑坞有农人妇，勇健如男子，辄为乡中排难解纷。与夫异县而居。夫家高苑，距淄百余里；偶一来，信宿便去。妇自赴颜山，贩陶器为业。有赢余，则施丐者。

一夕，与邻妇语，忽起曰："腹少微痛，想孽障欲离身也。"遂去。天明往探之，则见其肩荷酿酒巨瓮二，方将入门。随至其室，则有婴儿绷卧。骇问之，盖娩后已负重百里矣。

故与北庵尼善，订为姊妹。后闻尼有秽行，忿然操杖，将往挞楚，众苦劝乃止。一日，遇尼于途，遽批之。问："何罪？"亦不答。拳石交施，至不能号，乃释而去。

异史氏曰："世言女中丈夫，犹自知非丈夫也，妇并忘其为巾帼矣。其豪爽自快，与古剑仙无殊，毋亦其夫亦磨镜者流耶？"

【评赏】

本篇记一农妇的奇行异举。她不仅"勇健如男子"，靠贩陶自食其力，而且"豪侠自快"，为他人"排难解纷"。在中国漫长的封建社会中，妇女被压在社会的最底层。生活的折磨，礼教的束缚，使千千万万的女子犹如巨石之下的小草，失去了生命的光泽，变成体质孱弱、心理卑怯的畸形人。与她们相比，这位农妇无异于枯草中的一朵奇葩，粲然开放，光彩照人，显示出旺盛的生命力。作者之所以在"异史氏曰"中对她赞不绝口，因为在农妇身上体现着作者健康的人格理想。

作者没有按时间线索讲述农妇的一般生平,只选取其"与夫异县而居",贩陶赢余施丐,娩后负重百里,痛打有"秽行"的尼姑几个侧面,便将一个纯朴善良而又豪爽勇健的农妇形象勾画出来了。这种以人物性格为中心选材谋篇的写作方式,是蒲松龄的高明之处。

文末提到的"磨镜者",指唐人小说中女剑客聂隐娘的丈夫。聂隐娘是唐贞元中魏博大将聂锋之女。十岁时被一女尼携去,授以剑术,五年送归。偶一磨镜少年及门,隐娘禀于父而嫁之。夫妇初事魏博,后事陈许,再后不知所之。而此磨镜少年始终未见有何艺能,是一个带有神秘色彩的人物。作者将农妇比做"剑仙",将其夫比做磨镜少年,说明他们行迹异常、不同凡俗。这一典故的运用,也给读者留下猜测、想象的余地。

(张稔穰　杨广敏)

席　方　平

席方平,东安人。其父名廉,性戆拙。因与里中富室羊姓有隙,羊先死;数年,廉病垂危,谓人曰:"羊某今贿嘱冥使搒我矣。"俄而身赤肿,号呼遂死。席惨怛不食,曰:"我父朴讷,今见陵于强鬼,我将赴地下,代伸冤气耳。"自此不复言,时坐时立,状类痴,盖魂已离舍矣。

席觉初出门,莫知所往,但见路有行人,便问城邑。少选,入城。其父已收狱中。至狱门,遥见父卧檐下,似甚狼狈。举目见子,潸然流涕,便谓:"狱吏悉受赇嘱,日夜榜掠,胫股摧残甚矣!"席怒,大骂狱吏:"父如有罪,自有王章,岂汝等死魅所能操耶!"遂出,抽笔为词。值城隍早衙,喊冤以投。羊惧,内外贿通,始出质理。城隍以所告无据,颇不直席。席忿气无所复伸,冥行百余里,至郡,以官役私状,告之郡司。迟之半月,始得质理。郡司扑席,仍批城隍复案。席至邑,备受械梏,惨冤不能自舒。城隍恐其再讼,遣役押送归家。役至门

辞去。

席不肯入,遁赴冥府,诉郡邑之酷贪。冥王立拘质对。二官密遣腹心,与席关说,许以千金。席不听。过数日,逆旅主人告曰:"君负气已甚,官府求和而执不从,今闻于王前各有函进,恐事殆矣。"席以道路之口,犹未深信。俄有皂衣人唤入。升堂,见冥王有怒色,不容置词,命笞二十。席厉声问:"小人何罪?"冥王漠若不闻。席受笞,喊曰:"受笞允当,谁教我无钱也!"冥王益怒,命置火床。两鬼捽席下,见东墀有铁床,炽火其下,床面通赤。鬼脱席衣,掬置其上,反复揉捺之。痛极,骨肉焦黑,苦不得死。约一时许,鬼曰:"可矣。"遂扶起,促使下床着衣,犹幸跛而能行。复至堂上,冥王问:"敢再讼乎?"席曰:"大怨未伸,寸心不死,若言不讼,是欺王也。必讼!"又问:"讼何词?"席曰:"身所受者,皆言之耳。"

冥王又怒,命以锯解其体。二鬼拉去,见立木,高八九尺许,有木板二,仰置其下,上下凝血模糊。方将就缚,忽堂上大呼"席某",二鬼即复押回。冥王又问:"尚敢讼否?"答曰:"必讼!"冥王命捉去速解。既下,鬼乃以二板夹席,缚木上。锯方下,觉顶脑渐辟,痛不可禁,顾亦忍而不号。闻鬼曰:"壮哉此汉!"锯隆隆然寻至胸下。又闻一鬼云:"此人大孝无辜,锯令稍偏,勿损其心。"遂觉锯锋曲折而下,其痛倍苦。俄顷,半身辟矣。板解,两身俱仆。鬼上堂大声以报。堂上传呼,令合身来见。二鬼即推令复合,曳使行。席觉锯缝一道,痛欲复裂,半步而踣。一鬼于腰间出丝带一条授之,曰:"赠此以报汝孝。"受而束之,一身顿健,殊无少苦。遂升堂而伏。冥王复问如前;席恐再罹酷毒,便答:"不讼矣。"冥王立命送还阳界。隶率出北门,指示归途,反身遂去。

席念阴曹之暗昧尤甚于阳间,奈无路可达帝听。世传灌口二郎为帝勋戚,其神聪明正直,诉之当有灵异。窃喜两隶已去,遂转身南向。奔驰间,有二人追至,曰:"王疑汝不归,今果然矣。"捽回复见冥王。窃意冥王益怒,祸必更惨;而王殊无厉容,谓席曰:"汝志诚孝。但汝父冤,我已为若雪之矣。今已往生富贵家,何用汝鸣呼为。今送汝归,予以千金之产、期颐之寿,于愿足乎?"乃注籍中,嵌以巨印,使亲视之。席谢而下。鬼与俱出,至途,驱而骂曰:"奸猾贼!频频翻覆,使人奔波欲死!再犯,当捉入大磨中,细细研之!"席张目叱曰:"鬼子胡为者!我性耐刀锯,不耐挞楚。请反见王,王如令我自归,亦复何劳相送。"乃返奔。二鬼惧,温语劝回。席故蹇缓,行数步,辄憩路侧。鬼含怒不敢复言。

约半日,至一村,一门半辟,鬼引与共坐;席便据门阈。二鬼乘其不备,推入门中。惊定自视,身已生为婴儿。愤啼不乳,三日遂殇。魂摇摇不忘灌口,约奔数十里,忽见羽葆来,幡戟横路。越道避之,因犯卤簿,为前马所执,絷送车前。仰见车中一少年,丰仪瑰玮。问席:"何人?"席冤愤正无所出,且意是必巨官,或当能作威福,因缅诉毒痛。车中人命释其缚,使随车行。俄至一处,官府十余员,迎谒道左,车中人各有问讯。已而指席谓一官曰:"此下方人,正欲往诉,宜即为之剖决。"

席询之从者,始知车中即上帝殿下九王,所嘱即二郎也。席视二郎,修躯多髯,不类世间所传。

九王即去,席从二郎至一官廨,则其父与羊姓并衙隶俱在。少顷,槛车中有囚人出,则冥王及郡司、城隍也。当堂对勘,席所言皆不妄。三官战栗,状若伏鼠。二郎援笔立判;顷之,传下判语,令案中人共视之。

判云:"勘得冥王者:职膺王爵,身受帝恩。自应贞洁以率臣僚,不当贪墨以速官谤。而乃繁缨荣戟,徒夸品秩之尊;羊狠狼贪,竟玷人臣之节。斧敲斨,斨入木,妇子之皮骨皆空;鲸吞鱼,鱼食虾,蝼蚁之微生可悯。当掬西江之水,为尔湔肠;即烧东壁之床,请君入瓮。城隍、郡司,为小民父母之官,司上帝牛羊之牧。虽则职居下列,而尽瘁者不辞折腰;即或势逼大僚,而有志者亦应强项。乃上下其鹰鸷之手,既罔念夫民贫;且飞扬其狙狯之奸,更不嫌乎鬼瘦。惟受赃而枉法,真人面而兽心!是宜剔髓伐毛,暂罚冥死;所当脱皮换革,仍令胎生。隶役者:既在鬼曹,便非人类。只宜公门修行,庶还落蓐之身;何得苦海生波,益造弥天之孽?飞扬跋扈,狗脸生六月之霜;隳突叫号,虎威断九衢之路。肆淫威于冥界,咸知狱吏为尊;助酷虐于昏官,共以屠伯是惧。当以法场之内,剉其四肢;更向汤镬之中,捞其筋骨。羊某:富而不仁,狡而多诈。金光盖地,因使阎摩殿上,尽是阴霾;铜臭熏天,遂教枉死城中,全无日月。余腥犹能役鬼,大力直可通神。宜籍羊民之家,以偿席生之孝。即押赴东岳施行。"

又谓席廉:"念汝子孝义,汝性良懦,可再赐阳寿三纪。"因使两人送之归里。席乃抄其判词,途中父子共读之。既至家,席先苏;令家人启棺视父,僵尸犹冰,俟之终日,渐温而活。乃索抄词,则已无矣。

自此,家道日丰,三年间,良沃遍野;而羊氏子孙微矣,楼阁田产,尽为席有。里人或有买其田者,夜梦神人叱之曰:"此席家物,汝乌得有之!"初未深信;既而种作,则终年升斗无所获,于是复鬻归席。席父九十余岁而卒。

异史氏曰:"人人言净土,而不知生死隔世,意念都迷,且不知其所以来,又乌知其所以去;而况死而又死,生而复生者乎?忠孝志定,万劫不移,异哉席生,何其伟也!"

【评赏】

《席方平》是《聊斋志异》中最优秀的篇章之一,历来为人称道。它通过席方平为父申冤到冥间告状的故事,揭露了封建官吏纳贿枉法,残害人民的反动本质,热情赞扬了席方平孝义志定,万劫不移的顽强斗争精神。小说构思新颖,思想深刻,矛盾尖锐,人物性格突出,艺术结构完整,不愧是脍炙人口的佳作。

这篇小说在艺术构思上最突出的特点是将现实生活幻化,托鬼神以映世情。作者以一场虚构的阴间的惊心动魄的斗争,来唤起人们对黑暗现实的反抗,以幻映真,以虚写实,从而获得夸张的艺术效果。作者为什么能做出这样的艺术构想呢?一方面是受到民间传说的影响,另一方面则融进了他的生活体验。在封建社会里,下层人民常常因受富豪的欺凌而酿成一幕幕悲剧。他们投诉无门,大冤不能得伸,就把希望寄托在冥间的鬼神身上。据说在阴曹地府里有主持公道、铁面无私的阎罗王,那些在阳世做了坏事的人,死后定会受到阴司的惩罚。蒲松龄在构思《席方平》时,显然借鉴了这类民间传说,反其意而用之,创造一个极端黑暗、腐败的阴司官场。蒲松龄是一位有政治抱负的知识分子,但在仕途上很不得志,长期生活在农村,对下层人民所受的苦难有所了解,对官吏的贪鄙凶残、土豪劣绅的阴险横暴也有所观察,他同情人民,憎恶贪官污吏,勇敢地跟淄川地方的贪吏蠹役作过斗争。可以想见,他在构想《席方平》时,定会融进这方面的体验和认识。为了表达主题的需要,他在《席方平》中托之鬼神,实指现实,对封建吏治的黑暗腐朽作了淋漓尽致的揭露和批判,这篇小说的深刻独到之处就在这里。

《席方平》所反映的思想内容既有深度又有广度。它通过活生生的艺术画面为我们展示的不只是席方平个人复仇的故事,而且揭露了从下到上,从地方到中央整个封建统治机器的黑暗和腐朽。作品的主题思想是通过席方平在阴间四次告状,逐步揭示出来并得到深化的。开篇描写了席方平父亲惨死的情形:席父在阳世与富室羊某"有隙",临死被先死的羊某贿通的冥使榜掠,备受惨酷,周身赤肿,"号呼遂死"。这简洁的几笔既交代了席方平告状的原因,又渲染出矛盾冲突的紧张气氛。席方平气忿难平,魂入地府代父伸冤:一告羊某于城隍,由于羊某内外贿通,"城隍以所告无据",草草了事;二告城隍于郡司,郡司"迟之半月,始得质理",把案子"仍批城隍复案",席方平"备受械梏",再度蒙冤;三告"郡邑之酷贪"于冥王,"酷而又贪,奸而且诈"(但明伦语)的冥王,先是装腔作势,继而见了原告"不容置词",然后软硬兼施,对席用尽阴间酷刑;四告冥王于二郎神,这才冲破黑暗,昭雪覆盆,得到公正处理。从席方平告状申冤的过程中,我们可以得到这样的认识:其一,席方平在逐级上告中所接触到的从小到大、从地方到中央的各级官吏,是一丘之貉,他们上下勾结,官官相护,沆瀣一气。他们在公堂上不问案情,只再三喝问原告:"敢再讼乎?"动用酷刑,不是对被告而是对原告,不是要得到招供,而是为制止上诉。更为荒唐的是他们竟然用"千金之产、期颐之寿"作为贿嘱之饵,诱骗原告罢讼。这就把封建官府"明镜高悬""公正廉明"的遮羞布撕得精光。其二,揭露了各级冥官"酷而又贪,奸而且诈"的本质。羊某欺凌席父本来无理,由于他到处花钱打通关节,使各级官吏都替他说话。官职越高,权力越大,纳贿枉法的胆子也越大,对席方平的迫害也越残忍。席方平有理无钱,打不赢官司,反受酷刑,原因就是官绅勾结贿通,官官相护,用席方平自己的话说就是"受笞允当,谁教我无钱也!"这就把封建官府"金光盖地""铜臭熏天"、贪赃枉法的腐朽本质揭露无遗。同时也说明在那"鲸吞鱼,鱼食虾"的世界里,没有正义公理可言,只有官吏们的狼狈为奸,老百姓的无穷灾难。其三,小说最后以席方平的胜诉告终,灌口二郎主持了公道,为席家昭雪沉冤,并把众犯"即押赴东岳施行"。这个结局表明了作者的善良愿望和美好理想,也表现了作者的思想局限。

这篇小说在艺术上的最大成功就是塑造了席方平这一光彩照人的形象。席方平是小说的主人公,他具有刚毅顽强、不屈不挠的反抗性格,作者把他放在矛盾斗争的旋涡中进行刻画,经过多次皴染使他的性格逐步丰满、鲜明起来。小说一开始写席方平勇赴冥府,为父申冤,为其性格设下了一层底色:不仅表现了他的孝心,也表现了他同情良弱、憎恨邪恶的正义感。一告羊某于城隍时,他对"王章"、官府十分相信,从他理直气壮地大骂狱吏的语言和"抽笔为词"的动作中可以看出他的充满信心,为他的性格染出了刚烈的主色。一告失败之后,席方平"忿气无所复伸",这个"忿"字既是对城隍的愤恨,又是急于雪恨的表现,还有不甘失败的心情。没有语言,只有表情,是席方平刚烈性格的最生动的表现。二告失败之后,席方平"惨冤不能自舒",对官府的失望已溢于言外。一告再告的行动使席方平刚烈的性格又加上了顽强的色调。三告郡邑于冥王的一段文字写得最为精彩,在这里作者用三个层次皴染了席方平的性格:其一,当他怀着一线希望走进冥府时,受到的却是"不容置词,命笞二十"的待遇。他想辩解而不能,于是发出"受笞允当,谁教我无钱也"的愤叹。这是对自己轻信官府的自嘲,更是对冥王"酷而又贪"的讥讽,表现了席方平不畏强暴、敢于反抗的斗争精神。其二,当他经受了火床揉搽的考验之后,冥王问他"敢再讼乎?"他斩钉截铁地回答:"大怨未伸,寸心不死,……必讼!"这句话充分表现了席方平不屈不挠的坚强意志和刀斧不惧的铁汉气概。其三,当席方平经过了锯解其体的考验之后,他变得更加冷静和聪明,他用"不讼矣"三字骗过冥王,又做出上诉天帝的决定。经过这三次考验,席方平已认识到"阴曹之暗昧尤甚于阳间",他从对个别官吏的不满,发展到与整个官府的对立。一个铮铮铁汉的形象至此雕塑般地树立起来。

席方平在阴曹地府不仅经受了种种骇人听闻的酷刑摧残,而且经受了多次利诱收买的考验。当席方平"诉郡邑之酷贪"于冥王时,郡邑二官密遣心腹,与席关说,许以千金。被席方平断然拒绝。在冥王未能用刑罚征服席方平之后,为了使他不再上诉,竟以"千金之产、期颐之寿"进行诱骗,怕他不信,又把盖有大印的簿子给他看,还声称让席父转生到富贵家庭。这样的条件,并没有动摇席方平上诉天帝的决心。酷刑没有动其志,诱骗不能乱其心,席方平的形象更加丰满、色彩更加鲜明。作者如同高明的画家,反复设色,多次皴染,使席方平的性格得到多层次多侧面的表现。

《席方平》是一篇社会问题小说,同时又是一篇美的文学精品,尽管作者的价值判断仅仅限于善恶两报,然而作品惩恶扬善的态度非常鲜明,他批判了假、恶、丑,赞扬了真、善、美,这种美学思想无疑是进步的。特别应当指出的是,席方平的一生应该说是一种悲剧,然而作品却是以喜剧结局的,这种悲剧的内容、喜剧的结局,虽含有善有善报、恶有恶报的因素,但它却代表了作家的一种追求,一种希望,它不仅给整个作品增添了一线亮色,而且鼓舞人们去斗争、去奋进,争取人生较好的命运。这也是《席方平》的积极意义所在,是其思想价值与美学价值的一个重要方面。

(李永昶)

贾奉雉

贾奉雉,平凉人。才名冠一时,而试辄不售。一日,途中遇一秀才,自言郎姓,风格洒然,谈言微中。因邀俱归,出课艺就正。郎读罢,不甚称许,曰:"足下文,小试取第一则有余,闱场取榜尾则不足。"贾曰:"奈何?"郎曰:"天下事,仰而跂之则难,俯而就之甚易,此何须鄙人言哉!"遂指一二人、一二篇以为标准,大率贾所鄙弃而不屑道者。闻之,笑曰:"学者立言,贵乎不朽,即味列八珍,当使天下不以为泰耳。如此猎取功名,虽登台阁,犹为贱也。"郎曰:"不然。文章虽美,贱则弗传。君欲抱卷以终也则已;不然,帘内诸官,皆以此等物事进身,恐不能因阅君文,另换一副眼睛肺肠也。"贾终默然。郎起而笑曰:"少年盛气哉!"遂别而去。

是秋入闱复落,邑邑不得志,颇思郎言,遂取前所指示者强读之。未至终篇,昏昏欲睡,心惶惑无以自主。

又三年,闱场将近,郎忽至,相见甚欢。因出所拟七题,使贾作之。越日,索文而阅,不以为可,又令复作;作已,又訾之。贾戏于落卷中,集其蕞茸泛滥、不可告人之句,连缀成文,俟其来而示之。郎喜曰:"得之矣!"因使熟记,坚嘱勿忘。贾笑曰:"实相告:此言不由中,转瞬即去,便受夏楚,不能复忆之也。"郎坐案头,强令自诵一过,因使袒背,以笔写符而去,曰:"只此已足,可以束阁群书矣。"验其符,濯之不下,深入肌理。

至场中,七题无一遗者。回思诸作,茫不记忆,惟戏缀之文,历历在心。然把笔终以为羞;欲少窜易,而颠倒苦思,竟不能复更一字。日已西坠,直录而出。郎候之已久,问:"何暮也?"贾以实告,即求拭符;视之,已漫灭矣。再忆场中文,遂如隔世。大奇之,因问:"何不自谋?"笑曰:"某惟不作此等想,故能不读此等文也。"遂约明日过诸其寓。贾诺之。郎既去,贾取文稿自阅之,大非本怀,怏怏不自得,不复访郎,嗒丧而归。

未几,榜发,竟中经魁。又阅旧稿,一读一汗,读竟,重衣尽湿,自言曰:"此文一出,何以见天下士矣!"方惭怍间,郎忽至,曰:"求中既中矣,何其闷也?"曰:"仆适自念,以金盆玉碗贮狗矢,真无颜出见同人。行将遁迹山丘,与世长绝矣。"郎曰:"此亦大高,但恐不能耳。果能之,仆引见一人,长生可得,并千载之名,亦不足恋,况傥来之富贵

乎!"贾悦,留与共宿,曰:"容某思之。"天明,谓郎曰:"予志决矣!"不告妻子,飘然遂去。

渐入深山,至一洞府。其中别有天地。有叟坐堂上,郎使参之,呼以师。叟曰:"来何早也?"郎白:"此人道念已坚,望加收齿。"叟曰:"汝既来,须将此身并置度外,始得。"贾唯唯听命。郎送至一院,安其寝处,又投以饵,始去。房亦精洁;但户无扉,窗无棂,内惟一几一榻。

贾解屦登榻,月明穿射矣;觉微饥,取饵唉之,甘而易饱。窃意郎当复来。坐久寂然,杳无声响,但觉清香满室,脏腑空明,脉络皆可指数。忽闻有声甚厉,似猫抓痒,自牖睨之,则虎蹲檐下。乍见,甚惊;因忆师言,即复收神凝坐。虎似知其有人,寻入近榻,气咻咻,遍嗅足股。少顷,闻庭中嗥动,如鸡受缚,虎即趋出。又坐少时,一美人入,兰麝扑人,悄然登榻,附耳小言曰:"我来矣。"一言之间,口脂散馥。贾瞑然不少动。又低声曰:"睡乎?"声音颇类其妻,心微动。又念曰:"此皆师相试之幻术也。"瞑如故。美人笑曰:"鼠子动矣!"初,夫妻与婢同室,狎亵惟恐婢闻,私约一谜曰:"鼠子动,则相欢好。"忽闻是语,不觉大动,开目凝视,真其妻也。问:"何能来?"答云:"郎生恐君岑寂思归,遣一妪导我来。"言次,因贾出门不相告语,偎傍之际,颇有怨怼。贾慰藉良久,始得嬉笑为欢。既毕,夜已向晨,闻叟谯呵声,渐近庭院。妻急起,无地自匿,遂越短墙而去。俄顷,郎从叟入。叟对贾杖郎,便令逐客。郎亦引贾自短墙出,曰:"仆望君奢,不免躁进;不图情缘未断,累受扑责。从此暂去,相见行有日也。"指示归途,拱手遂别。

贾俯视故村,故在目中。意妻弱步,必滞途间。疾趋里余,已至家门,但见房垣零落,旧景全非,村中老幼,竟无一相识者,心始骇异。忽念刘、阮返自天台,情景真似。不敢入门,于对户憩坐。良久,有老翁曳杖出。贾揖之,问:"贾某家何所?"翁指其第曰:"此即是也。得无欲问奇事耶?仆悉知之。相传此公闻捷即遁;遁时,其子才七八岁。后至十四五岁,母忽大睡不醒。子在时,寒暑为之易衣;适殁,两孙穷踧,房舍拆毁,惟以木架苫覆蔽之。月前,夫人忽醒,屈指百余年矣。远近闻其异,皆来访视,近日稍稀矣。"贾豁然顿悟,曰:"翁不知贾奉雉即某是也。"翁大骇，走报其家。

时长孙已死；次孙祥，至五十余矣。以贾年少，疑有诈伪。少间，夫人出，始识之。双涕霪霪，呼与俱去。苦无屋宇，暂入孙舍。大小男妇，奔入盈侧，皆其曾、玄，率陋劣少文。长孙妇吴氏，沽酒具藜藿；又使少子杲及妇，与己共室，除舍舍祖翁姑。贾入舍，烟埃儿溺，杂气熏人。居数日，懊惋殊不可耐。两孙家分供餐饮，调饪尤乖。里中以贾新归，日日招饮；而夫人恒不得一饱。吴氏故士人女，颇娴闺训，承顺不衰。祥家给奉渐疏，或嘑尔与之。贾怒，携夫人去，设帐东里。每谓夫人曰："吾甚悔此一返，而已无及矣。不得已，复理旧业，若心无愧耻，富贵不难致也。"居年余，吴氏犹时馈饷，而祥父子绝迹矣。

是岁，试入邑庠。邑令重其文，厚赠之，由此家稍裕。祥稍稍来近就之。贾唤入，计囊所耗费，出金偿之，斥绝令去。遂买新第，移吴氏共居之。吴二子，长者留守旧业；次杲颇慧，使与门人辈共笔砚。

贾自山中归，心思益明澈，无何，连捷，登进士第。又数年，以侍御出巡两浙，声名赫奕，歌舞楼台，一时称盛。贾为人鲠峭，不避权贵，朝中大僚，思中伤之。贾屡疏恬退，未蒙俞旨，未几而祸作矣。先是，祥六子皆无赖，贾虽摈斥不齿，然皆窃余势以作威福，横占田宅，乡人共患之。有某乙娶新妇，祥次子篡娶为妾。乙故狙诈，乡人敛金助讼，以此闻于都。于是当道交章攻贾。贾殊无以自剖，被收经年。祥及次子皆瘐死。贾奉旨充辽阳军。时杲入泮已久，为人颇仁厚，有贤声。夫人生一子，年十六，遂以属杲，夫妻携一仆一媪而去。贾曰："十余年富贵，曾不如一梦之久。今始知荣华之场，皆地狱境界，悔比刘晨、阮肇，多造一重孽案耳。"

数日，抵海岸，遥见巨舟来，鼓乐殷作，虞候皆如天神。既近，舟中一人出，笑请侍御过舟少憩。贾见惊喜，踊身而过，押隶不敢禁。夫人急欲相从，而相去已远，遂愤投海中。漂泊数步，见一人垂练于水，引救而去。隶命篙师荡舟，且追且号，但闻鼓声如雷，与轰涛相间，瞬间遂杳。仆识其人，盖郎生也。

异史氏曰："世传陈大士在闱中，书艺既成，吟诵数四，叹曰：'亦复谁人识得！'遂弃去更作，以故闱墨不及诸稿。贾生羞而遁去，此处有仙骨焉。乃再返人世,遂以口腹自贬,贫贱之中人甚矣哉!"

【评赏】

在封建社会末期的清朝初年,科举制度已经腐朽。蒲松龄学富五车,文名籍籍,却屡试不第,他对科举制度的种种弊端十分熟悉,对各色各样书生、士子的心态了解甚多、感受甚深。为了表达他的这种"孤愤",他在《聊斋志异》中创作了一批反映仕途、科举的短篇小说,《叶生》《于去恶》《司文郎》《贾奉雉》都是其中的佼佼者。这几篇作品的主人公都是怀才不遇之士,从不同角度,不同侧面反映了封建时代正直知识分子的不幸命运。《贾奉雉》中的书生贾奉雉,就是一个正直知识分子的典型形象。

蒲松龄的小说讲究创新,不拘一格,即使同类题材的作品,立意、构思、形象结构、表现方法,也互不雷同。同样是沦落的书生,叶生是"魂从知己",助友成名,"借福泽为文章吐气",从而表现落第才人的悲惨遭际和悲苦心理。于去恶是参加冥府科考的鬼魂,由于瞎眼的师旷、贪财的和峤之流充任试官,"游神耗鬼"杂入"衡文",使他这样的佳士被黜,以此讽刺现实文场的乌烟瘴气。司文郎先为鬼而后为神,为鬼不忘功名,为神扭转文运,以此讽喻心盲目瞽的试官,赞扬助友应试的游魂。以上三个人物都是鬼魂,立意却各有侧重,角度也各不相同,但都翻出新意,各有千秋。贾奉雉既不是鬼,也不是神,他是一个活生生的现实中的人,他的思想内涵似乎比以上三个鬼书生更加丰富,他的心理历程也比较曲折复杂。他经历了一番坎坷的人生历程之后,最后走上求仙学道的归隐之路。由此可见,《贾奉雉》的艺术构思又有新的特点,也是其思想价值的独到之处。

这篇小说写了两个重要人物——贾奉雉和郎生。一个是怀才不遇的书生,一个是洞察世事的仙人。作者精心设计的这两个人物,对揭露现实文场的黑暗,表现思想主题起着极为重要的作用。贾奉雉是全篇的中心人物,他先追求功名,后来决心归隐。作品对他的思想品格,心理活动作了细致的刻画和充分的展示。在贾奉雉生活的时代,书生、士子只有走科举的道路,才能有出头之日,然而光靠道德文章是很难走通的。贾奉雉"才名冠一时,而试辄不售"就说明了这一点。原因是什么呢?按照郎生的话说,贾的文章"小试取第一则有余,闱场取榜尾则不足",意思是贾不会作迎合试官口味的呆板的时文八股,因此郎生又给他讲了"天下事,仰而跂之则难,俯而就之甚易"的道理,让他放低身段去读某些人的陋劣文章。然而,贾奉雉信奉圣贤的"学者立言,贵乎不朽"的教诲,对此等文不屑一顾,这正是他屡试屡败的原因。这些笔墨尖锐地抨击了八股取士的科举制度,同时也表现了贾生的正直和耿介的品格。洞察世情的郎生还进一步指出:"帘内诸官,皆以此等物事进身,恐不能因阅君文,另换一副眼睛肺肠也。"这真是一语道破了实质,它说明八股取士制度造就了一批不学无术、昏聩无能的试官,再用这些试官去选拔人才,只能进凡庸而黜佳士,对科举的批判又深一层。

　　贾奉雉屡屡受挫,给他精神上造成极大的痛苦,既想追求功名仕进,又不愿作标准时文,这种矛盾是造成他心灵痛苦的原因。在"邑邑不得志"的情况下,他勉强去读郎生指示的标准时文,并"戏于落卷中,集其葸茸泛滥、不可告人之句,连缀成文"。郎生这才高兴地说他得到了作文的要领,并用法术将这些文句固定在贾的头脑里。这使他在考试时什么也记不清楚,"惟戏缀之文,历历在心",不得已"直录而出",交卷了事,结果竟然高中"经魁"。这并没给贾生带来快乐,相反,当他再阅其文时,一读一汗,读完之后,几层衣裳都湿透了,自觉"无颜出见同人",决心"遁迹山丘,与世长绝"。这真是一段绝妙的文字,如此"狗矢"文章竟是士子猎取功名的法宝,八股取士的科举制度腐朽到何种地步也就可想而知了。贾奉雉是一位正直的知识分子,他不要这种丑恶的功名,决心归隐山林,表明他对仕途的绝望和鄙弃,这从根本上否定了科举制度,也是这篇小说思想的深刻之处。蒲松龄在其他反映仕途、科举的小说中多是揭露弊端,抨击试官,或表现士子的被腐蚀的灵魂,不曾从根本上否定科举制度。贾奉雉的出走说明正直的知识分子已开始觉醒,他们对八股取士从厌恶走向否定。尽管归隐求仙、远离尘世并不怎么可取,但是在当时的历史条件下,作者让他的小说主人公做出这样的选择,还是难能可贵的。

贾奉雉并非只是显示主题的手段,思想结构的棋子,他是作者从社会生活中提炼出来的有灵魂有血肉的活生生的人。作者在借助他表现思想、讽谕时事的同时,将其相关的日常情事组入作品,构成富有生活气息的情节和细节,显示人物的性格、心理、音容笑貌,造成栩栩如生的艺术形象。看贾奉雉,当郎生劝他读标准时文时,他一会"笑曰",一会"默然",一会儿又"邑邑不得志"。这些细节都写出了贾生的心灵颤动。而写他读时文,写时文,背时文,考时文,考中之后复阅旧稿的心理活动更是生动传神。当贾奉雉"遁迹山丘"毅然出走之后,写他与妻子在幻境中相见的场面更是生动,从视觉写美人悄然登榻,从嗅觉写其兰麝扑人、口脂散馥,从听觉写其附耳小言曰"我来矣",造成的情境迷离惝恍,似梦非梦。随后又用"心微动"写贾生之喜,用"此皆师相试之幻术也",写贾生之疑。直到美人笑曰:"鼠子动矣!"贾生才始觉"真其妻也"。"鼠子动矣"这是一个非常美妙的生活细节,是贾生与妻"相欢好"的一句床上隐语,只有夫妻之间才能深知其中的含义。这一种神来之笔,不仅表现了贾奉雉出走前与妻子的恩恩爱爱,而且表现了贾奉雉学道修仙时的尘缘未断。这是贾生的潜意识活动,将人物眷恋生活和爱妻的心灵活画出来,生动、传神,含蓄、隽永,很富有艺术光彩。由于贾奉雉与妻子"情缘未断",被仙师逐还尘世,他又"复理旧业",登第做官,因他"为人鲠峭,不避权贵",所以受到朝中大僚的中伤,祸起充军,这时他才大彻大悟,"始知荣华之场,皆地狱境界"。于是再度弃世,被郎生引渡而去。这部分文字,描写了家庭内部纷争,官场互相倾轧,传达了某些人情世态,但由于缺少生活细节,不及前面的文字精彩。贾生的返回尘世,重操旧业,出仕做官,最后再度弃世,写出了贾生的思想矛盾和反复,也反映了作家对待科举的矛盾心理。

小说中的另一个重要形象是郎生,他半仙半人,对世情有透彻的了解和清醒的认识,他实质上是当时社会中"达人"的形象。作者在艺术构思时,把他幻化为一位仙人,笼罩上一层薄薄的仙雾,这样就把现实的题材虚幻化了。郎生是一个艺术符号,主要起艺术表现的杠杆作用,他好像是作家的眼睛,带着作家洞明时事的认识,带着作家挚爱的感情,也带着作家的憧憬。在他身上,既蕴含着作家对生活的审美评价,又有着作家的心灵探索的沉思。

(李永昶)

胭　　脂

　　东昌卞氏,业牛医者,有女小字胭脂,才姿惠丽。父宝爱之,欲占凤于清门,而世族鄙其寒贱,不屑缔盟,以故及笄未字。

　　对户龚姓之妻王氏,佻脱善谑,女闺中谈友也。一日,送至门,见一少年过,白服裙帽,丰采甚都。女意似动,秋波萦转之。少年俯其首,趋而去。去既远,女犹凝眺。王窥其意,戏之曰:"以娘子才貌,得配若人,庶可无恨。"女晕红上颊,脉脉不作一语。王问:"识得此郎否?"答云:"不识。"王曰:"此南巷鄂秀才秋隼,故孝廉之子。妾向与同里,故识之。世间男子,无其温婉,今衣素,以妻服未阕也。娘子如有意,当寄语使委冰焉。"女无言,王笑而去。

　　数日无耗,心疑王氏未暇即往,又疑宦裔不肯俯拾。邑邑徘徊,萦念颇苦,渐废饮食,寝疾惙顿。王氏适来省视,研诘病因。答言:"自亦不知。但尔日别后,即觉忽忽不快,延命假息,朝暮人也。"王小语曰:"我家男子,负贩未归,尚无人致声鄂郎。芳体违和,非为此否?"女赪颜良久。王戏之曰:"果为此者,病已至是,尚何顾忌?先令夜来一聚,彼岂不肯可?"女叹息曰:"事至此,已不能羞。若渠不嫌寒贱,即遣媒来,疾当愈;若私约,则断断不可!"王颔之,遂去。

　　王幼时与邻生宿介通,既嫁,宿侦夫他出,辄寻旧好。是夜宿适来,因述女言为笑,戏嘱致意鄂生。宿久知女美,闻之窃喜,幸其机之可乘也。将与妇谋,又恐其妒,乃假无心之词,问女家闺闼甚悉。次夜,逾垣入,直达女所,以指叩窗。内问:"谁何?"答以"鄂生"。女曰:"妾所以念君者,为百年,不为一夕。郎果爱妾,但宜速倩冰人;若言

胭脂

小劫情天又較回
辨明冤枉謝良媒
五花妙判篤鴛牒
東國爭傳折獄才

私合,不敢从命。"宿姑诺之,苦求一握纤腕为信。女不忍过拒,力疾启扉。宿遽入,即抱求欢。女无力撑拒,仆地上,气息不续。宿急曳之。女曰:"何来恶少,必非鄂郎;果是鄂郎,其人温驯,知妾病由,当相怜恤,何遂狂暴如此!若复尔尔,便当鸣呼,品行亏损,两无所益!"宿恐假迹败露,不敢复强,但请后会。女以亲迎为期。宿以为远,又请。女厌纠缠,约待病愈。宿求信物,女不许。宿捉足解绣履而出。女呼之返,曰:"身已许君,复何吝惜?但恐'画虎成狗',致贻污谤。今亵物已入君手,料不可反。君如负心,但有一死!"

宿既出,又投宿王所。既卧,心不忘履,阴揣衣袂,竟已乌有。急起篝灯,振衣冥索。诘之,不应。疑妇藏匿,妇故笑以疑之。宿不能隐,实以情告。言已,遍烛门外,竟不可得。懊恨归寝,窃幸深夜无人,遗落当犹在途也。早起寻之,亦复杳然。

先是,巷中有毛大者,游手无籍。尝挑王氏不得,知宿与洽,思掩执以胁之。是夜,过其门,推之未扃,潜入。方至窗外,踏一物,耎若絮帛,拾视,则巾裹女舄。伏听之,闻宿自述甚悉,喜极,抽身而出。逾数夕,越墙入女家,门户不悉,误诣翁舍。翁窥窗,见男子,察其音迹,知为女来者。心忿怒,操刀直出。毛大骇,反走。方欲攀垣,而卞追已近,急无所逃,反身夺刀,媪起大呼,毛不得脱,因而杀之。女稍痊,闻喧始起。共烛之,翁脑裂不复能言,俄顷已绝。于墙下得绣履,媪视之,胭脂物也。逼女,女哭而实告之;但不忍贻累王氏,言鄂生之自至而已。

天明,讼于邑。邑宰拘鄂。鄂为人谨讷,年十九岁,见客羞涩如童子。被执,骇绝。上堂不知置词,惟有战栗。宰益信其情真,横加桎梏。生不堪痛楚,以是诬服。既解郡,敲扑如邑。生冤气填塞,每欲与女面相质;及相遭,女辄诟骂,遂结舌不能自伸,由是论死。往来复讯,经数官无异词。

后委济南府复案。时吴公南岱守济南,一见鄂生,疑不类杀人者,阴使人从容私问之,俾得尽其词。公以是益知鄂生冤。筹思数日,始鞫之。先问胭脂:"订约后,有知者否?"答:"无之。""遇鄂生时,别有人否?"亦答:"无之。"乃唤生上,温语慰之。生自言:"曾过其门,但见旧邻妇王氏与一少女出,某即趋避,过此并无一言。"吴公叱女曰:"适言侧无他人,何以有邻妇也?"欲刑之。女惧曰:"虽有王氏,与彼实无关涉。"

公罢质,命拘王氏。数日已至,又禁不与女通,立刻出审,便问王:"杀人者谁?"王对:"不知。"公诈之曰:"胭脂供言,杀卞某汝悉知之,胡得隐匿?"妇呼曰:"冤哉!淫婢自思男子,我虽有媒合之言,特戏之耳。彼自引奸夫入院,我何知焉!"公细诘之,始述其前后相戏之词。公呼女上,怒曰:"汝言彼不知情,今何以自供撮合哉?"女流涕曰:"自己不肖,致父惨死,讼结不知何年,又累他人,诚不忍耳。"公问王氏:"既戏后,曾语何人?"王供:"无之。"公怒曰:"夫妻在床,应无不言者,何得云无?"王供:"丈夫久客未归。"公曰:"虽然,凡戏人者,皆笑人之愚,以炫己之慧,更不向一人言,将谁欺?"命桔十指。妇不得已,实供:"曾与宿言。"公于是释鄂拘宿。

宿至,自供:"不知。"公曰:"宿妓者必无良士!"严械之。宿自供:"赚女是真。自失履后,未敢复往,杀人实不知情。"公怒曰:"逾墙者何所不至!"又械之。宿不任凌藉,遂以自承。招成报上,无不称吴公之神。铁案如山,宿遂延颈以待秋决矣。

然宿虽放纵无行,故东国名士。闻学使施公愚山贤能称最,又有怜才恤士之德,因以一词控其冤枉,语言怆恻。公讨其招供,反复凝思之,拍案曰:"此生冤也!"遂请于院、司,移案再鞫。问宿生:"鞋遗何所?"供言:"忘之。但叩妇门时,犹在袖中。"转诘王氏:"宿介之外,奸夫有几?"供言:"无有。"公曰:"淫乱之人,岂得专私一个?"供言:"身与宿介,稚齿交合,故未能谢绝;后非无见挑者,身实未敢相从。"因使指其人以实之,供云:"同里毛大,屡挑而屡拒之矣。"公曰:"何忽贞白如此?"命榜之。妇顿首出血,力辨无有,乃释之。又诘:"汝夫远出,宁无有托故而来者?"曰:"有之。某甲、某乙,皆以借贷馈赠,曾一二次入小人家。"盖甲、乙皆巷中游荡子,有心于妇而未发者也。公悉籍其名,并拘之。

既集,公赴城隍庙,使尽伏案前。便谓:"曩梦神人相告,杀人者不出汝等四五人中。今对神明,不得有妄言。如肯自首,尚可原宥;

虚者,廉得无赦!"同声言无杀人之事。公以三木置地,将并加之;括发裸身,齐鸣冤苦。公命释之,谓曰:"既不自招,当使鬼神指之。"使人以毡褥悉障殿窗,令无少隙;袒诸囚背,驱入暗中,始授盆水,一一命自盥讫;系诸壁下,戒令"面壁勿动,杀人者,当有神书其背"。少间,唤出验视,指毛曰:"此真杀人贼也!"盖公先使人以灰涂壁,又以烟煤濯其手:杀人者恐神来书,故匿背于壁而有灰色;临出,以手护背,而有烟色也。公固疑是毛,至此益信。施以毒刑,尽吐其实。判曰:

"宿介:蹈盆成括杀身之道,成登徒子好色之名。只缘两小无猜,遂野鹜如家鸡之恋;为因一言有漏,致得陇兴望蜀之心。将仲子而逾园墙,便如鸟堕;冒刘郎而至洞口,竟赚门开。感悦惊庞,鼠有皮胡若此?攀花折树,士无行其谓何!幸而听病燕之娇啼,犹为玉惜;怜弱柳之憔悴,未似莺狂。而释幺凤于罗中,尚有文人之意;乃劫香盟于袜底,宁非无赖之尤!蝴蝶过墙,隔窗有耳;莲花卸瓣,堕地无踪。假中之假以生,冤外之冤谁信?天降祸起,酷械至于垂亡;自作孽盈,断头几于不续。彼逾墙钻隙,固有玷夫儒冠;而僵李代桃,诚难消其冤气。是宜稍宽笞扑,折其已受之惨;姑降青衣,开其自新之路。若毛大者:刁猾无籍,市井凶徒。被邻女之投梭,淫心不死;伺狂童之入巷,贼智忽生。开户迎风,喜得履张生之迹;求浆值酒,妄思偷韩掾之香。何意魄夺自天,魂摄于鬼。浪乘槎木,直入广寒之宫;径泛渔舟,错认桃源之路。遂使情火息焰,欲海生波。刀横直前,投鼠无他顾之意;寇穷安往,急兔起反噬之心。越壁入人家,止期张有冠而李借;夺兵遗绣履,遂教鱼脱网而鸿离。风流道乃生此恶魔,温柔乡何有此鬼蜮哉!即断首领,以快人心。胭脂:身犹未字,岁已及笄。以月殿之仙人,自应有郎似玉;原霓裳之旧队,何愁贮屋无金?而乃感关雎而念好逑,竟绕春婆之梦;怨摽梅而思吉士,遂离倩女之魂。为因一线缠萦,致使群魔交至。争妇女之颜色,恐失'胭脂';惹鸷鸟之纷飞,并托'秋隼'。莲钩摘去,难保一瓣之香;铁限敲来,几破连城之玉。嵌红豆于骰子,相思骨竟作厉阶;丧乔木于斧斤,可憎才真成祸水!葳蕤自守,幸白璧之无瑕;缧绁苦争,喜锦衾之可覆。嘉其入门之拒,犹洁白之情人；遂其掷果之心，亦风流之雅事。仰彼邑令，作尔冰人。"

案既结，遐迩传诵焉。自吴公鞫后，女始知鄂生冤。堂下相遇，腼然含涕，似有痛惜之词，而未可言也。生感其眷恋之情，爱慕殊切；而又念其出身微，且日登公堂，为千人所窥指，恐娶之为人姗笑，日夜萦回，无以自主。判牒既下，意始安帖。邑宰为之委禽，送鼓吹焉。

异史氏曰："甚哉！听讼之不可以不慎也！纵能知李代为冤，谁复思桃僵亦屈？然事虽暗昧，必有其间，要非审思研察，不能得也。呜呼！人皆服哲人之折狱明，而不知良工之用心苦矣。世之居民上者，棋局消日，绸被放衙，下情民艰，更不肯一劳方寸。至鼓动衙开，巍然高坐，彼哓哓者直以桎梏静之，何怪覆盆之下多沉冤哉！"

愚山先生，吾师也。方见知时，余犹童子。窃见其奖进士子，拳拳如恐不尽。小有冤抑，必委曲呵护之，曾不肯作威学校，以媚权要。真宣圣之护法，不止一代宗匠，衡文无屈士已也。而爱才如命，尤非后世学使虚应故事者所及。尝有名士入场，作"宝藏兴焉"文，误记"水下"；录毕而后悟之，料无不黜之理。作词曰："宝藏在山间，误认却在水边。山头盖起水晶殿，瑚长峰尖，珠结树颠；这一回崖中跌死撑船汉！告苍天：留点蒂儿，好与友朋看。"先生阅文至此，和之曰："宝藏将山夸，忽然见在水涯。樵夫漫说渔翁话。题目虽差，文字却佳，怎肯放在他人下。尝见他，登高怕险；那曾见，会水渰杀？"此亦风雅之一斑，怜才之一事也。

【评赏】

《胭脂》是一篇公案小说。案情复杂，情节曲折，故事生动，极富有戏剧性，因此它是《聊斋志异》中改编成戏剧、电影和电视剧最多的一篇，这篇作品大概是根据现实生活中的一个真实故事改写的，但是它并不是一个案件的具体记录，而是一篇突破真人真事局限的小说创作。作者根据现实生活提供的素材，驰骋想象，进行虚构，既创造出生动曲折的故事情节，又细致地刻画了众多的人物形象，因而使作品充满了浓郁的生活气息，而又文采斐然。小说通过案情和审案的生动描写,表现了作者对生活观察的细致和认识的深刻,寄托了作者对狱讼中关心民瘼的清明问官的向往。

　　这篇小说最突出的特色,就在于情节曲折生动、变化莫测、委曲婉转、引人入胜。从某种意义上讲,作家组织情节的才能就是善于发现矛盾、展开矛盾、解决矛盾。这篇小说一开篇作者就抓住了矛盾:胭脂出身在门第寒贱的牛医家庭,父亲却想把她嫁给一个士子,而世族又看不起牛医的家世,不愿跟她结亲,因此胭脂到了待嫁之年,尚未定亲,这是矛盾之一;因为胭脂是牛医的女儿,不是大家闺秀,所以与对门的王氏相熟,而王氏为人轻薄,又善调笑,品行不端,胭脂却与她结成了闺中谈友,必然要惹出许多事端,就是矛盾之二。小说以后出现的重重矛盾冲突就是由上述两种矛盾引发而产生的。秀才鄂生的出现推动了情节的发展,并使上述两种矛盾得到展示的机会。胭脂到了结婚的年龄,迫切想找一个如意郎君,想要嫁给一个士子,因此见到鄂生意有所动,心向往之,是自然的事。小说的情节由此辗转生发,环环相扣,极富有戏剧性。因胭脂对鄂生的倾慕,引出王氏撮合的戏言,由戏言引起胭脂的卧病;再由王氏向姘夫宿介述此事为笑,引导起宿介跳墙挑逗戏弄胭脂,结果脱去绣鞋;宿介又失落绣鞋,落入毛大之手,毛大跳墙杀胭脂父,胭脂见绣鞋误认鄂生杀父。上述故事情节多是由误会、巧合造成的,而又非常合于逻辑:当胭脂因想念鄂生卧病之时,王氏提出让鄂生"夜来一聚",因此她把冒充鄂生的宿介误认为鄂生是理所当然的。绣鞋被冒充鄂生的宿介脱去,"投宿王所",宿介又仓卒将绣鞋失落在王氏门外。毛大早就垂涎王氏,屡挑不得,便想以捉奸胁迫,在王氏门外拾得绣鞋,又在窗外"闻宿自述甚悉",使毛大顿起邪念。这样的巧合也非常合乎情理。毛大情况不熟,"误诣翁舍",翁操刀与搏,毛不得脱,夺刀杀父,慌忙逃窜时将绣鞋遗落墙下。在胭脂看来脱去绣鞋的是鄂生,杀父的凶犯也必然是鄂生,虽然是误会,胭脂的推断也合于逻辑。在这里,绣鞋是重要的关目,由它引出的误会与巧合相互作用,造成一环扣一环、一浪高一浪的错综复杂的矛盾冲突,产生了戏剧性的艺术效果。由此可看出蒲松龄善于组织情节的高超本领。审案的情节,作者也写得峰回路转,由胭脂误认为杀父的凶犯是鄂生,引导出邑宰一审鄂生,鄂生上堂战栗不能言,结果鄂生论死。知府认为鄂生不会杀人,从胭脂口中问出王氏,从王氏口中问出宿介,引出二审宿介,结论论宿介死。提学使认为宿介不会杀人,从王氏口中问出毛大等人,利用他们对神道的迷信,终于抓住了真凶毛大。复杂的案情和审案官员的不同的性格、作风,构成了既曲折又合理的审案的故事情节。

《胭脂》这篇小说的又一个重要成就是它刻画了几个生动的人物形象。胭脂是小说的主要人物,作者结合她小家女的身份,以王氏作映衬,描绘了她的性格。胭脂对鄂生的倾慕写得极为生动传神。当鄂生从她门口走过时,从王氏的眼里看出她的表情:先是"意似动",微有流露,还要抑制;进而"秋波萦转之",看得鄂生低着头赶快走过,倾慕之情显而易见;直到鄂生走远了,"女犹凝眺",这就把小家女盼望嫁一个如意郎君的心情生动地表现出来了。胭脂的春情萌动,全被王氏看在眼里,王氏用对言撩拨她,"以娘子才貌,得配若人,庶可无恨"。胭脂听到这句话,"晕红上颊,脉脉不作一语",她的心事被点破,所以脸红;她还是个闺女,因为害羞,所以一言不发。她没表示反对,已经默认了。王氏进一步戏弄她:"娘子如有意,当寄语使委冰焉。"这正合胭脂的心意,"女无言,王笑而去",说明胭脂完全相信了王氏的玩笑话,既表现了胭脂的真诚、单纯,又说明她已陷入情网而不能自拔。同时也表现了王氏的轻佻俘滑。胭脂误信了托媒的戏言,"数日无耗",她就寝食俱废,病倒了。王氏听后,再一次戏弄她,提出让鄂生夜来一聚。谨慎的胭脂一方面表示"事至此,已不能羞",同时又不肯轻率从事,希望明媒正娶,声明:"若私约,则断断不可!"而王氏则说:"病已至是,尚何顾忌?"在这里,表现了胭脂的品行端正和内心的矛盾,又反映了王氏的轻薄无行。在宿介冒充鄂生意欲偷情的场面中,小说对胭脂的痴情和正派的品格描写更是淋漓尽致:当宿介逾垣而入,以指扣窗时,胭脂要他快请媒人来,拒绝私合;宿介苦求一握纤腕为信,胭脂不忍过拒,硬撑着病体起来开门。当宿介向她用强时,她怀疑此人不是鄂生,她想象中的鄂生是温驯善良的,为什么当前的鄂生这样狂暴呢?当宿介脱去她的绣鞋时,她认为"亵物已入君手,料不可反",但又说

"君如负心,但有一死",这里写出了胭脂心理的矛盾和复杂性,把一个小家碧玉的内心世界刻画得深刻细腻,而且很有分寸,真实可信。当胭脂的父亲被杀后,她看到遗落到墙下的绣鞋时,深信鄂生杀了她父亲。她对鄂生,由倾慕转为仇恨,所以在公堂上一见鄂生就咒骂,这说明胭脂不了解复杂的人情世事。在审案中她一直不忍累及他人,掩护王氏,这说明她的单纯和厚道。当经过多次反复审清案件,找到真凶毛大时,她对鄂生改变了看法,她"腼然含涕,似有痛惜之词",这又表现了她的善良和纯洁。总之,作者细致地刻画了胭脂性格的复杂性和感情的发展变化,显出作者对生活观察的细致入微和艺术表现的深厚功力。

小说还描写了鄂生、王氏、宿介和毛大的生动形象。"丰采甚都"的鄂生,见王氏而避之,见少女而低头,说明他正派,品行端方。上公堂"不知置词,惟有战栗",说明他朴讷、胆小、老实。由于胭脂误会,把他视为凶犯,几乎置于死地,但当案情水落石出,胭脂"似有痛惜之词"后,他仍"感其眷恋之情,爱慕殊切",并不以胭脂出身微贱而轻之,最后结成永好,说明他正直、诚实。王氏是个品行不端的女人,她为人放荡、轻薄、好开玩笑,作者让她与胭脂构成对比,虽然用墨不多,却也写得生动传神。宿介与鄂生同为秀才,但他品行有亏,不仅在王氏未婚时与她私通,在王氏出嫁后仍"寻旧好"。特别是他冒充鄂生企图去骗奸胭脂,从跳墙、欺骗开门到拥抱,"捉足解绣履"一系列行动中表现出他的流氓行为和丑恶灵魂。当胭脂跌倒在地,以死相拒时,他怕假迹败露,未敢用强,说明他人性未泯。后来"僵桃代李"而蒙冤,幸亏施愚山为他昭雪,最后因他行为不端,不守礼法,秀才降级,走自新之路。宿介的形象与鄂生构成对比,个性也比较鲜明。毛大是个杀人犯,自己逃脱而又嫁祸于人,灵魂丑恶,最后得到惩罚,是罪有应得。鄂生、宿介、毛大构成三个层次的对比。

在审案部分里,作者对胭脂、王氏、鄂生、宿介等人的性格,虽有进一步的刻画,但是重点已转移到几个审案官员身上。县令一审,根据胭脂申诉情况,看到鄂生"惟有战栗",便认定鄂生必是真凶,而后横加酷刑,屈打成招,论成死罪。作为审判官的县令,一不听被告申辩,二不作调查研究,只根据被告表情就认为是真凶,这种草菅人命的做法,表现了他的昏聩无能。二审由济南府太守吴南岱复案,他比起昏庸的县令高明一些,例如他暗中派人单独讯问了鄂生,使鄂吐露了真情;他审案时对与案情有关的人实行隔离,以免串供;他找到了与案情有瓜葛的王氏这一重要线索,并利用王氏供出了宿介,从而推倒了鄂生的冤案。但是他没有把这种深入调查的做法进行到底,在案子取得重大进展之后,他又犯了主观臆测的错误,根据他的推论"宿妓者必无良士","逾墙者何所不至",他不听宿介申辩,认定宿介是凶手。主观主义的吴南岱,在一片"吴公之神"的欢呼声中,头脑发昏,不能慎思细察,结果又铸成了"僵桃代李"的宿介冤案。三审由山东学使施愚山审理,他接到宿介的申诉后,反复凝思,发现案件的至关重要的线索还没查清,他敏锐地看出宿介有冤。在"移案再鞠"中,从绣鞋失落何处,到追究王氏的奸夫有几,顺藤摸瓜,不仅虑事周密,能够抓住整个案件的症结,而且善于揣摩案犯的心理,用巧妙的方法将真凶和嫌疑犯区别开来,虽然用神乎其神的迷信方法判案不够科学,但是迫使真凶由惧神谴而自我暴露,也是机智聪明的一着。作者把县令、知府与施愚山形成对比,烘托出施愚山的精细、睿智、巧于办案。施愚山使这个冤外有冤的案件最后得以昭雪,这在封建官场里虽不多见,但它表现了作者对清官的向往,也代表了人民的愿望,还是有进步意义的。

　　判词是审案的结果,它既是对整个案件的归结,对人物结局的交代,也是表明作者态度的重要文字。"异史氏曰"表明了作者对清明政治的向往,附录里又讲了施愚山的一个故事,说明他爱惜人才,敢于打破常规,是对施公品格的补充。

　　《胭脂》是一篇成功之作,它的成功,主要是曲折合理的故事情节与众多生动的人物形象达到了有机的统一。人物性格为情节发展提供了根据,曲折的情节又为人物性格的发展变化提供了条件,互相结合,相得益彰,从而达到了内容与形式的和谐与统一。

(李永昶)

瑞 云

瑞云，杭之名妓，色艺无双。年十四岁，其母蔡媪，将使出应客。瑞云告曰："此奴终身发轫之始，不可草草。价由母定，客则听奴自择之。"媪曰："诺。"乃定价十五金，遂日见客。客求见者必以贽；贽厚者，接以弈，酬以画；薄者，留一茶而已。瑞云名噪已久，自此富商贵介，日接于门。

余杭贺生，才名夙著，而家仅中赀。素仰瑞云，固未敢拟同鸳梦，亦竭微贽，冀得一睹芳泽。窃恐其阅人既多，不以寒畯在意；及至相见一谈，而款接殊殷。坐语良久，眉目含情，作诗赠生曰："何事求浆者，蓝桥叩晓关？有心寻玉杵，端只在人间。"生得之狂喜。更欲有言，忽小鬟来白"客至"，生仓猝遂别。既归，吟玩诗词，梦魂萦扰。过一二日，情不自已，修贽复往。瑞云接见良欢。移坐近生，悄然谓："能图一宵之聚否？"生曰："穷踧之士，惟有痴情可献知己。一丝之贽，已竭绵薄。得近芳容，意愿已足；若肌肤之亲，何敢作此梦想。"瑞云闻之，戚然不乐，相对遂无一语。生久坐不出，媪频唤瑞云以促之，生乃归。心甚邑邑，思欲罄家以博一欢，而更尽而别，此情复何可耐？筹思及此，热念都消，由是音息遂绝。

瑞云择婿数月，更不得一当，媪颇恚，将强夺之，而未发也。一日，有秀才投贽，坐语少时，便起，以一指按女额曰："可惜，可惜！"遂去。瑞云送客返，共视额上，有指印黑如墨，濯之益真。过数日，墨痕渐阔；年余，连颧彻准矣。见者辄笑，而车马之迹以绝。媪斥去妆饰，使与婢辈伍。瑞云又荏弱，不任驱使，日益憔悴。

贺闻而过之，见蓬首厨下，丑状类鬼。起首见生，面壁自隐。贺怜之，便与媪言，愿赎作妇。媪许之。贺货田倾装，买之而归。入门，牵衣揽涕，不敢以伉俪自居，愿备妾媵，以俟来者。贺曰："人生所重

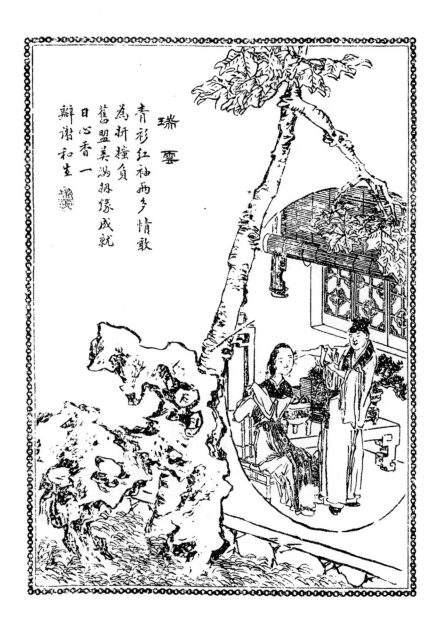

瑞云

青衫红袖两多情 敢
为折攥负
旧盟美满姻缘成就
日心香一
瓣谢和生

者知己,卿盛时犹能知我,我岂以衰故忘卿哉!"遂不复娶。闻者共姗笑之,而生情益笃。

居年余,偶至苏,有和生与同主人,忽问:"杭有名妓瑞云,近如何矣?"贺以"适人"对。又问:"何人?"曰:"其人率与仆等。"和曰:"若能如君,可谓得人矣。不知价几何许?"贺曰:"缘有奇疾,姑从贱售耳。不然,如仆者,何能于勾栏中买佳丽哉!"又问:"其人果能如君否?"贺以其问之异,因反诘之。和笑曰:"实不相欺:昔曾一觐其芳仪,甚惜其以绝世之姿,而流落不偶,故以小术晦其光而保其璞,留待怜才者之真鉴耳。"贺急问曰:"君能点之,亦能涤之否?"和笑曰:"乌得不能,但须其人一诚求耳。"贺起拜曰:"瑞云之婿,即某是也。"和喜曰:"天下惟真才人为能多情,不以妍媸易念也。请从君归,便赠一佳人。"遂与同返。

既至,贺将命酒。和止之曰:"先行吾法,当先令治具者有欢心也。"即令以盥器贮水,戟指而书之,曰:"濯之当愈。然须亲出一谢医人也。"贺笑捧而去,立俟瑞云自靧之,随手光洁,艳丽一如当年。夫妇共德之,同出展谢,而客已渺,遍觅之不可得,意者其仙欤?

【评赏】

在我国封建社会,备遭蹂躏而又最受歧视的莫过于妓女。因此,妓女的生活和命运,也就成为文人关注的问题之一。在我国文学史上,曾经产生过许多以妓女为题材的优秀作品,塑造出许多感人的艺术形象。《聊斋志异》第五卷中的《鸦头》、第六卷中的《细侯》以及本篇,也都以妓女作为描写的对象。它们同唐代小说《李娃传》《霍小玉传》,宋代小说《谭意哥传》,明代小说《杜十娘怒沉百宝箱》《玉堂春落难逢夫》等,都是古代短篇小说中描写妓女的著名篇章。

《鸦头》《细侯》两篇,着重描写的是妓女为争取美满的婚姻而敢于同鸨母、同社会上的邪恶势力进行斗争的精神;本篇则别开生面,热情歌颂了妓女瑞云和男青年贺生不以金钱、妍媸易念的纯真无瑕的爱情。本篇所写的瑞云同贺生的爱情故事,可以明显地分为两个阶段:一是瑞云名声大噪时,一是瑞云变为丑妇后。第一个阶段,着重描写的是瑞云;第二个阶段,着重描写的是贺生。

小说开头说:瑞云是"杭之名妓,色艺无双"。在这简略的介绍之后,作者便重点描写了这位风尘女子在"择婿"过程中所表现出来的对卑贱的社会地位的抗争,对真挚的爱情的追求。她在鸨母"使出应客"前,对鸨母说:"价由母定,客则听奴自择之。"这表明她小小的年纪,却很有心计;她要通过对第一个嫖客的选择,来显示自己人格的尊严,来寄托自己对正常、美好的爱情的盼望。她的要求是可怜的,但从中我们却可以看到一颗不甘沉沦的心。瑞云"遂日见客"后,"富商贵介,日接于门",她只是"接以弈""酬以画""留一茶"而已。"才名夙著"的贺生"素仰瑞云",以微赀求见,担心瑞云"阅人既多,不以寒畯在意",而相见一谈,瑞云却是"款接殊殷。坐语良久,眉目含情"。对富商贵介的冷视和对贺生的殷殷情意,形成鲜明的对比,表明了瑞云选择意中人的标准不是金钱、地位,而是才情、人品,是人自身的价值和两颗心灵的靠近。唐代小说《裴航》,叙述秀才裴航路经蓝桥驿时,因口渴向少女云英求饮,并向云英求婚。云英的祖母以让裴航找到捣药的玉杵臼作为应允的条件。裴航寻访百日,果获杵臼,乃与云英结为夫妻,成仙而去。瑞云在对贺生"眉目含情"之后,作诗赠生,用的就是这一典故。"有心寻玉杵,端只在人间",这清丽的诗句,不仅表现了她对贺生的倾心相许和热情鼓励,也燃烧着她对跳出火坑的殷切期望,表明了在遇到贺生之后,她内心的要求已不止于选择最初的嫖客,而发展为对人身自由和美满婚姻的追求。但贺生是"家仅中赀"的"穷蹴之士",不仅无力为瑞云赎身,就连"一宵之聚"的厚赘,也无法措办,他对瑞云只有一腔痴情而已。在贺生"热念都消"之后,瑞云"择婿数月,更不得一当",说明瑞云一旦选中了自己的意中人,便持志坚定,决不旁顾,她对自己不幸的命运的抗争,对正常的纯洁的爱情生活的追求、向往,表现得更加充分了。

正当鸨母对瑞云的行为大为愤怒并要强夺其志时,一秀才以手指在瑞云前额上一点,瑞云由一艳丽无比的美女变成了容貌似鬼的丑妇。自此,作者便将描写的重点转向了贺生。作者极力突出此时瑞云的丑陋和不幸的命运:她面上墨痕,"连颧彻准",见者辄笑,"车马之迹以绝"。她被"斥去妆饰",与奴婢为伍,荏弱的身体"不任驱使,日益憔悴"。贺生来看她时,她"蓬首厨下,丑状类鬼"。这里的描写,既表现了瑞云不幸的命运,深刻揭示了妓女只不过是老鸨赚钱的工具的本质,也为对贺生的描写作了有力的铺垫。瑞云今非昔比,贺生态度如何呢?他向鸨母表示,"愿赎作妇",并"货田倾装,买之而归"。瑞云"不敢以伉俪自居,愿备妾媵",而贺生却坚定地说:"人生所重者知己,卿盛时犹能知我,我岂以衰故忘卿哉!"毫不犹豫地以瑞云作为自己的正妻,别人的讪笑亦不能动摇他对瑞云的诚笃的感情。瑞云名声大噪时,不以富贵为意,爱上了家境穷踧的贺生;瑞云变为丑妇后,贺生不以妍媸易念,毅然与瑞云结为夫妇。他们之间的爱情是心心相印的知己之爱,是完全排除了金钱、妍媸等杂质的纯洁高尚的爱情。封建社会,婚姻的缔结往往出于门第的考虑,家世的利益。青年男女"都是由父母包办,当事人则安心顺从。古代所仅有的那一点夫妇之爱,并不是主观的爱好,而是客观的义务;不是婚姻的基础,而是婚姻的附加物。"(恩格斯:《家庭、私有制和国家的起源》)瑞云和贺生在知己之感的基础上建立起真挚的爱情,无疑是非常难能可贵的。作者热情歌颂了他们的知己之爱,表现了进步的爱情观和对纯真无瑕的理想化爱情的向往。

在这篇小说中,瑞云的容貌由美变丑,又由丑复原为美,起关键作用的是那位神秘莫测的秀才和生。他所施展的法术,表面看来似属荒诞不经,实则有着多方面的艺术作用。正是他的神异的手指在瑞云前额上轻轻一点,才使小说的情节出现了突转,使作品的艺术描写焕发出浪漫主义的奇光异彩,使本篇同整部作品一样具有了"志异"的题材特色。也正是和生所施展的法术,才使作品出现了瑞云盛时和衰时这种对比性的抑扬变化的情节结构格局,为充分表现瑞云和贺生之间的知己之爱创造了绝好的机会。在正常情况下,贺生与瑞云要实现美满的结合是不可能的。和生的法术使瑞云变得丑状类鬼后,瑞云才免遭嫖客的玩弄与踩躏,鸨母才肯贱价将她售出,贺生才有能力为她赎身,他们才能结为夫妻。因此和生这一人物的设计,也寄寓着作者对妓女不幸命运的同情,对美好事物的怜惜珍爱;后来和生又使瑞云由丑变美,更是体现了作者的美好愿望。和生这一人物的设计是使作品的情节腾挪变化的艺术杠杆,是考验人物的试金之石,是作者在幻想中实现自己的理想的重要手段。

在我国封建社会,最为卑贱的是娼、优、隶、卒,而妓女又被列为四种贱民之首。蒲松龄和古代一些进步文学家把她们当做"人"来对待,对她们悲苦的命运和内心的追求表示理解和同情,对她们美好的心地予以热情肯定和赞颂,这充分表现了古代作家的人道主义精神,也显示了我国古代文学的进步传统。

(李永昶)

葛　巾

常大用,洛人。癖好牡丹。闻曹州牡丹甲齐、鲁,心向往之。适以他事如曹,因假缙绅之园居焉。而时方二月,牡丹未华,惟徘徊园中,目注句萌,以望其拆。作怀牡丹诗百绝。未几,花渐含苞,而资斧将匮;寻典春衣,流连忘返。

一日,凌晨趋花所,则一女郎及老妪在焉。疑是贵家宅眷,亦遂遄返。暮而往,又见之,从容避去。微窥之,宫妆艳绝。眩迷之中,忽转一想:此必仙人,世上岂有此女子乎!急反身而搜之,骤过假山,适与媪遇。女郎方坐石上,相顾失惊。妪以身幛女,叱曰:"狂生何为!"生长跪曰:"娘子必是神仙!"妪咄之曰:"如此妄言,自当絷送令尹!"生大惧。女郎微笑曰:"去之!"过山而去。

生返,不能徒步,意女郎归告父兄,必有诟辱之来。偃卧空斋,自悔孟浪。窃幸女郎无怒容,或当不复置念。悔惧交集,终夜而病。日已向辰,喜无问罪之师,心渐宁帖。而回忆声容,转惧为想。如是三日,憔悴欲死。秉烛夜分,仆已熟眠。妪入,持瓯而进曰:"吾家葛巾娘子,手合鸩汤,其速饮!"生闻而骇,既而曰:"仆与娘子,夙无怨嫌,何至赐死?既为娘子手调,与其相思而病,不如仰药而死!"遂引而尽之。妪笑,接瓯而去。生觉药气香冷,似非毒者。俄觉肺膈宽舒,头颅清爽,酣然睡去。既醒,红日满窗。试起,病若失,心益信其为仙。无可夤缘,但于无人时,仿佛其立处、坐处,虔拜而默祷之。

一日,行去,忽于深树内,觌面遇女郎,幸无他人,大喜,投地。女郎近曳之,忽闻异香竟体,即以手握玉腕而起。指肤软腻,使人骨节欲酥。正欲有言,老妪忽至。女令隐身石后,南指曰:"夜以花梯度墙,四面红窗者,即妾居也。"匆匆遂去。生怅然,魂魄飞散,莫能知其所往。至夜,移梯登南垣,则垣下已有梯在,喜而下,果见红窗。室中闻敲棋声,伫立不敢复前,姑逾垣归。少间,再过之,子声犹繁;渐近窥之,则女郎与一素衣美人相对着,老妪亦在坐,一婢侍焉。又返。凡三往复,三漏已催。生伏梯上,闻妪出云:"梯也,谁置此?"呼婢共移去之。生登垣,欲下无阶,恨悒而返。

次夕,复往,梯先设矣。幸寂无人,入,则女郎兀坐,若有思者。见生惊起,斜立含羞。生揖曰:"自谓福薄,恐于天人无分,亦有今夕耶!"遂狎抱之。纤腰盈掬,吹气如兰,撑拒曰:"何遽尔!"生曰:"好事多磨,迟为鬼妒。"言未及已,遥闻人语。女急曰:"玉版妹子来矣!君可姑伏床下。"生从之。

无何,一女子入,笑曰:"败军之将,尚可复言战否?业已烹茗,敢邀为长夜之欢。"女郎辞以困惰。玉版固请之,女郎坚坐不行。玉版曰:"如此恋恋,岂藏有男子在室耶?"强拉之,出门而去。生膝行而出,恨绝,遂搜枕簟,冀一得其遗物,而室内并无香奁,只床头有水精如意,上结紫巾,芳洁可爱。怀之,越垣归。自理衿袖,体香犹凝,倾慕益切。然因伏床之恐,遂有怀刑之惧,筹思不敢复往,但珍藏如意,以冀其寻。

隔夕,女郎果至,笑曰:"妾向以君为君子也,而不知寇盗也。"生曰:"良有之。所以偶不君子者,第望其如意耳。"乃揽体入怀,代解裙结。玉肌乍露,热香四流,偎抱之间,觉鼻息汗熏,无气不馥。因曰:"仆固意卿为仙人,今益知不妄。幸蒙垂盼,缘在三生。但恐杜兰香之下嫁,终成离恨耳。"女笑曰:"君虑亦过。妾不过离魂之倩女,偶为

葛巾

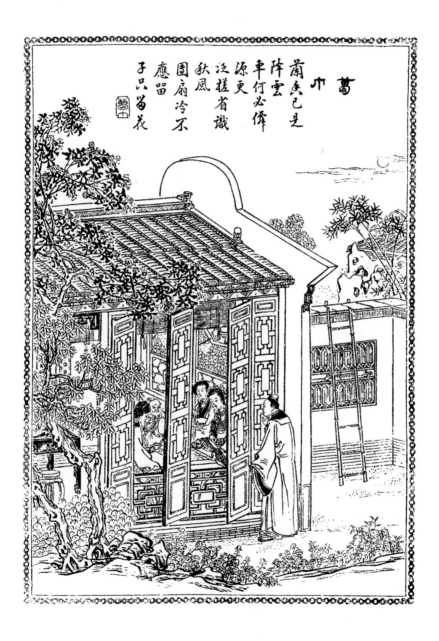

葛巾
肅爽已是
陣雲
車何必偉
源更
泛槎省識
秋風
團扇冷不
應留
子只當花

情动耳。此事要宜慎秘,恐是非之口,捏造黑白,君不能生翼,妾不能乘风,则祸离更惨于好别矣。"生然之,而终疑为仙,固诘姓氏。女曰:"既以妾为仙,仙人何必以姓名传。"问:"妪何人?"曰:"此桑姥。妾少时受其露覆,故不与婢辈同。"遂起,欲去,曰:"妾处耳目多,不可久羁,蹈隙当复来。"临别,索如意,曰:"此非妾物,乃玉版所遗。"问:"玉版为谁?"曰:"妾叔妹也。"付钩乃去。

去后,衾枕皆染异香。由此三两夜辄一至。生惑之,不复思归。而囊橐既空,欲货马。女知之,曰:"君以妾故,泻囊质衣,情所不忍。又去代步,千余里将何以归? 妾有私蓄,聊可助装。"生辞曰:"感卿情好,抚臆誓肌,不足论报;而又贪鄙,以耗卿财,何以为人矣!"女固强之,曰:"姑假君。"遂捉生臂,至一桑树下,指一石,曰:"转之!"生从之。又拔头上簪,刺土数十下,又曰:"爬之。"生又从之。则瓮口已见。女探入,出白镪近五十两许;生把臂止之,不听,又出十余铤,生强反其半而后掩之。

一夕,谓生曰:"近日微有浮言,势不可长,此不可不预谋也。"生惊曰:"且为奈何! 小生素迂谨,今为卿故,如寡妇之失守,不复能自主矣。一惟卿命,刀锯斧钺,亦所不遑顾耳!"女谋偕亡,命生先归,约会于洛。生治任旋里,拟先归而后逆之;比至,则女郎车适已至门。登堂朝家人,四邻惊贺,而并不知其窃而逃也。生窃自危;女殊坦然,谓生曰:"无论千里外非逻察所及,即或知之,妾世家女,卓王孙当无如长卿何也。"

生弟大器,年十七,女顾之曰:"是有惠根,前程尤胜于君。"完婚有期,妻忽夭殒。女曰:"妾妹玉版,君固尝窥见之,貌颇不恶,年亦相若,作夫妇可称嘉偶。"生闻之而笑,戏请作伐。女曰:"必欲致之,即亦非难。"喜问:"何术?"曰:"妹与妾最相善。两马驾轻车,费一妪之往返耳。"生惧前情俱发,不敢从其谋。女固言:"不害。"即命车,遣桑妪去。数日,至曹。将近里门,妪下车,使御者止而候于途,乘夜入里。良久,偕女子来,登车遂发。昏暮即宿车中,五更复行。女郎计其时日,使大器盛服而逆之,五十里许,乃相遇。御轮而归,鼓吹花烛,起拜成礼。由此兄弟皆得美妇,而家又日以富。

一日，有大寇数十骑，突入第。生知有变，举家登楼。寇入，围楼。生俯问："有仇否？"答言："无仇。但有两事相求：一则闻两夫人世间所无，请赐一见；一则五十八人，各乞金五百。"聚薪楼下，为纵火计以胁之。生允其索金之请；寇不满志，欲焚楼，家人大恐。女欲与玉版下楼，止之不听。炫妆而下，阶未尽者三级，谓寇曰："我姊妹皆仙媛，暂时一履尘世，何畏寇盗！欲赐汝万金，恐汝不敢受也。"寇众一齐仰拜，喏声"不敢"。姊妹欲退，一寇曰："此诈也！"女闻之，反身伫立，曰："意欲何作，便早图之，尚未晚也。"诸寇相顾，默无一言。姊妹从容上楼而去。寇仰望无迹，哄然始散。

后二年，姊妹各举一子，始渐自言："魏姓，母封曹国夫人。"生疑曹无魏姓世家，又且大姓失女，何得一置不问？未敢穷诘，而心窃怪之。遂托故复诣曹，入境咨访，世族并无魏姓。于是仍假馆旧主人。忽见壁上有赠曹国夫人诗，颇涉骇异，因诘主人。主人笑，即请往观曹夫人。至则牡丹一本，高与檐等。问所由名，则以此花为曹第一，故同人戏封之。问其"何种？"曰："葛巾紫也。"心益骇，遂疑女为花妖。

既归，不敢质言，但述赠夫人诗以觇之。女蹙然变色，遽出，呼玉版抱儿至，谓生曰："三年前，感君见思，遂呈身相报；今见猜疑，何可复聚！"因与玉版皆举儿遥掷之，儿堕地并没。生方惊顾，则二女俱渺矣。悔恨不已。后数日，堕儿处生牡丹二株，一夜径尺，当年而花，一紫一白，朵大如盘，较寻常之葛巾、玉版瓣尤繁碎。数年，茂荫成丛；移分他所，更变异种，莫能识其名。自此牡丹之盛，洛下无双焉。

异史氏曰："怀之专一，鬼神可通，偏反者亦不可谓无情也。少府寂寞，以花当夫人，况真能解语，何必力穷其原哉？惜常生之未达也！"

【评赏】

这是一篇人与花妖的婚恋故事，委曲宛转，美妙动人。

牡丹花是富贵之花，被国人誉为"国色天香"，它雍容华贵，富丽丰满，艳冠群芳。《葛巾》中的主人公葛巾，是由牡丹花妖幻化的少女,她不仅具有牡丹一样的美貌,"宫妆艳绝"、"异香竟体",仪态万方,而且具有牡丹一样美丽的心灵和馨香品格。葛巾的心灵美首先表现在她对爱情的细心谨慎和大胆执着的追求上。花精葛巾不同于常人,她来去自由,不受拘束,在牡丹园里,她遇到过不知多少风流雅士,为什么单单选中了常大用呢?细心的读者不难发现,她是经过一系列的观察和考验,才认准目标的。在葛巾露面之前,她已暗中对常生进行了静观默察。常大用爱牡丹,盛产牡丹的洛阳还不能满足其"癖好",他慕曹州牡丹之名而"心向往之",于早春二月就提前赶到。为了等花开,他天天在牡丹园里"目注句萌,以望其拆",他又作许多怀牡丹诗,以表痴情。后来费用将尽,囊中空空,仍不回洛,"寻典春衣,流连忘返"。这种种表现,充分显示出常大用"癖好"牡丹之甚,爱花情真意切。这一段明写常生,暗写葛巾,是对葛巾爱情持重态度的虚写。作者在描写常生对牡丹的一往深情之后,才让葛巾出场。可以想见,葛巾在还没有真正观察透所爱的人时,她是不肯轻易露面的,一旦露面,心里就已经有了几分把握。葛巾从花痴中见情痴,于是第一次露面了,但是细心聪明的姑娘不将自己宝贵的爱情轻抛漫掷,她还要一步步地考验小伙子。常大用初见葛巾,"遒逡返",表现出规规矩矩、大大方方的君子之风。再相见,"从容避去",然心生"眩迷",动了情,于是返身搜寻、询问,遭斥责后,始而大惧,继而悔,最后转惧为想,由想入迷,百感交集,憔悴欲死。在这里,常生并没有什么逾礼的行为,受申斥,却"自悔孟浪",这说明他纯朴、诚笃。写葛巾"相顾失惊,微笑曰:'去之!'"一"惊",写其动情,一"笑",写其喜欢小伙子,"去之",是双关语,既说自己走了,又暗示小伙子离开,不用害怕。在这里,把情窦初开的少女的情态、心理活动写得惟妙惟肖、生动传神,表现了葛巾的聪慧、深沉。在常生"相思而病"之时,葛巾命老妪送来了良药,却伪称是索命的"鸩汤",这是葛巾对常生的进一步考验。常生饮"鸩"后,老妪笑而去,一个"笑"字透露出此中消息:她既是笑常生的情痴,又是为常生经受住葛巾的试探而欣喜。有了对常生的静观默察,又经受了"鸩汤"索命的生死考验,证实了常大用不愧是牡丹的知己,于是葛巾就把自己的爱交给了常生。由此可见,葛巾对爱情是多么细心谨慎,她既像牡丹那样美丽诱人,又像牡丹那样端庄凝重。葛巾一旦选中了意中人,就十分大胆,毫无顾忌,从此开始了主动追求。她不仅与常生相见、约会,而且到常生住处幽欢。葛巾爱常生全在一个情字,她不问常生的姓氏居里,门第高低,只是肯定了常生对自己有真情、深情、痴情之后,就敢于让常生"夜以花梯度墙",以身相许;就敢于听到"浮言"后,以金相赠,毅然私奔。这种对真挚爱情的追求,也像怒放的牡丹一样热烈奔放。在封建社会里,青年人的婚姻要听命于父母,葛巾在选择自己的意中人时,不待父母之命,不问门第权势,唯真挚诚笃的感情是求,她显然是一位不同流俗的女性。

葛巾在夫妻关系中具有卓然独立的人格。在封建社会里,女子结婚听从于父母,结婚后则是丈夫的附属物,根本没有独立的人格。葛巾有感于常大用的痴情,与他结为夫妻,这种自主的婚姻,本来应该有一个幸福的结局,但是最后却成了悲剧,这是为什么呢?蒲松龄在"异史氏曰"中点出了原因,即"惜常生之未达"。"未达",即是一个疑字。常大用与葛巾回洛阳后,因为是私奔,"生窃自危",这说明常生虽然对葛巾一片痴情,但对他们的结合方式却心怀疑虑,他还不是真正的"达"人,他身上仍有封建礼教的烙印。常生从葛巾的自言"魏姓,母封曹国夫人"起疑,"心窃怪之",于是托故再次到曹州去询访,尽力查询葛巾的身世,归来后又旁敲侧击地试探葛巾是否为花妖。葛巾这时已深知常生已化爱为怕,失去了爱,也就失去了夫妻的感情基础,其结果必然是由怕生变,由变生离,"悔恨不已"。为了捍卫自己的独立人格,为了纯洁的爱情不受玷污,她"蘧然变色,遽出,呼玉版抱儿至,谓生曰:'三年前,感君见思,遂呈身相报;今见猜疑,何可复聚!'因与玉版皆举儿遥掷之,儿堕地并没。生方惊顾,则二女俱渺矣。"她为情毅然而来,见疑断然而去,这是何等刚烈的性情,又是何等磊落的人格。她又像牡丹一样矜傲自持,气度凛然。蒲松龄笔下的葛巾是一位理想的女性形象,她是情的化身,与封建纲常的"理"是对立的,在她身上体现了作者进步的婚姻观和妇女观。蒲松龄又是一位清醒的现实主义者,"情"在幻想中可以自由地发展,然而冷酷的现实又在扼杀它。《葛巾》以喜剧始，以悲剧终，正是理想与现实深刻矛盾的反映。这是葛巾形象的真实性所在，同时也是其深刻性所在。

葛巾是牡丹花妖幻化出来的一位理想女性，在她身上既有理想化了的"人性"，又有花妖的"灵性"，而在"人性"之中又投印着牡丹的物性特点，她"纤腰盈掬，吹气如兰"，"异香竟体"。因此，葛巾的形象是人性、物性和灵性的复合统一体。人性、物性决定其真，灵性决定其幻。她具有真中有幻，幻中有真，真幻统一的审美特征。她的"灵性"，不仅表现在小说的结尾处，二子"堕地并没"、"二女俱渺"的虚幻性情节里，也表现在其他情节中。当常生憔悴欲死时，葛巾竟能不告而知，及时命姬送去良药，而她调治的药汤又那样的神奇，竟能使常生一夜之间大病若失。她与常生决定偕亡洛阳时，本来是"命生先归，约会于洛"，但常生刚刚到家，她的车子也"适已至门"。这些情节都隐隐约约地写出了葛巾的神异，闪耀着灵光，使这一形象带有浓重的浪漫主义色彩。总之，作者精心塑造的葛巾形象，既像一个人世间的女子，具有美好的心灵品格，充满人情味，又像一位绰约飘逸的仙女，具有超尘脱俗的风韵，充满神异性。作者将她处理为人与花妖的复合统一体，就使得这一理想化的形象具有了真实性和合理性。

葛巾、常生的爱情，没有受到外来势力的干涉，也没有第三者拨乱其间，因而没有重大激烈的矛盾冲突，似乎难以造成小说情节的波诡云谲。然而，蒲松龄是一位创造故事艺术的高手，即使平凡的情节，经过他的匠心经营，也能写得千回百转，楚楚动人。作者善于抓住初恋青年特有的心理特征，细致委婉地写出人物心底的波澜，并将这种波澜外化，从而造成故事情节的一波三折。常大用初遭老妪申斥，归来忐忑不安，忽而"偃卧空斋，自悔孟浪"，忽而"喜无问罪之师，心渐宁帖"，最后"回忆声容，转惧为想"，想而入痴，憔悴欲死。这些复杂的心理活动既符合初恋青年的特点，又推动了情节的浪起波伏，使得行文笔圆句转、曲折有致。再看葛巾，她从常大用在牡丹园中的流连忘返行动中，看到他对牡丹的癖好，但他是否具有真情，是否可以托身，还是问题。由于这种心理的内驱力，遂产生了进一步考验常生的故事情节。正当常大用"心渐宁帖""转惧为想"之时，葛巾却以"鸩汤"赐死，故事情节陡然翻出波澜；常大用饮鸩之后，却没有死，而是"肺膈宽舒"，"头颅清爽"，一觉之后，大病若失。故事情节从波峰跌入浪谷。故事情节的这种起伏，是由葛巾这位少女初恋时特有的心理造成的。作者巧妙地将人物的心底波澜化为情节波澜，使小说既充满了人性美和人情美，又云笼雾绕妖娆多变。为了使故事情节曲折有致、丰富多姿，作者在主要情节之外，又生出许多美妙的枝节，常大用与葛巾初见时，作者一再让老妪横阻其间，使他们不敢正面接触，造成情节的峰回路转。玉版这一人物与葛、常的爱情无关，但是作者写她的出现，两次干扰了葛、常的约会，遂有常生的两次爬梯，藏于床下，窃走水晶如意，葛巾隔夕往访常生等一系列情节相继产生，使故事增加了曲折，平添许多情趣；玉版的开朗、爽快、诙谐的性格，也映衬了葛巾的雍容蕴藉，使葛巾的形象更加丰满。大寇也与葛、常的爱情无关，他们的登场，使故事情节由舒缓走向紧张急骤，也为表现葛巾的临危不惧，荦荦大度提供了机会。最后，作者写葛巾见疑而去，前面不作任何埋伏，完全采用突笔，使小说在结束时陡然生出一个大波澜，整个故事由喜转悲，在读者心灵上引起较大的震荡，令人惊惜不已！但明伦评论说："此篇纯用迷离闪烁、夭矫变幻之笔，不惟笔笔转，直句句转，且字字转矣。"确是的论。

《葛巾》是一篇美文，它像曹州牡丹那样绚丽多姿，又像曹州牡丹那样馨香美艳。文中充满诗情画意，读后令人遐想不已。

（李永昶）

黄　英

马子才，顺天人。世好菊，至才尤甚。闻有佳种，必购之，千里不惮。一日，有金陵客寓其家，自言其中表亲有一二种，为北方所无。马欣动，即刻治装，从客至金陵。客多方为之营求，得两芽，裹藏如宝。

归至中途,遇一少年,跨蹇从油碧车,丰姿洒落。渐近与语。少年自言:"陶姓。"谈言骚雅。因问马所自来,实告之。少年曰:"种无不佳,培溉在人。"因与论艺菊之法。马大悦,问:"将何往?"答云:"姊厌金陵,欲卜居于河朔耳。"马欣然曰:"仆虽固贫,茅庐可以寄榻。不嫌荒陋,无烦他适。"陶趋车前,向姊咨禀。车中人推帘语,乃二十许绝世美人也。顾弟言:"屋不厌卑,而院宜得广。"马代诺之,遂与俱归。

第南有荒圃,仅小室三四椽,陶喜,居之。日过北院,为马治菊。菊已枯,拔根再植之,无不活。然家清贫,陶日与马共食饮,而察其家似不举火。马妻吕,亦爱陶姊,不时以升斗馈恤之。陶姊小字黄英,雅善谈,辄过吕所,与共纫绩。

陶一日谓马曰:"君家固不丰,仆日以口腹累知交,胡可为常。为今计,卖菊亦足谋生。"马素介,闻陶言,甚鄙之,曰:"仆以君风流高士,当能安贫;今作是论,则以东篱为市井,有辱黄花矣。"陶笑曰:"自食其力不为贪,贩花为业不为俗。人固不可苟求富,然亦不必务求贫也。"马不语,陶起而出。

自是,马所弃残枝劣种,陶悉掇拾而去。由此不复就马寝食,招之始一至。未几,菊将开,闻其门嚣喧如市。怪之,过而窥焉,见市人买花者,车载肩负,道相属也。其花皆异种,目所未睹。心厌其贪,欲与绝;而又恨其私秘佳本,遂款其扉,将就诮让。陶出,握手曳入。见荒庭半亩皆菊畦,数椽之外无旷土。劚去者,则折别枝插补之;其蓓蕾在畦者,罔不佳妙:而细认之,尽皆向所拔弃也。

陶入屋,出酒馔,设席畦侧,曰:"仆贫不能守清戒,连朝幸得微赀,颇足供醉。"少间,房中呼"三郎",陶诺而去。俄献佳肴,烹饪良精。因问:"贵姊胡以不字?"答云:"时未至。"问:"何时?"曰:"四十三月。"又诘:"何说?"但笑不言。尽欢始散。过宿,又诣之,新插者已盈尺矣。大奇之,苦求其术。陶曰:"此固非可言传;且君不以谋生,焉用此?"

又数日,门庭略寂,陶乃以蒲席包菊,捆载数车而去。逾岁,春将

黄英

千里萍蹤卜隱居酒
香苓氣
夢醒初良緣應為梅
花妬豪
士風流轉不如

半,始载南中异卉而归,于都中设花肆,十日尽售,复归艺菊。问之去年买花者,留其根,次年尽变而劣,乃复购于陶。陶由此日富:一年增舍,二年起夏屋。兴作从心,更不谋诸主人。渐而旧日花畦,尽为廊舍。更于墙外买田一区,筑墉四周,悉种菊。至秋,载花去,春尽不归。

而马妻病卒。意属黄英,微使人风示之。黄英微笑,意似允许,惟专候陶归而已。年余,陶竟不至。黄英课仆种菊,一如陶。得金益合商贾,村外治膏田二十顷,甲第益壮。忽有客自东粤来,寄陶生函信,发之,则嘱姊归马。考其寄书之日,即妻死之日;回忆园中之饮,适四十三月也。大奇之。以书示英,请问"致聘何所"。英辞不受采。又以故居陋,欲使就南第居,若赘焉。马不可,择日行亲迎礼。

黄英既适马,于间壁开扉通南第,日过课其仆。马耻以妻富,恒嘱黄英作南北籍,以防淆乱。而家所需,黄英辄取诸南第。不半岁,家中触类皆陶家物。马立遣人一一赍还之,戒勿复取。未浃旬,又杂之。

凡数更,马不胜烦。黄英笑曰:"陈仲子毋乃劳乎?"马惭,不复稽,一切听诸黄英。鸠工庀料,土木大作,马不能禁。经数月,楼舍连亘,两第竟合为一,不分疆界矣。然遵马教,闭门不复业菊,而享用过于世家。马不自安,曰:"仆三十年清德,为卿所累。今视息人间,徒依裙带而食,真无一毫丈夫气矣。人皆祝富,我但祝穷耳!"黄英曰:"妾非贪鄙;但不少致丰盈,遂令千载下人,谓渊明贫贱骨,百世不能发迹,故聊为我家彭泽解嘲耳。然贫者愿富,为难;富者求贫,固亦甚易。床头金任君挥去之,妾不靳也。"马曰:"捐他人之金,抑亦良丑。"黄英曰:"君不愿富,妾亦不能贫也。无已,析君居,清者自清,浊者自浊,何害。"乃于园中筑茅茨,择美婢往侍马。马安之。然过数日,苦念黄英。招之,不肯至;不得已,反就之。隔宿辄至,以为常。黄英笑曰:"东食西宿,廉者当不如是。"马亦自笑,无以对,遂复合居如初。

会马以事客金陵,适逢菊秋。早过花肆,见肆中盆列甚烦,款朵佳胜,心动,疑类陶制。少间,主人出,果陶也。喜极,具道契阔,遂止宿焉。要之归。陶曰:"金陵,吾故土,将婚于是。积有薄赀,烦寄吾姊。我岁杪当暂去。"马不听,请之益苦。且曰:"家幸充盈,但可坐享,无须复贾。"坐肆中,使仆代论价,廉其直,数日尽售。逼促囊装,赁舟遂北。入门,则姊已除舍,床榻裀褥皆设,若预知弟也归者。

陶自归,解装课役,大修亭园,惟日与马共棋酒,更不复结一客。为之择婚,辞不愿。姊遣两婢侍其寝处,居三四年,生一女。

陶饮素豪,从不见其沉醉。有友人曾生,量亦无对。适过马,马使与陶相较饮。二人纵饮甚欢,相得恨晚。自辰以讫四漏,计各尽百壶。曾烂醉如泥,沉睡座间。陶起归寝,出门践菊畦,玉山倾倒,委衣于侧,即地化为菊,高如人;花十余朵,皆大于拳。马骇绝,告黄英。英急往,拔置地上,曰:"胡醉至此!"覆以衣,要马俱去,戒勿视。既明而往,则陶卧畦边。马乃悟姊弟菊精也,益敬爱之。而陶自露迹,饮益放,恒自折柬招曾,因与莫逆。

值花朝,曾来造访,以两仆舁药浸白酒一坛,约与共尽。坛将竭,二人犹未甚醉。马潜以一瓿续入之,二人又尽之。曾醉已惫,诸仆负之以去。陶卧地,又化为菊。马见惯不惊,如法拔之,守其旁以观其变。久之,叶益憔悴。大惧,始告黄英。英闻骇曰:"杀吾弟矣!"奔视之,根株已枯。痛绝,掐其梗,埋盆中,携入闺中,日灌溉之。马悔恨欲绝,甚怨曾。越数日,闻曾已醉死矣。盆中花渐萌,九月既开,短干粉朵,嗅之有酒香,名之"醉陶",浇以酒则茂。后女长成,嫁于世家。黄英终老,亦无他异。

异史氏曰:"青山白云人,遂以醉死,世尽惜之,而未必不自以为快也。植此种于庭中,如见良友,如对丽人,不可不物色之也。"

【评赏】

同一种鱼肉,采取煎、炒、烧、烤等不同的烹调方法,可以制成花样繁多的食品,是高级厨师的本事。将相近的题材,创作成迥然不同的故事,是小说家蒲松龄的一大本领。有人说,《聊斋志异》所写不外乎书生与狐鬼花妖谈情说爱,千篇一律。这可能是走马观花读《聊斋》所产生的误解。就拿鬼故事来说,《画皮》《连琐》《莲香》《宦娘》《聂小倩》《吕无病》《公孙九娘》等等,试问有哪一篇是雷同的?《黄英》和《葛巾》都是写花妖故事,要说相似点,可以找出许多。如女主人公都是聪明美丽的花妖;男主人公都是爱花成癖的书生;书生花妖由于情趣相投而成婚;故事里的各种活动也都与花密切相关。而且故事开篇的写法也很相似。先看《葛巾》:"常大用,洛人。癖好牡丹。闻曹州牡丹甲齐、鲁,心向往之。适以他事如曹,因假搢绅之园居焉。"再看《黄英》:"马子才,顺天人。世好菊,至才尤甚。闻有佳种,必购之,千里不惮。一日,有金陵客寓其家,自言其中表亲有一二种,为北方所无。马欣动,即刻治装,从客至金陵。"思路几乎相同:某生——何地人——性爱花——闻某地有好花——往寻好花。面对这样相近的题材,很容易写得大同小异。但蒲松龄却着意于追求同中之异。杜甫写诗:"语不惊人死不休。"蒲公写小说,似乎也有股不写出特异之点决不罢休的劲头。

《葛巾》《黄英》一进入故事,就朝不同的方向发展了。《葛巾》着眼于描写常大用和葛巾相爱的过程,处处枝节横生,后来常大用爱而生疑,疑而生畏,直至终篇都没有离开情爱的纠葛。而《黄英》里的马子才和黄英,虽然癖好相同,但相处三年多,没有谈及爱情二字。

黄英姐弟北上,寄住在马子才家。马已有妻子吕氏,夫妇俩为人厚道。马家虽清贫,见黄英姐弟炊中乏粮,乃及时以升斗相济,而黄英也知恩报德。弟弟为马生治菊,姐姐陪吕氏纫绩。两家如同一家,和睦相亲。像有一条小船,载着他们四人,在平静的湖面上,悠然行进。忽然波澜骤起,荡得小船摇摇晃晃。起因并不复杂。一天,陶生对马生说:"君家固不丰,仆日以口腹累知交,胡可为常。为今计,卖菊亦足谋生。"这种想法,既切合实际,又能解决问题,本应得到马生的支持。谁知素来清高的马生,听了陶生的话,心里很鄙视他,说:"仆以君风流高士,当能安贫;今作是论,则以东篱为市井,有辱黄花矣。"陶生对马生的批评很不以为然,反驳说:"自食其力不为贪,贩花为业不为俗。人固不可以苟求富,然亦不必务求贫也。"

这场争论,表面看来,只是在卖菊谋生的问题上看法不一致。实质上,这不一致的背后却有极其深刻的社会内容。我国古代长期采取重农抑商的政策,严重阻碍商品经济的发展。明代中叶以后,东南沿海一带,以商业、手工业为主的市民阶层迅速发展起来,产生了生机勃勃的资本主义萌芽。随之出现的市民新意识不能不与封建传统观念发生尖锐的冲突。陶生与马生卖菊之争,实质上是新旧意识的交锋。

作者以怎样的态度表现这场冲突呢?蒲松龄本是一介寒儒,自小接受封建传统教育,很容易偏爱马生的安贫乐道、自命清高的思想。出人意料之外,他为黄英姐弟热情地唱了一曲经营致富的颂歌。作者以生动的笔墨,描写黄英姐弟不为马生所阻,带领、督促仆人种植菊花出售,一时间"市人买花者,车载肩负,道相属也"。他俩种菊技艺高超,即使残枝劣种,经他们栽培,都可以变为"佳妙"的上品。令人惊奇的是,去年的卖花人,以为留其根就可以保其种,谁知"次年尽变而劣",不得不重新向陶生购买。"陶由此日富:一年增舍,二年起夏屋",财富越积越多,又在村外买进良田二十顷,大兴土木,兴建楼宇。寥寥数笔,生动地勾勒出一幅商品经济发展图。

马生面对黄英姐弟经营致富的现实,是否向他们低头认输,改变了清高、安贫的保守思想呢?没那么容易。封建传统思想,在封建文人的头脑里,已扎根几千年,绝非一朝一夕所能改变。马生和黄英结婚后,竟然认为妻子致富损害了自己的清高,死也不肯住进妻子建造的新楼,还呆头呆脑地说:"仆三十年清德,为卿所累。今视息人间,徒依裙带而食,真无一毫丈夫气矣。人皆祝富,我但祝贫耳!"封建传统思想毒害之深,于兹可见。

相反,巧于种菊、善于经营的黄英胸怀豁达、视野高远。她的祖先陶渊明,爱菊花之高洁,曾"采菊东篱下"而"悠然见南山",向来被封建文人奉为清高安贫的典范。黄英大不以为然。她反驳丈夫"祝穷"的话,说:"妾非贪鄙;但不少致丰盈,遂令千载下人,谓渊明贫贱骨,百世不能发迹,故聊为我家彭泽解嘲耳!然贫者愿富,为难;富者求贫,固亦甚易。床头金任君挥去之,妾不靳也。"说得多好啊!在自我解嘲中表明马生安贫思想的不可取,世人也不应以陶渊明的清贫作为不求发达的借口。同时,她一方面落落大方地表示家中财富任君挥霍,另一方面又看透了马生自视清高的虚伪性。因此,她明确提出,既然马生要安贫,那么好吧,就在园里筑个茅屋,让马生在那里安贫。结果不出所料,这个口口声声"安贫"的马生,没住几天,就难以坚持下去,还是主动请求和黄英合居如初。"东食西宿,廉者当不如是",黄英的一句话,揭掉了马生装扮清高的假面。

  在三百多年前,资本主义还处在萌芽时期,蒲松龄能如此传神、如此深刻地塑造出市民代表人物的生动形象,很不简单。作为封建文人,竟能超越自己,对书生马子才的迂腐行径,给予辛辣的讽刺,尤为难得。

  《黄英》不只寓意新颖、深刻,奇妙的幻想也颇具艺术魅力。陶生是个种菊行家。马生丢弃的残枝劣种,一经他的手,都变成目所未睹的奇花异卉。市民买他的菊中上品,第二年却又变为劣种。这种变化,人们感到神奇。其实,菊花经过杂交、接枝等技术处理,可以长出前所未见的新花,不算什么奥秘。但《黄英》是幻想小说,它没有必要具体写出杂交、嫁接等栽培过程,只写残枝劣种一经陶生移种,就突变为奇花异卉。因此,显得非常神奇。陶生的治菊经验,他只说了一句富有哲理的话:"种无不佳,培溉在人。"给人很多联想。倘若将陶生的种菊办法如实写出,那将失掉志异小说的奇幻特色,反而吃力不讨好。

  篇末陶生化菊,更进一步将读者带进奇妙的幻想世界。在幻想小说里,狐化为人,人变为鸟,是常有的事。怎么变法,有何依据,都可以不写。孙悟空能够七十二变,说变就变,至多一抹脸,猴子就变成了老鹰。黄英是菊精变成,但作品写她"终老,亦无他异"。陶生则变了两次,并写出他变化的过程。一次,陶生喝得酩酊大醉,出门摔倒在菊园里,当即化为菊。黄英闻知急往,将菊拔至地上,盖上衣服,要大家躲开不看。到明早,已复化为陶生。后来陶生又有一次醉卧地上化为菊。马子才按照黄英的法子把它拔起来,"守其旁以观其变"。结果糟啦,那株菊花慢慢地叶焦根枯,不能再复活。为什么会有这样的区别,实在无法深究。此中的奥秘,只存在于人们的想象之中。现实生活不可能的事,在幻想小说里可以写得若有其事,只要合乎人们的心理要求就行。

陶生以菊精特有的方式死去,黄英在痛哭之余,"掐其梗,埋盆中"。经过精心培育,后来又开出新花。菊可以插枝,这是人所共知的事,不算奇异。令人惊奇的是,这株陶生化成的菊"短干粉枝,嗅之有酒香,名之'醉陶',浇以酒则茂"。这是很富有诗意的奇想。蒲松龄在一首赏菊诗里有"妙遣花香入酒香"句(《蒲松龄集·夜饮再赋》),抒写的正是同样的意境。倘若有人认为养菊不宜浇酒,而应改为淋水施肥,那将大煞风景,失去幻想小说特有的情趣。

(刘烈茂)

书　痴

彭城郎玉柱,其先世官至太守,居官廉,得俸不治生产,积书盈屋。至玉柱,尤痴:家苦贫,无物不鬻,惟父藏书,一卷不忍置。父在时,曾书《劝学篇》,粘其座右,郎日讽诵;又幛以素纱,惟恐磨灭。非为干禄,实信书中真有金粟。昼夜研读,无间寒暑。年二十余,不求婚配,冀卷中丽人自至。见宾亲,不知温凉,三数语后,则诵声大作,客逡巡自去。每文宗临试,辄首拔之,而苦不得售。

一日,方读,忽大风飘卷去。急逐之,踏地陷足;探之,穴有腐草;掘之,乃古人窖粟,朽败已成粪土。虽不可食,而益信"千钟"之说不妄,读益力。一日,梯登高架,于乱卷中得金辇径尺,大喜,以为"金屋"之验。出以示人,则镀金而非真金。心窃怨古人之诳己也。居无何,有父同年,观察是道,性好佛。或劝郎献辇为佛龛。观察大悦,赠金三百、马二匹。郎喜,以为金屋、车马皆有验,因益刻苦。然行年已三十矣。或劝其娶,曰:"'书中自有颜如玉',我何忧无美妻乎?"又读二三年,迄无效,人咸揶揄之。

时民间讹言:天上织女私逃。或戏郎:"天孙窃奔,盖为君也。"郎知其戏,置不辨。一夕,读《汉书》至八卷,卷将半,见纱剪美人夹藏其

中。骇曰:"书中颜如玉,其以此应之耶?"心怅然自失。而细视美人,眉目如生;背隐隐有细字云:"织女。"大异之。日置卷上,反复瞻玩,至忘食寝。

一日,方注目间,美人忽折腰起,坐卷上微笑。郎惊绝,伏拜案下。既起,已盈尺矣。益骇,又叩之。下几亭亭,宛然绝代之姝。拜问:"何神?"美人笑曰:"妾颜氏,字如玉,君固相知已久。日垂青盼,脱不一至,恐千载下无复有笃信古人者。"郎喜,遂与寝处。然枕席间亲爱倍至,而不知为人。每读,必使女坐其侧。女戒勿读,不听。女曰:"君所以不能腾达者,徒以读耳。试观春秋榜上,读如君者几人?若不听,妾行去矣。"郎暂从之。

少顷,忘其教,吟诵复起。逾刻,索女,不知所在。神志丧失,嘱而祷之,殊无影迹。忽忆女所隐处,取《汉书》细检之,直至旧所,果得之。呼之不动,伏以哀祝。女乃下曰:"君再不听,当相永绝!"因使治棋枰、樗蒲之具,日与遨戏。而郎意殊不属。觑女不在,则窃卷流览。恐为女觉,阴取《汉书》第八卷,杂溷他所以迷之。

一日,读酣,女至,竟不之觉;忽睹之,急掩卷,而女已亡矣。大惧,冥搜诸卷,渺不可得;既,仍于《汉书》八卷中得之,叶数不爽。因再拜祝,矢不复读。女乃下,与之弈,曰:"三日不工,当复去。"至三日,忽一局赢女二子。女乃喜,授以弦索,限五日工一曲。郎手营目注,无暇他及;久之,随指应节,不觉鼓舞。女乃日与饮博,郎遂乐而忘读。女又纵之出门,使结客,由此倜傥之名暴著。女曰:"子可以出而试矣。"

郎一夜谓女曰:"凡人男女同居则生子;今与卿居久,何不然也?"女笑曰:"君日读书,妾固谓无益。今即夫妇一章,尚未了悟,枕席二字有工夫。"郎惊问:"何工夫?"女笑不言。少间,潜迎就之。郎乐极,曰:"我不意夫妇之乐,有不可言传者。"于是逢人辄道,无有不掩口者。女知而责之。郎曰:"钻穴逾隙者,始不可以告人;天伦之乐,人所皆有,何讳焉。"

过八九月,女果举一男,买媪抚字之。一日,谓郎曰:"妾从君二年,业生子,可以别矣。久恐为君祸,悔之已晚。"郎闻言,泣下,伏不起,曰:"卿不念呱呱者耶?"女亦凄然,良久曰:"必欲妾留,当举架上书尽散之。"郎曰:"此卿故乡,乃仆性命,何出此言!"女不之强,曰:"妾亦知其有数,不得不预告耳。"

先是,亲族或窥见女,无不骇绝,而又未闻其缔姻何家,共诘之。郎不能作伪语,但默不言。人益疑,邮传几遍,闻于邑宰史公。史,闽人,少年进士。闻声倾动,窃欲一睹丽容,因而拘郎及女。女闻知,遁匿无迹。宰怒,收郎,斥革衣衿,枯械备加,务得女所自往。郎垂死,无一言。械其婢,略能道其仿佛。宰以为妖,命驾亲临其家。见书卷盈屋,多不胜搜,乃焚之;庭中烟结不散,瞑若阴霾。

郎既释,远求父门人书,得从辨复。是年秋捷,次年举进士。而衔恨切于骨髓。为颜如玉之位,朝夕而祝曰:"卿如有灵,当佑我官于闽。"后果以直指巡闽。居三月,访史恶款,籍其家。时有中表为司理,逼纳爱妾,托言买婢寄署中。案既结,郎即日自劾,取妾而归。

异史氏曰:"天下之物,积则招妒,好则生魔;女之妖,书之魔也。事近怪诞,治之未为不可;而祖龙之虐,不已惨乎!其存心之私,更宜得怨毒之报也。呜呼!何怪哉!"

【评赏】

人要变得聪明,不能不读书。但读书不得其法,也可以使人变得愚蠢。《阅微草堂笔记》也有一篇类似《书痴》的故事,它记两个只知死读书的书呆子,对世事人情,懵然不知。正当土寇骚扰,逼近城下,人们纷纷逃离之时,还为门神究竟是尉迟敬德、秦琼还是神荼、郁垒争论不休。结果,耽误了出城逃难的宝贵时间。土寇破了城,两个书呆子都成了刀下鬼。纪晓岚记下这则故事意在说明:"死生呼吸、间不容发之时,尚考证书之真伪,岂非惟知读书不预外事之哉!"相比之下,蒲松龄所写的《书痴》内容更丰富,寓意更深刻,塑造人物也更为传神。它也写了书痴的一些书呆气,如:"见宾亲,不知温凉,三数语后,则诵声大作,客逡巡自去。"但作者着力挖掘的是郎玉柱的内在灵魂。

郎玉柱将父亲书写的《劝学篇》作为座右铭,日夜诵读。谁都知道,所谓"书中自有黄金屋",必须经过两个转化过程:一是把圣贤书作为敲门砖去敲开科举的大门;二是拿举人或进士的头衔去换官做。这就是俗话说的读书做官。做了官,要钱有钱,要美女有美女,住的当然是豪华舒适的高楼大院。这样一来,圣贤书就会变为"千钟粟""颜如玉"和"黄金屋"。郎生终日闭门读书,却不明白此中奥妙。他只从字面去理解《劝学篇》,以为在书本里可以直接找到千钟粟、颜如玉和黄金屋。为了这三样宝贝,他日夜苦读,直到年已三十还不娶妻,呆头呆脑地说什么"书中自有颜如玉"。

世上究竟有没有像郎玉柱那么痴呆的人,不必费神考证。但人们不会怀疑"书痴"内在灵魂的真实性。在科举制度下,众多士子躲在寒窗下苦读多年,不都是为了猎取功名以换取黄金屋么?!

当然,直接到书堆里寻找黄金屋是必然要落空的。为了否定书痴目标的虚妄,若照通常的构思,也许就让郎生在家埋头读书,读到眉毛胡子发白,一无所获。这种情形,在明清时期,比比皆是。《儒林外史》给皓首穷经、一事无成的人物画了不少漫画。蒲松龄要写的是奇幻小说,他不能像《儒林外史》那样写法。郎生寻找的目标虽属虚妄,在蒲公的巧妙安排下,却一步步得到"实现"。

大风把郎生的书卷走。他追到后院,踏地陷足,挖出了一些古人窖藏全已"朽败成粪土"的粮食。这个情节本是对"书中自有千钟粟"的一种讽刺,一般人也都懂得这是久藏霉变的结果,而郎生却因之更加相信"千钟"之说并不虚妄,读书读得更起劲。死读书使他失去了起码的生活辨别力。

又有一次,郎生从乱书堆里翻出一个金制的辇车。他欣喜若狂,以为"书中自有黄金屋"也应验了。别人指出它不过是镀金的辇车,他心里暗中埋怨古人诳己。可是,当这件古物从观察那儿换来金和马时,他又"以为金屋、车马皆有验",更下死劲读书。腐粟、金辇的出现,在郎生心目中都成了《劝学篇》的实证。在各种假象面前,他曾经怀疑过,但随后又陷入更深的虚妄。

后来,郎生从《汉书》里翻出了纱剪美人。他大吃一惊,说:"书中颜如玉,其以此应之耶?"作者没有继续沿着原来的思路,让他先怀疑，然后得到虚假的证实，而变为果真实现了"书中自有颜如玉"的愿望。蒲松龄的艺术构思常常由实入幻，幻实交错，以达到幻中求真的艺术效果。从《汉书》第八卷里走出美人颜如玉的奇想是这篇小说的神来之笔。没有这个奇想，《书痴》不过是一篇讽刺小品；有了这个奇想，它便成了思想艺术俱佳的上乘之作。

这个奇想把读者引入一个奇妙的幻想世界。郎生细看那纱剪美人，眉目如生。日置卷上，反复把玩，以至于迷恋得废寝忘食。有一天，他正在凝神观看，那纱美人忽然直起腰来，坐在书卷上微笑。这是多么迷人的情景啊！郎生大吃一惊，急忙跪下磕头。当他站了起来，纱美人已经变得有一尺多高，轻飘飘地下了桌子，亭亭玉立，真是个绝代美人。郎生多年日思夜梦的颜如玉，如今就站在面前，怎能不叫他神魂颠倒呢！

幻境和现实拉开了距离，使人感到新奇有趣。可是，纱美人变为活美人，岂不是肯定了"书中自有颜如玉"么？蒲松龄构思的巧妙就在于以肯定的形式达到更深刻的否定。谁都明白，从书卷里走出来的颜如玉只不过是个幻象，而且她在回答郎生"何神？"的问话里没有忘掉对书痴的调侃。她说："妾颜氏，字如玉，君固相知已久。日垂青盼，脱不一至，恐千载下无复有笃信古人者。"读者听了这番话，大概不至于跟着书痴笃信起古人来。郎生和颜如玉一起生活后的表现更令人忍俊不禁。他虽然对美人倍加爱怜，却不懂得"夫妇一章""枕席二字"，还傻乎乎地问颜如玉说："凡人男女同居则生子，今与卿久，何不然也？"这虽是闺房笑谈，又是幽默之笔，却提出一个极为严肃的问题：饱读圣贤书的郎玉柱，为何连起码的人道都不懂？为科举而读书，岂不把活人读成白痴？故清人顾炎武和颜元都曾猛烈抨击科举取士，指出八股取士之害，甚于焚书坑儒。

郎生和颜如玉是一种特殊的结合。表现的重点不在于男女恋情，而是以颜氏为师改造书痴。因此，从《汉书》里走出来的颜如玉，既没有和郎生卿卿我我，也没有鼓励他埋头苦读。两人见面之后，颜如玉就劝告他不要再读。而且向他表明态度说："若不听，妾行去矣。"但郎生积习难返，"忘其教，吟诵复起"。颜如玉见此情状，掉头而去。郎生失去了颜如玉，丧魂落魄，跪在地上再三请求。颜如玉见他决心挺大，才又回来，限他三天学会下棋，五天弹熟一曲。并陪他一块饮酒、赌博，使他乐而忘读。终于把郎生从窒息智能的书斋里拉了出来。通过这个虚构的情节表明像郎生那样死读书，还不如下棋、弹曲、饮酒、赌博，从另一角度否定郎生的读书道路。

郎生已经转变，故事本可结束。但作者意犹未尽，再续写了一段知县史某觊觎美女、迫害郎生、放火烧书的情节。从写书痴转为写县官，从表面看似乎跑了题。实际上，作者仍然围绕科举制度作文章。书痴郎生和县官史某都是科举制度的产物。区别只在于一个爬了上去，一个仍是白衣秀才。八股取士制度培育出来的人物不是呆头呆脑的书痴，就是骑在百姓头上作威作福的县官。

县官一把火把郎生满屋书籍烧成灰烬，颜如玉逃离了黑暗的人间，这出闹剧应该下幕了。可是末段再写郎生十年后中了进士做了巡按，把史某革职抄家报了仇，虽然表现了"恶有恶报"的愿望，但从题旨看，不免有蛇足之嫌。

（刘烈茂）

青 蛙 神

江汉之间，俗事蛙神最虔。祠中蛙不知几百千万，有大如笼者。或犯神怒，家中辄有异兆：蛙游几榻，甚或攀缘滑壁不得堕，其状不一，此家当凶。人则大恐，斩牲禳祷之，神喜则已。

楚有薛昆生者，幼惠，美姿容。六七岁时，有青衣媪至其家，自称神使，坐致神意，愿以女下嫁昆生。薛翁性朴拙，雅不欲，辞以儿幼。虽故却之，而亦未敢议婚他姓。迟数年，昆生渐长，委禽于姜氏。神告姜曰："薛昆生，吾婿也，何得近禁脔！"姜惧，反其仪。薛翁忧之，洁牲往祷，自言"不敢与神相匹偶"。祝已，见肴酒中皆有巨蛆浮出，蠢然扰动；倾弃，谢罪而归。心益惧，亦姑听之。

一日，昆生在途，有使者迎宣神命，苦邀移趾。不得已，从与俱往。入一朱门，楼阁华好。有叟坐堂上，类七八十岁人。昆生伏谒。叟命曳起之，赐坐案旁。少间，婢媪集视，纷纭满侧。叟顾曰："入言薛郎至矣。"数婢奔去。移时，一媪率女郎出，年十六七，丽绝无俦。叟指曰："此小女十娘，自谓与君可称佳偶；君家尊乃以异类见拒。此自百年事，父母止主其半，是在君耳。"昆生目注十娘，心爱好之，默然不言。媪曰："我固知郎意良佳。请先归，当即送十娘往也。"昆生曰："诺。"趋归告翁。

翁仓遽无所为计，乃授之词，使返谢之，昆生不肯行。方消让间，舆已在门，青衣成群，而十娘入矣。上堂朝拜，翁姑见之皆喜。即夕合卺，琴瑟甚谐。由此神翁神媪，时降其家。视其衣，赤为喜，白为财，必见，以故家日兴。

自婚于神，门堂藩溷皆蛙，人无敢诟蹴之。惟昆生少年任性，喜则忌，怒则践毙，不甚爱惜。十娘虽谦驯，但善怒，颇不善昆生所为；而昆生不以十娘故敛抑之。十娘语侵昆生，昆生怒曰："岂以汝家翁媪能祸人耶？丈夫何畏蛙也！"十娘甚讳言"蛙"，闻之恚甚，曰："自妾入门，为汝家田增粟，贾益价，亦复不少。今老幼皆已温饱，遂如鸮鸟生翼，欲啄母睛耶？"昆生益愤曰："吾正嫌所增污秽，不堪贻子孙。请不如早别。"遂逐十娘。

翁媪既闻之，十娘已去。呵昆生，使急往追复之。昆生盛气不屈。至夜，母子俱病，郁冒不食。翁惧，负荆于祠，词义殷切。过三日，病寻愈。十娘亦自至，夫妻欢好如初。

十娘日辄凝妆坐，不操女红，昆生衣履，一委诸母，母一日忿曰："儿既娶，仍累媪！人家妇事姑，我家姑事妇！"十娘适闻之，负气登堂曰："儿妇朝侍食，暮问寝，事姑者，其道如何？所短者，不能吝佣钱，自作苦耳。"母无言，惭沮自哭。昆生入，见母涕痕，诘得故，怒责十娘。十娘执辨不屈。昆生曰："娶妻不能承欢，不如勿有！便触老蛙怒，不过横灾死耳！"复出十娘。

十娘亦怒，出门径去。次日，居舍灾，延烧数屋，几案床榻，悉为

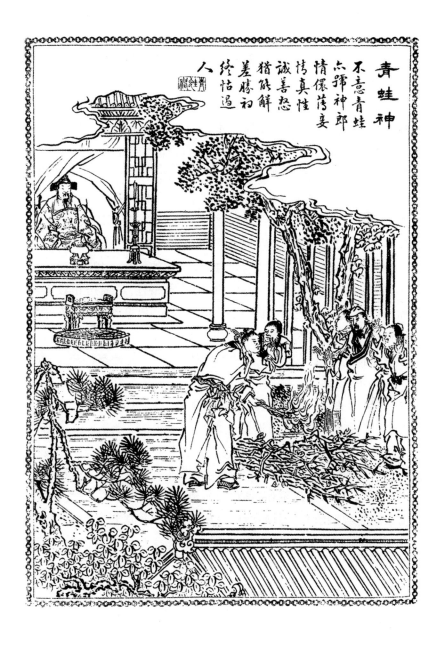

煨烬。昆生怒,诣祠责数曰:"养女不能奉翁姑,略无庭训,而曲护其短!神者至公,有教人畏妇者耶!且盎盂相敲,皆臣所为,无所涉于父母。刀锯斧钺,即加臣身;如其不然,我亦焚汝居室,聊以相报。"言已,负薪殿下,爇火欲举。居人集而哀之,始愤而归。父母闻之,大惧失色。

至夜,神示梦于近村,使为婿家营宅。及明,赍材鸠工,共为昆生建造,辞之不止;日数百人相属于道,不数日,第舍一新,床幕器具悉备焉。修除甫竟,十娘已至,登堂谢过,言词温婉。转身向昆生展笑,举家变怨为喜。自此十娘性益和,居二年,无间言。

十娘最恶蛇,昆生戏函小蛇,给使启之。十娘色变,诟昆生。昆生亦转笑生嗔,恶相抵。十娘曰:"今番不待相迫逐,请从此绝。"遂出门去。薛翁大恐,杖昆生,请罪于神。幸不祸之,亦寂无音。

积有年余,昆生怀念十娘,颇自悔,窃诣神所哀十娘,迄无声应。未几,闻神以十娘字袁氏,中心失望,因亦求婚他族;而历相数家,并无如十娘者,于是益思十娘。往探袁氏,则已垩壁涤庭,候鱼轩矣。心愧愤不能自已,废食成疾。父母忧皇,不知所处。

忽昏愦中有人抚之曰:"大丈夫频欲断绝,又作此态!"开目,则十娘也。喜极,跃起曰:"卿何来?"十娘曰:"以轻薄人相待之礼,止宜从父命,另醮而去。固久受袁家采币,妾千思万思而不忍也。卜吉已在今夕,父又无颜反璧,妾亲携而置之矣。适出门,父走送曰:'痴婢!不听吾言,后受薛家凌虐,纵死亦勿归也!'"昆生感其义,为之流涕。家人皆喜,奔告翁媪。媪闻之,不待往朝,奔入子舍,执手呜泣。

由此昆生亦老成,不作恶谑,于是情好益笃。十娘曰:"妾向以君儇薄,未必遂能相白首,故不敢留孽根于人世;今已靡他,妾将生子。"居无何,神翁神媪着朱袍,降临其家。次日,十娘临蓐,一举两男,由此往来无间。

居民或犯神怒,辄先求昆生;乃使妇女辈盛妆入闺,朝拜十娘,十娘笑则解。薛氏苗裔甚繁,人名之"薛蛙子家"。近人不敢呼,远人则呼之。

【评赏】

　　在西方神话中，神人相恋往往是男性神祇对女子的占有行为，甚至连宙斯的恋爱故事也不例外。神的无尚庄严和情欲弱点竟滑稽地混合在一起。希腊人常常带着嘲谑的态度提起这些神祇的丑行。这是希腊神话很有趣的一个特点。我国古代向来重伦理、轻个性。有关神人相恋的故事也着重于寄寓人们的伦理道德理想。

　　《青蛙神》是一则神人相恋故事。蛙叟、十娘虽是神翁、神女，却富有人情味，和一般的神明有所不同。当时江汉间流传奉祀蛙神的习俗，作品开头介绍的蛙神活动，给人一种恐怖感。"祠中蛙不知几百千万"，谁触犯神怒，神必降灾于其家。但作者并没有沿着这个思路去构想故事。蛙叟虽具神力，却是个耿直开通的老翁。薛翁阻挠儿子同蛙神之女结亲。神翁则邀请昆生亲自相亲，尊重当事人的意见，认为儿女的婚姻大事，"父母止主其半"。这种态度比封建家长开明得多。这种主张虽然和婚姻自主的要求仍有距离，但在三百多年前，敢于明确提出，青年男女在选择婚姻对象时，占有一半的权利，已是对封建包办婚姻制度的大胆挑战。

　　昆生和十娘既然是蛙神促成的婚姻，料应是十分和谐而幸福的。事实恰好相反，他们成婚之后，风波迭起，吵架的事，频频发生。一次又一次分离，几乎达到无可挽回的地步。

　　婚前，昆生和十娘见过面。"昆生目注十娘，心爱好之"，但不好意思说出口。神媪看透了他的心思，说："我固知郎意良佳。请先归，当即送十娘往也。"昆生迫不及待地说声"诺"。可见，他和十娘成婚是自愿的、满意的。只看外貌，彼此都有好感，但感情是否合得来，个性是否相适应，必须一起生活才知道。

　　婚后没多久，夫妻间的唇枪舌剑就闹开了。由于十娘是青蛙神女，各种矛盾冲突也与青蛙息息相关。他们成亲以后，家庭发生了一大变化，门楼、堂屋、篱笆、厕所，到处都是青蛙。昆生年轻任性，情绪好时还有所顾忌，生气时就随意踩死青蛙。十娘对丈夫这种行为，初时抱着忍耐态度，但时间长了，不免流露出不满情绪，说的话刺痛了昆生。昆生如果冷静处理,也就没事。但他一触就跳,怒斥十娘说:"岂以汝家翁媪能祸人耶?丈夫何畏蛙也。"十娘很忌讳"蛙"字,一听,顿时火冒三丈,马上给予反击。冲突越来越升级。正在气头上的昆生,终于行使封建礼教所赋予丈夫的权利,把十娘赶走了。事情由青蛙引起,并非什么要紧的事。但表现了昆生对十娘不够尊重,碰上十娘又是个自尊心很强的姑娘,她不可能像世俗女子那样忍气吞声,听任丈夫摆布,一场家庭的小风暴不可避免地发生了。

经过父母的调解,昆生和好如初。但互不适应的矛盾依然存在。对十娘来说,不适应的成分更多些。按照当时的规矩,当了人家媳妇,就应侍奉公婆,操持家务,生儿育女。哪一点做不好,都有挨打挨骂的份儿,甚至被休弃。可是,从小娇生惯养的十娘,并没有意识到自己应负的种种义务,仍然像在家里那样只顾梳妆打扮、闲坐聊天,甚至连针线活也不做。昆生的衣服鞋子,仍要薛母自己动手。做了婆婆的薛母不免生气地说:"儿既娶,仍累媪!人家妇事姑,我家姑事妇!"这是许多新媳妇碰到的现实问题。面临这些矛盾,作为丈夫的昆生并没有从中调解,更没有给予适当的帮助,听了母亲的埋怨,只是一味怒责十娘。十娘不像当时世俗女子那样逆来顺受,固执地和昆生争辩。这样,本来可以逐步解决的家庭内部矛盾,一下子又激化了。终于导致昆生再度出妻,"十娘亦怒,出门径去"。

家庭里小夫妻闹矛盾,双方家长抱什么态度,关系甚大。昆生父母虽然对媳妇不满,但考虑到她的特殊身份,常常采取息事宁人的态度。发生矛盾,更多的是责怪、呵斥自己的儿子。神翁不一样,对女儿被逐的原因,在未了解以前,竟凭借神力,放火烧掉薛家几间房屋。昆生气愤地跑到蛙神庙去和神像评理,话说得句句在理,有力地表现了他的刚强不屈的性格。蛙神还算好,并没有恃势欺人,而是知过能改,"示梦于近村",及时为薛家修复房屋。同时很可能在家里对十娘进行了一番教育。因此,房屋刚修好,十娘已主动回来,"登堂谢过,言词温婉。转身向昆生展笑,举家变怨为喜"。一场家庭风暴就这样安然度过。

经过上述两次风波,"善怒"的十娘"性益和"。薛家安然过了两年,没有发生什么口角。但是,昆生并没有像十娘那样在两次冲突中吸取教训,学会尊重十娘、关怀体贴十娘。一般妇女都怕蛇,十娘对蛇尤其厌恶。昆生竟恶作剧地用盒子装了蛇来戏弄她,把十娘吓得要死。事后,不仅没有向十娘道歉,还恶言恶语地顶撞十娘。十娘悲愤地说:"今番不待相迫逐,请从此绝!"说完气呼呼地走了。这次冲突比以往两次更为严重。蛙神不忍心女儿受人欺凌,把她另嫁袁家。薛家自知复婚无望,也为昆生求婚他族。但一连看了数家,没有一个赶得上十娘。昆生于是更加想念十娘。可是到袁家打听,袁家已经粉刷好新房,只等把十娘用彩轿抬了过来。而且婚礼就定在当天晚上。看来,昆生、十娘的婚姻彻底破裂已成定局,不论昆生此时多么后悔,也已难挽回。真想不到,当昆生卧病在床、神志昏沉之时,忽然感到有只温暖的手抚摸着他说:"大丈夫频欲断绝,又作此态!"睁眼一看,原来是十娘。事情又有了转机。

昆生和十娘三次冲突、三次分离,都写得很真实,富有浓厚的生活气息,而第三次写得最好,充分表现昆生夫妇冲突的特点:怨恨里含有情爱,分离之后又相思。特别是十娘,多次受昆生驱赶,但始终忘不了昆生的情爱。她的父亲硬逼她另嫁别人,并早已收下袁家的聘礼。可是,她千思万想,实在不忍心抛弃昆生。她的这种行为,不是为了坚持"从一而终"的封建观念,而是表现了中华民族讲究情义的传统美德。神翁见她犹豫不决,责备她说:"痴婢!不听吾言,后受薛家凌虐,纵死亦勿归也!"顺便说一句,神翁写得很有个性,你听他说这话,对女儿多么有感情。此时的十娘,面临三重压力:昆生的驱逐,父亲的责骂,袁家的迎亲。如果想轻松一点渡过这个难关,坐上轿子到袁家重做新娘子也许是最佳选择。但是,十娘不愿走这条路。她不相信昆生真心抛弃自己。因此,她不顾父亲的怒骂,再次跑回薛家去。从窗外往里窥探,果然发现昆生并没有忘掉自己,正在为失去自己而忧愁、悔恨、病倒。这样一来,彼此了解更深了,便下决心和昆生重归于好。昆生也被十娘的深情厚谊所感动,不禁泪流满面。在小说里写人物的思想转变最难,短篇尤其不容易写好。昆生、十娘的转变,写得真实自然。

蒲松龄是个很看重夫妇感情的作家,建立亲密和谐的夫妇关系是他的理想。十娘在处理夫妇矛盾所表现出来的通情达理、宽宏大度,使错综复杂的纠葛得到了妥善的解决,恰好表现了作者对理想的追求。

(刘烈茂)

晚　　霞

　　五月五日,吴越间有斗龙舟之戏。刳木为龙,绘鳞甲,饰以金碧;上为雕甍朱槛;帆旌皆以锦绣;舟末为龙尾,高丈余。以布索引木板下垂,有童坐板上,颠倒滚跌,作诸巧剧;下临江水,险危欲堕。故其购是童也,先以金啖其父母,预调驯之,堕水而死,勿悔也。吴门则载美妓,较不同耳。

　　镇江有蒋氏童阿端,方七岁,便捷奇巧,莫能过,声价益起,十六岁犹用之。至金山下,堕水死。蒋媪止此子,哀鸣而已。阿端不自知死,有两人导去,见水中别有天地;回视,则流波四绕,屹如壁立。俄入宫殿,见一人兜牟坐。两人曰:"此龙窝君也。"便使拜伏。龙窝君颜色和霁,曰:"阿端伎巧,可入柳条部。"遂引至一所,广殿四合。趋上东廊,有诸年少,出与为礼,率十三四岁。即有老妪来,众呼解姥。坐令献技。已,乃教以钱塘飞霆之舞、洞庭和风之乐。但闻鼓钲喤聒,诸院皆响。既而诸院皆息,姥恐阿端不能即娴,独絮絮调拨之,而阿端一过,殊已了了。姥喜曰:"得此儿,不让晚霞矣!"

　　明日,龙窝君按部,诸部毕集。首按夜叉部:鬼面鱼服;鸣大钲,围四尺许;鼓可四人合抱之,声如巨霆,叫噪不复可闻。舞起,则巨涛汹涌,横流空际,时堕一点星光,及着地消灭。龙窝君急止之,命进乳莺部:皆二八姝丽,笙乐细作,一时清风习习,波声俱静,水渐凝如水晶世界,上下通明。按毕,俱退立西墀下。

晚霞

無端幻出空靈境
補浮情天
離恨多
畢竟龍宮
何豫是
居然選舞
又徵歌

次按燕子部：皆垂髫人，内一女郎，年十四五已来，振袖倾鬟，作散花舞；翩翩翔起，衿袖袜履间，皆出五色花朵，随风扬下，飘泊满庭。舞毕，随其部亦下西墀。阿端旁睨，雅爱好之。问之同部，即晚霞也。无何，唤柳条部。龙窝君特试阿端。端作前舞，喜怒随腔，俯仰中节。龙窝君嘉其慧悟，赐五文裤褶，鱼须金束发，上嵌夜光珠。阿端拜赐下，亦趋西墀，各守其伍。

端于众中遥注晚霞，晚霞亦遥注之。少间，端逡巡出部而北，晚霞亦渐出部而南；相去数武，而法严不敢乱部，相视神驰而已。既按蛱蝶部：童男女皆双舞，身长短、年大小、服色黄白，皆取诸同。诸部按已，鱼贯而出。柳条在燕子部后，端疾出部前，而晚霞已缓滞在后。回首见端，故遗珊瑚钗，端急纳袖中。

既归，凝思成疾，眠餐顿废。解姥辄进甘旨，日三四省，抚摩殷切，病不少瘥。姥忧之，罔所为计，曰："吴江王寿期已促，且为奈何！"薄暮，一童子来，坐榻上与语，自言隶蛱蝶部。从容问曰："君病为晚霞否？"端惊问："何知？"笑曰："晚霞亦如君耳。"端凄然起坐，便求方计。童问："尚能步否？"答云："勉强尚能自力。"童挽出，南启一户；折而西，又辟双扉。见莲花数十亩，皆生平地上；叶大如席，花大如盖，落瓣堆梗下盈尺。童引入其中，曰："姑坐此。"遂去。少时，一美人拨莲花而入，则晚霞也。相见惊喜，各道相思，略述生平。遂以石压荷盖令侧，雅可幛蔽；又匀铺莲瓣而藉之，忻与狎寝。既，订后约，日以夕阳为候，乃别。端归，病亦寻愈。由此两人日一会于莲亩。

过数日，随龙窝君往寿吴江王。称寿已，诸部悉还，独留晚霞及乳莺部一人在宫中教舞。数月，更无音耗，端怅惘若失。惟解姥日往来吴江府；端托晚霞为外妹，求携去，冀一见之。留吴江门下数日，宫禁森严，晚霞苦不得出，怏怏而返。积月余，痴想欲绝。一日，解姥入，戚然相吊曰："惜乎！晚霞投江矣！"端大骇，涕下不能自止。因毁冠裂服，藏金珠而出，意欲相从俱死。但见江水若壁，以首力触不得入。念欲复还，惧问冠服，罪将增重。意计穷蹙，汗流浃踵。

忽睹壁下有大树一章，乃猱攀而上，渐至端杪；猛力跃堕，幸不沾濡，而竟已浮水上。不意之中，恍睹人世，遂飘然泅去。移时，得岸，少坐江滨,顿思老母,遂趁舟而去。抵里,四顾居庐,忽如隔世。次且至家,忽闻窗中有女子曰:"汝子来矣。"音声甚似晚霞。俄,与母俱出,果霞。斯时两人喜胜于悲;而媪则悲疑惊喜,万状俱作矣。

初,晚霞在吴江,觉腹中震动,龙宫法禁严,恐旦夕身娩,横遭挞楚;又不得一见阿端,但欲求死,遂潜投江水。身泛起,沉浮波中,有客舟拯之,问其居里。晚霞故吴名妓,溺水不得其尸。自念衎院不可复投,遂曰:"镇江蒋氏,吾婿也。"客因代赁扁舟,送诸其家。蒋媪疑其错误,女自言不误,因以其情详告媪。媪以其风格韵妙,颇爱悦之;第虑年太少,必非肯终寡也者。而女孝谨,顾家中贫,便脱珍饰售数万。媪察其志无他,良喜。然无子,恐一旦临蓐,不见信于戚里,以谋女。女曰:"母但得真孙,何必求人知。"媪亦安之。

会端至,女喜不自已。媪亦疑儿不死;阴发儿冢,骸骨具存。因以此诘端。端始爽然自悟;然恐晚霞恶其非人,嘱母勿复言。母然之。遂告同里,以为当日所得非儿尸,然终虑其不能生子。未几,竟举一男,捉之无异常儿,始悦。久之,女渐觉阿端非人,乃曰:"胡不早言!凡鬼衣龙宫衣,七七魂魄坚凝,生人不殊矣。若得宫中龙角胶,可以续骨节而生肌肤,惜不早购之也。"

端货其珠,有贾胡出货百万,家由此巨富。值母寿,夫妻歌舞称觞,遂传闻王邸。王欲强夺晚霞。端惧,见王自陈:"夫妇皆鬼。"验之无影,而信,遂不之夺。但遣宫人就别院,传其技。女以龟溺毁容,而后见之。教三月,终不能尽其技而去。

【评赏】

在小说里写龙宫、写爱情、写生死、写复活,《晚霞》都不是首创,只是因为它具有独特的艺术构思而获得独特的艺术魅力。

水底龙宫是人们幻想的产物,作者也以幻笔描绘它。为了增强奇幻感,这别有天地的水底世界不是由作者出面介绍,而是融进阿端的独特感受之中。他被迫表演危险的龙舟之戏,失足落水而死。但他不自知死,被人带入龙宫。回头一望,看到"流波四绕,屹如壁立"。以水波为墙,多么新奇。后来观看"夜叉部"的水中之舞,更是人间从来没见过的:"舞起,则巨涛汹涌。横流空际,时堕一点星光,及着地消灭。"夜叉们的舞姿和海里的波涛融合在一起,在星光明灭的照射下,随意翻腾,多么惊心动魄。轮到"乳莺部"的表演,又是一番景象:"笙乐细作,一时清风习习,波声俱静,水渐凝如水晶世界,上下通明。"美,被凝固在通体透明的水晶宫里,这种意境,更非陆地上所有。总之,景美、人美、舞美、乐美,怎能不令人神往!阿端和晚霞从黑暗的人间来到奇幻迭出的龙宫,应该是很幸运吧!初看确实如此。他们被编在宫廷舞队里,每天轻歌曼舞,还不快乐?可惜,他们所唱所跳,都只是为了娱乐君王,而他们自己,不论过去、现在和未来,都有诉说不完的辛酸泪。

《晚霞》这则哀惋故事包含什么意蕴呢?过去有多种不同的解释。有人说它是旧时代艺人血泪生涯的写照;有人说它表现了青年男女追求自由爱情的悲剧;有人说它描写了一幅奇特而真实的人生图画。从不同角度看《晚霞》,上述各种见解不能说没有理由。不过,如果看《晚霞》的整体构思和独特的艺术表现,阿端和晚霞经历三个世界似乎别具深意。

本来,阿端、晚霞之死,既是对奴役者的控诉,也是一种解脱。但他俩死后,不仅在人世没有任何反响,自己也未得到解脱。下沉到龙宫,仍然必须各以自己灵巧的舞姿,博取君王的欢笑。龙宫虽然笙歌靡曼,莺飞蝶舞,却一如人间,依然没有半点自由。晚霞忍受不了龙君的奴役和相思的愁苦,被迫投江自尽。死了的人,还得再死,看来十分奇特。然而,作者正是用这奇妙的想象,表明旧时代人生的苦难。阿端追随晚霞之后,逃脱了龙宫的羁绊,也再次回到人间,与晚霞重聚。当读者为他们庆幸之时,人间的王侯又向他们伸出了魔掌。美丽的晚霞不得不以龟尿毁容,但悲剧并没有到此结束。《晚霞》里写这对小艺人,在短短的一生中,从人间到龙宫,再从龙宫返回人间,历尽艰辛,受尽折磨,悲剧一个接着一个,表明在封建社会里,任你逃到哪里,也找不到安身立命的自由乐土。

为了进一步了解《晚霞》的内在意蕴,有必要对阿端和晚霞的恋爱过程作具体的分析。当时,青年男女追求爱情必将碰到三重障碍:

社会舆论的指责、封建家长的阻挠和当事人自己内心的禁锢。阿端和晚霞从小没有受过多少封建教育,他们追求自由爱情时并没有什么内在压力。在互相观舞的过程中,彼此赞赏对方的舞姿,自然而然地萌发了爱情。他们身处龙宫这个特殊环境,在追求爱情的过程中,虽然没有碰到封建家长等阻力,但是法禁森严的龙宫如同一块大石压在两颗小苗身上。如果没有追求自由的坚强意志,恐怕连获得爱情的念头也不敢产生。在龙王的眼皮底下进行恋爱活动,阿端和晚霞不能不采取特殊的表达方式:"端于众中遥注晚霞,晚霞亦遥注之。"彼此含情脉脉,只是"相视神驰而已",别人很难发现。出了宫廷,由于法严,仍然不敢乱部。为了进一步表达爱情,阿端快步走到本部前头,而晚霞则故意放慢脚步落在后头,回头看见阿端,故意把一支珊瑚钗遗落地上,阿端急忙拾起来藏进衣袖里。这种遗钗拾钗的爱情表达方式不是因为害羞,而是为了掩人耳目。这对小情人,近在咫尺,却不能直接进行感情交流。精神的压抑,使阿端、晚霞同时病倒。从另一个侧面反映环境压力之大。解姥为了应付吴江王的祝寿舞会,令童子帮助他们在莲花地里幽会,难得的机会使他们的爱情超越了一些必经的阶段,一下子推向高潮。但好景不长,晚霞被留在吴江王那里教舞,从此两人再也寻找不到相见的机会。阿端和晚霞的龙宫之恋,最后以悲剧告终。表明没有人身自由,也不可能有恋爱的自由。

再看晚霞、阿端再度返回人世的情形。他们在龙宫,最后被逼到求生不得、求死不能的地步。不料又回到世上,但已成了鬼,人不成其为人。即使如此,封建王侯的魔爪也没有放过他们。不过,描写的重点已从受奴役转为反奴役的斗争。阿端和晚霞以鬼的身份进行了一场特殊的战斗。"值母寿,夫妻歌舞称觞",鬼儿子和鬼媳妇为母亲祝寿,此中的滋味是苦还是甜,是喜还是悲?! 这个消息传进王宫,王爷声言非占有晚霞不可。龙宫的悲剧刚结束,人间的悲剧又开始。略有不同的是,阿端已懂得找王爷申明:我们夫妇都是鬼。王爷不相信,待亲自验信,果然不见身影,才打消了直接抢夺晚霞的念头。但王爷仍没有放过晚霞,责令她到别院传授舞技,看透了权势者卑劣灵魂的晚霞,也懂得以毁容求自存,避免再度陷入王侯的魔掌。美的容貌,对于一个青年女子来说是非常重要的,但如果保存美貌将受奴役摧残,那么,备受磨难的晚霞宁可毁掉美容,以求得人身的自由。

可见,《晚霞》的故事,决非单纯的恋爱悲剧,也不只是表现艺人的血泪生涯。它是通过一对小艺人的恋爱悲剧,表现:

一、封建专制的奴役是张遮天盖地的大网,阿端和晚霞从人间到龙宫、再从龙宫返回人间,也逃脱不了受奴役的命运。

二、阿端和晚霞尽管难以摆脱受奴役的命运,仍然为人身自由和爱情自由而奋斗不息;

三、在封建专制条件下,要取得自由,哪怕是极其有限的自由,也必须付出极大的代价。

(刘烈茂)

白 秋 练

直隶有慕生,小字蟾宫,商人慕小寰之子。聪惠喜读。年十六,翁以文业迂,使去而学贾,从父至楚。每舟中无事,辄便吟诵。抵武昌,父留居逆旅,守其居积。生乘父出,执卷哦诗,音节铿锵。辄见窗影憧憧,似有人窃听之,而亦未之异也。

一夕,翁赴饮,久不归,生吟益苦。有人徘徊窗外,月映甚悉。怪之,遽出窥觇,则十五六倾城之姝。望见生,急避去。又二三日,载货北旋,暮泊湖滨。父适他出,有媪入曰:"郎君杀吾女矣!"生惊问之,答云:"妾白姓。有息女秋练,颇解文字。言在郡城,得听清吟,于今结想,至绝眠餐。意欲附为婚姻,不得复拒。"生心实爱好,第虑父嗔,因直以情告。媪不实信,务要盟约。生不肯。媪怒曰:"人世姻好,有求委禽而不得者。今老身自媒,反不见纳,耻孰甚焉! 请勿想北渡矣!"遂去。

少间,父归,善其词以告之,隐冀垂纳。而父以涉远,又薄女子之怀春也,笑置之。泊舟处,水深没棹;夜忽沙碛拥起,舟滞不得动。湖中每岁客舟必有留住守洲者,至次年桃花水溢,他货未至,舟中物当百倍于原直也,以故翁未甚忧怪。独冀明岁南来,尚须揭赀,于是留子自归。

　　生窃喜,悔不诘媪居里。日既暮,媪与一婢扶女郎至,展衣卧诸榻上,向生曰:"人病至此,莫高枕作无事者!"遂去。生初闻而惊;移灯视女,则病态含娇,秋波自流。略致讯诘,嫣然微笑。生强其一语。曰:"'为郎憔悴却羞郎',可为妾咏。"生狂喜,欲近就之,而怜其荏弱。探手于怀,接膅为戏。女不觉欢然展谑,乃曰:"君为妾三吟王建'罗衣叶叶'之作,病当愈。"生从其言。甫两过,女揽衣起坐曰:"妾愈矣!"再读,则娇颤相和。生神志益飞,遂灭烛共寝。

　　女未曙已起,曰:"老母将至矣。"未几,媪果至。见女凝妆欢坐,不觉欣慰;邀女去,女俯首不语。媪即自去,曰:"汝乐与郎君戏,亦自任也。"于是生始研问居止。女曰:"妾与君不过倾盖之交,婚嫁尚不可必,何须令知家门。"然两人互相爱悦,要誓良坚。女一夜早起挑灯,忽开卷凄然泪莹,生急起问之。女曰:"阿翁行且至。我两人事,妾适以卷卜,展之得李益《江南曲》,词意非祥。"生慰解之,曰:"首句'嫁得瞿塘贾',即已大吉,何不祥之与有!"女乃稍欢,起身作别曰:"暂请分手,天明则千人指视矣。"生把臂哽咽,问:"好事如谐,何处可以相报?"曰:"妾常使人侦探之,谐否无不闻也。"生将下舟送之,女力辞而去。

　　无何,慕果至。生渐吐其情。父疑其招妓,怒加诟厉。细审舟中财物,并无亏损,谯呵乃已。一夕,翁不在舟,女忽至,相见依依,莫知决策。女曰:"低昂有数,且图目前。姑留君两月,再商行止。"临别,以吟声作为相会之约。由此值翁他出,遂高吟,则女自至。四月行尽,物价失时,诸贾无策,敛赀祷湖神之庙。端阳后,雨水大至,舟始通。

　　生既归,凝思成疾。慕忧之,巫医并进。生私告母曰:"病非药襼可瘳,惟有秋练至耳。"翁初怒之;久之,支离益急,始惧,赁车载子,复

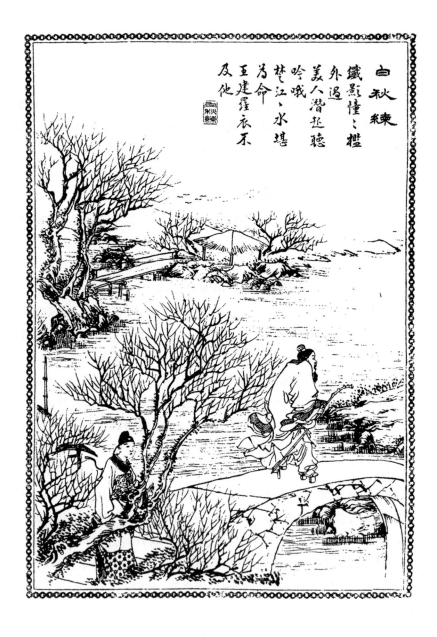

入楚,泊舟故处。访居人,并无知白媪者。会有媪操柁湖滨,即出自任。翁登其舟,窥见秋练,心窃喜,而审诘邦族,则浮家泛宅而已。因实告子病由,冀女登舟,姑以解其沉痼。媪以婚无成约,弗许。女露半面,殷殷窥听,闻两人言,眦泪欲堕。媪视女面,因翁哀请,即亦许之。

至夜,翁出,女果至,就榻鸣泣曰:"昔年妾状,今到君耶!此中况味,要不可不使君知。然羸顿如此,急切何能便瘳?妾请为君一吟。"生亦喜。女亦吟王建前作。生曰:"此卿心事,医二人何得效?然闻卿声,神已爽矣。试为我吟'杨柳千条尽向西'。"女从之。生赞曰:"快哉!卿昔诵诗余,有《采莲子》云:'菡萏香连十顷陂'。心尚未忘,烦一曼声度之。"女又从之。甫阕,生跃起曰:"小生何尝病哉!"遂相狎抱,沉疴若失。既而问:"父见媪何词?事得谐否?"女已察知翁意,直对"不谐"。

既而女去,父来,见生已起,喜甚,但慰勉之。因曰:"女子良佳。然自总角时,把柁櫂歌,无论微贱,抑亦不贞。"生不语。翁既出,女复来,生述父意。女曰:"妾窥之审矣:天下事,愈急则愈远,愈迎则愈距。当使意自转,反相求。"生问计,女曰:"凡商贾之志在利耳。妾有术知物价。适视舟中物,并无少息。为我告翁:居某物,利三之;某物,十之。归家,妾言验,则妾为佳妇矣。再来时,君十八,妾十七,相欢有日,何忧为!"

生以所言物价告父。父颇不信,姑以余赀半从其教。既归,所自置货,赀本大亏;幸少从女言,得厚息,略相准。以是服秋练之神。生益夸张之,谓女自言,能使己富。翁于是益揭赀而南。至湖,数日不见白媪;过数日,始见其泊舟柳下,因委禽焉。媪悉不受,但涓吉送女过舟。翁另赁一舟,为子合卺。女乃使翁益南,所应居货,悉籍付之。媪乃邀婿去,家于其舟。翁三月而返。物至楚,价已倍蓰。将归,女求载湖水。既归,每食必加少许,如用醯酱焉。由是每南行,必为致数坛而归。

后三四年,举一子。一日,涕泣思归。翁乃偕子及妇俱如楚。至湖,不知媪之所在。女扣舷呼母,神形丧失。促生沿湖问讯。会有钓鲟鳇者，得白骥。生近视之，巨物也，形全类人，乳阴毕具。奇之，归以告女。女大骇，谓夙有放生愿，嘱生赎放之。生往商钓者，钓者索直昂。女曰："妾在君家，谋金不下巨万，区区者何遂靳直也！如必不从，妾即投湖水死耳！"生惧，不敢告父，盗金赎放之。

既返，不见女，搜之不得，更尽始至。问："何往？"曰："适至母所。"问："母何在？"腆然曰："今不得不实告矣：适所赎，即妾母也。向在洞庭，龙君命司行旅。近宫中欲选嫔妃，妾被浮言者所称道，遂敕妾母，坐相索。妾母实奏之。龙君不听，放母于南滨，饿欲死，故罹前难。今难虽免，而罚未释。君如爱妾，代祷真君可免。如以异类见憎，请以儿掷还君。妾自去，龙宫之奉，未必不百倍君家也。"

生大惊，虑真君不可得见。女曰："明日未刻，真君当至。见有跛道士，急拜之，入水亦从之。真君喜文士，必合怜允。"乃出鱼腹绫一方，曰："如问所求，即出此，求书一'免'字。"生如言候之。果有道士蹩躠而至，生伏拜之。道士急走，生从其后。道士以杖投水，跃登其上。生竟从之而登，则非杖也，舟也。又拜之。道士问："何求？"生出罗求书。道士展视曰："此白骥翼也，子何遇之？"蟾宫不敢隐，详陈巅末。道士笑曰："此物殊风雅，老龙何得荒淫！"遂出笔草书"免"字，如符形，返舟令下。则见道士踏杖浮行，顷刻已渺。归舟，女喜，但嘱勿泄于父母。

归后二三年，翁南游，数月不归。湖水既罄，久待不至。女遂病，日夜喘急，嘱曰："如妾死，勿瘗，当于卯、午、酉三时，一吟杜甫梦李白诗，死当不朽。候水至，倾注盆内，闭门缓妾衣，抱入浸之，宜得活。"喘息数日，奄然遂毙。后半月，慕翁至，生急如其教，浸一时许，渐苏。自是每思南旋。后翁死，生从其意，迁于楚。

【评赏】

诗，可以抒情咏志，也可以作为沟通人们心灵的桥梁。由吟诗唱和而相恋，在《聊斋》故事里出现过好几回。瘦怯凝寒的连琐，漂泊无依，独吟于荒野之中，忽然得到杨于畏的续诗，如获知己，内心遂萌生了爱情（《连琐》）；在下清宫读书的黄生，因树下题诗而敲开了香玉的心扉,主动上门叙幽情(《香玉》);陈弼教红巾题诗,虽历尽惊险,终于获得王妃喜赐良缘(《西湖主》)。此外,还有《王桂庵》等,不必一一罗列。

诗,在《白秋练》里更是发挥了多方面的作用。由于白秋练是个鱼精,她对诗的理解和运用别具一格,更令这篇小说既富有诗意,又蒙上了一层神奇的色彩。

以诗为媒。通过吟诗,合成一桩姻缘,是作家写爱情小说常用的手法。蒲松龄创作《白秋练》也运用了这一手法。不过,用得比较自然,比较巧妙。慕生吟诗,秋练听诗,出发点都不是为了爱情。在碧波荡漾的湖滨,朗朗的吟诗声吸引住了爱好诗歌的白秋练。她听了多次听入了迷,不知不觉陷入了情网。这时,慕生还蒙在鼓里,他并不知道自己音节铿锵的吟哦,已在一个姑娘的心里激起了爱情的层层波澜。后来,出现了令慕生终生难忘的一幕:有一天,突然有个老妇人走上他的船,一见面劈头就说:"郎君杀吾女矣!"这一声吆喝,使他不禁大吃一惊,急忙问她出了什么事。老妇人说出了原委,为女儿向他求婚。慕生得知有这么一个爱自己的姑娘,心里虽然很喜欢,可是又怕父亲怪罪,没敢答应白姬的要求。经过许多波折,慕生终于和白秋练结为伴侣。诗,可以说是他们的媒人。

以诗为医。白姬为了自己女儿的生命和幸福,不顾慕生的拒绝,硬着头皮将女儿扶到慕生船上,半哀求、半责备地说:"人病至此,莫高枕作无事者!"放下秋练就走。出现在慕生面前的白秋练,原来是个"病态含娇"的"荏弱"姑娘。白秋练要慕生为她三吟王建的"罗衣叶叶"诗,刚吟了两遍,秋练已揽衣起坐,说病全好啦。诗果可治病么?有人说,诗歌能够治病,令人难以置信。其实,照小说所写的特定情景是可能的。白秋练得的是相思病,而且是由于听慕生清吟引起。俗语说:"心病要靠心药医。"除了慕生替她吟诗,表现相爱之情,用别的药恐怕很难治好她的病。后来,慕生北归,凝思成疾。慕翁忧心如焚,医生、巫婆都请遍了,也治不好。原因是没有对症下药。慕生暗中对母亲说:"病非药禳可瘥,唯有秋练至耳。"因为慕生得的也是相思病。秋练到来,替他治病的办法也是吟诗。虽然不免有点玄乎,但并非不可理解。慕生说得很明白:"闻卿声,神已爽。"消除了心理障碍,精神上得到情人的安慰,相思病也就自然消失。可称为"精神疗法",决非无稽之谈。何况表现人物心灵的小说,怎么可以处处求实呢?!

以诗为卜。正当白秋练和慕生难舍难分之时,她忽然预感到慕翁将至,便以诗为卜,探测未来的命运,得到的是李益的《江南曲》,因句中有"朝朝误妾期",便认为词意不吉利。慕生安慰她说:"首句'嫁得瞿塘贾',即已大吉,何不祥之有!"同一首诗,两人的解释恰好相反,可见以诗问卜实在靠不住。但是添此细节,不只富有生活情趣,而且恰好表现了他们当时不同的心态。处在热恋中的白秋练急于知道婚事的成败,因此,有以诗问卜的举动。由于家世、地位均难以与慕生相配,估计慕翁不大可能同意这桩婚事,不免令她忧心忡忡,翻到《江南曲》,跳入眼睛的也首先是个"误"字。慕生此时已醉心于白秋练,唯恐失掉她,恰好诗的首句"嫁得瞿塘贾"投合自己的心理要求,便以此安慰她。引他人诗篇,融入小说情节,难得如此自然,如此巧妙。

以诗为约。慕翁到来,这对情人不能不暂时分手;慕翁外出,慕生又急于和秋练幽会,但湖水茫茫,到哪里去寻找她呢?白秋练终于想出了以吟诗声作为相约暗号的好办法。此后,每逢慕翁外出,慕生就站在船头高声朗诵,不论秋练离开多远,一闻诗声,转眼就到,这也许是心灵感应的缘故。以诗相约的写法,妙在切合人物的身份和特殊的情景。

以诗救死。以诗为媒、以诗治病、以诗问卜、以诗为约,虽奇,不算太奇。以诗救死,非常理所可理解,不能不称之为神奇。不过,依然没有超出这篇小说特有的艺术逻辑。白秋练并非世俗女子,每顿饭都一定要加点湖水,就像用酱醋一样。这种特别的生活习性,暗示了她的特别身份。后来,湖水一时供应不上,白秋练于是病倒、日夜喘息,奄然死去。奇妙的是,死了半个月之久,仍有办法救活过来。慕生依照她临终嘱咐的办法:每天为她吟《梦李白》诗三遍,等湖水运来,把她抱进盆里浸泡。这种救治办法对别人肯定不适用,但白秋练既是鱼精,鱼脱水致死,得水复活,不是很符合逻辑么!问题在于每日吟诗三遍,死当不朽,未免过于玄乎;而且,选择《梦李白》诗,于人物身份也不相合。作为小说,白秋练要求慕生吟诗,无非起一种死不忘情的精神作用,杜甫的《梦李白》诗,恰好符合她的要求,如此而已。若以实证的态度读小说,恐怕经常会感到此路不通的情形。

　　吟诗可以治好彼此的相思病,却难以冲破封建家长设下的重重难关。慕翁不同于白妪,他是封建社会末期的商人,既有浓厚的封建意识,又有强烈的发财观念。他对儿子追求的白秋练,起先鄙薄她的"怀春"行为,后来"审诘邦族,则浮家泛宅而已",又嫌其门第太不相称。因此,一再设置障碍,不准慕生与之成婚。

　　在封建家长阻挠下,慕生和白秋练的婚恋是否能成功?照蒲松龄以往的创作思路,可以有两种不同的处理方式:一是遵照现实逻辑。慕翁为了寻找一门有利可图的婚姻,不顾儿子的意愿,强行拆散他和白秋练的爱情,终于导致悲剧的发生。一是依照理想逻辑。让这对恋人在半真半幻的境况中冲破各种障碍,获得美好的结局。有没有办法在现实生活里实现自由爱情呢?关键在于能否改变封建家长的态度,使之从反对转为支持。这是作者在《白秋练》创作中所要着重探索的一个问题。面对慕翁的反对,慕生束手无策。倒是白秋练比慕生更为聪明。她看透了慕翁的心思,并找到对付的办法。她告诉慕生说:"天下事,愈急则愈远,愈迎则愈距。当使意自转,反相求。"随即用其"知物价"之术,让慕翁大赚其钱。在商人心目中,钱财当然比门第更为重要。慕翁为了财源广进,也就顾不得船家女身份的卑贱,再次南下时,便主动给白妪送去聘礼。这是一桩具有独特意义的婚事,是蒲松龄的一个新的创造。在这以前,青年男女追求自由爱情,碰到封建家长的干预和破坏,乞求家长垂怜者有之;向家长妥协者有之;万不得已私奔者有之;迫于无奈,双双自杀者有之。但从没有人想过,是否可以通过自己的努力,设法迫使家长改变态度。"反相求"三字,反映了青年男女的自主要求,表现了蒲公的新思路。白秋练"反相求"的新设想,无疑能给渴求恋爱自由、婚姻自主的妇女以有益的启迪。

最后,将本文所用的几首诗词钩录如下,供读者参考。

王建《宫词》:"罗衣叶叶绣重重,金凤银鹅各一丛。每遍舞时分两向,太平万岁字当中。"

刘方平《代春怨》:"朝日残莺伴妾啼,开帘只见草萋萋。庭前时有东风入,杨柳千条尽向西。"

皇甫松《采莲子》:"菡萏香连十顷陂,小姑贪戏采莲迟。晚来弄水船头湿,更脱红裙裹鸭儿。"

杜甫《梦李白二首》其一:"死别已吞声,生别常恻恻。江南瘴疠地,逐客无消息。故人入我梦,明我长相忆。恐非平生魂,路远不可测!魂来枫林青,魂返关塞黑。君今在罗网,何以有羽翼?落月满屋梁,犹疑照颜色。水深波浪阔,无使蛟龙得!"

另外,白秋练语引"为郎憔悴却羞郎"句出于唐元稹小说《莺莺传》莺莺赠张珙诗,诗云:"自从消瘦减容光,万转千回懒下床。不为旁人羞不起,为郎憔悴却羞郎。"

(刘烈茂)

王　者

湖南巡抚某公,遣州佐押解饷金六十万赴京。途中被雨,日暮愆程,无所投宿,远见古刹,因诣栖止。天明,视所解金,荡然无存。众骇怪,莫可取咎。回白抚公,公以为妄,将置之法。及诘众役,并无异词。公责令仍反故处,缉察端绪。

至庙前,见一瞽者,形貌奇异,自榜云:"能知心事。"因求卜筮。瞽曰:"是为失金者。"州佐曰:"然。"因诉前苦。瞽者便索肩舆,云:"但从我去,当自知。"遂如其言,官役皆从之。瞽曰:"东。"东之。瞽曰:"北。"北之。凡五日,入深山,忽睹城郭,居人辐辏。入城,走移时,瞽曰:"止。"因下舆,以手南指:"见有高门西向,可款关自问之。"

拱手自去。

州佐如其教，果见高门，渐入之。一人出，衣冠汉制，不言姓名。州佐述所自来。其人云："请留数日，当与君谒当事者。"遂导去，令独居一所，给以食饮。暇时闲步，至第后，见一园亭，入涉之。老松翳日，细草如毡。数转廊榭，又一高亭，历阶而入，见壁上挂人皮数张，五官俱备，腥气流熏。不觉毛骨森竖，疾退归舍。自分留鞭异域，已无生望，因念进退一死，亦姑听之。

明日，衣冠者召之去，曰："今日可见矣。"州佐唯唯。衣冠者乘怒马甚驶，州佐步驰从之。俄，至一辕门，俨如制府衙署，皂衣人罗列左右，规模凛肃。衣冠者下马，导入。又一重门，见有王者，珠冠绣绂，南面坐。州佐趋上，伏谒。王者问："汝湖南解官耶？"州佐诺。王者曰："银俱在此。是区区者，汝抚军即慨然见赠，未为不可。"州佐泣诉："限期已满，归必就刑，禀白何所申证？"王者曰："此即不难。"遂付以巨函云："以此复之，可保无恙。"又遣力士送之。州佐慑息，不敢辩，受函而返。山川道路，悉非来时所经。既出山，送者乃去。

数日，抵长沙，敬白抚公。公益妄之，怒不容辩，命左右者飞索以缳。州佐解袱出函，公拆视未竟，面如灰土。命释其缚，但云："银亦细事，汝姑出。"于是急檄属官，设法补解讫。数日，公疾，寻卒。

先是，公与爱姬共寝，既醒，而姬发尽失。阖署惊怪，莫测其由。盖函中即其发也。外有书云："汝自起家守令，位极人臣。赇赂贪婪，不可悉数。前银六十万，业已验收在库。当自发贪囊，补充旧额。解官无罪，不得加谴责。前取姬发，略示微警。如复不遵教令，旦晚取汝首领。姬发附还，以作明信。"公卒后，家人始传其书。后属员遣人寻其处，则皆重岩绝壑，更无径路矣。

异史氏曰："红线金合，以儆贪婪，良亦快异。然桃源仙人，不事劫掠；即剑客所集，乌得有城郭衙署哉？呜呼！是何神欤？苟得其地，恐天下之赴愬者无已时矣。"

【评赏】

记述类似《王者》的故事，尚有王渔洋《池北偶谈·剑侠》和赵吉士《寄园寄所寄·勇侠》所引《隶园杂说》两篇。这三篇都记同一件事：某巡抚遣吏解银进京，途宿古庙被盗。押吏由瞽叟导引，终于在深山里找到劫金者。虽然不能取回解银，却得到回书一封。巡抚本要追究押吏失金之责，见书后却大惊失色，急忙释吏。原来前不久曾有人夜入其府，割发示警，书中说的正是这件事。

三篇故事内容虽然大体相似，但《聊斋志异》的具体描写与另外两篇有较大差别。比较一下可见其政治眼光和艺术手腕的高低。

其一，命题不同，表现了立意的不同。某巡抚遣吏押解数十万两饷银赴京，中途遇雨，在一座古庙住了一夜。次日晨，饷银竟荡然无存。奇怪的是，大门依然关得紧紧。说是盗，不见有盗的痕迹；说是抢，没听到一点响声。这批饷银丢得实在莫名其妙。饷银究竟遭谁所劫，是强盗，是侠客，还是什么神奇人物？成了一个引人注目的悬念。王渔洋和赵吉士都认为劫金者是侠客。因此，分别命题为《剑侠》《勇侠》。蒲松龄看法不同，以《王者》命篇，视劫金者为某种政治势力的代表。立足点的差异，决定了艺术处理的差异。

其二，瞽叟所负使命不同。巡抚责令押吏侦查，务必找到饷银的下落。到哪里去查找呢？三篇故事都出现了一个神秘人物——瞽叟。但他所起的作用并不相同。《剑侠》《勇侠》里的瞽叟不过是个知情人而已。押吏在巡抚的逼迫下，远近明察暗访，渺无踪迹。忽然碰上瞽叟，只好抱着侥幸的心情向他问卜。恰好这个瞽叟"稍知踪迹"，而且愿意引路。不过，他在进山以后，不敢偕吏同往。《聊斋》里的瞽叟不同。他似乎有意在失金处等候押官，自我标榜"能知心事"，没等押官开口，就已指明其来意"是为失金者"，并主动提出"但从我去，当自知"。押官从之，弯弯曲曲地走了五天路程，直至深山城郭，瞽叟指明劫金者的住处，然后才拱手自去。从瞽叟的行为看，很像是王者的特派员，故意要让押官以及巡抚知道谁是劫金者，暗示了此次劫金是一种有别于强盗抢劫的政治行为。

其三，劫金者身份和气势的不同。劫金者究竟是谁？经过前面的描写和渲染，读者都急于知道。《剑侠》把劫金者视为剑侠，也就不大注重他所处的环境。因此，写他瞎闯，进入一座大院，守门人"传呼令入。至后堂,堂上唯设一榻,有伟男子科跣坐其上,发长及骱,童子数人,执扇拂左右侍"。经一番问话,果然这个伟男子就是劫金者。他对押吏的问话也无非是"宁欲得金乎?""金不可得矣!"之类,并没有要借此机会警告巡抚的意思。《勇侠》记押吏找到的劫金者是个"童颜道貌如老君"的"王者",与题目有点出入。从对话中也可了解他并没有把巡抚放在心上。复信的动机也只是由于"不忍累汝(押吏)全家"而已。《聊斋》里的王者,其身份和气势都大不相同。押银的州佐按照瞽叟的指引,进入一座又高又大的衙署。在未见王者之前,已先看到墙上挂着几张人皮,暗示王者所要惩办的远不止一个巡抚。被引见的地方像座总督官署,身穿黑衣的衙役排列在大门两侧,气氛庄严而威武。进了几道门以后,果然见有个大王模样的人,头戴王冠,身穿龙袍,面朝南坐着,处处显示王者气象。同州佐对话的口吻,句句含有对巡抚嘲笑的意味。

其四,巡抚反应的不同。《王者》里的王者付给州佐一封大信函,说:"以此复之,可中无恙。"为何一封信可以使失掉六十万两饷银的州佐平安无事,这个新的悬念再次激发了读者的莫大兴趣。《剑侠》《勇侠》的重点放在查明失金下落,对巡抚的最后反应似乎不怎么感兴趣,因此,都三言两语简笔带过。《王者》则具体描写了巡抚情绪的急遽变化过程。当州佐把入山见王者的经历原原本本向巡抚禀报,巡抚闻言,怒气冲冲地不容他分辨,下令衙役用绳索立即把他捆起来。这时,州佐赶忙解开包袱,拿出王者的信函递上去,"公拆视未竟,面如灰土。命释其缚,但云:'银亦细事,汝姑出。'"突出了王者来信的威慑力。

其五,信函内容的不同。王者的信引起巡抚那么大的震动,六十万两饷银为何突然变成"细事"?读者急于知道信函的具体内容。《剑侠》有书而无发(头发),《勇侠》有发而无书。《王者》有书有发,书的内容也比《剑侠》更强劲有力。对此,马振方在其《聊斋艺术论》中分析说:"有书无发,艺术力不足;有发无书,思想性较弱。《王者》既有发,又有书,并将书中指斥巡抚'赇赂贪婪'等语直接写出,既具生动的形式,又有丰富的含义,思想性和艺术力都比较强,王者的思想、

性格也更加分明。"(见该书第115页)

通过以上比较,可见蒲松龄加工创作的《王者》,批判贪官的态度更为鲜明,塑造王者形象更为传神。同时,将王者处理为幻想中人,结合异史氏"苟得其地,恐天下之赴愬者无已时矣"的议论,抨击当时的黑暗政治也更为有力。

(刘烈茂)

香　玉

劳山下清宫,耐冬高二丈,大数十围,牡丹高丈余,花时璀璨似锦。胶州黄生,舍读其中。一日,自窗中见女郎,素衣掩映花间。心疑观中焉得此。趋出,已遁去。自此屡见之。遂隐身丛树中,以伺其至。未几,女郎又偕一红裳者来,遥望之,艳丽双绝。行渐近,红裳者却退,曰:"此处有生人!"生暴起。二女惊奔,袖裙飘拂,香风洋溢,追过短墙,寂然已杳。爱慕弥切,因题句树下云:"无限相思苦,含情对短窗。恐归沙吒利,何处觅无双?"

归斋冥思,女郎忽入,惊喜承迎。女笑曰:"君汹汹似强寇,令人恐怖;不知君乃骚雅士,无妨相见。"生叩生平,曰:"妾小字香玉,隶籍平康巷。被道士闭置山中,实非所愿。"生问:"道士何名?当为卿一涤此垢。"女曰:"不必,彼亦未敢相逼。借此与风流士,长作幽会,亦佳。"问:"红衣者谁?"曰:"此名绛雪,乃妾义姊。"遂相狎。

及醒,曙色已红。女急起,曰:"贪欢忘晓矣。"着衣易履,且曰:"妾酬君作,勿笑:'良夜更易尽,朝暾已上窗。愿如梁上燕,栖处自成双。'"生握腕曰:"卿秀外惠中,令人爱而忘死。顾一日之去,如千里之别。卿乘间当来,勿待夜也。"女诺之。由此夙夜必偕。每使邀绛雪来,辄不至,生以为恨。女曰:"绛姊性殊落落,不似妾情痴也。当从容劝驾,不必过急。"

一夕,女惨然入,曰:"君陇不能守,尚望蜀耶?今长别矣。"问:"何之?"以袖拭泪,曰:"此有定数,难为君言。昔日佳作,今成谶语矣。'佳人已属沙吒利,义士今无古押衙',可为妾咏。"诘之,不言,但有呜咽。竟夜不眠,早旦而去。生怪之。

次日,有即墨蓝氏,入宫游瞩,见白牡丹,悦之,掘移径去。生始悟香玉乃花妖也,怅惋不已。过数日,闻蓝氏移花至家,日就萎悴。恨极,作哭花诗五十首,日日临穴涕洟。一日,凭吊方返,遥见红衣人,挥涕穴侧。从容近就,女亦不避。生因把袂,相向汍澜。已而挽请入室,女亦从之。叹曰:"童稚姊妹,一朝断绝!闻君哀伤,弥增妾恸。泪堕九泉,或当感诚再作;然死者神气已散,仓卒何能与吾两人共谈笑也。"生曰:"小生薄命,妨害情人,当亦无福可消双美。曩频烦香玉,道达微忱,胡再不临?"女曰:"妾以年少书生,什九薄幸;不知君固至情人也。然妾与君交,以情不以淫。若昼夜狎昵,则妾所不能矣。"言已,告别。生曰:"香玉长离,使人寝食俱废。赖卿少留,慰此怀思,何决绝如此!"女乃止,过宿而去。

数日不复至。冷雨幽窗,苦怀香玉,辗转床头,泪凝枕席。揽衣更起,挑灯复踵前韵曰:"山院黄昏雨,垂帘坐小窗。相思人不见,中夜泪双双。"诗成自吟。忽窗外有人曰:"作者不可无和。"听之,绛雪也。启户内之。女视诗,即续其后曰:"连袂人何处?孤灯照晚窗。空山人一个,对影自成双。"生读之泪下,因怨相见之疏。女曰:"妾不能如香玉之热,但可少慰君寂寞耳。"生欲与狎。曰:"相见之欢,何必在此。"

于是至无聊时,女辄一至。至则宴饮唱酬,有时不寝遂去,生亦听之。谓曰:"香玉吾爱妻,绛雪吾良友也。"每欲相问:"卿是院中第几株?乞早见示,仆将抱植家中,免似香玉被恶人夺去,贻恨百年。"女曰:"故土难移,告君亦无益也。妻尚不能终从,况友乎!"生不听,捉臂而出,每至牡丹下,辄问:"此是卿否?"女不言,掩口笑之。

旋,生以腊归过岁。至二月间,忽梦绛雪至,愀然曰:"妾有大难!君急往,尚得相见;迟无及矣。"醒而异之,急命仆马,星驰至山。则道士将建屋,有一耐冬,碍其营造,工师将纵斤矣。生急止之。入夜,绛雪来谢。生笑曰:"向不实告,宜遭此厄!今已知卿;如卿不至,当以艾炷相炙。"女曰:"妾固知君如此,曩故不敢相告也。"坐移时,生曰:"今对良友,益思艳妻。久不哭香玉,卿能从我哭乎?"二人乃往,临穴洒涕。更余,绛雪收泪劝止。

又数夕,生方寂坐,绛雪笑入曰:"报君喜信:花神感君至情,俾香玉复降宫中。"生问:"何时?"答曰:"不知,约不远耳。"天明下榻,生嘱曰:"仆为卿来,勿长使人孤寂。"女笑诺。两夜不至。生往抱树,摇动抚摩,频唤无声。乃返,对灯团艾,将往灼树。女遽入,夺艾弃之,曰:"君恶作剧,使人创痏,当与君绝矣!"生笑拥之。

坐未定,香玉盈盈而入。生望见,泣下流离,急起把握。香玉以一手握绛雪,相对悲哽。及坐,生把之觉虚,如手自握,惊问之。香玉泫然曰:"昔妾,花之神,故凝;今妾,花之鬼,故散也。今虽相聚,勿以为真,但作梦寐观可耳。"绛雪曰:"妹来大好!我被汝家男子纠缠死矣。"遂去。

香玉款笑如前;但偎傍之间,仿佛一身就影。生悒悒不乐。香玉亦俯仰自恨,乃曰:"君以白蔹屑,少杂硫黄,日酹妾一杯水,明年此日报君恩。"别去。明日,往观故处,则牡丹萌生矣。生乃日加培植,又作雕栏以护之。香玉来,感激倍至。生谋移植其家,女不可,曰:"妾弱质,不堪复戕。且物生各有定处,妾来原不拟生君家,违之反促年寿。但相怜爱,合好自有日耳。"生恨绛雪不至。香玉曰:"必欲强之使来,妾能致之。"乃与生挑灯至树下,取草一茎,布掌作度,以度树本,自下而上,至四尺六寸,按其处,使生以两爪齐搔之。俄见绛雪从背后出,笑骂曰:"婢子来,助桀为虐耶!"牵挽并入。香玉曰:"姊勿怪!暂烦陪侍郎君,一年后不相扰矣。"从此遂以为常。

生视花芽,日益肥茂,春尽,盈二尺许。归后,以金遗道士,嘱令朝夕培养之。次年四月至宫,则花一朵,含苞未放;方流连间,花摇摇欲拆;少时已开,花大如盘,俨然有小美人坐蕊中,裁三四指许;转瞬飘然欲下,则香玉也。笑曰:"妾忍风雨以待君,君来何迟也!"遂入室。绛雪亦至,笑曰:"日日代人作妇,今幸退而为友。"遂相谈宴。至中夜,绛雪乃去。二人同寝,款洽一如从前。

后生妻卒,生遂入山不复归。是时,牡丹已大如臂。生每指之曰:"我他日寄魂于此,当生卿之左。"二女笑曰:"君勿忘之。"后十余年,忽病。其子至,对之而哀。生笑曰:"此我生期,非死期也,何哀为!"谓道士曰:"他日牡丹下有赤芽怒生,一放五叶者,即我也。"遂不复言。子舆之归家,即卒。

次年,果有肥芽突出,叶如其数。道士以为异,益灌溉之。三年,高数尺,大拱把,但不花。老道士死,其弟子不知爱惜,斫去之。白牡丹亦憔悴死;无何,耐冬亦死。

异史氏曰:"情之至者,鬼神可通。花以鬼从,而人以魂寄,非其结于情者深耶?一去而两殉之,即非坚贞,亦为情死矣。人不能贞,亦其情之不笃耳。仲尼读《唐棣》而曰'未思',信矣哉!"

【评赏】

人不能有男无女,也不能有女无男。只有男女结合,才成为全人。情与欲,本属人的合理要求。但是由于封建礼教的禁锢,特别是宋代理学所鼓吹的"存天理、灭人欲",使男女关系受到极大的歪曲。随着资本主义萌芽的产生和市民力量的兴起,明代中叶出现了反理学反禁欲的民主思潮。在这个历史背景下,出现了小说名著《金瓶梅》,清初,又有借狐鬼写人情的《聊斋志异》问世。这两部小说,一短一长,一文一白,在大胆描写男女的情欲方面具有某些共同之处,都令封建卫道者瞠目结舌。不过,它们问世后的命运却迥然不同:《金瓶梅》被视为诲淫之书,屡遭禁毁,而《聊斋志异》却备受青睐,"流播海内,几于家有其书"(陆以湉《冷庐杂识》)。为何同样写情欲,遭遇却如此不同?其实,《聊斋志异》和《金瓶梅》,既有共同点,更有相异点。《香玉》虽然不能代表整部《聊斋》,但在描写男女情欲方面,很有代表性,完全可以拿它来和《金瓶梅》作个比较。

第一,这两部小说,虽然都把男女关系作为重要的社会关系来描写,但着眼点并不相同。《金瓶梅》无所顾忌地描写人物放纵性欲,不但主要人物西门庆、潘金莲的整个一生沉湎于肉欲之中,连侍婢春梅也肆无忌惮地追求肉欲的满足。《聊斋志异》虽然反对禁欲,大胆地描写了情与欲,但笔墨的重点在情不在欲,而且着力表现爱情中的至情。

表现人物的至情,并非《聊斋》所独创。汤显祖在《牡丹亭》里塑造的杜丽娘形象就是一位至情人,为情而死,又为情而复生。作者认为:"生而不可死,死而不可复生者,皆非情之至也。"蒲松龄在《聊斋》里塑造了一大批情痴形象,也都是一些为情可生可死的人物。《香玉》里的黄生是其中之一。

蒲松龄用步步加深的艺术手法表现黄生的至情。开始,黄生在花树丛中追逐红裳素衣二女郎,被绛雪目为轻薄之徒,当然谈不上什么至情。树下题诗,也只是表现他对爱情的渴望,仍然不能称之为至情。只有到了香玉死去,黄生"日日临穴涕洟",作哭花诗五十首,才充分表现出他的一片深情。《葛巾》里的常大用因怀疑葛巾为花妖而分手;黄生发现香玉为花妖却爱之弥深。他苦怀香玉,寝食俱废。这种表现深深地感动了绛雪,因之称赞黄生为至情人。

在香玉复活之前,黄生和绛雪建立的友情日益加深。这种情形,很容易出现以新恋代替旧恋。黄生却不然,面对良友,益思香玉。为表伤悼之情,一再邀请绛雪同哭香玉。黄生的至性深情,感动了花神,遂令香玉复生宫中。异史氏曰:"情之至者,鬼神可通。"指的就是这件事。黄生的至情既已感动花神,似乎已经达到了顶点,但作者仍有办法继续往前推进。香玉复活以后,黄生指着白牡丹说:"我他日寄魂于此,当生卿之左。"表示将与香玉生死相随。后来病倒,"其子至,对之而哀"。他却笑着对儿子说:"此我生期,非死期也,何哀为!"为了和香玉永不分离,黄生竟乐死而忘生。他死后,果然在白牡丹旁长了一株不花的赤牡丹,把黄生香玉相恋之深情推进到一个超越生死近乎永恒的境界。

第二,《金瓶梅》在大肆描述纵欲的同时,着重表现西门庆等各色人物贪婪卑劣的品性。《聊斋志异》在描写至情的同时,着意表现各类人物的理想追求。这是两部小说的另一个相异点。

蒲松龄特别重友情,理想的人际关系是他日思夜梦的一个目标。封建礼教规定"男女授受不亲",使男女关系受到严重扭曲。作者大不以为然，在《聊斋》里一再表现男女交友的动人故事。黄生和绛雪的深情厚谊也相当感人。绛雪和香玉是一对义姐妹，她们和黄生的关系很容易发展成三角恋爱，但作者着意于表现黄生和香玉的生死之恋、黄生和绛雪的生死之交。虽然黄生初时也曾出现过共消双美的庸俗思想，但绛雪当即明确提出男女交友"以情不以淫"的原则。这是《金瓶梅》中的主人公不可能有的高尚情操。黄生以诚待友，急友之难，达到可以生死相托的地步，也是《金瓶梅》不可能有的故事情节。在蒲松龄看来，作为至情人，不能只沉湎于爱情而对他人冷漠无情。只把感情局限在两人世界里，必是偏狭之情而非至情。因此，为了表现黄生的至情，不能只有香玉的爱情，而没有绛雪的友情。《香玉》可说是一篇爱情友情交响曲。

第三，在艺术表现方法上，两部小说也有较大的区别。《金瓶梅》力求逼近生活真实，社会有多黑就描多黑，人物有多脏就写多脏，有时把人物写得禽兽不如。《聊斋志异》也力求真实，不过，它所追求的不是生活表面的真实，而是人物心灵的真实，艺术感觉的真实，力求写出幻想艺术的特色。

黄生的至情感动了花神，令香玉死而复生。在幻想小说里，要让人物复活，只需瞬间工夫。香玉是花妖，必要时也可让其花魂依托在另一株牡丹上。不过，如果这样写，不但黄生的至情难以充分表现出来，香玉的复活奇迹也显得过于平淡。为了把读者引入独特的幻想意境之中，已经枯死了的香玉，就必须重新发芽。从长叶到开花，就必须经历整整一年，而且需要黄生勤加浇灌、精心护理。等到花开时，也不能突然变幻为香玉，必须让她从花蕊里钻出来，"俨然有小美人坐蕊中，裁三四指许；转瞬飘然欲下，则香玉也"。在现实生活里绝不可能有之事，但在幻想小说里却是可能的，而且非如此不足以表现幻想艺术之妙。

黄生急于想和绛雪相见。在现实生活里，本是小事一桩。只要到屋外唤一声，或请香玉去召她来都可以。不过，倘若这样写，未免过于生活化，不能表现出幻想小说的艺术境界。小说写香玉和黄生提着灯笼走到耐冬树下，他们明知耐冬就是绛雪，但没有叫喊她，而是由香玉取草一茎,用手掌比试了尺寸,再用草去量树,从下而上,到四尺六寸的地方,用手按住,叫黄生用双手一齐去抓挠。绛雪的胁下怕人搔痒,立即从树后走了出来,笑骂香玉助桀为虐。生活里的一件日常小事,一经幻想艺术的渲染,便成了充满艺术情趣的妙文。

黄生死后,不愿和香玉分离,照幻想小说的通常写法,让他们在阴间以鬼魂花魂继续相聚,也无不可。但是,这种写法,缺乏特色。既然牡丹花可以幻化为女子和黄生相恋,那么,黄生之魂不也可以幻化为牡丹继续和香玉相近相亲么!这个奇想很合乎幻想逻辑。黄生临死,对道士说:"他日牡丹下有赤芽怒生,一放五叶者,即我也。"后来,果然如黄生所说,长出五叶赤牡丹一株。这株赤牡丹虽然不开花,但从他们生死不相忘的角度看。它恰好开了最美的爱情之花。令人伤心的是,没多久,赤牡丹被砍,"白牡丹亦憔悴死;无何,耐冬亦死"。追求永恒爱情的美梦终于破灭。

第四,两部小说还有文言、白话的差异。《聊斋》并不回避必有的性活动,但不是作为表现的重点,文言文也有助于雅化淡化。

书,和人一样,各有不同的个性,各有不同的命运。

(刘烈茂)

石　清　虚

邢云飞,顺天人。好石,见佳石,不惜重直。偶渔于河,有物挂网,沉而取之,则石径尺,四面玲珑,峰峦叠秀。喜极,如获异珍。既归,雕紫檀为座,供诸案头。每值天欲雨,则孔孔生云,遥望如塞新絮。

有势豪某,踵门求观。既见,举付健仆,策马径去。邢无奈,顿足悲愤而已。仆负石至河滨,息肩桥上,忽失手,堕诸河。豪怒,鞭仆。即出金,雇善泅者,百计冥搜,竟不可见。乃悬金署约而去。由是寻

石清虚

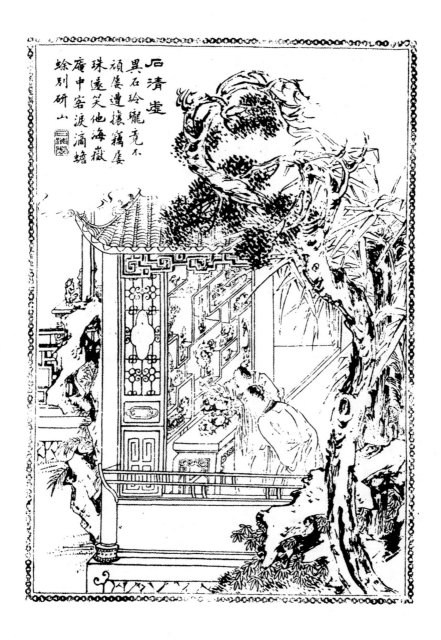

石清虚
異石玲瓏竟不
頑屢遭攘竊屢
珠邊笑他海巖
庵中客渡滴蟾
蜍別研山

石者日盈于河,迄无获者。后邢至落石处,临流於邑,但见河水清澈,则石固在水中。邢大喜,解衣入水,抱之而出。携归,不敢设诸厅所,洁治内室供之。

一日,有老叟款门而请。邢托言石失已久。叟笑曰:"客舍非耶?"邢便请入舍,以实其无。及入,则石果陈几上。愕不能言。叟抚石曰:"此吾家故物,失去已久,今固在此耶。既见之,请即赐还。"邢窘甚,遂与争作石主,叟笑曰:"既汝家物,有何验证?"邢不能答。叟曰:"仆则故识之。前后九十二窍,孔中五字云:'清虚天石供。'"邢审视,孔中果有小字,细如粟米,竭目力才可辨认;又数其窍,果如所言。邢无以对,但执不与。叟笑曰:"谁家物,而凭君作主耶!"拱手而出。

邢送至门外;既还,已失石所。邢急追叟,则叟缓步未远。奔牵其袂而哀之。叟曰:"奇哉!经尺之石,岂可以手握袂藏者耶?"邢知其神,强曳之归,长跽请之。叟乃曰:"石果君家者耶、仆家者耶?"答曰:"诚属君家,但求割爱耳。"叟曰:"既然,石固在是。"入室,则石已在故处。叟曰:"天下之宝,当与爱惜之人。此石,能自择主,仆亦喜之。然彼急于自见,其出也早,则魔劫未除。实将携去,待三年后,始以奉赠。既欲留之,当减三年寿数,乃可与君相终始。君愿之乎?"曰:"愿。"叟乃以两指捏一窍,窍软如泥,随手而闭。闭三窍,已,曰:"石上窍数,即君寿也。"作别欲去。邢苦留之,辞甚坚;问其姓字,亦不言,遂去。

积年余,邢以故他出,夜有贼入室,诸无所失,惟窃石而去。邢归,悼丧欲死。访察购求,全无踪迹。积有数年,偶入报国寺,见卖石者,则故物也,将便认取。卖者不服,因负石至官。官问:"何所质验?"卖石者能言窍数。邢问其他,则茫然矣。邢乃言窍中五字及三指痕,理遂得伸。官欲杖责卖石者,卖石者自言以二十金买诸市,遂释之。邢得石归,裹以锦,藏椟中,时出一赏,先焚异香而后出之。

有尚书某,购以百金。邢曰:"虽万金不易也。"尚书怒,阴以他事中伤。邢被收,典质田产。尚书托他人风示其子。子告邢,邢愿以死殉石。妻窃与子谋,献石尚书家。邢出狱始知,骂妻殴子,屡欲自经,家人觉救,得不死。夜梦一丈夫来,自言:"石清虚。"戒邢勿戚:

"特与君年余别耳。明年八月二十日,昧爽时,可诣海岱门,以两贯相赎。"邢得梦,喜,谨志其日。其石在尚书家,更无出云之异,久亦不甚贵重之。明年,尚书以罪削职,寻死。邢如期至海岱门,则其家人窃石出售,因以两贯市归。

后邢至八十九岁,自治葬具;又嘱子,必以石殉。及卒,子遵遗教,瘗石墓中。半年许,贼发墓,劫石去。子知之,莫可追诘。越二三日,同仆在道,忽见两人,奔踬汗流,望空投拜,曰:"邢先生,勿相逼!我二人将石去,不过卖四两银耳。"遂絷送到官,一讯即伏。问石,则鬻宫氏。取石至,官爱玩,欲得之,命寄诸库。吏举石,石忽堕地,碎为数十余片。皆失色。官乃重械两盗论死。邢子拾碎石出,仍瘗墓中。

异史氏曰:"物之尤者祸之府。至欲以身殉石,亦痴甚矣!而卒之石与人相终始,谁谓石无情哉?古语云:'士为知己者死。'非过也!石犹如此,何况于人!"

【评赏】

石头,是一种矿物,质地坚而硬。人们常用石头譬喻人之无情及冥顽不化。如说"铁石心肠""带着花岗岩脑袋去见上帝"等。可是在我国古代文学作品中,却往往谈及石头的灵性。如《红楼梦》又名《石头记》,主人公贾宝玉就是女娲补天剩下的一块石头下凡。东晋道生法师聚石为徒,讲《涅槃经》,直讲到顽石点头。明代有天然痴叟著的拟话本《石点头》。此外,《左传·昭公八年》也记载有石能言的故事。在古人心目中,倘若石头会说话,则必有不寻常之事发生。

《石清虚》里的石头不会说话,也没有像幻化成贾宝玉的石头那样神奇。不过自从它来到人世,倒也有一段颇不寻常的经历。酷爱石头的邢云飞偶然去河边打鱼,没有捕到鱼,却打到一块奇石。那石头端的不凡,但见径尺之大,秀丽玲珑,上面曲径盘旋,洞穴繁多。每逢天将下雨,石头上的小洞就吐出朵朵白云,煞是好看。

如此奇特的石头,从何而来?作品里略露端倪。自从势豪强夺奇石以后,邢云飞不得不把奇石藏在内室。可是时隔不久,又有老翁登门请见。邢推说石头早已丢失,老翁笑笑说:"别骗我了,客厅里那不是吗?"邢云飞请他进客厅看个究竟。谁知一进门,傻了眼,那石头果然摆在桌子上,顿时惊讶得说不出话来。更令人惊奇的是那老翁虽然没有细看石头,竟能指明这块石头"前后九十二窍,孔中五字云'清虚天石供'",透露了它是来自道教传说中的清虚洞天。可见,这块奇石也有一番神奇经历,只因短篇小说篇幅所限,不能作更多的介绍。老翁离开时,拱了拱手,奇石已随他而去。无奈邢云飞苦苦哀求,老翁才勉强同意将奇石留下,但又指出此石"魔劫未除",邢必须为之付出减寿的代价。这番波折,给奇石蒙上了一层神秘色彩。

爱石成癖的邢云飞得此石友相伴,本应过得很惬意才对。但事实恰好相反,邢自从得到奇石以后,再也难得片刻安宁。奇石的确下凡太早了,在当时的社会里,权势们决不允许一位平民百姓拥有一块比宝石还珍贵的奇石。他们得知邢云飞家中藏有奇石,纷纷伸出了罪恶的手。由于奇石富有灵性,不管官绅们使出何等手段,都不能达到长久霸占它的目的。抢来夺去,奇石还复归石癖邢云飞。

值得注意的是,由于奇石善于变幻,这就造成一种契机,可以充分表现势豪、官僚和盗贼各自施展特有的掠夺伎俩:势豪靠抢,盗贼靠偷,官僚不用抢不用偷,但他手中有权,可以任意捏造罪名,构陷无辜,逼得家属不得不背着邢云飞献石尚书家。作者巧妙地把官、贼、势豪交错起来写,彼此映衬,这样,就把官即是贼、官恶于贼的本质作了淋漓尽致的揭露。篇末,作者还特意安排这么一个情节:藏有奇石的邢墓遭盗。某官看中了这块奇石,"欲得之",他要弄了个花招,"命寄诸库",成了他囊中之物。在此同时,给盗墓贼判处死刑。这个强烈对比,意味深长。作者不愿把问题的实质挑明,让读者在思考中获得更深刻的体验。

《石清虚》从一块奇石写一个社会,也写了一个愤世嫉俗的奇人邢云飞。蒲松龄在《聊斋志异》里塑造了一大批奇特人物,邢云飞是其中之一。邢云飞之奇在他的癖好。天下有癖好的人不少,但爱石成癖者不多。只要翻阅《聊斋志异》和《阅微草堂笔记》,便可了解到:爱权成癖者有之,爱钱成癖者有之,爱美女成癖者有之,爱奇珍异宝成癖者有之,如此等等,不一而足。而邢云飞什么宝贝都不放在眼里，唯独酷爱石头，岂非天下奇人?!

邢云飞之爱石，的确达到了如醉如痴的地步。远的不说，在得到"石清虚"这块奇石以后，他简直把它看得比自己的生命更为重要。为了得到这块奇石做伴，需要减寿三年，他心甘情愿；为了这块奇石，灾难接踵而至，备受折磨，他爱之弥深，决不后悔；为了这块奇石，他遭受官僚的暗算，被投入黑牢，他愿以死殉石。

邢云飞为何将这块奇石看得如此重要？有人说，这块奇石是美的象征，邢之爱石，表现了他对美的追求；有人说，这块奇石代表了一种宁碎不屈的硬汉子性格，邢之爱石，表现了他对硬汉子性格的赞赏；有人说，这块奇石是道家精神的集中体现，邢之爱石，表现了他对社会人生的超脱。看问题的角度不同，理解也就不同。从作品的具体描写看，在邢云飞的心目中，这块奇石，绝不是一块没有生命、只供玩赏的石头。虽然它和邢云飞不能通话，但几次离聚，已表明他们是一对神交之友。请看它滑落河底，势豪雇人打捞，悬赏寻石，费尽心机也找不到它。等邢云飞一到落石处，奇石立刻便显现在清澈的河水之中，邢喜出望外，"解衣入水，抱之而出"。配合如此默契，不是神交是什么?!邢云飞出狱后才知道妻子"献石尚书家"，气得骂妻殴子不想活。这块奇石立刻化为一个男子汉前来托梦，劝导邢云飞不必悲伤，预言"明年八月二十日，昧爽时，可诣海岱门，以两贯相赎"。邢云飞牢牢把日期记在心里，如期到海岱门，果然如梦中人所说，只花了两贯钱，顺利地把它买了回来。若说邢云飞与"石清虚"，"心有灵犀一点通"，也不过分吧！这种关系，不是神交是什么?!

关于"石清虚"之奇，有必要再补充几句。这块奇石有表层之奇和内在之奇。峰峦叠秀，孔孔生云，只是表层之奇；能自择主、富有性灵，是它内在之奇。《石清虚》怎样表现石头的内在之奇呢？《聊斋志异》写了许多神奇的物品，这里不妨选几样作点比较。《青娥》里的小镵，《凤仙》里的镜子，《余德》里的石缸，都是现实生活里见不到的神奇之物，在故事里起着不同的特殊作用。小镵具有挖石的神奇功能，用它"斫墙上石，应手落如腐"。霍桓用这把小镵凿开了一道道高墙峭壁，实现了和心爱情人结合的愿望。镜子具有表情的神奇功能。

刘郎谢客下帷,锐志攻读,镜中人就显现正面,盈盈而笑;刘郎锐志渐衰,游逛不归,镜中人就背立其中,惨然若涕。这些物品虽然神奇,但小镜不过是霍桓挖墙的工具,镜子不过是凤仙情绪的化身,和《石清虚》所写的具有独特性灵的奇石,不能相提并论。《余德》里的石缸,则和《石清虚》里的奇石有点近似。作者赋予它独特的性灵:未见俗客,缸水清澈,倾缸不泻,冬月不冰;既见俗客,则缸解为水,鱼亦渺然。不过小石缸和"石清虚"仍有区别。小石缸似乎只是寄托了余德之魂,表现了他的清高和对世间庸俗作风的厌恶。"石清虚"的灵性却非邢云飞灵魂之所系,它具有自己独特的灵魂,这就是"石清虚"的内在之奇。一块奇石,一个奇人,互为知己,在权势人物横行的世界里,结成了生死莫逆之交。

蒲松龄塑造"石清虚"这个奇特的形象,让它按照自己特有的逻辑行动。它的行为方式也与人物有所不同,严格遵循石头在想象中所可能的方式行事。奇石遭到某势豪强夺,它滑落河里,隐而不见,以逃遁表示其厌恶;尚书玩弄权术,诈取了奇石,奇石再也不像以往那样吞云吐雾,以沉默表示其抗议。这些都是石头所可能采取的行动。后来,邢云飞去世了,奇石乐意以身相殉。因此,"瘗石墓中",相安无事。窃贼盗墓,奇石落在贪官手里。"石清虚"对贪官的卑劣行径将会做出怎样的反应呢?如果写它飞走,仍然回到邢云飞墓中,这样做虽然符合奇石的意志逻辑,却违背了石头可能的行为方式。作者始终把握住"石清虚"的个性特点和行为逻辑。正当差吏捧起石头,往"官库"走去,"石忽堕地,碎为数十余片"。奇石这个行为意味着什么?作者相信读者会得出应有的结论,并不多说一句。随后,邢云飞的儿子拾了碎石片,仍旧把它埋入父亲的坟墓里。"石清虚"的奇异故事,就这样以悲剧告终。

"异史氏"从"士为知己者死"发了几句感慨,似乎也算切题。但我总感到不尽意。"石清虚"故事的表现形式离奇荒唐,可是,在这离奇荒唐的故事里,却神韵十足地表现了两个不屈的灵魂。掩卷思之,不能不令人肃然起敬。

(刘烈茂)

鸮　　鸟

　　长山杨令,性奇贪。康熙乙亥间,西塞用兵,市民间骡马运粮。杨假此搜括,地方头畜一空。周村为商贾所集,趁墟者车马辐辏。杨率健丁悉篡夺之,不下数百余头。四方估客,无处控告。时诸令皆以公务在省。适益都令董、莱芜令范、新城令孙,会集旅舍。有山西二商,迎门号诉。盖有健骡四头,俱被抢掠,道远失业,不能归,哀求诸公为缓颊也。三公怜其情,许之。遂共诣杨。杨治具相款。

　　酒既行,众言来意。杨不听。众言之益切。杨举酒促醼以乱之,曰:"某有一令,不能者罚。须一天上、一地下、一古人,左右问所执何物,口道何词,随问答之。"便倡云:"天上有月轮,地下有昆仑,有一古人刘伯伦。左问所执何物,答云:'手执酒杯。'右问口道何词,答云:'道是酒杯之外不须提。'"范公云:"天上有广寒宫,地下有乾清宫,有一古人姜太公。手执钓鱼竿,道是'愿者上钩'。"孙云:"天上有天河,地下有黄河,有一古人是萧何。手执一本大清律,他道是'赃官赃吏'。"杨有惭色,沉吟久之,曰:"某又有之。天上有灵山,地下有太山,有一古人是寒山。手执一帚,道是'各人自扫门前雪'。"众相视觑然。

　　忽一少年傲岸而入,袍服华整,举手作礼。共挽坐,酌以大斗。少年笑曰:"酒且勿饮。闻诸公雅令,愿献刍荛。"众请之。少年曰:"天上有玉帝,地下有皇帝,有一古人洪武朱皇帝。手执三尺剑,道是'贪官剥皮'。"众大笑。杨恚骂曰:"何处狂生敢尔!"命隶执之。少年跃登几上,化为鸮,冲帘飞出,集庭树间,回顾室中,作笑声。主人击之,且飞且笑而去。

　　异史氏曰:"市马之役,诸大令健畜盈庭者十之七,而千百为群,作骡马贾者,长山外不数数见也。圣明天子爱惜民力,取一物必偿其值,焉知奉行者流毒若此哉！鸮所至,人最厌其笑,儿女共唾之,以为不祥。此一笑,则何异于凤鸣哉！"

【评赏】

　　漫画,常常抓住人物的某些特征,用极简练的笔墨,给以夸张性的勾勒,使形象鲜明突出；也常常使用讽刺的艺术手段,在令人解颐的描绘中,对丑恶的事物,作尖刻辛辣的嘲讽。这一则简短的故事,就像是一幅有趣的讽刺漫画。篇中的主角长山县令杨某,就是用夸张的手法勾勒出来的人物。作者抓住杨某"性奇贪"这一特征,给以夸张性的勾勒。他不同于一般的贪官,竟敢打着"西塞用兵"的幌子,到处搜刮,地方头畜为之一空；更有甚者,他明目张胆,亲率健仆,到市场上去抢掠,不下数百头；对此等丑行,他竟然毫不掩饰,在同僚面前自鸣得意、沾沾自喜,厚颜无耻竟到了如此地步！对待如此贪性奇特的贪官,作者又用漫画似的讽刺方法,给以辛辣的嘲讽。鸮鸟,即猫头鹰,人们以为不祥之鸟,作者却让它在这里充当了一个可爱的角色。就在杨某饮酒行令,斗倒三位同僚,洋洋得意之际,作者让鸮鸟幻化的少年飘然而至,在轻松的调笑中,给他以致命的一击,使之七窍生烟、暴跳如雷。然后,少年又化为鸮鸟,且飞且笑而去。作者赞曰："此一笑,则何异于凤鸣哉！"对贪官污吏的轻卑丑恶,作者极尽讽刺揶揄之能事,令读者捧腹,真可谓"嬉笑怒骂,皆成文章"。

　　"异史氏曰"中还提道："圣明天子爱惜民力,取一物必偿其值,焉知奉行者流毒若此哉！"作者肯定天子的圣明,只怪下面几个贪官的腐败。其实,作为封建的国家机器,到了清代,已经腐烂不堪,贪官比比皆是,正如他自己在《梦狼》中所说："窃叹天下之官虎而吏狼者,比比也。"那么,个别天子的"圣明",又何济于事呢！

　　值得注意的是,本篇嘲讽的"长山杨令"并非凭空虚拟,而是真实人物。据《长山县志》记载,本篇所写"康熙乙亥间"(即康熙三十四年,1695)的长山县令恰好姓杨,单名杰,字俊公,奉天人,监生出身,康熙二十八年(1689)始任于长山,六年之后(下任董衍祚康熙三十五年任)"以挂误去"。其"挂误"的时间恰在《鸮鸟》所写的掠夺骡马之事发生以后不久,"挂误"的原因也许就是骡马事件。丑闻因丢官传播开来,传到邻县蒲松龄的耳朵里,就产生了这篇脍炙人口的讽刺小说。

(罗锡诗)

王　桂　庵

　　王樨,字桂庵,大名世家子。适南游,泊舟江岸。邻舟有榜人女,绣履其中,风姿韵绝。王窥既久,女若不觉。王朗吟"洛阳女儿对门居",故使女闻。女似解其为己者,略举首一斜瞬之,俯首绣如故。王神志益驰,以金一锭投之,堕女襟上。女拾弃之,金落岸边。王拾归,益怪之,又以金钏掷之,堕足下;女操业不顾。无何,榜人自他归。王恐其见钏研诘,心急甚;女从容以双钩覆蔽之。榜人解缆,径去。王心情丧惘,痴坐凝思。时王方丧偶,悔不即媒定之。乃询舟人,皆不识其何姓。返舟急追之,杳不知其所往。不得已,返舟而南。

　　务毕,北旋,又沿江细访,并无音耗。抵家,寝食皆萦念之。逾年,复南,买舟江际,若家焉。日日细数行舟,往来者帆樯皆熟,而曩舟殊杳。居半年,赀罄而归。行思坐想,不能少置。

　　一夜,梦至江村,过数门,见一家柴扉南向,门内疏竹为篱,意是亭园,径入。有夜合一株,红丝满树。隐念:诗中"门前一树马缨花",此其是矣。过数武,苇笆光洁。又入之,见北舍三楹,双扉阖焉。南有小舍,红蕉蔽窗。探身一窥,则棁架当门,冒画裙其上,知为女子闺闼,愕然却退;而内亦觉之,有奔出瞰客者,粉黛微呈,则舟中人也。喜出望外,曰:"亦有相逢之期乎!"方将狎就,女父适归,倏然惊觉,始知是梦。景物历历,如在目前。秘之,恐与人言,破此佳梦。

　　又年余,再适镇江。郡南有徐太仆,与有世谊,招饮。信马而去,误入小村,道途景象,仿佛平生所历。一门内,马缨一树,梦境宛然。骇极,投鞭而入。种种物色,与梦无别。再入,则房舍一如其数。梦

既验,不复疑虑,直趋南舍,舟中人果在其中。遥见王,惊起,以扉自幛,叱问:"何处男子?"王逡巡间,犹疑是梦。女见步趋甚近,阖然扃户。王曰:"卿不忆掷钏者耶?"备述相思之苦,且言梦征。女隔窗审其家世,王具道之。女曰:"既属宦裔,中馈必有佳人,焉用妾?"王曰:"非以卿故,婚娶固已久矣。"女曰:"果如所云,足知君心。妾此情难告父母,然亦方命而绝数家。金钏犹在,料钟情者必有耗闻耳。父母偶适外戚,行且至。君姑退,倩冰委禽,计无不遂;若望以非礼成耦,则用心左矣。"王仓卒欲出。女遥呼王郎曰:"妾芸娘,姓孟氏。父字江蓠。"王记而出。

罢筵早返,谒江蓠。江迎入,设坐篱下。王自道家阀,即致来意,兼纳百金为聘。翁曰:"息女已字矣。"王曰:"讯之甚确,固待聘耳,何见绝之深?"翁曰:"适间所说,不敢为诳。"王神情俱失,拱别而返。当夜辗转,无人可媒。向欲以情告太仆,恐娶榜人女为先生笑;今情急,无可为媒,质明,诣太仆,实告之。太仆曰:"此翁与有瓜葛,是祖母嫡孙,何不早言?"王始吐隐情。太仆疑曰:"江蓠固贫,素不以操舟为业,得毋误乎?"乃遣子大郎诣孟,孟曰:"仆虽空匮,非卖昏者。曩公子以金自媒,谅仆必为利动,故不敢附为婚姻。既承先生命,必无错谬。但顽女颇恃娇爱,好门户辄使拗却,不得不与商榷,免他日怨婚也。"遂起,少入而返,拱手一如尊命,约期乃别。大郎复命,王乃盛备禽妆,纳采于孟,假馆太仆之家,亲迎成礼。

居三日,辞岳北归。夜宿舟中,问芸娘曰:"向于此处遇卿,固疑不类舟人子。当日泛舟何之?"答云:"妾叔家江北,偶借扁舟一省视耳。妾家仅可自给,然倘来物颇不贵视之。笑君双瞳如豆,屡以金赀动人。初闻吟声,知为风雅士,又疑为儇薄子作荡妇挑之也。使父见金钏,君死无地矣。妾怜才心切否?"王笑曰:"卿固黠甚,然亦堕吾术矣!"女问:"何事?"王止而不言。又固诘之,乃曰:"家门日近,此亦不能终秘。实告卿:我家中固有妻在,吴尚书女也。"芸娘不信,王故壮其词以实之。芸娘色变,默移时,遽起,奔出;王蹑履追之,则已投江中矣。王大呼,诸船惊闹,夜色昏濛,惟有满江星点而已。王悼痛终夜,沿江而下,以重价觅其骸骨,亦无见者。邑邑而归,忧痛交集。又恐翁来视女，无词可对。有姊丈官河南，遂命驾造之。

年余始归。途中遇雨，休装民舍，见房廊清洁，有老妪弄儿厦间。儿见王入，即扑求抱，王怪之。又视儿秀婉可爱，揽置膝头。妪唤之，不去。少顷，雨霁，王举儿付妪，下堂趣装。儿啼曰："阿爹去矣！"妪耻之，呵之不止，强抱而去。王坐待治任，忽有丽者自屏后抱儿出，则芸娘也。方诧异间，芸娘骂曰："负心郎！遗此一块肉，焉置之？"王乃知为己子。酸来刺心，不暇问其往迹，先以前言之戏，矢日自白。芸娘始反怒为悲，相向涕零。

先是，第主莫翁，六旬无子，携媪往朝南海。归途泊江际，芸娘随波下，适触翁舟。翁命从人拯出之，疗控终夜，始渐苏。翁媪视之，是好女子，甚喜，以为己女，携归。居数月，欲为择婿，女不可。逾十月，生一子，名曰寄生。王避雨其家，寄生方周岁也。王于是解装，入拜翁媪，遂为岳婿。居数日，始举家归。至，则孟翁坐待，已两月矣。翁初至，见仆辈情词恍惚，心颇疑怪；既见，始共欢慰。历述所遭，乃知其枝梧者有由也。

【评赏】

《聊斋志异》中刻画了不少情痴的形象，如《阿宝》中的孙子楚，《香玉》中的黄生，《青娥》中的霍桓等，都被写得痴态十足，深情感人。本篇的主人公王桂庵，也是一位情痴。当他初见芸娘的时候，便被她的"风姿韵绝"所迷倒，从此便开始了执着的追求。当芸娘的船离去以后，他仍然整天"心情丧惘""痴坐凝思""寝食皆萦念之"，更有甚者，还专门"买舟江际""日日细数行舟"，成年累月在江边傻等。后来在江村意外地见到芸娘，又只顾自诉相思之苦，根本不问芸娘姓甚名谁，家道如何。痴态若此，实不亚于孙子楚。作者以赞美的态度着力刻画王桂庵的痴态，充分表现了他的爱情至上的情爱观。在今天的读者看来，并不完全可取。但在封建礼教统治的社会中，这种以情为基础的情爱观念，是对以父母之命媒妁之言决定青年男女命运的婚姻制度的反叛，是对封建礼教的有力冲击。这便是它进步的思想意义。

作者刻画这些情痴，虽然都是痴态十足，但各自都有鲜明的个性。篇中的王桂庵,他一方面是个情痴,另一方面又是个世家子弟,免不了带上自己的阶级烙印。当他初见芸娘的时候,便以金挑之,第一次见孟父时又"兼纳百金为聘",以为金钱可以买得爱情和婚姻;得到芸娘以后,又得意扬扬地开起玩笑来,说芸娘终于成了自己的猎物,不自觉地流露出他的轻浮和孟浪。这一切都表明,王桂庵对孟芸娘虽然深情,但又脱不了纨绔子弟的庸俗习气。他不同于孙子楚,也不同于黄生和霍桓。作者通过多侧面的具体描写,表现了王桂庵独特的个性,使"这一个"情痴的形象,活脱脱地突现在读者眼前。

与王桂庵相比,孟芸娘的形象被刻画得更加细腻动人。孟芸娘是个普通的贫家姑娘,但却是个处事稳重、十分成熟的女性。当王桂庵投以金锭挑逗她的时候,她毫不犹豫地把它拾而弃之。她在作品中刚一亮相,读者便可看到,她不仅有着美丽的外表,而且还有蔑视金钱不慕荣华的美好品质。江村邂逅,她坚持要王桂庵明媒正娶,不肯非礼成婚,固然一方面说明她有良好的家庭教养,另一方面也说明她处事稳重、谨慎小心。因为生活经验告诉她,现实中世家子弟玩弄女性、始乱终弃的事司空见惯,芸娘对此不得不警惕有加。当王桂庵得到芸娘后,得意忘形地说:"卿固黠甚,然亦堕吾术矣!""我家中固有妻在",使芸娘误认为自己终于上当,便毅然投江自杀。这一行动又充分说明芸娘对纳妾制度的强烈不满,进一步表现了她宁为玉碎,不向封建恶势力屈服的坚强性格。通过这一系列的具体描写,芸娘各方面的性格特征,都被鲜明生动地表现了出来,给读者以深刻的印象。孟芸娘不仅具有鲜明的个性,而且还具有深刻的典型意义。在封建社会,妇女最受压迫,最受欺凌,各种势力都对她们虎视眈眈,在她们周围布下层层陷阱。因此,她们不得不处处设防、事事小心。芸娘的性格,正是封建社会千千万万下层妇女心态的集中概括。

本篇故事情节波澜起伏,曲折有致,峰回路转,意趣横生。而这一切都是由两个主人公性格的矛盾冲突中自然产生,毫无牵强造作之感。仅就舟中相见一段,便写得波澜迭出、扣人心弦。芸娘听到王桂庵的吟诗之声,以为他是风雅之士,心中萌发了爱意,故"略举首一斜瞬之",这一瞬使王桂庵"神志益驰",更加点燃了他的热情;当王桂庵以为金钱万能,便"以金一锭投之"的时候,深懂世故的芸娘,疑为"儇薄子作荡妇挑之",便毫不犹豫地拾而弃之,王桂庵弄巧反拙,刚刚燃起的热情为之一冷;当王桂庵投以爱情的信物金钏的时候,不巧孟父归船,调情之事即将暴露,王桂庵心头紧缩,而处事稳重的芸娘,却从从容容以双脚将金钏掩过,熄灭了一场即将爆发的事件,王桂庵的心才为之一松。仅就舟中相见一则,就被作者写得如此曲折波澜,读者可以看到,孟芸娘态度的微妙变化,引起王桂庵的心潮一起一伏,情节也为之一紧一松,这都是两人性格矛盾冲突的结果。作者正是通过这些波澜起伏的描写,更进一步地展现两人不同的内心世界,使两个人物的性格鲜明突出。舟中相见以后的情节,作者仍然根据他们的不同性格,展开矛盾冲突,使之峰回路转、意趣横生。王桂庵执着的追求,终于得到报偿,与孟芸娘喜结良缘。正当他庆幸自己大喜的时候,又不自觉地流露出纨绔子弟的轻浮和孟浪,开了一句很不得体的玩笑,于是情节骤生波澜,喜剧忽而变成悲剧,读者的心为之倒悬。这里,王桂庵的戏言,孟芸娘的投江,都符合各人的性格特征。情节的由喜转悲,既使人感到突然,却又十分符合他们性格矛盾冲突的必然。而后,王桂庵悒悒而归,忧恸交集,看来故事也该在悲剧中结束了,岂料,在归途中,王桂庵又巧遇芸娘母子。原来芸娘投水遇救,寄养莫家,如今正巧相遇。至此情节又峰回路转,柳暗花明,悲剧又变成了喜剧,既使人感到意外,却又在情理之中。总之,通篇故事情节的曲折变化,既符合人物性格发展的逻辑,也符合生活真实的逻辑,使人感到真实自然而又意趣横生。

　　蒲松龄在诗词方面有很高的造诣,他常常用诗词创造意境,在小说中着意于诗情画意般的环境描写,为主人公提供活动的场景。本篇中梦至江村一段便写得很有诗情画意:柴扉南向,疏竹茅篱,红丝满树,绿蕉蔽窗。这是从元人虞集的诗句"黄土筑墙茅盖屋,门前一树马缨花"点化而来的。这样美的境界,作为芸娘的生活背景,更好地映衬出芸娘美的形象,给读者带来美的享受。这也是《聊斋》中常见的一个特点。

(罗锡诗)

公 孙 夏

保定有国学生某，将入都纳赀，谋得县尹。方趣装而病，月余不起。忽有僮入曰："客至。"某亦忘其疾，趋出迎客。客华服类贵者。三揖入舍，叩所自来。客曰："仆，公孙夏，十一皇子座客也。闻治装将图县秩，既有是志，太守不更佳耶？"某逊谢，但言："赀薄，不敢有奢愿。"客请效力，俾出半赀，约于任所取盈。某喜求策。客曰："督抚皆某昆季之交，暂得五千缗，其事济矣。目前真定缺员，便可急图。"某讶其本省。客笑曰："君迁矣！但有孔方在，何问吴越、桑梓耶？"某终踌躇，疑其不经。客曰："无须疑惑。实相告：此冥中城隍缺也。君寿尽，已注死籍。乘此营办，尚可以致冥贵。"即起告别，曰："君且自谋，三日当复会。"遂出门跨马去。

某忽开眸，与妻子永诀。命出藏镪，市楮锭万提，郡中是物为空。堆积庭中，杂刍灵鬼马，日夜焚之，灰高如山。三日，客果至。某出赀交兑，客即导至部署，见贵官坐殿上，某便伏拜。贵官略审姓名，便勉以"清廉谨慎"等语。乃取凭文，唤至案前与之。某稽首出署。自念监生卑贱，非车服炫耀，不足震慑曹属。于是益市舆马；又遣鬼役以彩舆迓其美妾。区画方已，真定卤簿已至。途中里余，一道相属，意得甚。

忽前导者钲息旗靡。惊疑间，见骑者尽下，悉伏道周；人小径尺，马大如狸。车前者骇曰："关帝至矣！"某惧，下车亦伏。遥见帝君从四五骑，缓辔而至。须多绕颊，不似世所模肖者；而神采威猛，目长几近耳际。马上问："此何官？"从者答："真定守。"帝君曰："区区一郡，何直得如此张皇！"某闻之，洒然毛悚，身暴缩，自顾如六七岁儿。帝君命起，使随马迹行。道旁有殿宇，帝君入，南向坐，命以笔札授某，俾自书乡贯姓名。某书已，呈进。帝君视之，怒曰："字讹误不成形

象！此市侩耳，何足以任民社！"又命稽其德籍。旁一人跪奏，不知何词。帝君厉声曰："干进罪小，卖爵罪重！"旋见金甲神绐锁去。遂有二人捉某，褫去冠服，笞五十，臀肉几脱，逐出门外。

四顾车马尽空，痛不能步，偃息草间。细认其处，离家尚不甚远。幸身轻如叶，一昼夜始抵家。豁若梦醒，床上呻吟。家人集问，但言股痛。盖瞑然若死者，已七日矣，至是始寤。便问："阿怜何不来？"——盖妾小字也。先是，阿怜方坐谈，忽曰："彼为真定太守，差役来接我矣。"乃入室严妆，妆竟而卒，才隔夜耳。家人述其异。某悔恨爬胸，命停尸勿葬，冀其复还。数日杳然，乃葬之。

某病渐瘳，但股疮大剧，半年始起。每曰："官赀尽耗，而横被冥刑，此尚可忍；但爱妾不知异向何所，清夜所难堪耳。"

异史氏曰："嗟乎！市侩固不足南面哉！冥中既有线索，恐夫子马迹所不及到，作威福者，正不胜诛耳。吾乡郭华野先生传有一事，与此颇类，亦人中之神也。先生以清鲠受主知，再起总制荆楚。行李萧然，惟四五人从之，衣履皆敝陋。途中人竟不知为贵官也。适有新令赴任，道与相值。驼车二十余乘，前驱数十骑，驺从以百计。先生亦不知其何官，时先之，时后之，时以数骑杂其伍。彼前马者怒其扰，辄诃却之；先生亦不顾瞻。亡何，至一巨镇，两俱休止。乃使人潜访之，则一国学生，加纳赴任湖南者也。乃遣一价召之使来。令闻呼骇疑，反诘官阀，始知为先生，悚惧无以为地。冠带匍伏而前。先生问：'汝即某县县尹耶？'答曰：'然。'先生曰：'蕞尔一邑，何能养如许驺从？履任，则一方涂炭矣！不可使殃民社，可即旋归，勿前矣。'令叩首曰：'下官尚有文凭。'先生即令取凭，审验已，曰：'此亦细事，代若缴之可耳。'令伏拜而出。归途不知何以为情，而先生行矣。世有未莅任而已受考成者，实所创闻。先生奇人，故有此快事耳。"

【评赏】

捐纳制早在秦朝就已经出现，到了清代更是盛行。有权者可以卖官鬻爵，有钱者可以买乌纱帽戴，花钱越多买到的官位就越大。这是科举考试之外一条跻身官僚阶层的途径。

一个把自己的姓名、籍贯都写得"字讹误不成形象"的国学生某，也一心纳赀捐官。他卧病不起时，鬼客公孙夏主动前来为他营办城隍之缺。他于是买回楮锭万提，杂以刍灵鬼马，冥钱日夜烧，以致灰堆高如山。他一手交钱，公孙夏就一手交"货"，带他去见贵官，领凭文，随即舆马赴任。为了"震慑曹属"，他上任时"车服炫耀"，排场显赫，威风十足。一个骤然显贵的市侩形象跃然纸上。

无论是捐赀纳粟，还是卖官鬻爵，都围绕着金钱这一核心问题进行交易。国学生某原来只是想"谋得县尹"，后来在公孙夏的帮助下，暂出半价五千缗买到真定太守之职。买官可以赊欠，买官者上任后自然要搜刮民脂民膏来偿还欠债，填补"损失"。那巍然高坐在殿上的贵官是十分清楚这一点的。可是，只要有钱，就可以作肮脏的官爵买卖。具有讽刺意味的是，在买卖成交时，贵官竟然装得一本正经，对买官者"勉以'清廉谨慎'等语"。卖官者为的是中饱私囊，买官者行将加倍盘剥，何"清廉谨慎"之有！真是鬼脸欺人。亏他还有脸说出这等"劝勉"的话。倒是公孙夏要坦白直露得多，当国学生某对在本省买官爵表示惊讶疑惑之时，公孙夏就毫不掩饰地说："但有孔方在，何问吴越、桑梓耶？"一句话就完全道出了他们做官的目的。官职成为商品，加剧了吏治的贪污腐化。为了捞进金钱，什么样的勾当干不出来！故事的结局，是国学生某"赔了夫人又折兵"，不仅白费了金钱，而且连爱妾阿怜也不知被差役接到什么地方去了，真是人财两空。他自言自语地说："官赀尽耗，而横被冥刑，此尚可忍；但爱妾不知异向何所，清夜所难堪耳。"这其实是一种自我解嘲，我们应该反过来读：爱妾失踪犹可忍，官赀尽耗实难堪。这是一个铜臭熏天的世界。

国学生某能够仅以半价之赀而捐到一个太守，全赖公孙夏之力。公孙夏是什么人呢？"十一皇子座客也。"而且，督、抚又是他的"昆季之交"。上有皇子做靠山，下有督、抚的至交关系，要为人作掮客卖官鬻爵、从中牟利，当然是轻而易举的事。清代官场如此上下串通，沆瀣一气，能不腐败黑暗吗？蒲松龄明明白白地点出公孙夏是十一皇子的座上客，又写他一手包办卖官鬻爵之事，其批判的矛头直指封建统治者的最高层。这确实需要很大的勇气，因为作者是生活在文字狱猖獗的时代。

官场一片乌烟瘴气，贪官污吏多如牛毛。怎样才能净化这个社会？蒲松龄无法开出真正的疗救药方，他只能寄希望于理想中的清廉正直的官吏身上，本篇中，关帝就是这种理想官吏的化身。关帝巡行，看见"一道相属，意得甚"的国学生某，很不满，说："区区一郡，何直得如此张皇！"又见他连自己的姓名、籍贯都写得错讹不堪，更是生气："此市侩耳，何足以任民社！"当得知他的太守之职是花钱捐来的，就厉声说："干进罪小，卖爵罪重！"于是派金甲神去捉拿贵官，又把国学生某"褫去冠服，笞五十，臀肉几脱"。五千缗钱，买得一官太守，半日荣华，里余显赫，外加五十大板。真是莫大的讽刺。这一段写关帝对他们的惩处，读来大快人心。可是，偌大的世界，贪官污吏何其多也，关帝足迹不到之处，贪污腐败之风仍在恣肆狂吹，作威作福者也诛不胜诛。纵使再多几个关帝，也无法清除这种肮脏的政治风气。蒲松龄的吏治理想归根到底只能是一种空想。

在篇末的"异史氏曰"中，蒲松龄记述了湖广总督郭琇处置赴任知县一事，与关帝处置赴任城隍情节相类似，可以看作是《公孙夏》的本事。郭琇字瑞卿，号华野，山东即墨人，康熙九年(1670)进士，初任吴江知县，"莅事七年，弊绝风清。循声为江南第一"。后为御史，参劾赃官，不避权贵，声震京都，"一时辇下肃然"，数月之中，"由郎官五迁至九列"，官至都察院左都御史。后以事降调，"放归田里"，康熙三十八年(1699)被再度起用，"以副都御史总制湖广，一时墨吏望风解绶"(以上均见《即墨县志》卷九)。本篇"异史氏曰"所记有关郭琇的传说就发生在他赴任湖广的背景之下。其事与正文所写鬼官赴任遇关帝事十分相像，连某些对话都口吻肖似。鬼域与人间两相对照，淋漓尽致地揭露清代官场的乌烟瘴气。评家何守奇认为《公孙夏》的笔法是"明阴洞阳"，可谓领悟了作者的用心。

（欧阳世昌）

太 原 狱

太原有民家，姑妇皆寡。姑中年，不能自洁，村无赖频频就之。妇不善其行，阴于门户墙垣阻拒之。姑惭，借端出妇；妇不去，颇有勃豀。姑益恚，反相诬，告诸官。官问奸夫姓名。媪曰："夜来宵去，实不知其阿谁，鞫妇自知。"因唤妇。妇果知之，而以奸情归媪，苦相抵。拘无赖至，又哗辨："两无所私，彼姑妇不相能，故妄言相诋毁耳。"官曰："一村百人，何独诬汝？"重笞之。无赖叩乞免责，自认与妇通。械妇，妇终不承。逐去之。妇忿告宪院，仍如前，久不决。

时淄邑孙进士柳下令临晋，推折狱才，遂下其案于临晋。人犯到，公略讯一过，寄监讫，便命隶人备砖石刀锥，质理听用。其疑曰："严刑自有桎梏，何将以非刑折狱耶？"不解其意，姑备之。明日，升堂，问知诸具已备，命悉置堂上。乃唤犯者，又一一略鞫之。乃谓姑妇："此事亦不必甚求清析。淫妇虽未定，而奸夫则确。汝家本清门，不过一时为匪人所诱，罪全在某。堂上刀石具在，可自取击杀之。"姑妇趑趄，恐邂逅抵偿，公曰："无虑，有我在。"于是媪妇并起，掇石交投。妇衔恨已久，两手举巨石，恨不即立毙之；媪惟以小石击臀腿而已。又命用刀。妇把刀贯胸膺，媪犹逡巡未下。公止之曰："淫妇我知之矣。"命执媪严梏之，遂得其情。笞无赖三十，其案始结。

附记：公一日遣役催租，租户他出，妇应之。役不得贿，拘妇至。公怒曰："男子自有归时，何得扰人家室！"遂笞役，遣妇去。乃命匠多备手械，以备敲比。明日，合邑传颂公仁。欠赋者闻之，皆使妻出应，公尽拘而械之。余尝谓：孙公才非所短，然如得其情，则喜而不暇哀矜矣。

【评赏】

这件发生在山西太原的奸情案，案情并不复杂，可是从太原府到

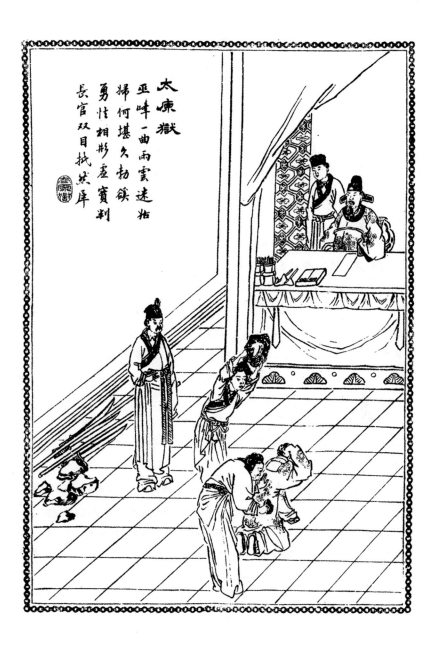

提刑按察使司，左鞫右审，拖了很久依然无法结案。此案已是佐证甚少，加上审案官用"一村百人，何独诬汝"的混账逻辑来断案，又怎能审得清呢！在《聊斋志异》卷十《胭脂》一篇中，知府吴南岱也有过类似的话："宿妓者必无良士！""逾墙者何所不至！"如此主观武断是很容易造成冤狱的。

可是，这件"久不决"的奸情案，一转到临晋县令孙柳下手里审理，马上就真相大白。审理此案，孙柳下并不是靠内查外调后掌握人证物证去判决，而是抓住婆媳两人对奸夫的截然不同的态度，略施小计，让她们自己用砖石刀锥去击杀奸夫。媳妇衔恨已久，"两手举巨石，恨不即立毙之"，而婆母只是"以小石击臀腿而已"。媳妇又举刀直刺奸夫胸脯，婆母却是"逡巡未下"。谁是淫妇，立判分明。孙柳下正是抓住了婆媳两人不同的心理特征，巧妙地把积案了结了。

蒲松龄写《太原狱》，很可能受到元杂剧《包待制智赚灰栏记》的影响；或者说，孙柳下审理此案，用的是《灰栏记》中包公断案的方法。《灰栏记》写马员外的嫡妻与奸夫合谋，毒杀了马员外，反诬马员外的次妻海棠为凶手，并冒认其子为己子，以图谋财产。海棠被糊涂官苏顺屈打成招。包公复审此案时，抓住母亲爱子的心理，用白粉画了个圆圈（灰栏），置小孩于圈中，让马妻与海棠自往拉取。海棠不忍用力，小孩多次被马妻拉出。包公于是从中审出了真情。

当然，孙柳下未必真的是仿效包公的断案方法，这其中可能只是一种巧合，因为在《旧约》中的所罗门王以剑判争儿一案，其方法也和上述的颇相似。孙柳下的机智并不逊色于包公和所罗门王。

孙柳下实有其人，名宗元，号长卿，是蒲松龄同县淄川人，顺治十二年（1655）进士，任临晋知县。本篇折狱事或由实事敷衍而成。篇末又记述此公另一事迹，同样显示了他的才干，但这才干却用在惩治"欠赋"的百姓身上，从而理所当然地受到蒲松龄的批评："孙公才非所短，然如得其情，则喜而不暇哀矜矣。"由此评论可以看到，蒲公重才，但更重德，他最看重的是爱护百姓的仁义之心，"哀矜"之意。这也是他自己一生热衷功名，想当清官廉吏的重要原因之一。

（欧阳世昌）